LE CRIME DE BEN QUEEN

DU MÊME AUTEUR
CHEZ LE MÊME ÉDITEUR

L'Enigme de Rackmoor
Le Crime de Mayfair
Le Vilain Petit Canard
L'Auberge de Jérusalem
Le Fantôme de la lande
Les Cloches de Whitechapel
La Jetée sous la lune
Le Mystère de Tarn House
Les mots qui tuent
La Nuit des chasseurs
L'Affaire de Salisbury
Meurtre sur la lande
Le Meurtre du lac
L'Enigme du parc
Une haine aveugle
L'Inconnue de la crique

M a r t h a   G r i m e s

LE CRIME DE BEN QUEEN

Traduction d'Alexis Champon

Roman

Titre original : *Cold Flat Junction*

Le Code de la propriété intellectuelle n'autorisant, aux termes de l'article L. 122-5, 2e et 3e al., d'une part, que les « copies ou reproductions strictement réservés à l'usage privé du copiste et non destinées à une utilisation collective » et, d'autre part, que les analyses et les courtes citations dans un but d'exemple et d'illustration, « toute représentation ou reproduction intégrale ou partielle faite sans le consentement de l'auteur ou de ses ayants droit ou ayants cause est illicite » (art L. 122-4).

Cette représentation ou reproduction, par quelque procédé que ce soit, constituerait donc une contrefaçon, sanctionnée par les articles L. 335-2 et suivants du Code de la propriété intellectuelle.

© Martha Grimes, 2001
Edition originale : Viking, publié avec l'accord de Peter Lampack Agency, Inc.
© Presses de la Cité, 2003, pour la traduction française
ISBN 2-258-05768-X

A Van, qui était là

J'ai conservé, dissimulé au bord de l'eau
Sous les branches cambrées d'un vieux cèdre,
Un gobelet ébréché, pareil à un Graal,
En formulant un vœu afin que les méchants
[ne le trouvent pas
Et ne puissent être sauvés, puisque, comme dit saint
[Marc, ils ne doivent point l'être.
(Moi-même j'avais volé ce gobelet dans la maison de poupée.)
Là sont les eaux et l'endroit où se désaltérer.
Buvez et, par-delà toute confusion, retrouvez votre intégrité.

Robert FROST

1

Le gobelet cabossé

Je suis revenue à l'endroit où vous m'avez laissée il y a un peu plus d'une semaine. Je viens tous les jours et presque tous les soirs m'asseoir sur le petit muret, à côté de la niche où l'eau d'une source filtre par un tuyau qui dépasse du rocher. Sous le tuyau, un gobelet métallique cabossé par les ans recueille l'eau. Le gobelet a toujours été là. On dirait que la niche a été faite pour lui ; on le prend, on boit, on le remet à sa place. Je m'étonne que depuis tout ce temps il soit encore là.

Mais qui volerait un gobelet cabossé ? Oh, il y a tellement de choses qui échappent à la raison — la Fille, par exemple, qui apparaît et disparaît ; le fait que Ben Queen n'ait tué personne ; les deux-sexes-machines ; la vengeance. Vous avez sans doute oublié ce qui s'est passé, mais vous vous rappelez peut-être que Fern Queen a été tuée près de Mirror Pond. Ça se trouve sur White's Bridge Road. Vous vous en souvenez peut-être parce que le meurtre intéresse les gens plus que tout le reste (à part le sexe).

J'ai posé la question du gobelet à ma mère, qui a vécu toute sa vie à l'hôtel, elle m'a répondu : « Quel gobelet ? » Vous voyez bien que ça ne sert à rien de demander. Dans la niche, j'ai trouvé le tube du Colonel Moutarde, du Cluedo, qu'un inconnu a laissé (ce doit être la Fille) pour me dire quelque chose, peut-être « Tu es sur la bonne piste, continue », ou tout simplement « Je suis là ».

C'est sans doute « Je suis là », parce que si je devais dire à quelqu'un qu'elle est là, on me répondrait : « Non, elle n'y est pas. » C'est ce que disait Ben Queen, mais il avait une bonne raison : il ne voulait pas qu'on sache, surtout la police, qu'elle était dans les parages. Il essayait de la protéger. Il a donc prétendu que cette personne n'existait pas, et j'ai prétendu être d'accord avec lui, mais on savait tous les deux ce qu'il en était. Chacun de nous deux savait que l'autre savait qu'elle existait.

Quand il y a un mystère qu'on veut taire — un mystère qu'on ne veut pas que les gens salissent —, on le garde pour soi. On essaie de le résoudre en faisant des détours. On interroge parfois les mauvaises personnes, les gens qui ne savent rien par exemple, et ça prend plus de temps, même quand, au bout, on obtient la réponse qu'on cherchait.

Mais pourquoi ? Pourquoi est-ce que je cherche à résoudre ce mystère par des chemins détournés ? La réponse prendrait peut-être un autre sens si je ne posais pas la question à ma manière, si je ne la posais pas justement à ceux que j'interroge. Ou peut-être qu'une partie de moi ne veut pas connaître la réponse.

Cela fait quarante ans depuis le drame. C'est comme ça que les gens disent, avec cet air à la fois effaré et fiévreux qui montre à quel point ils souhaiteraient que ça se reproduise. La plupart des gens semblent avoir oublié, ou ne savaient pas, qu'il y a eu deux drames, peut-être parce que l'un d'eux a eu lieu à Spirit Lake et l'autre à Cold Flat Junction. Bien sûr, si on inclut le meurtre de Fern Queen, ça fait trois drames.

Cold Flat Junction. C'est le genre d'endroit qu'on voit par la fenêtre d'un train et qui vous pousse à dire : « Dieu merci, je ne vis pas là, quelle ville ennuyeuse, quel trou ! » C'est un endroit désert, on s'y ennuie peut-être quelquefois. Mais on aurait tort de passer sans s'y arrêter. On devrait descendre du train et traîner un peu. C'est ce que j'ai fait.

L'endroit a un je ne sais quoi qui m'émeut quand je m'assieds sur un banc du quai et que je regarde la ligne bleu marine des arbres au loin. La terre et la ville désolées semblent dépourvues de la couche protectrice qu'on trouve ailleurs et derrière laquelle on peut se cacher. Je veux parler des affaires, du profit et de la fierté, des drapeaux du 4 Juillet, des fleurs dans leurs paniers suspendus aux réverbères au printemps, tout ce déploiement de fierté civique. Cold Flat Junction y a renoncé, si tant est qu'il ait jamais existé ici.

Je ne peux oublier ces drames. Je ne peux rien oublier, en fait — un puzzle, une personne, un lieu. Une fois que je me suis intéressée à quelque chose, je ne lâche pas le morceau tant que je n'ai pas compris. Je m'accroche, je m'accroche, et je dois avouer que ça m'épuise. Je travaille sur ces questions dans l'Eléphant Rose, une pièce glaciale sous la salle à manger de l'hôtel, qui servait autrefois pour les cocktails. Les murs en pierre sont peints en rose, il y a un long banc en bois et des lampes-tempête. Les bougies donnent son atmosphère à la pièce. Les toiles d'araignée, la poussière et les fantômes y contribuent aussi.

Les fantômes ne me font pas peur (du moment que je ne les vois pas). On dit que les fantômes hantent les lieux où ils sont morts s'ils sont morts avec une chose en tête et qu'ils doivent lui trouver une réponse. J'espère qu'ils trouveront. Quant à moi, je me vois rapetisser, me rider et mourir... mourir de toute façon... avec ce même problème à l'esprit, et je me vois revenir hanter la maison des Devereau, inquiète pour Rose, pour Mary-Evelyn, pour Ben Queen et pour Fern... sans parler de la Fille.

Mais vous avez sans doute oublié tout ça pendant que vous vaquiez à vos occupations. Vous avez peut-être aussi oublié mon nom. Emma Graham. J'ai douze ans. Et si vous vous dites que je n'aurais pas dû attendre si longtemps pour vous raconter la fin de l'histoire, rappelez-vous ceci : ce n'est pas moi qui suis partie... c'est vous.

2

Les derviches

Vous vous rappelez forcément la maison des Devereau. Vous vous rappelez forcément Mary-Evelyn. Un matin, on a trouvé son corps parmi les nénuphars, au bord de Spirit Lake. Le canot qu'elle avait pris était retourné ; il flottait au milieu du lac. Elle avait juste mon âge, douze ans.

Ce fut le premier drame, et je sais qu'il a entraîné les suivants. Ses tantes, les trois sœurs Devereau, n'ont jamais expliqué pourquoi Mary-Evelyn se trouvait dans un canot en pleine nuit. Elles partirent, dirent-elles, à sa recherche. Ne la trouvant pas, elles finirent par appeler le bureau du shérif. Pourquoi avoir attendu si longtemps ? Il y a d'autres questions : pourquoi était-elle seule dans un canot ? Pourquoi son corps a-t-il été retrouvé si loin de l'embarcation ? Je m'étonne qu'on ait mis sa mort sur le compte d'un « accident », sans se poser davantage de questions.

Il y avait une quatrième sœur, une demi-sœur exactement, plus jeune et vraiment jolie. Elle s'appelait Rose, c'est la Rose qui s'était enfuie avec Ben Queen quand ils avaient tous deux vingt ans. Les Queen sont de Cold Flat Junction, ce qui ne veut pas dire des moins que rien (sauf à écouter ma mère en parler), sinon que Ben Queen n'avait pas les « avantages » de quelqu'un comme Rose ; les Devereau étaient des gens éduqués, aisés sans être riches.

L'hôtel Paradise est le seul hôtel qui reste de la grande époque, quand Spirit Lake était encore une célèbre station estivale. Il est dans ma famille depuis plus d'un siècle, ou, pour être plus précise, dans la famille d'Aurora Paradise, ma grand-tante du côté de mon père, même s'il n'est pas un Paradise mais un Graham. Il appartient à Aurora Paradise et est dirigé par ma mère et son associée, Lola Davidow. Aurora a quatre-vingt-onze ans et mène grand train au quatrième étage, hors de vue mais non (hélas) hors de pensée. On peut dire que l'hôtel est une « affaire familiale ». Ma mère fait la cuisine, je fais le service, mon frère Will fait le chasseur (quand il travaille). Ces dernières années, il n'y a pas eu beaucoup de service ni de chasse à faire.

La réception est l'affaire de Lola Davidow, la cuisine celle de ma mère. Dire que cette division du travail est inégale serait superflu. S'occuper de la réception (à la façon de Lola Davidow) consiste surtout à recevoir les clients, à leur fournir des tables et de la glace à l'heure de l'apéritif, et à s'asseoir avec eux pour trinquer. Mrs Davidow s'en acquitte à merveille, surtout quand sa réserve personnelle d'alcool est au plus bas. Le travail de la réception consiste aussi à rédiger des chèques et à aller dans la grande salle des coffres d'où je vois parfois Lola ressortir avec une bouteille de Southern Comfort. Il consiste aussi à s'éloigner de la réception, pour aller à La Porte acheter des légumes, et (si Lola a de la chance) à rencontrer des amis assoiffés au Devon Manor.

L'hôtel Paradise a connu des jours meilleurs. Les résidences victoriennes peintes en blanc, avec leurs volets verts, dans les ruelles de Spirit Lake, en sont la preuve. Elles ont de grandes vérandas, des étages à pignon, et sont bien trop spacieuses pour être appelées « résidences », mais c'est le nom qu'on leur donne : « résidences secondaires ». Spirit Lake et ses résidences secondaires ; Spirit Lake et son air pur. La plupart des résidences sont désormais décrépites et même l'air y est irrespirable. Pour l'air pur et les jours cristallins, il faut se lever tôt, quand l'air est si pur et si rare qu'on a la tête qui tourne. Se lever tôt n'a jamais été mon fort.

Les Paradise sont là depuis plus de cent ans, les Graham depuis plus de cinquante, et les Davidow depuis cinq. A entendre Regina Jane Davidow, ils possèdent l'hôtel et tout le fourbi. Elle ne perd pas une occasion de me rappeler que sa mère a « sauvé » l'hôtel en y injectant de l'argent, sinon, la banque aurait fermé le robinet et les Graham auraient été à la rue.

Ta mère n'a aucun sens des affaires. Tout allait à vau-l'eau avant qu'on arrive.

Non, tout va à vau-l'eau maintenant, et c'est de votre faute !

Ree-Jane ne reconnaîtrait pas le « sens des affaires » si elle avait le nez dessus, surtout si cela concerne les maths, une matière où elle ne brille pas particulièrement. Elle a quatre ans de plus que moi, deux de plus que mon frère Will. Elle n'a pas encore dix-sept ans, mais elle dit à tout le monde qu'elle en a dix-neuf. Elle marche comme un mannequin, la pointe du pied avant le talon, et elle sourit de son sourire papier glacé comme si le monde était un appareil photo attendant qu'elle passe devant son objectif. On compare toujours nos cheveux, nos visages, nos manières, nos pieds. Comme je perds à tous les coups pour les cheveux, le visage et les manières, je trouve qu'on devrait laisser mes pieds tranquilles.

Ree-Jane ne travaille jamais sauf pour faire l'extra quand il y a du monde (ce qui est rare). Même dans la salle à manger, elle se sert des allées entre les tables pour parader (pointe des pieds en avant), tourner, virevolter et montrer ses toilettes. Elle n'est pas forcée de porter un uniforme comme les autres serveuses (trois, y compris la chef de rang, Vera.) J'ai entendu Ree-Jane dire aux clients, pendant qu'elle leur servait de l'eau glacée, qu'elle était l'hôtesse de la salle à manger. S'il y a une salle à manger qui n'a pas besoin d'hôtesse, c'est bien celle de l'hôtel Paradise. Ces salades d'« hôtesse » font enrager Vera car s'il y avait un travail d'hôtesse à faire, ce serait son rôle.

Vera porte un uniforme noir, différent du nôtre, blanc ou bleu pâle. Elle est grande, maigre, et d'une élégance parfaite : les cheveux soigneusement coiffés, l'uniforme si empesé qu'elle donne l'impression de toujours marcher au pas. Mais sa raideur est utile quand elle sert à table avec une dextérité étonnante. Elle n'a jamais un geste de trop, elle ne porte jamais un plateau de travers. Elle peut tenir un grand plateau métallique chargé d'assiettes sur ses cinq doigts et valser dans la salle à manger, puis le déposer d'un geste en deux temps, doigts d'abord, bras ensuite, qui me fait penser à un prestidigitateur abattant un paquet de cartes le long de son bras.

Un jour, j'ai vu un petit film à l'école sur des derviches qui dansaient une danse incroyablement complexe, les bras et les jambes découpant l'air avec des mouvements impeccablement synchronisés. Pourquoi dit-on « comme un derviche tourneur » pour signifier perdre le contrôle alors que c'est exactement le contraire ? Au milieu de leur demi-cercle, il y avait un homme dont le corps semblait aussi incontrôlé qu'une poupée de chiffon. Sa tête se balançait, ses bras s'agitaient dans un mouvement mal coordonné. J'ai compris le principe : le non-derviche du milieu menait une vie dissolue.

S'il existait un derviche tourneur qui ne soit pas de la bande des derviches, ce serait Vera. C'est dire à quel point ses moindres gestes sont nets, précis, efficaces.

Et s'il y avait une poupée de chiffon incapable de marcher droit, ce serait moi, Emma Graham, la non-derviche.

3

Sur le banc

Mr Root, qui occupe souvent le banc devant le Britten's Store, connaît les Queen, ou du moins Sheba Queen, la belle-sœur de Ben. Mr Root était avec moi la dernière fois que je suis allée à Cold Flat Junction. Les frères Wood aussi. Cela fait longtemps que ce ne sont plus des garçons, ils ont cinquante ans ou plus, mais on continue à les appeler « les garçons ». Toutefois, si on parle de l'un ou de l'autre, on dit « Enepébé » ou « Enegébé ». Ces surnoms leur viennent des plaques d'immatriculation de leurs vieux pick-up rouillés : NPB et NGB. Leurs vrais noms sont respectivement Alonzo et Robert (je crois).

Tous les quatre, nous formons une sorte d'équipe depuis quelques semaines ; nous essayons de résoudre le mystère de Mary-Evelyn Devereau, qui est devenu le plus grand mystère de Mary-Evelyn et de Fern Queen, et qui semble devenir celui de plusieurs autres personnes encore. On croit avoir résolu un problème, et on s'aperçoit qu'il en entraîne d'autres dans son sillage.

Chacun de nous est important pour l'équipe. Enepébé et Enegébé étaient déjà là quand les sœurs Devereau et Mary-Evelyn vivaient de l'autre côté du lac dans la grande maison, gris brume ou blanc brouillard, au choix. Le brouillard et la brume donnent l'atmosphère adéquate pour la maison des Devereau. Quand il était jeune, Enepébé travaillait pour les sœurs — il ratissait les feuilles mortes en automne, tondait l'herbe en été et s'occupait des parterres de fleurs. De fait, Enepébé ratissait les feuilles le soir précédant la nuit où Mary-Evelyn était partie en canot.

Enepébé est à ma connaissance la seule personne capable de parler de cette nuit fatidique. Mais il a un problème d'élocution. Ce n'est pas un bégaiement, c'est plutôt que les sons se perdent dans la caverne de sa gorge ou s'emmêlent sur sa langue. Enegébé, un peu plus âgé et beaucoup plus grand, n'est pas d'une grande aide, parce qu'il a des problèmes d'articulation. Il comprend Enepébé, après une vie passée à l'écouter. Ils ne parlent pas beaucoup et on ne peut pas leur en vouloir vu que les gens se moquent d'eux ou les traitent d'idiots, ce qu'ils sont loin d'être.

La seule personne qui ait une sorte de don pour débrouiller leurs mots est Mr Root. C'est un retraité (de quoi, je l'ignore, car je n'ai jamais pensé à lui poser la question) qui, comme je l'ai dit, passe une grande partie de la journée assis sur le banc en face du Britten's Store. Comme les frères Wood. Et comme moi depuis quelque temps.

C'est sur le banc que nous nous retrouvons. J'y étais assise le jour où je regardais les passagers descendre du car Tabernacle qui relie une fois par semaine Cold Flat Junction à La Porte et à Spirit Lake. J'espérais apercevoir Toya Tidewater, qui a une réputation sulfureuse. Je ne devais pas m'approcher des Tidewater et surtout de Toya, m'avait dit ma mère. Donc à la première occasion, je suis partie à sa recherche et c'est ce qui m'a conduite à Cold Flat Junction pour commencer.

Je suis indispensable à l'équipe parce que c'est moi qui ai décidé d'aller chez les Devereau. Les trois autres me considèrent un peu comme un leader. Comme c'est la première fois qu'on me traite ainsi, j'essaie d'affiner mes qualités de chef. Je leur avais demandé d'aller chez les Devereau pour qu'Enepébé se rappelle ce qu'il avait vu et qu'il nous le raconte. Mais je voulais aussi voir l'intérieur de la vieille maison où Mary-Evelyn avait vécu ; et je ne voulais pas y aller seule.

Le Britten's Store n'est pas loin à pied de l'hôtel, et c'est le seul magasin à la ronde. On m'y envoie souvent (moi ou

Walter, notre plongeur) pour rapporter de la farine, de la Maïzena ou ce qui manque en cuisine. Le Britten's est un endroit où vont les gens pour traîner, boire du Coca, acheter des cigarettes, cracher du tabac dans la poussière en bas des marches. Les hommes aiment y aller pour écouter les ragots dont ils prétendent se désintéresser.

J'étais au Britten's à contempler les rangées de boîtes de haricots, quand un dénommé Jude Stemple s'est mêlé à un groupe assis en face du comptoir de la boucherie et qui discutait de la morte qu'on avait découverte près de Mirror Pond, sur la route de White's Bridge. Personne ne savait qui c'était, même pas le shérif. Jude Stemple annonça qu'il s'agissait de « la fille de Ben Queen ».

Fern Queen. A cette époque, je n'avais jamais entendu parler de Fern Queen, seulement de Ben, par l'intermédiaire de ma grand-tante Aurora, à qui on ne peut pas se fier et dont les propos dépendent de l'humeur ou du nombre de Cold Comfort qu'elle a ingurgités. C'est elle qui m'a parlé de Rose Devereau et de Ben Queen.

Ben Queen vient de sortir de prison, où il est resté vingt ans pour le meurtre de sa femme, Rose. C'est là que la vengeance entre en jeu. C'est leur fille, Fern Queen, qui a été tuée il y a plus de trois semaines. Mais Ben n'a pas tué Fern. J'en suis sûre parce que je crois savoir qui est le coupable.

Tous les étés, mon frère Will et son ami Brownmiller jouent une pièce de théâtre pour les clients de l'hôtel (en réalité, ils jouent surtout pour eux-mêmes). Il n'y a pas longtemps, mon frère m'a expliqué ce qu'était une « deux-sexes-machine », comme l'appelaient les Grecs. Ça arrivait quand les choses étaient tellement embrouillées, ou que le héros s'emmêlait tellement les pattes, que Dieu devait intervenir — c'est-à-dire qu'il descendait d'une sorte de chaise, qui est donc la partie « machine » — et qu'il arrangeait tout. (J'ai remarqué que Dieu ne semblait pas décidé à faire la même chose pour l'hôtel Paradise.)

Les Grecs comptent beaucoup dans cette histoire. C'est parce que, même s'ils voulaient que Dieu intervienne quand les choses tournaient au vinaigre, ils n'attendaient pas bêtement qu'il s'occupe des vengeances. Ils s'y attelaient eux-mêmes, plus rapides (et plus efficaces, sans doute). Quand les Grecs tuaient quelqu'un, quelqu'un d'autre venait le venger. Ensuite, un autre Grec se vengeait du meurtrier. Et ça continuait, de génération en génération, vengeance après vengeance. C'était le destin.

C'est ce que je veux dire quand je dis que les Queen commencent à ressembler à des personnages de tragédie grecque : il y a d'abord eu Mary-Evelyn Devereau ; ensuite Rose Devereau Queen ; enfin Fern Queen. A mon avis, celui qui a tué Fern n'avait pas le choix ; il devait se venger et c'est pour ça que Fern Queen est morte.

J'ai rencontré Ben Queen. C'était dans la maison des Devereau, de l'autre côté de Lake Spirit — je parle du lac lui-même, dont le village tire son nom. A la réflexion, ce n'est pas surprenant que la maison des Devereau soit le premier endroit où il soit allé à sa sortie de prison. Il recherchait quelqu'un. Pas un fantôme, pas le fantôme de la petite Mary-Evelyn ou celui de sa femme Rose. Non, même triste comme il devait l'être après vingt ans, ce n'est pas un homme à retourner quelque part par sentimentalisme. Il cherchait une personne vivante, et il croyait que c'était l'endroit où elle irait. Quand il m'a entendue dans la chambre d'en haut, il a peut-être cru que j'étais elle.

Ça me fait drôle de dire ça. Mais c'est sans doute ce qu'il a pensé en entrant dans la maison. Après tout, personne n'avait vécu là depuis quarante ans, depuis la noyade de Mary-Evelyn Devereau. En plus, je n'étais pas là par hasard. J'y allais tous les jours depuis la fois où j'étais venue avec les Wood et Mr Root. Cette première fois m'avait donné le courage d'y revenir seule. J'avais commencé à m'y sentir un peu chez moi. J'essayais les robes de Mary-Evelyn, qui étaient encore belles et presque neuves après quarante ans. J'examinais les jouets de son coffre, comme le jeu du Cluedo, les poupées, les puzzles et ainsi de suite. J'emportais des provisions, les gâteaux à la noix de coco de ma mère, par exemple ; je m'asseyais sur l'étroit balcon de sa chambre et je regardais le soleil dessiner des lignes de lumière sur le lac, semblables aux motifs dont ma mère habille les gâteaux de mariage.

Ben Queen : voilà un homme qui était un vrai sauvage dans sa jeunesse, en prison pour vingt ans, et, juste à sa sortie, un autre membre de sa famille est assassiné. On ne peut pas en vouloir au shérif de penser que c'est le même homme qui a fait le coup.

Je n'aurais jamais cru agir un jour contre le shérif. Et pourtant je lui ai caché avoir vu Ben Queen... et surtout l'endroit où je l'avais vu. Je crois que ça a cassé quelque chose dans notre relation, parce que, depuis une quinzaine, nous n'avons pas patrouillé ensemble pour vérifier les parcmètres.

Non, je n'aurais jamais cru qu'il y aurait une chose plus importante pour moi que notre amitié, au shérif et à moi.

4

Les orphelins dans la tourmente

J'aurais d'abord dû aller chez les Queen à Cold Flat Junction, là où Ben a vécu une grande partie de sa vie avant d'épouser Rose Devereau, avant d'aller en prison pour l'avoir tuée.

Mais n'oubliez pas ma manie des chemins détournés.

Au lieu d'aller chez les Queen, je suis allée voir Mrs Louderback, qui prédit l'avenir avec les cartes. Je l'avais déjà vue une fois, c'est une charmante femme, assez banale — rien à voir avec les gitanes qu'on croise parfois sur la route —, et elle est honnête aussi. C'est sûr qu'elle est honnête parce qu'on peut « contribuer » avec de l'argent ou pas. La contribution suggérée est de deux dollars, ce qui est bon marché vu tout ce qu'elle fait. Comme je viens de le dire, j'y étais déjà allée une fois et je suis tout à fait consciente qu'elle n'est pas une de ces « diseuses de bonne aventure » qui prédisent les chances qu'a votre cochon ou votre tarte aux pommes de remporter un prix à la foire agricole.

Mrs Louderback travaille avec des tarots. Je n'en avais jamais entendu parler avant et je trouve ces cartes très bizarres. Voilà comment elle travaille : elle étale les cartes et elle les étudie. Elle préfère vous dire ce qui se passe maintenant que ce qui vous arrivera plus tard. C'est assez flou, mais il faut dire que Mrs Louderback est elle-même plutôt obscure. Et pourtant plein de gens, surtout des femmes, vont la voir, sans doute parce qu'elle est gentille et honnête. Et aussi parce que c'est la seule diseuse de bonne aventure de la ville.

Les cartes qu'elle avait retournées pour moi la dernière fois étaient le Pendu et les Orphelins dans la tourmente, ce qui m'allait comme un gant. Mais elle m'avait affirmé que c'étaient de bonnes cartes et qu'elles disaient beaucoup de choses sur moi. En regardant les Orphelins dans la tourmente, je m'étais demandé en quoi la carte était bonne. Ça m'avait rappelé ce que les adultes disent quand une voiture part dans le fossé : vaut mieux celui-là que le fossé de l'autre côté de la route.

Mrs Louderback reçoit ses clients chez elle deux heures chaque jour. Elle a sa maison à tenir, son ménage à faire, après tout, elle ne peut pas consacrer tout son temps à dire l'avenir. Chez elle, tout est impeccablement rangé et astiqué. La dernière fois que je suis venue, une femme dont j'ignore le nom m'a ouvert et m'a fait entrer dans le petit salon. Il y avait une rangée de chaises, comme dans la salle d'attente d'un médecin. Une femme que je n'avais jamais vue à Spirit Lake attendait son tour.

Les séances durent normalement une demi-heure, et si cette dame venait pour se faire tirer les cartes, je savais que je devrais attendre une demi-heure. Ça ne me dérangeait pas trop vu que j'avais plein de temps entre le déjeuner et le dîner.

La femme qui m'avait ouvert la porte (et qui habitait sur place) me désigna une chaise près de l'autre cliente. Celle-ci portait un chapeau garni de cerises et m'adressa un de ces sourires qu'on réserve aux enfants, comme si c'était le devoir des grands de faire en sorte que les enfants puissent se sentir libres et heureux de vivre, du moins provisoirement.

Elle me considéra avec ce sourire affecté et me demanda :
— C'est ta maman qui est là ? Tu attends ta maman ?

Ça aurait sans doute mis son monde sens dessus dessous d'apprendre qu'une gamine de douze ans avait les mêmes problèmes qu'elle, ou ça l'aurait fait douter des qualités de Mrs Louderback, qui autorisait une enfant de mon âge à entrer dans son petit salon. Je calculai que la femme qui était dans la cuisine (où Mrs Louderback tirait les cartes) allait bientôt sortir et que ma voisine prendrait la suite sans temps mort. Je répondis par un « han-han » qui aurait tout aussi bien pu signifier « nan-nan » et me couvrait au cas où la cliente dans la cuisine aurait refusé de me prendre pour sa fille. J'accompagnai mon oui-non d'un sourire idiot et enroulai une mèche de cheveux autour de mon doigt comme le fait Ree-Jane, souvent avec la bouche entrouverte. Ça lui donne l'air stupide. Il faut reconnaître qu'elle l'est vraiment.

La porte de la cuisine s'ouvrit et une autre inconnue apparut. (D'où venaient tous ces gens ?) Elle sourit timidement à ma voisine, qui se leva et se dirigea vers la cuisine ; je me levai à mon tour, pour l'accueillir.

— Alors ? questionnai-je, elle t'a dit des trucs intéressants ?

Au passage, ma voisine lui glissa :

— Elle est bien mignonne, cette petite.

Lorsque la porte se referma, je me rassis comme si je n'avais pas parlé, faisant mine de ne pas remarquer le regard soupçonneux façon « Où ai-je déjà vu cette enfant ? » que la cliente posait sur moi. Elle n'avait pas besoin de se montrer gentille pour le cas où les dieux seraient tentés de la frapper ; elle était débarrassée du hasard et de toute obligation envers les étrangers.

Je fus soulagée quand elle sortit. Je pus enfin me détendre. Je m'affalai sur la chaise au point que mes épaules étaient presque au niveau du siège. J'avais une demi-heure à tuer, je restai ainsi quelques minutes, puis je me levai et commençai à tourner en rond.

J'examinai les livres dans la bibliothèque. Je fus surprise de trouver une rangée de livres de Nancy Drew[1], mon héroïne préférée. Ils étaient vraiment vieux, plus vieux que les miens. Je me demandai si c'étaient les livres de son enfance. Il faudra que je lui en parle. J'aime beaucoup Mrs Louderback et je suis ravie que nous ayons Nancy Drew en commun. Je traînai, repérai trois drôles de petits

---

1. Héroïne de romans policiers pour jeunes filles. *(N.d.T.)*

singes. Ils n'étaient pas taillés dans du bois ni façonnés en porcelaine, plutôt sculptés dans de la pierre. Je regardai aussi l'horloge à l'ancienne. Elle avait un doux carillon qui sonnait tous les quarts d'heure.

La femme qui m'avait fait entrer avait disparu. J'avais eu le temps de remarquer qu'elle était maigre et osseuse, avec des bras comme des ailes de chauve-souris, la peau flasque pendant comme si elle n'avait plus de chair. Mes bras à moi sont ronds et potelés, c'est sans doute ce que j'ai de mieux. Ouvrir la porte aux gens paraissait l'effrayer, comme si les étrangers la rendaient nerveuse. Peut-être était-elle sensible ; après tout, quelle sorte de gens croient à ce qu'un paquet de cartes peut vous dire ? Des gens — pensait-elle sûrement — qui n'ont aucun contact avec la réalité.

Je réfléchissais à ça, appuyée contre le coffre étroit de l'horloge, parce que je m'ennuyais. Je n'ai aucune patience et je m'ennuie facilement. C'est du moins ce que me disent ma mère et Mrs Davidow. « Arrête donc de tourniquer, Emma. »

Comme l'horloge carillonnait, la porte de la cuisine s'ouvrit. Je me figeai au garde-à-vous.

La femme avec le chapeau aux cerises dit au revoir à Mrs Louderback (elle semblait heureuse de son avenir, ou de son présent), puis se tourna vers moi, interloquée de me voir encore là. J'avais presque oublié que j'étais censée être partie avec ma « mère ». Je réfléchis à vitesse grand V pour trouver quelque chose de cohérent et voilà ce que je trouvai :

— Bonjour, Mrs Louderback. Ma mère a oublié quelque chose.

J'aurais dû m'apercevoir que j'allais devoir m'expliquer avec Mrs Louderback, mais au moins la femme au chapeau fut-elle confortée dans son impression que le monde tournait toujours rond. Elle fit un petit signe et sortit.

Mrs Louderback me sourit, mais on voyait bien qu'elle s'interrogeait. Qu'est-ce que ma mère, qui n'était pas une cliente et qui ne l'avait pas vue depuis des mois, sinon des années, pouvait bien avoir oublié ?

En filant dans la cuisine, trop épuisée mentalement pour trouver une réponse convaincante, je déclarai :

— Ma mère voulait me donner une de ses tartes de l'Ange pour vous, mais elle a oublié.

Les tartes de l'Ange sont célèbres, comme beaucoup des choses que fait ma mère.

Mrs Louderback dit avec un sourire que c'était l'intention qui comptait, sachant combien Jen Graham était occupée avec l'hôtel. Elle dit des choses très agréables sur ma mère tout en prenant une carafe de limonade dans le réfrigérateur. Elle emplit deux verres et ajouta des choses désagréables sur les Davidow.

— Ils ne sont pas d'ici... (J'approuvai.) Et Regina Jane Davidow déambule comme si elle était la reine de je ne sais quoi.

— Elle veut être duchesse. Soit ça, soit comtesse de Kent. Ou mannequin ou grand reporter.

Mrs Louderback piocha dans la boîte où elle rangeait ses tarots ainsi que des bouts de ficelle, des crayons et du papier. Elle étala les cartes sur la table comme un croupier et déclara :

— Dans ce cas, elle va recevoir une grande claque. Il n'y a pas de duchesse dans son avenir. Loin de là...

Elle s'arrêta en s'excusant d'avoir été près de rompre le secret professionnel. J'essayai de la relancer sur l'avenir de Ree-Jane.

— Jane Davidow prétend que même si elle devient comtesse, son mari ne sera pas un comte pour autant[1]. Elle dit que les comtes n'existent pas.

Mrs Louderback fit la moue.

— Bien sûr que si. En Russie, par exemple. Tolstoï était comte, j'en suis sûre.

Je ne le connais pas, je ne suis pas calée en russe.

— Désolée, reprit-elle, je t'ai distraite du sujet...

Dénigrer Ree-Jane est ma distraction favorite.

— ... et je crois qu'on devrait reprendre où nous en étions la dernière fois... Tu te souviens ? Tu étais partie avant la fin.

---

1. Chez les Britanniques, le mari de la *countess* est en effet un *earl*. (*N.d.T.*)

Je grommelai intérieurement. Ça voulait dire le Pendu et les Orphelins.

— Tes cartes étaient le Pendu, la Reine de coupes et...
— Les Orphelins, dis-je d'une voix éteinte.
— Les Orphelins ?
— Un garçon et une fille dans la tourmente. Ils avaient l'air d'orphelins.

Un de mes livres préférés est *David Copperfield*.

— Ah, oui ! Mais ce ne sont pas des orphelins, c'est la Maison-Dieu.

Vous m'en direz tant, songeai-je en calant mon menton dans mes mains. Elle retourna les trois cartes. Je ne fus pas très heureuse de revoir leur recto. Elle posa un doigt sur la Reine de coupes, que j'avais oubliée.

— Voilà une femme qui n'a pas eu la vie facile, dit-elle.

Ça pouvait être n'importe qui à Spirit Lake, sauf Lola Davidow et Ree-Jane.

— Elle représente un danger pour toi. Méfie-toi d'elle.

Mrs Louderback avait les yeux fermés en disant ça. Elle n'est pas médium, elle ne « voit pas des choses ». Toutes les informations qu'elle donne viennent des cartes. Mais je m'interrogeai. Car elle leva la tête et posa sur moi un œil vide, puis parut regarder au-delà de moi. Son expression était bizarre.

Je me rappelai que l'une des autres fois où j'étais venue, elle m'avait regardée comme ça, fixant quelque chose qui devait être de l'autre côté de la fenêtre. Elle était en face de la fenêtre de la cuisine, et moi je lui tournais le dos. Elle fit ensuite le même geste que la dernière fois, sa large paume tendue dans une sorte de mouvement de balai.

Pour voir ce qu'elle regardait, je dus me retourner. Je vis une vitre opaque, c'est tout. On ne voyait par la fenêtre que la cime chétive d'un arbuste, laurier ou rhododendron. Elle se balançait légèrement dans le vent. Il n'y avait pas de soleil, seulement une lumière grise, un fond brumeux auquel se mêlaient les rhododendrons. Dans le silence qui sembla s'épaissir, le trois heures cinq passa en sifflant.

Il y a des fois où la vie s'abat sur vous comme une vague d'ouragan tropical qui emporte tout sur son passage — les palmiers, les huttes, les gens — et ne laisse derrière elle que des chicots d'arbres et des pieux. Je me sentais comme ça, deux piquets pour la corde à linge et le vent qui sifflait à travers.

Elle baissa la tête comme si elle avait peur de me regarder, comme si son expression risquait de dévoiler quelque chose qu'elle préférait cacher.

— La Reine de coupes, répéta-t-elle, comme si la carte venait juste d'apparaître.

Ça me rendit nerveuse. La séance en elle-même me rendait nerveuse.

Elle étala une rangée de cartes, s'arrêtant pour battre le jeu tout en les étudiant. Elle avait placé le Pendu en dessous de la rangée.

Elle passa son pouce sur le paquet en plusieurs allers et retours.

— C'est une mauvaise carte, fis-je en désignant le Pendu.

— Non, au contraire, c'est une bonne carte.

Je plissai le front. Il pendait à la branche d'un arbre, par un pied, la tête en bas. Ça me semblait de mauvais augure. Je décidai de chercher un livre sur les tarots à la bibliothèque. Les tarots sont de drôles de cartes.

— Ça signifie la renaissance. La régénération.

J'attendais la suite. Je fermai les poings et y appuyai mon menton.

— Dans ton cas, toutefois...

Je le savais ! J'étais l'exception et le Pendu me jetait un sort.

— Eh bien, c'est un peu particulier. Je ne me souviens pas d'avoir jamais...

A mon avis, quelqu'un qui est censé être un spécialiste ne devrait pas faire part de ses incertitudes. Ça serait stupide de la part de ma mère, par exemple, de dire à propos de sa tarte de l'Ange : « J'ai dû mettre trop de jus de citron », ou : « Oh, mon Dieu, j'ai peut-être fait cuire la pâte trop longtemps... » Ça ne ferait que nuire à sa réputation. Je glissai sur ma chaise de sorte que mes yeux soient juste au-dessus du niveau de la table. Je me demandai si j'avais un regard moqueur. « Emma, redresse-toi ! Tiens-toi droite, pas étonnant que tu aies le dos rond ! » J'entendis les voix de Lola Davidow et de Ree-Jane. Mrs Louderback me regarda dans les yeux, mais ne dit pas ça. Je me redressai aussitôt. Sans doute par gratitude.

— Ce qui est bizarre, dit Mrs Louderback, c'est que certains de ces gens ne paraissent pas réels.

Etait-elle jamais allée à l'hôtel Paradise ?

— Quels gens ?

Elle étala les cartes avec la même prestance qu'Aurora Paradise quand elle triche au solitaire. Puis elle les examina.

— Tu vas te retrouver avec quelqu'un dans une situation difficile.

— C'est plutôt vague, osai-je.

— Je sais, acquiesça-t-elle. C'est parce que c'est une zone floue. Nous sommes tous dans des champs magnétiques interdépendants.

Elle ramassa les cartes.

Je me redressai d'un coup. Ree-Jane déteindrait-elle sur moi ?

— Qu'est-ce que ça veut dire ?

— Seulement que nous attirons et repoussons à notre insu...

Du moment que je suis capable de repousser.

— ... car notre vie se déroule pour une bonne part à notre insu.

— Oui, mais ça fait quoi ?

Mrs Louderback sourit.

— Eh bien, ça affecte les choses dont nous sommes conscients.

Ça devenait trop impalpable, trop « flou » pour moi. Je suis quelqu'un de rationnel.

— Je peux poser une autre question cette fois, ou faut que je garde la même ?

Mrs Louderback fit de nouveau la moue.

— Ça dépend si tu considères que tu as déjà obtenu la réponse à ta précédente question.

Je réfléchis.

— D'une certaine manière, non... euh, oui.

Ma question était : « Dois-je dire au shérif que j'ai vu Ben Queen ? » Or je ne le lui avais pas dit ; ça ne m'avait apporté que du malheur, car je crois qu'il s'était senti floué. Tous deux — le shérif et Ben Queen — étaient entrés dans mon « champ magnétique », ou moi dans le leur, et ils m'attiraient. L'attirance de Ben Queen avait été la plus forte. Il était peut-être parti, à présent, mais ça m'aurait étonnée. Je crois qu'il est toujours chez les Devereau ; c'est sans doute une bonne cachette.

— Bien, alors poses-en une autre.

Je fermai les yeux et me concentrai. Et voilà la question que je posai dans ma tête : « Est-ce que le shérif sera encore mon ami ? » J'ouvris les yeux.

Mrs Louderback étala les cartes en éventail, les étudia, puis me regarda.

— La question a été mal posée. On dirait qu'elle n'a pas d'objet. Peux-tu la poser à haute voix ?

A haute voix ? Certainement pas !

5

Les nouvelles

J'avais encore près de deux heures devant moi avant d'aller préparer les salades (ce qui ne me prendrait pas longtemps car nous n'avions que trois clients). Je décidai de me rendre à pied à La Porte, distante de Spirit Lake de trois kilomètres, plus grande et mieux équipée en « aménagements ». J'ai appris ce mot en entendant les gens se plaindre que l'hôtel Paradise en manquait cruellement.

Jeter un coup d'œil dans l'avenir est éprouvant pour les nerfs. Il y avait l'étrange réponse de Mrs Louderback à ma question sur le shérif et il y avait le moment où elle avait paru regarder au-delà de moi, par la fenêtre de la cuisine. C'était tellement bizarre que je me suis dit que Mrs Louderback était peut-être une médium, après tout, même si elle affirme le contraire. Elle avait eu l'air de sortir d'elle-même pendant que quelque chose prenait sa place. Que voulait-elle dire en disant que ma question sur le shérif était mal posée ? Que la question n'avait pas lieu d'être ?

Ce qu'il me fallait, c'était du calme et du silence. J'optai pour la bibliothèque d'Abigail Butte. J'y suis toujours à l'aise et Miss Babbit, la bibliothécaire, ne me conseille jamais d'aller dans la salle pour enfants. Elle est assez intelligente pour penser que si j'aime la salle de lecture principale, c'est mes affaires. Elle est sans doute aussi tellement contente de voir quelqu'un de mon âge venir de son propre chef qu'elle fait tout pour que je revienne.

Et bien sûr, il y a le silence, seulement brisé par le froissement des journaux, ou le froufrou des livres qu'on feuillette, ou la fermeture des classeurs, ou les voix assourdies des gens qui s'inscrivent à l'entrée.

J'appuyai ma tête sur une main, feuilletai les pages de l'autre, regardant paresseusement les photos du mont Fuji. Sur les images de Tokyo, je fus surprise de voir tant de monde dans les rues et tant de néons. Tout semblait rapide et clinquant. J'avais toujours cru que le Japon (quand j'y pensais, c'est-à-dire presque jamais) était un pays tout de lenteur, avec des paysans les pieds dans les rizières ou tirant des rickshaws. Mais je confonds peut-être avec la Chine ? Je passai à la partie chinoise et je vis en effet des rizières où des femmes travaillaient, leurs jupes remontées et nouées à la taille, le visage caché par d'immenses chapeaux de paille en forme de cône.

Mes paupières étaient lourdes, elles menaçaient de se fermer toutes seules. Il m'arrivait souvent de m'assoupir dans cette position et de me réveiller en sursaut, la tête toujours appuyée sur ma main. Je n'étais pas tombée de la chaise, ma tête ne s'était même pas aplatie sur le livre. J'étais intacte. Ça me mettait mal à l'aise. Mon ange gardien, me voyant endormie, n'était pas parti boire un café. Même débranchée, j'étais toujours sur mes gardes. C'est une prédisposition. Je suis peut-être la même endormie comme éveillée.

Je me secouai pour remettre la machine en route, tournai quelques pages et tombai sur un long mur en zigzags. C'était la Grande Muraille de Chine, disait le texte, si incroyablement longue que c'est le seul monument de la Terre qu'on peut voir de l'espace. Et Ree-Jane ?

Lassée de feuilleter le livre de voyage, je me levai pour aller voir les journaux. J'aimais bien leur présentation, chacun fixé sur un long bâton comme en France et en Allemagne. J'avais vu des photos de gens assis aux terrasses des cafés à Paris ou à Berlin, lisant des journaux sur des bâtons. Ça donnait à la bibliothèque un agréable parfum d'étranger. On avait l'impression d'être assis dans un café parisien, au soleil, avec des lunettes noires et de beaux vêtements, et peut-être un petit chien en laisse couché paisiblement sous la table. Les garçons glissaient en silence, aussi précis, efficaces, que Vera.

Le meurtre près de White's Bridge occupait encore une grande partie de la première page, ce qui n'était pas surprenant vu le peu de choses qui se passent dans le coin. Le crime était sans doute la réponse à une prière de Suzie Whitelaw, la journaliste du *Conservative* ; elle avait un penchant pour le drame et parlait de « victime tragique ».

VICTIME IDENTIFIÉE :
ON RECHERCHE LE PÈRE

Je lus ce qui suit :

La police a réussi à identifier la victime tragique de la fusillade qui a eu lieu il y a deux semaines près de White's Bridge. Fern Queen, 38 ans, résidait chez Mr et Mrs George Queen, de Cold Flat Junction, où elle avait vécu une grande partie de sa vie. Les Queen, l'oncle et la tante de Fern, sont bouleversés.

Cold Flat Junction n'ayant pas sa propre police, c'est le shérif Sam DeGheyn qui a été chargé de l'enquête. Il sollicite l'aide de toute personne qui aurait vu Benjamin Queen, le père de la victime. Ledit Benjamin Queen a récemment été libéré de prison où il purgeait une peine de vingt ans pour le meurtre de sa femme, Rose Devereau Queen. Fern était leur unique enfant.

« On dirait que tout recommence », a déclaré la tante, Bathsheba Queen, en larmes.

Donny Mooma, l'adjoint du shérif, demande à toutes les personnes susceptibles d'aider la police de se mettre en rapport avec le commissariat.

Je fais partie des « personnes susceptibles d'aider », mais je n'ai pas aidé la police, pas encore. Cela va dépendre de ma conscience. Comment se fait-il que j'en sache plus que n'importe qui sur toute cette affaire ? Plus que la famille et la police ?

Bathsheba Queen, qualifiée de « tante en larmes » et de « bouleversée », c'est Suzie Whitelaw qui prend comme d'habitude des libertés avec la vérité. Il faudrait bien plus que le meurtre de Fern pour obtenir une Sheba Queen bouleversée et en larmes. Mais quand Sheba dit que c'est comme si tout recommençait, elle ne connaît pas le quart de la vérité.

C'est dur d'être « susceptible d'aider » et de ne pas le faire. Ce qu'il y a, c'est que Ben Queen a plus ou moins remis son sort entre mes mains. Je n'oublierai jamais ce qu'il m'a dit : « Si ça devient trop dur, dénonce-moi. »

Dément ! On ne m'avait jamais dit quelque chose d'aussi incroyable. C'est la première fois que quelqu'un fait passer mon propre intérêt avant le sien. J'aurais fait n'importe quoi pour le shérif, mais je ne peux pas lui dire que je sais où est Ben Queen, ou du moins que je l'ai vu chez les Devereau. J'ignore ce que Ben Queen était venu chercher, mais c'est moi qu'il a trouvé.

Je l'aurais fait sursauter s'il n'était pas à l'abri des surprises. Il avait l'air de quelqu'un qui en a tellement vu que plus rien ne peut le surprendre. C'est le genre d'homme dont on dit que la vie lui semble avoir le goût d'un soda éventé. Ça ne l'a pas ennuyé le moins du monde de me voir chez les Devereau. Mais pourquoi l'aurait-il été ? J'ai douze ans et c'est lui qui avait le revolver. Je ne sais pas contre qui il l'aurait utilisé ; il n'en avait pas besoin, je n'allais pas l'arrêter et le ramener en prison. Mais je comprends que le shérif le recherche : à peine est-il libéré, sa fille se fait tuer ! C'est une coïncidence un peu trop dure à avaler pour le shérif. C'est une affreuse coïncidence, c'est sûr !

C'est aussi pour la maison de Mary-Evelyn que j'ai tenu ma langue. Je ne veux pas que la police y vienne, que des policiers balourds comme Donny Mooma y traînent leurs guêtres, fouillent dans les tiroirs, examinent les partitions de musique, les photos, ouvrent les placards, triturent les vêtements de Mary-Evelyn et ses jouets. Je ne veux pas qu'ils relèvent les empreintes en laissant partout celles de leurs gros doigts sales.

La maison des Devereau est mon secret, que je ne partage qu'avec Mr Root et les Wood. S'ils ne m'avaient pas aidée en ouvrant un passage dans les bois, je n'y serais jamais venue, car les bois sont denses et épais, les chemins refermés depuis longtemps. Le jour, il y fait noir comme en pleine nuit. Même quand le soleil éclaire le lac, faisant scintiller sa surface comme des diamants écrasés, dans le bois il n'y a qu'une lueur verdâtre, une lumière comme si on était sous l'eau. Un piège, fourbe et retors.

Ça me pèse de garder le secret ; ça me pèse davantage que les sournoiseries de Ree-Jane ou les colères de Lola ; ça me pèse peut-être plus que la mort de mon père, mais je ne me souviens pas de ce que j'ai ressenti à l'époque, alors c'est encore comme un fourré éclairé par une lumière sous l'eau.

Fourbe, retors.

6

Le service

Préparer les salades tous les soirs avant le dîner, en principe servi à partir de six heures, fait partie de mon travail. C'est une tâche réellement ennuyeuse et j'ai déjà demandé à ma mère si quelqu'un d'autre ne pourrait pas s'en charger. Elle m'a fait remarquer qu'il n'y a que deux autres « quelqu'un » — Vera et Anna Paugh — et que Vera doit rester dans la salle à manger pour surveiller la cafetière et voir si les tables sont bien mises (comme si seule Vera pouvait dire où poser les fourchettes et les verres d'eau). Anna Paugh n'a pas le temps de faire les salades parce qu'elle ne quitte pas son autre emploi avant six heures. (Vu ce que l'hôtel la paie, je ne suis pas étonnée qu'elle ait besoin d'un autre emploi...) A quel autre « quelqu'un » pensais-je donc ? Ma mère manie souvent le sarcasme.

Elle disait cela en préparant les poulets, en ôtant sa cigarette de sa bouche pour la poser sur le bord du comptoir, qui est zébré d'encoches noires. Je crois aussi que ses sarcasmes sont destinés à amuser Walter, un de nos plongeurs, qui, essuyant les assiettes et les casseroles, attend dans l'ombre qu'elle dise ce genre de choses. Il a un rire qui ressemble à un hoquet, un rire d'asthmatique, il aspire des goulées d'air comme si c'étaient les dernières.

Ça ne me dérange pas qu'elle amuse Walter à mes dépens ; je l'aime bien et je crois qu'on devrait mieux le considérer, mais pas trop afin qu'il ne commence pas à en prendre à son aise en me laissant la vaisselle à essuyer. Lola Davidow prétend que Walter est arriéré, parce que c'est un grand qui se comporte comme s'il avait l'intelligence d'un enfant. Mais c'est faux, bien sûr, car, sinon, comment comprendrait-il si bien les sarcasmes de ma mère ? Je ne les comprends pas toujours moi-même et j'aime à croire que je ne suis pas sotte.

Je suis donc obligée d'arranger les feuilles de laitue dans les saladiers, de les recouvrir de tomates, d'oignons et de rondelles de poivron, en soignant artistiquement la présentation. (Cependant, je ne dois pas être trop artistique, au point de découper les œufs et les olives en rondelles, ce que j'ai déjà fait dans le passé.)

On prépare les salades sur une grande table émaillée au centre de la cuisine. Les cruchons de vinaigrette y trônent avec les grands plateaux. Quand ma mère annonce qu'un plat est prêt, nous empoignons un plateau sur lequel nous chargeons vite le plat. Elle exige que les plats arrivent à table encore brûlants et ça l'irrite au plus haut point (aime-t-elle à répéter) que nous laissions les plats refroidir plus de cinq secondes. On dirait qu'elle voit la chaleur fuir les assiettes. Elle fixe une cuisse de poulet, la voit refroidir et ordonne que la serveuse l'emporte avant qu'elle ne lui casse le plat sur la tête.

Walter (qui empile les assiettes propres sur l'étagère métallique au-dessus du gros fourneau noir) se tord de rire en l'entendant. Il trouve que ma mère est une sacrée rigolote. Il l'appelle « Miss Jen », comme presque tout le monde, même Ree-Jane. (Quand j'ai suggéré que Ree-Jane s'occupe des salades, ma mère est simplement partie d'un de ses rires sans joie.)

Ce soir, je n'avais que trois salades à préparer pour nos trois pensionnaires (« nos habitués », comme aime à les appeler Mrs Davidow), j'avais donc tout mon temps pour inspecter le four et le comptoir afin de voir ce qu'il y avait à dîner. Je peux me fier à mon odorat, qui s'est si bien familiarisé avec la cuisine de ma mère qu'il me donne la réponse même les yeux fermés. Mais comme ça ne rend pas justice à sa cuisine, je les garde ouverts. Il y a un nuage de mousse de pommes de terre sur le haut de la casserole à double fond, la vapeur destinée à l'empêcher de sécher s'échappe de l'étage inférieur ; des poulets frits rôtis au four (frits d'abord, rôtis ensuite). J'inspecte le plan de travail où ma mère fait sa pâtisserie : il y a, pour mon plus grand plaisir, une belle brioche, recouverte d'une couche de crème au beurre puis d'une couche de crème caramel et nappée d'une sorte de sauce à la vanille parfumée au cognac. Rien qu'à la regarder, je me sens repue et saoule. Près de la brioche, un tamis à sucre glace. Pour rendre service à ma mère, j'en saupoudre la brioche.

« Nos clients payants » (comme si on faisait la charité aux autres !) sont Miss Bertha, Mrs Fulbright et le Pauvre Diable. Il s'appelle en réalité Mr Muggs, mais Lola Davidow l'a surnommé le Pauvre Diable et maintenant nous l'appelons tous comme ça. Il vient passer deux nuits chez nous quand ses affaires l'amènent dans la région, et il demande toujours la même chambre. Qu'on puisse s'attacher à une chambre particulière, ça me dépasse. Mais j'imagine que pour le Pauvre Diable, revenir dans la même chambre équivaut à rentrer chez lui. Cette idée me surprit, je la notai dans mon journal. Plusieurs clients exigent eux aussi la même chambre d'une fois sur l'autre et Mrs Davidow fait le maximum pour les contenter.

Ainsi, Mr Muggs occupe toujours la 42, au deuxième étage. Elle n'a rien de spécial, sinon que c'est la plus proche de la salle de bains. Très peu de chambres ont leur propre baignoire car l'hôtel a été construit dans les premières années du dix-neuvième siècle, longtemps avant l'existence des motels.

Parfois, nous autres serveuses, nous devons aussi faire les chambres lorsque notre unique femme de chambre est malade ou manque à l'appel. C'est un travail ingrat car il n'y a pas de pourboire. La 42 a l'air inoccupée, même quand Mr Muggs l'occupe. C'est étonnant. Même les serviettes sur le porte-serviettes ont l'air inutilisées. Il faut que je les examine de près pour voir les froissements, sentir l'humidité. Il faut ouvrir les placards pour voir s'il y a des vêtements à l'intérieur. Même les choses qu'on laisse d'habitude sur la coiffeuse, le Pauvre Diable les range dans les tiroirs : brosse, lotion après-rasage, clés, pièces de monnaie.

J'entends Ree-Jane d'ici : « Tu sais quel est son problème ? C'est un anal. » Elle dit ça avec un petit sourire suffisant, fière de son savoir, et encore plus parce que ça a à voir avec le corps (et que j'en ignorais le sens avant de regarder dans le dictionnaire). « C'est pas vrai, j'avais répondu, c'est toi qui es anale. » Quand je ne sais pas ce que Ree-Jane veut dire, je la contredis. Ça la met en rogne. « Tu ne sais même pas ce que ça veut dire », fut sa pauvre réponse. Je ne savais pas, c'est juste, mais je sais me servir d'un dictionnaire.

La définition est assez compliquée, il est question de « rétention » et « d'expulsion », et les traits de caractère ont à voir avec l'apprentissage de la propreté. Je ne voulais pas m'appesantir sur l'apprentissage de la propreté, ni pour le Pauvre Diable, ni pour moi. Le dictionnaire parle de « rétention anale ». Je me suis entraînée à prononcer la formule afin de la maîtriser.

J'ai attendu un peu, le temps que Ree-Jane oublie. Un dimanche, après le petit déjeuner, je suis sortie sur la véranda où elle était entourée de journaux, les pages étalées sur les fauteuils et sur la table en osier. J'ai pris celle des bandes dessinées ; elle me l'a arrachée des mains et m'a dit de lire mon propre journal.

— Je savais que tu allais réagir comme ça, tu fais de la rétention anale.

Vous croyez qu'elle a répondu quelque chose d'incisif ? Rien. Elle est restée bouche bée. Puis elle a dit :

— Tu es stupide. La rétention anale n'a rien à voir avec le fait de céder ou pas des journaux !

— Est-ce que j'ai dit ça ? La rétention anale inclut absolument tout.

Je me suis calée dans le rocking-chair vert et je me suis balancée doucement, sans la regarder, tout en fredonnant une chansonnette que Will et Brownmiller avaient composée.

Elle est partie, froissée.

Oh, comme j'aimerais que Ree-Jane soit comme le Pauvre Diable. Comme j'aimerais qu'elle s'estompe telle une

ombre, sans laisser de traces, ni d'effluves de parfum, ni de mèches de cheveux !
Pauvre Diable.
Pauvre Ree-Jane.

Je me rappelai cet incident en disposant une lamelle de poivron vert sur la salade du Pauvre Diable. Je m'occupai ensuite de celles de Miss Bertha et de Mrs Fulbright. Ces deux vieilles dames sont amies, elles viennent ensemble dès l'ouverture de l'hôtel au printemps et restent jusqu'à la fermeture, fin septembre. Comme elles représentent une rentrée d'argent immuable, nous devons être super aimables avec elles. C'est facile d'être aimable avec Mrs Fulbright, qui est charmante et pas snob pour deux sous, mais Miss Bertha, c'est une autre histoire. Elle frappe le sol de sa canne, *bang, bang, bang !* quand elle veut d'autres petits pains chauds ou de l'eau, et elle se plaint que je ne sois pas assez rapide : « Qu'est-ce que t'attends pour me servir, ma fille ? » *Bang, bang !* — comme si ce n'était pas ma mère qui s'occupait de la préparation des plats !
L'un des problèmes de Miss Bertha est qu'elle ne branche pas son sonotone, un gros machin en plastique beige qui ressemble à une fausse oreille et lui donne un air tordu qui colle bien avec (ou complète, comme on dit) sa bosse. Sa tête ressemble à une noix, avec les mêmes rides et les mêmes crevasses. J'essaie de compatir avec Miss Bertha qui n'a pas eu de chance avec son physique — moi non plus, après tout —, mais dès qu'elle se met à jeter des petits pains ou à taper avec sa canne, j'oublie mes bonnes dispositions.
En examinant les salades, je me dis qu'elles ont besoin d'être embellies. Il y a sur une assiette en verre des lamelles de piment avec lesquelles je décore deux salades. Je vais ensuite chercher un poivron rouge que je dispose artistiquement sur la troisième. J'ai juste besoin de me rappeler lesquelles sont au piment, laquelle est au poivron rouge, et comme il n'y a que trois clients ce soir, ce sera à moi de faire le service. Vera et Anna Paugh ne se sont même pas dérangées. Nous n'avons pas besoin d'elles.

Quand il n'y a que les habitués, ma mère ne s'ennuie pas à faire trois plats différents, elle pense que deux suffisent. Elle improvise le premier et prépare l'autre avec des restes. Ce soir, c'est poulet frit ou boulettes de viande, même si parler de restes pour ce dernier plat est lui faire injure, surtout avec la sauce espagnole qu'elle verse dessus, une purée de tomates ensoleillée.

Heureusement, les trois habitués arrivent à la minute où on ouvre, comme ça je ne perds pas de temps et je peux les servir plus efficacement.

— Je partirai demain matin, dit Mr Muggs, avec sa tristesse coutumière.

En lui servant son cocktail de fruits, je lui réponds (tristement) :

— C'est vraiment dommage. Vous voulez peut-être deux desserts, ce soir ?

La cuisine de ma mère est un remède à tout, y compris au saignement d'aorte (j'ai appris ça en sciences).

— Ce soir, c'est tarte de l'Ange ou Forêt-Noire.

Le Pauvre Diable soupire.

— C'est fort aimable. Je prendrai peut-être une demi-part de chaque.

Je tique. Une demi-part de tarte de l'Ange, Salomon aurait coupé le bébé en deux plus facilement. Je souris malgré tout et j'acquiesce.

Ce soir, Mrs Davidow est au cocktail de Helene Baum, à La Porte ; c'est une excellente nouvelle, ça permet à tout l'hôtel de souffler, et ça me permet surtout de taper dans la réserve d'alcool de Mrs Davidow pour préparer la boisson préférée d'Aurora Paradise : un Cold Comfort.

7

Mes endroits préférés

Aurora Paradise n'exerce pas ses droits de propriétaire, comme par exemple engager quelqu'un, le virer, ou envoyer aux pelotes Lola Davidow et Ree-Jane. Ce n'est pas parce qu'elle est humble, généreuse ou indifférente, mais parce qu'elle préfère rester dans son quatrième étage. On lui envoie parfois ses repas par le monte-plats qui va de l'office au quatrième. Il marche super bien et expédie là-haut en quatrième vitesse poulets frits, agneaux braisés et tartes de l'Ange.

Le quatrième étage c'est le royaume d'Aurora, ou plutôt son duché, comme elle dit depuis que je lui ai raconté que Ree-Jane voulait épouser un duc pour devenir duchesse. A condition, bien sûr, que Hollywood, Broadway ou une agence de mannequins ne lui mette pas le grappin dessus avant.

« Ici, c'est le plus près que cette blondasse approchera d'un duché. » Pour Aurora, Ree-Jane est toujours une blondasse. Le jour où elle a été assez bête pour s'aventurer au quatrième avec le dîner d'Aurora, elle a reçu une aile de poulet à la figure. Et moi, cachée dans l'ombre de la cage d'escalier, j'ai eu la chance d'assister à la scène. Ree-Jane s'imagine qu'elle commande au monde entier. Mais elle ne peut pas prétendre avoir conquis Aurora Paradise (qui la traite de vieille gourde), ni moi (qu'Aurora traite de jeune gourde).

Je suis l'une des rares personnes à être admises au quatrième, et c'est parce que j'ai raconté à Aurora les péripéties du meurtre de White's Bridge ou, plus précisément, du meurtre de Mirror Pond, et (avant tout) parce que je lui prépare ses cocktails. Les cocktails sont ma toute dernière spécialité ; particulièrement le Cold Comfort. Aurora a ses propres alcools, mais elle préfère utiliser ceux de Lola Davidow. Je lui en ai fait le reproche. Je lui ai dit que si jamais Mrs Davidow m'attrape dans sa réserve d'alcools, elle me tuera. « Eh bien, tu mourras pour une bonne cause, m'a-t-elle rétorqué. Le duché est pauvre comme Job. Les barons ne paient pas leurs fermages ! »

Je ne lui ai pas demandé plus de précisions, car je savais qu'Aurora ne comprenait pas plus que moi la féodalité et la paysannerie, or j'ai étudié ça à l'école. Aurora en sait autant sur la gestion d'un duché que sur celle d'un hôtel. Je continue donc à mettre ma vie en danger en tapant dans le gin, le rhum et le bourbon de Lola Davidow pour fabriquer les cocktails d'Aurora. (Je dois les préparer dans la cuisine quand il n'y a personne, car le duché n'a pas de glace, aucune tranche d'orange et encore moins de cerises au marasquin.) J'aimerais faire les mint juleps de Lola Davidow, car j'ai idée qu'ils emporteraient la médaille au concours de cocktails. Je dis ça pour Lola, c'est une spécialiste en la matière.

Aurora est là depuis toujours, elle était là bien avant les Graham, et elle connaît, ou connaissait tout le monde dans le coin. Elle connaissait les sœurs Devereau et c'est elle qui m'a mise sur la bonne piste pour Rose Devereau ; elle m'a dit qu'elle s'était enfuie avec Ben Queen quarante ans plus tôt, juste après la noyade de Mary-Evelyn. Elle n'a pas dit ça pour me faire plaisir, elle ne cherche pas à faire plaisir, pas plus à moi qu'à quiconque. Mais sans le savoir elle a été et elle sera — toujours sans s'en rendre compte — d'une grande aide dans mon enquête sur les circonstances qui ont entouré la mort de Mary-Evelyn Devereau, celle de Rose et celle de Fern Queen.

Elle ne lâche pas les informations facilement. Elle me fait du chantage, m'oblige à assister à ses « tours de magie » qui consistent à choisir une carte ou à trouver un petit pois, deux jeux incroyablement stupides et pour lesquels elle triche honteusement, m'interdisant de gagner.

Aurora est toujours assise dans le même vieux rocking-chair, vêtue de laine noire ou bleu foncé, ou d'un machin gris luisant qui a l'air d'une armure légère quand la lumière le frappe sous un certain angle. Elle a découpé ses gants en dentelle à la jointure des phalanges parce qu'elle a besoin d'avoir les doigts libres pour tricher au jeu du petit pois. Elle affirme qu'elle ne triche jamais, mais c'est faux, naturellement. Là-haut, elle est entourée de ses objets — un vieux coffre de marin plein de superbes vêtements qu'elle ne porte jamais, des tableaux de chevaux et de moutons, un grand calendrier de 1939 accroché à un clou et sur lequel elle note des choses dans les cases blanches de sa petite écriture en pattes de mouche. Une fois, j'ai regardé le mois d'avril et ce qu'elle avait écrit, sur Roosevelt et d'autres personnages que je ne connaissais pas. Elle m'a dit de décamper, « Fiche le camp ! », et de ne pas souiller son calendrier.

« Comment je le souillerais ? Je ne le touche même pas !

— Avec tes yeux. (Puis elle a gloussé. Son gloussement est affecté.) Je crois que je prendrai un autre cocktail, Miss. »

J'ai emporté le verre et j'ai dit de mon ton le plus sarcastique :

« Tu n'as pas peur que je souille le Southern Comfort ? »

Puis je suis descendue, le verre à la main, en renonçant à glisser sur la rampe comme je le faisais quand j'étais petite.

Comme je l'ai dit, je raconte à Aurora ce qui s'est passé à White's Bridge. Je connais plus de détails que notre journal local, et même plus que la police. Ça devrait me donner un sentiment de supériorité, en fait, ça me met mal à l'aise. J'ai parlé à plusieurs personnes, des gens que le shérif n'a pas interrogés parce qu'il ne sait pas qu'ils sont liés à l'affaire.

L'une de ces personnes est Jude Stemple, qui prétendait que la victime inconnue était la fille de Ben Queen (et il avait raison). Jude Stemple est de Cold Flat Junction ; Fern Queen aussi. Elle avait disparu depuis plusieurs jours, mais ça n'inquiétait pas Bathsheba ni George, les parents chez qui elle vivait, parce que Fern n'a jamais eu toute sa tête. Il n'y avait aucune raison de faire le rapprochement avec le corps retrouvé à des kilomètres de La Porte. C'est Aurora qui m'a parlé de Ben Queen, et c'est Jude Stemple qui m'a parlé de Rose. Jude Stemple assure que Ben n'a pas pu tuer Rose parce qu'il l'aimait trop.

Ainsi, quand j'ai rencontré Ben Queen chez les Devereau, de l'autre côté du lac, et que nous sommes allés à Crystal Spring, je dois admettre que j'ai été d'accord avec Jude. Ça ne veut pas dire que je n'ai pas eu peur lorsque je suis tombée sur cet homme qui venait de sortir de prison, dans une maison déserte au milieu des bois près d'un lac oublié. J'avais peur, je vous le garantis, mais dès que Ben Queen m'a parlé, ma peur a disparu.

Sa fille Fern a été assassinée, mais il n'y est pour rien.

« Il y a des gens qui sont nés pour payer à la place des autres », a-t-il dit, et il était l'un d'eux. Ensuite, il m'a regardée comme pour dire : « Toi aussi, tu en fais partie. »

C'est à ce moment-là que je lui ai parlé de la Fille, celle que j'avais vue à Cold Flat Junction et dans la maison des Devereau. Je lui ai dit que je l'avais vue quatre fois.

« Elle ressemble à votre femme, Rose. »

Ben Queen a paru réfléchir, puis il a dit que je me trompais, car personne ne ressemblait à Rose. La Fille devait sortir de mon imagination.

Mais je crois qu'il a compris ce que je voulais dire.

J'ai fait une liste de mes endroits préférés et la petite cuisine y figure en dixième position. Ça m'étonne parce que je ne m'étais pas rendu compte que j'y étais attachée. Ensuite, je me suis souvenue que nous l'utilisons en hiver quand nous restons à l'hôtel toute l'année, ce qui est rare. Depuis les fenêtres de la petite cuisine, j'aperçois les matins bleus et la neige, le givre sur le rebord, et, à l'intérieur, je sens l'odeur des petits pains qui chauffent et des gâteaux au sarrasin qui commencent à lever avant que ma mère ne leur donne leur forme de ses mains magiques. Je n'ai jamais eu l'occasion de toucher un rosaire, n'étant pas catholique, mais d'après ce que j'ai pu voir on fait défiler les perles en répétant « Marie, Mère de Dieu », et on obtient l'absolution ou on est purifié ou je ne sais quoi. Moi, si je veux me laver l'âme, je récite simplement « gâteau-au-sarrasin-gâteau-au-sarrasin-gâteau-au-sarrasin » et mon âme est aussitôt purifiée.

Donc, la petite cuisine vient en dixième sur ma liste des endroits que je regretterais si je devais ne plus les revoir. Je les classe de un à dix. Je ne connais leur rang qu'en les testant ; je ferme les yeux, j'imagine l'endroit en train de disparaître et je me dis que je ne le verrai plus jamais. Quelque chose monte en moi, mes yeux s'ouvrent d'un coup et j'ai trop chaud ou trop froid. Ce qui monte est la peur, et je me demande si la peur de perdre quelque chose n'est pas plus importante que la chose elle-même.

Mes endroits préférés :

1. *La grande cuisine*
2. *Spirit Lake*
3. *L'Eléphant Rose*
4. *Le Rainbow Café*
5. *La maison des Devereau*
6. *Le terrain de l'autre côté de la voie ferrée à Cold Flat Junction*
7. *Le banc en face du Britten's*
8. *Le restaurant Windy Run*
9. *La bibliothèque d'Abigail Butte*
10. *La petite cuisine*

J'ai dû limiter les endroits à dix, sinon je pourrais continuer indéfiniment. Pour être sûre qu'il n'y a pas que des endroits préférés, j'ai dû en choisir cinq que je serais ravie de ne plus jamais revoir :

1. *La chambre de Ree-Jane*
2. *La rampe du porche où Ree-Jane aime poser*
3. *La partie de la salle à manger où s'installe Miss Bertha*
4. *La table des salades*
5. *Europa, le magasin de luxe où Ree-Jane achète ses vêtements*

Je dois revoir la liste toutes les semaines pour vérifier que le classement n'a pas changé ; en général, il a changé.

Ça peut vous paraître étrange, cette manie de classer les endroits que je regretterai. Je sais quand je tombe sur un endroit pareil parce que mon cœur se serre de tristesse. Je m'aperçois alors que la tristesse est juste sous la surface et que la surface se craquelle facilement.

Je me sens obligée de le faire, mais je ne sais pas pourquoi. Je dois le faire comme les hirondelles doivent migrer des contrées froides aux contrées chaudes. C'est l'instinct, c'est comme si j'avais un rituel à accomplir. Comme ça, si l'un de mes endroits préférés vient à disparaître, un incendie qui se déclare dans la petite cuisine par exemple, je ne serai pas prise au dépourvu.

8

La méditation rose

C'est dans l'Eléphant Rose que je médite. L'Eléphant Rose se trouve sous la salle à manger et était autrefois utilisé pour les cocktails, surtout par les joueurs de tennis, pour qui tout était prétexte à boire un coup. Je l'ai décoré avec des bougies plantées dans des bouteilles de vin et la cire forme des dessins harmonieux autour des goulots. Il y a aussi de grandes photographies que j'ai obtenues à la bibliothèque d'Abigail Butte et que j'échange de temps en temps contre de nouvelles quand je suis d'humeur artistique.

Personne ne vient dans l'Eléphant Rose sauf pour me chercher, ce qui est rare. Les souris, les toiles d'araignée, la pénombre, l'épaisse porte grinçante, les hautes herbes qui sont toujours mouillées devant l'entrée, même les jours de soleil : c'est pas un endroit qui attire les gens. Si on ne me trouve pas pour une raison ou une autre, on envoie Walter à ma recherche. Walter fait toujours ce que personne d'autre ne veut faire. Ma mère est bien sûr trop occupée pour me chercher ; mon frère Will est dans le grand garage avec Mill ; Ree-Jane préférerait mourir que d'aller me chercher, sauf si elle pense que je vais avoir des ennuis ; Vera est trop coincée et trop empesée pour descendre le chemin en gravier et traverser l'herbe humide. Il ne reste donc plus que Walter.

Bon, on n'enverrait pour rien au monde Walter accueillir les clients à l'entrée. N'importe qui, y compris Vera et Anna

Paugh, d'accord, mais surtout pas Walter. C'est drôle, ce genre de discrimination ne le gêne pas, il accepte avec joie les tâches ingrates qu'on lui propose, parmi lesquelles aller me chercher. Il est doué pour trouver les choses. Il est comme une de ces baguettes de sourcier qui repèrent les eaux souterraines.

Quand il vient à l'Eléphant Rose, je lui offre toujours un Coca et un banc pour s'asseoir. Il adore la compagnie, même s'il ne parle pas beaucoup. Ça me détend de discuter avec quelqu'un qui parle avec une telle lenteur. Il peut dire *hum* comme s'il y avait trente-six syllabes. Les mots semblent lui coller à la bouche comme du chewing-gum, et il les détache un à un. Mais c'est rien comparé aux Wood.

Le chat de l'hôtel se glisse parfois dans l'Eléphant Rose voir s'il n'y a pas de souris. Je n'ai pas peur des souris, et j'aime la présence du chat. Il se love sous la table à mes pieds. Il n'a pas de nom et je me dis toujours qu'il faudrait lui en trouver un. Mais il est peut-être plus heureux comme ça.

Je cache mon journal intime dans une crevasse du mur en stuc rose, derrière une réclame pour une bière mexicaine. Elle représente un taureau et un matador qui agite sa cape rouge. Outre le journal, j'ai une boîte aux trésors que j'aime inspecter chaque fois que je viens, non parce que j'ai peur qu'on m'ait volé quelque chose, mais parce que j'aime bien revoir mes objets secrets. Il y a une photo des Devereau où on voit les trois sœurs et Mary-Evelyn sous la porte cochère de l'hôtel. Mary-Evelyn est en avant. Bon, quand on prend par exemple une photo de Will et de moi, Will me met deux doigts derrière la tête pour me faire passer pour un âne. Si c'est Ree-Jane qui pose, je fais la même chose ; mais c'est plus pour chasser la malédiction d'être en permanence liée à elle que pour lui faire des oreilles d'âne.

Sur le cliché des Devereau, en tout cas, personne ne met la main sur l'épaule de Mary-Evelyn ; elle est à distance de ses tantes et personne ne lui a demandé de se rapprocher.

Il y a d'autres objets dans la boîte : deux agates vertes que j'ai trouvées sur la promenade en bois qui conduit à la poste de Spirit Lake. C'est une agréable promenade et j'adore aller chercher le courrier, manipuler la combinaison de notre boîte postale et être la première à voir ce qu'on nous envoie. Il y a aussi un médaillon en or que ma mère m'a laissé car elle ne sait pas de qui elle le tient ni qui est sur la photo à l'intérieur. (Ma mère n'a pas une mémoire excellente ; peut-être parce que sa tête est pleine de recettes et qu'il n'y a pas de place pour les étrangers.) L'homme et la femme semblent dater du siècle dernier ; lui a des rouflaquettes et elle, elle doit hausser son menton pour le maintenir au-dessus d'un col montant rigide.

Je conserve aussi dans la boîte le foulard rouge et noir que Ben Queen m'a donné quand je pleurais à chaudes larmes à cause de Mary-Evelyn. Je le déplie en ce moment en me demandant si les larmes ont laissé une odeur ; je renifle, mais ça ne sent que le coton, pas de trace de moi ni de Ben Queen. Ça m'ennuie que les traces des gens s'estompent aussi vite, ça m'embête que le foulard ne garde pas l'odeur de la personne qui l'a porté autour du cou, et qu'on ne puisse pas dire, si jamais on fouillait dans ma boîte aux trésors : « Tiens, Ben Queen. On reconnaît bien son odeur, et, tenez, Emma Graham, on voit les traces de ses larmes. »

Mais j'y pense, c'est ce que font les chiens policiers et les médiums, avec leur sixième sens ; on leur donne un bout de tissu, une chaussure ou un gant, et, juste à l'odeur (je crois bien que c'est l'odeur), ils finissent par vous conduire à la personne recherchée.

La nature, elle, elle oublie. Les hautes herbes que je foule pour venir à l'Eléphant Rose ne retiennent pas l'empreinte de mes chaussures ; l'eau dans laquelle elle s'est noyée, les nénuphars qui l'ont soutenue ont perdu toute trace de Mary-Evelyn Devereau. Nous ne laissons rien derrière nous, sauf dans la mémoire des autres. Et s'ils nous oublient, nous disparaissons à jamais.

Je replie soigneusement le foulard et je le pose sur la table, à côté des agates.

Ce qui me chagrine, je crois, c'est qu'après moi tout le monde aura oublié Mary-Evelyn. Elle a mené une petite existence difficile et on l'a oubliée. Elle aurait aussi bien pu couler au fond de Spirit Lake, pour le souvenir qu'on en a gardé. C'est comme si on l'avait laissée partir, comme si la main qui la retenait s'était ouverte et qu'elle avait disparu.

Le pire a dû être la certitude qu'on l'abandonnait. Comme si ça ne valait pas la peine de faire un effort pour la maintenir en vie.

Il y a un autre objet important dans ma boîte aux trésors. C'est une pièce du Cluedo de Mary-Evelyn. C'est un tube creux gros comme un nickel avec une tête en plastique qui ressemble à la carte du Colonel Moutarde. C'est un des personnages du jeu, avec le Professeur Violet, Madame Pervenche, Madame Leblanc et Mademoiselle Rose.

Si un joueur tire la carte du meurtre, il peut mettre une des quatre armes dans son tube pour, plus tard, tuer un des autres. C'est assez compliqué. C'est mon jeu favori. (J'en ai parlé à Aurora, et elle m'a dit qu'elle voulait jouer avec moi. Elle a fait toute une scène — je me suis régalée — quand je lui ai dit qu'il fallait être plus de deux pour y jouer, sans quoi chacun de nous saurait qui a la carte du meurtre.)

Quand j'ai trouvé le Cluedo dans le coffre de Mary-Evelyn, le Colonel Moutarde manquait. Je n'y ai pas fait attention, sur le coup, mais il y a quelques jours, après être allée à Crystal Spring avec Ben Queen, j'ai trouvé le Colonel Moutarde dans la petite niche où il y a le gobelet cabossé. Le Colonel Moutarde est un peu trempé, à force d'être sur la pierre mouillée. Mais il n'est pas resté là longtemps, je le sais parce que le soir où tous les quatre — c'est-à-dire Mr Root, moi, Enepébé et Enegébé — on s'est retrouvés près de la source, on a tous bu au gobelet et il n'y avait pas de Colonel Moutarde.

C'est peut-être Ben Queen qui l'a mis là, mais ça m'étonnerait parce qu'il manquait déjà quand je suis allée à la maison des Devereau ce soir-là. De toute façon, Ben Queen n'avait aucune raison de faire ça.

C'est encore un chemin détourné. Pour quelle raison placer le Colonel Moutarde à côté du gobelet ?

Je réfléchis souvent à la question. A part moi, personne ne vient plus à la source depuis que le sentier est recouvert de mauvaises herbes. Personne hormis les Wood, Mr Root et Ben Queen, une seule fois, cette nuit-là.

Et la Fille. Je l'y ai vue deux fois. Une fois de l'autre côté de Spirit Lake, chez les Devereau. Une autre, juste devant la maison, quand j'étais à l'intérieur.

Je pense qu'elle a laissé la pièce pour que je la trouve, c'est un indice. Ou sinon un indice, du moins un message.

Pourquoi ce chemin détourné ? Le jour où je l'ai vue quand j'étais chez les Devereau et qu'elle était dehors, près des pins, pourquoi n'est-elle pas venue en disant « Voilà ce qui s'est passé. J'ai tué Fern Queen parce que... » ?

Parce que c'est forcément elle, hein ? Ben Queen a laissé entendre qu'il était prêt à endosser la responsabilité du crime. Pour qui d'autre accepterait-il de se sacrifier sinon pour sa petite-fille ? C'est forcément sa petite-fille, pour qu'elle ressemble autant à Rose. Jude Temple assure que Fern Queen n'a jamais eu d'enfant, mais comment pourrait-il en être sûr ? Fern avait certainement une fille, je ne vois pas d'autre explication. Ça voudrait dire que la Fille a tué sa propre mère, ce qui me fait froid dans le dos.

Ou alors c'est un fantôme... un fantôme ou une deux-sexes-machine.

9

Brève histoire des deux-sexes-machines

Une « deux-sexes-machine », comme je l'ai déjà dit, est quelqu'un qui apparaît soudain pour remettre de l'ordre quand tout va mal, pour redresser les torts et sauver la face. Dans les pièces grecques, c'est un dieu ; dans *Le Magicien d'Oz*, c'est la bonne sorcière Glinda. Et dans une pièce de théâtre, c'est un acteur qui joue Dieu et qu'on descend sur scène dans un fauteuil ou sur une balançoire actionnés par des cordes et des poulies.
J'ai appris ça de mon frère Will et de son meilleur ami, Brownmiller. Ils sont toujours en train de répéter dans le garage une de leurs « productions », souvent des comédies musicales, car Mill est un fabuleux musicien. Ils m'ont récemment rendu service, mais en échange ils m'ont demandé de jouer un rôle dans leur production. J'ai accepté. Je ne me doutais pas qu'ils voulaient que je sois la deux-sexes-machine, assise dans un fauteuil qui descendait des poutres. Je leur ai dit qu'ils étaient cinglés, que je ne jouerais jamais leur foutue machine.
Mon frère m'a dévisagée en mâchonnant son chewing-gum. Will peut fixer quelqu'un en face, avec ses yeux en boutons de bottine, mais la plupart du temps il regarde à travers vous. Quand il est en mode « pensée ».
« Tu porteras une robe en tulle », m'a-t-il dit.
J'en suis restée interdite. Je m'imaginais bien dans une robe en tulle. Mais où en trouveraient-ils une ? Je le leur demandai.

Will et Mill échangèrent un regard complice ; quand ils font ça, c'est comme s'ils jouaient au jeu de puces avec leurs yeux. Ils ont l'art de communiquer entre eux comme ça. On voyait bien qu'ils ne voulaient pas qu'on connaisse les détails de leur précieuse production.

Nous nous étions disputés déjà, à propos de Glinda, quand ils l'avaient fait apparaître par une trappe, au lieu de la faire descendre sur scène avec des poulies. Paul, notre autre plongeur, jetait un nuage de farine pour faire croire que Glinda apparaissait de nulle part. Mais ils ne voulaient plus recommencer dans leur présente production parce que « ça ne faisait pas vrai ».

« Vrai ? avais-je dit. Depuis quand vous vous souciez que ça fasse vrai ? Ça avait l'air vrai quand vous avez fait asseoir Paul sur l'arbre (nous étions dans ce que nous appelons « le jardin à cocktails », derrière l'hôtel, entouré de pins) en train de manger une banane et de faire des bruits de singe ?

— Il parle comme un singe, de toute façon », m'avait répondu Mill, en remontant ses lunettes sur son nez.

J'ignorai la repartie.

« Ça avait l'air vrai quand vous avez joué cette pièce sur le Ku Klux Klan et quand vous l'avez attaché à un poteau avec des journaux et du petit bois à ses pieds ? »

(Je dois dire qu'il n'y a pas de gens de couleur à Spirit Lake ni à La Porte — ni à des kilomètres à la ronde. Je crois que le pays tout entier est resté à l'écart de la guerre de Sécession.)

« C'était une production éducative, déclara Will.

— Et nous n'avions pas allumé les journaux », ajouta Mill.

Je poussai un profond soupir exaspéré.

« Ecoutez, je refuse de mettre ma vie en danger en descendant des poutres du garage ! Comment je saurai si vous savez manœuvrer les poulies ?

— On essaiera sur Paul avant », assura Will.

Paul est le cobaye de tout le monde, ma mère y compris. S'il y a quelque chose dans le réfrigérateur qui risque d'être périmé et dont on ne peut pas s'assurer que c'est encore bon juste en le reniflant, elle demande à Paul de le goûter. S'il ne tombe pas raide mort, elle l'utilise dans sa cuisine.

La mère de Paul est le troisième plongeur. Elle est grande, osseuse et aussi fade que le lait caillé à la vanille. Elle parle avec une voix d'homme, mais ouvre rarement la bouche sauf pour menacer Paul. Je comprends pourquoi Paul est bizarre ; il tient ça de sa mère, à moins qu'il ne l'ait appris de Walter. Quand ils sont tous les trois en train de laver la vaisselle, j'aime traîner dans le coin pour les écouter parler… quand ils parlent.

Le pauvre Paul (non que j'aie vraiment pitié de lui : je n'aurais pas bronché s'ils avaient mis le feu aux journaux) se fourre dans toutes sortes d'ennuis. Une fois, il s'était caché sous la table à pâtisserie et quand ma mère s'était éloignée du magnifique gâteau de mariage qu'elle glaçait, il en avait mangé un bout. Vous voyez le tableau ! Une autre fois, sa mère l'avait attaché à une chaise pour qu'il reste tranquille et il avait arraché les coutures de ses chaussures toutes neuves. J'avais fait remarquer à sa mère que c'était pas une bonne idée de lui laisser les mains libres.

On peut dire que Paul est l'exact opposé d'une deux-sexes-machine. Tout va bien jusqu'à ce que Paul arrive sur scène, ensuite tout part à vau-l'eau.

Je viens souvent dans le « jardin à cocktails » et je me balance sur la grande balançoire suspendue entre deux gros arbres. Avant, c'était privé, seuls les « invités » avaient le droit d'y venir (c'est-à-dire n'importe qui avec une bouteille de gin). Il y avait une table métallique blanche, avec un grand parasol au milieu et des chaises métalliques blanches autour. Les gens s'asseyaient aussi sur les deux bancs verts. C'est un endroit très élégant pour les cocktails, et quand les invités venaient, ils étaient sur leur trente et un, talons hauts et blazers noirs. Mais comme beaucoup de choses, c'est désormais hors d'usage. Je ne sais pas pourquoi ; je trouve ça triste. Avant, c'était sur ma liste d'endroits préférés, mais un autre l'en a chassé. Remarquez, on ne sait jamais, le jardin à cocktails reviendra peut-être sur la liste.

Ah, si seulement j'avais moins d'endroits préférés à regretter !

10

Moïse dans les joncs

Cette tendance à la nostalgie me minait et je ne cessai d'y penser le long des trois kilomètres jusqu'à La Porte. Je voulais aller au Rainbow Café, mais comme je traversais la rue près de Saint Michael, je décidai d'y entrer.

Je ne suis pas une fan d'églises ; on n'est pas très religieux dans la famille, même si ma mère et Lola Davidow prétendent être épiscopaliennes. J'aime Saint Michael pour ses vitraux et ses sculptures. Mais j'aime surtout y traîner et parler au père Freeman, qui est en haut de ma liste des adultes qui ne sont pas condescendants avec les enfants. Il est aussi bel homme, brun et élégant, même s'il n'est pas aussi beau que le shérif.

Naturellement, le père Freeman n'était pas là il y a vingt ans, mais je pensais qu'il devrait être intéressé par ce que j'avais à dire sur Mary-Evelyn. Il a sans doute au moins entendu parler des Devereau et de leur maison, et il est forcément au courant du crime de White's Bridge. Je me demande avec angoisse si je ne suis pas la seule à penser que les crimes sont liés. Est-ce que ça me rend plus responsable à propos de ce qui peut arriver ?

C'est bizarre, Saint Michael est en même temps froid et sombre, chaud et lumineux. C'est à cause du silence et des vitraux, et de la façon dont les rayons du soleil dessinent des vagues sur le sol et dans les travées. Je me promène et je contemple les vitraux. Même si je suis fatiguée, je ne m'assieds jamais sur un banc, on pourrait croire que je prie.

Comme je m'en doutais, après une quinzaine de minutes, le père Freeman est apparu et m'a souri. Il m'a rejointe devant un vitrail. Nous sommes restés quelque temps sans dire un mot. C'est une personne qui n'est pas obligée de parler tout le temps et avec qui c'est agréable de rester silencieux.

Je lui ai demandé s'il connaissait l'affaire Mary-Evelyn Devereau ; il a acquiescé. Je lui ai raconté tout ce que je savais, les détails que j'ai notés dans mon journal, mais je ne lui ai pas parlé de Ben Queen, bien sûr. J'y avais pensé un instant ; les prêtres et les avocats ne peuvent pas répéter ce qu'on leur dit. Ils sont tenus au secret.

Après un silence, le père Freeman m'avoua :

— C'est l'une des histoires les plus tristes que j'aie jamais entendues. (Il hoche la tête, peiné.) Une petite fille qui part faire du canot toute seule et qui se noie. Pourquoi crois-tu qu'elle a fait ça ?

— On dit que c'était un accident.

— Oui, mais ce n'est pas par accident qu'elle est partie en canot.

Quel soulagement de voir que quelqu'un prenait mon parti dans cette histoire !

— Je sais. Ça m'a beaucoup tracassée. Il y a trop de questions laissées sans réponse. C'est ridicule la façon dont ça s'est passé, ça ne tient pas debout...

Les mots se bousculaient, je n'arrivais pas à les trier.

— Tu y as beaucoup réfléchi, remarqua-t-il.

J'acquiesçai, mais je continuai à contempler le vitrail.

— Moïse, dit-il.

— Quoi ?

— Les joncs. Tu sais, quand il était bébé

Je connais mal la Bible, mais je bredouillai un « Oui, je suis au courant ». C'est faux, bien sûr. Tout ce que je sais de Moïse, c'est l'histoire de la mer Rouge.

— Pour le sauver, sa mère l'avait enveloppé dans des joncs et l'avait mis dans un petit canot...

Là, il se tut et parut se plonger dans ses méditations. Je ne voyais pas le rapport entre Mary-Evelyn et Moïse. Ça m'énervait qu'il ait amené son Moïse sur la scène.

— D'accord, lui dis-je, mais Moïse s'en est tiré et il a séparé la mer Rouge en deux.

J'espère que ma connaissance de la vie de Moïse l'a impressionné.

— Je ne voulais pas dire littéralement.

— Non, bien sûr.

Je dis ça avec autorité, mais je ne savais pas de quoi il parlait.

Je décidai de potasser l'histoire de Moïse, mais je ne pouvais pas aller à la bibliothèque tout de suite, il fallait que je me réserve du temps pour avoir une discussion avec Aurora avant le dîner. J'avais aussi l'intention de m'arrêter au Rainbow.

Le Rainbow Café est tenu par une femme tyrannique qui s'appelle Shirley mais que tout le monde appelle Shirl. Comme Lola Davidow, elle se plaint constamment de ses clients. D'habitude, c'est le client qui se plaint de la gestion (l'accueil grossier, les chambres glaciales, le chemin interminable jusqu'à la salle de bains, ce genre de choses) ; à l'hôtel Paradise et au Rainbow Café, c'est le contraire. Shirl et Lola se plaignent des clients sous leur nez. Une fois qu'ils sont habitués, ils n'y font plus attention.

Shirl se perche sur un haut tabouret derrière la caisse ; elle fume, hurle ses ordres et vend sa « tarte paradisiaque », qui n'est qu'une imitation de la tarte de l'Ange de ma mère, celle à la meringue. La tarte de l'Ange est une des spécialités de l'hôtel — Aurora dirait que c'est sa « signature ». Lorsque Shirl lui a demandé sa recette, ma mère a ajouté deux ingrédients, un quart de cuillère à café de poivre de Cayenne pour la meringue et une cuillère à soupe de mayonnaise (de la Hellmans !) pour la mousseline de citron. Qui serait assez stupide pour croire à une recette pareille ? vous demandez-vous. Vous ne connaissez pas ma mère. Elle peut vous regarder dans les yeux comme si elle avait un pistolet sur la tempe et mentir. Vous vous dites que c'est une recette que vous ne voudriez pas copier, mais là encore vous n'avez pas vu ma mère à l'œuvre. C'est plus une question de *théâtre* que de mensonge. Ma mère a un don pour ça (elle s'en servait quand elle était jeune et qu'elle jouait dans une compagnie amateur à l'hôtel Paradise), et elle change de personnage et d'accent comme Lola Davidow change de vermouth pour ses mint juleps. J'ai déjà entendu ma mère, au milieu d'un groupe de Sudistes, parler avec le plus bel accent des planteurs de cacahuètes de Géorgie.

C'est d'elle que mon frère doit tenir son goût du théâtre, cette capacité à mentir en vous regardant droit dans les yeux.

Donc, Shirl trône au Rainbow en fumant et en se plaignant, les coudes sur le présentoir en verre qui abrite les tartes paradisiaques, que personne ne commande deux fois de suite. Toutefois, ses gâteaux et ses doughnuts sont très appréciés.

L'une des serveuses est Charlene, une fille au teint de papier mâché, à la poitrine plus accueillante que le sourire et qui se fait toujours pincer les fesses. L'autre se nomme Maud Chadwick, c'est une de mes adultes préférées. Elle est assez grande et plutôt jolie, avec des cheveux châtain clair soyeux et le visage le plus franc qu'on ait vu. On peut lire en elle comme dans un livre ouvert. Je ne sais pas quel âge elle a, sans doute trente ou trente-cinq ans. Et elle a une façon de plonger en elle-même et de reparaître comme si elle avait dix-sept ans, comme si elle avait des personnalités passées qu'elle pouvait invoquer à la demande. C'est peut-être pour ça qu'elle devine toujours comment je me sens : chez elle, la fille de douze ans est constamment à sa disposition. A mon avis, c'est un vrai don de se mettre à la hauteur de la personne à qui vous vous adressez. D'une certaine manière, c'est comme la capacité de ma mère à devenir une Sudiste, sauf que Maud ne joue pas la comédie ; elle *est* comme ça.

Shirl a imposé des tonnes de règles qu'elle affiche sur des petites pancartes ; l'une de celles-ci est épinglée sur les box en acajou du fond de la salle pour avertir qu'ils ne peuvent être utilisés par les personnes seules. Mais Maud s'arrange toujours pour que je m'installe dans un box ; elle prend une pause quand j'arrive et s'assied avec moi, du moins en attendant qu'on me serve ce que j'ai commandé. Une fois que je suis bien calée, comme elle dit, avec mon Coca et mon bol de chili, Maud retourne à son service. « Les droits du squatter », elle appelle ça.

Le truc, c'est que les box sont souvent libres car les clients du Rainbow sont pour la plupart des solitaires et des habitués qui s'assoient au comptoir — la majorité toujours à la même place et à la même heure. Il y a Dodge Haines (le concessionnaire Chevrolet) et le maire Sims. Ce sont tous deux des adeptes du pincement de fesse, ce qui dans le cas du maire est révoltant : il devrait donner le bon exemple. Il y a aussi Enepébé et Enegébé, les deux Wood, qui ne semblent pas se froisser qu'on les appelle par les lettres de leur plaque d'immatriculation. Mais faut dire que les Wood ont un tempérament tolérant. Ils y sont obligés, avec les railleries qu'ils essuient et que je trouve ignobles.

Maud s'arrange toujours pour les servir parce que Charlene aime les pousser à commander, juste pour les entendre dire des choses comme « chanvicheœuf hôti » pour sandwich au bœuf rôti. Maud leur indique le plat du jour et il leur suffit de hocher la tête, puis elle leur lit le menu et attend leur réaction.

Il y a une personne qui ne supporte pas qu'on chahute Enegébé et Enepébé, c'est le shérif de La Porte. S'il entend Dodge Haines ou Bud Hemple harceler les Wood, il va aussitôt mettre une contravention sur le pare-brise du fautif. Il connaît la voiture de chacun et il n'est pas difficile de trouver un motif, vu que la plupart (surtout le maire) se garent n'importe où. Ils savent pourquoi ils ont reçu une contredanse et quand le shérif retourne au Rainbow, ils se dépêchent d'arrêter d'embêter les Wood.

Le shérif et Maud sont de bons amis ; on devine qu'ils sont proches, même si le shérif passe son temps à taquiner Maud et qu'elle se chamaille souvent avec lui. Malgré ça, on voit qu'ils s'aiment bien. Maud est divorcée et elle a un fils, Chad, qui est en pension. Le shérif est marié à une femme nommée Florence que j'ai à peine vue. J'ai entendu ma mère et Lola parler d'elle et raconter qu'elle sort avec tous les hommes qu'elle rencontre. « Pauvre Sam », qu'elles disent en soupirant.

S'il y a une personne que je ne m'attends pas à entendre traiter de « pauvre Sam », c'est le shérif. Mieux, je n'imagine pas sa femme sortir avec un autre. Il est très séduisant et même s'il fait moins d'un mètre quatre-vingts, il paraît plus. Il est impressionnant, mais je ne crois pas que ce soit à cause du revolver qu'il porte à la ceinture.

Quand il me voit, le shérif a toujours l'air heureux, presque comme si on lui mettait un cadeau inattendu sous le nez. Pour moi, c'est vraiment un miracle, parce que c'est pas la réaction habituelle à mon égard. J'ai essayé de toutes mes forces de vivre avec l'image qu'on me renvoie. J'ai échoué et c'est mon plus gros problème.

11

Moïse et Aurora

Aurora Paradise est la seule personne que je connaisse qui possède une Bible. Mais, naturellement, elle n'a pas voulu me laisser la regarder avant que je lui fasse un Cold Comfort. Elle appelle le cocktail ma « signature ». Même Lola Davidow ne peut faire un Cold Comfort, parce que ça demande non seulement du talent mais aussi de l'imagination. En tout cas de l'imagination ; en fait, le talent n'entre pas en ligne de compte. Du moment que je commence par du Southern Comfort (de la réserve Davidow), je peux ajouter n'importe quoi — du cognac, du Jack Daniels, du rye, de la crème de menthe — avec du jus de fruit. J'ai amélioré le mélange avec le temps, ajoutant une rondelle d'orange, une feuille de menthe ou un carré d'ananas, et si je veux vraiment qu'elle se souvienne, qu'elle fasse resurgir des gens et des scènes du passé, je confectionne une brochette de fruits et je rajoute du cognac. La Bible ne m'attendra pas bien longtemps, une cerise au marasquin sur les glaçons fera l'affaire.

Elle but une gorgée de Cold Comfort, claqua sa langue et ferma les yeux.

— Hum ! fit-elle.

Elle but aussi sec une autre gorgée, non sans avoir fait auparavant des bulles en soufflant dans la paille. (Un truc si puéril que je ne le fais presque plus.)

— Ma Bible ? Pourquoi diable la veux-tu ?

Elle se balançait d'un air satisfait, ses doigts dans ses élégants petits gants en dentelle tripotant la paille.

— C'est pas...

J'allais dire « C'est pas tes oignons », mais je me repris. Aurora connaissait peut-être l'histoire de Moïse. Je ne voulais pas feuilleter toutes les pages, si fines qu'on a peur de les déchirer. Je me souvins alors que quand Aurora ne mentait pas effrontément (comme avec la règle des jeux de cartes ou du petit pois), elle aimait glisser sournoisement des désinformations, juste pour le plaisir.

— Je veux simplement lire l'histoire de Moïse, lui dis-je.

— Moïse ? T'es devenue religieuse, ma fille ? Tu as encore été au camp des Holy Rollers ?

J'y étais allée une fois avec Mill et Will, qui n'y assistaient que pour entendre des chansons sur lesquels ils comptaient mettre des paroles à eux. J'ignorai la question, puis elle me demanda :

— Tu sais au moins dans quelle partie se trouve Moïse ? Dans l'Ancien Testament ou dans le Nouveau ?

C'était du cinquante-cinquante. Je tentai ma chance :

— Dans l'Ancien.

Comme je le disais, je ne suis pas calée question Bible. Elle ne me contredit pas, et je poursuivis :

— C'est dans quel chapitre qu'on l'enveloppe dans les joncs ?

Je n'avais pas l'intention d'en lire plus qu'il ne fallait. Aurora souffla de nouveau dans sa paille, mais il ne restait pas assez de liquide.

— T'as pas besoin de lire la vie de Moïse, je peux te la raconter.

Elle dit cela avec un petit coup d'œil rusé.

— Non ! Je veux la lire moi-même.

Elle haussa les épaules.

— Comme tu voudras, mais fais attention. Certaines Bibles ne racontent pas l'histoire correctement.

— Qu'est-ce que tu me chantes ? La Bible, c'est la Bible, il n'y en a pas de bonnes et de mauvaises !

Elle posa avec soin son verre sur la petite table à côté du rocking-chair et joua avec ses gants. Je savais qu'elle voulait me faire douter et me mettre des bâtons dans les roues. Je dansai d'un pied sur l'autre (elle ne me propose jamais de m'asseoir) en me demandant quelle différence il y avait entre Aurora et quelqu'un comme Ree-Jane. Facile. Ree-Jane n'a aucune imagination.

Aurora Paradise ressemble davantage à ma mère lorsqu'elle donne ses recettes en y glissant un ingrédient supplémentaire ; elle ajoute, par exemple, des grains de café dans son gâteau au chocolat. Je trouve ça intelligent et très diplomate. Ça la fait paraître généreuse, et en même temps elle garde précieusement ses secrets de fabrication.

— Si, il y a plusieurs sortes de Bibles. Je ferais mieux de te raconter l'histoire de Moïse...

— Laquelle ? La bonne ou la mauvaise ?

Je demandai ça d'une voix suave. Elle gloussa.

— Pour une femme de quatre-vingt-dix-neuf ans, tu te conduis comme une gamine, ajoutai-je.

— Soixante-dix-neuf ! claqua-t-elle. Pas un jour de plus, ma fille !

— Oh, alors, ça explique tout !

Je pris le verre vide et je quittai la pièce, avec une certaine noblesse, pensai-je.

12

La brouille avec le shérif

Ce n'est que plusieurs jours après le meurtre que la police put identifier Fern Queen. Elle n'avait pas de papiers, pas de permis de conduire, par exemple. Finalement, quand Sheba et George Queen entendirent la description de la femme qu'on avait assassinée près de White's Bridge, ils appelèrent la police.

Cold Flat Junction n'a pas de commissariat ni de « présence policière » (comme dit le shérif), la police de l'Etat fit donc appel à la nôtre. D'habitude, c'est le shérif qui se dérange quand il y a des ennuis à Cold Flat Junction, et c'était vraiment le cas.

J'aurais pu dire à la police qui était la morte, mais je ne l'ai pas fait. C'est là qu'ont commencé mes ennuis avec le shérif. Pire encore, je n'ai pas dit au shérif que j'avais vu Ben Queen. La police ne semblait pas s'intéresser aux raisons pour lesquelles il aurait tué leur fille, à lui et à Rose. Mais si ce n'était pas Ben Queen le coupable, qui était-ce ? j'avais l'impression qu'ils ne s'étaient pas attardés sur la question.

Le shérif me soupçonnait de savoir quelque chose ; non, il savait que je savais quelque chose quand il s'est assis dans mon box au Rainbow et qu'il m'a dit qu'il rentrait de Cold Flat Junction, où il avait parlé à Sheba et à George Queen. Ils lui avaient dit, en passant, que la fille de Jen Graham (c'est moi) était venue chez eux avec un certain Elijah Root, que le shérif connaissait à peine.

« Mr Root ? Mais il doit avoir soixante ou soixante-dix ans, comment se fait-il que tu le fréquentes ? C'est intéressant de savoir que tu voyages avec lui ! »

Le shérif pouvait se montrer sarcastique quand il le voulait. Comme je le voyais tous les jours depuis la mort de Fern Queen, il se demandait pourquoi je ne lui avais pas parlé de ma visite aux Queen, et aussi si mon enquête personnelle (et non autorisée) avait déterré autre chose.

Je me contentai de répondre « rien », ce qui était loin d'être une vérité d'Evangile, vu qu'elle avait déterré Ben Queen.

C'était le soir avant que je parle au shérif au Rainbow que Ben Queen s'était montré chez les Devereau ; il avait été aussi surpris de me trouver que moi de le rencontrer. Parce que Rose avait vécu là, ça ne m'avait pas étonnée qu'il y cherche quelqu'un. M'a-t-il dit pourquoi il était là ? Lui ai-je demandé ? Non, parce que je croyais le savoir. Je savais qu'il sortait juste de prison. Or on avait tué sa fille. Et j'étais sûre, après lui avoir parlé, que ce n'était pas lui le coupable.

Nous étions allés à la source et c'est là que nous avons parlé de boucs émissaires. « Il y a des gens qui sont sur terre pour payer à la place des autres. »

Mary-Evelyn en faisait partie, avait-il dit, c'était elle, le bouc émissaire de toute sa famille, c'était sur sa tête qu'on avait accumulé les péchés et les malheurs des autres Devereau. Il m'avait affirmé que c'était un accident, un atroce accident.

Je l'avais cru pour Mary-Evelyn. Mais, après y avoir réfléchi, j'ai changé d'avis. D'une certaine manière, je préférais ne pas penser que Mary-Evelyn était tellement malheureuse qu'elle avait pris le risque de partir en canot. J'ai horreur de penser que sa tête était si pleine des choses que les sœurs Devereau lui avaient fait et continueraient à lui faire subir qu'elle avait été forcée de s'enfuir. L'idée qu'une fille de mon âge trouve la vie dure au point de se lancer sur un lac en pleine nuit... je ne supporte pas.

Le lendemain du jour où il était allé voir les Queen, j'étais donc assise au Rainbow Café avec le shérif. Il attendait ; il attendait que je lui dise ce que j'avais vu et entendu. Ce que je savais. Nous sommes restés silencieux pendant que sa glace fondait sur sa tarte aux pêches. Je me souviens encore du silence bourdonnant, comme si tout s'était arrêté sauf la voix de Patsy Cline dans le juke-box.

Patsy me réconfortait. J'étais contente d'entendre quelqu'un qui savait exactement ce que je ressentais. C'était dur de garder un tel secret vis-à-vis du shérif. Si je n'ai rien dit, c'est pas parce que Ben Queen m'avait fait promettre de me taire. Non, il avait fait le contraire. « Si ça devient trop dur pour toi, dénonce-moi », avait-il dit.

Je ne pouvais pas ; je ne pouvais pas dénoncer quelqu'un qui faisait passer mon bien-être avant le sien. J'aurais fait pareil si c'était le shérif qui m'avait dit la même chose.

Il n'est pas trop tard, me dis-je, alors que j'étais dans la rotonde de notre palais de justice, en train de fixer la porte en verre dépoli où le mot shérif était peint en grandes lettres blanches. C'est l'une des nombreuses portes réparties sur un demi-cercle autour de la rotonde. L'autre moitié est occupée par un vaste escalier en marbre avec des colonnes de chaque côté. C'est un important bâtiment pour une ville de la taille de La Porte. Deux douzaines de larges marches mènent à l'entrée, flanquée de deux lions en pierre. Il y a aussi une prison à l'arrière, où des détenus s'agrippent aux barreaux et lancent des commentaires déplaisants quand des filles passent devant les fenêtres. C'est dégoûtant, ça devrait être interdit. J'ai un jour demandé au shérif pourquoi il ne sévissait pas. J'ai dit que c'était désagréable d'avoir un serial killer qui vous sifflait et vous apostrophait quand vous passiez devant la prison. Il pourrait se souvenir de votre visage, le jour où il sortirait.

Le shérif s'est contenté de hocher la tête en disant : « J'ai jamais connu quelqu'un qui exagérait autant que toi. »

En me souvenant de ça, je soupirai. C'était à l'époque heureuse où nous étions amis et où nous nous baladions ensemble pour vérifier les parcmètres et coller des contredanses.

Aujourd'hui, samedi, il était un peu plus de deux heures et il y avait une matinée à l'Orion, comme tous les samedis et tous les dimanches. Dans un coin de ma tête, je me disais que si ça ne marchait pas au palais de justice, j'irais peut-être au cinéma. Je ne sais pas trop ce que j'entendais par « marcher ». Sans doute que le shérif me demanderait de vérifier les parcmètres avec lui. Mais je n'entrai pas dans son bureau ; je m'attardai à regarder les ombres défiler derrière la vitre en verre dépoli. J'ignorais à qui elles appartenaient. Le shérif n'était peut-être même pas dans son bureau.

J'avais un sac de doughnuts de chez Shirl. Deux natures, deux au sucre et un glacé à la vanille. Le shérif préfère les doughnuts nature et Maureen Kneff, la dactylo, les sucrés. Donny Mooma, l'adjoint, aime les doughnuts glacés au chocolat ; c'est pour ça que j'en avais acheté à la vanille, pour qu'il sache que ses préférences ne m'empêchaient pas de dormir. Je n'aime pas Donny ; je ne supporte pas la façon dont il se pavane et frime quand le shérif est absent — il s'assied à son bureau, prétendant qu'il a la charge de La Porte et des environs, à cent kilomètres à la ronde. Je ne comprends pas pourquoi le shérif le garde, car Donny est vraiment stupide. Il remonte sans cesse sa large ceinture pour être sûr qu'on remarque le pistolet qu'il porte dans un étui.

Je regardai mon sac de doughnuts, fis deux plis pour le fermer et allai à la fontaine en retrait, près d'un pilier. Je courbai la tête pour boire même si je n'aime pas cette eau. Elle n'est pas comparable à celle de Crystal Spring ; elle a un goût de produit chimique. Je m'essuyai la bouche d'un revers de main et jetai un coup d'œil vers la porte vitrée. Je cherchai un moyen d'introduire le sujet Ben Queen, quelque chose comme : « J'ai eu une drôle de surprise la semaine dernière quand je suis allée chez les Devereau », ou : « Devinez sur qui je suis tombée... » C'était idiot. Il n'y a aucun moyen de réparer, c'est trop tard. Je traînai encore un peu. Au-dessus de moi, la pendule marquait deux heures vingt. Elle est encastrée dans la moulure, juste sous le dôme qui semble s'enfoncer dans le ciel gris ardoise.

Je me sentis maudite. Je sortis et descendis l'escalier de marbre. Dehors, en haut des marches, j'ouvris le sac et pêchai le doughnut à la vanille. C'est ceux que je préfère.

13

Délaissée

Ce ne fut qu'après avoir repris deux fois de chaque plat au dîner que j'entendis parler du voyage. Et, naturellement, il a fallu que ce soit Ree-Jane qui me mette au courant.
J'étais assise, le ventre lourd, dans un rocking-chair sur le porche. Honnêtement, avais-je besoin de reprendre de la tarte au citron meringuée ? Elle était si belle, avec ses nuages de meringue sur le jaune lumineux, que, oui, une deuxième part était inévitable.
La lumière qui perçait à travers les arbres et éclairait la rambarde de la véranda était plus pâle que la tarte au citron, comme si la nature, ne se sentant pas à la hauteur, avait attendu que ma mère dispose sa dernière meringue sur la tarte pour en copier la couleur. Pour résister à une seconde part de tarte, il aurait fallu être une personne insensible à la beauté et pourvue d'une langue en cuir...
Justement, j'en vis arriver une.
Groggy comme je l'étais du trop-plein qui aurait suffi à nourrir l'armée de Cox (une armée connue seulement de ma mère, qui s'y réfère pour parler de grand nombre), je vis quand même que Ree-Jane allait me dire quelque chose qui me déplairait. Je la regardai se jucher sur la rambarde dans une robe à l'évidence neuve. Autant lui demander :
— Où tu l'as trouvée ?
— Chez Heather Gay Struther, bien sûr. J'en ai acheté quatre autres, une robe du soir et un maillot de bain. Natu-

rellement, ça ne suffira pas, mais j'en achèterai d'autres chez Beach House.

Beach House était un magasin de Hebrides spécialisé dans les costumes de bain.

— Sans blague ?

Je n'avais aucune envie de blaguer. J'avais surtout envie de tuer Ree-Jane. Je me refusai à lui demander pourquoi elle achetait tout ça.

Elle me le dit quand même :

— J'ai besoin de vêtements neufs pour le voyage.

Elle me dévisagea de près pour jauger mon niveau de curiosité. Je restai aussi impassible que possible.

— Quel voyage ?

— Ah, tu ne savais pas ? Nous allons en Floride. A Miami.

Je cessai de me balancer.

— Hein ? Quand ? Qui y va ?

Elle fut manifestement ravie de mon étonnement.

— Dans trois jours. Nous tous... ma mère, moi et Miss Jen.

Ma mère ? Mais elle ne va jamais nulle part. Elle est trop occupée avec l'hôtel.

— Dommage que tu ne puisses pas venir.

Le ton indiquait nettement le contraire.

Ainsi, j'étais coincée à l'hôtel Paradise. Avec Mill et Will, sans doute.

Je ne répondis rien parce que j'avais peur que ma déception filtre dans ma voix. Je recommençai à me balancer dans le rocking-chair vert.

— Nous partirons une semaine. Nous voulons passer quatre ou cinq jours là-bas et il faut deux jours pour le trajet aller retour. Nous descendrons la côte Ouest jusqu'à Tamiami Trail[1] et on coupera vers Miami Beach...

Tamiami ! L'espace d'un instant, je fermai les yeux et prononçai le nom dans ma tête. Tamiami. Tamiami Trail.

---

1. C'est ainsi qu'on appelle la route 41, qui va de Tampa à Miami. (N.d.T.)

C'était si beau à entendre que je pouvais presque en savourer le goût.

— ... et on descendra au Rony Plaza, à Miami Beach.

Le Rony Plaza ! Encore un nom merveilleux ! Mon menton en tomba. La Floride était-elle pleine de jolis noms ? Je dois dire que ma nature me pousse à adorer certains noms de choses ou d'endroits ; comme si les noms seuls me suffisaient.

— C'est plutôt luxueux, reprit Ree-Jane. Ça donne juste sur la plage, je pourrai aller prendre un bain dans l'océan au saut du lit. Je te montrerai le maillot de bain plus tard. Je ferai peut-être le mannequin.

— Ouais ouais.

— Nous irons aussi aux Keys.

— Tu veux dire Key Largo ? Tu as vu le film ? C'était avec Humphrey Bogart.

Ça, je m'en souvenais, de l'ouragan, des vagues qui balayaient la côte, du vent déchaîné qui ployait les palmiers comme des foulards de femme ! Je pouvais presque entendre les vents hurlants qui allaient emporter Ree-Jane dans son costume de bain Heather Gay et la projeter contre un immeuble. Avant de la soulever et de l'envoyer s'écraser sur la plage. Ah, comme j'aimerais que ça arrive !

Ree-Jane poussa un soupir las.

— C'est pas un film, c'est pour de vrai. Tu crois que la vie c'est du cinéma ?

— Oui.

— Ça ne m'étonne pas. Tu n'as jamais été nulle part. Dommage. Nous irons sans doute à Key West, c'est la plus célèbre des îles. On peut y aller en voiture. C'est la dernière sur la carte, je crois. Ah, les couchers de soleil ! J'ai hâte de les voir, on dit qu'ils sont extraordinaires ! Et l'eau ! Turquoise ! Incroyable. Comme au cinéma !

— Je te le disais bien, ricanai-je.

Aussi, le soir, après que ma mère se fut changée, nous nous assîmes toutes sur le porche autour de la table verte. Ma mère buvait du porto et Lola du scotch. J'étais contente de les entendre parler de la Floride parce que de temps en temps Tamiami Trail apparaissait, le Rony Plaza aussi. Et il y avait d'autres noms, comme Biscayne Boulevard et bougainvilliers. Tout ce qu'on trouvait en Floride semblait luxueux et magique.

— Jane (c'est ainsi que l'appelait sa mère) est montée mettre ses nouveaux habits ; elle va nous faire une petite démonstration.

De sa chambre, qui donnait sur le porche, nous entendions des morceaux de musique, un peu éraillés, qu'elle passait sur son électrophone.

Assise dans un des rocking-chairs verts, Mrs Davidow s'accouda sur la rampe et étendit la main pour secouer sa cendre sur les buissons. Elle considère que le monde entier est un cendrier géant. Mais je ne devrais pas la critiquer, elle était de si bonne humeur. Elle demanda à « Jane » de passer un morceau appelé « Tangerine[1] », sa chanson préférée parce qu'elle lui rappelait ses années en Floride. J'ignorais qu'elle était allée en Floride, pourtant elle avait vécu à Coral Gables.

Coral Gables. Comme ça sonnait bien ! Mais ça ne valait pas Tamiami Trail ; enfin, c'était encore un de ces noms qui font rêver. Apparemment, Lola avait choisi ce voyage en Floride pour revivre ses vieux souvenirs.

« Tangerine » descendit de la chambre de Ree-Jane. Je ne compris pas très bien les paroles, mais j'attrapai quelques mots, « rêve... amour... ma reine... ». La mélodie était ravissante, ça donnait vraiment envie de danser. Mrs Davidow fredonna l'air, chantonnant un vers ici ou là.

Ma mère (qui avait passé quelque temps en Floride, elle aussi, je fus surprise de l'apprendre), et Mrs Davidow parlèrent donc de la Floride — Miami Beach, Coral Gables, Hialieh, les flamants roses. Fend-la-Bise. Les noms me faisaient tourner la tête. Ce fut encore pire quand je découvris que Fend-la-Bise était un cheval. Lola Davidow regrettait sa disparition. Avec un nom pareil, moi aussi.

1. « Tangerine » (« mandarine ») est une chanson de Schentzinger et Mercer, enregistrée par Bing Crosby en 1945 et reprise plus tard par Led Zeppelin. *(N.d.T.)*

Pour la première nuit, dit ma mère, elles coucheraient à Culpepper, en Virginie. Se souvenant peut-être que j'existais, Mrs Davidow me demanda :

— Ça ne t'ennuie pas de t'occuper de l'hôtel, j'espère ?
— Si, dis-je.

Bizarrement, elles trouvèrent ma réponse hilarante et s'esclaffèrent.

— Ça ira. Il n'y a pas de réservation pour les deux semaines à venir. Tu n'auras que Miss Bertha et Serena Fulbright. Le Pauvre Diable reviendra peut-être la semaine prochaine, mais c'est pas sûr.

Mr Muggs. Le tueur à la hache. Je le leur dis. Elles trouvèrent ça à mourir de rire. Personne ne se souciait donc de moi ? Je me balançai en sirotant mon Coca et je me rappelai que le shérif avait été fou de rage en apprenant qu'on m'avait laissée seule à l'hôtel, deux ans auparavant. J'avais été aux anges en découvrant qu'il avait enguirlandé Lola Davidow. Elle était rouge pivoine et ses yeux étaient injectés de sang quand elle avait raconté la dispute à ma mère ; on aurait dit qu'elle brûlait intérieurement d'un feu d'enfer. J'oubliais tout ça quand Mrs Davidow parla de *poinciana*[1]. Le palmier royal. J'avais entendu parler de cocotiers et de dattiers et je me demandais combien il y avait de sortes de palmiers. Le palmier royal devait être le plus beau de tous. Je devrais chercher ça dans la bibliothèque d'Abigail Butte. Mrs Davidow demanda à Ree-Jane de mettre « Poinciana », un autre disque. Que ce fût une chanson décupla mon plaisir.

Que se rappelle-t-on du passé ? Quand je serai vieille, est-ce que je me souviendrai de cette soirée ? Nous reverrai-je toutes les trois dans nos rocking-chairs en train de bavarder, et aurai-je oublié de quoi on avait parlé ? Me souviendrai-je seulement des palmiers royaux et de Tamiami Trail ? Me moquerai-je de ne pas avoir fait partie du voyage ? Serai-je contente d'avoir appris ces noms magiques ?

Et si les noms me suffisaient, qu'est-ce que cela signifiait ?

1. Arbre à feuilles caduques, de la famille des tamariniers et des mimosas, qui pousse dans les régions tropicales et donne de volumineuses fleurs rouges. C'est aussi le titre d'une chanson de Bing Crosby. *(N.d.T.)*

14

Bunny et moi

Il n'y avait que deux tables à servir au petit déjeuner et seulement Miss Bertha et Mrs Fulbright au déjeuner ; ma mère accepta donc, du moment que je servais à midi, de me laisser libre le soir, car Vera pouvait s'occuper seule du dîner et aisément de Miss Bertha. Pour ce qui était du « aisément », j'avais des doutes, mais ça me convenait parfaitement. Mon projet pour la journée : trouver une voiture qui me conduise à White's Bridge et inspecter les lieux du crime. Je n'avais certainement pas envie de prendre un taxi et de faire le trajet avec Delbert, le chauffeur fouineur, et comme les camionnettes des Wood étaient en réparation, je pensai à Bunny Caruso, qui allait souvent faire ses courses à La Porte dans son pick-up. J'étais censée me tenir à l'écart de Bunny Caruso, ce qui la rendait encore plus intéressante. Comme Toya Tidewater et June Sikes.

Quand j'ouvris la porte de la salle à manger, Miss Bertha était là, dans une de ses robes grises qui se marient avec ses cheveux et ses yeux tout en lui donnant l'air d'être en armure. Elle semblait aussi sortir d'une de ces vieilles photos qu'on appelle « daguerréotypes » et sur lesquelles les enfants sont si sages et si compassés. J'avais vu plusieurs photos de famille de ma mère quand elle était jeune : tout le monde était austère, rigide, personne ne souriait, comme si à cette époque lointaine le plaisir et la joie étaient interdits.

— Encore en retard ! tonna Miss Bertha en consultant la montre en argent qu'elle portait toujours épinglée sur sa poitrine.

Je crois qu'elle la réglait en avance exprès pour pouvoir dire ça.

Mrs Fulbright lui dit que c'était elles qui étaient en avance, mais Miss Bertha était déjà en train de traverser la salle à manger en martelant le sol de sa canne. Elle s'assit à leur table habituelle. (J'ai demandé un jour pourquoi on ne les installait pas plus près de la porte et Vera m'a répondu qu'elles venaient depuis des années et que cette table pour deux leur était réservée. Elles feraient des histoires si on les plaçait ailleurs.)

Une famille de quatre personnes formait le reste de la clientèle ; ils étaient faciles à servir car ils étaient aussi pressés d'aller passer la journée en excursion que je l'étais de les voir partir. En plus, ils commandèrent tous la même chose : des œufs brouillés, du bacon et des toasts, ce qui réjouit ma mère qui dit toujours que le petit déjeuner est le repas le plus difficile à préparer à cause des multiples plats et combinaisons possibles.

Miss Bertha refusa de passer sa commande avant d'avoir inspecté tous les plats du menu, même si un seul avait changé depuis la veille — des galettes de maïs remplaçaient les toasts à la française. J'attendais, mon calepin à la main, souhaitant qu'elle se noie dans une cuve de sirop, quand elle se décida enfin :

— Mon œuf à la coque, trois minutes pile, et des saucisses.

— Mais vous ne les avez pas aimées hier, remarquai-je.

— Je ne veux pas celles d'hier. Je veux celles d'aujourd'hui.

— Oui, mais ma mère, je veux dire la cuisinière, fait toujours les saucisses de la même façon.

— Dis-lui de les faire autrement.

Pourquoi perdre mon temps à discuter ? Probablement parce que ça m'amusait.

— Les feuilletés à la saucisse sont déjà cuits et assaisonnés.

— Enfin, ma fille, elle n'a pas besoin de tuer un cochon, tout de même ! (Mrs Fulbright lui posa une main sur le bras.) Laisse-moi, Serena ! Le client a toujours raison. (Elle écarta la main de Mrs Fulbright et s'adressa à moi :) Fais-moi donc une saucisse sans toutes ces épices !

— Avec quoi ?

— Hein ?

Elle était encore à son argument sur les saucisses et mon « avec quoi ? » l'avait décontenancée.

— Ah ! Tu n'as donc pas écouté ? Mon œuf à la coque, trois minutes pile, et veille à ce qu'il soit frais !

A la manière des vieilles personnes dures d'oreille, elle braillait afin de pouvoir s'entendre, ce qui veut dire que la famille l'entendit aussi et sembla s'en amuser. C'était aussi drôle que les pièces de Will.

Je racontai ça à ma mère. « Tuer un cochon » fit tellement rire Walter qu'il aurait pu laver la vaisselle avec ses propres larmes.

— Elle veut aussi un œuf frais, alors tu ferais bien d'en pondre un, ajoutai-je.

Ma mère s'esclaffa et Walter, entendant ma mère se tordre, rit tellement fort qu'il en suffoqua et dut s'asseoir par terre.

Je fonçai dans la salle à manger, toutes voiles dehors, poursuivie par des vagues et des vagues de rire, et je me demandai si je n'étais pas moi aussi toujours en représentation.

Le pick-up de Bunny Caruso était tellement cabossé et rouillé qu'il était facile à repérer. Il était garé devant la côte menant au palais de justice.

Le Rainbow Café était juste de l'autre côté de la rue. Bunny y était peut-être, même si elle m'avait dit un jour qu'elle n'aimait pas tomber en ville sur des hommes qu'elle voyait « dans d'autres circonstances ». Ça semblait assez mystérieux, mais je n'avais pas approfondi la question. Le maire Sims et Dodge Haines étaient des habitués du Rainbow, de même que d'autres hommes de la banque, de la bijouterie et de la compagnie de téléphone. Ils déjeunaient souvent au Rainbow. Enegébé et Enepébé aussi, mais en ce moment, comme leurs camionnettes étaient au garage de Spirit Lake, ils traînaient sur le banc devant le Britten's. De toute façon, ils y traînaient pratiquement tous les jours.

C'est vrai qu'il n'y a presque toujours que des hommes au Rainbow, comme si c'était une sorte de club, comme le Rotary. Les seules clientes habituelles sont Miss Ruth Porte (une descendante des pères fondateurs, sans doute) et Miss Isabel Barnett. On dit que Miss Isabel est riche à en crever, mais elle n'en a pas l'air. Elle est gentille comme tout, et c'est aussi une kleptomane, ce qui la rend plus intéressante que bien des gens. La plupart de ses vols ont lieu à la supérette, c'est donc des objets de peu de valeur. Rouge à lèvres, bijoux fantaisie, filets pour les cheveux, des trucs comme ça. Personne ne lui dit jamais rien, car il y a un arrangement avec le shérif ; après qu'elle a volé des objets sur une certaine période, elle va au tribunal et lui donne de l'argent pour qu'il rembourse ce qu'elle doit.

Maud trouve ça vraiment sympa. Elle prétend que Sam devrait être aux Nations Unies, pour résoudre les conflits entre les pays. Elle ne dit pas ça pour être sarcastique, elle est sincère. Mais, bien sûr, elle ne l'a pas dit au shérif, seulement à moi. Maud dit aussi que Miss Isabel doit réellement avoir envie d'être punie. Je ne trouve pas que ça ressemble à une punition, si c'est le shérif qui doit arranger les choses avec le propriétaire du magasin. Mais Maud déclare que la punition, c'est de devoir admettre ses vols devant le shérif.

J'y ai réfléchi et ça m'a donné de la compassion pour Miss Isabel Barnett... surtout quand je pense à ce que je ne veux pas avouer au shérif !

— Si Miss Isabel arrêtait d'être kleptomane, elle n'aurait pas besoin d'avouer quoi que ce soit, j'ai fait remarquer.

— Tu as bien raison, m'a répondu Maud avec un sourire. Ça serait plus facile.

Maud était derrière le comptoir en train de manipuler le vieil appareil à milk-shakes ; Charlene avait calé sa grosse poitrine sur le comptoir, elle appuyait son menton sur ses mains fermées et faisait des mines. C'est une terrible aguicheuse.

Maud me repéra et sourit. Son sourire fait penser que de tous les clients qui passent la porte vous êtes celui qu'elle avait le plus envie de voir. C'est le sourire le plus franc que j'aie jamais vu, mis à part, bien sûr, celui du shérif.

Je ne savais pas si je voulais voir le shérif ou pas. C'était dur de l'affronter en sachant que je devrais lui parler de Ben Queen et que je ne le ferais pas. En plus, il savait que je lui cachais des choses. Il y avait plein d'indices, je refusais de le regarder dans les yeux, je ne l'invitais pas à partager mon bol de chili, et je m'agitais dès qu'il se mettait à parler du meurtre avec Maud. De toute façon, le shérif n'était pas au Rainbow, il n'y était pas venu depuis deux jours, m'avait confié Maud. Il était trop occupé à rechercher des suspects. Ça voulait sans doute dire Ben Queen.

Bunny n'était pas au Rainbow, elle non plus. Etait-ce vraiment pour la chercher que j'étais entrée, ou était-ce dans l'espoir d'y trouver le shérif ? Ou même pour découvrir, grâce à Maud, si l'enquête sur le meurtre de Fern Queen avait progressé ? La police ne connaissait pas l'existence de la Fille. Mais Ben Queen et moi, on savait. Il m'arrivait de penser que je succomberais sous tout ce savoir. Mais je dois admettre que c'était en même temps très excitant. C'était excitant d'être la seule à savoir, de regarder comment avançaient les choses et de voir que tout allait de travers. Parce que la police ne devrait pas rechercher Ben Queen ; elle devrait rechercher la Fille.

Je trouvai finalement Bunny au Miller's Market, où elle faisait ses achats. Je lui demandai si elle accepterait de me rendre service et je lui expliquai ce que j'attendais d'elle.

— Bien sûr, mon chou.

Elle était au rayon des fruits ; elle secouait un cantaloup près de son oreille.

— Il est aussi dur qu'une boule de bowling, dit-elle. Regarde.

Elle me tendit le cantaloup, afin que je le secoue, ce que je fis, mais sans savoir ce qu'elle attendait de moi.

— Avec ton expérience à l'hôtel, tu dois savoir ce qui est mûr et ce qui ne l'est pas.

Je ne sais pas d'où Bunny tenait cette idée, mais c'était agréable de passer pour une spécialiste. Je secouai le melon, mais je n'avais aucune idée de ce qui était censé se passer, sinon que les graines devraient peut-être s'entrechoquer. Je le reniflai aussi.

— Il n'est pas mûr, assurai-je avec autorité.

Dégoûtée, je le reposai et j'en pris un autre. Je le secouai, le reniflai et le tendis à Bunny.

— Celui-là est bon.

Finalement, nous grimpâmes dans son pick-up. Je lui demandai pourquoi elle se garait si loin du Miller's, si près du palais de justice, et elle me répondit qu'elle avait besoin de voir Sam.

— Mais il n'est pas là, aujourd'hui, ajouta-t-elle.

Elle paraissait déçue. Est-ce que toutes les femmes de La Porte étaient amoureuses du shérif, sauf Maud et moi ? J'expliquai à Bunny que Sam était occupé par l'enquête.

— Ah, oui, c'est vrai. J'avais complètement oublié.

Pendant le trajet, j'informai Bunny de mon rendez-vous au Silver Pear, un restaurant près de White's Bridge Road. Avec ma tante, dis-je, qui vient de Miami, en Floride. Elle va à New York et s'arrête ici pour nous voir. Je racontai comment cette tante avait roulé sur le Tamiami Trail jusqu'à la côte ouest de Floride. Elle résidait tous les hivers au Rony Plaza Hotel.

— C'est du grand luxe, précisai-je.

Bunny s'exclama que ma tante devait drôlement aimer l'aventure, pour faire toute cette route.

— Elle est surtout drôlement riche, ajoutai-je, pour descendre au Rony Plaza. Elle passe aussi pas mal de temps à Hialeh, le champ de courses. Vous savez, là où il y a des flamants roses ?

C'était agréable de raconter toutes ces histoires sans craindre que ça revienne aux oreilles de ma mère, car elle n'adresse jamais la parole à Bunny. Ma mère considère qu'elle est non seulement vulgaire, mais même pire ; pire que Toya Tidewater et June Sikes (qui habite près de l'hôtel et présente, j'imagine, par là même un plus grand danger).

Nous passâmes devant des champs où les vaches paissaient, soulevant leur tête carrée pour mâcher si bêtement qu'on se demande si elles savent où elles sont et ce qu'elles font (« C'est ça, l'herbe ? Je la mange ou quoi ? »). Nous dépassâmes la ferme des sapins de Noël que je trouvai réellement décevante. Pourvu que les petits enfants ne la voient pas, pensai-je. Nous dépassâmes le camp de vieilles caravanes et un petit magasin en ruine.

C'était agréable de rouler en silence ; c'était aussi surprenant car je croyais que Bunny était du genre moulin à paroles. C'est moi qui faisais toute la conversation, je glissais des détails sur le séjour de ma tante à Miami — la plage juste devant le Rony Plaza, les palmiers royaux et les poincianas. Avait-elle jamais entendu parler de Fend-la-Bise ? Bunny hochait la tête d'un air émerveillé, claquait la langue et ne trouvait pas ses mots. Evidemment, ça m'encourageait à inventer d'autres scènes mémorables, comme les couchers de soleil à Key West, les rayons rose et lavande qui illuminent la mer.

— Mon Dieu, on dirait le paradis !

J'approuvai en me demandant si l'une de nous le verrait un jour.

15

Le dernier des Butternut

Le Silver Pear est un restaurant de luxe qui se trouve sur ce que les gens de Lake Noir appellent Lake Road, mais qui est en fait un prolongement de White's Bridge Road. Maud dit que la cuisine du Silver Pear n'arrive pas à la cheville de celle de l'hôtel Paradise ; elle dit que celle de ma mère est bien meilleure, les yeux fermés. En tout cas, le restaurant est situé dans une immense maison victorienne superbe, avec une vaste véranda où les clients s'attablent lorsqu'il fait beau. La maison est peinte dans un gris-marron clair, un peu comme l'écorce des arbres qui l'entourent. Elle se fond dans les bois comme la maison des Devereau se fond dans les arbres, de l'autre côté de Spirit Lake.

Comme le pick-up de Bunny resta dans l'allée après que je fus descendue, je crus qu'elle attendait de me voir en haut des marches. Je les gravis donc et m'arrêtai sur la véranda pour lui faire un signe. Les tables étaient mises et quelques clients observaient Bunny et son pick-up, qui ne semblait pas à sa place au milieu des luxueuses voitures étrangères du parking.

Mais, comme Bunny ne démarrait pas, je lui refis un petit signe, puis je franchis la porte. Bunny attendait-elle de voir si ma tante était arrivée ? Je disparus de sa vue et m'arrêtai près d'une fenêtre d'où je vis son pick-up s'éloigner dans l'allée de gravier.

— Bonjour, que puis-je pour vous ?

La voix me fit sursauter. Un homme se tenait derrière moi, des menus serrés contre sa poitrine. Il portait un costume en lin bleu pastel et sa coiffure formait une volumineuse banane argentée.

Je lui dis que je cherchais ma tante, qui devait passer me prendre. Je ne voulais pas lui raconter que je dînais avec elle sinon il serait allé vérifier les réservations. Je sais trop bien comment on s'occupe d'un restaurant.

— Je viens de voir un vieux pick-up. Ça ne serait pas votre tante, par hasard ?

Son nez remuait comme celui d'un lapin.

— Certainement pas ! répondis-je.

Mon ton montrait à quel point j'étais froissée. Ma tante ne conduirait jamais un tas de ferraille pareil !

— Ah ! fit-il.

Il sourit mais ne s'en alla pas. Si c'était le chef de rang, pourquoi ne retournait-il pas auprès de ses clients ? On ne prendrait jamais Vera à bayer aux corneilles sur le seuil de la salle à manger. Un autre garçon arriva. Il tenait des menus à la main, lui aussi, et portait un costume beige clair, et sa coiffure ressemblait à celle du chef de rang, mais d'un ton plus ivoire qu'argenté. Je me rappelai alors que Maud m'avait dit qu'ils s'appelaient Ron et Gaby quelque chose. Un nom allemand, je crois. Ils n'avaient pas l'air allemands. Ils ressemblaient davantage à la collection de papillons du Dr McComb. Ils avaient un côté frivole et j'aurais aimé qu'ils disparaissent, mais ils restèrent auprès de moi.

Pourquoi faut-il que lorsqu'on est prêt à faire des bêtises tout le monde s'intéresse à vous ? Et pourquoi se souciaient-ils d'une gamine de douze ans sans argent ?

Le premier expliqua au second ce que je faisais ici. Je leur dis que j'attendrais dehors sur la véranda et les remerciai. Me regardaient-ils sortir comme j'avais regardé Bunny s'en aller ? C'était une drôle d'impression, d'imaginer deux paires d'yeux rivés sur mon dos. Comme je ne pouvais pas rester plantée là, je descendis les marches et empruntai l'allée de gravier.

Il y avait à peine cinq cents mètres jusqu'à White's Bridge, qui se trouvait un peu plus loin sur le chemin de terre.

C'était une route agréable, l'odeur des pins se mêlait à la brise qui soufflait du lac. Je ne voyais pas Lake Noir d'ici, mais je savais qu'il n'était pas loin. C'est le lac des riches, il est très recherché.

Maud Chadwick y habite une petite maison, non loin de chez Bunny. Elle a une longue jetée en bois qui s'avance sur l'eau. Je n'y suis jamais allée, mais j'ai entendu dire qu'elle a installé un fauteuil et une lampe (avec un long fil électrique) au bout de la jetée et qu'elle aime s'asseoir là pour lire et boire des cocktails. Le shérif lui reproche toujours ce fil électrique trop près de l'eau, mais elle ne fait pas attention à ce qu'il dit. A moins qu'elle ne se réjouisse de le voir s'inquiéter pour elle. Elle garde de la vodka sur la jetée, dans un seau à glace. Mrs Davidow en a parlé à ma mère et elles ont toutes les deux éclaté de rire à se plier en deux. Pourtant ce n'était pas un rire moqueur ; appréciateur, au contraire. De toute façon, Mrs Davidow ne peut pas se moquer de quelqu'un qui passe ses soirées à boire des cocktails.

Je pensai à Maud en arrachant un brin d'herbe que je me mis à mâchonner comme les vieux paysans du Far West. J'imaginai la lampe, le livre, la bouteille dans le seau à glace, et j'aurais aimé passer lentement en canot parce que la scène me paraissait admirable : la lampe éclairant la jetée et la lumière cascadant sur l'eau noire. Mais je suppose que ce que je vois en imagination est souvent mieux que la réalité. Je n'ai jamais vu le Rony Plaza, après tout. Il n'est sans doute pas aussi fantastique que je l'imagine, pas aussi grandiose. Il n'est peut-être pas niché au milieu des palmiers royaux et des poincianas, mais c'est comme ça que je me le représente.

Je parvins à White's Bridge, une simple planche en bois qui tremble quand on l'emprunte. Je pensais toujours à Maud et à sa lampe, seule lumière dans la nuit noire et sur l'eau sombre ; l'image céda la place à celle de Mary-Evelyn flottant à la surface de Spirit Lake, sa robe blanche luisant comme une grosse bougie. J'associai les deux scènes sans savoir pourquoi. Etonnée, je m'arrêtai de l'autre côté du pont pour réfléchir tout en mâchouillant mon brin d'herbe.

Je pensai alors à la Fille, à la gare de Cold Flat Junction, dans sa robe d'un bleu si pâle qu'il semblait s'estomper dans ma mémoire, ses cheveux aussi clairs que la lueur de la lune, son étrange immobilité, au point qu'elle paraissait disparaître sous mes yeux. Je l'avais revue une seconde fois, pendant que je chassais des papillons près de Spirit Lake. J'avais porté mon regard au-delà du lac, vers la maison des Devereau, et elle était là, alors qu'il y aurait dû n'y avoir personne car la maison était inhabitée. Pour moi, elle était juste « la Fille » ; encore une chose que je n'avais pas racontée au shérif.

J'avais dit à Bunny que je resterais sans doute deux heures (car elle devait passer me reprendre) et j'avais déjà gâché une demi-heure entre le Silver Pear et ma méditation ; j'accélérai donc le pas pour les cinq minutes qui me séparaient de Mirror Pond. Il fallait traverser un sol marécageux, au milieu des feuilles et des branches qui devaient être là depuis l'année zéro tant elles semblaient intactes. Mais, bien sûr, c'était encore une illusion, car l'endroit avait été retourné et passé au peigne fin par la police, et arpenté, deux semaines plus tôt, par Fern Queen et son assassin.

Le ruban jaune de la police avait été enlevé. Ça m'attrista car c'était comme si l'endroit était retombé dans l'oubli, comme si rien ne s'y était passé. Et j'étais aussi désolée parce que le ruban jaune canari était brillant et gai, même s'il signifiait qu'un drame avait eu lieu ici. Ça donnait à l'endroit un air habité, ça faisait penser à la foule, aux pique-niques et aux promenades.

C'était stupide ; personne n'avait pique-niqué ici. Je perdais mon temps. D'ailleurs, le temps ici semblait destiné à être perdu, si toutefois il existait. J'avais eu la même impression à Cold Flat Junction.

Mirror Pond n'était pas, comme l'avait décrit Suzie Whitelaw, clair et calme. Il était encombré de joncs et d'algues ; on voyait à peine l'eau. C'est le genre d'endroit où noyer quelqu'un, même si le corps de Fern Queen avait été retrouvé étendu sur le bord.

L'endroit semblait inchangé. C'était comme une page de livre que j'avais déjà lue et relisais pour la énième fois.

L'étang se trouvait dans une clairière et deux chemins de terre s'y rencontraient, un qui allait tout droit et n'était qu'une simple piste, White's Bridge Road, que j'avais empruntée et qui tournait sur la droite vers Spirit Lake (du moins le pensais-je). Et l'autre, un ancien chemin que personne ne prend plus et qui fait un demi-tour du lac, passe devant la maison des Devereau et se perd un peu plus loin. C'est ce chemin que Ben Queen avait pris en camionnette quand il était allé chez les Devereau, cette nuit-là, de l'autre côté du lac, à des kilomètres.

Je ramassai une petite branche sèche et traçai des lignes sur la terre à mes pieds, juste pour clarifier ces histoires de chemins. Là où les routes se rencontrent, ici, il y a une ancienne station-service, avec deux pompes à main et un bâtiment en bardeaux où on vendait sans doute de l'huile, des boissons gazeuses et des trucs comme ça. L'enseigne au-dessus de la porte est presque illisible, mais le nom pourrait être Frazee car il y en a beaucoup dans le pays. Il y a des pancartes suspendues autour de l'unique fenêtre encore munie de carreaux ; ce sont des publicités pour la farine Clabber Girl et le tabac à chiquer Mail Pouch.

Depuis combien de temps une voiture ne s'était pas arrêtée là ? Et comment y avait-il eu autrefois assez de circulation pour que la station survive ? Le soleil, dont les rayons traversèrent soudain la clairière, tacheta les vitres de la fenêtre encore intacte. En regardant les pompes à essence, je sentis mon cœur se serrer. L'endroit était tellement désert ! Je suis toujours saisie par les lieux abandonnés : ils me paraissent plus réels que ceux où les gens traînent et ceux où la foule se rassemble. Le banc, le bâtiment — Frazee était un peu le fantôme du Britten's.

Je me secouai, sachant que je devais penser à autre chose car je sentais le bourdon approcher.

— Hé, gamine !

Je me retournai si vite que je perdis presque l'équilibre.

— Faut pas arriver en douce derrière quelqu'un comme ça !

Le vieil homme — je me rappelai l'avoir vu la fois où j'étais venue ici avec Will et Mill — se tenait à moins de trois mètres de moi. Il cria — certainement plus fort que nécessaire :

— C'est pas toi qu'es venue avec la police il y a deux semaines ?

J'acquiesçai et m'approchai afin qu'il baisse la voix.

— Oui, j'accompagnais les deux policiers.

— Et pourquoi que tu reviens, alors ?

— Vous savez ce que c'est. On doit passer et repasser quand il y a eu un... euh, un homicide.

Il cracha dans un buisson de fougères. Il devait mâcher du tabac Mail Pouch. Vieux comme il était, il devait tout connaître de la station à essence.

Comme pour confirmer mon intuition, il déclara :

— Merde, je vis là-bas (il agita son bâton dans une direction, derrière lui). J'y vis depuis près de quatre-vingt-dix ans. Je m'appelle Butternut.

— Je m'en souviens. Ça fait plus de cent ans qu'il y a des Butternut dans la région.

Il plissa les yeux.

— Comment que tu sais ça ?

— Vous nous l'avez dit.

Mr Butternut leva ses yeux vers le ciel sans nuages. Il semblait attendre que Dieu confirme ce que je venais de dire.

— Plus de cent ans, t'as raison. Tu vois, là-bas ? (Il pointa son bâton vers la route.) Ma maison est là-bas. J'ai vécu là toute ma vie. Mon père aussi avant moi. Il s'appelait Lionel. Lionel Butternut est mort à cent un ans. Je suis le dernier des Butternut.

Il n'était pas beaucoup plus grand que moi. L'âge avait dû le rétrécir ou peut-être qu'au lieu de mourir il disparaîtrait, soufflé comme l'aigrette des pissenlits. Je me souvins alors que Mr Butternut avait expliqué à Will (qui lui avait dit que Mill et lui étaient des policiers) qu'il avait entendu une voiture, ou un camion, le soir où Fern Queen avait été assassinée.

— Où était le camion dont vous avez parlé, Mr Butternut ? Où était-il, exactement ?

— Y a pas « d'exactement », je l'ai juste entendu. Je dormais, ça m'a réveillé. (Il ajouta avec impatience :) J'ai déjà raconté tout ça au policier maigrichon qui se prend pour Dieu. Il disait que je ferais mieux de lui dire tout ce que j'avais vu et entendu. Evidemment, que je lui ai dit, pourquoi que je l'aurais pas fait ? (Il cracha du jus de tabac sur un rocher.) Ils cherchaient des traces de pneus, qu'ils disaient.
— C'était une voiture ou un camion ?
— Un camion. Mais y avait les traces d'un autre engin.
— Vous avez déclaré qu'il était passé devant chez vous.
— Tout juste.
— Et l'autre ?
Je me souvins que le taxi d'Axel avait conduit Fern Queen ce soir-là.
Mr Butternut gratta la boue qui maculait sa chaussure.
— Mr Butternut ?
— Ouais.
Il ne leva pas les yeux.
— La voiture.
— Quelle voiture ?
Je grinçai des dents. Le shérif devait subir tout ça quand il interrogeait des témoins. Comment le supportait-il ? Il faudra que je le lui demande, quand on sera de nouveau amis. Je fus saisie d'un soudain coup de froid, comme si l'hiver avait débarqué. Y aurait-il toujours une cassure, une distance entre nous ?
— Vous disiez qu'il y avait un autre véhicule.
— Pour sûr, y en avait un.
Il dit cela comme si je refusais de le croire.
— Il est passé devant chez vous, lui aussi ?
Il garda longtemps le silence, le regard rivé sur la route en direction de sa maison. Puis il pointa son bâton en bruyère vers chez lui.
— Les Randall vivent un peu plus loin que chez moi. Bud Randall est mort y a quatre ou cinq ans. Après, y a les... comment qu'y s'appellent déjà ? Y sont là depuis longtemps.
J'aurais voulu le secouer. Mais je me rappelai que le shérif m'avait recommandé un jour de ne pas brusquer les témoins,

sauf si c'était une question de vie ou de mort et qu'ils étaient trop longs à lâcher les renseignements. « Les témoins doivent trouver leur propre cheminement. Si tu les écartes de leur route, ils oublieront peut-être un détail important. Ça arrive tout le temps. »

Mr Butternut se fichait de ce que je pensais comme de sa première chemise ; il s'entêtait à chercher le nom qu'il avait sur le bout de la langue.

— Frazee ! s'exclama-t-il. C'est la maison suivante, à huit cents mètres d'ici. Frazee tenait la station-service (il pointa son bâton dans la direction), mais c'était quand y avait plein de touristes en été. (Il se perdit de nouveau dans ses pensées.) Y a une vieille villa de vacances là-bas, en retrait de la route, mais y a plus de chemin qui y conduit, ça fait trop longtemps qu'elle est plus habitée. Y a eu un Calhoun, autrefois, par là. Faut pas y aller, oh non, mam'zelle.

— Pourquoi pas ?

C'est une réaction automatique chez moi, si on me dit de ne pas faire quelque chose, j'en ai aussitôt envie.

— Y a des choses.

Il porta son regard vers les bois et se mit à fredonner.

— Quelles choses ?

Il me dévisagea d'un air rusé et enchaîna :

— Je vais faire du chocolat. T'en veux ? Viens.

Il tourna les talons et remonta la route. Je consultai ma montre. Le temps avait passé et je n'avais recueilli aucune information nouvelle. J'imagine qu'il avait déjà parlé au shérif ou à Donny du camion et de la voiture. Néanmoins, Mr Butternut était sans doute l'unique personne capable d'éclairer ma lanterne. Pourvu que j'aie assez de temps pour le laisser choisir son cheminement ! Mais j'en doutais.

Malgré tous les Butternut qui y avaient vécu, la maison était plutôt exiguë. Et il y faisait froid. Dans la cheminée, il y avait un vieux poêle ventru. Mr Butternut souleva le clapet et examina le feu.

— C'est ce que je pensais, dit-il. Y a plus que des cendres. Mais je vais le faire repartir tout de suite.

Il puisa du charbon dans le seau et en fourra une pelletée par l'ouverture, puis empoigna le soufflet et l'actionna avec

89

ardeur. Ce devait être le genre d'homme que les feux fascinent.

— Voilà ! La pièce sera chaude avant longtemps.

Il considéra le vieux poêle d'un air satisfait. Je fus surprise de voir le feu prendre si vite. Les flammes se reflétaient sur le visage du vieux, en plusieurs tons de rose. C'était presque sinistre.

Il se frotta les mains avec enthousiasme et déclara :

— Bon, en route pour l'Ovomaltine.

— Je croyais que c'était du chocolat.

Il ne répondit pas. Prétendant sans doute ne pas avoir entendu. J'étais assise à la longue table en bois où les Butternut avaient certainement mangé pendant cent ans. Mr Butternut activa le feu ; c'était un poêle à bois ou à charbon, nous avions le même modèle dans notre petite cuisine (la dixième sur ma liste d'endroits préférés). J'adorais ce poêle. On soulevait les quatre plaques avec un crochet spécial. Je faisais des fois cuire des champignons à même la plaque.

Mr Butternut prit en marmonnant la boîte à chocolat dans un placard et aligna le sucre, la casserole et d'autres ustensiles. Il se parlait comme s'il était tout seul, ce que je trouvai malpoli. Mais, évidemment, je ne sais pas... il me semble que si on habite seul toute sa vie, avoir quelqu'un chez soi devrait suffire à vous distraire de la solitude. C'est pas utile de faire la conversation.

Je fis le tour de la pièce qui servait de salle à manger et de salon — la cuisine était sur la droite. Il y avait deux fauteuils confortables près du poêle, placés en fonction de la chaleur et de l'éclairage. Ils étaient recouverts d'une mousseline aux motifs estompés. Les bras portaient des manches d'une même matière pour les protéger de l'usure. J'en soulevai une, dévoilant un tissu à petites fleurs bleues, roses et jaunes, si vives qu'on aurait dit qu'un jardin avait poussé sur le bras du fauteuil.

— Ne vole rien ! hurla Mr Butternut d'une voix de stentor sans quitter des yeux le lait qui chauffait sur le poêle.

— Bien sûr que non ! rétorquai-je, de mon ton le plus indigné.

— Faut un mandat pour fouiller les lieux, si c'est ce que tu penses faire.

— Je vous ai déjà dit que je n'étais pas de la police, lançai-je dans son dos. De toute façon, je ne fouille pas, je visite.

Il ne répondit rien ; j'aurais pu croire qu'il regardait trop les séries policières, mais je ne voyais pas de poste de télévision. Au pied des murs étaient empilés des tonnes de magazines, surtout *Time* et *National Geographic*. Il devait se contenter de regarder les images, comme moi. Je ne vis pas beaucoup de livres, seulement six ou sept sur une petite étagère peinte en vert. Elle était accrochée au-dessus du lit de camp, contre le mur du fond. Sur l'étagère supérieure, une lampe orientable était dirigée vers le lit pour la lecture. Il y avait d'autres pièces que je devinais par la porte ouverte ; il devait y avoir une autre chambre, mais peut-être que lorsqu'il faisait froid Mr Butternut dormait dans le salon pour profiter de la chaleur du poêle.

Le lit de camp était habillé d'un couvre-lit en chenille bleu pâle, une matière que j'ai toujours adorée. Je m'assis sur le lit et passai ma main sur la passementerie veloutée dont les touffes de coton se croisaient en forme de diamants. Quel effet cela faisait de vivre complètement seul comme Mr Butternut ? J'essayai de m'imaginer chez lui, allongée le soir sur le lit, la lampe éclairant les pages de mon livre. J'inspectai les étagères : il y avait *Hiawatha*, un livre appelé *La Chambre jaune* et des romans à suspense. Je me vis en train de lire en écoutant les bruits de la nuit — que je dus inventer : des engoulevents, peut-être ; des branchages qui grattent et frappent les carreaux ; un aboiement, un hululement... Effrayée, j'ouvris vivement les yeux.

— Qu'est-ce que tu fiches ?

Mr Butternut était à côté de moi, avec les tasses de chocolat.

— Rien, je réfléchis.

Je me levai, pris ma tasse et le suivis à la table.

— Vous n'avez rien à manger, par hasard ?

— Des crackers, peut-être. Il y a un restaurant de luxe, t'as dû passer devant.

— Je sais ; j'y étais. Mais je n'ai pas mangé.

Il s'était levé pour chercher une boîte de biscuits salés qu'il posa sur la table. Nous dégustâmes notre chocolat en silence. Ce n'était pas désagréable, mais j'étais déçue de n'avoir rien découvert de nouveau. Sauf, bien sûr, les maisons le long de la route et celle qui était nichée dans les bois.

Des choses. Il avait dit qu'il y avait des choses. Oh, il devait inventer. Je consultai ma montre et vis qu'il me restait moins d'une heure avant mon rendez-vous avec Bunny au Silver Pear.

— Qu'est-ce que vous avez voulu dire, avec vos « choses » ?

J'espérai qu'il ne répondrait pas : « Quelles choses ? »

Mr Butternut fit la moue.

— Les Décombres.

— Quoi ?

— Il y a un cottage. Y s'appelle les Décombres.

Je méditai sur le nom. Les Décombres. Je ressentis comme une explosion, comme un feu d'artifice silencieux qui jetterait des étincelles. Whaouh !

— Racontez.

Il soupira et mangea un marshmallow.

— Ça me dépasse. Il est tombé en ruine mais j'y ai vu de la lumière à l'arrière.

Il enfourna un autre marshmallow.

— Y a rien d'étrange. C'était peut-être une torche, ou une lanterne.

J'étais fière de trouver une explication raisonnable à une présence dans les bois.

— Tu ne manques pas d'idées, étant donné que tu l'as pas vu.

Ça m'irrita, comme toujours quand il y a une part de vérité.

— C'était peut-être un chasseur.

Il me lança un sourire narquois.

— C'est pas la saison de la chasse. Y a rien à braconner avant l'automne, de toute façon.

— Y a les écureuils, les lapins, les ratons laveurs.

Il fit un geste d'impatience devant mon ignorance.

— Tu ne connais rien de tout ça.

— Je ne suis qu'une écolière.

C'était une piètre défense, que j'utilisais rarement.
Mais pourquoi m'éloigner du sujet juste pour me défendre ? Je ferais une pitoyable détective.

— Quand est-ce que vous l'avez vue, cette lumière ?

— La dernière fois, y a deux ou trois jours. Deux ou trois nuits, plutôt.

— Oui, mais ça a commencé quand ? Il y a combien de temps ?

Il fit la moue et posa sa tasse.

— Il y a quelque temps, mais je ne fais pas trop attention au temps. Il y a des choses qui se sont passées hier et j'ai l'impression que ça fait un an. Et viça verse, ajouta-t-il en gloussant.

— Et le camion ou les voitures que vous avez entendus ? Vous avez peut-être vu passer le camion, ou peut-être pas.

— Oh, pour l'avoir vu, je l'ai vu. Pour ce qui est de savoir quand, je ne suis pas sûr. C'est l'âge, faut croire. Mais rien de ce qui se passe ici ne m'échappe, ça non !

Je pensai soudain à quelque chose : Mr Butternut était sur la route quand Will, Mill et moi étions venus la première fois. Il était encore là aujourd'hui. Pourquoi pas le soir du meurtre ? Mais il avait déjà assuré à Donny qu'il n'avait rien vu ni entendu de suspect, à part les véhicules.

— Etes-vous sûr que vous n'étiez pas… ?

Non, je m'y prenais mal.

— Croyez-vous que quelque chose d'autre a pu se passer ? Quelque chose que vous avez vu ou entendu et que vous auriez oublié ?

— Ça, c'est idiot. Tu me demandes de me rappeler quelque chose que j'ai oublié ? (Il lâcha la cuillère qu'il était en train de tripoter.) Je vais reprendre du chocolat. T'en veux ? Sauf qu'il ne me reste plus qu'un marshmallow.

Je lui offris généreusement de le garder pour lui, ce qu'il aurait fait de toute façon.

— C'est pas ce que je voulais dire. Vous avez peut-être vu quelque chose qui ne vous a pas semblé important…

— C'est pareil. Si un raton laveur était passé devant moi et que je ne m'étais pas rendu compte que c'est important, comment je saurais que c'est important maintenant ? A moins que tu me dises que ce raton laveur a tué cette malheureuse.

Il trouva son discours tellement brillant qu'il éclata de rire et continua à rire tout en réussissant à verser du lait dans la casserole puis en la posant sur le poêle.

— Allons-y, proposai-je.

Il arrêta de remuer son mélange.

— Allons-y où ?

Quel casse-pieds !

— A la maison.

— Les Décombres ? Ah, certainement pas !

— Eh bien, j'irai toute seule.

Je n'en avais surtout pas l'intention ; on ne me ferait jamais entrer dans des bois que je ne connais pas. Je me levai néanmoins, remis la chaise en place. Il fallait que je sois drôlement résolue pour refuser une seconde tasse de chocolat. En réalité, je n'avais envie d'aller nulle part... surtout toute seule.

— Bon, j'y vais.

— Non, ma fille, c'est pas des choses à faire.

Il jeta le dernier marshmallow dans sa tasse et s'apprêta à y verser du chocolat.

— T'as une arme ?

— J'ai l'air d'en avoir une ?

Je lui montrai mes mains vides.

Il fit un vilain bruit de gorge.

— C'est juste. Bon, c'est d'accord.

Il ôta la casserole de la plaque. Son bâton en bruyère était incliné contre le comptoir ; il s'en empara.

— Je crois bien que je vais t'accompagner.

16

Les Décombres

Munis des torches fournies par Mr Butternut, nous descendîmes la route en nous disputant pour savoir qui entrerait dans le bois le premier.

Nous nous arrêtâmes devant un lit de capucines qui paraissaient presque noires dans la pénombre d'un chêne moussu ; qui avait bien pu les planter ? Mr Butternut exigeait que j'entre la première : c'était mon idée, après tout, et il avait une jambe folle et grand besoin de son bâton, ce qui signifiait qu'il ne lui restait plus qu'une main pour parer à toute éventualité.

— Quoi, par exemple ? demandai-je.

— Va savoir, fut sa réponse.

Je fis valoir que c'était lui l'adulte, que je n'étais qu'une enfant, qu'il connaissait le bois et la maison bien mieux que moi et que, même s'il n'avait qu'une main de libre, il était malgré tout plus grand et plus fort que moi. Je n'en pensais pas un mot, bien sûr, car il n'était pas beaucoup plus grand et sans doute pas plus fort. Il était moins souple, c'était certain.

Comme beaucoup de disputes, celle-ci ne déboucha sur rien ; nous arrêtâmes de nous chamailler lorsque le chemin se termina en tournant sur la droite. On voyait à peine le début d'un sentier car il était encombré d'herbe coupante, de mousse et de buissons. Des branches cassées jonchaient le passage ; on marchait dans les feuilles mortes jusqu'aux chevilles. Le bois paraissait plus dense que celui qui entoure la maison des Devereau, ou peut-être en était-il le prolongement. La curiosité l'emporta et j'acceptai d'ouvrir la marche.

— Mais vous restez juste derrière moi, hein ?

Il acquiesça. Je me frayai un chemin à travers des murs de buissons. Des rhododendrons et des montagnes de lauriers grimpaient si haut qu'on ne voyait pas par-dessus leurs cimes. J'avais l'impression d'être dans un labyrinthe. Je n'avais fait qu'une dizaine de mètres quand je me retournai. Mr Butternut était invisible. Je l'appelai plusieurs fois : « Mr Butternut ! Mr Butternut ! » Il finit par répondre mais sa voix était si lointaine que je devinai qu'il était resté sur la route.

Pour revenir en arrière, je dus zigzaguer entre les ronciers. Puis je le vis : il n'avait fait qu'une demi-douzaine de pas, sans doute savait-il que j'allais rebrousser chemin.

— Vous deviez rester derrière moi ! lançai-je, furieuse. Vous n'avez pas bougé d'un centimètre. Je ne peux pas faire tout le travail !

Comme la nature du travail en question n'était pas claire et que Mr Butternut s'était fait tirer l'oreille pour m'accompagner, mon argument me parut plutôt faible. Mais il ne s'en souvenait certainement pas. Il braqua sa torche sur mon visage ; je plissai les yeux et tentai de chasser la lumière de ma main.

— C'est à cause de mon genou.

— Allez, venez !

Il s'exécuta de mauvaise grâce.

C'était le crépuscule, mais je voyais à peine la lumière au-dessus des branchages et des cimes des pins sombres. Je ne voyais presque pas le ciel.

— Mr Butternut ?

Un froissement de feuillage, un craquement de brindilles, des bruits de moulinet avec une canne.

— Je suis là ! Jamais vu autant de ronces et d'épines !

Je dus retourner où il était. Je le trouvai, assis sur un tronc d'arbre.

— Qu'est-ce qu'il y a, encore ?

— Y a rien, sauf qu'on devrait même pas être là.
Il fouilla la pénombre de sa torche et m'éblouit.
— Je pars devant, dis-je. Vous êtes l'arrière-garde, alors bougez-vous. C'est pas loin, vous l'avez dit vous-même.
Il se hissa sur ses pieds.
— J'ai dit plein de choses que j'aurais pas dû.
Le cottage n'était pas grand mais il se dressa d'un coup devant nous, menaçant. Les derniers rayons du soleil ne pénétraient pas à l'intérieur. J'allumai ma torche en entrant. Il y avait encore des chaises en osier, des tables et une causeuse. Si elles n'avaient pas été peintes en blanc, je ne crois pas que j'aurais vu leurs formes. Je me pris alors le pied dans un lourd tabouret, trébuchai et lâchai ma torche. Je me redressai et avançai à tâtons. L'espace d'un instant, je compris quel effet cela faisait d'être aveugle. Je franchis une voûte qui devait faire partie du salon ou du vestibule. Je crois qu'il y avait des chambres de chaque côté. Je cherchai ma torche, bien que le bruit qu'elle avait fait en tombant indiquât qu'elle avait roulé hors d'atteinte. Parce qu'il y avait eu de la lumière le moment précédent, son absence rendait la pénombre encore plus obscure. Je ne pensais qu'à une chose : partir.
C'était le noir complet. Jusqu'au moment où une lumière crue m'aveugla : Mr Butternut m'avait suivie, finalement.
— Enlevez-moi ça de la figure ! hurlai-je.
— Gamine ! Hé, gamine !
Sa voix venait de loin. De dehors, de quelque part sur le sentier.
Ce moment raviva toutes les peurs que j'avais éprouvées jusque-là. Ces nuits où, lorsque j'avais trois ou quatre ans et que je savais que ma chambre était l'endroit le plus dangereux du monde, j'allais m'asseoir par terre, devant la porte de la chambre de ma mère ; le jour où je m'étais perdue dans la foule d'un magasin, la veille de Noël, parmi tous ces gens qui me contournaient comme si j'avais été un rocher au milieu du courant ; la fois où Mrs Davidow était si furieuse après moi qu'elle avait martelé le sol de ses hauts talons en hurlant comme une possédée ; les seringues des

médecins, la chaise du dentiste. Ma peur était toutes ces choses, elle était acide, elle m'anéantit au moment précis où la lumière jaillit, comme un liquide, sur mon visage.

Mes pieds (qui semblaient appartenir à d'autres jambes) reculèrent tout seuls. Après cet éclair de peur, je ne pensai plus qu'à m'enfuir. Je me précipitai vers la porte. Une fois dehors, je fonçai aussi vite que me le permettaient les fourrés. Je finis par me forcer à m'arrêter et je tendis l'oreille. Il n'y avait rien, pas le moindre frémissement d'arbre, pas de bruits d'animaux, pas de son indiquant qu'on me poursuivait. Le silence, total. Comment pouvait-il n'y avoir aucun son dans un endroit pareil ? Un endroit où les animaux sauvages chassaient la nuit, où les chouettes se perchaient au sommet des arbres. Si un pin avait laissé tomber des aiguilles, si une étoile avait abandonné une traînée argentée dans le ciel, si les morts s'étaient retournés dans leur tombe, je jure que je l'aurais entendu, c'est dire à quel point c'était silencieux.

Essoufflée, je m'appuyai contre le tronc d'un chêne en me demandant d'où était venue la voix de Mr Butternut. J'aurais déjà dû l'avoir rejoint, ou du moins m'être rapprochée de lui. Je savais que j'étais plus près de la route ; je retrouvai enfin ma voix et, les mains en entonnoir, je criai :

— Mr Butternut ! Mr Butternut !

Il ne pouvait pas être aussi loin que ça — à moins qu'il n'ait rebroussé chemin et ne soit rentré chez lui. Mais je ne croyais pas qu'il ait fait ça. Au pire, il était retourné au début du sentier et il m'attendait. Alors, j'entendis :

— ... mine ! Gami...

C'était un filet de voix. « Gamine ! Gamine ! » Voilà ce qu'il criait. Mais la moitié des mots se perdit dans la nuit. Si quoi que ce soit avait agité les bois — le vent, une branche qui tombe — je n'aurais rien entendu de son appel.

Il était trop loin.

Je finis par comprendre ce qui s'était passé ; dans mon effroi, j'étais sortie par une autre porte. Au lieu de courir vers la route, je m'en étais éloignée. Je m'étais enfoncée dans le bois. Ce qui signifiait que je devais rebrousser chemin. Je n'étais pas obligée de rentrer dans la maison, en faire le tour suffirait... mais je n'avais plus de torche.

Y retourner ? Jamais ! Je continuai donc d'avancer, m'enfonçant de plus en plus dans le bois. J'étais trop effrayée pour avoir gardé le sens de l'orientation. Je levai les yeux pour voir s'il y avait une tranchée dans l'énorme voûte de feuillage ; la lumière diminuait, j'en étais sûre, et de toute façon les branches semblaient entremêlées dans une sorte de danse macabre. Parce que j'avais perdu le sens de l'orientation, je ne savais pas si j'allais en ligne droite depuis la maison ; j'aurais aussi bien pu décrire un arc de cercle — plusieurs, peut-être des zigzags.

Des brindilles craquèrent. Je sursautai. C'était le genre de bruit que fait quelqu'un qui cherche à marcher à pas de loup. J'eus un haut-le-cœur. Je ne savais pas d'où était venu exactement le bruit, ni si je l'avais grossi, ce qui n'aurait pas été surprenant avec chaque nerf, chaque cellule, chaque muscle tendu pour écouter. Je me figeai, parfaitement immobile, craignant que mon appel n'ait dévoilé ma position. Comme j'avais été bête d'appeler Mr Butternut ! Mais à ce moment-là, je croyais être en sécurité près de la route.

Je m'avançai lentement vers un énorme chêne dont le tronc et les branches basses étaient si noueux et déformés que l'arbre semblait foudroyé. Vu la façon dont les branches poussaient, il me serait facile de grimper, du moins au début. J'arrivai facilement au deuxième tiers des branches, dont certaines ployaient si bas que leur extrémité touchait le sol. Je m'assis, les jambes pendantes, à califourchon sur un large nœud ; c'était aussi confortable qu'une selle. Même si je n'étais pas loin du sol, j'étais bien cachée dans les feuillages, à travers lesquels j'entrepris d'observer les environs. En faisant attention, j'aurais même pu grimper davantage, mais les branches juste au-dessus de moi se dressaient droit vers le ciel.

Je me trouvais dans un endroit aussi dense et humide qu'une forêt vierge, où il aurait dû y avoir des oiseaux aux couleurs vives et des fleurs inconnues, mais je ne vis rien sinon mes chaussettes blanches qui dépassaient de mon jean. Elles étaient aussi lumineuses que le faisceau de la torche qui m'avait aveuglée. J'étais en train de retirer une chaussure quand j'entendis un bruissement. Je me figeai.

Lapin, raton laveur, opossum — ç'aurait pu être n'importe quoi. Un renard, une souris. Mais ce n'était pas le bruit d'un animal surpris ; c'était mesuré, comme des pas sur les feuilles mortes et humides.

L'oreille aux aguets, j'étais si tendue que chaque son était électrisé et déformé. Je me forçai à écarter le feuillage. Un éclair de lumière révéla un visage d'homme dont je ne voyais d'en haut qu'une partie. Il portait un fusil, cassé sur le bras, et fumait une cigarette. La lumière était celle d'une allumette.

Comme un mineur, il avait une lampe fixée sur sa casquette. Je m'en aperçus quand il l'alluma et se baissa pour examiner quelque chose par terre ; puis il se redressa et l'éteignit. Il portait une veste en laine. Il s'appuya contre l'arbre et tira sur sa cigarette. Il n'avait pas de torche, j'en étais certaine, car la lampe qui lui ceignait le front servait à l'éclairer tout en lui laissant les mains libres pour manier son fusil. Cette lampe donnait une lumière jaune plus terne que celle qui m'avait aveuglée, mais comment pouvais-je être sûre que l'homme n'était pas celui qui m'avait surprise dans la maison ? Comment pouvais-je être sûre de quoi que ce soit ?

Que faisait-il là ? Je me souvins que j'avais eu une discussion avec Mr Butternut sur les braconniers. C'en était sûrement un ! Je me détendis, soulagée, soupirai et laissai ma tête retomber sur la branche.

— Hé !

L'homme se recula soudain et leva la tête. Puis il redressa son fusil.

— Ne tirez pas ! Ne tirez pas !

Je sautai vivement sur une autre branche.

— Qu'est-ce que c'est ?

Je descendis le plus vite possible.

— Nom d'un chien ! Qu'est-ce que tu fiches sur cet arbre ?

Une fois sur la terre ferme, j'époussetai des morceaux d'écorce et lui dis que j'étais perdue.

Il était plus grand que je ne l'avais cru depuis mon perchoir. Il était aussi très costaud ; même à travers sa veste, je devinai les muscles de son bras lorsqu'il cassa de nouveau le fusil (ce que j'appréciai) et s'adossa à l'arbre. Ce n'était pas une veste qu'il portait, mais une épaisse chemise qui en tenait lieu. Une chemise à carreaux rouges ou bleus. Dans la pâle lueur de sa lampe, je ne reconnus pas la couleur. Je ne distinguai pas non plus la couleur de ses yeux, mais il avait de longs cils (comme ceux que Ree-Jane prétend faussement avoir) ; dans la lumière de la lampe, les cils dessinaient un faisceau de lignes sous ses yeux. La lampe éclairait aussi ses pommettes, son nez et la courbe de son menton, projetant des ombres sur le reste de son visage. S'il y avait un retapissage (une présentation de suspects, m'avait expliqué le shérif) et que j'étais le témoin, il n'aurait pas eu une chance. Il bougea et les ombres changèrent. Il s'était accroupi et sa main se refermait sur un lapin.

— Bordel ! Qu'est-ce que... ?

(J'adore entendre des gros mots.)

— Qu'est-ce que tu fichais dans cette forêt, pour t'y perdre ? Personne ne vient jamais par ici.

— Vous y venez bien, vous.

Il était en train de fourrer le lapin dans sa gibecière qui devait en contenir déjà pas mal d'autres, je l'aurais parié ; il s'arrêta et me dévisagea.

— J'essayais seulement de rejoindre la route, repris-je. Par là-bas. Par là-bas, quelque part, ajoutai-je en tendant le bras dans une direction.

Il en pointa une autre, légèrement différente de celle que j'indiquais.

— Par là-bas, c'est là-bas.

— Vous pourriez peut-être me montrer le chemin. Je veux dire, si vous avez fini. Qu'est-ce que vous faites avec ces lapins ?

— T'occupe. C'est pas ma direction.

Il était vraiment bourru. Je l'avais sans doute interrompu dans son braconnage.

— Il fait tellement sombre et je ne suis qu'une enfant.

C'était contre mes principes, mais j'étais prête à geindre.

— Pas si gamine que ça pour entrer dans un bois que tu ne connais pas, grogna-t-il.

101

Je soupirai.

— Vous avez combien de lapins dans votre sac, monsieur ?

Il avait jeté sa gibecière sur son épaule. La question le désarçonna.

— C'est pas tes oignons.

Je ne pus m'empêcher de sourire. C'est une expression qu'on utilisait à la communale. Je me suis toujours demandé ce que ça voulait dire, mais la réponse attendrait encore un peu.

Il avait dû se méprendre sur mon sourire.

— Qu'est-ce que t'en as à fiche des lapins ? J'ai aussi tué un raton laveur. Au cas où t'aurais de la sympathie pour ces bestioles.

— Non. Mais la saison de la chasse ne commence qu'en octobre. Donc, vous braconnez.

Ça me fit penser au civet que ma mère cuisinait ; j'étais restée trop longtemps sans manger, j'avais faim.

Il me fixa d'un air grognon.

— Tu ne sais pas de quoi tu parles.

— Oh si ! Je suis une amie du shérif. Il m'a tout expliqué sur le braconnage.

— Le shérif...

C'était davantage une constatation qu'une question. Maintenant, il me toisait de la tête aux pieds. Je souris.

— Pour regagner la route, je dois passer devant la maison qui est là-bas (je pointai vaguement dans sa direction), et j'ai peur d'y aller.

Il suivit mon geste.

— Les Décombres ? Y a rien là-bas.

— Si. Il y a quelqu'un.

Bien que je sois contre la chasse, j'offris de porter le sac.

— Vous avez déjà votre fusil, ça serait bête de trébucher.

— Ça risque pas.

Il jeta sa cigarette et l'écrasa sous son talon, puis ramassa son sac.

— D'accord, je t'accompagne. Mais rappelle-toi une chose, nous n'avons jamais eu cette conversation.

— Promis.

Le chantage était une expérience enivrante.

Nous repartîmes vers la maison. Comme je voulais qu'il ait les mains libres pour utiliser son fusil si nécessaire, je lui offris de nouveau de porter le sac.

— Tu ne m'as pas dit ce que tu faisais ici, répondit-il.

Le sac rebondissait sur son dos. J'essayai de réfléchir, mais j'avais du mal à cause des arbres touffus et de la maison qui approchait.

— J'ai perdu ma torche à l'intérieur. Elle a roulé je ne sais où.

Je lui racontai l'éclat de lumière qui m'avait éblouie et lui parlai de Mr Butternut.

— C'est l'histoire la plus stupide que j'aie entendue, grogna-t-il.

— Je vais vous dire la vérité : j'ai une vieille tante loufoque qui habite par là.

Il hocha la tête et s'arrêta.

— Même Billy Faulkner n'aurait jamais inventé un truc pareil.

— Qui ?

Il sortit un livre de poche de son sac et me le montra. C'était *Lumière d'août*.

— Ah, lui ! fis-je, espérant paraître cultivée. Vous voulez parler de William Faulkner.

— Je l'ai tellement lu que nous nous appelons maintenant par nos petits noms.

— Pas nous. Nous ne nous connaissons même pas.

Il parut réfléchir à la question.

— Une forme pour combler un manque, dit-il ensuite.

Je fis la grimace.

— Qu'est-ce que vous voulez dire ?

Pour un braconnier, il avait une drôle de conversation.

— C'est ce que Faulkner dit sur les mots. Ou sur certains mots... comme « amour ».

Je le dévisageai en plissant les yeux. Il était de plus en plus intrigant.

Il m'annonça qu'il s'appelait Dwayne et je lui dis que je me prénommais Emma. Il trouva que c'était un joli nom, mais qu'il ne m'allait pas. Je n'aimai pas sa remarque, mais je ne lui donnai pas la satisfaction de lui demander à quel genre de fille il allait.

Nous avions atteint White's Bridge Road et Dwayne déclara que sa camionnette était garée dans la clairière, près du lac. Il me proposa de me déposer au Silver Pear si je le désirais. Je lui avais dit qu'un ami devait passer m'y prendre. Il était maintenant près de neuf heures et Bunny avait déjà dû venir et repartir ; ce n'était pas un problème, je pouvais appeler les taxis d'Axel. Je n'avouai pas à Dwayne que j'avais loupé mon rendez-vous, car je ne voulais pas qu'il se sente coupable de me déposer au Silver Pear alors qu'il aurait facilement pu me conduire à La Porte, quinze kilomètres plus loin. J'avais renoncé à le faire chanter une seconde fois. D'ailleurs, nous étions en train de devenir amis. Nous nous appelions déjà par nos prénoms.

Il refusait de me dire son nom de famille, au cas où j'en aurais parlé à « quelqu'un ». Pourquoi m'interrogerait-on à son sujet ? Et même dans ce cas, combien de Dwayne lui ressemblaient et conduisaient une camionnette dans ces parages ? Je ne lui fis pas part de mes réflexions pour ne pas insulter son « pouvoir de déduction ». Le shérif m'avait parlé du « pouvoir de déduction » et avait ajouté que le mien était extrêmement développé. Je ne veux pas me lancer des fleurs, mais je crois qu'il a raison, parce que je peux presque toujours deviner qui est le coupable avant la scène finale du procès dans les « Perry Mason ». Le pouvoir de déduction de Dwayne devait être bien limité s'il ne voyait pas que j'en savais assez pour le dénoncer.

« Si ça devient trop dur pour toi, dénonce-moi. » La voix de Ben Queen me résonna aux oreilles. Ça me fit penser à ses déductions. Parce que ça en revenait à ça ; Ben Queen ne savait pas que la mort de Mary-Evelyn était due à un accident. Il le déduisait de ce que lui avait raconté Rose. Rose affirmait que c'était un accident. Une pensée me frappa — davantage une intuition qu'une pensée —, telle la lumière crue dans les Décembres. Rose pouvait très bien se tromper. Pourtant, on penserait qu'à vivre dans cette maison elle aurait su à quel point les trois sœurs étaient méchantes avec Mary-Evelyn. A moins que... à moins que quoi ?

C'était un sujet qui méritait une longue réflexion ; pour cela, je devrais attendre d'être seule, soit dans l'Eléphant Rose, soit dans mon coin sur la véranda.

Dwayne me demanda ce que j'avais. J'étais, paraît-il, un peu pâlotte. Je lui dis que c'était à cause d'un souvenir qui m'était venu et il déclara que j'étais drôlement jeune pour avoir des souvenirs qui me fassent pâlir. Comme s'il connaissait tout des souvenirs qui font cet effet !

Nous reprîmes notre marche ; cette fois, je portais les lapins. Je ne sais pas pourquoi j'avais insisté. Le sac me rebondissait sur le dos et je sentais les corps encore chauds des pauvres bêtes. C'était peut-être mon imagination, car j'avais l'impression d'être coupable de leur mort. J'interrogeai Dwayne sur le meurtre de Fern Queen. Etait-il au courant ? Bien sûr qu'il l'était, comme tout le monde.

— Et après ? demanda-t-il. Tu crois que c'est moi qui l'ai tuée d'un coup de fusil ?

— Non, bien sûr que non, je ne pensais pas ça ! Jamais de la vie.

Je voulais juste savoir s'il était allé braconner la nuit du crime — j'aurais pu formuler ça autrement —, il aurait peut-être vu quelque chose qu'il ne voulait pas dire à la police parce qu'on lui aurait alors demandé ce qu'il faisait dans la clairière.

Dwayne se contenta de grommeler.

Je lui redemandai s'il était sûr de n'avoir vu personne aux Décombres, ou entendu quelque chose. Il m'assura que non, combien de fois fallait-il qu'il le répète ? Quel grincheux !

Nous approchions de la maison de Mr Butternut et de la clairière quand nous vîmes trois véhicules de police et leurs gyrophares. Plusieurs policiers étaient rassemblés autour des voitures. Je remarquai que l'une d'elle appartenait au commissariat de La Porte, les deux autres à la police de l'Etat. Elles étaient garées face à la maison de Mr Butternut. Je fus tellement surprise que j'en lâchai le sac.

Dwayne l'empoigna, me prit par le bras et m'attira derrière un chêne.

Les policiers n'étaient qu'à une quinzaine de mètres et j'essayai de voir si le shérif était avec eux. Je vis Donny, la main sur son étui à revolver comme s'il pouvait dégainer à tout moment, et alors attention aux innocents !

La porte-moustiquaire s'ouvrit et les policiers se rassemblèrent sur la route pour regarder vers le perron. Le shérif parut avec Mr Butternut qui maintint la porte ouverte tout en discutant. Je n'entendis que « D'accord », et « Je vous tiens au courant ». Le shérif descendit alors les marches du perron.

— C'est le vieux Butternut, souffla Dwayne. Qu'est-ce qu'il manigance ?

— Vous le connaissez ? demandai-je à mi-voix.

— Bien sûr. Il vit ici depuis toujours.

La question n'était pas ce que Mr Butternut avait manigancé (j'en étais certaine, à ma grande honte), mais ce que j'avais manigancé, moi.

Les policiers remontèrent dans leurs voitures et repartirent par la route d'où nous étions venus. Nous ne les vîmes pas s'arrêter, mais nous les entendîmes, les portières claquèrent et des voix s'élevèrent. Ils allaient fouiller les bois.

J'aurais dû dire à Dwayne qu'il fallait passer chez Mr Butternut pour lui dire que j'étais saine et sauve, mais plutôt que d'être sympa avec Mr Butternut je préférais ne pas aggraver mon cas auprès du shérif. Nous étions déjà suffisamment en froid.

Nous quittâmes notre cachette et Dwayne m'entraîna vers un sentier parallèle à la route qui menait près de Mirror Pond, où il avait laissé sa camionnette. Il donnait l'impression de croire que les policiers le recherchaient. Je lui fis remarquer que la police de l'Etat ne se serait jamais dérangée pour un braconnier. Il admit que j'avais raison. On les avait sans doute appelés pour autre chose, et j'avais vu juste : il y avait peut-être quelqu'un dans la maison abandonnée.

Lorsque nous nous entassâmes dans la vieille camionnette de Dwayne, je ne pensais plus à l'inconnu des Décombres ; au lieu de cela, je m'interrogeai pour déterminer si le shérif savait que c'était à cause de moi que Mr Butternut l'avait appelé. (J'aurais dû lui en être reconnaissante.) Mais Mr Butternut ne connaissait pas mon nom. J'avais tout simplement oublié de me présenter. Il pouvait seulement me décrire, mais je n'ai aucun signe particulièrement distinctif. Tandis que la camionnette franchissait White's Bridge en cahotant, je m'examinai pour savoir si j'avais une particularité dont on se souviendrait après m'avoir vue, mais je me trouvai tout à fait ordinaire. Mon visage ressemblait à beaucoup d'autres. (Ah, si c'était Ree-Jane que Mr Butternut avait rencontrée, je l'imaginais d'ici dire au shérif : « Des yeux bleu pâle, un crâne qui n'abrite aucune pensée, une expression vraiment gourde, vide, vous voyez, et des cheveux blonds qui semblent sortir d'une bouteille d'eau oxygénée. Ah oui, et maigrichonne, avec ça. »)

Nous arrivâmes au restaurant dont le parking était bondé car c'était l'heure à laquelle les gens de Lake Noir aiment dîner. Il me suffisait d'entrer téléphoner à Axel pour lui dire de rappliquer au plus vite car on m'attendait à l'hôtel. Si le shérif faisait marcher son esprit de déduction, il risquait de se demander quelle autre fille pouvait bien inspecter le lieu d'un crime (or son pouvoir de déduction était nettement supérieur à la moyenne). Je voulais être au lit au cas où quelqu'un viendrait vérifier.

— Merci beaucoup, Dwayne, dis-je en lui tendant la main. C'était très intéressant.

Il se tourna sur son siège pour me dévisager et je m'aperçus qu'il était très bel homme. C'était la première fois que je le voyais en pleine lumière. Il était brun comme Ben Queen, plus brun que le shérif et, question apparence, on aurait eu du mal à dire lequel des deux était le plus séduisant. Comment se faisait-il que je sois entourée d'hommes si séduisants ? Les trouvais-je beaux uniquement parce que je les comparais à mon manque de charme ?

— T'es un drôle d'oiseau pour une gamine de douze ans, dit-il.

— En réalité, je vais sur mes treize ans.

— Ah ! Ça explique tout.

Le propriétaire aux cheveux argentés ne se fit pas prier pour me laisser téléphoner, surtout, pensai-je, pour pouvoir écouter ma conversation. En effet, il était tout excité de me voir parce que, une demi-heure plus tôt à peine, le shérif était passé lui demander s'il n'avait pas vu une petite fille toute seule.

— Le shérif m'a dit qu'on t'avait déclarée perdue quelque part dans les bois.

Je restai plantée, la bouche ouverte, à respirer comme si je souffrais des végétations. Je ne suis pas sûre de savoir ce que sont les végétations, mais je crois que ça affecte la respiration et que ça vous donne l'air essoufflé. Je finis par secouer la tête d'un air incrédule, comme pour dire : « Ça ne va pas ? Vous êtes stupide ou quoi ? »

— Pourquoi vous croyez que c'est moi qu'il recherche ? J'ai l'air d'être perdue ?

— Non, bredouilla-t-il. Non, pas en ce moment.

— J'avais pas l'air d'être perdue avant non plus. (J'ouvris les bras.) Vous trouvez que j'ai l'air d'avoir été perdue récemment ?

Il soupira lourdement et parut renoncer. C'est drôle, les adultes ; il en faut peu pour qu'ils refusent de se colleter avec une question embarrassante et qu'ils passent vite à autre chose. Quand ils ont affaire à moi, je les comprends.

— Il y a plein d'autres enfants dans le coin, non ? D'ailleurs, je ne suis même pas d'ici. Il doit s'agir d'un enfant qui habite les environs et qui s'est égaré dans les bois.

Il fit la moue et me tendit le téléphone. Nous étions à côté d'une colonne en bois équipée d'une petite lumière où il gardait son registre de réservations.

J'appelai les taxis d'Axel, et on me répondit que j'aurais une voiture en moins de deux. Je sortis sur la véranda où des clients mangeaient à la lueur des bougies. Je mordis dans un petit pain que j'avais subtilisé dans une corbeille posée sur une desserte. Le pain était froid et dur ; on n'aurait jamais trouvé un petit pain pareil à l'hôtel Paradise.

Le taxi arriva vingt minutes pile après mon coup de fil. C'était Delbert qui conduisait. Je montai, claquai la portière et lui dis d'aller à l'hôtel en quatrième vitesse. Il prit un raccourci pour se rendre à Spirit Lake. Je lui demandai de passer par la route, devant le Britten's, qui mène à l'arrière de l'hôtel, afin de ne réveiller personne. Il trouva que j'étais drôlement prévenante.

Si le shérif avait par hasard soupçonné que c'était moi « la fille perdue » (je ne vois pas pourquoi, White's Bridge est tellement loin), il n'avait en tout cas pas téléphoné à l'hôtel car personne ne m'attendait. Il était sans doute encore dans les bois en train de me chercher ; je me sentis coupable.

Après avoir mangé un bol de salade de pommes de terre (sans allumer), je montai sans bruit dans ma chambre. Je m'allongeai sur mon lit en contemplant le plafond. Je repassai les événements dans ma tête. Il était arrivé tellement de choses qu'elles semblaient s'étendre sur plusieurs nuits, sur plusieurs années. Je restai immobile, les mains croisées sur le drap afin de ne pas rejeter les événements de la soirée dans l'oubli. Même si peu de temps après ma mésaventure, j'avais déjà oublié des choses comme l'exacte couleur des cheveux du propriétaire du Silver Pear, ou les ombres des feuilles qui avaient marbré le visage de Mr Butternut. Avec le temps, j'oublierais sûrement la façon dont la lumière éclairait les cils de Dwayne ou l'odeur du sac plein de lapins.

La mémoire est fuyante. Je me reposai la même question que l'autre soir sur la véranda, quand ma mère et Mrs Davidow parlaient de la Floride : est-ce que les souvenirs importants écrasent les plus insignifiants sous leur poids et les empêchent de s'exprimer ? Est-ce que je garderais non seulement le souvenir de Mr Butternut et de son bâton en bruyère, mais aussi de la peau sur son chocolat ? J'ai lu quelque part que nous n'oublions jamais complètement un événement, qu'il subsiste des empreintes de tout ce que nous avons vu ou fait, et que tous ces petits détails restent au fond de notre mémoire, comme des cailloux et des algues qui ne remontent jamais à la surface d'une rivière.

17

La fille perdue

Mes paupières s'ouvrirent comme des stores qu'on relève à la hâte ; j'avais peur d'avoir oublié ce à quoi je pensais avant de m'endormir. Je vérifiai rapidement : Mr Butternut, le Silver Pear, les cheveux argentés, le fusil de Dwayne, la police, Donny qui paradait. Vérifications, vérifications. Tout était là. (Naturellement, s'il y avait quelque chose que j'avais réellement oublié, comment l'aurais-je su ?)

J'irais à La Porte sitôt le déjeuner servi, ce qui aurait demandé nettement moins de temps si Miss Bertha n'avait pas renvoyé son œuf à la coque, non pas une fois mais deux, se lamentant qu'il était trop cuit. Ma mère tenait une lourde poêle qu'elle soupesa, et j'espérai un instant qu'elle allait l'abattre sur le crâne de Miss Bertha. Mais elle la reposa, ôta son tablier (ce qui signifiait qu'elle allait se rendre dans la salle à manger !), piocha un œuf cru dans le bol et sortit de la cuisine au pas de charge, avec moi sur ses talons.

Elle sourit de son sourire menaçant, salua aimablement Mrs Fulbright puis déclara :

— Tenez, Miss Bertha, celui-ci ne devrait pas être trop cuit pour vous.

Sur ces mots, elle cassa l'œuf dans l'assiette de Miss Bertha, puis retourna dignement à la cuisine ; après avoir marqué une courte pause pour voir la réaction de Miss Bertha, je me précipitai dans la cuisine pour entendre Walter braire de rire dans son coin.

Sur cette note réjouissante, ma mère me dit de ne pas m'embêter avec « cette stupide bonne femme », et je faillis filer sans demander mon reste quand je me rappelai que je n'avais pas déjeuné. Aujourd'hui, c'étaient des toasts à la française et des saucisses ; je les mangeai à table avec Walter, qui dégustait les deux œufs refusés par Miss Bertha.

— Vu que c'est ceux de l'autre stupide bonne femme, annonça-t-il, ils sont deux fois meilleurs.

Walter adore la façon dont ma mère formule les choses.

Delbert me conduisit en taxi à La Porte et me déposa devant le Rainbow Café. Il fallait que je découvre ce que la police avait fait chez Mr Butternut et dans les bois. Comme je n'étais pas censée y être allée, je ne pouvais poser la question directement. Le shérif s'arrêtait souvent au Rainbow le matin pour boire un café, je découvrirais donc la vérité d'une manière ou d'une autre.

Maud prenait sa pause quand j'entrai au Rainbow et passai devant Shirl, qui était perchée comme toujours sur son tabouret devant la caisse. Les clients matinaux étaient tous là, parmi lesquels Enepébé et Enegébé (qui avaient dû venir à pied car leurs camionnettes étaient encore au garage). Il me saluèrent avec chaleur, d'un « hon-hour » plein d'ardeur. On allait sur les onze heures et Maud était forcément au courant de l'incident de White's Bridge, vu qu'elle connaissait si bien le shérif. C'était aussi l'une des rares personnes de La Porte à avoir du bon sens.

— Tu veux du chili ? Je viens juste de le faire.

Comme j'avais le ventre encore plein, je refusai. Mais comme j'avais besoin de m'occuper au cas où le shérif entrerait, j'acceptai le Coca que Maud me proposa. Elle écrasa sa cigarette et alla le chercher. C'est agréable de se faire servir pour changer.

Après avoir posé le Coca devant moi, avec une paille, elle s'installa dans le box et me dit :

— Il s'est passé quelque chose près de White's Bridge, hier soir. Dans le bois.

— Encore un meurtre ?

C'était pour qu'elle sache bien que j'étais loin de la fille perdue à laquelle je pensais.

111

— Non. Un bonhomme — un certain Butterfinger, je crois — a appelé Sam parce qu'une jeune fille avait disparu. Ou s'était égarée dans le bois.
— Ah bon ? Comment le savait-il ? C'était sa fille ou quoi ?
— Je ne sais pas. C'est tout ce que Sam m'a dit.
Qu'est-ce que Mr Butternut avait raconté à la police ? Avait-il minimisé son rôle de crainte d'être soupçonné d'une chose horrible ?
— Alors ? On l'a retrouvée ?
— Pour ça, faudra attendre que... Ah ! Le voilà !
Elle était toujours joyeuse quand le shérif entrait, peu importe la façon dont elle lui parlait ensuite. Je baissai les yeux sur mon Coca. Mon cœur tambourinait dans ma poitrine, comme s'il cherchait une issue à la situation. Je ne levai pas les yeux quand je sentis le shérif s'arrêter devant le box.
— Emma.
C'était juste une manière de me dire bonjour. Je fixai mon verre, parfaitement incapable de lever les yeux, quoi qu'il arrive. Heureusement, Charlene vint lui servir son café et ses doughnuts, ce qui évita à Maud d'aller les lui chercher. Je regardai Charlene minauder et réussir à effleurer la poitrine du shérif quand elle posa sa tasse sur la table. Il la remercia et elle s'éloigna en balançant les hanches.
Le shérif me regardait en souriant, mais était-ce son sourire habituel ? Je cillai. Il approcha la tasse de ses lèvres.
Maud dit « Alors ? » d'un ton qui suggérait qu'il lui cachait quelque chose délibérément, ce qui n'était pas le cas, bien sûr. Elle était souvent comme ça avec le shérif, ce qui contrastait avec la joie qu'elle exprimait quand il entrait. La nature de leur relation me laissait perplexe.
— Nous ne l'avons pas trouvée, dit-il en mangeant son doughnut.
Il aimait les doughnuts nature plutôt que ceux au sucre ou au chocolat. Je ne vois pas l'intérêt d'un doughnut nature.
— Qu'est-ce qui a bien pu lui arriver ?
— J'en sais rien.

Il soupira et mordit de nouveau dans son beignet.
— Tu n'as pas l'air plus inquiet que ça, Sam !
— Si je m'inquiétais pour tous les pépins qui m'arrivent aux oreilles, je n'aurais plus le temps de rechercher les suspects.

Maud était scandalisée.
— Mais tu représentes la loi !

Encore son ton accusateur. On voyait presque les mots se dresser, les mains sur les hanches.
— Quel âge avait cette jeune fille ? Il l'a dit ?
— A peu près l'âge d'Emma. Onze ou douze ans, tout au plus.

Je faillis bondir. Je n'ai absolument pas l'air d'avoir onze ans ! Beaucoup de clients croient que j'en ai quatorze.

Le shérif me dévisageait avec un regard absent tout en terminant son second doughnut nature.
— Il a dit qu'elle avait peut-être même dix ans.

Dix ans ! Je dus effacer l'indignation de mon visage et la remplacer par un air stupide, que j'avais copié sur Walter : bouche entrouverte, paupières à demi closes. Walter se tenait dans l'ombre de l'évier comme ça, réfléchissant (ou ne réfléchissant à rien, vu que c'était Walter).
— Et les parents de la petite ? fit Maud. Personne n'a signalé son absence ?
— Nan, pas encore. Ce Mr Buttercup qui nous a appelés...
— Buttern... commençai-je.

Le shérif dressa un sourcil.
— Oui, Emma ?
— Rien. Je trouve que c'est un drôle de nom.
— Mr Buttercup a dit qu'il l'a vue près de Mirror Pond, qu'il lui a parlé et qu'elle n'était pas du coin.
— Alors, qu'est-ce qu'elle faisait là ?
— Je ne sais pas, Maud. Il a dit qu'elle semblait s'intéresser au meurtre de Fern Queen.
— Je trouve ça drôlement bizarre, Sam. C'est pas normal.
— C'est vrai, mais c'est pas anormal non plus. Je peux te taper une cigarette ?

Pendant qu'elle lui tendait son paquet, je réfléchis à ce qu'il avait voulu dire.

— Tu es sûr que cet homme dit la vérité ?
— Non.
— Alors, il a peut-être... fait quelque chose à cette fille et il cherche à s'innocenter. En appelant lui-même la police, par exemple.
— Possible. Mais il avait l'air vraiment inquiet.
J'étais heureuse que quelqu'un le soit.
— Il se reproche de l'avoir laissée seule dans les bois.
— C'est la moindre des choses !
— Il prétend qu'elle l'a supplié et supplié de l'accompagner voir la maison en ruine.
C'était faux !
— Pourquoi voulait-elle la voir ?
Le shérif s'esclaffa.
— T'arrêtes pas de me poser des questions, Maud. Je n'en sais rien. J'ai l'impression qu'il s'agissait d'une petite fille très curieuse, c'est tout.
Il alluma sa cigarette et jeta l'allumette.
— Mr Buttercup m'a dit qu'elle était allée au Silver Pear. Ce qui lui est venu à l'esprit, quand ils se sont séparés dans les bois, c'est qu'elle devait être avec quelqu'un, ses parents ou un adulte quelconque. Les fillettes ne mangent pas toutes seules dans les restaurants, d'habitude. A part Emma.
— Je ne suis plus une fillette !
Le shérif sourit.
— J'ai dit que tu en étais une ? Quand j'ai interrogé Ron et Gaby, ils m'ont confirmé qu'elle était venue, mais ils ne connaissaient pas son nom.
J'avais oublié que j'avais dit à Mr Butternut que je venais du Silver Pear. La gaffe !
— Ils devraient s'occuper mieux de leurs clients au lieu de rester à bayer aux corneilles, dis-je.
Le shérif parut légèrement surpris.
— Tu y es allée ?
— Moi ? Non.
Je m'aperçus que je devais dire quelque chose montrant que je connaissais l'endroit.
— Enfin, pas depuis longtemps. Une fois, Mrs Davidow m'a emmenée au Lake Noir et elle a tout d'un coup eu envie

de déjeuner au Silver Pear ; j'y suis donc allée avec elle. La cuisine est...

Quel était le mot que Maud employait ?

— Prétentieuse ? proposa-t-elle.

— C'est ça, prétentieuse. De toute façon, si ce Mr Buttern... euh, Buttercup... l'a tuée et l'a enterrée, faudra que vous soyez un peu plus de quatre policiers pour aller fouiller les environs. J'ai vu un film anglais où Scotland Yard avait réuni toute une armée de policiers — ils devaient être cinquante ou même cent — pour ratisser un champ, et ils avançaient tous en ligne. Il faudra aussi amener des chiens. Ils peuvent renifler une tombe récemment creusée.

J'aimais bien la scène que j'inventais au fur et à mesure, toute cette activité, ce déploiement de forces, juste pour me retrouver.

— Sacré Dieu, Emma ! s'exclama Maud. Tu te laisses emporter par ton imagination !

— C'est pas la première fois, glissa le shérif.

Je n'appréciai pas la façon dont il me regarda par-dessus sa tasse. Ah, ces yeux bleus ! Et je n'appréciais pas ce qu'il avait dit ; c'était comme s'il y avait des choses sous les mots... je crois qu'on appelle ça des sous-entendus.

— Nous avons trouvé des empreintes fraîches près de la maison en ruine. Des braconniers sont passés par là.

Dwayne ! Le shérif était-il capable de trouver Dwayne en cherchant bien ? Je ne m'inquiétais pas trop pour Dwayne, en fait, j'avais surtout peur qu'il puisse me décrire si le shérif l'interrogeait. J'avais dû pousser un grognement car Maud me demanda si quelque chose n'allait pas. Je secouai la tête.

— Qu'est-ce que tu vas faire, maintenant ? questionna Maud.

— Il n'y a pas grand-chose à faire, sinon ce qu'a dit Emma. On peut rassembler davantage d'hommes — en faire venir de Clovery s'ils peuvent nous en prêter. L'ennui, c'est que ça serait un peu présomptueux alors que personne n'a signalé la disparition d'une jeune fille. Sans disparition...

J'étais soulagée qu'il ne fasse pas venir de renforts. Car s'il se décarcassait encore plus pour découvrir qui était la fille égarée, je n'osais penser à sa réaction s'il découvrait que c'était moi et que j'avais dérangé la police pour rien.

— Attends, fit Maud. Il y a les propriétaires du Silver Pear. Ils ont dû la voir et si leur description s'approche de celle de Mr Buttercup, ça voudra dire qu'il n'a rien inventé.

Le shérif avait un air pensif.

— La description est plutôt vague. Elle s'applique à des centaines de fillettes. Il n'y avait rien pour la différencier. Cheveux blonds, yeux noisette. Mais, de fait, ils ont tous fait la même description.

Je baissai les yeux sur l'emballage de ma paille, déçue et honteuse de n'avoir aucun signe distinctif. Mes yeux, que j'aimais croire verts, étaient seulement noisette. Je froissai le papier d'emballage et envisageai de lancer la boulette.

Le shérif continua :

— Bien sûr, on pourrait faire un portrait-robot et le montrer aux gens...

Je ne pus m'en empêcher ; je levai des yeux hagards. Mais je masquai vivement mon expression et baissai de nouveau la tête.

Maud donna un petit coup de coude au shérif.

— Excellente idée. Mais tu n'as pas de dessinateur dans la police, n'est-ce pas ?

— A La Porte, non. Mais on en trouvera un sans problème si je dois poursuivre l'enquête.

Imaginez : ma tête, ou quelque chose d'approchant, étalée dans le monde entier, placardée sur les murs, peut-être même à la poste de Cold Flat Junction, près de celles des frères Drinkwater, qui étaient encore recherchés pour vol à main armée.

ON RECHERCHE UNE FILLE QUI A DISPARU

Imaginez comment réagirait Ree-Jane ! Je me souvins alors de Bunny Caruso : elle n'avait pas besoin d'un portrait-robot. Elle me connaissait et si elle mentionnait en passant au shérif (pour qui elle avait le béguin, je crois) qu'elle m'avait conduite au Silver Pear, que se passerait-il ? Je gardai la tête baissée car je rougissais comme une tomate. Je me mis à déchiqueter ma paille. Tout ce que je faisais m'enfonçait de plus en plus ; c'était comme une boule de neige dévalant la pente et que je ne pouvais plus arrêter, sauf en disant la vérité ; or je m'y refusais, forcément. J'entendis le shérif dire :

— ... dans le *Conservative*.

J'ouvris les yeux d'un coup.

— Quoi ?

— Sam dit qu'on pourrait faire passer une annonce dans le journal...

— Hé, une minute ! Vous vous rappelez la fille que j'ai vue à La Porte ?

Le shérif prit un air songeur.

— Je me souviens de quelque chose, mais je ne l'ai pas vue, moi.

J'avais horreur de faire ça ; j'avais horreur d'utiliser la Fille. Je m'étonnai même de l'avoir amenée sur le tapis, car je ne voulais pas qu'on apprenne quoi que ce soit sur elle. Elle était très mystérieuse et ce mystère me concernait, je crois. Non seulement ça ; je l'avais mise en danger, et Ben Queen avec, ce qui était tout simplement impensable. Je préférais encore dire la vérité.

— Non, ça ne peut pas être elle. Elle est trop grande. Mais il y a quelque chose, quelqu'un...

Je me pris la tête à deux mains ; j'avais les yeux fermés, je devais ressembler à Mrs Louderback devant ses tarots.

— Ça y est, je me souviens. J'ai vu une fille marcher sur la route qui mène au Lake Noir. Elle avait à peu près mon... elle avait onze ou douze ans. Je l'ai remarquée parce qu'elle était seule. C'est bizarre de voir une fille de son âge toute seule, non ? Elle aurait dû être avec une bande de gosses ou avec un adulte.

Du coup, je m'interrogeai sur moi-même. Qu'est-ce que les gens pensaient de moi ? Je vis la fillette marcher le long de la route, ce n'était pas tant qu'elle était seule, elle paraissait surtout abandonnée. Comme une valise aux Objets Trouvés, que personne ne vient réclamer.

Je repensai à la fois, à Cold Flat Junction, où j'attendais le train qui devait me ramener à Spirit Lake. J'espérais que la Fille reparaîtrait. Dans cette étrange immobilité, j'avais porté mon regard vers la terre déserte, de l'autre côté de la voie, vers la ligne sombre des arbres, là où les bois commençaient. J'avais vu plusieurs fois ce paysage depuis, et il avait toujours cet aspect lointain, hors d'atteinte, aussi éloigné que la Lune.

Mais tout Cold Flat Junction a cet aspect. Je me rappelai la petite fille dans la cour de l'école désertée avec qui j'avais joué et qui n'avait pas dit un mot. Un autre jour, il y avait un garçon qui jouait au basket tout seul, et qui s'était arrêté quand il m'avait vue. Et la femme en noir qui, je l'avais appris par la suite, devait être Louise Landis, sur la dernière marche du perron, derrière l'école, contemplant, la main en visière, l'horizon lointain qui entourait Cold Flat Junction. Que guettait-elle ? Ben Queen, peut-être. Mais depuis mon banc, sur le quai de la gare, j'avais regardé dans la même direction. J'étais ensuite allée sur le quai d'en face car j'allais dans la direction opposée. Assise sur le banc de l'autre quai, je m'étais vue à la place que je venais de quitter. J'avais l'air désespérée, ou effrayée, mais c'était peut-être la même chose.

— Emma ?

Je sursautai, comme si je me réveillais, surprise de me retrouver dans un box, au Rainbow Café. Maud et le shérif me dévisageaient.

— Tu avais l'air de drôlement réfléchir, remarqua Maud.

— J'étais perdue dans mes pensées.

Elle sourit.

— Bon, faut que je retourne travailler.

— Viens, me dit le shérif. On va vérifier les parcmètres.

Je fus soudain submergée de bonheur. C'était ce qu'on faisait avant l'affaire Ben Queen. Je ramassai la boulette de papier et la jetai dans l'assiette vide des beignets.

Mais, en le suivant sur le trottoir, je sentis ma joie s'estomper. Ça ne serait plus jamais la même chose entre le shérif et moi, et ce n'était pas de son fait, c'était du mien. C'était le prix à payer pour Ben Queen, et maintenant, peut-être, pour Dwayne.

Je sortis en jetant à peine un regard aux pâtisseries. Mais mon œil s'attarda tout de même sur une tarte à la crème, pour laquelle je reviendrais peut-être plus tard.

Nous descendîmes Second Street et à peine avions-nous verbalisé la nouvelle camionnette flambant neuve de Dodge Haines, qui était garée sur l'emplacement des livraisons du McCrory, que je vis Bunny sortir du magasin de vêtements Rudy, de l'autre côté de la rue. Elle essayait d'équilibrer des sacs de chez Rudy avec des paquets de linge propre de chez Whitelaw, coinçant un sac avec un genou pour avoir une meilleure prise.

Vite ! Pendant qu'elle était encore de l'autre côté de la rue, je pouvais peut-être attirer l'attention du shérif pour qu'il ne la voie pas.

— On dirait que Bunny a besoin d'aide, déclara-t-il en s'apprêtant à traverser.

Je le retins par la manche.

— Oh, elle est bien plus forte qu'elle en a l'air et on a encore tous les parcmètres à faire.

— Je vais lui donner un coup de main. Va devant, je te rejoins.

Naturellement, je dus le suivre pour essayer d'empêcher Bunny de lui parler de la veille. Ça devenait un tel fardeau, bien plus lourd que ses paquets de linge. Quand votre conscience vous tenaille, c'est comme un sac plein de briques.

— Ah, bonjour, Sam ! Bonjour, Emma ! Ma parole, shérif, vous êtes le dernier gentleman sur cette planète !

— C'est bien vrai, acquiesçai-je. C'est aussi ce que disent ma mère et Mrs Davidow.

Je me lançai alors, juste pour monopoliser la parole, dans un interminable récit où Sam changeait le pneu crevé de Lola Davidow. Le shérif me dévisagea d'un air ahuri, car j'étais plutôt démonstrative.

Alors, comme je le craignais, Bunny me sourit.

— C'était bon, ton dîner ? Je connais le Sil...

— Oh oui, coupai-je prestement. Ma mère fait les meilleurs poulets frits...

— Non, m'interrompit Bunny, je parlais de ton dîner avec ta tante. C'était bien ta tante ?

Le shérif tenait les paquets de linge propre et les sacs de chez Rudy.

— Vous n'êtes pas sur la même longueur d'ondes, remarqua-t-il.

Bunny loucha vers lui ; moi aussi. C'est une chose que nous avons en commun, cette façon de loucher, les yeux plissés.

— Si vous cessiez de vous interrompre l'une l'autre, peut-être que...

Bunny s'esclaffa et ouvrit la portière de sa camionnette.

— Oh, c'est rien, juste des bavardages.

J'approuvai avec ferveur tandis que le shérif enfournait les sacs dans la voiture.

— A propos, Bunny, vous habitez vers Swain Point. Une jeune fille a disparu du côté de White's Bridge.

— C'est affreux ! s'exclama Bunny.

Ce n'étaient pas des paroles en l'air ; elle était sincèrement inquiète.

— Quand est-ce arrivé ?

— Hier soir, vers huit ou neuf heures.

— Comment s'appelle-t-elle ?

— Justement. Nous ne le savons pas.

Je m'étais reculée dans l'ombre jetée par l'auvent de chez Rudy, imaginant la scène que je redoutais. Bunny dirait : « Tiens, mais hier soir je t'ai déposée devant le Silver Pear. » Ils me dévisageraient tous les deux. J'afficherais mon air stupide ; le shérif serait surpris/furieux/déçu. Il tonnerait : « Pourquoi ne m'as-tu pas dit que tu étais allée sur les lieux du crime ? »

Rien de cela n'arriva, sauf que j'affichai en effet mon air stupide, qui vira à l'étonnement complet quand ce que je craignais ne vint pas. Je devais être restée bouche bée car le shérif me demanda ce que j'avais.

— Rien, rien, assurai-je.

Je jurai d'aller sitôt après les parcmètres à l'église Saint Michael, de m'agenouiller devant je ne sais qui et d'avouer au père Freeman que je croyais désormais aux miracles. Il me conseillerait sans doute d'entrer au couvent, et j'accepterais probablement, car cela n'arriverait pas avant de nombreuses années et alors il n'y penserait plus. (C'était sûrement préférable à la promesse d'aller au camp de Noël, car on m'y enverrait sans me laisser le temps de me faire oublier.)

— Je ne vois pas comment on retrouvera cette fille, dis-je. Je ne comprends pas que personne ne se soit aperçu de sa disparition.

— Oui, c'est triste, admit le shérif, pensif.

— Pourquoi ?

Il glissait une pièce dans le parcmètre de Miss Isabel Barnett. Il ne lui mettait jamais de contravention parce que je crois qu'il savait qu'elle était distraite.

— Penser qu'une fille de son âge vit ce genre de chose sans que personne le sache !

Il hocha la tête d'un air malheureux.

Je n'avais aucun mal à imaginer les épreuves et les tribulations de la jeune fille.

— Elle a dû avoir une peur de tous les diables. Personne ne vit là-bas, hormis Mr Butternut...

— Buttercup.

— Oui, Mr Buttercup. Et les bois sont vraiment sombres, sombres à faire peur. C'est pas comme quand il fait nuit par ici, avec les réverbères, là-bas c'est plus noir que dans une cave...

— Tu en connais un rayon sur le noir.

Soudain, je me souvins que je n'étais pas censée connaître ce bois.

— Will m'en a parlé. Will et Mill, vous savez ? ils sont allés fouiner dans le coin quand c'est arrivé. Ils sont allés à Mirror Pond après le meurtre.

— Ils n'auraient jamais dû. Tu le leur diras de ma part.

— Mouais. (Ça ne m'intéressait pas du tout.) Mais pour en revenir à cette pauvre fille, y a des tas de choses qui ont pu lui arriver. Elle a pu mourir de faim, ou de froid.

— Oh, je ne crois pas qu'elle soit morte. Il y a plein de chemins pour sortir du bois. Elle avait l'air l'intelligente, à en croire Mr Buttercup. Il disait qu'elle était têtue comme une mule.

— Moi ! ? Je m'arrêtai et posai mes poings sur mes hanches.

— Ça ne va pas ? me demanda le shérif.

— Si, si. (Je repris la marche.) Mais ça ne change rien. Sa famille n'a pas signalé sa disparition.

— Normal. Ses parents ont une bonne raison pour ça.

— Quoi ?

— Elle n'a plus disparu.

Je me figeai de nouveau.

— Elle n'a plus disparu ?

— Elle doit être retournée d'où elle venait, à l'heure qu'il est.

Le shérif s'arrêta afin de rédiger une contravention pour la voiture jaune canari de Helene Baum. Elle se croyait toujours au-dessus des lois. Il arracha la feuille du carnet et la glissa sous l'essuie-glace.

— Mais... vous n'êtes pas en colère contre elle ?

— Non, y a pas de mal. (Il sourit.) Tu aurais préféré qu'elle soit toujours perdue ?

— Et tous les tracas qu'elle vous a causés ! Faire venir la police de l'Etat, interroger Mr Buttern... Buttercup, qui doit avoir cent ans et parle sans fin de sa famille... En tout cas, c'est comme ça que je l'imagine. (Ouf, c'était moins une !) Vous devez être incroyablement déçu, après tout ce que vous avez fait pour elle.

Le shérif s'arrêta, ajusta ses lunettes noires et regarda le ciel.

— La seule chose que je regrette, c'est de ne pas l'avoir vue. Ce genre de fille, ça doit valoir le coup de faire sa connaissance.

Il soupira.

Je hoquetai. J'avais l'impression qu'une fusée avait envoyé des étincelles brûlantes dans mes veines.

Nous reprîmes notre tournée, quittâmes Second Street pour Oak Street, et déambulâmes comme deux amis ; tout en marchant, j'essayais de trouver le moyen de faire savoir au shérif que la fille, c'était moi.

18

Nouveau décor

La bibliothèque d'Abigail Butte est un bâtiment en briques marron clair. C'est aussi un de mes endroits préférés. Miss Babbit ne parle pas de haut aux enfants comme la plupart des adultes, qui doivent s'imaginer que nos cerveaux sont si petits qu'ils n'enregistrent des informations que si on parle lentement et distinctement. Les adultes font pareil avec les vieux.

Après avoir servi le déjeuner, je devais descendre à l'Eléphant Rose réfléchir à la Floride. C'est en y arrivant que je décidai d'emporter mon tableau des fleurs à la bibliothèque afin de l'échanger contre un autre. Je remis le Monet, ou le Manet — je confonds toujours —, à Miss Babbit. Lorsqu'ils ont découvert qu'ils peignaient à peu près les mêmes choses, je trouve que l'un d'eux aurait dû changer de nom. Mais, bien sûr, ça les amusait peut-être de mystifier les gens, un peu comme des jumeaux qui vous laissent croire qu'ils sont une seule et même personne.

Miss Babbit me demanda si j'avais aimé le tableau ; j'acquiesçai et lui dis que j'allais en choisir un autre. Mais aucun ne ressemblait à la Floride, sauf peut-être une reproduction avec un palmier, des fruits et deux femmes nues. Miss Babbit vint à côté de moi et m'apprit que c'était un Gauguin. Je fus étonnée qu'elle ne soit pas gênée qu'on contemple des femmes nues. Je lui demandai si ça représentait la Floride ; non, me dit-elle, les mers du Sud. Elle me parla alors de Gauguin qui avait tout quitté, son travail, sa famille, Paris, pour partir à Tahiti. Vu les femmes nues, ça ne m'étonna pas.

Miss Babbit dut aller s'occuper de Helene Baum et de Mabel Staines ; moi qui pensais qu'elles n'avaient jamais ouvert un livre de leur vie !

Sous la rubrique « Voyages — Etats-Unis », je repérai deux gros livres sur la Floride remplis de photographies ; je les emportai à une table pour les feuilleter. Je cherchais des palmiers, surtout des palmiers royaux. Je ne fus pas déçue ; de majestueux palmiers bordaient les avenues et les plages, poussaient à profusion dans les parcs, éclipsaient le soleil et la lune avec leur tronc noir et leur feuillage vert foncé qui se découpaient sur un ciel aux couleurs claires fondantes, si vives que la scène avait un air artificiel, irréel. Je vis un palmier royal en plein jour qui prenait toute la page et était d'une perfection absolue. Je notai la page et cherchai le Tamiami Trail. J'en trouvai des parties dans le second livre. Certaines n'étaient pas aussi jolies que ça, je les ignorai et remarquai une autre photo qui montrait des palmiers se dressant le long d'une route sur fond bleu.

Je me sentis soudain très fatiguée, comme si un sac de farine m'était tombé dessus. Je repensai aussitôt à Paul et à la deux-sexes-machine ; je couchai ma tête sur mon bras étendu sur la table et examinai les photos de côté en tournant paresseusement les pages. C'était un angle intéressant qui donnait l'impression que les palmiers bougeaient tandis que je feuilletais le livre. Il y avait aussi des photos de plages, d'immeubles et d'intérieurs. Le hall d'un hôtel accrocha mon regard. Il y avait des piliers blancs autour desquels poussaient des poincianas avec des fleurs rouge flamme. Ils étaient réellement superbes, surtout avec les piliers blancs en toile de fond. Le hall était luxueux, avec des lustres en cristal, des meubles en bambou et une moquette vert foncé. Le livre ne donnait pas le nom de l'hôtel, mais je décidai que c'était le Rony Plaza. Je continuai à feuilleter jusqu'à ce que je trouve le bâtiment que je recherchais. C'était un immeuble blanc et rose qui me rappela les gâteaux d'anniversaire de ma mère, il était entouré de palmiers royaux et de cocotiers (plus d'autres espèces que je ne connaissais pas) et donnait directement sur la plage.

Estimant que je n'avais pas perdu mon temps, j'emportai les deux livres à la photocopieuse. On pouvait non seulement copier mais aussi agrandir les photos ; je m'attaquai donc à la première image dont je photocopiai une première moitié que j'agrandis ensuite le plus possible, puis je fis de même pour l'autre moitié. Une affichette indiquait qu'il était illégal de photocopier les pages d'un livre sans autorisation préalable, mais comme j'ignorais comment obtenir ladite autorisation, je pris le risque. Je collerais ensuite les deux moitiés avec du scotch.

Il ne me restait plus qu'à acheter un panneau, du papier crépon et à prendre un taxi pour regagner l'hôtel. J'allai à la papeterie (un magasin de bric-à-brac qui vendait des bandes dessinées et des livres en plus du papier pour machine à écrire, de l'encre, des crayons, et de la papeterie classique) et payai ces articles avec l'argent de mes pourboires — ce qui n'était pas rien, même si Vera s'attribuait les plus gros.

Je fus à nouveau prise de fatigue en pensant à tout ce qui me restait à faire : servir au restaurant, aller à Cold Flat Junction, résoudre le mystère de Fern Queen et de la Fille, trouver un nouveau décor pour l'Eléphant Rose.

J'avais du pain sur la planche.

De retour à l'Eléphant Rose, je m'installai pour coller les deux moitiés du palmier royal. Je commençai à colorier l'arbre avec des crayons brun, gris et vert. C'était plus compliqué que prévu, car il n'était pas encore assez grand à mon goût. Je finis par réussir le contour. J'achevai le coloriage du tronc, puis découpai le papier crépon et en collai de larges bandes sur le haut de l'arbre. Je coloriai et découpai des noix de coco que j'attachai sous les feuilles. Enfin, je découpai le contour de l'arbre de mon mieux, laissant une marge à la base que je pliai ensuite pour l'utiliser comme support. Impec.

J'avais caché la noix de coco que ma mère avait cherchée partout, une des trois que Mrs Davidow avait rapportées de la ville ; je l'emportai à la cuisine, où il n'y avait personne à part Walter. Je pris un marteau et un tournevis et demandai à Walter de m'aider à ouvrir la noix de coco ; il accepta avec joie. Dès que nous l'eûmes ouverte, je versai le lait dans une tasse. Nous mangeâmes chacun un morceau de noix, que nous trouvâmes délicieux. Walter me dit qu'au dîner je devrais en apporter une part à la « stupide bonne femme » et me gratifia de son rire d'asthmatique.

C'était agréable d'avoir la cuisine pour nous seuls, sans personne pour nous surveiller et nous demander ce que nous faisions. Je m'assis sur le tabouret près du poêle et Walter s'adossa au comptoir. Nous mangeâmes un autre morceau de noix de coco. Il me demanda d'où ça venait ; je lui répondis que, d'après moi, ça poussait sur les cocotiers.

— Il y en a tout le long de Tamiami Trail.

Je n'en étais pas sûre, mais ça me donnait l'occasion de prononcer le nom.

— C'est où ?
— En Floride.

Je croquai un morceau de noix de coco. C'était merveilleusement frais et suave. J'avais hâte de confectionner le cocktail que ma mère avait décrit. Je le ferais sans doute dans un shaker.

— C'est là que Miss Jen et Mrs Davidow vont aller, fit Walter.

Il en parlait comme s'il s'agissait d'une pure coïncidence.
— Oui, acquiesçai-je. Et Ree-Jane aussi.

Il hocha longuement la tête.
— Elle va conduire la voiture blanche droit en enfer.

Connaissant Walter, c'était à prendre au pied de la lettre
— Ah, soupira-t-il, j'aimerais aller en Floride !
— Moi aussi.

Et pour lui tenir compagnie, je soupirai à mon tour.

J'avais besoin d'un ventilateur et d'un seau de sable. Je décidai d'aller au garage, même si Bill et Will n'aimaient pas qu'on les dérange. En traversant la cour, je m'arrêtai devant le tas de sable aménagé pour les enfants des clients. La pelle et le seau étaient d'un bleu délavé, et plutôt petits pour ce que je voulais en faire, mais il me faudrait faire avec.

Je remplis le seau et le laissai sur le chemin pour le reprendre au passage.

Je savais que Mill et Will avaient au moins un ventilateur, car je les avais vus l'utiliser. Comme il n'y avait pas de prise électrique dans l'Eléphant Rose, je comptais faire descendre une longue rallonge par la fenêtre de la salle à manger, qui était juste au-dessus.

En approchant du garage, je me réconfortai en pensant que Will aussi resterait à l'hôtel. Malgré tout, je ne pouvais me leurrer ; on ne le mettait pas dans le même panier que moi. Will était un cas à part. Il n'était là que par moments, pour porter la valise d'un client ou desservir une table. La plupart du temps, il était ailleurs avec Mill, soit chez Greg pour manger des tartes et boire du jus d'orange, ou jouer au flipper, soit au garage. Comme il n'était pas souvent à l'hôtel, il ne manquait à personne. Il apparaissait et disparaissait comme par magie. C'était un artiste, pouvait-on dire. Il était toujours en représentation.

J'entendis le piano ; Mill et Will chantaient un vieux gospel, entrecoupé de rires hystériques. Lorsque je frappai à la porte, les rires s'arrêtèrent d'un coup, à croire que je les avais rêvés. Je perçus alors de ces bruits qu'on fait quand on déménage des meubles à la hâte. Je savais que Will entrouvrirait seulement la porte afin de m'empêcher de voir ce qu'ils manigançaient. Tout cela était très théâtral.

— Qu'est-ce que tu veux ? me demanda-t-il par l'entrebâillement.

Il me parlait parfois comme s'il ne se souvenait pas de moi ni de ce que je faisais sur cette planète.

Je me grattai le coude.

— Je voulais t'emprunter un ventilateur.

— Le pivotant ?

Ne sachant quoi répondre, j'acquiesçai.

— Il s'appelle « reviens ». On l'utilise pour les effets spéciaux.

— Quand est-ce que je dois le rapporter ?

— N'importe. On s'en sert pas pour l'instant.

J'attendis devant la porte pendant qu'il allait chercher le ventilateur. A son retour, je l'interrogeai sur la Floride et lui demandai l'effet que ça lui faisait de ne pas avoir été invité à y aller.

— Je pourrais si je voulais.

Ça m'interloqua. Que voulait-il dire ?

Il ouvrit un peu plus la porte pour me passer le ventilateur et je le vis hausser les épaules.

— J'avais pas envie, c'est tout. Tu me vois voyager des journées entières avec Ree-Jane ?

Je restai bouche bée. Il me demanda si je désirais autre chose ; je secouai la tête, il referma la porte.

Le ventilateur était plus grand que moi, mais il n'était pas lourd. Je retournai à l'Eléphant Rose en passant derrière la cuisine. Ma mère était odieuse de ne pas m'avoir dit que je n'irais pas en Floride avec elles, et d'avoir proposé à Will de venir. Bien sûr, elle s'arrangeait toujours pour éviter les discussions pénibles. Mais j'avais l'impression que je comptais pour du beurre. Je vis alors Walter qui revenait du champ de menthe avec un bouquet à la main. Je fus soulagée de voir quelqu'un qui comptait encore moins que moi. Quand il arriva à ma hauteur, je lui demandai d'aller récupérer le seau de sable.

19

Leurs vacances en Floride

Elles partirent le lendemain. Et quel départ ! En fait, il avait commencé trois jours plus tôt. Naturellement, mère était trop occupée à la cuisine pour participer aux préparatifs. Ree-Jane paradait avec ses nouveaux achats, ce qui prit pas mal de temps car elle avait finalement acheté trois robes, un tailleur en lin jaune pâle, une robe du soir et trois costumes de bain.

Les préparatifs de Mrs Davidow consistèrent surtout à acheter une caisse de Bombay Gin et une autre de Wild Turkey. Les trois derniers jours, elle en consomma une bonne partie tout en discutant de la route qu'elles prendraient et des endroits où elles s'arrêteraient, tandis que ma mère faisait cuire des poulets, confectionnait des tartes de l'Ange ou giflait Paul qui s'approchait trop de son gâteau à la noix de coco. Elle avait fait le glaçage avec de vraies noix, au lieu de noix en boîte, laissant Walter râper les deux noix de coco qui restaient. Elle avait été plutôt surprise que Lola en ait trouvé à La Porte ; moi aussi d'ailleurs. Ma mère était également surprise que la troisième ait disparu.

Lola Davidow suivait ma mère dans la cuisine avec son mélange martini-vodka dans une main et une carte dans l'autre, préparant leur voyage à travers le Maryland, la Virginie, la Caroline du Nord et la Caroline du Sud. Elle avait l'intention de conduire presque tout le temps, ce qui ravirait sans doute la police des régions traversées.

Je connaissais leur route aussi bien qu'elles. Sur ma carte, que j'avais achetée à la papeterie de la ville, j'avais marqué chaque endroit où Lola avait dit qu'elles s'arrêteraient pour dormir, la première étape étant Culpepper, en Virginie. J'avais envie d'avoir une sorte de contrôle sur le voyage, surtout pour savoir quand elles atteindraient Tamiami Trail, que j'avais entouré en rouge.

La veille de leur départ, Ree-Jane me trouva à mon endroit favori, sur la véranda, où elle vint exhiber sa robe du soir.

— C'est ce que je porterai aux bals, annonça-t-elle.

Elle tournoya, faisant flotter en vagues la soie bleu pâle et la mousseline autour de ses jambes.

— Il y a des bals à Culpepper ?

Je refusai de lever la tête de ma photo du coucher de soleil à Key West.

— Oh, je t'en prie, bien sûr que non ! A Miami Beach.

Elle fit quelques pas de danse en chantant « Les palmiers... se balancent... et m'admirent quand je danse. » Elle se balançait, tenant le fin tissu bleu de sa jupe, avançant et reculant. Lorsqu'elle s'approcha de la marche de la véranda, je ne pus m'empêcher de souhaiter qu'elle tombe à la renverse ; hélas, cela n'arriva pas.

Ree-Jane chantait faux, mais ça me rappela son électrophone.

— Ça t'ennuie si j'écoute tes disques pendant ton absence ?

Elle quitta les bras de son cavalier invisible, revint sur terre et demanda (suspicieuse) :

— Pourquoi ?

— Parce que j'aime tes disques. J'adore les vieilles chansons.

Je ne sais pas d'où m'était venue cette idée. Sauf que c'était peut-être vrai. Ma mère aimait chanter « Red Sails in the Sunset[1] » et je trouvais la chanson réconfortante.

Elle se percha sur la rampe de la véranda et réfléchit.

---

1. « Red Sails in the Sunset » (« voiles rouges au coucher du soleil »), de H. Williams et J. Kennedy, enregistrée par Bing Crosby en 1935. *(N.d.T.)*

— Bon, consentit-elle enfin à contrecœur, vu que tu dois rester, pourquoi pas. *Mais ne touche à rien dans ma chambre !*
— Hon-hon, fis-je, ce qui ne m'engageait à rien.
— Tu viens les écouter dans ma chambre, mais tu ne touches à rien !

Penser que j'obéirais à son injonction montre bien son ignorance. De toute façon, pourquoi m'intéresserais-je à ses affaires ? Je préférerais fouiller dans celles de Walter. D'ailleurs, tout ce que Ree-Jane possédait qui était susceptible, pensait-elle, de me rendre jalouse, elle me l'avait déjà montré, je n'avais donc aucune raison de farfouiller dans ses tiroirs. Naturellement, je n'avais pas l'intention d'écouter les disques dans sa chambre. L'électrophone allait descendre tout droit dans l'Eléphant Rose. J'avais besoin d'une atmosphère.

Pendant qu'elle posait sur la rampe de la véranda, je lui demandai :
— Tu vas montrer tes vêtements à Tante Aurora ?
— Quoi ? Pas après ce qui s'est passé la dernière fois ! La vieille cinglée !

La « dernière fois » était celle où elle avait reçu l'aile de poulet. Ree-Jane avait à l'évidence oublié qu'elle n'avait jamais admis l'incident et était descendue à la cuisine en prétendant qu'Aurora l'avait complimentée.
— Remarque, ajouta-t-elle avec un sourire fuyant, c'est pas étonnant, une Paradis...

Ce qui sous-entendait que toute ma famille était cinglée.
— Pourquoi ? demandai-je innocemment. Qu'est-ce qu'elle a fait ?

Ree-Jane n'allait certainement pas me dire qu'elle lui avait lancé une aile de poulet à la figure et l'avait traitée de blondasse.
— Elle est cinglée, c'est tout.
— Ah, c'est dommage. Tu comprends, elle a vraiment envie de voir les vêtements que tu emportes en Floride.

Ree-Jane cessa de lisser la mousseline de sa robe.
— Je ne te crois pas !

Parfois, on pourrait la croire intelligente.

— Si, je t'assure. Elle adore les robes, si t'as remarqué. Elle a deux malles de paquebot. Elle y range encore ses vêtements. Elle adore aussi les voyages.

Le problème avec la vanité, c'est qu'on meurt d'envie de croire ce qu'on vous dit, vrai ou pas. Et il ne lui restait plus personne à émerveiller avec ses achats. Oh, il y avait bien Will et Mill, mais même Ree-Jane savait qu'elle n'avait pas intérêt à essayer d'entrer dans le garage. C'était une véritable forteresse. J'étais sans doute le seul zoulou à oser m'y aventurer.

— Dommage, fis-je en soupirant (comme si j'étais réellement déçue), parce qu'elle aime beaucoup les vêtements de chez Heather Gay Struther. Elle adorerait ta robe du soir. « Alice Blue Gown[1] » est sa chanson préférée.

C'était vrai. Aurora ne la chantait que lorsqu'elle était fin saoule, mais elle l'aimait vraiment beaucoup.

— Ecoute, je vais lui monter son déjeuner. Pourquoi tu ne viendrais pas avec moi ?

Comme je l'ai dit, seule une idiote aurait cru ça, mais nous parlons de Ree-Jane, bien sûr.

— Bon, d'accord, je viens, acquiesça-t-elle. Quand ?

— Je vais le chercher tout de suite et je passerai par la véranda. Attends-moi là.

Ma mère préparait son poulet à la crème pour deux clients d'Anna Paugh ; je lui annonçai que j'allais monter le déjeuner d'Aurora.

— Elle veut une tomate farcie.

Ma mère fronça les sourcils, on aurait dit un sillon prêt pour la plantation de haricots. Elle fit remarquer qu'Aurora n'aimait pas les tomates farcies.

— Elles sont fourrées au thon, et Aurora déteste le thon autant que les tomates.

Je m'appuyai sur le comptoir, les épaules voûtées, trépignante.

— Elle a changé d'avis.

---

1. « Alice Blue Gown » (« la robe bleue d'Alice »), de Joseph McCartney et Harry Tierney, morceau tiré de la comédie musicale de J. Montgomery, *Irène* (1919), qui connut à l'époque un succès retentissant. *(N.d.T.)*

Ma mère me dévisagea avec le même air soupçonneux que Ree-Jane, mais, voyant que je soutenais son regard, elle alla chercher une tomate dans la glacière et la disposa sur un lit de salade. Elle ajouta des petits pains chauds et une assiette de petits pois. J'installai tout cela sur un plateau et fonçait dehors, où Ree-Jane m'attendait en feuilletant son magazine de mode. Sa robe du soir bleue était vraiment belle. L'ourlet était découpé en zigzag et tombait sur son jupon en soie. Le ton de bleu était superbe ; j'imaginai que l'océan devait avoir cette couleur, je voyais presque les vagues bleues lécher les plages de Floride.

La dernière fois qu'elle avait vu une tomate farcie au thon, Aurora l'avait regardée avec dégoût et avait déclaré que l'hôtel Paradis courait à la ruine s'il servait ces cochonneries. Pensez, si elle, Aurora, s'occupait de la cuisine, il y aurait poulet frit et tarte de l'Ange tous les soirs.

Bref, ce qu'il y a de bien avec la tomate farcie, c'est qu'elle épouse la main aussi bien qu'une balle de tennis. Nous montâmes donc au quatrième, Ree-Jane derrière moi.

Dès que j'entrai avec le plateau (j'avais dit à Ree-Jane de m'attendre dehors), Aurora demanda :

— Où est mon Cold Comfort ?

Elle pensait sans doute que j'avais accès au bar de l'office vingt-quatre heures sur vingt-quatre. Que j'aie amené Ree-Jane au lieu de son cocktail n'allait pas lui plaire.

— T'entends, ma fille ? Je veux mon Cold Comfort !

— Désolée. Je n'ai pas trouvé de Southern Comfort.

— Ne sois pas ridicule ! Et ça, qu'est-ce que c'est ? (Elle avait ses gants en dentelle noirs, coupés à hauteur des phalanges ; elle désignait la tomate.) C'est une des maudites tomates farcies de Jen Graham ! (Elle pointa sur moi un doigt menaçant.) Tu sais très bien que j'ai horreur de ça. Ça va barder, ma fille !

Aurora était autrement plus intelligente que Ree-Jane (comme celle-ci allait bientôt s'en apercevoir).

— Y a quelqu'un qu'est venu te voir, lançai-je d'une voix flûtée. (Aurora aime autant les visites que Will et Mill.) Entre, *Jaaaanne*.

Ree-Jane entra en valsant, sa mousseline bleue entre le pouce et l'index, étalée comme un éventail. Elle fredonna en pirouettant autour du fauteuil d'Aurora — yeux fermés, bras écartés, comme elle l'avait fait sur la véranda. Elle n'aurait pas pu faire mieux (ou pire, selon le point de vue qu'on épouse).

Aurora la suivit des yeux, bouche bée, interloquée... mais pas longtemps.

— Espèce de bimbo !

Ree-Jane ouvrit les yeux d'un coup, livide, et se releva vivement de la révérence qu'elle esquissait.

— Maudite blondasse !

La main d'Aurora se referma sur la tomate ; elle la brandit de telle façon qu'on ne pouvait se méprendre sur ses intentions.

C'est alors que mon cœur, qui prie à longueur de temps pour la déconfiture de Ree-Jane, vira de bord et me trahit. Ree-Jane recula, les mains agrippées à ses cheveux blonds comme l'héroïne sur la couverture d'un roman policier bon marché. J'attrapai la main d'Aurora au moment où la tomate allait fuser. Elle tomba sur le plateau, où la salade de thon se répandit, tandis qu'Aurora hurlait à Ree-Jane de foutre le camp.

Pourquoi avoir arrêté Aurora après avoir échafaudé une si superbe ruse ? Je n'aime pas les émotions contradictoires, pas plus que je n'aime me renier. En étais-je au point de me dire « C'est juste une pauvre vieille dame » la prochaine fois que Miss Bertha jetterait ses petits pains par terre ?

Pour faire taire Aurora (qui braillait des insultes à l'encontre des Davidow) je lui assurai que j'allais lui faire son cocktail. En descendant — Ree-Jane était retournée dans sa chambre en claquant la porte derrière elle —, j'essayai de toutes mes forces de comprendre pourquoi j'avais ressenti de la pitié pour elle. Finalement, ce n'était peut-être pas par faiblesse ; si la robe bleue avait fini maculée de thon, ça aurait bardé. Et il ne fallait pas être grand clerc pour savoir qui aurait payé l'addition. Ma mère n'était pas stupide.

Je me rendis donc à la cuisine pour confectionner un Cold Comfort, la conscience tranquille.

Will et Mill se joignirent à Walter, à Vera et à moi pour regarder partir les vacancières. Will et Mill descendirent les bagages et les chargèrent dans le break, mais il était évident qu'ils n'étaient pas émus pour deux sous. Leur esprit était encore dans le garage, même si leur corps était ailleurs. C'était surtout vrai pour Will, qui n'était jamais là quand on s'adressait à lui, quand bien même il eût été juste en face de vous. Je n'ai jamais rencontré une autre personne capable de vous regarder droit dans les yeux, en hochant la tête, sans écouter un seul mot de ce que vous disiez. Mill ne valait pas mieux. Ses doigts s'agitaient tant et si bien sur la couture de son pantalon qu'on devinait qu'il était en train de jouer du piano dans sa tête.

Mais ils dirent au revoir tous les deux, et amusez-vous bien, avec une apparente sincérité, agitant la main jusqu'à ce que la voiture disparaisse au coin de l'allée. A peine le break était-il hors de vue qu'ils foncèrent au garage.

20

La choucroute

Pour le dîner, c'était rôti de veau ou hamburgers ; avant de partir, ma mère avait donné des instructions précises à Mrs Eikleburger sur la façon de cuire le rôti. Rien ne rongeait davantage ma mère que d'abandonner la cuisine à une autre. Peut-être était-elle comme Will — tout en parcourant Tamiami Trail, elle était encore dans sa cuisine en train de surveiller la cuisson.

Miss Bertha avait appris au petit déjeuner que ma mère partait en Floride ; elle n'avait pas apprécié, mais alors pas du tout. Les « deux autres » (c'est-à-dire, bien sûr, Ree-Jane et sa mère) pouvaient aller se balader en enfer tant qu'elles voulaient, ça ne l'émouvait pas le moins du monde. C'est l'une des rares fois où je fus d'accord avec Miss Bertha. Mais l'absence de « Jen », c'était une catastrophe. Et qui était « cette Eikleburger » ? Miss Bertha était furibonde et il fallut toute la force de persuasion de Mrs Fulbright pour lui faire entendre qu'elle ne mangerait pas de la cuisine allemande à longueur de repas. Lorsqu'elle se fut calmée, je me dépêchai de jeter de l'huile sur le feu en disant que Mrs Eikleburger ne faisait pas seulement de la cuisine allemande, mais aussi des spécialités américaines. Mais pas souvent. Mrs Fulbright tiqua, mais me sourit.

— Je suis d'origine allemande, moi-même, déclara-t-elle.

Elle était tellement gentille qu'elle se serait changée en esquimau si ça avait pu m'aider.

Ainsi, cet après-midi, après avoir renouvelé la décoration de l'Eléphant Rose, je demandai à Walter de m'aider à consulter les livres de cuisine que ma mère rangeait sur une étagère, au-dessus de la table à pâtisseries. Il regarda dans *Recettes du monde entier* et moi dans *Cuisine internationale.* Walter n'avançait pas vite parce qu'il s'arrêtait indéfiniment devant les images.

— J'ai trouvé des mots allemands ! me lança-t-il au bout d'un moment.

Je lus par-dessus son épaule. Des *Weinerschnitzel* et c'était du veau. Je félicitai Walter. Nous continuâmes nos recherches pour trouver des hamburgers allemands, mais le plus approchant était *Sauerbraten* ; je lus la recette. Le *Sauerbraten* était un morceau de bœuf, ça ne ressemblait pas à un hamburger. Je me grattai le coude en réfléchissant. Le bœuf était recouvert d'une jolie sauce brune que Walter pourrait sans doute mitonner. J'aurais pu m'en occuper, mais j'avais déjà trop de choses à faire.

J'allai au poêle pour voir ce qui mijotait dessus. De la choucroute ! C'était sans doute un des légumes du soir, et Mrs Eikleburger étant, imaginai-je, elle aussi « d'origine allemande », ça ne m'étonnait pas qu'elle ait eu cette idée. Ma mère prépare la choucroute comme personne. Elle réussit à en faire manger à ceux qui détestent ça — un miracle culinaire, mais c'est ma mère. Je connais beaucoup de gens qui ont essayé de copier sa recette, mais, là encore, je suis une des rares à la connaître. Voilà comment elle fait : elle lave et essore de la choucroute en boîte, puis elle l'étend sur du papier toilette pour absorber l'eau, et elle recommence deux fois l'opération. Ensuite, elle la cuit avec du vin blanc et, je crois, des baies de genièvre.

Mrs Eikleburger la fait simplement cuire à l'eau, c'est le genre de choucroute que tout le monde déteste. Tant mieux. J'allai taper les menus. Je voulais attraper le train de l'après-midi pour Cold Flat Junction. Je voulais trouver Louise Landis.

21

Les clients du restaurant

Il y a des mots qui me donnent le mal du pays pour des pays qui ne sont pas le mien. C'est une étrange impression, proche de la peur, on pourrait même croire que c'est de la peur. Le mot « Floride » m'avait donné le mal du pays alors que je n'y suis jamais allée et n'irai probablement jamais.

Je me laisse facilement hanter. Si un esprit le voulait, il s'introduirait en moi sans peine en se glissant par les failles invisibles de ma peau. Nous avons tous des failles que nous ignorons ; nous sommes pleins de courants d'air.

Les lieux, les pays, les mots... « une forme pour combler un manque ».

Cold Flat Junction est comme ça. Ça a un rapport avec le silence et les distances. Les distances m'entourent de toutes parts — au nord, au sud, à l'ouest et à l'est. Partout où je pose les yeux, c'est l'infini ; rien n'arrête mon regard. Il devrait pourtant y avoir quelque chose, un mur, une montagne, mais Cold Flat Junction semble s'étendre à l'infini. Il y a des maisons, naturellement, même si elles sont disséminées. Il y a quelques commerces, comme la station Esso, le Rudy's Bar et le restaurant Windy Run. Mais c'est l'étendue au-delà dont je parle. Depuis la gare, je regarde par-dessus les voies, la terre ensuite, les arbres bleu foncé qui forment l'horizon, et le mal du pays me prend.

Cold Flat Junction voit rarement des passagers arriver ou partir. Le train s'arrête uniquement à cause de la vieille gare qu'on appelle, je crois, un « bijou architectural ». Je pense qu'elle date de l'époque victorienne.

« Junction », comme disent les gens du pays, avait été construite pour être une ville active, avec les deux routes qui s'y croisent — une jonction par laquelle devait passer beaucoup de circulation, mais qui resta déserte. J'étais venue trois fois, deux fois en train, une autre en voiture, avec Mr Root et les Wood.

Le compartiment du train était agréablement rembourré, avec des banquettes en crin recouvertes de tissu bordeaux aux fleurs délavées. Lorsque le contrôleur passa, je lui tendis mon billet de la fois précédente, qu'on ne m'avait jamais réclamé. Je pensai qu'il allait le refuser, mais pas du tout.

Je fus le seul passager à descendre sur le quai ; je contemplai l'imposante gare en briques rouges qui avait l'air d'être celle d'une ville beaucoup plus importante. Comme toujours, elle semblait fermée mais ne l'était pas, même si là encore, le rideau du guichet était tiré. J'attendis que le train démarre et, lorsqu'il fut parti, je promenai une fois de plus mon regard par-delà les terres désertes qui s'étendaient jusqu'à la lointaine ligne des arbres. Je dirigeai ensuite mes pas vers le restaurant, qui se trouvait de l'autre côté de la rue par rapport à la station Esso et qui était l'endroit où je m'arrêtais toujours pour recueillir des informations et, bien sûr, manger un morceau.

Je commençais à le connaître ; lorsque j'étais ailleurs, en fermant les yeux, je pouvais le voir distinctement. Le comptoir, où j'avais l'habitude de m'asseoir, était en forme de demi-fer à cheval, avec quatre tabourets tout au long de la courbe. Il y avait des tables avec des pieds chromés et des dessus en Formica de plusieurs couleurs ; quelques box étaient installés dans le coin près de la porte. Ils étaient rouge foncé et un des dossiers, déchiré, avait été rapiécé avec une bande adhésive argentée. Ça donnait l'impression d'être meublé de bric et de broc. Les rideaux étaient trop courts pour atteindre le rebord de la fenêtre. Je m'assis à ma place habituelle, à l'arrondi du comptoir, et choisis un menu. C'était toujours le même.

Les clients aussi étaient toujours les mêmes. Je les reconnus tous, y compris le couple marié dans le box. Il y avait Billy, celui qui ressemblait à un chauffeur de camion mais n'en était probablement pas un car il passait presque tout son temps à Cold Flat Junction, surtout au restaurant. Au comptoir, il y avait les deux barbus qui portaient la casquette bleue des cheminots qu'on voit sur les photos. L'un s'appelait Don Joe ; je crois que l'autre s'appelait Evren. Il y avait une corpulente femme, le nez chaussé d'épaisses lunettes, qui fumait comme un pompier. Sans oublier la serveuse, Louise Snell, comme l'indiquait le badge épinglé sur son uniforme.

J'entrai donc, m'engouffrant comme le vent sec qui balaie les voies ferrées de sable et de gravier, et personne ne sembla trouver anormal que je débarque, une fois de plus, sans être accompagnée d'un adulte. La première fois, Louise Snell m'avait demandé, d'un ton plus amical qu'inquisiteur, d'où je venais et ce que je faisais dans son restaurant. Je lui avais raconté que la voiture de mon père était en panne et qu'on la réparait à la station Esso. Les fois suivantes, j'étais venue pour recueillir des renseignements. Une fois sur Toya Tidewater (que je ne réussis pas à trouver), une autre sur Jude Stemple (que je trouvai).

— La voiture est réparée ? demanda Billy.

Il ne se moquait pas, il était réellement curieux. Comment la voiture de mon père pouvait-elle être encore en réparation après au moins trois semaines ? Néanmoins, ça ne les démonta pas le moins du monde. Ils ne se laissaient pas facilement démonter. Rien ne semblait changer ici, c'était du moins mon impression. Ça s'expliquait, à mon avis, par la mystérieuse qualité du temps, comme si le temps avait pris congé et qu'on devait se débrouiller sans lui. Ça me rappela un client de l'hôtel qui voyageait beaucoup et qui racontait ses aventures au Tibet : plus il grimpait dans les montagnes, plus le temps s'éloignait, et il avait fini par se sentir complètement hors du temps.

Je n'avais pas encore décidé quoi commander quand Louise Snell s'approcha.

— Qu'est-ce que ce sera, aujourd'hui, mon petit ?

Je pensai aux roulés de jambon à la sauce au fromage que ma mère nous avait laissés pour le déjeuner ; est-ce que mon estomac supporterait le sandwich au rôti de bœuf ? Non, je ferais aussi bien de me contenter d'une tarte ou d'un Coca. Les tartes étaient présentées dans une vitrine. La crème au chocolat avait l'air vraiment bonne ; j'en commandai une.

Au lieu de commencer tout de suite par Louise Landis, je me dis que mentionner Ben Queen serait le meilleur moyen d'obtenir des renseignements sur elle. Après tout, les journaux avaient tous écrit que les policiers le recherchaient « pour qu'il les aide » dans l'enquête sur la mort de Fern. Les habitués du restaurant devaient sans doute considérer que leur ville était plus ou moins célèbre et seraient fiers d'en parler. J'adressai un sourire à la ronde afin de me faire des amis, mais c'était superflu car ils étaient toujours contents de voir un étranger, même si cet étranger n'était qu'une enfant.

— L'homme que la police recherche vit bien à Cold Flat Junction ? demandai-je.

J'affichai mon air stupide. Mais les mots étaient à peine sortis de ma bouche que je compris à quel point ma question était elle aussi stupide, car elle provoqua une chaîne de réaction qui menaçait de s'étendre jusqu'à la fin des temps sans jamais me mener à Louise Landis.

— La police se fourre le doigt dans l'œil, dit Billy qui, comme d'habitude, ouvrit le bal. Ben Queen n'a jamais tué personne, c'est sûr.

— Ben Queen n'a jamais tué personne, renchérit la femme du box, et certainement pas sa propre fille.

Des murmures d'approbation accueillirent sa déclaration.

— Y a des gens dans la vie qui sont faits pour être des boucs émissaires, intervint Louise Snell.

Des boucs émissaires ! C'est exactement de ça qu'on avait parlé avec Ben Queen en allant à la source.

Le mari, dans le box, se tourna vers la salle et lança :

— Ouais, mais Ben est un peu sauvage, non ?

Sa femme lui donna une tape sur la main qui tenait la cuillère à soupe et les autres le dévisagèrent plus ou moins. Ce n'était pas une opinion populaire.

— Où tu veux en venir, Mervin ? demanda Billy en pivotant sur son tabouret.

— Nulle part, Billy, répondit sa femme à sa place.

Elle lui souffla quelque chose à l'oreille en lui donnant une autre tape.

Billy fit un geste dédaigneux vers le couple et se détourna. Comme Louise passait devant lui avec ma tarte, il déclara :

— Il confondrait son cul avec un trou dans le sol.

Louise s'arrêta et le fusilla du regard en pointant le menton dans ma direction.

Billy me coula un regard embarrassé.

— Oh, pardon, m'dame.

M'dame ? Moi ? En fourrant son nez dans l'affaire, Mervin avait un peu étouffé la discussion. Je la ranimai :

— Il se cache peut-être par ici... quéquepart.

(En imitant leurs tics de langage, j'espérais me faire adopter plus facilement.)

— Quéquepart ? Tu veux dire à Cold Flat Junction ?

La voix de Don Joe monta dans les aigus et se termina par une sorte de petit cri étonné.

Les clients du comptoir se regardèrent comme si c'était intéressant mais absurde.

— Je me disais que puisqu'il vient d'ici... euh, ça serait par là qu'il finirait par se camoufler.

J'étais fière de « camoufler ».

Don Joe fronça les sourcils.

— C'est le premier endroit où la police chercherait.

Quelle naïveté !

— Si j'étais Ben Queen, poursuivit Don Joe, j'aurais filé droit à la frontière.

Il frotta ses deux mains l'une sur l'autre et fit le geste de les essuyer vivement pour mimer la rapidité avec laquelle il filerait.

— Quelle frontière ? demanda la femme aux épaisses lunettes.

— On s'en fout. L'Alaska. C'est là que j'irais. Oui, môssieur. Pour me faire revenir aux States, faudrait m'extraditionner !

Louise Snell se penchait sur la vitrine aux gâteaux.

— Ça fait partie des Etats-Unis, Don Joe.
— Depuis quand, la mère ?
— J'sais pas. C'est comme ça. Depuis un bout de temps, j'dirais.
— Vingt et un ans, intervins-je en me disant que si je montrais mon érudition ils feraient plus attention à moi.
J'ignorais depuis combien de temps l'Alaska était un Etat. Je n'étais même pas sûre de savoir où c'était. Je savais qu'on avait ajouté deux Etats aux quarante-huit, mais ça aurait tout aussi bien pu être la Nouvelle-Ecosse et les Keys de Floride. Ils se tournèrent vers moi avec quelque chose qui ressemblait à du respect. Je regardai leurs doux yeux qui cillaient. Ils me rappelaient les créatures de la forêt qui regardent dans le noir Blanche-Neige dormir. J'avais davantage l'impression d'être Cendrillon que Blanche-Neige, à vrai dire, parce que Cendrillon avait ces deux méchantes demi-sœurs. Il en fallait bien deux pour arriver à la cheville de Ree-Jane.
Je m'enjoignis de cesser de penser aux contes de fées et de revenir dans le monde réel et ses problèmes. Mais, en contemplant leurs yeux à moitié endormis, je m'interrogeai : est-ce que les sept nains étaient plus irréels que ce qui se passait à Cold Flat Junction ? Je me secouai, car j'avais l'impression d'être envoûtée, ou sur le point de l'être.
Ils paraissaient attendre — Billy, Don Joe et les autres — de nouvelles révélations historiques. Je me souvins de Hawaii.
— Le cinquantième, c'est Hawaii. C'est un Etat depuis... oh, dix ou onze ans, au moins.
Nous avions dérivé du sujet. Je plissai les yeux et ajoutai :
— Bon, de quoi parlions-nous ? Ah, oui, Ben Queen ! S'il est d'ici, il doit avoir des... des proches (bien trouvé !) dans le coin.
Evren entra dans la conversation :
— Ben... j'sais pas s'il a encore des proches à Junction.
Comment pouvait-on ne pas connaître quelqu'un qui habitait à Cold Flat Junction ? Surtout Ben Queen ?
— Bien sûr que si, Evren, assura Billy. Les Queen vivent ici depuis aussi longtemps que nous. Dans la grande maison,

sur Dubois Road. Son frère et Sheba, sa belle-sœur, y vivent. Ben y a habité avec Rose et Fern pendant qu'on construisait leur maison.

— Qui est Rose ?

Comme si je ne le savais pas !

— Une jolie fille de Spirit Lake. Ouais, le vieux Ben, y nous a vraiment surpris.

Billy piochait une cigarette dans le paquet qui dépassait de la poche de sa chemise. J'espérais que quelqu'un demanderait : « C'est-à-dire ? », mais ils se contentèrent d'approuver en murmurant ; c'était donc à moi de relancer le débat. Je devais en savoir autant qu'eux sur Rose Devereau Queen.

Mais je n'avais pas encore reçu la réponse à la question qui m'avait amenée.

— Je parie que Ben Queen a des amis qui sont prêts à l'aider.

Ils parurent réfléchir. Bon Dieu, pourquoi était-ce si dur de se rappeler que Louise Landis avait été la petite amie de Ben avant l'arrivée de Rose ?

Louise Snell, qui avait allumé une autre cigarette, s'appuya de tout son poids sur la vitrine et déclara :

— Si Ben a besoin d'aide, y a bien Lou Landis.

Quand même !

— Ouais, Lou a toujours eu le béguin pour lui, approuva Billy.

— On a du mal à croire qu'elle a vécu à Junction toutes ces années, s'étonna la femme aux lunettes qui fumait comme un pompier.

Don Joe se pencha pour regarder au-delà de Billy vers la femme au bout du comptoir.

— Pourquoi ? questionna-t-il. Junction n'est pas une mauvaise ville. C'est là que j'ai grandi.

Il claqua sa main sur le comptoir. La femme se tourna vers lui.

— J'ai jamais dit le contraire. Mais Louise Landis, mince, elle est trop intelligente et trop instruite pour passer sa vie à enseigner dans cette petite école de rien du tout. Elle est diplômée. Elle a été à l'université et elle s'est obtenu un... comment qu'on dit, déjà ?... une maîtrise ?

Le mari du box y alla de sa seconde contribution :
– – Une maîtrise en arts, voilà ce que c'était.
Waouh ! me dis-je. Que faisait Louise Landis à Cold Flat Junction ?
— Et Ben Queen ? Il a fait des études ?
Je savais qu'il n'en avait pas fait, mais je voulais en apprendre davantage sur Louise et lui.
Billy renifla.
— Merde, oh, pardon, Ben, il avait pas la patience. C'était un vrai sauvage, ajouta-t-il, oubliant qu'il avait volé dans les plumes du mari parce qu'il avait dit précisément cela.
J'attendis d'en savoir davantage sur la « sauvagerie » de Ben, mais Billy ne dit pas un mot de plus, sachant que tout le monde ici connaissait Ben. Je tirai sur ma paille, mais n'aspirai que de l'air et de la glace.
— J'aime pas l'école, déclarai-je.
Ils me sourirent tous et approuvèrent parce que c'était ce qu'un enfant devait dire. Mais ils n'approfondirent pas le sujet Louise Landis. Je relançai :
— Miss Landis, ça doit être une bonne prof.
— Absolument ! s'exclama Louise Snell. Bien sûr, elle gâche son talent ici parce qu'elle est trop intelligente, même si c'est la directrice. Et l'école ne va que jusqu'au cours moyen. Après, faut aller à Cloverly, à la grande école.
— C'est une brave femme, dit Billy. Tous les ans, elle emmène les orphelins de l'institution, près de Cloverly, en pique-nique et des trucs comme ça. C'est une brave femme.
Il y eut ce qu'on appelle « un silence respectueux ». Puis Don Joe demanda à Louise Snell :
— Lou Landis habite toujours du côté de Holler ?
Je faillis applaudir. Voilà ce que je voulais savoir ! En même temps, j'étais un peu irritée parce que je ne leur avais pas tiré l'information moi-même.
— Sûr, fit Louise Snell. Là qu'ont vécu ses parents. Ils sont morts. (Et elle se tourna vers moi comme si c'était une précision qui me serait utile.) C'est une sacrée grande maison pour une seule personne.
— C'est du côté de chez Jude Stemple, dit la femme aux épaisses lunettes. Faut passer par-devant chez lui.

Je fixai le bout de ma paille en espérant qu'ils ne se souviendraient pas que j'étais déjà venue leur demander la même chose pour Jude Stemple. Il n'en fut rien.

— Y a des belles maisons là-bas, dis-je. La sienne doit en faire partie.

Mais je n'aurais aucun problème à la trouver, il me suffirait de demander à Jude Stemple. Nous étions sur le point de devenir amis.

— Oui, elle est jolie, acquiesça Louise Snell en se mettant à essuyer les verres avec un torchon. Avec un genre de feuillage tout vert.

Je posai mon verre sur le comptoir et déclarai :

— Bon, c'était sympa, mais faut que je me sauve.

J'arborai un sourire épanoui et glissai de mon tabouret, puis jetai un coup d'œil à la grande horloge.

— Oh, je suis en retard !

Sur ce, je fonçai à la caisse avec mon ticket avant qu'on me demande où j'allais.

22

Flyback Hollow

Je longeai Windy Run, ce qui m'obligea à passer entre le Rudy's Bar d'un côté et la station Esso de l'autre ; le garage se dressait sur deux arpents de terrain sablonneux. Il n'y avait pas de voiture en vue, ni en réparation, ni à la pompe. Le vent balayait la route (d'où sans doute son nom) et plaqua un papier de bonbon sur mon pied.

En coulant un regard vers la station-essence et en me demandant comment marchaient leurs affaires, je me posai la question : pourquoi ne pas aller leur demander où habitait Louise Landis ? Les employés d'une station-service savent toujours tout. Pourquoi être allée au restaurant et y avoir plus ou moins créé de l'agitation ? Pour ce que j'en savais, les clients ne sont jamais d'accord sur rien, même pas sur les allées et venues d'un de leurs pays. Lola Davidow aurait mis mon attitude sur le compte de mon caractère « insupportable » (ce qu'elle ne cessait de me reprocher).

C'est encore mes manières détournées. Ça a un rapport avec la façon dont la réponse me parvient. En même temps, quelle différence si la réponse arrive après une longue conversation hors de propos ou après une question directe ?

On dit qu'avec l'âge on devient de plus en plus philosophe. J'aurai treize ans dans quelques mois. J'ai toujours eu hâte de grandir, mais maintenant, je m'interroge. Je ne veux pas vraiment devenir plus philosophe que je ne le suis déjà.

En passant devant le Rudy's Bar, je m'arrêtai pour regarder par la vitrine. Je ne vis rien d'autre que mon propre reflet juste au-dessus d'un néon bleu qui indiquait bières — repas. J'aurais aimé mettre mes mains en visière contre la vitre pour regarder à l'intérieur — il y faisait vraiment sombre — et voir s'il y avait des gens « en état d'ébriété ». (J'adore les formules de la police ; quand le shérif dit « en état d'ébriété », c'est carrément poétique.) Mais je me retins. Je me dis que c'était parce que je respectais la vie privée d'autrui, mais c'était surtout parce que je ne voulais pas que Rudy sorte sur le trottoir pour m'enguirlander. Je n'aime pas prendre de risques inconsidérés.

Tout en marchant d'un pas tranquille, je shootais dans les feuilles qui parsemaient le sol cailloux. Pourquoi y avait-il des feuilles mortes en plein été ? A regarder autour de soi, on se serait cru entre deux saisons. Ou on aurait pensé que le bourg n'avait qu'une seule saison dans l'année. J'eus un serrement de cœur, comme chaque fois que je suis à Cold Flat Junction toute seule. Souvent, il n'y a personne dans les rues et quand je vois d'autres gens, ils sont rares et toujours très loin. Le bourg ressemble à un décor de théâtre ou de cinéma, on dirait qu'il est en carton-pâte et qu'on l'a posé là en attendant le moment de s'en servir. D'ailleurs, tout le monde est surpris qu'il existe encore, de la même manière que les grands maigres vivent plus vieux que les petits gros (c'est du moins ce que Ree-Jane passe son temps à me répéter).

J'étais arrivée devant l'école. Elle me faisait davantage penser à une église qu'à une école, avec ses bardeaux blancs et son clocher. La cour était déserte, même la petite fille avec qui j'avais joué la première fois n'était pas là. Cela faisait à peine trois semaines, mais ça me paraissait des mois, des années même. Le temps, à Cold Flat Junction, s'étire, s'étire au point de presque se diluer.

Je savais exactement où se trouvait Flyback Hollow et où habitaient les Queen sur Dubois Road, où était la poste, aussi — un bâtiment carré en béton gris. J'y entrai ; il n'y avait personne, comme les fois précédentes — personne au guichet où on vendait des timbres et je ne sais quoi. Je m'arrêtai devant le panneau d'affichage et fus soulagée de ne pas voir d'avis de recherche pour Ben Queen. Les frères Drinkwater avaient toujours l'air aussi mauvais et je me demandai si le FBI les avait oubliés. Je me posai aussi la question sur l'efficacité du FBI, car les Drinkwater étaient « en cavale » depuis près d'un an. Ils s'étaient peut-être enfuis en Alaska.

« En cavale »... J'imagine que ça voulait dire en cavalant à perdre haleine, invisible, anonyme. Je sortis de la poste en me demandant si ça n'était pas une bonne façon de me décrire.

Sur Dubois Road, je fis une halte devant la maison des Queen. Je m'adossai à un piquet à la peinture blanche écaillée, renversai la tête en arrière en me demandant s'ils étaient chez eux et s'ils me voyaient. Se souviendraient-ils que j'étais déjà venue avec Mr Root ? Bien sûr ! N'avaient-ils pas parlé de moi à la police ? J'avais l'impression que des mois avaient passé depuis ma visite ; est-ce que le temps était comme un verre d'eau ou de Cold Comfort ? Si on le remplissait trop, il débordait et se répandait sur la table. Si le temps contenait trop de choses — trop de meurtres, de gens perdus ou d'ailes de poulet qu'on vous jette à la figure —, devait-il s'agrandir pour tout inclure ?

Je continuai mon chemin en méditant sur cette importante question, jusqu'à ce que j'arrive à Flyback Hollow.

Si Cold Flat Junction est un endroit où le temps prend des apparences étranges, Flyback Hollow est comme son minuit. Dubois Road s'y termine, là où le nom Flyback Hollow est peint en lettres délavées sur un gros rocher. Les arbres et les fourrés poussent là où le chemin commence. Presque tous les arbres de Cold Flat Junction s'y sont donné rendez-vous, comme s'ils y avaient grandi et avaient décidé de rester ensemble.

Au-dessus de ma tête, les branches se rejoignaient en créant un tunnel de fraîcheur et de pénombre. C'était comme un parc miniature, le chemin se divisait, formait un arc de cercle autour de deux arpents où se dressait la maison de Jude Stemple. Il y avait d'autres maisons, des petites, carrées, banales, éparpillées comme lorsque Aurora Paradise jette ses cartes par terre, ce qu'elle fait souvent.

Je ralentis et cueillis une marguerite que j'effeuillai. C'était agréable de ne pas devoir être quelque part, de n'avoir personne à servir pour le dîner, sinon Miss Bertha et Mrs Fulbright. Je tournoyai en cercles comme une patineuse, les bras étendus, la tête renversée. Je ne m'arrêtai que lorsque je me sentis ivre et que je dus aller m'appuyer contre un chêne. Puis je recommençai tout en avançant. Je m'arrêtai soudain ; pourquoi faire ces bêtises, me mettre dans un état pareil, alors que j'avais des choses importantes à faire ? Discuter avec Louise Landis, par exemple. Je n'avais même pas encore pensé à ce que j'allais lui dire.

La première fois que j'étais venue, Jude Stemple construisait une palissade en bois autour de sa maison. La palissade était maintenant terminée ; j'ouvris le portail. Il n'était pas dehors et je n'entendis aucun bruit en provenance de la remise, derrière la maison. Son chien était couché sur la véranda, comme d'habitude. Lorsque je remontai l'allée, le chien remua la queue mais ne se leva pas. Il y avait une porte-moustiquaire et, derrière, la porte d'entrée était ouverte. Je frappai au chambranle en criant « Mr Stemple ! ». Ce n'était pas parce que la porte était ouverte qu'il était chez lui ; les gens ne ferment pas leur porte à Cold Flat Junction.

Je m'assis sur la dernière marche, à côté du chien. Il était vraiment vieux et fatigué. Je lui grattai les oreilles, sachant qu'il aimait ça. J'eus encore l'étrange impression que le temps ralentissait, comme lorsque, dans un bal, une femme s'arrête pour redresser la traîne de sa robe du soir. Le temps ne défilait pas, il se regroupait. Il se regroupait devant moi et le vieux chien.

J'avais envie de m'allonger sur la véranda et de dormir, moi aussi. Je ne me souvenais pas d'avoir été aussi fatiguée. Une fois, peut-être, au Rainbow, lorsque le shérif attendait que je lui raconte ce que je savais. Je revis Ben Queen s'éloigner en me disant : « Si ça devient trop dur, dénonce-moi. » Je calai mon menton sur mes genoux et contemplai les marches de la véranda.

— J'ai pas besoin d'en faire davantage, dis-je au chien qui tambourinait de la queue sur le plancher. J'avais pas besoin de faire tout ça.

Je crois qu'il me comprit. Je quittai à contrecœur la maison de Jude Stemple et m'enfonçai dans Flyback Hollow. Les deux parties du chemin se rejoignirent. Des massifs d'arbres coupaient cette partie du Hollow de celle que je venais de quitter. Je pensai aux Décombres et à la lumière blanche qui m'avait éblouie et je m'arrêtai pile, soulagée qu'il ne fasse pas nuit. Même en plein jour, les arbres semblaient avoir absorbé la nuit et diffusaient une pénombre obscure sur la route.

« Faut marcher un bout de chemin », avait dit la femme au restaurant ; d'accord, mais jusqu'où ? Je me retournai, craignant que la route ne se referme derrière moi. C'était ridicule. Ah, j'aurais aimé que Dwayne soit là, j'aurais porté son sac de lapins avec plaisir !

C'est alors que je vis la maison, en haut sur la droite ; c'était forcément celle de Landis, car il n'y en avait pas d'autre et elle se fondait dans les arbres, comme on m'avait prévenue. Sa peinture vert olive et son toit vert foncé se détachaient des environs comme les personnages qu'on finit par distinguer dans les dessins devinettes. Mais il faut regarder fixement et longtemps. Si je n'avais pas été sur mes gardes, je serais passée devant sans la voir.

Il y avait un autre chemin, plus étroit que celui que j'avais emprunté, sans doute une allée menant au garage car une personne aussi cultivée que Louise Landis devait posséder une voiture. Je pris mon temps. Je m'arrêtai pour cueillir des marguerites et des lis tigrés en me disant que Louise Landis serait contente d'avoir un bouquet. Puis je m'aperçus que c'étaient ses fleurs ; je les jetai au pied d'un arbre.

Je me dis d'arrêter de me conduire comme Gretel dans *Hansel et Gretel*, que Louise Landis était une femme parfaitement normale, qu'elle ne mettait pas les enfants dans un four et qu'elle n'avait pas changé, même si elle avait passé sa vie à attendre l'homme qu'elle avait toujours aimé. Je continuai d'un pas raffermi, me souvenant que je l'avais vue trois semaines plus tôt ; c'était la femme en noir qui était sortie de l'école pour regarder au loin.

Minute ! Je m'arrêtai de nouveau, avec l'impression d'avoir marché des kilomètres tandis que la maison s'éloignait

Comment savais-je que c'était Louise Landis ? Ça aurait pu être une autre maîtresse. Toutefois, je n'y croyais pas. La femme que j'avais vue en haut des marches, la main en visière pour se protéger du soleil, avait un air autoritaire qui me faisait penser que c'était la directrice.

Je n'avais toujours pas décidé quoi lui dire ; j'avais intérêt à vite trouver un prétexte. Mon cerveau bouillonna, j'envisageai plusieurs solutions : un, j'étais perdue, ou deux, j'avais habité ici (mais elle aurait tout de suite su que c'était faux car elle y avait vécu toute sa vie). Trois, je venais d'emménager à Cold Flat Junction et je me promenais — ça revenait au numéro un, j'étais perdue. Quatre, je visitais... la porte s'ouvrit avant que j'aie pris une décision ; c'était la femme en noir que j'avais vue à l'école, sauf qu'elle était cette fois en bleu. Elle avait la même peau que moi : toutes les couleurs lui allaient.

Cinq, je vendais des souscriptions. Six, ce n'était pas moi qui étais perdue, mais mon chien...

Elle me regarda avec le sourire le plus chaleureux que j'aie jamais vu et me lança un bonjour jovial. Sept : je faisais la quête pour l'église du Premier Tabernacle ; huit, je travaillais pour Humane Society, avait-elle un animal de compagnie ? Comme c'était le genre de personne à qui on pouvait faire confiance, je me lançai :

— Bonjour. Jude Stemple m'envoie.

— Ah bon ? Eh bien, entre, tu vas me raconter ça.

J'avais encore la bouche ouverte pour terminer mon mensonge, mais lorsqu'elle me dit ça, j'en restai interdite. Elle semblait accepter par avance tous les individus bizarres qui se présentaient chez elle. Elle referma la porte derrière moi et je la suivis dans le couloir qui sentait la cire et la rose, puis dans le salon. Ses cheveux étaient artistiquement enroulés sur sa nuque. Ils étaient brillants, châtain clair, presque blonds ; sans doute ce qu'on appelle un blond cendré. C'était presque la même couleur que les miens, sauf qu'ils n'étaient pas marron souris ni blond eau-de-vaisselle, comme Ree-Jane qualifiait les miens. Avant de m'asseoir dans le fauteuil qu'elle m'indiquait, je pris une boucle de mes cheveux et la lorgnai du coin de l'œil ; oui, nous avions les mêmes cheveux. Même peau, mêmes cheveux. Avait-elle aussi une passion pour la Floride ?

Nous étions dans son salon, une pièce confortable et vieillotte, avec un piano contre le mur du fond, un canapé recouvert de velours et plusieurs chaises d'un rouge si profond, aux reflets si bleus qu'il en était presque violet. Dans la cheminée, des flammes orange, qui semblaient sur le point de s'éteindre, léchaient quelques boulets bleuâtres. Il y avait des photos et des portraits aux murs et plus de livres que je n'en avais jamais vu hors d'une bibliothèque. Ils couvraient un mur entier et donnaient à la pièce une atmosphère chaleureuse, colorée, engageante. Le papier peint représentait des scènes villageoises — des petits personnages, des ruelles, des maisons et des places miniatures.

Nous étions assises dans des fauteuils recouverts de chintz fleuri qui n'allait pas, mais sans toutefois jurer, avec le velours et le papier peint. Il y avait une pelote de coton entre le coussin et le bras de mon fauteuil ; elle avait peut-être un chat. Mon regard alla se poser sur les livres. Nous restâmes silencieuses, écoutant le feu crépiter. Une horloge sonna, et pour une fois je n'eus pas à compter les heures.

Le silence me surprit. Voilà une adulte, le coude sur le bras de son fauteuil, le menton dans la main, attendant... quoi ? Vous pensez que cela aurait dû m'inciter à dire la vérité sur les raisons de ma présence, mais bizarrement, cela n'eut pas cet effet. La pièce était peut-être trop chargée d'imaginaire — tous ces écrivains cachés dans les livres, tous ces villageois sur les murs — et j'en conçus une plus grande témérité. C'est le danger, avec l'imagination ; on trébuche facilement. C'était comme d'écrire une pièce, de faire comme Will et Mill. De l'écrire et de la jouer, et pour une fois j'avais le beau rôle.

— J'ai des... proches dans le coin, dis-je.

Cela n'allait pas avec le fait que Jude Stemple m'avait envoyée ; je plissai le front et tirai un fil du bras du fauteuil.

Elle enchaîna sur mon mensonge :

— Jude Stemple est un parent à toi ?

— Jude Stemple ?

Je contemplai le plafond en me disant que je n'aimerais pas être apparentée à Mr Stemple, car il était ce que ma mère aurait appelé « commun ». Je ne voulais pas être malveillante envers Mr Stemple, mais je ne voulais pas non plus être sa parente.

— Non, pas directement. C'est plutôt le cousin d'un cousin.

Elle ne m'avait pas demandé mon nom ni d'où je débarquais ni où j'allais à l'école ni mon âge.

A sa façon d'attendre, prête, semblait-il, à attendre indéfiniment sans émettre de jugement, elle me rappela Ben Queen.

— Je m'appelle Emma, dis-je, surprise qu'une parcelle de vérité m'ait échappé, comme ça avait été le cas avec Ben Queen.

23

Les orphelins

Je me sentis attirée dans le passé, au sein d'un univers ancien que je ne pouvais identifier sinon par les photos sur le mur, les cols empesés qui emprisonnaient les cous, les camées épinglés sur les épaules, les cheveux tirés en arrière. Sa question n'était pas parvenue jusqu'à mon cerveau.
— Pardon ?
— Jude Stemple, dit-elle. C'est lui qui t'envoie ?
— Oh, j'avais presque oublié !
Je me grattai la tête, l'esprit en ébullition. Mais Louise Landis se leva et me demanda si je voulais du thé ; elle allait en faire pour elle. Sauf Miss Flagler, la femme qui tient la boutique de cadeaux, et Mr Butternut, qui me font du chocolat dans leur cuisine, personne ne m'avait proposé une tasse de thé de cette façon.
— Je peux vous aider ? demandai-je, me souvenant de mon métier.
— Non. Reste assise et détends-toi. Ou regarde les livres, si tu veux. Je n'en ai pas pour longtemps.
Après son départ, je restai l'esprit vide. A côté de mon siège, il y avait une trousse à couture avec une pelote orange à moitié défaite. Je tirai un fil et l'enroulai autour de mon doigt. Plutôt que de réfléchir à mon histoire de Jude Stemple, j'allai me plonger dans la contemplation des livres. D'ailleurs, j'avais réussi à entrer chez Louise Landis. J'étais fatiguée de réfléchir ; je passais mon temps à ça. Et pas des

sujets de réflexion faciles, comme qu'est-ce que je vais manger au petit déjeuner — des toasts saupoudrés de sucre d'érable et de la compote de mûre ou des crêpes aux noix ? (C'était ce que j'avais mangé au petit déjeuner, et ce n'était pas une décision importante.)

Qu'est-ce que j'avais avec la nourriture ? J'aimais tellement ça, surtout celle de ma mère, bien sûr. Mais il y avait aussi les brownies du docteur McComb, le chili du Rainbow Café, le sandwich au rôti de bœuf du Windy Run. Ça devait donc être relié à autre chose, ou à quelqu'un.

Debout devant les livres, j'examinais leur dos. J'avais pris et remis en place *Huckleberry Finn*, promettant à Mark Twain que je lirais son bouquin un de ces jours. Je me dressai sur la pointe des pieds pour atteindre l'étagère supérieure. Mon regard tomba sur le dos foncé d'un livre de Wilkie Collins intitulé *La Dame en blanc*. Je me souvins de l'avoir lu quand j'étais petite, mais il était trop dur pour moi à l'époque. Je me rappelai la femme qui apparaissait soudain sur la route, le visage aussi blanc que sa robe, et effrayait le héros (et moi avec).

Je pris le livre et étudiai la couverture, qui représentait une femme vêtue de blanc. Soudain, j'eus le souffle coupé ; je pensai à la Fille. Sa robe était d'une couleur assez pâle pour être blanche. Je la revis, sous la pluie, à l'orée des bois, derrière la maison des Devereau. Je venais de mettre un disque français sur le vieux phonographe, le chanteur avait une voix nasillarde, mais les paroles étaient douces et charmantes. La Fille avait regardé vers la maison. La musique l'avait peut-être attirée, ou plutôt elle avait dû vouloir entrer, mais en me voyant elle s'était arrêtée net. Elle avait tourné les talons et s'était éloignée.

La seule personne à qui j'avais parlé de la Fille était Ben Queen. Je préférais garder le secret pour moi ; je ne sais pas pourquoi. Sauf ce jour à La Porte, quand je l'avais vue, l'avais suivie et avais presque buté sur le shérif, je n'avais jamais parlé d'elle. Et même au shérif, je n'avais pas dit grand-chose.

J'étais sûre que les Devereau étaient maudits. Si je racontais ça, on me rirait au nez. Je m'en moque. Rose avait été assassinée ; sa fille, Fern, avait été assassinée. Et la petite sœur de Rose, Mary-Evelyn ? Je vis les trois sœurs Devereau marcher dans les bois avec leur lanterne. Elles avaient dit à la police qu'elles cherchaient Mary-Evelyn. Etait-ce vrai ? Seul Enepébé avait vu l'étrange procession et il n'avait pas compris ce qu'elles faisaient. C'est trop pénible, trop lourd pour avoir été un accident. C'était trop... mystérieux.

En entendant un cliquetis de vaisselle, je sursautai. Miss Landis apportait le plateau à thé qu'elle posa sur la table basse.

— J'avais faim, dit-elle, je pensais que tu aurais faim, toi aussi.

— Oui, un peu.

Je ne voyais pas comment je pourrais avaler quelque chose — pas après les crêpes aux noix, les toasts, les roulés de jambon et le gâteau au chocolat — mais, comme elle s'était donné du mal, je ne pouvais refuser. J'acceptai le lait et le sucre dans mon thé, puisque c'était ce qu'elle prenait, elle, et je voulais qu'elle me croie une buveuse de thé accomplie, ce qui était loin d'être le cas. Je pris une moitié de sandwich ; il était au blanc de poulet. Je m'attendais presque à ce que Mrs Davidow me l'arrache des mains. Je me rassis avec mon thé et mon sandwich.

— J'aime ce livre, dit Louise Landis avec un mouvement du menton vers la chaise où je l'avais laissé. Tu l'as lu ?

J'avais envie de répondre « oui », mais j'avais peur qu'elle me demande ce que je pensais de la fin.

— Pas entièrement.

— Tu crois que c'était un fantôme ?

L'espace d'un instant, je crus qu'elle parlait de la Fille. Je m'aperçus à temps qu'il s'agissait de la femme du roman.

— La femme en blanc, précisa-t-elle en désignant le livre.

— Peut-être. Je ne sais pas.

— Moi, je crois que oui. Avec ce visage si blanc !

Elle hocha la tête, comme pour quelque chose qu'on a du mal à accepter.

Pendant le bref silence qui suivit, je me demandai encore pourquoi elle ne m'interrogeait pas sur la raison de ma visite. Sans doute par politesse. Mais après tout, c'était chez elle ! C'était peut-être parce qu'elle était institutrice, qu'elle connaissait bien les enfants et qu'elle savait qu'ils n'aiment pas qu'on les interroge, comme font toujours les adultes parce qu'ils ne savent pas quoi faire d'autre.

Elle posa son regard sur la cheminée, mangeant paisiblement son sandwich. Je ne pouvais pas m'empêcher de ressentir cette nostalgie automnale, le feu, l'aspect terne des fenêtres. En ne me demandant rien, elle me traitait comme si elle avait attendu ma visite. Je l'étudiai. Elle avait ce genre de visage lisse qui fait penser que rien ne l'avait jamais indisposée ou que, dans le cas contraire, elle savait parfaitement comment réagir, pour que les contrariétés ne l'atteignent pas. Cela me fit penser à un lac, aux eaux placides de Spirit Lake.

Et dire qu'elle avait sans doute soixante ans ! Ah, si je pouvais être comme elle à son âge ! Elle avait un effet calmant, comme le shérif, comme Maud. Même quand ces gens-là vont contre leur caractère, quand ils se fâchent ou s'effraient, il y a toujours en eux un reste d'impassibilité.

L'œil endormi, je regardais le feu et oubliais presque l'autre moitié de mon sandwich, ce qui ne me ressemblait pas, surtout quand il s'agissait de blanc de poulet. J'enroulai la pelote, m'efforçant de fabriquer un jeu des figures, pensai à Jude Stemple et déclarai :

— Je ne voulais pas dire que Mr Stemple m'avait envoyée ; non, j'aurais dû dire qu'il m'avait indiqué le chemin.

Louise Landis attendit patiemment la suite.

— En fait, c'est plutôt...

Je m'arrêtai pour prendre ma tasse, eus une quinte de toux et renversai du thé. Sur moi, pas sur le fauteuil ni sur la moquette. Je faisais attention. Ma quinte terminée, je m'excusai. Miss Landis alla chercher un torchon.

Pendant son absence, je me souvins de Billy parlant des orphelins. A son retour, je nettoyai ma chemise et repris :

— C'est plutôt ma mère qui m'envoie.

Comme ma mère devait être en train de traverser la Caroline, Louise Landis ne pouvait vérifier.

— Elle se demandait si vous aimeriez organiser votre repas annuel — celui avec les orphelins — à l'hôtel Paradise.

Miss Landis devait trouver que c'était une façon bien compliquée (et pour cause !) d'en arriver à cette histoire de repas. Ma mère aurait facilement pu lui téléphoner au lieu de m'envoyer chez elle.

— On pourrait même fournir des attractions...

— Quelle excellente idée ! Quel genre d'attraction ? Des tours de magie ?

— Non, plutôt une pièce de théâtre. Ou de la musique. Du piano, peut-être.

— Très bonne idée. Combien est-ce que cela coûterait ?

— Oh, ne vous inquiétez pas pour ça, fis-je d'un geste dédaigneux en finissant mon sandwich.

— Je suis sûre que les enfants adoreraient. Comme vous vous en doutez, ils n'ont pas une existence très heureuse.

— La vie ne doit pas être drôle pour eux, approuvai-je, les yeux écarquillés.

Qui étaient donc ces enfants ? A vrai dire, j'étais davantage préoccupée par mes propres difficultés que par celles des autres, et j'en eus un peu honte. J'aurais dû être capable de m'identifier aux moins fortunés. Ma mère me disait toujours, quand je me plaignais de devoir manger la cuisse du poulet : « Tu devrais penser à ceux qui sont moins fortunés. » Si je lui faisais remarquer que Ree-Jane n'était pas une de ces moins fortunées, elle s'exclamait : « Ah, tu crois ? » Je détestais quand ma mère avait l'esprit plus vif que moi.

Ainsi, chaque fois que je voyais des photos d'inondations ou d'ouragans détruisant les maisons et tuant des gens, je faisais parfois une courte prière, d'habitude pour le chien qui hurlait sur le pas d'une maison en train de couler, emportée par le courant. J'ai de la tendresse pour les animaux.

Mon esprit était tellement préoccupé par les mauvaises raisons de ma visite que j'avais oublié la vraie. Je cherchai alors comment amener Ben Queen et White's Bridge dans la conversation. Je me lançai :

— Il y a eu un meurtre, près de La Porte. J'imagine que vous êtes au courant.

— Oui. Ça a dû être un choc affreux pour toi. La femme qui a été assassinée venait d'ici.

— C'était horrible, fis-je avec enthousiasme. Tout le monde en parle encore. C'était la fille de quelqu'un de par chez vous. Comment s'appelle-t-il... ?

— Ben Queen.

Elle balaya la pièce du regard, comme si le nom allait le faire apparaître.

Je trouvai étrange la façon dont elle avait prononcé son nom, simplement, sans autres explications. C'était comme si son nom était suffisant pour l'acquitter.

— C'était sa fille. On ne tue pas ses propres enfants, n'est-ce pas ?

C'était ce qu'avait dit la femme qui fumait comme un pompier.

Louise Landis hésita, comme si elle en savait un bout sur les meurtres d'enfants et qu'elle ne voulait pas me choquer.

— Oh, ça arrive, mais pas lui. (Elle me dévisagea, confuse.) Je n'aurais jamais dû parler de ça. Je suis désolée.

Non, non !

— C'est pas vous, c'est moi. De toute façon, c'est pas grave ; je n'ai même pas eu peur.

Elle esquissa un rapide sourire, comme un oiseau qui se pose et s'envole aussitôt.

— Oh, je parie qu'il en faut plus pour t'effrayer.

Je pris cela pour un compliment, et on m'en fait rarement.

— C'était pas lui qu'on avait envoyé en prison ? Pour avoir tué sa femme ?

Pour quelqu'un qui ne savait même pas son nom, j'en connaissais des détails sur sa vie ! Je pris mon air stupide.

— Si, c'est lui.

— Tout le monde doit le connaître, à Cold Flat Junction. Vous aussi, j'imagine ?

— Depuis toujours, oui.

Je fis semblant de réfléchir. En réalité, je réfléchissais. Penser qu'on pouvait rester ami avec quelqu'un pendant toutes ces années ! Est-ce que le shérif sera encore ami avec moi quand j'aurai soixante ans, même si je ne vois pas comment j'arriverai jusque-là ? Sans parler de lui ! Il aurait dans les quatre-vingt-dix ans ! Et est-ce que Ree-Jane sera encore là ? Est-ce qu'on sera toutes les deux comme Miss

Bertha et Mrs Fulbright ? Les rares amis que j'avais, comme Hazel Mooma (une cousine éloignée de Donny, et tout aussi crâneuse), je ne les imaginais pas si vieux. Surtout quand Hazel, en croisant Miss Ruth Porte dans la rue, disait qu'elle se tuerait si elle atteignait son âge. Nous avons toutes peur de vieillir, j'imagine, de perdre notre jeunesse et notre charme (le peu que nous ayons). Je parie que Louise Landis étonnerait Hazel, elle ne croirait jamais qu'elle a soixante ans. Elle dirait probablement que Miss Landis est devenue une momie depuis longtemps et que ses bandages l'ont préservée. Hazel y croirait dur comme fer, elle préférait croire à n'importe quoi plutôt que de se tromper... aux momies, par exemple.

Je cherchai un moyen d'amener Fern Queen sur le tapis.

— Mr Stemple dit que la femme de Ben Queen était une Devereau de Spirit Lake.

Je tendis ma main vers un rayon de soleil pour voir sa transparence et le sang qui coulait dans mes veines.

— Elle s'appelait Rose Devereau. Elle était très belle, surtout pour Cold Flat Junction, où la beauté est rare.

Elle regarda dans la pièce, puis vers la fenêtre, comme si elle essayait de trouver une trace de cette beauté évanouie.

— Fern était sa fille ?

— Oui, la fille de Rose et de Ben Queen.

Vint la partie qui me paralysait ; c'était une de ces choses sinistres, épouvantables. N'importe quoi me la rappelait — le craquement d'une brindille, le hurlement d'un chien. C'était l'image des Décombres et de la lumière crue. Je me mordis l'intérieur de la lèvre et déclarai :

— C'est près de White's Bridge qu'elle a été assassinée.

— C'est juste.

— Il y a des Butternut qui vivent là-bas depuis une centaine d'années ; en tout cas c'est ce qu'affirme Mr Butternut.

Que pouvais-je lui dire ou lui demander qui la mettrait sur la trace de ces bois ? Qu'est-ce que je demandais, en réalité ? Je dus l'admettre : je demandais de l'aide. Je sentais grandir en moi ma solitude et mon impuissance. J'étais au bord des larmes, cela me prit par surprise.

— Ça ne va pas, Emma ? Tu as l'air un peu... chiffonnée. (Sans attendre ma réponse, elle se leva et dit :) Je vais te chercher un verre d'eau.

Je pris sa proposition pour de la délicatesse, au cas où j'aimerais être seule. De l'eau ! A quoi ça m'aurait servi ? Pour une fois, je compris l'intérêt d'un Cold Comfort ou d'un bon vieux verre de gin.

Louise Landis ne s'absenta qu'une minute ; elle revint avec un verre d'eau qu'elle me tendit. Je bus une gorgée et posai le verre sur la table, puis je m'enfonçai dans le fauteuil, je m'y allongeai presque. Cette position a l'air inconfortable, mais c'est tout le contraire ; c'est surtout une position pour se sentir à l'aise. Quand on s'assied comme ça, on ne risque pas de pleurer ou d'être hanté par quoi que ce soit. J'enroulai le fil de la pelote autour de mon doigt et écoutai Miss Landis parler de White's Bridge.

— Je suis allée plusieurs fois à Lake Noir, à ce restaurant, là-bas, pour dîner... le Pear Tree ?

— Le Silver Pear. J'y suis allée, moi aussi. C'est un homme aux cheveux argentés qui le tient. En fait, ils sont deux et ils ont tous les deux des cheveux argentés. Vous connaissez quelqu'un qui habite dans le coin ? Il y a bien Mr Butternut, mais c'est le seul que je connaisse.

Je finis de confectionner mon jeu des figures. Mon cœur tambourinait comme si j'approchais de quelque chose que j'aurais préféré ne pas voir.

— Non, dit Louise Landis. Je me suis promenée une seule fois sur White's Bridge Road. C'est un endroit charmant. C'est presque virginal. Tu sais, comme si c'était inhabité, intact...

Je la dévisageai par-dessus mes doigts. Intact ? Elle ne connaissait pas Dwayne. Inhabité ? Elle ne connaissait pas Mr Butternut. Il habitait partout. Il était né dans le coin.

— Jusqu'où êtes-vous allée ?

— Oh, pas loin. Pourquoi ?

J'écartai les doigts pour tendre les fils.

— Vous avez vu cette vieille maison en ruine dans les bois, sur la droite ? Celle qu'on appelle les Décombres ?

— Non, fit-elle en fronçant les sourcils, comme si elle craignait d'avoir manqué quelque chose d'important. Pourquoi ? Qu'est-ce qu'il y a, là-bas ?

— Oh, rien. Je l'avais remarquée, c'est tout. Mr Butternut et moi y sommes allés, mais il ne sait pas à qui elle appartient. Personne n'y vit ; ça ferait une bonne maison hantée.

Là encore, l'image de la lumière crue me revint à l'esprit. Plus j'y pensais, plus je trouvais ça bizarre et mystérieux ; j'étais presque prête à croire que la maison sortait tout droit de mon imagination. Mais Mr Butternut et Dwayne, je ne les avais pas rêvés, c'est certain.

— Mais tu n'as pas eu peur, je parie ?

Non ? Allez dire ça à mes pieds qui m'avaient fait l'impression de deux blocs de ciment, comme dans un rêve, quand on veut courir mais qu'on reste cloué sur place.

— Moi ? Oh, non.

Je tendis les mains et tirai sur le jeu des figures.

— A qui était la maison ?

— Mr Butternut dit qu'un certain Calhoun y vivait autrefois. Mais qu'est-ce que Fern Queen y faisait ? C'est ce que se demande la police.

— C'est ce que tu te demandes aussi, on dirait.

Je haussai les épaules, ce qui était un exploit dans ma position. Nous gardâmes le silence quelque temps.

— Vous connaissiez les sœurs Devereau ? finis-je par demander.

— J'en avais entendu parler. Je connaissais la petite qui s'est noyée. Quel drame affreux !

Je fus contente qu'elle en parle la première, ça m'évitait de tourner autour du sujet. C'est un travail aussi difficile que de creuser la terre avec une pelle.

— Mary-Evelyn.

Comme chaque fois que je prononçais son nom, je ressentis le poids de la tristesse. Je gardai les yeux sur mon jeu des figures pour ne pas montrer mon émotion.

— Oui, je m'en souviens. Apparemment, elle a fait une virée sur le lac et sa barque s'est renversée. Ça semble bizarre, non ? Pourquoi être partie comme ça, et dans ces habits ?

Je dévisageai Louise Landis. Voilà une personne qui avait réellement réfléchi à la question.

— Et elle ne portait pas de chaussures. En plus, les sœurs Devereau ont attendu le matin avant de signaler la noyade. Mais Ben Queen...

Je m'arrêtai net. Ce fut à son tour de me dévisager.

— Ben Queen ?

— Je... rien.

J'allais dire : « Mais Ben Queen prétend que c'est un accident, lui aussi. La barque fuyait. » Bien sûr, je ne pouvais pas savoir ça, sauf s'il me l'avait dit.

Je repensai à l'inconnu qui était dans la maison en ruine. C'était la Fille ou Ben Queen, mais je ne le voyais pas braquer sa torche sur moi car il me connaissait. La Fille, elle, cherchait peut-être à obtenir quelque chose de moi, à moins qu'elle n'ait voulu m'effrayer.

Je me levai.

— Je ne m'étais pas rendu compte qu'il était si tard. Il faut que je retourne à l'hôtel pour faire le service. J'ai été ravie de discuter avec vous, Miss Landis.

Elle se leva à son tour et me raccompagna.

— Moi aussi, Emma. J'espère que tu reviendras.

Je crois qu'elle était sincère.

— Bon, je dirai à mon frère que les orphelins aimeraient voir sa pièce.

Will me tuerait.

— Et voir jouer du piano, ajouta-t-elle.

J'acquiesçai. Mill me tuerait.

— La pièce et le piano.

— Oui, la pièce et le piano.

Will et Mill allaient me tuer.

24

Les braconniers

A sept heures trente le lendemain matin, dans la cuisine, j'avais mis à chauffer des feuilletés à la saucisse et je versais de la pâte à crêpes au sarrasin sur la plaque en fonte.
Comme Walter n'était pas encore arrivé, je n'avais rien d'autre à faire que manger, ce qui me convenait parfaitement. Quand je mange, je mange, je préfère ne pas parler pour apprécier pleinement la nourriture sans me laisser distraire.
Tout en dégustant mon feuilleté à la saucisse très épicé, je pensais à ma nouvelle liberté. La liberté peut vous tourner la tête. Mais elle apporte aussi sa part d'anxiété, parce que passer mon temps à faire ce que je veux m'oblige à me sentir responsable. Si je gaspille mon temps, je ne peux m'en prendre qu'à moi-même. Evidemment, je n'ai pas une liberté complète parce qu'il y a toujours Miss Bertha à servir trois fois par jour ; je peux donc la blâmer si les choses ne vont pas comme je veux, et c'est un grand soulagement.
Quand même, d'une certaine manière, c'était bien d'avoir des clients parce que, sans eux, il n'y aurait que moi et Aurora Paradise, qui ne me serait d'aucune utilité pour me débarrasser d'un éventuel intrus. Will et Mill ne serviraient à rien non plus car ils ne sauraient pas qu'il y a un intrus sauf s'il allait au garage pour une audition.
Walter ne dort pas à l'hôtel. Il habite dans une grande maison victorienne bleu et blanc, avec une véranda qui fait

le tour de la maison. Elle a l'air aussi luxueuse que toutes les grandes maisons de Spirit Lake, et je me demande si Walter ne serait pas secrètement riche. J'aime l'idée d'un Walter avec des valises pleines de billets. J'aime penser qu'il ne dépend pas de l'hôtel pour vivre (même si je ne comprends pas qu'on y travaille si on n'en a pas besoin).

A peu près à la moitié de ma pile de crêpes, mes pensées dérivèrent sur White's Bridge. Est-ce que Mr Butternut connaissait Dwayne ? Dwayne allait souvent dans le coin, mais comme il braconnait il ne devait pas s'arrêter chez les gens pour passer le temps. Toutefois, il ne devait pas habiter bien loin. Le shérif connaissait sans doute son adresse car Dwayne avait dû avoir des démêlés avec la justice. Mais comment la demander au shérif sans éveiller ses soupçons ?

J'essayai d'en finir vite fait avec Miss Bertha et Mrs Fulbright, mais ne réussis qu'à moitié parce que Miss Bertha se plaignit du grossier personnage qui les avait servies la veille au soir et, au fait, pourquoi ma mère allait-elle dans des endroits exotiques quand elle avait des clients à nourrir ? Et comment pouvais-je cuire ses œufs comme elle les aimait si je faisais tout de travers ?

Je tins bon et m'efforçai de ne pas bâiller (les crêpes au sarrasin m'avaient endormie) pendant que Mrs Fulbright intervenait sans cesse en essayant de calmer Miss Bertha ; comment supportait-elle tous ces étés en sa compagnie ? Je préparai leur petit déjeuner — des œufs à la coque et des saucisses —, et pour tout remerciement Miss Bertha pesta que son œuf était dur.

Je supportai tout ceci tant bien que mal un certain temps, puis je leur dis que Walter leur apporterait du café frais car je serais en retard pour le catéchisme si je ne partais pas tout de suite. Même si Miss Bertha est très religieuse (pour le bien que ça lui fait !), elle réussit à retarder mon départ en se plaignant du terrain de réunion du camp et de ses membres, « une bande de crétins païens ».

Je retournai à la cuisine et demandai à Walter de leur servir du café sans prêter attention à elle. Walter se contenta de grommeler « la vieille folle » en emportant la cafetière.

Delbert me conduisit à La Porte en se croyant drôle avec des réflexions du genre : « Tu devrais t'acheter un taxi, avec toutes les fois que tu vas et que tu viens ! » Ha, ha, ha. Je rétorquai : « Je mettrais Axel sur la paille ! » Ha, ha, ha. Je lui demandai de me déposer devant l'église Saint Michael.

Même si je mens souvent, je déteste ça quand on en vient à la religion. Je ne crois pas que ce soit parce que je respecte la religion ; c'est plutôt le fait d'offenser le Seigneur qui me rend nerveuse. Et aussi à cause du père Freeman. Encore un adulte que j'aime bien, même si je l'oublie souvent parce que je ne suis pas catholique et que je vais rarement à l'église. Est-ce qu'on peut reprocher à ma mère d'être trop laxiste dans mon éducation religieuse ?

J'avais l'intention de m'asseoir une minute sur un banc et de m'excuser de ne pas être venue sitôt après que Bunny n'avait pas dit au shérif qu'elle m'avait conduite au Silver Pear, ce qui était assurément un vrai miracle. Je m'excusai aussi de m'être servie du catéchisme comme prétexte pour me libérer de Miss Bertha. J'aurais pu m'arrêter à un coin de rue pour m'excuser, naturellement, mais il y a bien plus de choses à regarder dans l'église. Les vitraux sont magnifiques.

Après avoir formulé mes excuses, j'exerçai les muscles de mon visage en étirant les lèvres et en faisant des ronds avec ma bouche. J'avais entendu une cliente de l'hôtel dire à une autre que le visage tombait si on ne travaillait pas ses muscles. « Pensez aux chanteuses, disait-elle, Lena Horne, par exemple. Vous ne verrez jamais son visage tomber, c'est parce qu'elle chante tout le temps. »

Comme j'avais les yeux fermés, je ne vis pas le père Freeman approcher.

— Bonjour, me lança-t-il.

Je sursautai. Pourvu qu'il ne m'ait pas vue en train de faire mes exercices ! Il souriait, appuyé sur le banc, devant moi. Le père Freeman donne toujours l'impression d'avoir tout son temps, ce qui le rend très reposant.

— Ça t'ennuie si je m'assieds une minute ?

Je lui assurai que ça ne me dérangeait pas du tout et il s'assit sur le banc, devant moi, se retournant pour me faire face, son menton dans son poing, comme je fais quand je suis dans l'Eléphant Rose et que je suis trop fatiguée pour que ma tête tienne toute seule.

— Comment va ta mère, Emma ? J'aimerais la voir plus souvent.

— Bien. (Puis je me surpris à ajouter :) Ma mère, Mrs Davidow et Jane sont parties en Floride.

Je dis cela d'une traite, comme si j'admettais une chose horrible, le genre de chose qu'on avoue en confession. C'était presque comme si j'avais honte de ne pas avoir été invitée.

Le père Freeman me regarda et (comme il fait souvent) réfléchit quelques instants avant de parler. J'aime ça ; ça me fait penser que j'ai dit quelque chose de profond qui mérite réflexion.

— Tu sais, dit-il finalement, dans mon expérience les vacances ne sont jamais comme on les imagine. Le plus important, c'est de penser aux endroits où aller, de lire des manuels à leur sujet, de les imaginer. On n'est pas obligé d'y aller pour de vrai. En fait, c'est même mieux de ne pas y aller. Ça présente bien des avantages.

J'écoutai cela bouche bée. C'était comme s'il avait lu dans mes pensées.

— Sans blague ? Vous y croyez vraiment ?

— Absolument. En tout cas, c'est comme ça pour moi.

Je le remerciai avec effusion et sortis, l'esprit plus léger.

Quand j'entrai au Rainbow Café, Shirl fumait une cigarette, perchée sur son tabouret derrière la caisse. A travers un nuage de fumée, elle me jeta un coup d'œil comme si elle ne me remettait pas et s'en fichait pas mal. Je la saluai ; elle hocha la tête, l'incertitude le cédant à la suspicion. Charlene l'appela pour avoir deux pains aux raisins ; Shirl glissa de son tabouret, ouvrit l'étal aux pâtisseries et prit deux petits pains qu'elle posa sur une assiette. Je lui proposai de passer l'assiette à Charlene pour lui éviter de se fatiguer en faisant les six pas nécessaires.

On ne parlait pas beaucoup le matin au Rainbow, sauf pour commander les petits déjeuners, et encore, à voix basse. On se raclait la gorge, on fumait des cigarettes, on se regardait dans la glace pour voir à quoi ressemblait la mauvaise humeur au lieu de lancer des blagues et de donner une tape sur les fesses de Charlene. Tout le monde semblait mal luné, peu intéressé par l'idée de recommencer une journée. A mesure que le temps passait, les clients se détendaient et à midi tout le monde était jovial, rigolait et lançait des plaisanteries. C'était la même transformation par laquelle passait Mrs Davidow avec ses martinis.

Toutefois, Maud était toujours égale à elle-même ; elle n'avait pas une personnalité pour le matin et une autre pour l'après-midi. On pouvait toujours compter sur elle. En ce moment, elle prenait les commandes dans les box du fond tandis que Charlene travaillait au comptoir.

Le shérif était sans doute passé vers sept heures. J'espérai simplement qu'il reviendrait ; à peine y avais-je pensé qu'il franchissait la porte. Plus que tous les gens que je connais, le shérif a une démarche autoritaire. Il accrocha sa casquette au portemanteau entre les box, s'assit et me demanda comment j'allais.

Je perçus un sous-entendu derrière la question et je décidai de me lancer :

— Vous l'avez trouvée ? Vous savez, la pauvre fille qui s'était perdue ?

— Non. On n'a pas eu de nouvelles.

Il n'était manifestement pas inquiet, mais j'aurais préféré qu'il détourne ses yeux bleus pas inquiets des miens. Je dus regarder ailleurs.

— Alors, fis-je en haussant les épaules, on l'a peut-être retrouvée.

Je plissai mon front pour montrer la difficulté que j'avais eue à parvenir à cette conclusion. Mais quand je posai mon regard sur le shérif, ses yeux bleus me fixaient toujours. C'était sans doute stupide, mais je me mis à penser à Ben Queen.

— J'imagine que vous n'en savez pas plus sur l'homme qui a tué cette femme ? dis-je d'un ton désinvolte. Celle qui est morte près de White's Bridge, précisai-je comme s'il y avait tellement de femmes assassinées dans le pays qu'il aurait du mal à identifier celle dont je parlais.

— Ben Queen.
— Vous savez, ça vaut peut-être mieux d'imaginer que vous l'arrêtez plutôt que de le faire pour de vrai.

A peine avais-je dit cela que je m'aperçus que les vacances et l'arrestation de criminels n'obéissaient pas aux mêmes règles de l'imagination.

— Qu'est-ce que tu peux bien vouloir dire, là ?

Il continua de me fixer intensément ; je soupirai et me plongeai dans la lecture du menu, ce que je ne fais jamais parce que c'est toujours le même. Je lorgnai vers lui, mais ses yeux bleus ne m'avaient pas quittée. J'avais l'impression d'être un bonhomme de neige fondant sous un ciel bleu limpide. Je compris soudain que je pouvais jouer sur sa pitié.

— Devinez quoi ? Ma mère, Mrs Davidow et Jane sont parties en Floride. Je parie que c'est merveilleux, là-bas.

Je pris un air triste. Il allait forcément avoir pitié.

— Elles t'ont laissée toute seule avec Will ?

J'opinai lentement de la tête et regrettai de ne pas avoir un oignon. Je battis des cils comme si je retenais un torrent de larmes. C'est marrant, mais j'avais réagi différemment en annonçant la nouvelle au père Freeman.

Le shérif ne me quitta pas des yeux lorsqu'il prit une cigarette (nous étions dans la partie fumeurs), l'alluma et referma son briquet. Il inhala, cracha la fumée, comme s'il avait tout son temps.

— Je comprends que t'aies préféré rester ici.

Je fus décontenancée.

— Pourquoi ?

— Tu as trop de choses à faire pour aller en Floride.

Je faillis tomber à la renverse, la bouche grande ouverte. C'était mon air *involontairement* stupide. Je remerciai ma bonne étoile lorsque Maud revint. Elle s'assit à côté de moi et les yeux bleus du shérif quittèrent les miens pour se poser sur elle.

— Je reviens du Silver Pear.

— Tiens ! Tu as mangé là-bas avec l'argent du contribuable ?

— Non, j'ai montré des photographies aux propriétaires.

Il sortit trois photos de la poche de sa chemise, prit le temps de reboutonner sa poche et aligna les clichés sur la table.

— Comme c'est sympa ! minauda Maud. Tu montres des photos de moi aux gens !

Le shérif tapa la seconde photo du doigt.

— Super, fit Maud. Nous trois ensemble. Ils t'ont reconnu sur photo ?

— Ha, ha, ha, très drôle !

Il tourna la photo vers moi pour que je puisse la voir. Je plissai les yeux pour montrer que le cliché était si médiocre qu'on reconnaissait à peine les personnages.

— On est en train de vérifier les parcmètres, expliqua le shérif.

— C'est très intéressant, intervint Maud. Y a des gens qui montrent des photos de leur mariage, de leurs vacances à Rome... Mais nous ? Les nôtres ont été prises devant un parcmètre.

J'étais contente qu'elle accapare la conversation, même si le shérif ne l'écoutait que d'une oreille, car ça me donnait le temps de prendre une contenance. Je fronçai les sourcils comme si non seulement je ne comprenais pas cette photo, mais aucune autre dans l'avenir.

— Gaby et Ron ont tous les deux reconnu la petite fille qu'ils avaient vue le soir où Asa Butternut nous a signalé sa disparition. (Une pause.) Qu'est-ce que tu en penses, Emma ?

Il me regarda comme un sculpteur détaille son modèle. Ses yeux ciselèrent mon front plissé. Il devinait certainement ce qu'il y avait derrière mon front soucieux. Mais je n'allais pas abandonner... une maudite photo floue ne prouvait strictement rien.

— Une minute ! m'écriai-je après mûre réflexion. (Je claquai des doigts.) C'était le jour où Mrs Davidow et moi, on est allées déjeuner au Silver Pear...

Le shérif se pencha par-dessus la table.

— Emma, connaissant ta relation avec Lola, je doute qu'elle t'ait jamais emmenée au Silver Pear.

J'avais commencé à secouer la tête, tout entière à ma réponse :

— Il se trouve que j'étais avec elle. Elle était allée voir quelqu'un qui habite près du lac. Elle a tout d'un coup décidé de s'offrir un petit plaisir — et à moi par la même occasion, puisque j'étais avec elle. C'est pour ça que les propriétaires m'ont vue.

Je souris, mais pas trop joyeusement.

— D'après eux, la fillette était toute seule, lâcha le shérif.

Je poussai un profond soupir, comme si j'expliquais quelque chose à un chiot tout juste né.

— C'est qu'ils n'ont pas vu Mrs Davidow. Nous avions une table sur la véranda, derrière le coin. Ils m'ont vue parce que je suis allée aux toilettes.

Le shérif plongea ses yeux dans les miens.

— La fillette leur a demandé la permission de téléphoner.

— J'ai jamais dit que je n'avais pas téléphoné ! Mrs Davidow voulait que j'appelle ma mère pour lui dire qu'elle rentrerait un peu tard. Elle avait déjà avalé trois martinis et elle me racontait combien Ree-Jane était barbante. J'aurais pu le lui dire sans en avoir bu un seul, d'ailleurs.

Mes mains étaient crispées sur la table ; le shérif se pencha et les prit dans les siennes, comme pour me passer les menottes. Il les avait douces et chaudes.

— Bon, tu vas m'écouter, maintenant, Emma Graham. Je ne veux pas que tu mènes ta petite enquête. Je ne veux pas que tu ailles dans ces endroits, surtout dans la région de White's Bridge Road, et que tu poses des questions. C'est une enquête sur un meurtre, l'assassin court toujours, et je ne veux pas te retrouver couchée dans une mare de sang...

— Sam ! s'exclama Maud. Tu n'es pas obligé de lui dire ce genre de choses ! Tu vas lui faire peur !

— Lui faire peur, à elle ? Tu plaisantes !

C'était peut-être un sarcasme, mais ça m'aidait à répondre à la question du courage que je ne cessais de me poser.

J'avais digéré les remarques du shérif, naturellement, et ça me faisait du bien de savoir qu'il s'inquiétait pour moi. Mais ça ne me menait pas loin et je n'avais pas de temps à perdre. Maintenant, avec ses soupçons, la méthode que j'avais imaginée pour découvrir où habitait Dwayne ne mar-

cherait jamais. Il ne me restait que Donny. Je demandai au shérif s'il retournait au palais de justice en partant.
— Non, je vais au lac.
A La Porte, ça voulait dire Lake Noir, pas Spirit Lake, où personne n'allait jamais, sauf moi. Je me sentis soudain très triste.
— Désolée, dis-je, je dois partir.
— Rappelle-toi ce que je t'ai dit.
— Bien sûr.
Je remerciai Maud et m'arrêtai au passage pour acheter des doughnuts.

— Interroger un quoi ? fit Donny.
On dirait un écureuil quand il prend son air effaré.
— Un braconnier.
Donny lança ses bras en l'air comme pour prendre tout le monde à témoin. Ce n'était pas très efficace, il n'y avait que Maureen Kneff, la dactylo, et elle mâchait du chewing-gum, le menton calé sur ses bras croisés, affalée sur sa machine à écrire. Maureen avait des yeux bleus délavés, les seuls qui faisaient concurrence à Ree-Jane pour ce qui est d'afficher le vide de la pensée.
Je ne supporte pas Donny Mooma. Il aime faire croire qu'il est dangereux quand tout ce qu'il fait, c'est de se cacher derrière le shérif quand une intervention tourne mal. Je m'étais assurée que le shérif n'irait pas directement au palais de justice et j'avais acheté trois doughnuts à la vanille (mes préférés, pas ceux de Donny).
Les pieds sur le bureau du shérif, Donny affichait son air agressif. Il se dégela un peu quand je lui offris les doughnuts, non sans en avoir pris un au passage. Je lui expliquai que j'avais un projet pour l'école.
— J'écris un truc sur le braconnage. Ça se pratique pas mal dans le coin, surtout du côté du lac. C'est Bunny Caruso qui me l'a dit.
— Bunny Caruso ? Ta maman sait que tu fréquentes Bunny Caruso ?
Je m'aperçus trop tard que Bunny Caruso n'était pas la source à mentionner.

— Je ne la fréquente pas vraiment. C'est pas comme si on s'asseyait au bistrot et qu'on discutait devant des bières.

Donny me jeta un regard brumeux.

— Ouais, ben, tu ferais bien de faire attention.

— D'ailleurs, pourquoi je ne parlerais pas à Bunny ? Elle est sympa.

Comme Donny était trop gêné pour me dire pourquoi je ne devais pas fréquenter Bunny, nous pûmes revenir au braconnage :

— Vous savez, du côté de White's Bridge, on chasse pas mal le lapin.

— Sam et moi, on a d'autres chats à fouetter que le braconnage. C'est pas notre priorité première. Notre priorité, si tu veux savoir...

Il plongea une main dans le sac pour y piocher un autre doughnut.

— Hé, Maureen ! Tu nous sers un café ? T'es pas trop débordée ?

Comme une somnambule, Maureen se leva et sortit de la pièce pour aller à l'appareil à café.

Donny épousseta le sucre qui était tombé sur sa chemise, se cala dans son fauteuil, une main derrière la tête, et attaqua son doughnut. Il n'avait aucune intention d'en offrir à Maureen. Après avoir mangé la moitié de son beignet, il demanda :

— Quel braconnier accepterait de se laisser interviewer, nom de Dieu ? C'est illégal, ma p'tite demoiselle...

(Je grinçai des dents : j'ai horreur qu'on m'appelle comme ça.)

— ... personne n'acceptera d'admettre qu'il braconne.

— Oh, naturellement, je ne mentionnerai pas le nom. Je dois protéger mes sources.

— Tes sources ? Pour qui tu te prends ? Suzie Whitelaw ?

J'eus droit à son rire d'asthmatique, qui me fait chaque fois penser à un homme qu'on étrangle.

— C'est pas de ma faute, tout de même ! C'est pas moi le prof de... sciences sociales.

Je ne savais pas trop dans quelle matière entrait le braconnage.

— Va à la bibliothèque et potasse.

— J'y suis déjà allée. Y a rien sur le braconnage dans la région. (Je réfléchis un instant.) J'ai besoin de l'aspect humain de la chose. Vous comprenez, le meilleur devoir paraîtra dans le journal. Je ne parle pas du journal de l'école, mais du vrai — le *Conservative*. Il faut que j'interviewe un braconnier et un policier.

Il mordit à l'hameçon.

— Ah bon ? (La façon dont il plissa le nez et retroussa sa lèvre supérieure le fit ressembler à un cochon.) C'est bien vrai ?

J'acquiesçai.

— Le shérif m'a dit que vous étiez très fort pour pincer les braconniers.

Donny parut éberlué.

— Sans blague, il a dit ça ?

— Il a dit : « Si Donny ne peut pas les pincer, personne ne le pourra. » (Je fis semblant de lire mon calepin.) J'aimerais reproduire cette citation, si ça ne vous dérange pas.

— Non, non, ça ira. Mais fais bien attention en écrivant mon nom de famille. (Il agita un doigt vers le calepin.) Pas de fautes d'orthographe, hein !

Son doughnut oublié, il s'adossa dans son fauteuil, les mains croisées derrière la nuque. Il fit la moue et souffla.

— Bon, je crois que je peux te refiler un ou deux noms. C'est pas un secret, le journal en a parlé. L'un d'eux s'appelle Billy Kneff.

Là, il regarda par-dessus son épaule pour voir si Maureen n'était pas revenue.

— C'est le cousin de Maureen, ajouta-t-il tout bas. Mais ce n'est pas un mauvais gars. Voyons voir...

J'attendis patiemment qu'il en finisse avec Billy Kneff.

— Billy habite par chez toi, de l'autre côté de la voie ferrée. On l'a serré trois fois pour la chasse au cerf hors saison. Sinon, y a un type qui s'appelle Dwayne Hayden...

Sans bouger un muscle, je fus soudain toute ouïe.

— ... il habite près de White's Bridge. Nous... Je l'ai pincé, comme dit Sam, deux fois.

Je m'apprêtai à noter.

— Où habite-t-il ?

Donny fit un geste vague.

— J'ai jamais vu sa maison, mais c'est dans le coin. Pas loin du restaurant chicos.

— Le Silver Pear ?

— C'est ça. Dwayne travaille au garage d'Abel Slaw. C'est ce qu'on pourrait appeler un as de la mécanique. Tu crois vraiment que ces types vont te parler ? Hé, ma fille, ils enverraient promener Suzie Whitelaw, et c'est une vraie journaliste ! (Il se pencha soudain vers moi.) Et, nom d'un chien, ne dis pas d'où tu tiens leurs noms.

— C'est promis. Merci.

Au moment où je m'apprêtais à partir, Donny renifla l'air, comme un chien sentant le gibier.

25

L'as de la mécanique

Qu'est-ce qu'un as de la mécanique sait de plus qu'un simple mécanicien ? Je réfléchissais à cette question en alternance avec le voyage en Floride. J'avais calculé avec Walter que ma mère, Lola Davidow et Ree-Jane étaient arrivées sur Tamiami Trail. Alors, naturellement, je gardais un œil sur l'heure.

J'étais assise sur le banc en face du Britten's. C'est celui où je m'assieds quand je discute avec les Wood et Mr Root, et en ce moment je les attendais car ils viennent toujours vers cette heure-là ; les Wood avaient dû rentrer de La Porte et étaient allés manger leur rôti de bœuf à la purée au Rainbow.

Le déjeuner s'était déroulé sans problème. Miss Bertha n'avait fait qu'un scandale, quand j'avais glissé une tranche de tomate dans ses toasts au fromage. Je lui avais dit que je voulais seulement les rendre plus intéressants (c'était faux, je voulais voir comment elle réagirait), et elle avait déclaré que les toasts au fromage n'étaient pas faits pour être intéressants.

J'entendis un cri derrière moi ; je me retournai. Enepébé et Enegébé arrivaient du sentier qui court devant le Britten's. Ils me firent un signe que je leur renvoyai. Mr Root traversait la route en clopinant ; il se dépêchait parce qu'il voyait les Wood et qu'il avait sans doute peur de rater quelque chose d'important. Il me fit signe avec sa main libre, l'autre tenait un sac en papier marron qui ressemblait aux sacs de hamburgers de chez Greg.

Enegébé et Mr Root atteignirent le banc presque en même temps ; Enepébé était allé au Britten's acheter des boissons. Ils s'assirent comme si on se rencontrait tous les jours et qu'on était habitués aux plaintes et aux commentaires des uns et des autres. Mr Root disserta sur ses rhumatismes et Enegébé et moi fîmes des bruits de compassion.

Enepébé nous rejoignit avec des Coca pour eux et un jus de raisin pour moi. Je le remerciai et lui dis que je le rembourserais. Il refusa d'un geste, de même qu'il refusa l'argent que lui tendait Mr Root. Les Wood sont très généreux. Ils partagent toujours tout, même s'ils n'ont qu'une barre de Mars pour nous quatre.

Nous bûmes en silence. Mr Root examina le cornichon de son hamburger et le proposa à la ronde. Personne n'en voulut. Je leur racontai alors en détail ma soirée sur White's Bridge Road, Mr Butternut et les Décombres. Je dois dire qu'ils avaient l'air bien plus intéressés que les spectateurs des pièces de Will et de Mill. Mr Root en oublia même de manger son hamburger, ponctuant mon récit de « Que je sois... ! » et de « Bonté divine ! ». Enepébé et Enegébé lui faisaient écho. Ils furent réellement stupéfaits quand je leur parlai de l'arrivée du shérif et de la police de l'Etat.

— Hay te herhai ? demanda Enepébé, les yeux ronds.

Comme j'étais familiarisée avec leur façon de parler, je devinai ce qu'il avait voulu dire.

— Oui, répondis-je, ils me cherchaient. Mais ils ne le savaient pas. Alors, le shérif, je ne sais pas pourquoi, a eu des soupçons... et il est allé montrer une photo de Maud, de lui et de moi au propriétaire du Silver Pear et, naturellement, Gaby m'a reconnue. J'ai dû inventer une histoire comme quoi j'y étais allée avec Lola Davidow.

Mr Root ôta sa casquette de cheminot et se gratta la tête, fortement consterné.

— Et il m'a dit de ne plus mener mon enquête, conclus-je.

Là-dessus, Mr Root fit un bruit avec ses lèvres et chassa d'un geste le shérif comme pour dire « Foutu crétin ». Enepébé et Enegébé le regardèrent et l'imitèrent, et je fus contente qu'ils pensent que je n'obéirais pas aux ordres du shérif, qu'il pouvait aller se faire voir. Je n'en étais pas sûre moi-même, j'aimais bien le shérif, mais j'étais fière qu'ils pensent que je faisais du bon boulot.

J'en vins finalement au point qui m'intéressait :

— Dwayne Hayden travaille au garage de Slaw.

Enepébé et Enegébé se mirent à parler comme des mitraillettes.

— I ha éklaaré ha hrahiohrette, dit Enepébé.

Enegébé acquiesça vivement et lâcha :

— Ha hrienne ohi.

Mr Root claqua des doigts.

— Ce Dwayne, il a réparé vos camionnettes... c'est ça, les gars ?

Ils opinèrent tous les deux vigoureusement de la tête.

— Bon, fis-je en me glissant du banc, je crois qu'on devrait aller voir au garage.

Abel Slaw était un petit homme maigre qui tenait son garage depuis la nuit des temps. Lola Davidow lui avait amené son break et n'avait pas émis de critiques. Rien que cela était une fantastique recommandation. Ree-Jane lui avait amené sa décapotable bien qu'elle marchât parfaitement, et je devinai pourquoi.

Je ne sais si l'as de la mécanique avait travaillé sur leurs voitures. Il y avait deux autres mécaniciens qui traînaient dans le garage, des outils à la main, la combinaison maculée de graisse et d'huile. L'un d'eux, je crois, s'appelait Rod, mais je n'ai jamais su le nom de l'autre car on l'appelait « Toi-mon-gars ». C'était comme ça que sa mère disait depuis toujours : « Toi-mon-gars, touche pas à ça ! » Il s'arrêtèrent tous deux quand ils nous virent, sortirent un chiffon sale de leur poche arrière et s'essuyèrent les mains. Abel Slaw vint à notre rencontre, en s'essuyant les mains, lui aussi, même si je ne l'avais pas vu travailler sur une voiture. Cette façon de sortir un chiffon sale de sa poche arrière et de s'essuyer les mains est peut-être la marque des mécaniciens.

— 'soir, Enepébé, Elijah. Vous aussi, jeune dame.

Je grimaçai un sourire.

— 'magine que vous êtes là pour votre engin...

Il se tourna vers la camionnette. Les jambes qu'on voyait dépasser de sous la camionnette d'Enepébé appartenaient sans doute à Dwayne Hayden ; la plaque d'immatriculation disait NPB, c'était donc bien le véhicule d'Enepébé.

— Hé, Dwayne ! cria Abel comme si un canyon le séparait de l'as de la mécanique. T'as bientôt fini ?

La réponse de Dwayne se perdit de l'autre côté du canyon, déformée parce qu'elle nous parvenait depuis le dessous du moteur. Néanmoins, Abel comprit, sans doute de la même manière que Mr Root comprenait Enepébé et Enegébé. Les as de la mécanique n'ont pas besoin d'avoir trop de conversation.

— Elle sera peut-être prête dans une heure, ou quelque chose comme ça... dit Abel.

Ça ressemblait à une question, ce qui rendait l'heure encore plus vague.

— C'est pas grave, on va attendre.

Abel grimaça en entendant ma réflexion, mais il se contenta de hausser les épaules.

— Si vous voulez vous asseoir, z'avez qu'à aller dans le bureau.

— Merci infiniment, dit Mr Root, mais on reste là.

— Les clients sont pas censés traîner dans le garage, avec tout le matériel, les trucs et les machins, mais à votre aise.

Il battit en retraite comme après un long débat.

Je n'avais pas encore réfléchi à ce que je dirais à Dwayne ; tout ce que je savais, c'est que j'avais besoin que quelqu'un m'accompagne aux Décombres. Quelqu'un qui possédait un fusil.

Je me mordis l'intérieur de la bouche, puis m'approchai de la camionnette, du côté où devait se trouver la tête de Dwayne. Comme je portais une jupe, ce jour-là, je la coinçai entre mes jambes quand je m'accroupis, au cas où il aurait levé les yeux.

— Hé, Dwayne, je voudrais vous parler une minute.
— Qui c'est ?

On entendit des cliquetis.

— Emma Graham.

— Je connais personne de ce nom.
— Si. Mais on ne s'est pas présentés. Je voulais vous parler de l'endroit où on était... (je baissai la voix)... vous savez, l'autre soir, les lapins ?

Le chariot sur lequel il était allongé roula prestement de sous le moteur. Dwayne me dévisagea, fronça les sourcils, puis, décidant sans doute qu'il n'y avait pas le feu, roula de nouveau sous la camionnette. Il ne m'avait peut-être pas reconnue. (D'après Ree-Jane, mon visage n'a absolument rien pour le distinguer des autres.)

Celui de Dwayne était inoubliable ; on pourrait croire que je raconte — ou que je vis — un conte de fées, à voir les beaux garçons s'y accumuler : le shérif, Ben Queen, Dwayne Hayden. N'importe lequel d'entre eux aurait pu jouer le rôle du prince qui sauve la fille (moi) — si on se fie à la seule beauté physique. Ce qui n'est pas mon cas. Je me baissai autant que je le pouvais afin de voir son visage.

— Je veux juste vous demander quelque chose.

Le chariot parut de nouveau. Dwayne me regarda tranquillement.

— Vous ne pouvez pas sortir de là une minute ?

Je crus qu'il allait retourner sous le moteur, mais il me surprit en se hissant sur ses pieds.

— Faut que je regarde sous le capot, de toute façon.

Il dit cela comme s'il voulait me faire comprendre qu'il ne se dérangeait pas uniquement pour moi. Il sortit un chiffon de sa poche arrière — confirmant mon impression que les mécaniciens sont tous obligés de faire ça — et commença à s'essuyer les doigts.

— Vu ce qui s'est passé, j'aurais cru que vous vous souviendriez de moi. Combien d'enfants vous rencontrez dans les bois ?

Il ne sourit pas ; en fait, il me donna l'impression qu'il essayait de ne pas sourire.

— Est-ce que vous allez souvent là-bas ? Vous savez, là où je vous ai vu.

Quand je suis nerveuse, je me tiens parfois sur la tranche des pieds, comme les petits enfants. Ça me gêne quand on me surprend en train de le faire. Je me redressai.

— Ouais, fit-il tout en s'essuyant les mains. Pourquoi tu veux savoir ça ? Tu comptes me dénoncer ?

Je pensai à Ben Queen et je ressentis aussitôt une certaine tristesse.

— Je ne dénonce jamais personne. D'ailleurs... j'ai porté les lapins, ça fait de moi... une complice par... euh, assistance.

Etait-ce le mot juste ?

— Alors, pourquoi tu veux le savoir ?

— J'ai une bonne raison.

Je pris l'air le plus fervent possible.

— Oui, tu dis toujours ça.

Je portai mon regard vers l'endroit où j'avais laissé Mr Root et les Wood. Ils parlaient avec Abel Slaw. Je baissai de nouveau la voix.

— Je ne peux pas vous le dire ici ; il y a trop de monde.

— Dans ce cas, viens chez moi plus tard, on partagera une bière.

— Je ne bois pas.

Il rangea le torchon dans sa poche. Ses mains n'étaient pas plus propres pour autant.

— Ça, ça m'étonne.

Il se moquait de moi, mais j'ignorai le sarcasme.

— Ecoutez, on pourrait se retrouver aux Décombres. Mais il faut que vous me promettiez de venir.

Il prit un air profondément surpris, comme lorsque Will joue l'innocent.

— Que je promette ? Tu dis ça comme si tu me faisais une faveur !

J'agitai les mains, impatiente.

— Alors, vous viendrez ?

Il me toisa avec insistance, pensant sans doute que j'étais cinglée.

— Hé, Dwayne ! lança Abel Slaw. Enepébé veut savoir si sa camionnette sera prête cette année ?

C'était ridicule, bien sûr. Enepébé ne se serait jamais décarcassé pour mettre ça en mots.

— Ouais, Abe. J'en ai plus que pour une minute.

Et il contourna la camionnette pour aller regarder sous le capot. Je le suivis.

— Vous viendrez ? On se retrouvera où on s'était vus l'autre fois ?

— Bon Dieu, ma fille, faut que tu sois cinglée pour donner rendez-vous à des étrangers dans des endroits isolés et déserts.

Je croisai et décroisai les doigts, encore une de mes manies.

— Justement. C'est pas désert.

26

Tamiami Trail

Nous fixâmes le rendez-vous à sept heures trente le soir même, ce qui me laissait le temps de servir le dîner à six heures. C'était rageant de m'arrêter de vivre juste pour servir Miss Bertha, mais je ne pouvais pas laisser Walter faire tout le travail. En plus, je ne voulais pas que Miss Bertha raconte à ma mère que c'était lui qui l'avait servie.

De retour à l'hôtel, j'étudiai ma carte de la Floride pendant que Walter regardait par-dessus mon épaule en essuyant une grande poêle oblongue. (Je ne sais pas où il trouve tous ces plats sales qu'il lave et essuie du matin au soir.)

— Où tu crois qu'elles sont sur le Tamiami Trail ?

— Par ici, peut-être, répondit Walter en pointant un doigt au milieu de la ligne rouge que j'avais tracée.

Je fis part à Walter de mes projets de vacances et lui proposai de venir avec moi s'il le désirait. Son rôle consisterait à me servir, mais je ne le lui dis pas comme ça. Il déclara qu'il avait toujours voulu voir la Floride, ce dont je doutai car je ne crois pas qu'il ait su que la Floride existait avant que ma mère, Lola Davidow et Ree-Jane aient décidé d'y aller. Je lui demandai de confectionner une boisson à la noix de coco pendant que j'allais me changer.

Mon costume de bain datait de l'année précédente ; il était devenu trop petit, avec sa jupette froncée, que je trouvais puérile, et ses motifs à fleurs vives, que je détestais. Mais je n'avais pas l'intention de faire des frais pour en acheter un autre. Je me glissai dans le maillot à fleurs et enroulai une grande serviette (que j'avais prise dans la chambre d'un client) autour de mon corps. J'enfilai des sandales, pris mes bouquins, descendis à la cuisine, emportai ma boisson au passage et me dirigeai vers l'Eléphant Rose.

Je m'imaginai sur le Tamiami Trail. C'était une route droite et blanche, bordée de palmiers, qui se perdait au loin dans le bleu de l'horizon. Nous étions trop à l'intérieur des terres pour voir l'océan, mais je crus tout de même percevoir le soupir des vagues et le bruissement des feuilles des palmiers royaux. Une brise fraîche charriait l'odeur de la mer par les vitres ouvertes et soulevait des petits tourbillons de sable le long de la route. L'air était aussi doux qu'un lit en plumes ; c'était un jour à faire la grasse matinée.

La voiture filait, passant devant des cabanes et des magasins qui me paraissaient flous, puis devant un zoo, et Ree-Jane, croyant que j'en avais envie, claironna qu'on ne devait pas s'arrêter. Je n'avais certainement pas l'intention de m'arrêter, car les animaux que je voyais semblaient trop tristes. Il y avait assez de tristesse dans l'air sans qu'on en rajoute. Nous traversâmes une petite ville qui ne m'intéressait pas. A la sortie, cependant, il y avait un bosquet de cocotiers et un étal où une fille ouvrait des noix de coco et sculptait les coques. Il y avait aussi une grande cruche de lait de coco dans un baquet de glaçons. Je proposai qu'on s'arrête et on s'arrêta. (C'étaient manifestement les avantages dont avait parlé le père Freeman.)

Ree-Jane hurla d'impatience et ma mère lui dit de se taire, ce qu'elle n'aurait jamais fait en vrai. Mais c'est moi qui écrivais la pièce. Nous descendîmes et nous bûmes toutes du lait de coco. Je déclarai qu'il était succulent. Mrs Davidow dit qu'un peu de rhum l'aurait agréablement relevé et tout le monde s'esclaffa, sauf Ree-Jane, bien sûr, qui était de mauvais poil. Nous retournâmes nous entasser dans le break et Mrs Davidow proposa qu'on cherche un endroit où déjeuner.

Je trouvai dommage que le paysage des gracieux palmiers soit entrecoupé de bâtiments de bardeaux où on vendait des souvenirs, des planches de surf et des sandwiches aux fruits de mer. Des garçons en short et en sandales faisaient la queue devant l'un d'eux et Ree-Jane, forcément, voulut s'y arrêter ; elle piqua une crise quand sa mère lui rétorqua qu'elle n'avait aucune intention de manger un sandwich aux fruits de mer.

Un peu plus loin, je repérai un fast-food. On ne pouvait pas le rater parce qu'un hamburger géant, fiché sur des jambes en acier, se dressait tel un réservoir d'eau. Le hamburger réveilla en moi une bouffée de nostalgie, mais je ne compris pas pourquoi. C'était, je crois, le petit pain plutôt que la viande. Il avait l'air soyeux et lisse, d'un marron clair tirant sur le cuivre. Où avais-je mangé un tel hamburger ? Comment se faisait-il que j'en aie encore le goût dans la bouche ?

Peu après nous passâmes devant un endroit appelé Trader's Bob. L'enseigne bordée de néon représentait un verre à cocktail, lui aussi en néon, qui clignotait. Lola Davidow écrasa le frein si brusquement que je faillis traverser le pare-brise. Le bar était juste en dehors de Tamiami Trail, nous dûmes longer un chemin défoncé jusqu'à l'entrée d'un faux bungalow en chaume.

A l'intérieur régnait une pénombre si obscure que mes yeux eurent du mal à s'y habituer. Je ne vis pas grand-chose, hormis le garçon qui arrivait avec le verre de Mrs Davidow. Ça avait l'air plus fort que les Cold Comfort d'Aurora Paradise. Il y avait plusieurs couches d'alcool arc-en-ciel et le verre était immense. Ma mère commanda quelque chose avec un soupçon de rhum et Ree-Jane un blanc limonade, d'un ton arrogant. Je pris un Trader's Bob Special, un mélange d'un peu de tout sans alcool. Les verres étaient décorés avec de petits parasols turquoise et rose.

L'orchestre de six musiciens entama un morceau.

(Là, je me levai et allai mettre « Tangerine » sur le phonographe de Ree-Jane.)

Comme il n'y avait pas de chanteuse dans l'orchestre, j'offris mes services. Les musiciens se réjouirent en m'entendant chanter :

Mandarine,
Elle est aussi belle qu'on le dit,

Avec ses lèvres comme des flammes et ses yeux de nuit, Mandarine...

Je me levai et me balançai en rythme, un peu comme un palmier, pensai-je. Les clients (que je ne distinguais pas dans le noir, et c'était tant mieux) applaudirent plusieurs fois. Ils ne voulaient pas que je m'arrête, mais je leur expliquai que nous descendions le Tamiami Trail et que nous ne pouvions pas nous attarder. Ma mère me félicita et Mrs Davidow commanda un autre cocktail et une salade de crevettes.

On frappa à la porte de l'Eléphant Rose.

— Entrez !

Walter entra avec une assiette d'herbe que je lui avais demandé de couper et la posa sur la table.

— Votre salade d'algues, madame.

Je le remerciai et il s'en alla. Je ne mangeai pas la salade, bien sûr.

Ma mère et Ree-Jane se disputèrent pour savoir laquelle des deux conduirait car nous dûmes plus ou moins porter Lola Davidow jusqu'à la voiture et l'asseoir sur la banquette avant pendant qu'elle chantait « Tangerine » à tue-tête. Ma mère gagna, naturellement. Elle aurait peut-être fait confiance à Ree-Jane pour un poulet rôti, mais n'aurait certainement pas remis nos vies entre ses mains.

Nous poursuivîmes donc vers l'est sur Tamiami Trail, vers le ciel corail, tandis que le soleil se couchait derrière nous, que le jour prenait des teintes bleu nuit granuleuses et que les silhouettes des palmiers s'estompaient au loin. C'était exactement comme sur la photo que j'avais épinglée au mur de l'Eléphant Rose. Exactement, jusqu'au plus petit détail, jusqu'au bleu rosâtre de l'horizon.

C'était rassurant de constater que certaines choses étaient réelles, que certaines choses ne mentaient pas.

27

Ma vraie vie

En surveillant le dîner de Miss Bertha qui chauffait sur le poêle, je pensai à ma vraie vie.

Ma mère avait préparé quelques plats (elle ne faisait pas confiance à Mrs Eikleburger) qu'elle avait soigneusement étiquetés et rangés dans le congélateur. Elle avait aussi noté pour moi la température du four et les temps de cuisson. Ce soir, c'était un pain de viande aux champignons. J'avais dit à ma mère que c'était le plat préféré de Miss Bertha, ce qui était faux. Mais Mrs Fulbright adorait ça. Quant à la sauce aux champignons, Miss Bertha la détestait parce qu'elle était persuadée que la plupart des champignons étaient vénéneux. Elle craignait d'en manger un, ce qui lui serait sûrement arrivé si je savais les distinguer des bons. Comme elle refusait de manger la sauce aux champignons, je coupai un pain de viande, creusai le milieu et fourrai des champignons sautés à l'intérieur. Je remis le tout en place. Impec, on ne voyait pas la différence.

Ensuite, je surveillai les petits pois qui réchauffaient dans une casserole et la purée dans une autre, en pensant à ma vraie vie. Etait-ce en ce moment même ? Etait-ce maintenant, tandis que je faisais le dîner de Miss Bertha ?

J'allai au comptoir, au bout de l'évier où Walter lavait les assiettes, et y déposai des ustensiles sales et la poêle à frire dans laquelle j'avais fait revenir les champignons.

— Tu t'es jamais demandé ce qu'était ta vraie vie, Walter ?

— Nan.
Ah, comme il pouvait être barbant, des fois !
— Et bien, penses-y maintenant. Pense à ce qu'est ta vraie vie.
— D'accord.
Il promena et promena son chiffon sur un plat en verre. Le silence était exaspérant. Je ne savais pas si Walter réfléchissait réellement. Sans doute pas. J'attendis, en récurant des brins d'oignons noircis attachés à la poêle.
— Alors ?
— Ben, je crois que c'est de laver la vaisselle.
Walter avait un tel sens pratique !
— Je ne parle pas de ta vie... mais de ta vraie vie. De ton destin.
Il parut réfléchir, puis :
— Laver les casseroles et les poêles, je crois bien. Je ne vois pas la différence.
J'entendis la canne de Miss Bertha marteler le plancher de la salle à manger ; je ramassai le panier de petits pains, la carafe d'eau, et sortis.
Miss Bertha se plaignit que l'attente était trop longue et demanda ce qu'il y avait au dîner.
Pain de viande aux champignons.
Mrs Fulbright exprima sa satisfaction tandis que Miss Bertha faisait entendre un grognement hargneux. Elle pesta parce que ma mère n'était pas là pour lui préparer autre chose, et la cuisinière allemande, elle ne travaille donc pas ?
Non, pas ce soir.
Je laissai Walter remplir les assiettes, car il adorait ça et s'en sortait très bien. Après avoir servi les pains de viande, je retournai dans la cuisine et j'attendis.
Un cri nous parvint, puis le bruit d'une chaise qu'on renverse ; je courus à la porte de service en demandant à Walter d'aller voir ce qui se passait.
Puis, je traversai la cour à fond de train, entrai par l'autre porte de service et grimpai dans ma chambre.
En ôtant ma jupe pour enfiler mon jean, je me demandai encore ce qu'était ma vraie vie. Ou ce qu'elle devrait être. Je me regardai dans la glace, enfonçai les doigts dans mes

joues, vis la peau blanchir et la couleur revenir quand je relâchai la pression. Puis je tâtai mon front du bout des doigts pour évaluer la solidité de mon crâne. J'avais l'impression d'être un fantôme, comme si je m'étais vidée de l'intérieur et que le néant avait pris toute la place.

On m'avait recommandé de rendre Aurora heureuse, ce qui signifiait assurer son ravitaillement en Cold Comfort. Il fallait que j'aille chercher une autre bouteille de Southern Comfort dans la réserve. Je savais que Mrs Davidow cachait la clé dans un tiroir du bureau à cylindres de l'office (le premier endroit où j'aurais regardé si j'avais été un voleur). Après avoir pris la clé, je plongeai ma tête dans la cage du monte-plats, à côté du bureau, pour écouter ce qui se passait là-haut. Aurora faisait des fois plus de bruit que n'importe qui. On aurait dit qu'elle recevait un régiment.

Je montai au troisième, pris la bouteille de Southern Comfort, m'arrêtai au milieu des vêtements et des couvertures pour admirer les habits de Ree-Jane. J'avais un désir secret pour une de ses robes du soir (elle en avait plusieurs) : c'est ma mère qui la lui avait confectionnée pour son seizième anniversaire. Elle était en tulle blanc et mousseline de soie, parsemée de paillettes minuscules qui réfléchissaient la lumière. Elle était blanc et argent. Je décrochai la robe et l'emportai, avec la bouteille, à la cuisine.

Après avoir versé le Southern Comfort et le cognac, je mélangeai les composants habituels, jus de fruits, gin et mon ingrédient secret, qui changeait à chaque fois. J'emportai le verre à l'office et criai dans la cage du monte-plats :

— Aurora Paradise, je vous envoie votre Cold Comfort !

Parvinrent des bruits de pas, un craquement, puis sa voix, tonnante :

— Il serait temps !

Elle frappa deux fois avec sa canne, le signal convenu. Je posai le verre sur le monte-plats, tirai sur la corde et hop !

— Vous l'avez ? criai-je, le corps à moitié basculé dans la cage pour regarder dans le trou noir. Walter vous apportera votre dîner plus tard !

Silence. Elle avait son Cold Comfort et ne voyait pas l'intérêt de me répondre.

— Il faut que je sorte ! lançai-je.

J'entendis alors sa plainte stridente :

— Sortir ? Où vas-tu donc ? C'est le soir !

— J'ai ma vie à mener.

— Certainement pas !

Ça m'énerva vraiment. Mais mon irritation masquait autre chose. Un grand froid intérieur. J'avais peur qu'Aurora n'ait raison.

28

Les Décombres, revisités

Les Wood et Mr Root étaient déjà devant le Britten's quand j'arrivai, une demi-heure plus tard. Ils étaient rassemblés près de la camionnette et discutaient avec ferveur comme s'ils venaient juste de se découvrir une langue commune dans un pays peuplé d'étrangers. C'était peut-être le cas.

Comme c'était la camionnette d'Enepébé, c'est lui qui conduisit et j'insistai pour qu'Enegébé s'assoie devant car c'était son frère et qu'ils pouvaient se parler (ce qui m'évitait d'avoir à faire la conversation). J'eus une brève discussion avec Mr Root à propos du strapontin ; il déclara que ses rhumatismes le faisaient vraiment souffrir et je n'avais rien à rétorquer à ça. Je m'assis donc par terre sur une couverture.

— Dwayne n'a pas dû réussir à réparer la camionnette, constatai-je après que nous eûmes traversé La Porte et alors que nous cahotions sur la grand-route.

Ma voix hoquetait autant que la camionnette. Je regrettai aussitôt mon intervention car Enegébé et Enepébé se lancèrent dans les détails de la réparation, auxquels je ne compris pas un traître mot ; Mr Root, qui mâchait du tabac à chiquer, semblait perdu à des lieues de nous. Je ne m'étais jamais rendu compte à quel point Enegébé et Enepébé parlaient entre eux. Leur discussion saccadée allait bien avec les cahots.

— Faut tourner ! lançai-je.

Enepébé engagea la camionnette dans l'étroite route et je vis bientôt le Silver Pear, son immense enseigne argentée qui nimbait les alentours d'une pénombre irréelle, clignotant parmi les arbres comme un couteau qui risquait à tout moment de s'enfoncer dans le sol ; je me demandai s'il en ferait gicler du sang argenté.

Je me penchai par-dessus le siège avant pour indiquer que l'étang était juste de l'autre côté du pont. Les planches tressautèrent sous les roues comme si elles étaient disjointes. Mais c'était la camionnette qui brinquebalait. Enepébé s'arrêta au bord de Mirror Pond ; nous descendîmes et nous regardâmes l'étang boueux engorgé d'algues.

— Pas fameux comme étang, remarqua Mr Root.

Après avoir craché un jet de tabac, il s'essuya la bouche d'un revers de main et ajouta :

— Pas fameux, comme endroit.

— J'ai jamais dit le contraire, rétorquai-je. (J'étais offensée, mais je ne voulais pas le montrer.) C'est pas obligé que ça soit un endroit fascinant pour qu'une femme y soit assassinée.

Mr Root se réchauffa les mains sous les aisselles, mais ne fit aucun commentaire.

— Hou ai cha haichon antché ? demanda Enegébé.

Je me grattai le coude, incertaine. C'était « où » quelque chose.

— Où est la maison ? répéta Mr Root sans hésiter. C'est ça, Gébé ?

— Antché, antché !

— Année ? fis-je, perplexe.

— Tu veux dire « hantée », c'est ça ?

Enegébé approuva avec ferveur et ça m'irrita que Mr Root devine toujours aussi vite. Mais je me souvins que je n'aurais pas été loin sans sa capacité à comprendre les Wood.

— Elle n'est pas exactement hantée, Enegébé.

— Hé ha uhière ?

C'était le tour d'Enepébé. C'était dur de faire la différence, même si Mr Root prétendait qu'Enepébé parlait plus distinctement.

— Hier ?

— C'est pas ça, assura Mr Root, avec une autorité qui me déplut. Il parle de la lumière. Tu sais, tu nous avais dit qu'un particulier t'avait éblouie avec une torche électrique...

— Oh, mais c'était pas un fantôme, Enepébé.

Je cherchai dans White's Bridge Road quelque chose de familier, mais ne vis rien. Avec tout ce qui s'était passé l'autre soir, tous les gens, tout le tapage, je m'attendais à ce que des choses retiennent mon regard — l'arbre mousseux, l'endroit sur la route où j'avais laissé tomber les lapins, le bidon à essence, le lit de capucines, les ornières que les voitures de police avaient creusées dans la terre — enfin, il y avait eu foule, quand même ! Ce soir, c'était désert, comme si toute la vie avait été avalée.

Mr Root avait dû remarquer mon incertitude, car il proposa :

— On devrait peut-être demander à ce Butternut de nous montrer le...

— Non ! C'est lui qui a prévenu la police, vous vous rappelez ? D'ailleurs, Mr Butternut ne ferait que nous retarder en bavardant. Venez, c'est juste par là.

J'avais dit que je montrerais le chemin, mais il n'y avait plus qu'un seul chemin à prendre.

Tandis que le crépuscule assombrissait le paysage, la route et ce qui l'entourait devinrent plus familiers, comme s'ils n'étaient visibles que la nuit, comme les étoiles, dont une ou deux brillaient faiblement près d'une lune vaguement dessinée.

— Certaines de ces étoiles sont à un milliard — bien plus d'un milliard — de kilomètres. Il nous faudrait trente ans pour les atteindre. Les étoiles filantes sont des résidus de planètes désagrégées.

Nous nous étions arrêtés pendant que je délivrais ces informations ; nous reprîmes notre marche. (Enepébé et Enegébé avançaient, les yeux rivés sur le ciel). Je leur expliquai qu'il y avait beaucoup d'autres univers que le nôtre, et des planètes qui avaient plus d'une seule lune.

— Chaque planète a des lunes. Certaines pas beaucoup, d'autres plein. (Je réfléchis un instant.) C'est de là que vient l'expression « beaucoup de lunes », c'est un langage planétaire.

C'était un mélange de ma connaissance des étoiles et d'inventions de mon cru.

Mr Root s'arrêta.

— Non, c'est pas vrai. « Beaucoup de lunes »... c'est les Indiens qui disent ça.

— Je sais que c'est les Indiens.

Nous repartîmes.

— Hé !

Tout le monde se retourna.

— Attendez !

Je grognai. C'était Mr Butternut. Si c'était lui l'esprit de la forêt, je ferais aussi bien de rentrer chez moi.

Il nous rejoignit en clopinant ; il n'avait pas l'air en excellente forme.

— Mr Butternut !

Je m'efforçai de paraître enchantée de la surprise.

Après que j'eus fait les présentations, il commença à poser des questions :

— Où t'étais passée ? J'ai dû appeler la police.

Je pris un air soucieux, quoique étonné.

— Pourquoi ? Qu'est-ce qui s'est passé ?

— Comment ça, ma fille ? T'avais disparu ! Me dis pas que tu ne t'en souviens pas ?

Il sortit son tabac à chiquer et en mordit un morceau. Puis, se rappelant les bonnes manières, il en offrit à la ronde. Les Wood déclinèrent d'un signe de tête, mais Mr Root, qui avait épuisé son stock, accepta avec joie.

Ces quelques secondes me laissèrent le temps de réfléchir ; j'avais gardé mon air étonné et le conservai pendant que je répondais :

— Disparu ? Je n'avais pas disparu, pas plus que je n'étais perdue.

Mr Butternut poussa un gros soupir.

— On était tous les deux là-bas... (il pointa sa canne vers la route)... près des Décombres, t'as pris ce sentier et t'as disparu.

Je soupirai à mon tour, mimant la même impatience qu'il venait de montrer.

— Bien sûr, je sais tout ça. J'avais laissé tomber ma torche et je ne retrouvais plus mon chemin ; alors j'ai fait le tour de la maison, j'ai repéré un sentier et je l'ai suivi jusqu'au Silver Pear. Comme je ne vous voyais plus, j'ai cru que vous étiez retourné vous coucher.

Je souris, autant pour moi-même que pour les autres, car c'était une histoire plausible. Ma vie était-elle devenue un tissu de mensonges ?

Mr Butternut me dévisagea en plissant les yeux. Mr Root me regarda de la même façon, comme s'il connaissait mieux Mr Butternut qu'il ne me connaissait. C'était sans doute le partage de tabac qui avait tissé des liens privilégiés entre eux. Enepébé et Enegébé ne semblaient pas concernés, ils contemplaient le ciel nocturne et la poignée d'étoiles éparpillées sur la voûte céleste, pensant sans doute au long voyage qui menait jusqu'à elles.

— J'ai été obligé d'appeler la police. J'ai cru que le shérif allait avoir une attaque.

J'écarquillai les yeux, intéressée.

— Pourquoi ? Qu'est-ce qu'il a dit ?

— Oh, c'est pas tant ce qu'il a dit que l'air qu'il avait. J'étais en train d'essayer de te décrire, mais je ne me rappelais pas bien à quoi tu ressemblais. Je lui ai dit que tu étais drôlement têtue. Alors, c'est lui qui t'a décrite. Cheveux clairs, yeux bleu-vert, des taches de rousseur sur le nez, très mignonne...

Mr Butternut fronça les sourcils, comme pour vérifier la description.

Ma mâchoire tomba. Mignonne. Très mignonne ! Ça valait la peine de venir à White's Bridge Road pour entendre ça. Ça valait la peine d'aller sur une planète en ruine. Je mis cela dans un coin de ma tête pour y repenser plus tard. Je me sentis soudain attendrie par Mr Butternut. Je m'excusai de lui avoir causé des soucis ; il me dit de ne pas m'en faire, mais exigea que je donne de mes nouvelles au shérif.

Je le lui promis ; maintenant, nous contemplions tous le ciel noir où les étoiles dérivaient en laissant une traînée blanche qui me fit penser à la robe en tulle de Ree-Jane qui pendait sur une chaise dans l'Eléphant Rose. Mais elles étaient tellement loin qu'il était difficile de dire qui dérivait, les étoiles ou nous.

— A oie chlak chée, dit Enegébé.

Mr Root lui donna une tape sur l'épaule.

— C'est ça, Gébé, la voie Lactée.

La minute suivante je compris l'expression « la nuit tombante ». Car elle tomba. C'était la sorte de noir qui règne dans nos placards, le mien étant une garde-robe où je ne mettais presque plus jamais le nez.

Nous parvînmes au sentier recouvert de hautes herbes qui menait à la maison et Mr Root nous arrêta en s'exclamant :

— Regardez là-bas !

Une lueur bougeait à travers les arbres. C'était sans doute une torche ou une lampe, et ça me rappela les lanternes que les sœurs Devereau, à en croire Enepébé, portaient quand elles suivaient le sentier derrière leur maison. Nous fîmes le silence le plus total, même moi.

— C'est peut-être Dwayne, soufflai-je.

— Dwayne ? fit Mr Root. Qu'est-ce qu'il fiche ici ?

— Allons voir, proposai-je en montrant le sentier. Passez le premier, si vous voulez.

— Moi ? (Mr Root plaqua ses mains contre sa poitrine.) C'est *ton* expédition.

— Je ne veux pas accaparer la première place. (Je m'adressai à Enepébé et Enegébé.) Passez devant, si vous voulez.

Je les gratifiai d'un sourire lumineux.

Mais Mr Butternut planta sa canne dans le sol et dit :

— N'en faites rien, les gars...

Mr Butternut et Mr Root commençaient à m'énerver. Naturellement, Mr Butternut ne voulait aller nulle part ; il voulait juste rester avec nous afin d'avoir quelqu'un à qui parler.

— Oh, ça suffit ! fis-je, exaspérée.

Et avec ce que j'espérai être une attitude hautaine et majestueuse, je redressai le menton et pris le sentier qui menait au cottage. Je croyais qu'ils m'emboîteraient le pas, mais quand je me retournai je les vis tous les quatre, pétrifiés, à l'endroit où je les avais laissés.

Je leur fis signe de me suivre et ils finirent par s'exécuter, en file indienne.

— Voilà ce qu'on devrait faire, expliquai-je. On devrait tous prendre position autour de la maison au cas où celui ou celle qui était là reviendrait.

Mr Butternut n'aimait pas mon idée, mais les trois autres acquiescèrent gentiment. Mr Root me demanda si j'avais réellement l'intention d'entrer dans la maison.

Je n'étais pas du tout décidée.

— Oui, mentis-je. Dans une minute. Pour l'instant, je vais voir par-derrière.

J'y allai et vis Dwayne.

— Dwayne !

J'avais voulu parler tout bas, mais dans le silence on aurait dit que j'avais crié.

Il se retourna, regarda à droite et à gauche, puis vers le buisson de rhododendrons par-dessus lequel je l'observais.

— Oh, nom d'une pipe ! Tu m'as foutu une de ces trouilles !

Je n'arrivais pas à savoir s'il était content de me voir ou s'il aurait préféré que je sois ailleurs.

— Chut ! fis-je en contournant le buisson. Parlez tout doucement. C'était vous ?

— C'était moi quoi ?

Il alluma une cigarette, les mains en coupe autour de l'allumette. Ça éclaira joliment son visage, jeu d'ombres et de lumière.

— Nous avons vu une lueur, une torche probablement, par là...

Je pointai le doigt vers le massif d'érables.

— Qui ça, nous ?

— Moi, Mr Butternut, Mr Root et les autres.

— T'es venue avec tes gardes du corps, cette fois ? Alors, qu'est-ce que t'attends de moi ?

Je ne répondis pas. Au lieu de ça, je demandai :

— C'était votre torche qu'on a vue ?

Il y en avait une grande par terre, à côté de son sac.

— C'est des lapins ? (J'avançai un doigt de pied vers le sac.) Je n'ai pas entendu de coup de feu.

Il ne fit aucun commentaire. Ça ne devait pas l'intéresser. Je m'assis sur une souche, oubliant les autres qui attendaient à l'endroit que je leur avais indiqué. Dwayne ouvrit le sac. Il n'y avait qu'un lapin.

— Pauvre petite créature sans défense, déplorai-je.

— J'en dirais pas autant de toi.

Je m'impatientai.

— Alors, vous l'avez vue ?

— Quoi ? La lumière ? Tu sais, on n'est pas les seuls braconniers dans le coin. Ça ne t'est jamais venu à l'esprit ? La réponse la plus simple est souvent la bonne.

C'est pas vrai, me dis-je. Je me sentais quand même résignée, songeant qu'il avait peut-être raison. Mais ça ne me disait pas qui s'était trouvé dans la maison. Je le lui dis.

— Pourquoi pas ? Je suis allé à l'intérieur, j'aurais pu tout aussi bien te braquer ma torche en pleine figure. Arrête de jacasser.

Il braqua sa torche vers moi, je me protégeai vivement les yeux.

— Arrêtez ! C'est pas drôle...

La lampe éclairait autre chose.

— Qu'est-ce que c'est, bordel ?

Les autres venaient de sortir des buissons ; ils s'avançaient vers la maison et, même si je savais qu'ils n'étaient pas loin, j'en eus la chair de poule, comme si tout ce qui était familier se changeait en horreur dès qu'une lumière vous aveuglait.

— J'aurais dû apporter un tonneau de bière, dit Dwayne en souriant. Salut, les gars !

— Dwayne, fit Mr Root en inclinant la tête.

Les Wood le saluèrent à leur tour.

— J'ai bien l'impression, me dit Dwayne, que quelle que soit l'apparition que tu as vue, il ou elle n'est pas prêt de venir parader devant six inconnus...

Il commençait à m'ennuyer sérieusement.

— Qui a parlé d'apparition ? C'est pas un fantôme ni le Chevalier sans tête. C'est pas Creepy Hollow.

— Sleepy Hollow, rectifia Dwayne. Ichabod Crane[1].
J'ignorai sa remarque.
— C'est un être humain. Quelqu'un m'a braqué une torche dans la figure.
Soudain, je fus presque en larmes, fatiguée d'être incomprise.
Ils se turent et parurent presque respectueux, même Dwayne, qui était, j'en suis sûre, à deux doigts de plaisanter. Ils avaient l'air honteux. Ce qui me convenait parfaitement.
— Vous étiez censés entourer la maison au cas où quelqu'un viendrait. Il faudra qu'il passe assez près de l'un de nous pour qu'on sache qui c'est. En plus, vous parlez tous trop fort...
— Et trop, glissa Dwayne, redevenu lui-même.
— Alors, séparons-nous et encerclons la maison. Dwayne peut rester là.
Il n'avait pas l'intention de bouger, de toute façon. Il braquait sa lampe de-ci de-là.
— C'est pas un jeu, Dwayne ! le sermonnai-je.
— C'est rien du tout, pour autant que je puisse en juger ; mais, d'accord, finissons-en, que j'aille tuer d'autres lapins. Et toi ? Qu'est-ce que tu vas faire pendant qu'on encercle ?
Je me surpris en répondant :
— J'entre à l'intérieur... (je regardai vers la maison pardessus mon épaule)... jeter un coup d'œil.
En ce qui me concernait, c'était le moment d'avoir une petite discussion avec moi-même. Je n'avais nulle envie d'entrer seule dans la maison. Naturellement, je n'aurais jamais voulu l'admettre, alors que pouvais-je dire ? Après réflexion, je déclarai :
— C'est le comble ! Il y a là cinq adultes et ils vont laisser une enfant courir tous les dangers !
Je hochai la tête, incrédule et incapable de faire autre chose (mes jambes vacillaient trop pour que je puisse marcher), jusqu'à ce que Dwayne pousse un gros soupir.

---

1. Voir *The Legend of Sleepy Hollow*, de Washington Irving. *(N.d.T.)*

— J'ai compris, dit-il en regardant les autres. Vous, les gars, vous serez davantage en sécurité dehors qu'à l'intérieur avec qui-vous-savez.

Je recommandai aux autres de ne pas faire de bruit en allant prendre leur place et de faire attention où ils mettaient les pieds. Pour être honnête, je faisais sans doute plus de bruit qu'aucun d'entre eux. C'était bizarre comme le silence était facilement brisé par le craquement d'une brindille, le crissement des feuilles mortes sous les pas, le grincement d'une haute branche qui s'agitait sous le vent. Chaque son était distinct et comme gravé dans la nuit. J'avais l'impression de n'avoir jamais entendu ces bruits. On aurait dit que la terre se réveillait et se faisait entendre pour la première fois.

— Allez, viens, fit Dwayne, comme je me baissais pour renouer mon lacet.

Je faisais ça pour qu'il passe devant.

— Votre fusil est chargé ? demandai-je en le suivant à distance respectable.

— Sur quoi crois-tu que nous allons tomber ?

— Je ne sais pas. Des serpents, peut-être.

Il s'arrêta pour me dévisager en hochant la tête.

— Des serpents ! J'arme mon fusil, je vise la tête d'une couleuvre inoffensive et je l'expédie dans l'au-delà des reptiles ? (Il reprit sa marche.) C'est pas comme ça qu'on tue un serpent, ma jolie. Tu ne tiendrais pas cinq minutes dans la réalité.

J'ai tenu, faillis-je protester. Mais je me contentai de tirer la langue dans son dos.

La porte à l'arrière était sortie de ses gonds et inclinée sur le côté.

— On dirait qu'elle n'a pas servi depuis longtemps, remarqua Dwayne.

Il essaya de l'ouvrir, mais elle était coincée.

— Il y a une autre porte, dis-je en montrant le flanc de la maison. Allons-y.

Il me jeta un coup d'œil, hocha la tête et franchit la porte. Je n'avais jamais dit que je resterais juste derrière lui. En tournant au coin de la maison, je tombai sur Mr Butternut, encore planté sur le sentier.

— Vous étiez censé vous cacher là-bas, grondai-je en indiquant la direction.
— Je l'ai fait. Je me suis caché près des mûriers et j'ai rien vu, rien entendu.
J'étais exaspérée. C'était comme si « se cacher » était une activité qu'on faisait pendant un temps déterminé, comme pour la récré, à l'école.
— Eh bien, retournez-y.
— C'est bon, c'est bon. T'énerve pas.
Il s'en alla en ronchonnant.
Je voyais le faisceau de la torche de Dwayne par la fenêtre. Comme j'étais censée être à l'intérieur, moi aussi, j'avais l'étrange impression de m'observer. J'entrai par la porte que Dwayne avait laissée ouverte. Dedans, il faisait noir comme dans un four et j'essayai de distinguer des formes. C'était la pièce du devant, celle où je me trouvais, la première fois, quand la lumière crue m'avait éblouie.
— Dwayne !
Il ne s'agissait plus de faire moins de bruit ; je hurlais.
J'entendis quelqu'un taper au carreau, derrière moi, je me retournai d'un bond et sentis mon cœur tomber dans mes chaussures en voyant un visage.
Ce n'était qu'Enepébé, mais son visage n'avait jamais été très agréable à regarder, même en plein midi au Rainbow Café. Avec la lanterne en dessous qui lui faisait des trous à la place des yeux... c'était horrible à voir quand on était déjà effrayé.
Je croyais que la fenêtre était bloquée, elle aussi, mais elle s'ouvrit. La maison était-elle habitée ?
— Enepébé ! Vous avez failli me faire mourir de peur !
— Hai hé haha é hai hein hu...
— Ouais, d'accord, dis-je, bien que je n'aie rien compris.
Il repartit. Comme j'étais pressée de me retrouver avec celui qui tenait le fusil, je me hâtai d'aller dans l'autre pièce.
Debout devant un chiffonnier, Dwayne inspectait une vieille boîte en fer-blanc. La pièce était sans doute une chambre et il y régnait un tel désordre qu'on avait du mal à dire si quelqu'un y couchait habituellement ou si elle était abandonnée. Je suis sûre que le shérif aurait deviné en dix

secondes en observant les creux dans les coussins, la poussière sur la table de chevet, la température des draps. Mais ces indices ne me dirent rien. Le lit était habillé d'une couverture en patchwork. Je tâtai les draps, mais, naturellement, ils n'étaient ni tièdes ni froids. Dans un coin de la pièce il y avait un fauteuil sur lequel traînaient des animaux en peluche et des poupées. Je m'approchai ; il y avait deux poupées en biscuit qui me parurent très anciennes, la robe raide et jaunie ; une poupée de chiffons avec un œil en moins ; une autre avec une jolie robe blanche. Je trouvai bizarre qu'on ne les ait pas emportées lors du déménagement. Je ramassai la poupée avec son œil en moins. Etait-ce une chambre d'enfant ?

Sans doute pas. Elle me rappela celle du quatrième étage, celle qui jouxte la chambre d'Aurora. Ma mère y entasse ses propres affaires. Mais elle est moins bien rangée que la réserve de Mrs Davidow. Les bijoux et les habits de ma mère traînent ici ou là, comme si elle les avait récemment examinés ou portés. Il y a des foulards et des chaussures par terre, comme si ma mère venait de les ôter, et n'importe comment. Les enfants des clients grimpent parfois au quatrième, et, si Aurora ne les tue pas avant, ils se faufilent dans la pièce et jouent avec les affaires. Elle n'est jamais fermée à clé. Ça me contrarie, ce manque d'attention pour les trésors de famille. Parce que s'ils ne valent pas la peine d'être tenus à l'abri des étrangers, qu'est-ce qui en vaut la peine ?

Dwayne examina une bague, une pierre bleu foncé, ovale, sertie de diamants. En tout cas, ça ressemblait à des diamants ; sans doute des faux.

— Y a des bijoux, dit-il, y a même de l'argent. D'autres trucs, aussi, des photos, des lettres...

La boîte en fer-blanc était une version raffinée de ma boîte aux trésors. Elle me rappela aussi celle où Mrs Louderback range ses tarots, et la boîte à cigares de l'office où Lola Davidow fourre des petits objets, gommes ou rouges à lèvres. Est-ce que tout le monde a une boîte comme ça au moins une fois dans sa vie ?

— Y a des trucs anciens, d'autres qui sont neufs.

Comme preuve, il me montra une vieille photo, tachetée par les ans, d'un jeune homme qui me sembla familier. Qui était-ce ?

— Laissez-moi voir. Levez votre lampe.

La torche éclaira d'une affreuse lumière blanchâtre le contenu de la boîte. Il y avait toutes sortes de choses : un billet de vingt dollars, des pièces, des bijoux fantaisie. A côté de la pierre bleue se trouvait une bague en améthyste cerclée de perles. Il y avait des lettres, des cartes postales, une carte de la Saint-Valentin dont les dentelles étaient raidies par les ans.

— C'est peut-être des lettres d'amour, fis-je, excitée et haletante.

— Peut-être bien. (Dwayne prit une lettre et la tint devant la lampe.) « Chérie, j'ai tué un cochon ce matin... » (Il hocha la tête.) J'espère qu'aucune femme ne m'écrira une lettre pareille.

— C'est pas ce qu'il y a d'écrit ! Vous inventez ! (Je lui arrachai la feuille des mains et lus :) « Tellement content de te voir. J'ai hâte d'être déjà à l'été. » Vous voyez ? Il lui dit qu'elle lui manque.

— Comment sais-tu que c'est un homme ? grogna Dwayne.

Pendant qu'il se tournait pour remettre la boîte sur le haut du chiffonnier, je lui fis une grimace. J'ai cessé de faire des grimaces depuis que j'ai grandi, mais il l'avait bien mérité.

— Pendant que tu t'excites sur le courrier, dit-il, la femme qui habite ici risque de revenir. Je ne veux pas être là quand elle arrivera.

— Comment vous savez que c'est une femme ? rétorquai-je, cinglante.

Pour toute réponse, Dwayne brandit un flacon qu'il avait ramassé sur une table jonchée de mie de pain.

Je pris le flacon, le reniflai. Il dégageait une agréable odeur d'herbe et de feuilles.

— C'est peut-être là depuis longtemps, remarquai-je.

— Il est à moitié vide. Il se serait évaporé, depuis le temps. Le bouchon ne ferme même pas.

— Vous croyez qu'on devrait relever les empreintes ?

Il me regarda de travers.

— Quelles empreintes ? Les tiennes ou les miennes ? Celles d'un autre ? Il faudrait que cet autre ait un casier judiciaire pour qu'on sache qui c'est.

Ça me fit penser à Ben Queen.

J'entendis une sorte de hululement. Je fis quelques pas vers l'autre pièce, car le bruit semblait provenir de cette direction, mais je m'arrêtai aussitôt. Je ressentais une telle oppression que je n'avais pas le cœur d'aller plus loin. Un souvenir me revint : de la glace, de la neige, et moi dévalant une pente sur ma luge en poussant des cris. Le paysage s'élargit et, sauf que c'était l'hiver, ça ressemblait à la vue de l'autre côté de la voie ferrée de Cold Flat Junction qui me donnait toujours une impression de vide — un horizon lointain, planté d'arbres qui formaient une ligne bleu marine. Là, les arbres bleus, recouverts de neige, dessinaient comme une ligne blanche. Avec, au-dessus, un ciel grisâtre, vide, aussi lourd que du plomb.

Comment avais-je escaladé la colline avec ma luge ? Il n'y avait personne, aucune piste ne montait ni ne descendait — pas de traces, pas d'empreintes de pas. Dans mon souvenir, je criais de joie, mais je savais que je n'étais pas heureuse. En fait, je ne ressentais rien. Je devais être comme le paysage, indifférente.

— Emma.

La voix de Dwayne me tira de mes pensées. Je tenais toujours la poupée à l'œil manquant.

— On dirait que tu es hypnotisée.

— Je réfléchissais.

— Dieu nous aide !

Il prit son fusil, qu'il avait appuyé contre le chiffonnier. A ce moment-là, les poils se hérissèrent sur ma nuque et des courants électriques d'alarme me parcoururent tout le corps.

— Qu'est-ce qu'il y a ?

— C'était quoi, ce bruit ?

— Le hibou ?

Venait-il seulement de hululer ? Le souvenir de la luge n'avait-il duré qu'une ou deux secondes ?

— C'est pas un hibou.
— Quoi alors ?

Il sortait déjà, emportant son fusil et sa torche. Seule une bougie qu'il venait d'allumer m'évita d'être plongée dans le noir. Une lumière éclaira alors la fenêtre. Je vis les visages d'Enepébé et de Mr Root.

— I chon arhi arha ! dit Enepébé quand j'allai à la fenêtre.

Il agitait son doigt vers les bois. Je sortis pour voir ce qui se passait.

Mr Root et Mr Butternut avaient fait le tour de la maison par l'arrière.

— Qu'est-ce qu'il baragouine ? demanda Mr Butternut.
— Répète ça, Pébé, fit Mr Root.
— I chon arhi arha. I chon arhi arha.

Le pauvre Enepébé semblait épuisé par tous ces efforts pour se faire comprendre.

— Tu dis qu'ils sont partis par là ? demanda Mr Root.

Ragaillardi, Enepébé hocha vigoureusement la tête et désigna le bois.

— Combien étaient-ils, Enepébé ? interrogea Dwayne.
— Hein eul. Enclehé hé ha tsuihi.
— Un seul, traduisit Mr Root. Enegébé l'a suivi ?

Enepébé hocha de nouveau la tête.

Il y avait le sentier défoncé à travers les arbres qui débouchait sur White's Bridge Road, celui que nous avions pris quand la police était devant chez Mr Butternut. Ainsi, l'histoire que j'avais racontée à Mr Butternut pour expliquer que je l'avais loupé était parfaitement plausible. C'est agréable de voir un de ses mensonges confirmé.

— Vous êtes vraiment courageux de lui avoir couru après, dis-je à Enepébé. Vous n'avez même pas de fusil ni d'arme.

J'espérai que Dwayne ne prendrait pas ça pour lui... un reproche pour n'avoir pas suivi l'inconnu lui-même.

Mais Dwayne n'avait sans doute pas fait attention à ce que je disais car il resta de marbre. Il scrutait le noir comme pour prendre la mesure de la nuit. Il mâchonnait un chewing-gum, l'air concentré.

Mr Butternut décida d'enchaîner sur mon compliment :

— Je suis tout à fait d'accord avec Emma... Comment vous dites que vous vous appelez ?

— Achon-ho.

— Alonzo, traduisit Mr Root. Mais on le surnomme Enepébé.

— Je vais jeter un coup d'œil, annonça Dwayne.

Il s'engagea dans l'étroit sentier, et je ressentis la même chose que lorsque Ben Queen m'avait quittée à Crystal Spring. Nous attendîmes en silence le retour de Dwayne. Je crois que nous étions tous fatigués. En même temps, c'était assez agréable, cette attente endormie au milieu d'amis.

Dwayne revint quelques minutes plus tard.

— J'ai rien vu, sauf ça, que j'ai ramassé par terre.

Il montra un petit tube dont le haut était couronné de la tête peinte de Mme Pervenche. Je hoquetai.

— Le Cluedo, dis-je. Où l'avez-vous trouvé ?

— Sur le sentier, dit-il en pointant son pouce par-dessus son épaule. C'est quoi, le Cluedo ?

— Un jeu de société.

J'étais fascinée. C'était un jeu et quelqu'un jouait avec moi.

29

Mes vacances en Floride

Si quelqu'un avait besoin de vacances, c'était moi.

Le lendemain matin j'arrivai au Rony Plaza, regrettant de n'avoir apporté qu'une seule valise car il y avait plein de grooms.

Je donnai mon nom à l'employé de la réception, précisant que je faisais partie d'un groupe de quatre personnes, dont je donnai aussi les noms. Il me demanda où étaient les autres.

— Retenues, répondis-je d'un air vague. Pas loin. Elles vont arriver.

Je m'en voulais de ne pas avoir prévu où elles seraient, mais la veille j'étais trop fatiguée et ce matin j'avais dû me coltiner Miss Bertha qui essayait de se faire un sandwich avec son œuf à la coque. Elle avait jeté son toast par terre après avoir mis de l'œuf partout. Je lui avais expliqué que pour faire un sandwich à l'œuf il fallait un œuf poêlé et lui avais dit que j'allais lui en faire cuire un. J'avais aidé Mrs Fulbright à nettoyer le devant de la robe de soie grise de Miss Bertha et j'étais allée à la cuisine.

Après avoir séché une poêle, Walter m'avait regardé cuire l'œuf. Une spatule à la main, j'attendais de le retourner.

« Y a des œufs qui sont aussi durs qu'une semelle en cuir, avait déclaré Walter.

— Après l'avoir retourné, on pourra l'emporter sur le toit et l'utiliser comme bardeau. »

Walter avait ri de son braiment caractéristique.

Je n'avais pas attendu la réaction de Miss Bertha devant son sandwich aux bardeaux, j'avais filé dans ma chambre pour mettre mon maillot de bain.

Dans l'Eléphant Rose, je branchai d'abord le ventilateur braqué sur le palmier et, dès que les feuilles en papier s'ébrouèrent, je m'assis et (comme je l'ai dit) j'entrai dans le Rony Plaza.

J'en restai baba, le hall était encore plus opulent que je ne l'avais imaginé. Le plafond en dôme était incrusté d'or, de lapis-lazulis, et d'autres pierres semi-précieuses ; on aurait dit le plafond de Saint Michael, à La Porte. Je ne m'attardai pas sur le plafond car je ne voulais pas ajouter un cachet religieux à l'hôtel. Entre les hautes fenêtres, de chaque côté du long, très long hall, il y avait des fresques de fleurs, de fruits, de sable et d'océan. Des palmiers en pot se dressaient un peu partout. Leurs feuilles dessinaient des motifs de dentelle sur les visages des clients qui buvaient des martinis et des boissons pastel, assis sur des canapés et des fauteuils en cuir champagne et chocolat. Je remarquai (tant mieux pour Lola Davidow) que les verres étaient à peine moins grands que des patinoires.

L'employé de la réception tendit ma clé au groom — à moins qu'il ne fût capitaine des grooms, car il était plus qu'hautain — et s'enquit des « autres ». Oh, elles vont arriver, assurai-je. C'étaient mes vacances, pourquoi me casser la tête pour savoir ce qu'elles faisaient ? (Naturellement, je me casserais la tête plus tard pour Ree-Jane, car elle se noierait presque, serait mordue par un serpent-corail, boirait trop de cocktails pastel et se ferait arrêter en « état d'ébriété ».)

Oui, ma mère et Mrs Davidow resteraient peut-être de vagues présences au Rony Plaza, silhouettes fragiles tourbillonnant ici ou là, mais Ree-Jane serait exposée en détail, ses grands airs de mannequin en feraient la risée de tout l'hôtel. Ça allait être sa fête.

Pour l'heure, je m'intéressais davantage à ma chambre, aux légers rideaux blancs qui ondulaient sous la brise marine, et à la merveilleuse vue sur la mer moutonnante. Je m'accoudai sur le balcon, ébahie par un ton de bleu que je n'avais encore jamais vu, sauf sur les vitraux. C'était un bleu qui virait au loin à l'améthyste et au violet. Des palmiers royaux bordaient la plage sur au moins deux kilomètres car, même en me penchant, je n'en voyais pas la fin.

Je quittai le balcon et entrai dans la chambre. Pendant que je déballai ma valise, je remarquai une enveloppe posée contre la glace du secrétaire. D'une écriture élégante, elle était adressée à *Miss Emma Graham*. A l'intérieur, il y avait un carton d'invitation pour une soirée privée qui devait avoir lieu dans la salle de bal le lendemain soir. Génial ! J'examinai ma garde-robe avec soulagement ; j'étais contente d'avoir emporté ma robe en tulle blanche avec les paillettes. De quelque part dans le lointain me parvint l'air de « Tangerine ». (Là, je me levai d'un bond, mis le disque sur le gramophone et renversai le seau de sable sur le plancher.) Je fis quelques pas de danse en glissant sur la moquette champagne, puis me changeai pour aller à la plage. Je pris ma crème solaire, ma grande serviette et un exemplaire de *Vogue*. Dans le hall, je fonçai jusqu'à la porte, et me retrouvai dehors (suivie par un groom qui portait ma chaise longue), sur le sable chaud de la Floride.

A ce moment-là, j'avais l'esprit trop épuisé pour aller nager, mais je repassai dans ma tête les « attractions à venir », le film de la soirée, me délectant par avance d'événements hauts en couleur, comme lorsque Ree-Jane irait nager (dans son vieux maillot de bain noir), et qu'on verrait depuis la plage une grosse nageoire fendre l'eau. Je crois qu'on appelle ça une nageoire dorsale ; vous savez, celles qu'on voit foncer sur vous dans les films d'horreur ou, dans ce cas, sur Ree-Jane. Mais cela suffisait pour la journée. Le destin de Ree-Jane attendrait. J'envisageai aussi de donner à ma mère de nouvelles robes multicolores. Lola Davidow ne porterait que du marron.

30

Le Rainbow

Je dis à Walter que je devais me rendre en ville et lui demandai de servir les croque-monsieur de Miss Bertha, de Mrs Fulbright et d'Aurora pour le déjeuner. Il m'assura qu'il le ferait et s'enquit de la tournure de mes vacances. Je lui appris que j'irais danser le lendemain soir ; il trouva cela merveilleux et me demanda si je voulais qu'il s'occupe du service au Rony Plaza. Avaient-ils assez de personnel ? Walter avait le don pour se couler dans le moule.

Oubliant que j'étais encore en maillot de bain, j'appelai les taxis Axel pour avoir une voiture. La standardiste m'annonça qu'Axel était là. Elle dut se détourner car sa voix devint plus lointaine :

— Vous êtes libre, Axel, n'est-ce pas ?

Il y eut des éclats de rire. La standardiste m'assura qu'une voiture viendrait me prendre dans peu de temps.

Je montai vivement enfiler mon jean et mon T-shirt.

Lorsque Delbert arriva, je lui dis de me conduire au Rainbow. Je m'assis sur la banquette en me rongeant l'ongle du pouce, me demandant comment je pourrais parler au shérif sans lui parler vraiment. Ma vie devenait trop compliquée et j'étais contente de pouvoir me reposer à Miami Beach entre deux épreuves.

Le Rainbow était bondé, comme toujours à l'heure du déjeuner. Maud était en train de servir leur rôti de bœuf à

Enepébé et Enegébé. Mais je fus surprise de voir Mr Root, qui prenait généralement ses repas chez Greg, de l'autre côté de la route, en face du Britten's. Les Wood avaient dû l'amener au Rainbow ; je me réjouis de voir qu'il s'ouvrait sur le monde. Mr Root avait choisi un rôti de bœuf, lui aussi, et il appelait Maud « ma jeune dame », ce qui la faisait sourire.

Ils me saluèrent avec chaleur. Les autres clients au comptoir me saluèrent également — Dodge Haines, le maire Sims et le docteur Baum. C'était agréable, tous ces gens qui semblaient contents de me voir.

Tout en remplissant un verre de Coca, Maud me fit signe de venir dans le fond. J'allai m'asseoir et elle me rejoignit avec mon Coca et sa tasse de café.

— Sam m'a dit que ta mère et Lola Davidow étaient parties en Floride, déclara-t-elle en prenant une cigarette.

— Et Ree-Jane, n'oublie pas Ree-Jane !

Je lui expliquai qu'elles étaient à Miami et que Will et moi devions nous occuper de l'hôtel. Je rougis ; je me sentais étrangement honteuse, mais j'ignorais pourquoi. Avais-je l'impression d'être jugée parce qu'on me laissait en plan ? Avais-je le sentiment que je ne valais pas le voyage ?

— Dommage que tu n'aies pas pu y aller.

Maud paraissait en colère et son ton pincé suggérait qu'elle avait eu l'intention de dire quelque chose d'entièrement différent.

Maud habitait dans un petit cottage sur Lake Noir. Elle devait connaître les environs de White's Bridge.

— Tu ne connaîtrais pas Dwayne Hayden, par hasard ? L'as de la mécanique...

— Un magicien ?

— Il habite près de chez toi, c'est tout.

Maud plissa le front d'un air songeur.

— Le nom me dit quelque chose. Où travaille-t-il ?

— Au garage Slaw.

— Ah oui ! Je crois qu'il a réparé ma voiture, une fois.

— Tu n'as pas de voiture.

— J'en avais une. Elle était très vieille, mais il me l'avait réparée. Il m'avait dit que j'avais besoin d'un nouveau... je ne sais plus quoi ; mais je n'avais pas assez d'argent. La voiture est sur cales, derrière ma maison. Elle me manque.

Maud avait aussi de l'affection pour les objets inanimés. C'était vraiment une personne sensible. Mais nous nous écartions du sujet.

— Il habite près de White's Bridge.

— Dwayne ? J'ignorais.

— Normal. (Je réfléchis.) Mrs Davidow et moi, nous avons mangé au Silver Pear un jour. C'est vraiment chic... je parle de la façon dont ils décorent les plats, surtout les desserts.

— C'est vrai. Ils misent tout sur la décoration. Mais quand je sors de là, j'ai encore faim. Je préfère la cuisine de ta mère.

Je ne répondis pas parce que ça nous aurait entraînées loin du sujet.

— Pendant que Mrs Davidow bavardait avec des amis sur la véranda, je suis allée sur le pont pour jeter un coup d'œil à Mirror Pond.

— Ah bon ?

— Je me souviens qu'il y avait un vieux monsieur, je me demande si c'est pas de lui que parlait le shérif. Enfin, bref, il m'a dit qu'il avait vécu toute sa vie dans la même maison, et ses parents aussi avant lui. Il s'appelle...

Je fis semblant de chercher son nom.

— Butternut.

C'était le shérif. Je ne l'avais pas entendu arriver.

— Asa Butternut. C'est celui qui avait signalé la disparition de cette fillette.

Le shérif portait ses lunettes noires, je ne pus lire dans ses yeux ce qu'il pensait.

— Ah, oui ! fis-je. J'avais oublié que c'était lui.

— Pourtant, la dernière fois, quand je t'ai demandé, tu ne le connaissais pas. Tu n'avais jamais entendu parler de lui.

Il ôta ses lunettes et ses yeux bleus me brûlèrent comme le sable chaud de Miami Beach.

— Alors, ce Butternut ?

— Il n'y a plus que lui qui habite sur White's Bridge Road, en tout cas de ce côté. Naturellement, la route continue sur des kilomètres, jusqu'à Spirit Lake, je crois. Comme Mr Butternut passe ses journées à se tourner les pouces, le meurtre était son seul sujet de conversation. Il a raconté ce qu'il savait à la police, mais il ne sait pas grand-chose ; je veux dire, il n'avait jamais vu Fern Queen auparavant.

Le shérif me dévisagea. Je suis sûr qu'il fait pareil avec les suspects. Il les regarde d'un air vide et les rend si nerveux qu'ils finissent par craquer et lui disent tout ce qu'il veut savoir. Je me demande s'il utilise ses lunettes comme protection. J'ai du mal à croire qu'il ait besoin de protection, mais nous en avons peut-être tous besoin.

— Mr Butternut m'a parlé de la maison en question, poursuivis-je. Vous savez, les Décombres ? Il se posait la question de savoir si quelqu'un...

Là, un dilemme se présenta à moi : j'avais besoin de l'aide du shérif, mais si la personne qui habitait aux Décombres était Ben Queen, je ne voulais pas que mes propos y conduisent la police.

Le shérif se pencha vers moi.

— Si quelqu'un ?

— Si quelqu'un y habite, peut-être ?

— Butternut ne m'en a rien dit. Pourtant, c'est aux Décombres qu'il m'a emmené. C'était là qu'il avait perdu la fillette ou qu'elle s'était perdue.

J'aurais dû deviner qu'on en arriverait là.

— Mais je ne crois pas qu'elle était perdue, reprit le shérif.

— Les Décombres, fis-je, ignorant la fille perdue. Vous croyez que quelqu'un pourrait y habiter ?

— Qu'est-ce qui te fait croire que c'est habité ?

— C'est pas moi qui le dis, c'est Mr Butternut.

Je ne pouvais certainement pas raconter au shérif qu'on m'avait aveuglée avec une torche. Mais si Ben Queen se cachait dans le coin, il serait plutôt chez les Devereau, où je l'avais déjà vu. Ou bien il était chez Louise Landis. Sa maison était drôlement à l'écart de tout. Mais il aurait fallu qu'elle soit une bonne actrice pour ne pas se trahir quand je lui avais rendu visite.

— Tu devrais peut-être y faire un saut un de ces quatre, Sam, dit Maud en regardant le shérif dans les yeux. On devrait peut-être y aller tous ensemble. Ensuite, tu me déposerais chez moi.

Le shérif me regarda.

— Tu devrais te lier d'amitié avec cette fillette qui s'est perdue... si on la retrouve. Vous êtes faites sur le même moule.

31

En paressant au Rony Plaza

« Vous êtes faites sur le même moule. » Cette phrase me poursuivait. Le shérif plaisantait, mais ça donnait quand même à réfléchir. Je repensai au jour, à Cold Flat Junction, quand j'avais regardé de l'autre côté de la voie ferrée vers le banc où j'étais assise l'instant d'avant et que j'avais cru me voir, moi ou mon fantôme. Peut-on voir son propre fantôme avant d'être mort ? Et si on le peut, ces fantômes sont-ils comme ceux des morts ? Non que je croie aux fantômes ; c'est juste une question que je me posais.

Les empreintes de doigts, de pas ; les relents de parfum ; les papiers carbonisés, les cendres des lettres brûlées dans la cheminée ; une lumière qui bouge dans une maison inhabitée. Est-ce que nos fantômes laissent derrière eux, comme les suspects d'un crime, des preuves de notre passage ? Des indices pour que quelqu'un de très habile puisse les déchiffrer et nous traquer ? Quelqu'un comme le shérif ou le père Freeman.

Ça serait une bonne question à poser au père Freeman, dont la capacité à voir les fantômes et les esprits est autrement plus grande que la mienne, ayant été entraîné, comme on dit, à comprendre les voies de l'invisible.

Tout cela me donna faim ; j'étais dans l'Eléphant Rose, je mangeai donc le sandwich au blanc de poulet que le plagiste (Walter) m'avait apporté pendant que j'admirais sur la plage du Rony Plaza le livre d'où des découpages en relief surgissent quand on l'ouvre. J'avais trouvé ce livre dans la section pour enfants de la bibliothèque d'Abigail Butte. Je fus surprise d'apprendre qu'il y avait quatre cents variétés de palmiers. En comparant les découpages avec mon palmier (dont les feuilles ondulaient doucement dans la brise marine), je décidai que le mien ressemblait davantage à un cocotier qu'à un palmier royal, mais dans ce cas il aurait dû y avoir des noix de coco sous les feuilles or il n'y en avait pas. Donc, c'était quand même un palmier royal.

Le livre avait aussi un découpage d'un hôtel entouré de palmiers, mais il ne ressemblait pas au Rony Plaza, il n'avait pas la même entrée et était plus en retrait de la plage. Je le comparai avec la photo sur le mur. Les découpages étaient drôlement habiles, même s'ils n'étaient pas réalistes ; les enfants devaient adorer ce genre de livre.

Je regardai le soleil se coucher derrière le Rony Plaza. Il était vingt heures passées et le soleil, la nage et l'air marin m'avaient endormie. J'étais contente que le bal n'ait lieu que le lendemain car, honnêtement, je ne sais pas comment j'aurais pu rester éveillée ce soir.

En attendant que Walter vienne m'apporter mon Coca, j'écoutai Ree-Jane faire une scène parce qu'elle n'avait pas été invitée par la direction de l'hôtel, je ne savais pas pourquoi (pas encore, en tout cas). Je pensai au bal sans Ree-Jane. Même si n'importe quoi sans Ree-Jane me rendait heureuse, dans le cas présent, j'avais envie qu'elle vienne. Je sais que ça peut sembler généreux de ma part, mais c'est pour une autre raison. Si elle ne venait pas, je n'aurais pas le plaisir de l'habiller en marron boue ni de la regarder faire plein de bêtises qui n'augmenteraient certainement pas sa popularité. J'étais trop fatiguée pour découvrir ce qu'elle ferait, mais ça ne serait pas joli, joli, c'était sûr. Je me vis donc quitter la plage où on venait juste d'allumer les lampadaires, aller chercher le directeur de l'hôtel — qui avait des cheveux argentés — et lui dire : « Ecoutez, monsieur, je sais que c'est le bal de l'hôtel et tout ça, mais auriez-vous la gentillesse d'inviter les autres membres de mon groupe ? Je déteste me retrouver toute seule. » Le directeur m'assura qu'il me comprenait « absolument », que les autres membres de mon groupe étaient les bienvenus, mais qu'ils ne pourraient pas rester « au-delà de minuit ». Je trouvai cette restriction singulière et lui en demandai la raison. Il me dit simplement que seules quelques personnes triées sur le volet pouvaient rester toute la nuit. Il ne m'expliqua pas pourquoi.

En tout cas, ma mère porterait une nouvelle robe. Lola devrait, bien sûr, se contenter d'une de ses vieilles robes.

32

Une odeur d'herbe

Le lendemain, à mesure que la journée avançait, je devenais de plus en plus nerveuse ; j'attendais le soir avec impatience. Maud m'avait appelée pour savoir si je viendrais avec Sam et elle à White's Bridge Road, comme elle l'avait suggéré la veille. J'étais vraiment étonnée que le shérif ait accepté ; d'un autre côté, comme l'avait dit Maud, qu'est-ce qu'il avait à perdre ? Après tout, c'était le lieu du crime et il avait découvert peu de choses sur l'assassin de Fern Queen (c'était ce que lui avait dit Maud, ce qui ne m'avait pas semblé très diplomatique, s'agissant de lui faire accepter son idée).

Bref, nous devions nous retrouver au Rainbow à sept heures. C'était l'heure à laquelle Maud finissait son service. Le shérif ne paraissait jamais finir le sien. Il travaillait à toute heure, comme la fois où Mr Butternut lui avait téléphoné au sujet de la fillette égarée.

C'est en pensant à cela que j'entrai comme une fusée dans la salle à manger afin d'apporter du beurre à la table de Miss Bertha. Si Mr Butternut se montrait quand on était là-bas — il se montrait toujours —, il dirait certainement au shérif que j'étais la fillette qu'il avait accompagnée aux Décombres, celle qui avait « disparu ». Je réfléchis : le shérif avait-il deviné que c'était moi ? Sa description de la fillette aurait pu me correspondre, sauf pour la partie « entêtée ».

J'avais trouvé une petite motte de beurre extra dure dans le bol de glaçons et je l'avais mis sur l'assiette de Miss Bertha. Puis j'avais choisi le beurre le plus mou pour Mrs Fulbright.

Je m'étais arrangée avec Walter pour qu'il leur serve le dîner et il avait répondu qu'il se débrouillerait. Il avait pris un air de victime exploitée en disant cela et je pensai qu'il imitait ma mère, qui était toujours pressée par le temps mais qui, lorsqu'on lui demandait quelque chose, « se débrouillait » quand même pour le faire. Je dis à Walter qu'il saurait se débrouiller car il avait été assez intelligent pour me faire un sandwich au blanc de poulet. Ça paye parfois de passer de la pommade ; d'autant que j'ai remarqué qu'en disant la vérité on n'obtient jamais rien.

Maud et le shérif m'attendaient sur le trottoir devant le Rainbow Café quand le taxi tourna au coin de la rue. Maud portait son vieux manteau marron, évasé à la mode féminine et boutonné au col avec un œil de tigre. Le shérif avait accroché la monture de ses lunettes à la poche de sa chemise ; j'espérai que cela signifiait qu'il avait l'esprit libéré de son travail. Pas libéré de son travail au sens où il serait moins perspicace que d'habitude, juste moins soupçonneux.

Je vis Maud et le shérif par la vitre du taxi avant que Delbert ne s'arrête et qu'ils ne sachent que c'était moi. Ça m'agaça, la façon dont ils étaient tournés l'un vers l'autre et dont ils étaient absorbés par leur conversation. Même s'ils ne discutaient que de choses banales, on avait l'impression qu'ils se disaient des secrets.

Comme je l'ai dit, ça m'agaçait. J'avais rarement rencontré la femme du shérif ; en fait, j'avais presque oublié son existence jusqu'au jour où je l'avais vue, il y a peu de temps, au Rainbow, achetant des pâtisseries. Le shérif était là, lui aussi, il prenait son café habituel, et en y repensant je trouvai cela étrange. Car leur rencontre avait paru accidentelle ; on aurait dit deux personnes qui ne s'étaient pas vues depuis longtemps. Florence était brune, apparemment en colère, le visage fermé comme une maison sous l'orage, les volets clos, les portes verrouillées à double tour. Le visage de Maud était clair et placide comme l'eau d'un lac, si franc et si ouvert qu'on aurait pu se glisser à l'intérieur.

Nous nous entassâmes tous les trois dans la voiture de police ; Maud remarqua que c'était la première fois qu'elle montait dans un véhicule de police, ce à quoi le shérif lui répondit que ce n'était pas un taxi. Là-dessus, je déclarai que même celui d'Axel n'était pas un taxi car il n'y avait jamais personne dedans.

— Fern Queen y a été, intervint le shérif.

C'était vrai et ça rendait les déplacements d'Axel encore plus mystérieux. J'y pensai pendant que le paysage défilait et que les mêmes vaches nous regardaient d'un air curieux près de la même clôture. C'est rare d'être avec des gens qui n'ont pas besoin de se parler tout le temps pour se sentir à l'aise. Pendant que la voiture fonçait vers le lac, il y eut des plages entières de silence. C'était rare et j'étais fière de faire partie de cette rareté.

J'aperçus l'enseigne du Silver Pear juste après que nous eûmes quitté la route principale et j'eus l'impression d'avoir passé une grande partie de ma vie à White's Bridge. Nous franchîmes bientôt le pont et dépassâmes Mirror Pond.

Il n'y avait aucun signe de Mr Butternut. Les fenêtres de sa maison formaient une sorte de barbouillage d'or dans le crépuscule. Il aimait allumer partout chez lui. La route m'était devenue si familière que j'eus l'impression d'être plus qu'une simple touriste ; c'était comme si j'étais partie à l'étranger et que je rentrais à la maison. Non, pas tout à fait à la maison, mais je crois que c'est ce qu'on ressent lorsqu'on est dans un endroit sur lequel on a apposé son cachet personnel. Pourquoi les Décombres me donnaient-ils cette impression ? Honnêtement, je n'en sais rien.

La porte d'entrée était encore plus bloquée que dans mon souvenir et le shérif eut du mal à l'ouvrir. Je lui dis qu'on pouvait utiliser la porte sur le côté et il me demanda combien de fois j'étais déjà venue : j'avais l'air de bien connaître les lieux. Lorsque nous entrâmes, je constatai à quel point la pièce semblait inhabitée et délabrée, avec ces affaires répandues un peu partout n'importe comment. La lumière qui provenait de la vitre tachetée de mouches mortes était maintenant cendreuse et donnait aux murs et au plancher un air lugubre.

Le manteau de la cheminée était décollé du mur. Elle était en marbre, mais après tant d'années à prendre la fumée on ne distinguait plus si les veines en étaient vertes ou noires.

— J'ai froid, déclara Maud en s'emmitouflant dans son manteau. Du genre de froid qu'un poêle ne réchaufferait pas.

— Je vois ce que tu veux dire, approuvai-je.

— Le genre de froid dont on parle dans les films d'horreur.

— Le froid que font les fantômes.

— Oh, ça suffit ! soupira le shérif.

Il passa un doigt sur le dos des livres. Il y avait une bibliothèque encastrée de chaque côté de la cheminée.

— Le froid est différent parce qu'il n'y a pas eu de chaleur humaine pendant longtemps, déclara-t-il en examinant un des bouquins poussiéreux. La chaleur s'est évaporée.

— Voyez-vous ça ! fit Maud, incrédule.

— Je t'assure. Il n'y a sans doute pas de chauffage, à part les radiateurs. C'était une belle maison de vacances.

En chemin, le shérif nous avait raconté qu'il avait demandé à l'employée de la mairie de rechercher l'acte notarié de la propriété. Il avait ainsi découvert que la maison avait appartenu à un certain Marshall Thring, qui l'avait transmise à ses héritiers, puis elle était passée entre les mains de plusieurs propriétaires — Reckard, Bosun, Wheat —, achetée, vendue, achetée, revendue, les derniers en date étant des Calhoun. Je ne connaissais aucun de ces noms, sauf Calhoun, qui était courant dans la région et dont avait parlé Mr Butternut. Les autres ne me servaient à rien pour éclaircir le mystère, et seraient vite oubliés. Je souhaitais, je crois, que la maison elle-même ait plongé dans le mystère, que le shérif, malgré ses recherches dans les paperasses, titres, actes notariés et autres, n'ait rien trouvé, et que les propriétaires n'existent pas. Ou qu'elle n'ait jamais changé de mains après le premier propriétaire, un grand barbu du nom de Crow qui, disait-on, avait assassiné son épouse et jeté un sort à la maison... quelque chose comme ça.

Le mobilier était en osier, du genre de nos fauteuils verts de la véranda, mais blanchi par la poussière. Les coussins étaient recouverts de cretonne, le tissu préféré de ma mère. Les motifs de roses et de lilas étaient estompés par les ans.

Il y avait trois chambres, dont celle que nous avions visitée avec Dwayne, où flottait encore le parfum d'herbe du flacon d'eau de Cologne.

Le shérif lisait une des lettres qu'il avait trouvées sur le secrétaire quand il demanda :

— Tu portes du parfum, Maud ?

— Moi ? Non, rarement. J'ai oublié d'en mettre.

Elle était assise sur un tabouret et contemplait les animaux en peluche et les poupées. Elle en examina une de plus près.

Je ramassai le flacon d'eau de Cologne sur la coiffeuse et le passai sous le nez du shérif.

— Ça ? demandai-je.

Il renifla.

— Oui, c'est ça.

Il me prit le flacon des mains et le tendit à la lumière déclinante qui entrait par la fenêtre.

— C'est pas là depuis longtemps, dis-je. En tout cas pas depuis des années. Le parfum se serait évaporé.

— Tu veux t'engager dans la police ? Une spécialiste comme toi serait la bienvenue.

J'eus, comme on dit, la grâce de rougir. Je n'allais pas lui dire que l'idée ne venait pas de moi. Je haussai donc les épaules, comme si mon savoir de spécialiste de scènes de crime était pour moi d'une banalité quotidienne. Si je continuais dans la voie que j'avais suivie dernièrement, cela ne tarderait pas à se confirmer.

La pièce était à peine éclairée, comme si seule une vapeur de lumière flottait dans l'air, comme le relent de parfum, et s'évaporait de minute en minute. Dehors, la nuit tombait.

— J'espère qu'on a une torche, dit Maud en regardant par la fenêtre. Tout ce que j'ai, ajouta-t-elle en fouillant dans son sac en toile, c'est un stylo-lampe.

Le shérif sortit une torche de la poche intérieure de sa veste et la brandit sans un mot. Il paraissait s'intéresser, comme Dwayne, à la collection de bijoux qui traînait sur le secrétaire. Il examina la bague avec la pierre bleu foncé incrustée de diamants.

— Lapis-lazuli.
— Quoi ? fit Maud en levant les yeux des poupées.
— Cette bague. Elle est très belle. Ce sont des pierres semi-précieuses, sans grande valeur, mais quand même...
— Ce sont des diamants ? interrogeai-je.
— Ça m'étonnerait. Ils sont jolis mais ce ne sont pas des diamants.

Il prit une lettre.

Est-ce que les hommes qui portent des armes sont tous hypnotisés par les bijoux et les autres par des lettres d'amour ? Si c'étaient bien des lettres d'amour. Je n'avais pas réussi à en lire une jusqu'au bout, ce qui m'ennuyait. Après tout, c'était moi qui avais déclenché la fouille de la maison.

— Vous ne devriez pas lire du courrier qui ne vous est pas adressé.

Le shérif s'était accoudé au secrétaire et avait braqué sa lampe sur la lettre.

— Quand je suis en mission, si, dit-il sans quitter la page des yeux.

C'était peut-être la lettre qui avait fasciné Dwayne.

— Alors ? Qu'est-ce que ça dit ?
— Tiens... (Il me la tendit.) Tu veux la lire ?
— Non. Je ne lis pas les lettres des autres.

Si je pouvais mettre la main sur le courrier de l'hôtel avant Ree-Jane, ça changerait.

— Quelqu'un est très malheureux à cause d'un départ. Je ne sais pas si c'est celui qui part ou celui qui reste.

Malgré le froid et la pénombre grandissante, malgré mon irritation du fait que le shérif — et peut-être Maud — prenait tant de plaisir à la visite alors que je n'en tirais aucun profit, une douce chaleur m'envahit, furtivement. J'ignorais pourquoi.

Peut-être ressentais-je une impression semblable quand j'étais avec Dwayne, avec les Wood et avec Mr Root. Le fait est qu'avec eux non plus je n'avais pas à faire des courbettes ni de la lèche. Non que ça soit mon genre, d'ailleurs, mais c'est ce que je devais faire avec Mrs Davidow, Ree-Jane, les clients, et les gens de La Porte comme Helene Baum et le maire. Je pourrais diviser les gens entre ceux qui s'attendent à me voir faire des courbettes et les autres. La plupart des adultes ne comprennent pas que mes sentiments sont aussi importants à mes yeux que les leurs pour eux. Donc, ce n'est peut-être pas le fait qu'on ne m'ait pas emmenée en Floride, mais plutôt que personne ne soucie de ce que je ressens à être abandonnée...

Le bal ! Le bal ! C'était pour ce soir. Mais ça ne commençait pas avant dix heures. Il n'était pas plus de huit heures, j'avais donc du temps devant moi.

— Quel bal ? s'étonna Maud.

J'avais parlé tout haut ! Dieu que c'était gênant !

— Hein ? Rien, rien, je réfléchissais.

Elle me dévisagea avec curiosité et sourit.

Il y a autre chose avec les gens qui ne sont pas comme Maud, ceux devant qui on doit faire des courbettes. Ils ne veulent pas vraiment savoir ce que vous ressentez, ils veulent seulement s'assurer que vous vous sentez comme ils aimeraient que vous vous sentiez. Rien d'autre.

Je m'enguirlandai. Le shérif enquêtait — enfin, il lisait, j'en déduisis qu'il enquêtait —, Maud l'aidait, à sa manière, et moi, tout ce que je trouvais à faire c'était de penser à moi. Ne pouvais-je donc jamais penser un peu aux autres ? C'est pas une question qui me ressemble. Ce qui me ressemblerait davantage, ça serait de souhaiter que Shirl glisse sur une peau de banane et atterrisse sur les fesses devant tout le monde au Rainbow.

Maud tenait la poupée sur ses genoux lorsque je la vis jeter un coup d'œil par-dessus mon épaule.

— Sam !

Il se tourna vers elle ; elle pointait un doigt en direction de la fenêtre.

— Il y a un homme dehors.

Dwayne. Je pariai que c'était lui. Etait-il assez stupide pour braconner alors que la voiture du shérif était garée sur le bas-côté de la route ? Je vins me coller contre Maud (pour ma sécurité, non pour la sienne.)

Le shérif alla ouvrir la fenêtre. On entendit alors des piétinements bruyants, comme si un éléphant traversait les buissons. Le shérif prit sa torche, dégaina son revolver et alla dans la pièce de devant. Nous le suivîmes.

— Restez là, ordonna-t-il en ouvrant la porte.

Naturellement. Avec comme seule lumière le stylo-lampe de Maud ? Il faisait noir, dehors. Nous attendîmes que le shérif soit sorti et qu'il ait fait le tour de la maison avant de le suivre.

Il avait le bras replié, le revolver pointé vers le ciel. Dans son autre main, sa torche fouillait les buissons, qui étaient denses et sombres. Les rhododendrons et les lauriers étaient assez grands pour cacher la présence d'une personne ; l'herbe humide était assez haute par endroits pour me tremper les mollets.

— C'est sans doute juste des ratons laveurs, murmura Maud dans le dos du shérif.

Ou des lapins, faillis-je ajouter.

— Qui font tout ce bruit ? Ça m'étonnerait... Tiens, voilà...

La silhouette qui s'avançait entre les buissons fut bientôt éclairée par le faisceau de la torche du shérif : c'était bien Dwayne. Ça ne me surprit pas, bien sûr, et je n'avais pas eu vraiment peur. Quant à Dwayne, il ne semblait pas confus le moins du monde d'avoir été pris la main dans le sac. D'accord, il n'avait pas été pris, pas exactement, car il n'y avait pas de lapins. Mais il tenait son fusil, qui n'avait pas l'air particulièrement anodin.

— 'soir, shérif, fit Dwayne avec un signe de tête.

— Dwayne Hayden ? Qu'est-ce que vous faites par-là, Dwayne ?

Le shérif rengaina son revolver et, bizarrement, je ressentis une pointe de tristesse. Je commençais à penser que rien au monde n'était aussi sécurisant — ni les bras des parents, ni un million de dollars, ni une réserve inépuisable de roulés de jambon — qu'un homme armé d'un revolver chargé, prêt à tirer. J'entrais peut-être dans mes années de violence.

— Oh, rien, fit Dwayne. Je me promène.

— Vous emportez toujours votre Winchester dans vos promenades ?

— Ça ? s'étonna Dwayne, comme s'il avait oublié son fusil. Oui, en réalité, je l'ai toujours avec moi. On ne sait jamais ce qu'on va rencontrer.

— Quel était le bruit que nous avons entendu ? Maud, ici présente...

— 'soir, Maud.

Dwayne s'inclina respectueusement.

— Bonsoir, Dwayne.

Maud sourit. Dwayne avait le chic pour vous faire sourire, même quand lui-même restait impassible.

— Maud a vu un visage par la fenêtre, termina le shérif.

— C'était pas moi. Mais y a quelqu'un dans le coin. C'était ça, le bruit, pour répondre à votre question. (Il coula un regard par-dessus son épaule vers les buissons.) Je venais de là-bas, il y a une sorte de sentier à travers les fourrés qui va grosso modo parallèlement à la route, et quelqu'un m'a dépassé. Oh, il n'était pas sur le même sentier ; j'étais plus en profondeur.

— Allons-y, dit le shérif.

Ils prirent le sentier par lequel Dwayne était arrivé et disparurent dans les arbres et les fourrés. Je n'aimais pas la façon dont les bois vous engloutissaient, de la même manière que ceux de Spirit Lake avaient englouti Ben Queen, le fameux soir. Il faisait noir, les fourrés étaient denses et sombres. J'entendis Dwayne et le shérif discuter et je me demandai ce qu'ils avaient découvert, mais je n'étais pas assez curieuse pour m'aventurer dans les buissons. Maud me tenait la main et je devinai qu'elle n'était pas très à l'aise. Leurs voix s'éloignèrent, puis le silence se fit. Je regardai Maud, inquiète. Elle tendait l'oreille. Pourquoi avais-je si peur maintenant, alors que j'avais été presque sereine dix minutes plus tôt ?

Ils revinrent.

— Vous avez vu son visage ? demanda le shérif à Dwayne.

— Pas vraiment. Et je ne jurerais pas que c'était un homme. Plutôt une femme. Une femme ou une jeune fille.

La Fille ! Pourvu que ce ne soit pas elle ! Pourvu qu'elle soit partie d'ici ! Mais elle ne m'avait pas semblé être quelqu'un qui se soucie de sa propre sécurité. Ni de la sécurité de personne, d'ailleurs. Il y a des gens qui n'ont qu'un seul et unique but, et qui se désintéressent de tout le reste. Je crois que le but de la Fille était de se débarrasser de Fern Queen.

Il y eut un silence pendant que Dwayne allumait une cigarette. Après réflexion, il en offrit à la ronde, même à moi. Je pensais parfois que tout était matière à plaisanterie pour Dwayne, sans doute même se faire arrêter pour braconnage.

Le shérif se tourna vers Maud.

— Tu crois que c'était le visage d'une femme que tu as vu ?

Maud parut réfléchir avec intensité

— Je ne crois pas... Je... c'était un visage si lourd... si... russe.

Nous nous étonnâmes tous les trois. Le shérif ouvrit la bouche, puis la referma et secoua la tête.

— Russe ? Tu penses donc que c'était un homme ?

Maud s'accorda un autre moment de réflexion. Puis :

— Je n'en mettrais pas ma tête à couper, mais oui, je crois que c'était un visage d'homme.

Le shérif alluma et éteignit sa lampe, puis il se mit en marche.

— Allons voir cette fenêtre. C'était celle-là, n'est-ce pas ?

Il désigna le flanc de la maison.

— Celle-là, oui.

Nous suivîmes tous le shérif.

Il tendit sa torche à Dwayne et s'agenouilla, inspectant le sol sous la fenêtre. Il demanda à Dwayne d'éclairer le sol ; il avait posé sa main sur l'empreinte à peine esquissée d'une chaussure.

— Je dirai à Donny de venir demain matin, dit-il en se relevant, et de ratisser cet endroit.

Oh, mince ! me dis-je. Donny. S'il y avait quelqu'un que je ne voulais pas voir déranger mon mystère, c'était bien Donny Mooma.

— Tu aurais dû apporter ton sac d'enquête criminelle, dit Maud.

Elle demanda une cigarette à Dwayne.

Le shérif la regarda d'un air étonné. Nous fîmes de même.

— Mon quoi ?

— Ton sac d'enquête criminelle. Ils en ont tous un, à Scotland Yard.

Elle remercia Dwayne et souffla un filet de fumée.

Le shérif reprit sa torche.

— Comment tu sais ça ?

— Je l'ai lu, bien sûr. Je lis beaucoup.

Nous avions commencé à marcher vers la voiture, Dwayne aussi. Il avait une merveilleuse façon de se couler dans les activités des autres.

— Vous aimez William Faulkner ? demanda-t-il en jouant avec sa propre torche dont il balayait le sol.

— Faulkner ? (Maud parut surprise.) Euh, j'ai essayé de le lire, mais c'est plutôt ardu.

Je leur emboîtai le pas, ne voulant pas être laissée à l'écart d'une discussion littéraire.

— Certains, oui, je suis d'accord. *Le Bruit et la Fureur*, c'est la croix et la bannière. Mais *Lumière d'août*, c'est pas trop difficile. Vous devriez le lire.

Comme si Maud lisait les livres de Faulkner les uns après les autres.

Le shérif proposa à Dwayne de le raccompagner, car il devait déposer Maud au passage.

Ça voulait dire que je l'aurais pour moi toute seule au retour. Pour ça, je lirais *Le Bruit et la Fureur*, *Lumière d'août*, et n'importe quel livre de Billy Faulkner, la croix et la bannière ou pas.

33

Le bout de la jetée

La maison de Maud était vraiment jolie ; c'était typiquement une maison pour elle. C'était un petit cottage tout simple adossé à Lake Noir, qui semblait immense et noir, éclairé par la lune. Il y a quelque temps, j'avais entendu dire que ce n'était pas son vrai nom, qu'un vacancier un peu snob l'avait surnommé « Noir » et que presque personne ne pouvait le prononcer correctement (« presque personne » étant les gens incultes qui habitaient ici toute l'année). La plupart des gens disaient « Nor ». Ree-Jane, naturellement, se donnait un mal de chien pour le prononcer à la française. Mrs Davidow essayait, une fois sur deux. Ma mère le prononçait correctement, car elle pensait que c'était une preuve de bonne éducation de le faire. Moi, je l'appelais « Black Lake » parce que ça irritait Ree-Jane.

Dans la voiture, Dwayne avait dit qu'il descendrait devant chez Maud et qu'il continuerait à pied car il n'habitait pas loin. Il ne voulait sans doute pas que le shérif voie tous ses lapins morts. Mais, quand nous arrivâmes chez Maud, tout le monde descendit ; c'est-à-dire que le shérif descendit après les deux autres et que, voyant cela, je descendis bien sûr aussi. Ça me surprit, car nous devions retourner à La Porte sitôt après les avoir déposés.

Maud s'engagea sur la pente et se retourna pour nous dire que nous devrions tous aller sur la jetée et qu'elle nous apporterait à boire. Apparemment, on allait fêter quelque chose. D'être avec eux me donnait l'impression que j'étais une adulte.

Le shérif était le seul d'entre nous à être déjà venu, mais je me rappelai avoir vu la jetée de loin quand j'étais allée au lac en voiture avec Mrs Davidow. D'après ce que dit Dwayne de la jetée et de la vue, je compris que c'était la première fois qu'il venait. Maud entra chez elle et nous suivîmes le shérif. Je l'entendis marmonner quelque chose à propos de cette « satanée jetée ». Il paraissait de mauvais poil.

Je trouvai l'endroit merveilleux. La jetée était un peu branlante, elle sentait le pin ou le cèdre humide (je ne m'y connais pas en essences) et s'avançait loin sur le lac. La plupart des embarcadères sont du genre courtaud, mais celui-ci mordait sur l'eau d'une quinzaine de mètres. Au bout, il y avait un rocking-chair, une table et une lampe sur pied.

— C'est comme un salon à ciel ouvert, remarquai-je.

— Un de ces jours, cette maudite lampe va tomber à l'eau, grommela le shérif.

— C'est génial pour lire ! s'exclama Dwayne, qui avait réellement l'air de regretter de n'avoir pas apporté son Billy Faulkner.

Maud arriva avec un plateau où des verres et des bières s'entrechoquaient. Je savais qu'il y aurait un Coca pour moi, je ne me trompais pas. Maud posa le plateau sur la table et passa les bières à la ronde.

— Y a une demi-douzaine de rallonges jusqu'à la maison, dit le shérif, un de ces jours tu vas mettre le feu, si tu ne te fais pas électrocuter avant.

A la façon dont il hocha la tête et au regard de Maud, je devinai qu'ils avaient eu cette discussion plus d'une fois. Sur le lac, un bateau à moteur sculpta l'eau et le reflet de la lune se brisa, se plia, se déplia et se replia.

Dwayne était assis au bout de la jetée, les jambes pendantes. Je m'assis à côté de lui, et nous bûmes tous deux à la bouteille en même temps. Maud s'installa dans son rocking-chair et alluma la lampe, plus pour ennuyer le shérif que pour éclairer, car la lune suffisait largement. Elle était pleine, si grosse et si brillante qu'on aurait dit une lune de théâtre. Le shérif resta debout derrière Maud. Il avait l'air de bouder, et ça ne s'arrangea pas quand Dwayne s'adressa à Maud :

— Ça me plairait drôlement de venir lire ici. (Il se retourna pour la voir.) Quel genre de truc vous lisez, Maud ?

Elle semblait fière comme Artaban de parler de son fauteuil, de sa lampe, et surtout de lecture avec quelqu'un qui aimait ça, devant le shérif.

— J'aime la poésie.
— Oh, alors là, vous me battez, fit Dwayne.

Je m'aperçus que la façon de parler de Dwayne — ses mots, ses phrases — était des fois aussi parfaite que la mienne. Il avait de temps en temps des expressions de bouseux, surtout quand il travaillait au garage, mais là, avec Maud, il paraissait très cultivé. Je me demandai s'il l'était vraiment. William Faulkner était sans doute un écrivain que la plupart des habitants du coin n'auraient pas touché avec des pincettes. Maud considérait qu'il était ardu à lire, or elle était intelligente.

— Bon, fit le shérif après avoir vidé sa bouteille, je ferais bien de rentrer. Emma ?

Je ne voulais pas partir déjà, je me plaisais bien sur la jetée, balançant mes jambes par-dessus bord, admirant la lune de marbre qui se reflétait dans l'eau. Je me levai cependant en soupirant et dis bonsoir à Maud et à Dwayne. Le shérif proposa de nouveau à Dwayne de le raccompagner, et Dwayne déclina de nouveau l'offre.

Le shérif ne parla pas en conduisant et j'avais dans l'idée qu'il s'interrogeait sur Maud et Dwayne. Je louchai vers lui tout en prétendant être fascinée par sa radio, y collai mon oreille, ce qui me permit de contempler son visage en douce. Je crus y discerner quelque chose que je n'avais encore jamais vu, mais je n'étais pas sûre de ce que c'était. On aurait dit du chagrin.

Je me radossai, essayant de penser à une manière d'amener Maud sur le tapis sans en avoir l'air.

— Quand est-ce que le fils de Maud rentre de pension ? demandai-je.

Maud avait un fils, de quatre ans mon aîné, que je ne voyais pas souvent parce qu'il était toujours en pension. Il n'était jamais là, et c'était bien dommage parce qu'il était beau garçon. Je me souvins des fois où je l'avais croisé au Rainbow. Il s'appelle Chad. Il ressemble à Maud, sauf que, je ne sais pas... il est plus « brillant », peut-être. Comme s'il était éclairé de l'intérieur par une ampoule de haut voltage. En même temps, c'est pas le genre à être toujours de bonne humeur et à distribuer de grandes claques dans le dos à tout le monde, comme Dodge Haines, que je ne supporte pas.

— Il vit à moitié avec son père. C'est lui qui paie pour la pension. Avec sa femme, il emmène Chad en vacances dans des endroits chics. Je crois qu'en ce moment ils sont aux Seychelles. Ça doit coûter la peau des fesses.

Je n'en avais jamais entendu parler.

— Les Seychelles ? C'est où ?

— Ce sont des îles, au large de... Madagascar ? Oui, je crois que c'est ça que Maud a dit.

— C'est presque de l'autre côté du globe ! On dirait que son père veut l'éloigner le plus possible. C'est vraiment cruel.

Comme pour écarter une telle cruauté, je me tournai vers la vitre et croisai les bras. J'étais furieuse. Le shérif n'ajouta rien. Mais je sentais qu'il pensait que c'était cruel, lui aussi.

— Tout ce qu'a Maud, c'est son job au Rainbow.

Je réfléchis à cette injuste répartition des richesses. C'était un peu comme moi et Vera avec les pourboires. Elle s'arrangeait toujours pour avoir les plus gros.

— Elle ne peut pas lui offrir des vacances de luxe.

— Oh, elle habite sur le lac. Il peut toujours nager, faire du bateau, des trucs comme ça. Il pourrait refuser d'aller avec son père.

C'était incroyable que le shérif dise ça ! Lui qui était d'habitude si perspicace.

— Refuser ? Refuser d'aller aux Seychelles ? Refuser le luxe ? On ne m'a même pas emmenée en Floride ! Vous croyez que je refuserais un voyage aux Seychelles ?

Le shérif toussa et s'éclaircit la gorge.

— Je ne sais pas, Emma. Tu n'en avais même pas entendu parler, il y a une minute à peine.

— Vous m'avez très bien comprise. Faudrait être tordu pour penser que quelqu'un de notre âge (j'étais contente de moi, de m'être ainsi associée au fils de Maud) refuserait un voyage de luxe parce qu'il croit que sa mère aimerait qu'il reste avec elle ! Vous nous prenez pour des anges ?

— Oh, ma foi, non !

Je lui donnai un petit coup de poing.

— Evidemment, c'est différent si on habite dans une station balnéaire ; on ne peut pas prendre ça pour des vacances. Tenez, l'hôtel Paradise, par exemple. Vous croyez qu'Aurora Paradise se perche sur son ridicule balcon du quatrième en se disant : « Ah, quel bel endroit ! Ah, les merveilleuses vacances ! » ?

— Aurora ferait mieux de ne pas monter sur ce balcon délabré si elle ne veut pas que le capitaine des pompiers fasse fermer l'hôtel.

En colère après le shérif, je me laissai glisser dans mon siège et fermai les yeux.

— C'est ridicule. Vous exagérez. (Apercevant le Dreamland Motel par la vitre, je me rassis.) On est à La Porte !

— Ouais. J'ai raté l'embranchement pour les Seychelles.

Je lui donnai une autre tape et il s'esclaffa. Il rit réellement aux éclats, comme s'il avait oublié Maud.

Très bien.

Le shérif me déposa devant la porte cochère, me dit bonsoir, à demain, et attendit que j'aie franchi la porte pour démarrer.

C'était ce qu'exigeait la politesse, avais-je appris des leçons que Ree-Jane me prodiguait sur les manières des garçons.

« Celui qui est assez grossier pour ne pas attendre que tu aies franchi la porte ne devrait plus avoir le droit de sortir avec toi.

— Tu dois en connaître un tas, de grossiers, alors.

— Qu'est-ce que tu veux dire ?

— Chaque fois qu'il y en a un qui te raccompagne, tu ne sors plus avec lui après.

— T'es vraiment stupide. »

Je souris. J'aime quand elle ne trouve que ça comme repartie. « Tu es vraiment stupide. »

Après avoir fait demi-tour, le shérif klaxonna pour me dire au revoir, et je regardai la voiture s'éloigner. Soudain, ça me frappa : j'avais tout gâché. J'avais dilapidé le temps que j'avais passé seule avec lui. Nous aurions pu parler de tout un tas de choses, j'aurais eu ses opinions, ses conseils. J'aurais pu lui dire que je détestais servir à table, que je me sentais comme une moins que rien devant Mrs Davidow ; j'aurais pu parler des étoiles, de l'amour, ou de Tamiami Trail. J'aurais pu lui dire ce que ça me faisait d'avoir été abandonnée, de ne pas avoir été invitée en Floride...

Le bal ! J'avais encore oublié ! Furibarde, je grimpai dans ma chambre quatre à quatre en faisant le plus de bruit que je pouvais, espérant réveiller Miss Bertha et Aurora. C'était vraiment idiot, car Miss Bertha est sourde comme un pot et Aurora probablement saoule ; j'avais juste réussi à embêter la gentille Mrs Fulbright. (Rien n'aurait embêté Will et Mill, sauf si on avait incendié leur garage.)

Mais tout était calme quand j'enlevai mon jean et me glissai dans ma chemise de nuit. Je plongeai sur mon lit et repoussai l'ours en peluche contre les coussins. Je réfléchis encore, me maudis d'avoir perdu du temps à me disputer avec le shérif, à lui donner des tapes, après les choses incroyables qui s'étaient passées aux Décombres. J'avais gaspillé mon temps alors que j'aurais pu discuter de tout et n'importe quoi.

Je m'aperçus alors qu'on ne parle pas de tout et n'importe quoi avec n'importe qui. On parle juste davantage avec certaines personnes (le shérif, Maud ou le père Freeman) qu'avec d'autres, mais on ne parle de tout et n'importe quoi qu'avec soi-même. C'est la seule personne avec qui on se sent libre d'aborder tous les sujets.

Je restai allongée, les mains derrière la tête, et pensai au Rony Plaza. Le bal avait été reporté au lendemain. J'avais trouvé une autre enveloppe frappée de la couronne de l'hôtel, inclinée contre le miroir. Le directeur (dont l'écriture était si gracieuse) s'excusait pour ce contretemps et m'assurait que le personnel de l'hôtel ferait en sorte que je remonte ensuite dans ma chambre en toute tranquillité. « Le Rony Plaza est bien connu pour ses bonnes manières. »

Oh, ça oui ! dis-je à mon ours en peluche que j'avais ramassé pour examiner son empaillage. C'était un très vieil ours. Il n'avait pas perdu plus de paille, je le serrai contre ma poitrine et repensai aux événements de la soirée. Est-ce que Dwayne avait dit la vérité en affirmant qu'il avait croisé quelqu'un ? Il n'y avait aucune raison qu'il ait menti, pourquoi l'aurait-il fait ? C'est simplement que je savais que la vérité sortait difficilement (surtout quand on était devant le shérif), mais je décidai qu'en fin de compte il avait bien dit la vérité.

Je bâillai ; j'avais du mal à garder les yeux ouverts. Je calai l'ours contre son oreiller. J'avais cessé de jouer avec lui depuis quelque temps déjà, mais je le conservais, comme je conservais un album de photos afin de me rappeler de quoi j'avais l'air et ce que je faisais quand j'étais petite.

34

Cocktails

Le lendemain, au petit déjeuner, Miss Bertha jeta son toast beurré par terre, à la grande « mortification » de Mrs Fulbright. Mrs Fulbright venait d'une époque où les jeunes femmes étaient mortifiées au lieu d'être seulement embarrassées. Je trouve que « mortification » est un joli mot et qu'il suggère une gêne de l'esprit plutôt que du visage (en d'autres termes, le rougissement), comme si la personne mortifiée avait bien plus à perdre. Je ne ramassai pas le toast.

En principe, Aurora ne prend pas de petit déjeuner, mais comme je voulais lui soutirer des informations, je me dis qu'elle ne refuserait pas un des cocktails du « brunch » répertorié dans l'encyclopédie de Mrs Davidow. Les cocktails du brunch avaient toutes sortes de noms fleuris, comme « Mimosa », et comprenaient beaucoup de champagne, tout ça pour faire croire qu'on ne buvait pas réellement de si bonne heure, tout en sachant que le champagne valait n'importe quelle autre boisson pour atteindre l'ivresse si on en buvait assez.

Il me fallait des jus de fruits, j'en avais à la pomme et à l'orange, mais je devais auparavant vérifier la réserve d'alcool avant de me décider. Je traversai la salle à manger, ignorant les cris de Miss Bertha, qui exigeait de la confiture de framboise. Je me dirigeai vers l'office où Lola Davidow rangeait ses bouteilles préférées, celles qu'elle gardait précieusement avec elle en cas de tremblement de terre. Quand elle partait en voyage, elle enfermait ses bouteilles dans le coffre ; je connais la combinaison parce qu'un soir, alors qu'elle était sur la véranda et qu'elle ne voulait pas se déranger, elle me l'avait donnée. J'en avais pris bonne note pour un usage ultérieur.

A côté de la Smirnoff et du Gordon's, il y avait des bouteilles de rhum jamaïcain et de scotch Dewar's. J'en pris deux en me disant que ça changerait de la vodka et du gin. Je refermai le coffre et retraversai la salle à manger, ignorant là encore les hurlements que déverse Miss Bertha quand elle voit passer une esclave. Lorsque je poussai la porte battante de la cuisine, elle hurlait qu'elle en parlerait à ma mère. Si Miss Bertha savait à quel point ma mère se fiche de son avis pour infliger des punitions !

Le jus d'orange et le rhum faisaient sans doute un bon mélange, mais ne serait-ce pas meilleur si j'ajoutais du scotch et une goutte de brandy ? Je versai du jus d'orange et du jus de pomme et cherchai un nom. « Jamaica Juice » sonnait bien. Je fixai la bouteille de scotch d'un œil songeur. Ça y était ! « Appledew » ! Une rosée de pomme, en quelque sorte ! Ah, ça sonnait comme une délicieuse boisson matinale ! Je fis plusieurs bonds de joie, me félicitant pour mon originalité. Walter, qui lavait la vaisselle dans l'ombre, me demanda si j'étais en vacances. Je lui répondis que pas encore, juste après que j'aurais porté le Dewar's et le jus de pomme à Aurora.

— Appledew, annonçai-je à Aurora tandis qu'elle tournait le verre dans tous les sens, l'inspectant comme si c'était une pierre précieuse. C'est une boisson du matin, un cocktail pour brunch.

— Pfft, fit-elle, les gens ne prennent des brunches que pour justifier les bloody mary qu'ils avalent avec.

Je trouvai intéressant qu'elle commence à me considérer comme la barmaid de l'hôtel, celle à qui on ne la fait pas. Je la regardai tremper ses lèvres, goûter, analyser, faire claquer sa langue. C'était une posture, elle faisait ça pour moi, pour me prouver qu'elle n'était pas une soifarde.

— Pas mal, pas mal. Comment as-tu dit que ça s'appelait ?

— Appledew. C'est surtout à base de Dewar's et de jus de pomme. Il y a aussi un ingrédient secret.

Aurora adorait les ingrédients secrets. Je restai debout, comme toujours, mon plateau sous le bras. Elle ne me proposait jamais de m'asseoir. Elle jouait au solitaire et elle trichait, comme d'habitude. Elle avait mis une reine de trèfle sur un roi de pique. Ça m'exaspérait, mais je me retins de faire une quelconque remarque. Elle trichait pour des raisons ridicules.

— Tu ne peux pas mettre du noir sur du noir.

Je n'avais pas pu m'en empêcher, finalement.

— On peut si c'est la dame de pique.

— Justement, c'est la dame de trèfle.

— C'est ce que je voulais dire.

— C'est pas amusant si tu triches.

— C'est pas amusant si on ne triche pas.

— Ah, tu l'admets ! Tu admets que tu triches !

— J'ai pas dit ça ; j'ai pas dit que je m'amusais.

Je serrai les dents. Ça pouvait durer des heures si je m'acharnais.

— Oh, peu importe les cartes. J'ai une question.

— Et moi, j'ai un verre vide.

Pas possible ! Elle avait tout bu ! Mais quand ? Je ripostai :

— Je ne te ferai pas un autre Appledew avant que tu aies répondu à ma question.

Evidemment, elle était plus rusée que moi :

— Je ne répondrai à ta question que lorsque tu m'auras apporté un autre Appledew.

— C'est pas grave, je demanderai à Walter. Il connaît Spirit Lake aussi bien que toi.

— Ce garçon ? Il ne sait...

— Walter a vécu ici toute sa vie.

— Toi aussi et tu ne sais que pouic.

Elle se pencha en avant pour glisser un dix de carreau sur un valet de cœur et me coula un regard par en dessous.

Mais je fis semblant de ne rien voir. Je tournai les talons.

— Reviens un peu, ma fille ! Où as-tu appris la politesse ? On ne s'en va pas comme ça sans en avoir reçu la permission !

Le dos tourné, je tirai la langue. Je ne voulais pas tenter le diable ; d'ailleurs, tirer la langue, c'est un truc de môme qu'on fait quand on n'arrive pas à penser à une bonne réplique, comme Ree-Jane avec ses « T'es vraiment stupide ! ». Je ne voulais pas être désespérée à ce point. Je plaquai mon expression vide sur mon visage, assez semblable à mon air stupide mais légèrement différente, et revins dans la pièce.

— C'est bon, c'est bon, fit-elle, je vais répondre à ta question. Mais à une seule, ajouta-t-elle en pointant un doigt osseux.

— Connais-tu une maison près de White's Bridge appelée les Décombres ? (Comme elle avait dit une seule question, j'enchaînai vivement :) Et sais-tu qui y vit ? On ne l'appelait peut-être pas les Décombres avant, elle n'était pas encore en ruine...

— Oh, ferme donc ton moulin à paroles ! Oui, je connais. Du plus loin que je me rappelle elle a toujours eu ce nom-là. C'est les Calhoun qui y habitaient.

Calhoun. On en revenait toujours à eux.

— Ethelbert Calhoun et sa famille. Il avait cinq ou six gosses. Les gosses sont difficiles à tenir, Jen Graham en sait quelque chose, j'en suis sûre. (Elle me chassa d'un geste.) Ouste, ma fille. Dépêche-toi, j'ai soif.

— Ces Calhoun, est-ce que...

— Une seule question, Miss Je-sais-tout. J'ai déjà répondu. Tu as triché, tu as ajouté une question à la première, ne crois pas que j'ai pas remarqué.

— Bon, d'accord.

J'avais dit ça d'un ton un peu trop boudeur à mon goût ; je sortis donc et dévalai bruyamment l'escalier car je voulais revenir au plus vite avec l'Appledew afin d'en savoir davantage sur les Décombres.

Dans la cuisine, où Walter polissait toujours le même plateau, je versai du rhum et du jus de pomme dans le verre (sans faire attention aux proportions malgré mon expérience de barmaid) et pensai aux Calhoun en ajoutant le Dewar's : encore un nom que je ne connaissais pas vingt-quatre heures plus tôt et qui maintenant était lié à tous les autres noms, un jeu de figures qu'on tend et qu'on détend selon la façon dont on tire sur la ficelle. Comment se fait-il que lorsqu'on a un mystère à résoudre, au lieu d'obtenir des réponses, on n'a que des questions supplémentaires ? C'est peut-être le propre des mystères... comme un tableau, quand le peintre rajoute des coups de pinceau, des détails, et que les rajouts agrandissent de plus en plus le tableau.

Je versai du jus d'orange, du Dewar's, ajoutai deux cerises au marasquin et retournai au quatrième.

— Ah ! fit Aurora en plaquant un neuf rouge sur un dix rouge.

Elle prit le verre dans sa main gantée.

— Maintenant, vas-y, dis-je.

— Vas-y, quoi ? Il est meilleur que le premier. Tu as ajouté quelque chose ?

Juste un quart de scotch, faillis-je avouer.

— Parle-moi des Calhoun.

— Quoi, les Calhoun ?

Je fermai les yeux pour m'empêcher de lui briser le plateau sur la tête. Je soupirai si fort que les murs en tremblèrent.

— Je pensais que tu te rappellerais quelque chose d'utile sur les Calhoun.

— Non, ma fille, je ne me rappelle rien d'utile.

Elle avala son Appledew à grand bruit.

J'allais devoir ramer.

— D'abord, tu les connaissais ?

— Je le connaissais, lui, Ethelbert Calhoun, le père. Il travaillait à l'hôtel, il donnait un coup de main. Il avait le béguin pour moi.

Je manquai en laisser tomber le plateau, tellement j'étais stupéfaite.

— Les Calhoun ont travaillé à l'hôtel Paradise ?

— Le père, et sa fille aînée, Rebecca. Elle servait parfois à table. Elle amenait sa petite sœur pour la surveiller.

Je hochai la tête, tellement abasourdie par cette nouvelle que je ne trouvai pas d'autre question.

— Euh... c'était quand ?

Aurora piquait sa paille dans les glaçons qui fondaient.

— Oh, il y a quarante ou cinquante ans. (Elle me jeta un regard espiègle par-dessus le rebord de son verre.) Quand j'étais jeune.

Il y a quarante ans, Aurora était déjà cinquantenaire. Mais je jugeai sage de ne pas relever.

— Eh oui, c'était du temps où tous les hommes du pays me couraient après.

Elle s'adossa dans son rocking-chair et fixa le plafond où de fines crevasses serpentaient dans tous les sens.

— Laisse-moi te raconter l'histoire de ma jeunesse...

Au secours ! Adieu, les Calhoun. Quand Aurora était lancée, on en avait jusqu'à ce que les vaches rentrent à l'étable. En plus, on ne pouvait jamais démêler le vrai du faux. Il allait falloir drôlement ramer si je voulais en apprendre davantage sur Ethelbert Calhoun et sa famille.

Elle pointa sa canne derrière elle, trop paresseuse pour se retourner.

— Tu vois cette malle de voyage ? Tu vois toutes les étiquettes ? Je suis allée partout, Miss Bégueule, partout, tu m'entends ?

La vieille malle, avec ses tiroirs ouverts qui déversaient des foulards en soie et des sous-vêtements, et ses jolis petits cintres, ses robes gracieusement décorées, me donnait l'impression qu'elle était là pour la galerie, tel un coffre de costumière de théâtre. Je grommelai tout bas en pensant que j'allais devoir voyager avec Aurora à Rome, à Hong Kong et en Inde avant de retourner aux Décombres.

— J'étais à Sidney, en Australie, nous sommes allés dans ce célèbre opéra... (Elle pointa de nouveau sa canne derrière elle.) Va mettre un disque sur le vieux Victrola. Celui qui est sur la pile. C'est Maria Callas, elle nous a invités à souper après le spectacle.

J'allai au phonographe près de la fenêtre, posai mon plateau par terre pour essuyer le disque avec ma manche. C'étaient, disait la pochette, des arias de différents opéras. Je le mis sur le tourne-disque.

— Nous avons visité la jungle australienne, et après ça...

Je m'attendais à m'ennuyer, non seulement avec Aurora, mais avec l'opéra. Au lieu de cela, je fus clouée sur place.

Tandis que la musique et la voix de Maria retentissaient, je regardais le plafond comme si ces sons enchanteurs filtraient par les craquelures en nids-d'abeilles. Aurora parlait, Maria chantait et j'écoutais. Par instants, la voix d'Aurora chevauchait celle de Maria :

— ... Copenhague est pleine de prostituées...

Mais sa voix s'effaçait rapidement derrière celle de Maria. Je laissai retomber ma tête et fermai les yeux pour mieux entendre la Callas, et je me demandai pourquoi tout, dans l'univers, ne résonnait pas comme ce disque... je veux dire, si Dieu existait.

— ... on a plongé dans le lac Como !

Aurora cria si fort qu'elle manqua s'étouffer.

Mes pensées se liquéfiaient : White's Bridge Road entrait dans la maison de Maud et finissait au bout de la jetée où Dwayne et moi étions assis ; la lumière de la lampe éclairait le visage du shérif ; les champs déserts, au retour, se fondaient dans Tamiami Trail. Tout semblait infini, sans faille, sans début et sans fin.

Quelque chose me piqua l'épaule. Je sursautai ; Aurora agitait sa canne en l'air.

— Tu n'écoutes pas, Miss ? Le disque est fini. Maintenant, mets... « Patience and Prudence[1] »...

Son verre terminé, elle lécha la paille et fit claquer ses lèvres.

Je me relevai d'un air las. J'avais l'impression d'être aussi vieille qu'Aurora et sentais un terrible poids sur mes épaules. J'ôtai Maria du tourne-disques, fouillai dans la pile, trouvai « Patience and Prudence », l'essuyai et le mis.

Aux premières mesures, Aurora s'exclama :

— Très bien ! On va chanter ensemble !

Elle frappa le plancher de sa canne et entonna :

Je sais bieeeen
qu'un autre tu as trouvéééé,
Mais ce soir tu m'appartieeeens...

---

1. Patience et Prudence, les deux jeunes filles de Mark McIntyre, chanteur, chef d'orchestre et compositeur, qui connurent leur heure de gloire dans les années cinquante. *(N.d.T.)*

Je secouai la tête. J'avais dû avoir la main lourde pour le second cocktail. Maintenant, je savais que les Calhoun devraient attendre ; il était inutile d'espérer tirer quoi que ce soit d'Aurora. Je tournai les talons et sortis en disant au revoir à Aurora et à « Patience and Prudence ».

Je sais bieeeeen
Qu'à l'aube tu seras partiiiiii...

Les paroles me suivirent dans l'escalier :

Mais ce soir tu m'appartieeeens...

35

La surdité

Affublé d'un tablier, Walter touillait quelque chose dans une casserole. Je m'excusai d'être en retard, mais il me répondit, comme toujours, de sa voix traînante :
— Oh, c'est pas grave.
Il m'expliqua qu'il préparait la sauce au fromage pour les crotte-monsieur (croque-monsieur, mais je ne le corrigeai pas) et qu'il servirait Miss Bertha à ma place si je voulais ; je me sentais déjà coupable de trop lui demander de services.
Il remuait lentement ; il faisait tout très lentement. Je m'approchai de lui pour regarder.
— On a déjà eu ça hier, hein ?
— Oui, et elle n'aime pas.
Je regardai la cuillère dissoudre les grumeaux.
— Laisse quelques grumeaux, conseillai-je, elle déteste ça.
Il rit de son rire d'asthmatique.
C'était assez agréable d'être dans la cuisine sans le drame perpétuel qu'y organisaient ma mère, Vera et Mrs Davidow, qui aimait s'asseoir sur le rebord de la table en émail blanc où je préparais les salades. Oui, c'était en quelque sorte relaxant et ça laissait plein de temps et d'espace pour réfléchir. (En outre, c'était chouette de pouvoir donner des ordres.)
Je repensai à ce que m'avait dit Aurora. J'étais sûre qu'elle en savait davantage.
— Tu ne connaîtrais pas des Calhoun, Walter ?

— P't-être ben. Lesquels ? Y en a pas mal dans la région.
— Celui-là s'appelle Ethelbert et il habitait sur White's Bridge Road.
— Ethelbert ? fit Walter d'une voix songeuse.
— Il a travaillé ici autrefois. C'était avant toi, bien sûr. Il y a quarante ans. Tu n'étais encore qu'un bébé. Je suppose qu'il est mort, mais ses enfants sont peut-être toujours dans le coin. Aurora m'a parlé des Calhoun ; ils avaient une fille, Rebecca, qui a servi au restaurant, ici.

Walter plissa fort ses sourcils et tapota lentement la cuillère en bois pour déloger les grumeaux.

— Rebecca. Il y a une Becky Calhoun ; je crois qu'elle a marié un Spiker.

Je m'enflammai :

— Où habitent-ils ?

Walter réfléchit longuement.

— Je crois que c'est à Cold Flat Junction, finit-il par dire. Y a plein de Spiker, là-bas. Je crois qu'elle a marié Bewley Spiker. Mais j'suis pas sûr, ajouta-t-il pour me prévenir de ne pas me fier entièrement à lui, au risque d'être par la suite déçue.

Cold Flat Junction ! C'était le destin.

Si Rebecca servait à table, elle devait avoir au moins dix-sept ou dix-huit ans (même si la direction n'a jamais eu aucun scrupule à faire travailler des mineurs !). Elle avait donc la cinquantaine, à présent.

Du bruit parvint de la salle à manger ; comment deux vieilles dames en faisaient-elles autant, j'avais du mal à l'imaginer. Une seule vieille dame, d'ailleurs. Je n'avais pas l'intention de perdre mon temps avec Miss Bertha, j'avais des choses à faire. Walter mit le bacon qu'il avait fait frire sur du papier toilette pour absorber la graisse avant d'en recouvrir le toast au fromage. (Je dirais à ma mère que Walter avait l'œil, pour les détails.)

— Tu peux préparer les assiettes, Walter ?

Il adorait ça.

— Et la vieille toupie ? Tu sais bien qu'elle va vouloir une omelette ou je ne sais quoi.

— Elle voudra ce qui n'est pas au menu, en fait.

Walter poussa son petit rire sot et attrapa les assiettes tièdes sur l'étagère, au-dessus du fourneau.
J'entendis des rires et des paroles étouffées de l'autre côté de la porte.
— C'est Will et Mill, dis-je, surprise.
Je n'étais pas habituée à les voir dans la cuisine en pleine journée. C'étaient des rires qui avaient du mal à se contenir, des fous rires. Mais ils cessèrent à la minute où Will et Mill franchirent la porte, comme si Dieu les avait tranchés au hachoir. Will et Mill étaient toujours comme ça, je ne comprenais pas qu'ils aiment à ce point les secrets qu'ils ne veuillent jamais être pris en train de faire quoi que ce soit, même pas rire.
— Qu'est-ce qu'il y a de si drôle ? questionnai-je.
— Quoi ? fit Will. Salut, Walter.
— Salut, Will.
— Vous riiez tous les deux comme des dératés.
Mill ajusta les lunettes perchées sur son nez en lame de couteau comme s'il ne reconnaissait pas la personne qui lui parlait.
— On riait ?
Walter avait versé la sauce au fromage sur les toasts et les décorait avec les filets de bacon. Je pris un plateau, mis les assiettes dessus et me dirigeai vers la salle à manger. En atteignant la porte battante, une idée me vint.
— Will, fis-je en me retournant, viens faire ton numéro de muet, que je puisse me libérer plus vite.
— Je suis trop fatigué, me répondit Will.
— C'est pas vrai. Viens, je te revaudrai ça.
C'était dangereux de passer un tel marché, mais je n'avais pas le temps de réfléchir à une autre proposition.
— Bon, d'accord, consentit Will.
Rayonnant, Will salua les deux vieilles dames. Miss Bertha commença à se plaindre quand je posai le croque-monsieur devant elle.
— Où est le menu ? C'est encore ce que nous avons eu hier.
Will remua les lèvres comme s'il lui répondait mais aucun son ne sortit de sa bouche.
Miss Bertha tapota son sonotone.

— Qu'est-ce qu'il y a ? Je n'entends rien.

Will s'adressa à Mill en remuant les lèvres et Mill lui répondit de la même façon. Ils poursuivirent leur conversation muette pendant quelque temps.

Je crois vraiment que cette farce amusait beaucoup Mrs Fulbright, mais elle ne réagit pas et continua de manger son toast.

— Serena ! cria Miss Bertha. Qu'est-ce qu'il a, ce maudit appareil ?

Mrs Fulbright se contenta de sourire et attrapa le poivre.

— Répétez ça ! demanda Miss Bertha à Will.

Will articula en silence.

Miss Bertha arracha son sonotone, le secoua, le frappa sur le coin de la table.

— Maudit bidule !

Will lui prit doucement l'appareil des mains, le manipula longuement, puis le lui rendit. Miss Bertha le vissa dans son oreille.

— Voilà, fit Will d'une voix normale, ça devrait marcher, maintenant.

Mill fit semblant de s'émerveiller et les deux garçons sortirent en courant.

36

La vie du restaurant

Il y a des fois où je pense que tous les mystères commencent et finissent à Cold Flat Junction. Spirit Lake lui-même peut paraître plus mystérieux, avec la maison des Devereau, la noyade de Mary-Evelyn, les lumières dans les bois qu'avait vues Enepébé. Ou même White's Bridge Road, où un meurtre a eu lieu. Oui, on peut penser que ces endroits recèlent des mystères encore plus épais.

Mais à chaque fois que je descends à Cold Flat Junction, que le train redémarre et que je reste sur le quai à regarder de l'autre côté de la voie vers les terres désertes qui semblent s'étendre à l'infini, je sens que c'est ici que se trouve le véritable mystère. Rien n'arrête mon regard sinon la ligne sombre des arbres à l'horizon. Je ne sais comment décrire ça — extraterrestre, peut-être, mais ce n'est pas le terme qui convient parce que s'il existe un endroit « terrestre », c'est bien ici. C'est une terre brute, une terre délaissée, vite oubliée ; alors pourquoi est-ce que je ne cesse d'y penser ? Même le ciel laiteux, du blanc grisâtre d'une opale, semble souffrir sous un linceul d'indifférence.

Je m'assis sur le banc et la fatigue s'abattit sur moi. Je restai ainsi quelques minutes, puis je me levai et m'engageai dans le chemin labouré qui mène au restaurant Windy Run.

Ils étaient tous là, de nouveau, assis au comptoir à leur place habituelle, ou dans le box. J'eus l'étrange impression que le temps s'était arrêté et que les clients s'étaient changés en statues de sel. La seule personne qui manquait était l'épouse de l'homme assis dans le box. Il paraissait heureux de son absence. Je pris le même tabouret au comptoir, contre le mur.

Don Joe et Evren me firent un signe de tête en même temps que la grosse femme aux lunettes noires qui fumait une cigarette. Ils semblaient contents de me voir, mais ce n'était certainement pas parce qu'ils me trouvaient aimable ; c'était parce qu'il se passait si peu de choses à Cold Flat Junction que tout ce qui était nouveau était bon à prendre.

— Bonjour, mon chou, lança Louise Snell, contente de te voir.

Ce n'était pas exactement une question, mais j'expliquai tout de même :

— Je suis en vacances.

C'était en partie vrai, car j'étais bien en vacances, mais pas ici, en Floride. Ne leur avais-je pas dit que j'étais de La Porte ? Pourquoi passerais-je des vacances à Cold Flat Junction à moins d'être folle ?

Billy fut le premier à relever :

— En vacances ? Je croyais que t'avais dit que t'étais de La Porte.

On aurait cru qu'il avait dit une bonne blague, car il s'esclaffa et donna une tape à Don Joe.

— Ce qu'il y a, c'est que notre voiture est retombée en panne à Spirit Lake ; on l'a conduite au garage de Slaw. Ça fait quatre jours qu'elle y est. On dort à l'hôtel Paradise, c'est drôlement bien, alors ça pourrait être pire.

Ils m'avaient tous écoutée bouche bée ; Louise Snell prit ses cigarettes, en alluma une et s'adossa à la vitrine où étaient disposés les gâteaux. (Je songeai à commander une tarte à la crème de banane.) C'était peut-être pour ça que j'aimais bien le Windy Run, on y faisait très attention à moi.

— Mr Slaw, poursuivis-je, emploie un as de la mécanique, je suis sûre qu'il saura réparer la voiture.

La grosse femme aux lunettes à côté de Billy intervint :

— C'est toujours mieux qu'avec Toots.

Tout le monde rit.

Toots était le propriétaire de la station-service de Cold Flat Junction où j'avais dit que nous avions porté notre voiture à réparer la première fois. Je commençais à croire que cette voiture existait vraiment, avec toutes les mésaventures qu'elle avait eues.

— Toots ferait bien d'avoir un mécanicien pareil, dit la femme, tu devrais lui donner son numéro de téléphone.

Là encore, tout le monde rit. Billy s'énervait parce qu'une autre menait la danse.

— Si tes parents sont de La Porte, qu'est-ce que tu fiches ici ? demanda-t-il. C'est pas qu'on soit pas ravis de te voir, mais...

— Ma mère veut que je recherche une vieille amie à elle, une certaine Rebecca...

Je grimaçai comme pour essayer de me rappeler son nom de famille, puis sortis un morceau de papier de ma poche et fis semblant de le lire.

— Rebecca Calhoun, en tout cas c'était comme ça qu'elle s'appelait quand ma mère allait à l'école avec elle. Elle habite... (je consultai mon morceau de papier)... Sweetmeadow Road.

Ça n'existait pas. Il y avait une Lonemeadow Road et une Sweet-quelque-chose, mais je voulais qu'ils se disputent sur le nom de la rue et sur l'endroit où habitait Calhoun.

Ça ne rata pas ; ils se chamaillèrent pour savoir qui m'indiquerait le chemin. Billy, Don Joe, la femme aux lunettes et même Louise Snell dirent tous en même temps :

— Sweetmeadow ?

Billy prit la relève :

— Ça n'existe pas, ma p'tite demoiselle. Ah, y a bien une Lonemeadow et une Sweetwater, ta maman a dû confondre.

— Oh ! fis-je, déçue.

— Absolument, insista Billy, comme si je ne le croyais pas.

Don Joe et Evren hochèrent la tête pour l'approuver.

— Cette Rebecca, déclara Don Joe, faudrait qu'elle habite sur l'une ou sur l'autre.

Pendant qu'ils s'acharnaient sur ce problème, je commandai à Louise Snell une part de tarte à la banane. Elle ouvrit la vitrine et lança à la cantonade :

— Aidez-la, vous autres, y en a bien un qui sait où cette Rebecca Calhoun habite !

Ils affichèrent des airs perplexes, se consultèrent l'un l'autre à voix basse, puis l'homme du box prit la parole :

— Red Coon Rock, voilà où elle crèche.

Il brandissait sa tasse de café d'une main tandis que l'autre tenait une cigarette dont il secoua la cendre avec le petit doigt.

Billy pivota sur son tabouret.

— Comment que tu sais ça, Mervin ? Y a pas de Calhoun par là-bas. Les Calhoun, y z'habitent du côté de La Porte. J'ai jamais entendu dire qu'il y en avait à Cold Flat.

— C'est plus une Calhoun, c'est pour ça, rétorqua Mervin. Elle a épousé un Spiker, Bewley Spiker pour tout dire, mais il est mort, maintenant.

Que toutes ces informations proviennent d'un client assis dans le box aggrava l'humeur de ceux du comptoir.

— Mais la Rebecca, elle est morte aussi, reprit Mervin.

Mon cœur flancha. Incroyable ! Ma piste aboutissait à une impasse.

— Y a plus qu'Imogene qui y habite. La sœur de Rebecca.

Sa sœur ! J'étais trop excitée par la nouvelle pour me taire.

— Laquelle, Mr Mervin ?

Je ne connaissais pas son nom de famille.

Toutes les têtes se braquèrent vers moi. Ils n'étaient pas habitués à me voir participer à la discussion, même si c'était moi qui l'avais provoquée.

— La sœur de Rebecca ?

Mervin se racla la barbe avec le dos de la main. J'entendis le frottement des poils depuis l'autre bout de la salle.

— Je crois pas qu'elle en ait jamais eu plus d'une. Imogene, elle a bien dix ou quinze ans de moins que la grande.

Ce devait être la jeune sœur dont Aurora avait parlé, celle que Rebecca emmenait à l'hôtel quand elle y travaillait ; elle devait avoir dix ou onze ans à l'époque, presque le même âge que Mary-Evelyn.

— C'est Rebecca que tu voulais voir, hein ? interrogea Louise Snell.

Je m'efforçai de paraître déçue, et d'une certaine manière je l'étais, quand je songeais que Rebecca avait servi à l'hôtel ; j'aurais aimé en parler avec elle.

— Ma mère sera drôlement déçue, elle était très amie avec elle.

Je posai les yeux sur mon assiette et écrasai les restes de croûte avec ma fourchette. Quand avais-je mangé la tarte ?

— Remarquez, ça vaut peut-être la peine de parler à Imogene ; elle doit se souvenir de ma mère. Où habite-t-elle ?

— A Red Coon Rock, après Flyback Hollow, dit Mervin. Du côté de chez Jude Stemple.

— Mais tu nous avais demandé où vivait Jude, intervint Don Joe. Tu l'as trouvé ?

— Oui, merci.

— Et avant lui, y avait quelqu'un d'autre.

— Les Tidewater, dit Louise Snell.

— Non, j'ai pas trouvé les Tidewater.

— Tu cherchais aussi quelqu'un d'autre...

Je le coupai avant qu'il se rappelle Louise Landis.

— La meilleure amie de ma mère, à part Rebecca, habitait par ici.

— Ah bon ? Comment elle s'appelle ? demanda Louise Snell.

Je mis quelques secondes à répondre.

— Henrietta Simple. C'est son nom de jeune fille, naturellement.

D'où m'était venu ce nom, je n'en ai aucune idée. Je passais tellement de temps à inventer des choses que les noms surgissaient dans ma tête sans que je m'en rende compte. Je les vis tous se creuser la tête car je leur avais proposé un prétexte à chamaillerie, un nom sur lequel chacun aurait des commentaires à faire.

Billy secoua la tête.

— Y a pas de Simple à Cold Flat Junction. Vous avez entendu parler d'un Simple ? demanda-t-il aux autres.

Ça ressemblait aux courses de relais, quand chaque coureur passe un bâton à son équipier.

— J'ai jamais dit que les Simple habitaient à Cold Flat Junction, fis-je. J'ai dit que ma mère habitait par ici.

Ils n'eurent d'autre choix que d'accepter qu'il y avait des Simple ailleurs, en dehors de leurs relations. Comme ils me semblaient dépités de ne pas connaître ce nom, je me crus obligée de leur fournir des explications. Un vent frais soufflait à travers les persiennes ; je réfléchis un instant avant de me lancer :

— Les Simple, vous ne les connaissez pas parce qu'ils vivaient sur une ferme ; ils y sont peut-être encore. C'était une ferme immense. Ils vivaient, pourrait-on dire — à en croire ma mère —, comme des reclus. Ils quittaient rarement la ferme, sauf George — le père de Henrietta —, qui allait en ville une fois par semaine pour les provisions. Seuls les gens qui faisaient des affaires avec eux venaient à la ferme. Pendant des années, ma mère est allée leur acheter des œufs. C'est comme ça qu'elle a connu Henrietta et qu'elle a appris que son jeune frère — il s'appelait Miller — était atteint.

Leurs yeux s'écarquillèrent en entendant ça, et deux d'entre eux allumèrent une autre cigarette.

— Atteint comment ? demanda Evren, qui était assis à côté de Don Joe et ne parlait pas souvent.

— Une mule avait donné un coup de sabot à Miller quand il était bébé et ça lui avait abîmé le cerveau.

— C'est-à-dire ? s'enquit Evren.

C'était comme s'il était atteint lui-même et brûlait d'envie de connaître quelqu'un dans sa condition.

— Euh, il pouvait devenir vraiment violent et attaquer les gens. Il s'en est pris à ma mère, une fois. Il a attrapé une chaise et il lui a couru après comme un dresseur de lions. George l'a vu et est intervenu, heureusement. On comprend qu'ils aient vécu en reclus. Ils n'avaient pas les moyens d'envoyer Miller dans une institution, alors ils le gardaient chez eux, comme je disais. Mais ils devaient faire attention aux visiteurs.

J'imaginais tout cela — Miller chargeant ma mère, Henrietta hurlant, George se précipitant à la rescousse. La ferme devenait de plus en plus réelle, les vastes hectares, les poules qui grattaient le sol, ma mère avec son panier à œufs. C'était comme lorsque je sors de l'Orion en me demandant dans quel monde je suis. Mais, dans un éclair, le restaurant reprit forme et je fus de nouveau sur la terre ferme. Ou du moins aussi ferme qu'elle peut l'être à Cold Flat Junction.

— Alors, vous comprenez, Imogene Calhoun sait peut-être ce qui est arrivé à Henrietta Simple. Vous disiez qu'elle habitait à Red Coon Rock ? C'est après Flyback Hollow ?

Si jamais l'un d'eux tombait sur Imogene Calhoun, lui parlait des Simple et qu'elle venait à répondre qu'elle ne les connaissait pas, ça n'aurait pas d'importance parce que l'histoire était tellement compliquée qu'ils croiraient s'être trompés, ou qu'Imogene était atteinte, elle aussi.

— Mais c'est pas très loin de Flyback Hollow. Pas plus de trois pâtés de maisons.

Billy enragea qu'on mette en cause ses renseignements.

— Bon Dieu, Mervin, y a pas de maisons par là-bas. Faut mesurer en mètres. Je dirais que ça fait dans les quatre cents mètres, si je devais en être juge.

— A quoi ressemble la maison ?

A peine formulée, je regrettai ma question.

— Blanche, avec une grande véranda tout autour, dit Don Joe.

— Elle est bleue, fit Mervin. Spiker l'a peinte en bleu ciel.

Quand sa femme n'était pas là, Mervin était intarissable. Il devait attendre ces occasions avec impatience.

— Tout le monde te dira que c'est la couleur la plus vilaine pour une maison, poursuivit-il.

Billy pivota sur son tabouret.

— C'est pas la maison des Calhoun, nom d'un pétard ! C'est celle de Wanda Leroy. Et elle a jamais été du côté de Red Coon Rock !

La femme aux lunettes noires agita sa tasse vers Louise Snell, qui prit la cafetière et alla la resservir.

— Elle est vert olive, voilà comment qu'elle est, fit Don Joe. (Comme Billy s'apprêtait à le contredire, Don Joe l'arrêta d'une main.) Je suis un petit peu au courant, Billy, avec toutes les livraisons que j'y fais.

Je me demandai ce qu'il livrait, mais je ne voulais pas réellement le savoir car ça aurait entraîné Don Joe hors de sa vie au restaurant, vers les étendues désertes de l'autre côté de la voie ferrée. Il y serait resté des années.

— Hé, mon chou.

Je sentis la main de Louise Snell sur mon bras. Je me secouai.

— Ça ne va pas ? T'avais les yeux fermés.

— Oh, je réfléchissais.

Mervin donnait des indications :

— Il suffit de dépasser l'école et de tourner à gauche sur Dubois Road ; ça te mènera devant Flyback Hollow, après c'est tout droit jusqu'à Red Coon Rock. Tu y seras en moins de deux, fit-il en frottant vivement une main contre l'autre.

Je les remerciai, pris mon addition et allai à la caisse, près de la porte. Je n'avais pas revu le jeune boutonneux qui y travaillait, la première fois que j'étais venue. S'était-il fait renvoyer ? Louise Snell vint encaisser et me rendre la monnaie.

— Hé, ma fille, dit Don Joe. Si t'as été à La Porte et à Spirit Lake, t'as peut-être entendu parler de Fern Queen, qui s'est fait assassiner. On ne reçoit pas les nouvelles, ici ; on n'a que le *Conservative* une fois par semaine.

Evren émit un petit rire idiot qui lui secoua les épaules.

— T'es marrant, Don Joe. C'est pas si étonnant, y s'passe jamais rien, ici. Pourquoi qu'on recevrait des nouvelles d'ailleurs ?

Je méditai là-dessus et dévisageai Evren. Puis je répondis à Don Joe :

— Le shérif enquête toujours, je crois qu'il ne rendra rien public avant d'être sûr de savoir ce qui s'est passé.

— Ouais, ben si ce DeGheyn s'imagine que c'est Ben Queen qu'a fait le coup, il est pas près de savoir ce qui s'est passé.

J'aurais pu lui demander ce qui lui faisait dire ça, mais ça ne m'aurait rien appris que je ne savais déjà.

Louise Snell me souhaita bonne chance.

Bonne chance ! Comme si je me lançais dans une expédition qui risquait d'être plus hasardeuse que Mervin ne l'avait indiqué. Ça m'était profondément égal ; si je pouvais aller jusqu'au Rony Plaza, je trouverais facilement mon chemin jusqu'à Red Coon Rock.

Tandis que la porte se refermait derrière moi, aveuglée par le soleil qui brillait sans merci dans un ciel blanc, je rêvais d'un endroit comme celui-ci, où je pourrais m'accrocher à quelque chose, comme un rocher au milieu d'un torrent, où l'eau court tout autour de vous sans vous mouiller ni vous déplacer, un endroit où les nouvelles ne parviennent jamais.

37

Limonade

Cold Flat Junction m'était désormais devenue si familier que je fus tentée de m'arrêter pour rendre visite à des habitants. Près de la rue de l'école, il y avait la maison avec les poules où Mrs Davidow venait acheter des œufs (et qui était bien différente de la ferme des Simple). Je passai devant chez les Queen sur Dubois Road, suivis la rue jusqu'au bout, jusqu'au rocher sur lequel était peint Flyback Hollow en grosses lettres blanches. J'aurais aimé parler de nouveau à Louise Landis, mais j'avais trop de choses à faire pour m'y arrêter.
Après Flyback Hollow, la rue rétrécissait et le revêtement laissa la place à un chemin de terre défoncé. Au loin, je distinguai une jeune fille assise derrière une table, ce que je trouvai drôlement bizarre ; en m'approchant, je vis que c'était un stand de limonade. Une pancarte accrochée au rebord de la table indiquait *Limonade : 10 cents*. Sur cette route déserte, les affaires ne devaient pas marcher fort.
— Salut, lançai-je.
— Salut.
Je crus d'abord que c'était la fille avec qui j'avais joué à l'école parce qu'elle avait les mêmes grands yeux tristes, mais c'était peut-être le regard Cold Flat Junction.
J'avais plein d'argent qui devait me servir à payer les informations éventuelles dont Imogene Calhoun serait la source probable. Il m'en restait assez pour un passage au Windy Run et une limonade.

— Je prendrai deux tasses, dis-je à la fille en piochant vingt cents dans ma bourse.

Ce n'était pas de la limonade, c'était du Kool-Aid[1] ; je lui demandai pourquoi elle avait écrit limonade.

— Parce que c'est un stand de limonade.

Elle croisa les bras sur sa poitrine et se gratta le coude, un geste que je fais souvent ; nous avions donc quelque chose en commun, sauf qu'elle était plus têtue que moi. Je bus mon Kool-Aid, d'une couleur jaunâtre mais qui n'avait nullement le goût de citron. En plus, il était tiédasse, mais je ne protestai pas ; je la trouvais courageuse de planter son stand dans un endroit où elle n'avait aucune chance de succès. Mais peut-être était-elle idiote.

Pendant qu'elle remplissait de nouveau mon gobelet en carton, je lui demandai si elle avait beaucoup de clients. Elle secoua la tête d'un air abattu.

— Tu devrais peut-être t'installer là-bas, conseillai-je en pointant le doigt vers le carrefour que j'avais dépassé. Au croisement. (C'était stupide ; Cold Flat Junction n'avait qu'un seul carrefour.) Tu aurais le passage de Flyback Hollow et de Dubois Road.

— Ma mère n'aime pas que je m'éloigne.

— Ah, fis-je.

Je levai les yeux au ciel. Etait-ce une bonne raison ? Pensant qu'elle devait connaître la maison des Calhoun, je l'interrogeai :

— Je cherche Imogene Calhoun. Tu sais où elle habite ?

— C'est la prochaine maison.

J'aperçus un toit vert foncé qui dépassait des arbres. Les rares maisons étaient cachées par d'épais feuillages. Tous les arbres de la région semblaient s'être donné rendez-vous ici. Je reposai mon gobelet à moitié plein — je déteste le Kool-Aid —, la remerciai et repris ma route.

Ce n'était pas très loin. La maison se dressait au milieu des arbres comme si elle avait, elle aussi, surgi de terre. Elle était à moitié en brique et à moitié en bois, peinte d'un vert

---

1. Marque de boissons aux arômes chimiques. *(N.d.T.)*

à vous donner le mal de mer, et elle se fondait dans le paysage, ce que je trouvai plutôt joli.

La femme qui vint m'ouvrir ressemblait à la fille de la limonade en plus vieille, avec le même regard triste façon Cold Flat Junction, malheureux, sans surprise, aussi défait que la longue robe imprimée et le pull marron qu'elle portait. Elle avait les yeux et les cheveux couleur café et elle tenait à la main une boîte de bière et une cigarette.

— Miss Calhoun ? Imogene Calhoun ?

— Moi-même. Tu désires quelque chose ?

Impossible de dire si son ton était agressif ou juste contrarié.

— Je suis Emma Graham, j'habite à Spirit Lake. Je dois écrire une dissertation. Notre professeur appelle ça un « projet ». Il veut que nous approfondissions (un mot que j'aimais beaucoup) un sujet sur la région où nous habitons... et que nous le couchions noir sur blanc. J'ai cru comprendre que vous aviez vécu près de White's Bridge avec votre sœur...

— Ma sœur est décédée.

— Oui, j'ai appris. (Je cherchai le terme que le shérif employait toujours dans ces circonstances.) Je vous présente toutes mes condoléances.

— Oh, je t'en prie, elle est morte depuis près de dix ans ! Mais entre donc !

Elle referma la porte derrière moi. Le salon était sombre, non seulement parce qu'il y avait peu de lumière mais parce que tout était sombre — les murs, les meubles, les boiseries. Elle s'affala dans un rocking-chair recouvert d'une housse et me dit de m'asseoir dans un des fauteuils. Le tissu était un peu râpeux et couleur biscuit brûlé. Lorsque je m'assis, de la poussière s'envola et tournoya dans un rai de lumière oblique.

J'ouvris ma bourse et y pris un billet de cinq dollars.

— Notre professeur nous a aussi dit que nous devions payer les gens que nous interviewons. Je serai donc contente de vous verser cinq dollars de l'heure, ou pour moins d'une heure, bien sûr.

Je posai le billet sur la table basse. Cela la surprit.

Elle sourit, ce qui la rajeunit, elle parut dès lors avoir moins de cinquante ans. C'était peut-être la façon dont elle était habillée, avec sa robe à fleurs et ses baskets, ou peut-être à cause de ses longs cheveux. Je lui aurais donné trente ans si je l'avais croisée dans la rue.

— Ça me va, dit-elle, mais qu'est-ce que je vais bien pouvoir te raconter pendant une heure qui risque de t'intéresser ?

— Est-ce que votre sœur servait quelquefois à l'hôtel Paradise ?

— Oui. Becky y a travaillé à mi-temps pendant une ou deux saisons. Elle m'emmenait dans les endroits où elle travaillait pour que je ne reste pas seule à la maison, et pour que je l'aide aussi. (Elle chassa une mèche de son front.) Seigneur, mais ça doit faire quarante ou quarante-cinq ans !

Elle but une gorgée de bière avec une grâce toute féminine, quand on songe qu'elle buvait à même la boîte. Elle secoua la cendre de sa cigarette au-dessus d'un cendrier en fer-blanc qu'elle avait posé sur ses genoux.

Je me replongeai dans le passé, moi aussi, et je regrettai de ne pas avoir de rocking-chair car avec ses jambes étendues et ses pieds sur le coussin, la fumée qui l'enveloppait, Imogene semblait réellement retournée avec Rebecca. Installée dans le fauteuil au tissu rugueux, je l'écoutai parler de sa voix rêveuse de la cuisine de ma mère, qu'elle appelait « Miss Jen ». C'était l'époque avant Ree-Jane, avant Lola Davidow, et mes pensées, comme aimantées par le passé, s'égarèrent dans ces journées que je n'avais pas connues.

— Il y avait des arbres derrière la cuisine, près du grand garage, où je me faufilais avec le fils de la plongeuse pour fumer des cigarettes en cachette.

Elle parla de l'hôtel, des gens qui y travaillaient, des clients qu'elle croisait parfois quand elle faisait les lits. Ça valait largement les cinq dollars. L'atmosphère était si lourde de souvenirs que mes paupières se fermèrent. Elle aurait aussi bien pu parler de moi et de Paul, le fils de la plongeuse, à qui je demandais de voler des brownies quand ils refroidissaient sur la table à pâtisserie, et que nous emportions ensuite dans les bois pour les manger. C'était toujours Paul qui se faisait disputer.

C'était un peu comme si je menais d'autres vies en plus de la mienne. C'était presque comme si j'étais partout à la fois. Je me demandai si je ne devenais pas folle, comme Miss Ruth Porte, préparant des dîners aux chandelles pour elle toute seule, ou kleptomane, comme Miss Isabel Barnett.

— ... la maison des Devereau...

Mes paupières s'ouvrirent d'un coup. Elle parlait des Devereau et je n'avais pas écouté !

— C'était drôlement pénible de travailler pour elles. Isabel aurait fait une parfaite esclavagiste.

— N'est-ce pas la maison où... ?

Non, c'était trop direct. Il faut y aller en douce si on veut des renseignements ; il faut couler un œil par la fenêtre, regarder les faits en biais pour qu'ils ne s'enfuient pas. On ne peut pas enfoncer les portes.

— Ma mère m'a dit que des sœurs y avaient habité. Elle les appelait « les vieilles demoiselles »...

— Tu as dû apprendre ce qui s'est passé ? dit Imogene.

— Quoi donc ?

— Tu sais, la fillette qui s'est noyée. Je crois que c'était leur nièce.

Je plissai les yeux comme si ma mémoire refusait de fonctionner.

— Noyée... ah, oui, quelqu'un m'en a parlé... mais continuez.

Je m'efforçai de ne pas m'emballer.

Imogene alluma une autre cigarette avec son mégot qu'elle jeta ensuite dans la cheminée. La façon dont le soleil filtrait à travers les persiennes et dessinait des rayures sur son visage lui donnait une sorte de beauté.

— C'était à l'aube, je crois. Les sœurs ont appelé la police pour déclarer que la jeune fille avait disparu... (Elle s'arrêta pour boire une gorgée de bière.) En tout cas, c'est ce que m'avait raconté Rebecca, si je me rappelle bien. On a retrouvé la fillette dans le lac, celui qui est près de l'hôtel Paradise.

Je prenais garde de ne pas croire tout ce qu'on me disait, parce que c'était pour la plupart des ouï-dire, la personne qui me racontait les événements les tenant souvent de quelqu'un d'autre. Ou alors elle ne savait pas la vérité parce qu'elle n'avait pas été là pour la vérifier. Jude Stemple en était un bon exemple quand il affirmait que Fern n'avait pas d'enfants. Fern pouvait très bien en avoir sans qu'il l'ait su, ce qui était pour moi l'évidence même.

Mais, bien sûr, Imogene avait raison ; ce qu'elle disait avait été rapporté par les journaux.

— On a dit qu'elle avait pris une barque en pleine nuit et qu'elle n'avait pas pu ramer pour rentrer. C'était une vieille barque dont le fond fuyait. Ça ne tient pas debout ! Pourquoi la police n'a-t-elle pas enquêté plus sérieusement ? Il y a une chose qui ne m'a pas quitté l'esprit...

Imogene s'arrêta, comme si elle était devant une surprise, un cadeau qu'elle déballait peu à peu... défaire le ruban, ôter le papier, soulever le couvercle de la boîte... Elle se mit à éplucher son vernis à ongles. Il était rouge foncé et s'écaillait.

— Quoi ?

Elle sursauta.

— Oh... désolée. Je... euh, je me suis laissé ramener à l'époque des Devereau. (Elle fronça les sourcils.) Ah, ces sœurs ! Je n'arrête pas de penser à trois sœurs... mais il me semble qu'elles étaient quatre, non ?

Ce n'était pas une question qui m'était adressée, elle l'avait lancée en l'air, comme si la réponse flottait dans la pièce et n'arrivait pas à se déposer.

— Rose Devereau était la quatrième, et elle ne ressemblait pas du tout à ses sœurs. Elle a épousé Ben Queen, de Cold Flat, mais je ne vais pas entrer dans les détails. Rose avait bien quinze ou vingt ans de moins que les trois autres. Elle était très jolie, très vivante. Les trois autres me faisaient l'effet d'être plus mortes que vivantes. Il n'y avait aucune beauté chez elles. (Elle s'arrêta de nouveau pour boire et tirer sur sa cigarette.) Je me souviens d'un chaton si famélique qu'il était à peine plus gros qu'une crevette. Rebecca disait qu'il y avait un bol d'eau mais jamais rien à manger.

Cela m'effraya. J'étais au courant pour le chat affamé car Enepébé nous en avait parlé, mais je ne savais pas comment il avait fini et je ne voulais pas le savoir.

— C'était le chat de la petite Mary. Ses tantes ne l'autorisaient pas à le nourrir. Sans Becky, il serait mort. Voilà ce qu'elle faisait : elle le cachait sous son manteau et elle le ramenait à la maison pour le nourrir ; au bout d'une semaine, elle le rapportait pour que les sœurs ne croient pas qu'elle l'avait volé. Ensuite, elle recommençait. Une fois, elle a apporté une boîte d'aliments pour chat, mais elle a eu peur de la laisser à Mary. C'était trop dangereux ; vous vous rendez compte, si les sœurs l'avaient trouvée ?

— C'était comme une prison...

Imogene rit, mais ce n'était pas un rire insouciant.

— Exactement ! Elles n'aimaient pas que je vienne, mais comme elles avaient besoin de Becky, elles étaient obligées de m'avoir en prime.

— Votre sœur Rebecca devait être très sympathique.

— Ça, tu peux le dire. La petite Mary, elle était si pâlotte. C'est drôle, je ne me souviens pas de son visage, de ses traits, mais je me rappelle sa pâleur. (Elle grimaça.) Pourquoi détestaient-elles autant Mary ? On aurait dit qu'elles vivaient sa présence comme une punition.

Imogene cessa de raconter ; elle fuma et but sa bière. Avait-elle oublié que j'étais là ? Je ne voulais rien dire pour ne pas lui faire perdre le fil.

— Elle avait des robes magnifiques, des robes du soir, reprit-elle enfin. Elle ne portait d'ailleurs que des robes, jamais de jean ni de short, comme moi. Je me souviens, nous allions dans sa chambre et nous jouions avec les trucs de son coffre à jouets.

Je pensai au Cluedo et à la façon dont Mary-Evelyn avait découpé des photos qu'elle avait collées sur certaines cartes qui représentaient les différents personnages : Mademoiselle Rose, Madame Leblanc, Madame Pervenche, le Colonel Moutarde. Je savais que je devrais retourner chez les Devereau et examiner les choses à la lumière de ce que j'avais appris. Mais qu'avais-je appris, exactement ?

— Vous disiez qu'il y avait une chose qui n'avait pas quitté votre esprit. C'était quoi ?

— Sa mort. C'était pas un accident. Comment une enfant pourrait-elle mourir ainsi ? La police a parlé de mort suspecte. C'est évident ! Pourquoi cette enfant serait-elle partie en barque en pleine nuit, tu peux imaginer ça ?

C'étaient les questions que je me posais ; j'en avais dressé une liste après être allée lire l'article vieux de quarante ans dans les bureaux du *Conservative*. Ah, comme j'aurais voulu que la sœur d'Imogene, Rebecca, soit encore en vie ! Elle m'aurait donné des renseignements de première main. Bien sûr, Imogene en avait aussi, mais comme elle n'avait que dix ans à l'époque, ses souvenirs étaient influencés par les commentaires de sa sœur aînée.

— Pas de chaussures ! reprit Imogene. Ça m'a toujours frappée. A moins que ça soit Becky qui me l'ait dit. Comment une enfant aurait marché dans des bois aussi épais sans chaussures ? Et pas de manteau non plus, n'oublie pas. On était en octobre, et elle sortait sans manteau !

— Alors, vous croyez... qu'elle n'avait jamais eu de chaussures ? Qu'on l'avait portée, peut-être ?

Imogene avala une goulée de bière.

— Elle était peut-être déjà morte, voilà ce que je crois.

Mon cœur fit un bond. Je repensai à ce qu'Enepébé avait vu de loin : les lumières, soit des torches soit des lanternes qui se déplaçaient dans les bois, une procession silencieuse. Comment était-il possible que Mary-Evelyn n'ait pas crié ? Comment imaginer qu'elle n'ait pas opposé un minimum de résistance, sans chaussures et sans manteau ? Elle était déjà morte... ça expliquait tout.

Imogene revint au chat :

— Il était presque blanc, avec des reflets bleus ou gris. La pauvre bête n'avait même pas de nom. Mary-Evelyn l'adorait. Elle m'a dit qu'elle descendait parfois la nuit pour voler des morceaux de viande afin qu'il ne meure pas de faim. Mais les sœurs l'ont surprise et ont mis un verrou au réfrigérateur. Après, naturellement, elles l'ont punie.

— Comment ?

— Elles lui ont fait ramasser les feuilles. On était en octobre, n'oubliez pas.

— Quoi ?

Bien qu'au courant des mauvais traitements subis par Mary-Evelyn, je ne supportai pas d'entendre ça.

— Les feuilles mortes du jardin. Il en tombait tous les jours, bien sûr. Elle devait les ramasser une à une et les mettre dans un sac de pommes de terre. Quand il était plein, elle le vidait et elle recommençait.

Là, Imogene tourna son regard vers la fenêtre, comme si elle pouvait voir au-delà de la maison. Je l'imitai. Mary-Evelyn, dans sa robe du soir, se baissait pour ramasser une feuille morte qu'elle entassait dans son sac de pommes de terre.

Nous restâmes là, silencieuses, happées par cette vision. Je m'étais déplacée sans m'en rendre compte et je m'étais approchée d'Imogene, la main sur le bras de son rocking-chair, comme si j'en tirais un réconfort.

Je vis Mary-Evelyn lever les yeux vers moi et, même si je savais que c'était mon imagination, je sentis qu'elle me demandait, qu'elle nous demandait, de découvrir ce qui s'était passé ; bien qu'ayant compris pourquoi Fern Queen était morte, pour venger la vie pitoyable et la mort de Mary-Evelyn, ce n'était pas suffisant. Si je ne poursuivais pas mon enquête, elle ne serait pas libérée de son terrible châtiment et elle devrait ramasser des feuilles mortes jusqu'à la fin des temps. C'était comme dans les contes de fées que je lisais quand j'étais petite, la princesse était souvent ensorcelée et le prince devait trouver comment la délivrer. C'était comme si Mary-Evelyn avait été envoûtée. Ou que je l'étais, moi-même.

— Comment était Mary-Evelyn ?

— Comme je l'ai dit. Sage.

— Oui, mais quand elle n'était pas sage ?

— Oh... elle était vraiment gentille. Vue de l'extérieur, on aurait pu dire qu'elle avait de la chance, avec ses cheveux blond pâle, ses yeux d'un bleu si pur, et toutes ces robes...

Cela me peina. Et me poussa à penser encore davantage à elle.

L'horloge sonna. Il était quatre heures et quart. Plus d'une heure avait passé. Je compris qu'Imogene était une alliée et que j'avais un prétexte tout trouvé pour revenir : mon projet de dissertation. Je m'aperçus aussi que je lui devais cinq autres dollars ; je les sortis de ma bourse et les lui tendis.

— Oh, mon petit, tu n'as pas besoin de me donner davantage. J'aime bien bavarder. Ça me rappelle plein de choses sur Becky et sur le passé.

Je posai le billet sur le bras du fauteuil.

— Disons que c'est pour le chat.

En revenant sur la route, je sentis à nouveau un terrible poids sur mes épaules. J'avais l'impression de me traîner, que mes jambes refusaient d'avancer. Comme elles n'avaient pas d'autre endroit où aller, elles obéissaient, mais à contrecœur.

Le stand de limonade se trouvait maintenant à l'intersection de Dubois Road, là où j'avais conseillé à la fille de le déplacer, mais celle-ci était partie. Elle avait certainement l'intention de revenir car le pichet de Kool-Aid était sur la table. Il était d'une couleur différente, orange au lieu de jaune, et je vis qu'elle avait barré *Limonade* pour écrire *Orangeade* à la place. Ça voulait peut-être dire qu'elle avait fait des affaires. Je me versai un gobelet d'orangeade et posai dix cents sur la table. J'avais déjà vendu de la limonade quand j'étais jeune, sauf que la mienne était de la vraie limonade que ma mère m'aidait à fabriquer. Elle était aussi parfumée que si on l'avait tirée directement d'un citronnier.

Flyback Hollow était sur ma droite et pendant une minute je restai plantée en pensant à Louise Landis. Elle connaissait tout le monde à Cold Flat Junction. Elle connaissait Rose Devereau et Fern Queen. Je n'arrivais pas à trouver une bonne raison pour passer la voir. J'avais tellement inventé de mensonges sur ma vie qu'il ne me serait pas venu à l'esprit de dire simplement la vérité. Même si c'était ce que les gens auraient aimé entendre.

Je vidai mon gobelet par terre en me disant que j'étais peut-être en train de me vider, moi aussi. En promenant mon regard autour de moi, j'eus cette vision de Cold Flat Junction que j'ai toujours autant de mal à expliquer : la ville semblait déserte. C'était comme les cartes, le pichet de limonade, la fille qui n'était pas là. Comme la gamine de l'école qui jouait dans la cour ; comme le garçon, un autre jour, qui tenait un ballon de basket mais ne jouait pas avec ; comme le quai désert où j'avais vu la Fille la première fois.

Je compris ce que Cold Flat Junction avait d'à la fois apaisant et inquiétant : tout était à l'arrêt. Comme dans les épisodes de *Twilight Zone*, où les rues sont toujours désertes, où rien ne bouge sauf les feuilles mortes et les bouts de papier et où les rares personnes qu'on rencontre sont en argile, dans un autre temps, dans un autre espace. Mais les seuls mots que je trouve sont des enveloppes vides de sens. Il n'y a pas de mots pour décrire ça. Je ne sais même pas ce que j'entends par « ça ».

Je longeai Dubois Road, passai devant la grande maison des Queen. Oh, je ne m'étais pas attendue à voir Ben Queen assis sur la véranda, c'eût été le dernier endroit où il aurait choisi de se cacher.

J'étais dans Windy Run Road lorsque j'entendis le seize heures trente-deux siffler. Je me mis à courir. Le train roulait à côté de moi pendant que je cavalais sur le chemin défoncé entre le restaurant et la gare. Lorsque je le vis s'arrêter, je compris que j'arriverais trop tard et je ralentis l'allure, au pied des marches qui menaient au quai.

J'étais au bout du quai quand je vis une femme monter dans le train. Un pied sur le marchepied, l'autre sur le quai, elle se retourna et posa un instant son regard sur moi. Si j'avais couru très vite, je l'aurais peut-être attrapé, ce train. Le conducteur aurait peut-être attendu en voyant une pauvre gamine cavaler à perdre haleine (c'est l'un des avantages d'être un enfant), mais je ne pouvais pas. J'étais clouée sur place.

C'était la Fille !

Je m'assis sur un banc et pensai à elle, à ce qu'elle faisait à Cold Flat Junction. C'était là que je l'avais vue pour la première fois, sur le quai de la gare, il y avait près d'un mois de ça.

Je crois que c'est la petite-fille de Ben Queen et de Rose. Tous ceux qui l'ont vue et connaissent Rose penseraient comme moi, car elle lui ressemble : ç'aurait pu être Rose à l'âge où elle s'était enfuie avec Ben Queen. L'ennui, c'est que personne d'autre ne l'avait vue. Mais je dois admettre que je m'étais montrée peu disposée à la décrire. Elle ne ressemblait absolument pas à sa mère, Fern — du moins à en juger par les photos que j'avais vues d'elle dans le journal. Je parie que Jude Stemple verrait la ressemblance avec Rose car il avait été très épris d'elle, il avait décrit ses cheveux pâles, son teint, ses yeux avec une telle acuité que c'était comme si je l'avais eue sous les yeux. Jude Stemple aurait été obligé d'admettre qu'il s'était trompé en affirmant que Fern n'avait pas d'enfants.

Assise sur le banc marron verni, j'attendis le train de six heures, à peine sortie de mon état de stupéfaction. J'avais été à deux doigts de découvrir qui était réellement la Fille. Seuls quelques mètres de quai nous avaient séparées.

J'étais presque certaine que la Fille avait assassiné Fern Queen. Ne fût-ce que parce que je savais que Ben Queen ne venait pas de la tuer le soir où il avait jeté le revolver sur le canapé, dans la maison des Devereau.

Mais s'il avait un revolver... ?

J'imaginai la suite de l'argumentation :

Ce n'était pas le sien (répondis-je en moi-même). *Il avait laissé tomber le revolver comme si c'était un serpent prêt à le mordre.*

Une fille tuant sa propre mère ?

C'était la voix de Lola Davidow, pas étonnant qu'elle s'interroge.

C'est pas moins plausible (là, c'était le shérif, qui connaissait la vie) *qu'un père tuant sa propre fille.*

Non, non, non, dirait la foule, car c'était, je l'admets, un drame horrible et improbable.

Merde ! (Donny, affalé sur le fauteuil derrière le bureau du shérif). *Sam a raison. C'est lui qui a tué Fern. Comment tu sais que c'était pas son revolver ? Le type entre, laisse tomber l'arme sur le canapé, et toi tu dis que c'est pas la sienne ! ? Je vois pas où est le problème !*

Peut-être.

Je portai mon regard de l'autre côté de la voie ferrée, vers cette terre déserte qui m'attirait tant. Pourquoi un endroit si dénudé et si isolé me faisait-il cet effet ? Une terre aride, de la couleur du sable, une herbe brûlée par le soleil, des rochers éparpillés. Et au loin, la limite foncée des arbres semblable à la ligne d'horizon. Pas une seule maison, pas âme qui vive.

Et pourtant, je ne sais pourquoi, ça me donnait un sentiment de bien-être, ça effaçait ma fatigue. En fait, en regardant au loin, je m'aperçus à quel point j'étais fatiguée, à quel point les choses me pesaient. C'était comme si, là-bas, il y avait un endroit où je pourrais enfin cesser de me soucier des piques de Ree-Jane, poser mon plateau, arrêter les mensonges et les intrigues, où je serais enfin moi-même. Où on pourrait laisser tomber le revolver sur le canapé.

38

Bleu solitaire

Le trajet ne durait que quinze minutes, trois minutes de moins parce que je descendais à La Porte et non à Spirit Lake. J'allais rendre visite au docteur McComb.

Je passai le court trajet en pensant à la Fille ; pourquoi voyageait-elle entre Cold Flat Junction et Spirit Lake ? J'aurais mieux fait de réfléchir à ce que j'allais dire au docteur McComb pour justifier ma visite. La dernière fois, j'avais prétendu que je croyais avoir aperçu une Dame blanche.

Les papillons sont la passion du docteurMcComb. Nous avions passé quelque temps derrière sa maison, de l'herbe jusqu'aux genoux, à essayer d'en attraper au filet. A Spirit Lake, j'avais bien vu un papillon blanc, c'était peut-être une Dame blanche, mais il avait l'air si paisible, perché sur la tige d'une carotte sauvage, que je n'avais pas pu me résoudre à le capturer et à l'emprisonner dans la boîte que j'avais apportée exprès. Je ne supportais pas l'idée de le mener à sa mort.

Je descendis du train, fis les cent pas sur le quai, jetai un œil dans la salle d'attente, mais il n'y avait aucun signe de la Fille ; je ne m'étais pas réellement attendue à la voir.

Un taxi d'Axel attendait devant la gare, son moteur tournant comme s'il préparait la fuite de gangsters. Delbert était au volant, comme d'habitude. Je lui demandai s'il attendait quelqu'un, il me répondit qu'il était libre, qu'il espérait seulement qu'un passager aurait bientôt besoin d'un taxi.

— Eh bien, moi, j'en ai besoin.

Je montai et lui dis de me conduire chez le docteur McComb.

— Le docteur McComb, le docteur McComb... Où habite-t-il, déjà ?

— Vous devriez savoir où habitent les gens. C'est vous le taxi. (Je soupirai.) Prenez Red Bird Road jusqu'à Valley Road. Ensuite, c'est tout au bout.

— O.K. Doc, fit Delbert en déboîtant.

Je m'installai sur la banquette arrière, mordillant un morceau de peau calleuse près de l'ongle de mon pouce. J'ai parfois cette manie quand je réfléchis intensément. Je revoyais le papillon que j'étais en train d'observer, accroché à sa carotte sauvage, le jour où j'avais aperçu la Fille, de l'autre côté du lac. Le papillon et elle semblaient occuper le même espace.

Prétentieuse, la First National Bank défila devant la vitre. Les banques me frappent toujours par leur imposante majesté. Nous arrivâmes ensuite à l'angle où se dresse la bibliothèque d'Abigail Butte ; je criai à Delbert de s'arrêter.

Il réagit comme s'il avait une crise cardiaque ; je priai pour qu'il réussisse à se garer le long du trottoir avant de s'évanouir.

— J'en ai pour une minute, dis-je en descendant. Attendez-moi.

— Ça te coûtera du temps d'attente.

— Ça ne fait rien.

Je fonçai dans la bibliothèque en me demandant comment il décomptait son « temps d'attente ». Les ouvrages sur les papillons étaient dans la section « Nature », mais le livre du docteur McComb se trouvait à « Auteurs locaux ». Là, tout un tas de livres étaient empilés sur une table, bien en vue, près du bureau ovale des renseignements. J'en avais feuilleté quelques-uns, deux semaines plus tôt, quand j'effectuais mes recherches sur les papillons. J'avais eu l'impression qu'aucun de ces auteurs ne savait écrire, sauf le docteur McComb. J'avais trouvé les descriptions des papillons qu'il avait étudiés presque poétiques.

Comme j'aurais déjà dû rendre les neuf livres que j'avais empruntés, je ne pouvais pas emporter celui du docteur McComb, Miss Babbit ne l'aurait pas permis. J'avais l'intention de photocopier une ou deux pages des illustrations et des commentaires. J'allai à la photocopieuse, que les enfants ne devaient pas utiliser sans l'aide d'un adulte. Elle était plus ou moins cachée au fond de la salle. Je posai la page à plat et mis de l'argent dans la fente.

D'après le passage que j'avais lu rapidement, je savais que j'emprunterais le livre un jour ou l'autre parce qu'il était très agréable — presque romanesque. Le docteur McComb mentionnait plusieurs fois qu'il avait dû patienter si longtemps dans sa quête qu'il lui arrivait de s'endormir. Je trouvais qu'il était drôlement courageux d'admettre cette faiblesse dans un processus scientifique. Après avoir photocopié les pages, je remis le livre avec les autres et regagnai vivement le taxi.

— Ça te coûtera un supplément, me dit Delbert en démarrant.

— Je sais. Vous me l'avez déjà dit.

— C'est pour que tu le saches.

Je grinçai des dents et émis un bruit de gorge.

— Tu dis ?

— Rien.

— Parce que, Axel, il dit que l'attente prend autant de temps que si on roulait, alors faut la compter.

Il me jetait des coups d'œil inquiets dans le rétroviseur. Je le voyais par-dessus la page que je tenais devant moi afin de l'empêcher de me dévisager. Delbert pouvait discourir des heures sur le « temps d'attente » si on l'encourageait. Le visage caché derrière la page, je lus le compte rendu du docteur McComb sur un papillon bleu ; c'était réellement magnifique. Il avait escaladé la crête d'une colline appelée Hatter's Hill, un endroit que je ne connaissais pas. Il était monté dans le seul but d'essayer d'apercevoir ce papillon bleu. Il décrivait ainsi la scène :

Je me demandais à qui appartenaient ces terres, car elles n'étaient pas cultivées. Je promenai mon regard sur les prés désolés qui semblaient s'étendre à perte de vue. Je m'assis quelques minutes, faillis m'assoupir (une de mes mauvaises habitudes,

comme je l'ai déjà dit), lorsqu'un mouvement au pied d'un if entra dans ma vision périphérique. Je tournai lentement la tête et là, dans une parcelle de plantes à nectar, se balançait un Argus bleu céleste (rare dans ces régions septentrionales). D'une teinte sans précédent, il avait une nuance de bleu que je n'avais encore jamais vue. J'avais peut-être un faible pour ce papillon, aussi appelé Bleu solitaire, car il a tendance à vivre seul.
— Voilà Valley Road !

La voix de Delbert me tira de ma lecture et me ramena à la réalité, sauf que la mienne — la caravane et ses flamants roses sur la gauche, la grange délabrée sur la droite — était bien moins parfaite que les mots sur la page. Un bleu d'« une teinte sans précédent », un bleu que je n'avais jamais vu, et que je ne verrais jamais, sauf, bien sûr, si je tombais sur ce papillon.

— Eh bien, continuez. Je vous avais dit tout au bout.

Delbert soupira, le poids du globe terrestre sur ses épaules.

Finalement, il me déposa au bout de la route devant la maison carrée. Cette fois, je ne lui demandai pas de m'attendre car je savais que ce serait très long et qu'il allait piquer une crise de nerfs à cause du « temps d'attente ». En fait, il ne me compta que cinquante cents de supplément pour m'avoir attendue devant la bibliothèque.

J'espérais que la gouvernante, ou la sœur, ou je ne sais qui, du docteur McComb ne viendrait pas m'ouvrir car elle m'avait mise mal à l'aise la dernière fois. La porte était ouverte ; j'entrai donc et appelai le docteur McComb. La pièce était toujours la même, et pourquoi aurait-elle changé ? Je ne m'étais absentée que quelques jours, pas des années. Et cependant, j'avais l'impression que dix ans s'étaient écoulés. Dernièrement, ma perception du temps s'était étirée pour englober tous les voyages que j'avais faits, les discussions que j'avais eues, les plans que j'avais élaborés — sans oublier que j'étais encore en Floride, ce qui doublait mes occupations.

Le silence était agréable, seulement brisé par une horloge à l'ancienne qui égrenait les secondes. C'était un endroit où je ne me sentais pas prise dans la foule comme dans certains lieux, comme s'il y avait de la place pour la réflexion, mettre les choses à plat et prendre le temps de les examiner une par une. Mais je ne m'attardai pas ; je traversai la pièce et entrai dans la cuisine, où une autre horloge tintait doucement. Je regardai sous la serviette qui recouvrait une assiette, espérant y trouver des brownies, comme ceux que nous avions mangés la dernière fois, mais c'étaient des petits sablés, ce qui m'aurait plu à la rigueur. Néanmoins, je n'en volai pas. Quelque chose cuisait dans le four car l'air était lourdement chargé d'un arôme sucré ; des brownies ou un gâteau. Je m'abstins aussi d'ouvrir le four.

Je sortis de la cuisine par la porte qui donnait dans le jardin, qu'on pouvait à peine appeler un jardin tant les herbes et les ronces l'avaient envahi. Il s'étendait jusqu'au bois. Il y avait des pâturins et des herbes de bison ; il y avait des pâquerettes jaunes et des carottes sauvages ; des buissons à papillons et ceux qu'il appelait ses plantes « à nectar ». Je le savais parce qu'il me l'avait dit, pas parce que je les avais reconnus.

En posant mon regard vers le bas du sentier dégradé, je crus voir ce qui ressemblait à une couronne de cheveux blancs, ou à un nuage de minuscules papillons blancs, pointer au-dessus des laiterons et des tue-chiens. Je suivis le sentier. Un bras jaillit, armé d'un filet à papillons qui fouetta l'air. Je marchais en faisant très attention car je ne savais pas trop quelles sortes d'êtres vivaient là, invisibles, tapis sous les herbes. Il y avait des serpents, naturellement, j'espérais simplement que ce n'étaient pas des vipères cuivrées ni des crotales.

— Docteur McComb !

Il se redressa et tourna la tête dans tous les sens. Avec les épais fourrés, c'était difficile de voir quelqu'un.

— Qui est là ? Qui est-ce ?

— Moi. Emma Graham.

Quelques mètres de ronces nous séparaient encore. Je les enjambai.

— Salut ! fis-je avec un signe de la main. J'espère que je n'ai pas effrayé les phalanges...

— Non. Mais ce sont des phalènes, pas des phalanges.

Je ne m'appesantis pas sur mon erreur. J'étais fière de m'être presque souvenue du nom de ces papillons.

— Vous êtes occupé ? (C'était une question vraiment stupide.) Je voulais juste vous parler de votre livre.

C'était sûrement le sujet favori de n'importe quel auteur.

— Oh, ça ! grogna-t-il.

Son œil d'aigle s'illumina devant un papillon qui se balançait sur un brin de laiteron. Dans la pâle lumière du soleil qui éclaboussait le buisson de laiterons et de tue-chiens, le papillon vert brillait d'un éclat aussi vif que l'enseigne au néon d'Arturo, le restaurant sur la grand-route. Le docteur McComb regardait les ailes se fermer, s'ouvrir, se refermer.

— Vous n'allez pas l'attraper ? soufflai-je.

— Chut ! fit-il, un doigt sur ses lèvres.

Combien de temps passa pendant que nous observions le papillon vert, je n'en sais rien, mais je commençai à m'ennuyer. Je ne voulais pas que le docteur McComb doute de la sincérité de ma passion pour les papillons, mais vous ne pouvez pas rester des heures à les épier, à moins qu'ils ne soient le but ultime et le sel même de votre existence.

Eh bien, c'était le cas pour le docteur McComb, même si on aurait pu croire que la médecine le galvanisait davantage car il avait passé sa vie à soigner les gens. Pendant qu'il observait le papillon, sans bouger un muscle, je pris la page que j'avais photocopiée et la relus. Cela n'avait rien à voir avec le papillon bleu, sauf peut-être indirectement.

J'eus alors une de mes idées lumineuses, comme celles qu'on voit dans les bandes dessinées, dans les bulles qui se trouvent au-dessus de la tête des personnages : le livre ne traitait pas des papillons ! C'est-à-dire que les papillons n'étaient pas le sujet principal, le but du livre étant d'énoncer des réflexions sur la vie. C'était une idée tellement nouvelle pour moi que je ne sus qu'en faire ; je la rangeai donc dans un coin de ma tête pour la creuser plus tard, quand j'aurais du temps devant moi (ce qui m'arrivait de plus en plus rarement ces jours-ci.)

J'attendis patiemment, priant pour que le papillon s'envole ou que le docteur McComb se lasse. Cela ne semblait pas sur le point d'arriver. Je repensai à sa description de l'Argus bleu céleste, comment il avait attendu plus d'une heure avant de le voir, et je me demandai s'il n'y avait pas une leçon à en tirer. Oh, je n'avais pas besoin d'une leçon. Ce que je voulais vraiment savoir, c'était si l'odeur dans la cuisine était bien celle de brownies en train de cuire.

39

Noyade

Enfin, le papillon se lassa d'être observé et s'envola. Je rappelai au docteur McComb qu'il y avait quelque chose dans son four qui risquait de brûler. Nous revînmes à la maison.

Pendant qu'il sortait la plaque du four — des brownies ! —, je lui demandai quelle sorte de papillon c'était ; une Tête-de-chien, me dit-il. J'objectai que c'était un nom mal choisi pour une créature aussi ravissante. Il m'en apprit alors bien plus que je n'avais envie d'en savoir tout en saupoudrant les brownies de sucre. Je lui dis que ma mère faisait la même chose et j'ajoutai des détails sur la cuisson des gâteaux, ce qui était sans doute plus qu'il ne voulait en savoir ; comme ça, on était à égalité.

Mais le docteur McComb ne parut pas se troubler, sans doute à cause du temps qu'il passait à écouter ses patients lui parler de leurs maux. (Imaginez-vous avoir Aurora Paradise comme patiente !) Il déclara que ma mère était la meilleure cuisinière qu'il avait rencontrée, et est-ce que je cuisinais, moi aussi ?

La question me prit de court. Je ne me souvins pas de me l'être jamais posée, peut-être à cause du présage de mort qu'elle suggérait. Je ne crois pas que ma mère mourra un jour et que je devrai prendre sa succession. Moi dans la cuisine, à la place de ma mère, c'est la chose la plus saugrenue que je puisse imaginer.

— Je cuisine comme un manche, répondis-je, sans doute pour qu'on n'en reparle plus.

Je m'assis, le menton dans les mains, les yeux rivés sur les brownies pendant que le docteur McComb préparait le café.

— Mais je fais d'excellents cocktails, ajoutai-je.

— Tiens ? Ce que je préfère, ce sont les martinis. Avec de la vodka.

— C'est la boisson favorite de Mrs Davidow. Mais c'est pas bien compliqué à faire ; ça ne demande pas beaucoup d'imagination.

Je le regardai découper les brownies en carrés.

— C'est pas juste fait pour boire ; c'est fait pour saouler.

Les brownies étaient désormais sur l'assiette bleue. Je les examinai.

— Moi, je fais des cocktails qui exigent deux ou trois sortes d'alcools. En plus du reste, bien sûr. J'invente. Il y a le Cold Comfort, par exemple. C'est fait avec du Southern Comfort.

Nous prîmes les deux plus gros brownies.

— Ça m'a l'air créatif, en effet. Qu'est-ce que tu mets d'autre avec ?

— Ah, c'est un secret.

La recette changeait à chaque fois, c'est pour ça qu'elle était secrète.

— Tu m'en feras peut-être un, un de ces jours.

— Avec plaisir.

Je sortis de ma poche la page que j'avais photocopiée, la dépliai, et l'étalai sur la table.

— Tiens, il me semble la reconnaître...

Il paraissait content.

— Je l'ai eue à la bibliothèque. Je n'ai pas voulu emporter le livre parce que d'autres lecteurs aimeront peut-être le feuilleter. Il n'y a qu'un exemplaire.

Il s'assit et étudia la page en hochant la tête.

— Je me souviens très bien de cette journée.

— Où se trouve Hatter's Hill ?

— A deux kilomètres au-delà de Hebrides.

Hebrides est la grande ville la plus proche. J'aime beaucoup y aller car il y a des grands magasins, des librairies et des confiseries. Des magasins que nous n'avons pas à La Porte. J'adore y faire mes courses pour Noël.

— J'aime bien ce que vous avez écrit.

— Merci, fit-il avec un sourire.

— Vous dites que vous avez vu des prés qui semblaient infinis et « dénués d'ornements ». C'est très joli. Il y a des terres que je contemple parfois et qui me donnent la même impression. Mais je n'arrive pas à expliquer ce que je ressens.

— Où est-ce ?

— A Cold Flat Junction.

— Cela fait une éternité que je n'y ai pas mis les pieds. C'est un endroit qui m'a toujours semblé désertique. Etrange. Triste.

Triste n'est pas le mot que j'aurais utilisé, mais je n'avais pas le temps d'en chercher un autre car je voulais qu'on en vienne à la mort de Mary-Evelyn. Le café était étonnamment bon avec les brownies. Le docteur McComb est la seule personne qui m'ait jamais offert du café.

— Il doit falloir être drôlement patient pour observer les papillons.

— En effet. Toute observation est une affaire de patience. C'est-à-dire, si on veut vraiment observer.

Il avait expédié son brownie et examina l'assiette bleue avant d'en prendre un autre.

— Les gens ne sont pas observateurs, en général.

Il prit le brownie que j'avais repéré. Ça prouvait que nous étions tous les deux très observateurs.

— Puisque vous êtes médecin, vous l'êtes forcément. Je veux dire, vous devez être capable de discerner les choses... la mort, par exemple. Les causes de la mort. C'est bien vous qui remplissez les certificats ?

— Les certificats de décès ? Oui. Mais je n'en signe plus, c'est fini.

Il soupira. Je n'arrivai pas à déduire de son soupir s'il regrettait ou pas de ne plus signer les certificats de décès.

— Ça doit pas être facile, la plupart du temps. Euh... il y a des morts qui peuvent avoir plusieurs causes, non ?

— C'est juste.

Je souris. Ce que j'aimais chez le docteur McComb (et chez le shérif et Maud), c'était qu'il ne me reprochait pas d'être morbide, il ne me disait pas non plus que je ferais mieux d'aller jouer dehors. Et il n'avait pas l'air embêté. J'ai remarqué que les adultes prennent souvent l'air embêté quand les enfants leur disent quelque chose qu'ils n'avaient pas prévu.

Je poursuivis :

— Par exemple, vous ne pouvez pas dire si quelqu'un est mort à cause d'un poison particulier à moins que vous n'ayez recherché ce poison ?

— Tu as potassé le sujet, ma parole ! (Il se resservit du café.) Je suis content que ça soit moi qui ai fait les brownies et pas toi !

Il s'esclaffa.

— C'est juste que ça m'intéresse, dis-je en mangeant mon second biscuit. Les poisons, surtout. (Je me débrouillais bien.) J'imagine que l'arsenic est le plus répandu pour assassiner quelqu'un.

Il finit de mastiquer et fronça les sourcils.

— Je ne sais pas, je n'ai jamais rencontré de cas semblable. J'ai vu des empoisonnements accidentels, bien sûr. Mais dans ces cas-là, on trouve tout de suite. Des gosses qui avalent quelque chose. Ou des sédatifs en surdosage, ce qui n'est pas toujours accidentel, naturellement.

Je lui demandai alors son avis sur les assassinats par arme à feu.

— Tu fréquentes trop Sam DeGheyn. Qu'est-ce que tu veux savoir ?

— Vous avez déjà eu un mort par balle pour qui vous avez dû signer le certificat de décès ?

— Oui, bien sûr. Quand la chasse est ouverte, ça arrive souvent.

— Mais c'est accidentel. Moi je parle d'assassinat.

Il secoua la tête. Je pensai qu'il était normal d'aborder la noyade comme un moyen de mourir parmi d'autres.

— Et la noyade ? Vous pouvez toujours définir une mort par noyade ?

— Comment ? Savoir si quelqu'un s'est noyé ou pas ? Bien sûr. Les poumons sont remplis d'eau, c'est une noyade. Impossible de se tromper.

Je réfléchis, ultra-concentrée.

— Vous vous souvenez de Mary-Evelyn Devereau ?

— Comment l'aurais-je oubliée ? Qui pourrait oublier cette pauvre jeune fille ?

Je cessai de manger mon brownie. Les larmes me vinrent aux yeux, c'est l'expression qui convient pour décrire ma réaction. C'était à cause de la surprise de découvrir que la mort de Mary-Evelyn comptait pour d'autres que moi, après tout ce temps.

Le docteur McComb poussa l'assiette bleue vers moi, puis sortit un cigare.

— Elle s'est noyée... (Il soupira.) Oui, elle s'est noyée. Il n'y a pas d'autre conclusion.

— Mais, comment savoir (j'aurais dû poser cette question moins directement, mais je m'impatientais) où elle s'est noyée, exactement ?

Le docteur McComb, qui était en train d'allumer son cigare, arrêta son geste.

— Quoi ? Elle s'est noyée à Spirit Lake, bien sûr. (Il me dévisagea un moment.) Où veux-tu en venir ?

— Nulle part, je réfléchissais. Voilà un exemple : supposons que je plonge la tête de Jane Davidow dans un seau d'eau (je n'avais pas mis longtemps à trouver mon exemple !) jusqu'à ce qu'elle se noie. Ensuite, je traîne son cadavre à Spirit Lake et je le jette dans le lac (je ne peux nier que je m'amusais beaucoup). Comment sauriez-vous qu'elle ne s'y est pas noyée ?

— J'analyserais l'eau. Je verrais si c'est l'eau du lac. Si c'est celle de ce lac-là. (Il roula son cigare entre ses lèvres boudeuses et me dévisagea.) Tu penses à la fille Devereau, hein ? Tu crois qu'elle s'est noyée ailleurs que dans Spirit Lake, c'est ça ?

Il était inutile de tourner autour du pot.

— Ce que je pense... (Je mâchai bruyamment mon brownie.) C'est qu'elles l'ont assassinée.

Le docteur McComb finit d'allumer son cigare et me regarda avec des yeux ronds. Il paraissait incapable d'articuler un mot. Il ne se moqua pas de moi et n'essaya pas de dédaigner mon hypothèse. Je savais qu'il ne l'aurait pas fait.

— Vous avez trouvé ça étrange, vous l'avez dit vous-même.

Il acquiesça. Je poursuivis :

— Bien sûr, elles auraient pu la noyer dans le lac, mais probablement de l'autre côté, du côté de leur maison, parce qu'il aurait été impossible de traîner Mary-Evelyn dans les bois et de la faire monter dans la barque sans qu'elle se débatte et qu'elle crie. Si elle avait été encore vivante, naturellement. Enepébé l'aurait entendue si elle avait crié. Vous savez qu'il était là parce qu'il est venu vous prévenir avec Enegébé.

Je coupai le dernier brownie en deux. J'en pris la moitié et poussai l'assiette vers le docteur McComb. Il ne remarqua pas mon geste. Il tétait son cigare. Je mangeai mon brownie en prenant garde de ne pas balancer mes jambes sous la table comme je le faisais quand j'étais plus petite. Le docteur McComb regarda la cuisine comme s'il la voyait pour la première fois et qu'il se demandait où il était. Puis il examina le bout incandescent de son cigare comme s'il ne savait pas non plus ce que c'était. Parce que je n'étais pas habituée à ce qu'un adulte me prenne autant au sérieux, son silence me surprit. J'aurais voulu lui demander s'il ne se sentait pas coupable à cause de Mary-Evelyn, mais je m'en abstins. Ce n'était pas à moi de le faire.

Mon café avait refroidi, mais je le terminai quand même pour qu'il ne pense pas que je me fichais de ses efforts de politesse.

— J'aurais dû faire quelque chose, déclara-t-il.

Il savait ! C'était sans doute pour ça que je lui avais parlé. Je savais qu'il savait !

— J'aurais dû faire quelque chose, répéta-t-il.

J'exprimai vivement mon désaccord :

— La police aurait dû faire quelque chose. C'est leur boulot, pas le vôtre.

Il souffla un filet de fumée.

— Quiconque pense qu'un méfait a été commis se doit d'essayer de le réparer. Ne fût-ce que pour ça, j'aurais dû intervenir. Je me souviens du shérif. Il n'était pas du tout comme Sam DeGheyn.

Qui est comme Sam DeGheyn ? faillis-je demander.

— C'était un flagorneur. Il passait presque tout son temps à jouer au billard et à lécher les bottes du maire. Il était parfaitement incapable de mener à bien une enquête.

— Il n'avait aucun soupçon ?

Le docteur McComb fit la moue.

— Ça me dépasse. S'il en avait, il ne le montrait pas. (Il secoua la longue cendre de son cigare au-dessus du cendrier.) Personne ne connaissait bien les sœurs Devereau. On disait qu'elles étaient bizarres. Elles ont quitté Spirit Lake juste après le drame. Par la suite, j'ai entendu dire qu'une d'entre elles était morte, mais je ne sais pas laquelle. Je crois qu'elles sont toutes décédées, à présent. Mais peut-être pas, ajouta-t-il, le front plissé. L'une d'elles avait à peu près mon âge, or je suis encore en vie. J'ai soixante-seize ans.

Soixante-seize ans. Bien sûr, Aurora Paradise était beaucoup plus âgée, et il faudrait des années avant qu'il la rattrape. Quand il se cala sur sa chaise, il avait pris un coup de vieux, ses yeux n'étaient plus aussi vifs que lorsqu'il chassait les papillons.

— Pourquoi ces trois femmes auraient-elles fait ça à une petite fille ? demanda-t-il, plus pour lui-même.

Je levai les yeux de l'assiette bleue. Le mot me vint à l'esprit comme si c'était la pièce d'un puzzle que j'avais examinée sur tous les côtés sauf le bon. Et maintenant, ça collait parfaitement.

— Par vengeance.

Un mot, une forme pour combler un manque.

40

Le temps d'attente

— Encore ! gémit Delbert quand je lui dis que je voulais m'arrêter à la bibliothèque. Il y a un temps d'attente...
— Je sais.
— C'est ton argent, dit-il en se rangeant contre le trottoir.
— Eh bien, arrêtez de faire comme si c'était le vôtre.
Je regardai les mêmes scènes se dérouler à l'envers par la vitre arrière du taxi. La caravane, les flamants en plastique...
Les flamants ! Je les imaginai au milieu du champ de courses de Hialeh, où je n'étais pas allée cet après-midi comme je l'avais prévu. Je soupirai. Il faudrait que je demande à Walter de téléphoner au bookmaker.

Dans la bibliothèque, je saluai Miss Babbit avant de me diriger vers la section histoire. Je cherchais des livres sur l'antiquité grecque. J'ignore pourquoi je voulais résoudre le mystère de cette façon, alors que j'aurais dû recueillir des preuves et des indices. Mais quels indices y avait-il à recueillir dans l'histoire de Mary-Evelyn ?
Cependant, ce n'était plus seulement l'histoire de Mary-Evelyn, c'était aussi celle de Rose Devereau et de Fern Queen ; c'était celle de Ben Queen et de Louise Landis ; c'était celle de Rebecca et d'Imogene Calhoun ; c'était aussi la mienne.
Je sortis plusieurs livres de l'étagère d'histoire, mais n'en trouvai aucun sur les deux-sexes-machines. C'était en grande

partie parce que je ne savais pas comment ça s'épelait. Je n'avais pas envie de demander à Miss Babbit parce qu'on est censé faire ses propres recherches et (surtout) parce que ça me gênait.

Je m'arrêtai pour réfléchir. Mill avait affirmé que c'était une idée grecque et je me dis que si Mill et Will l'utilisaient dans une pièce, je devrais peut-être chercher dans le théâtre grec. J'allai donc à la section « Théâtre », où je trouvai une anthologie dont je parcourus l'index, à la lettre « D ».

Ah, ce devait être cela : *Deus ex machina*. En le voyant écrit comme ça, ça semblait encore plus important. Mill ne l'avait pas prononcé correctement, même s'il savait ce que c'était. Mais ça ne disait pas comment ça se prononçait. Le livre s'imaginait que si on était assez intelligent pour savoir ce que c'était, on devait savoir le prononcer. J'apportai le livre à Miss Babbit.

Elle ajusta ses lunettes et examina la page en souriant. Miss Babbit est toujours d'humeur joyeuse, elle n'est jamais sévère et ne vous fait jamais sentir que vous êtes attardé.

— On dit *déous ex makina*.

La prononciation me surprit. Je répétai.

— Oui, c'est ça. Ça fait bizarre, je sais.

Elle disait cela uniquement pour que je ne me sente pas stupide.

— Je vous remercie, Miss Babbit.

Il fallait que je retourne au taxi, sinon Delbert allait partir, lassé d'attendre.

— Vous n'auriez pas une gravure du champ de courses de Hialeh ? demandai-je.

Nous traversâmes la ville, passâmes devant chez Miller, le Prime Cut et la pharmacie, puis nous remontâmes Second Street, longeâmes le Rainbow Café, et tout ce temps je regardai si je ne voyais pas la Fille. Elle aurait pu descendre à La Porte au lieu de Spirit Lake, ou continuer jusqu'à une autre gare.

41

J'aurais pu danser toute la nuit

Lorsque j'entrai dans la cuisine, Walter m'annonça qu'il n'avait pas téléphoné à mon bookmaker car j'avais oublié de lui dire quel cheval jouer et combien miser. Je lui assurai que ce n'était pas grave, que j'aurais peut-être le temps d'aller demain à Hialeh pour jouer sur le champ de courses. Il m'apprit alors que Miss Bertha était folle de rage parce que son dîner n'était pas servi à l'heure habituelle.

— Elles sont assises là-bas, fit-il en désignant la salle à manger ; j'y suis allé et je leur ai dit que tu avais été retardée par une urgence.

Je nouai mon tablier. Je ne m'étais pas changée parce qu'il était déjà près de sept heures trente.

Tandis que je remplissais le pichet d'eau, Walter me déclara :

— J'ai mis les petits pains au chaud et le beurre dans les assiettes.

Les petits pains étaient dans un panier sur la plaque au-dessus du four. Ma mère ne les servait jamais froids. Je remerciai Walter et lui demandai d'apporter le dîner à Aurora. J'avais pensé lui préparer un cocktail, mais si je commençais à m'occuper d'elle, je serais embarquée pour des heures.

— Je ne veux pas être en retard pour le bal, expliquai-je.

Je poussai les portes battantes et entrai dans la salle à manger, où Miss Bertha attendait, telle une grosse araignée grise.

Ree-Jane vint au bal (en tant que mon invitée) vêtue d'une longue robe couleur moutarde avec des manches bouffantes et un pendentif en cœur autour du cou. Elle avait l'air d'avoir dix ans, ce qui se comprenait car c'était ma première robe longue, qu'on m'avait confectionnée quand j'avais cet âge. Si je peux me permettre, j'avais été très mignonne dans cette robe. Ree-Jane ne l'était pas du tout.

Ma mère portait une robe de lin noire avec un rang de perles (des vraies). Elle était simple mais d'excellente coupe, balayait le sol et tombait remarquablement bien. Ma mère avait l'air libre, débarrassée pour une fois de son fardeau.

Lola Davidow portait un tailleur marron foncé en satin ; la veste était étriquée et la jupe faisait des plis sur le ventre.

Moi, naturellement, j'avais ma robe en tulle blanche avec les paillettes, et à peine avais-je mis les pieds dans la salle que le fils du directeur du Rony Plaza m'invita à danser. De son côté, ma mère valsa dans les bras du directeur. Je demandai au fils (dont je n'avais pas compris le nom, mais est-ce que les noms comptent dans des moments pareils ?) de s'approcher de Mrs Davidow et de Ree-Jane pour que je leur fasse un petit signe en passant. Ree-Jane était rouge comme une écrevisse après s'être endormie au soleil (encore !) et son visage pelait. Avec ses cheveux et sa peau, la couleur moutarde lui donnait l'air d'un gros hot dog. Mrs Davidow se tenait au bord de la piste en faisant la moue comme un poisson, hésitant entre danser et boire.

La salle de bal était immense. Le plafond, de six mètres de haut, avait des arches voûtées en marbre. Les lustres changeaient les paillettes de ma robe en minuscules étoiles et je ressemblais à la voie Lactée. Perchés sur une estrade au bout de la salle, les musiciens étaient vêtus de pantalons noirs et de vestes rose flamant. Au centre de la piste, il y avait une piscine circulaire bordée de palmiers royaux et de poincianas. Des flamants roses allaient et venaient avec une grâce à faire pâlir d'envie les danseurs (sauf moi et le fils du directeur).

L'orchestre jouait « Poinciana » au moment où Ree-Jane, qu'un petit chauve avait finalement invitée à danser, passa à côté de moi en trébuchant. Son cavalier ne mesurait pas plus d'un mètre soixante. Un sourire jaune plaqué sur son visage, Ree-Jane faisait semblant de s'amuser. Le petit chauve lui marcha sur le pied. Elle grinça des dents. Je l'appelai pour lui demander si elle était contente de sa soirée.

Lola prenait du bon temps. Elle avait déjà ingurgité quatre cocktails et s'était trouvé un compagnon de beuverie. Ils exécutaient une sorte de boogie-woogie mâtiné de java qui consistait à danser sur place en gesticulant. Ils riaient aux éclats. Ce spectacle était réjouissant de ridicule.

De temps en temps, nous changions de partenaire et le fils du directeur paraissait déçu chaque fois qu'un cavalier m'enlevait à ses bras. Mais nous finissions toujours par nous retrouver.

Le chef d'orchestre termina un morceau enlevé et annonça un grand événement : ils allaient interpréter « Tangerine », chanté par Emma Graham.

Imaginez ! Ma renommée s'était répandue jusqu'en Floride !

Le souffle coupé par l'émotion, je passai devant Ree-Jane et son chauve et me dirigeai vers l'estrade. On devinait qu'elle était furieuse que je sois le centre d'attraction.

A ce moment-là, je me levai de ma chaise longue pour aller mettre le disque, et je me balançai au rythme de la musique.

Dans l'Eléphant Rose, tandis que mon palmier royal s'agitait sous la brise du ventilateur, que les vagues léchaient la plage du Rony Plaza et que les flamants roses s'attroupaient autour des poincianas, je me mis chanter à tue-tête :

> *Maaaandarine,*
> *Elle est telle qu'on la décrit,*
> *Des lèvres comme des flammes,*
> *Des yeux de nuit,*
> *Maaaandarine...*

Là, je fus rejointe par un chœur de trois chanteuses :

> *Doo da doo da*
> *Quand ils la voient danser*

Les caballeros s'extasient, les señoritas sont médusées !
Et j'ai pu voir
Boo bee boo bee
Porter des toasts à sa gloire
Dans tous les ports de l'Argentine...

Tous les danseurs levèrent leur verre de champagne ou de martini et portèrent un toast en mon honneur. Ce fut un succès fabuleux.

Et la nuit, comme on dit, était loin d'être terminée.

42

Psitt !

Le lendemain matin, je restai au lit en repensant aux Décombres, à Maud, au shérif et à la vieille chambre en désordre ; j'essayais de me souvenir d'un détail qui m'avait — me semblait-il — échappé. Je revis la pièce, Maud, le shérif qui lisait, la bague qu'il brandissait. Je balayai la pièce du regard mais ne pus découvrir ce que je cherchais à me rappeler.

Je me levai et allai à la salle de bains. L'escalier qui mène au quatrième est près de la salle de bains et j'entendis Aurora marcher en frappant le sol de sa canne et parler toute seule. Je m'assis sur les toilettes, la tête dans les mains, l'esprit toujours dans la maison délabrée. Puis je m'aspergeai la figure d'eau au lavabo, me lavai les dents, examinai mon visage dans la glace à l'affût de signes... de débauche. Enfin, je sortis de la salle de bains.

— Psitt ! Psitt !

Je levai la tête. Aurora se penchait par-dessus la rampe. Franchement, je ne me rappelais pas l'avoir déjà vue hors de ses appartements.

— Psitt !

— Pourquoi tant de mystère ? Il n'y a personne dans l'hôtel.

— Pas d'impertinence, Miss ! Je veux un Appledew !

— Il est à peine sept heures du matin !

Elle répondit à cela d'une voix flûtée :

— J'ai quelque chose à te montrer qui t'intéressera.

Je n'avais pas remarqué qu'elle tenait un livre avant qu'elle ne le tapote d'un air suffisant.

Voyant que je grimpais, elle cacha le livre derrière son dos.

— Oh, non, tu ne le verras pas tant que je n'aurai pas mon Appledew !

Je m'arrêtai sur la troisième marche.

— Qu'est-ce que c'est ? demandai-je. Vous pouvez au moins me le dire.

Il y avait de fortes chances pour que son livre ne présente aucun intérêt pour moi. Mais je réfléchis : je n'avais aucun moyen d'en être sûre, à moins d'y aller.

— C'est un album de photos, dit-elle en le tapotant de nouveau.

Naturellement, les photographies recèlent en elles-mêmes des trésors d'informations.

— Je dois servir le petit déjeuner de Miss Bertha et de Mrs Fulbright avant de préparer votre cocktail, dis-je.

— Cette maudite Bertha vient toujours ici ? Elle est folle comme un bourdon. Bon, tu m'apporteras mon Appledew après, mais ne sois pas trop longue. Si tu ne viens pas rapidement, les photos risquent de se lasser...

Là-dessus, Aurora se mit à valser sur le palier. Je repensai au bal de la veille. J'aurais peut-être dû l'inviter.

Miss Bertha voulait des gaufres aux noix de pécan avec du sirop d'orange ; je lui dis que je regrettais (c'était vrai, mais pas pour elle), que nous n'en avions pas, que nous avions, en revanche, du gruau et des biscuits chauds (le plat préféré de Mrs Fulbright), et des œufs, bien sûr.

— De n'importe quelle façon, ajoutai-je, sachant pertinemment comment elle les aimait.

Après moult grognements et gesticulations, après avoir déplacé les objets sur la table — son couteau, sa fourchette, la carafe d'eau, le vase de fleurs sauvages — et s'être acharnée sur le beurre avec son couteau, elle déclara :

— Je prendrai des œufs sur le plat, puisque tu ne sais pas les faire cuire correctement à la coque. Mais sans le graillon, hein !

Je glissai mon crayon derrière mon oreille, me promis de laisser le graillon et regagnai la cuisine.

Walter touillait avec une spatule en bois le gruau de maïs qui chauffait dans une casserole à double fond. Ma mère utilisait toujours ce genre de casserole pour garder les plats au chaud. Les biscuits cuisaient dans le four. Walter portait un des tabliers de ma mère. Il se tourna vers moi et demanda :

— Qu'est-ce qu'elle veut, la vieille bique ?

Je ris parce qu'il parlait comme ma mère et qu'il lui ressemblait aussi, avec ses bras écartés et ses mains appuyées sur le long comptoir.

— Des œufs sur le plat, pas de gruau. Tu peux les faire sans crever les jaunes ?

— Pour sûr. J'ai regardé comment faisait Miss Jen.

— Eh bien, ne fais pas comme elle. Crèves-en au moins un.

— Compris, fit-il, exactement comme ma mère.

— Il faut que je prépare un Appledew pour Aurora Paradise.

— Y a plus de jus de pomme, mais y a du jus d'ananas. T'appelleras ça une Rosée d'ananas.

Walter cassa deux œufs au-dessus d'un bol. Les jaunes se répandirent. Il prit un autre œuf, le cassa, le jaune resta entier. Il mit une poêle à chauffer sur le fourneau.

Appuyée sur le comptoir comme Walter, et comme ma mère, je réfléchis à la Rosée d'ananas. C'était la position qu'adoptait ma mère pour réfléchir. Vera entrait dans la cuisine, débitait à toute allure quatre commandes différentes, ma mère se plantait les poings sur les hanches, baissait la tête, fermait les yeux. Et quand Vera avait terminé, ma mère répondait invariablement : « Compris ! »

Une étrange émotion me saisit, presque comme si quelqu'un m'avait littéralement attrapée par la taille. C'était une pensée désagréable, causée par son absence, forcément, la pensée qu'un jour viendrait où ma mère ne serait plus là, les bras écartés, les yeux fermés. Vera ne débarquerait plus pour aboyer des commandes, Mrs Davidow ne viendrait plus s'asseoir sur la table pour fumer une cigarette et colporter les derniers ragots. C'était la même impression qui me saisissait dans la réserve, où les toiles d'araignée flottaient dans les rais de lumière qui tombaient des fenêtres crasseuses, ou lorsque je me souvenais des serveuses qui travaillaient ici autrefois. Je ne trouvais pas de mots pour expliquer ça, ou je ne voulais pas en trouver car ça lui aurait donné une forme (comme dit Billy Faulkner), or je ne voulais pas voir cette forme. Etait-ce par lâcheté ? Etais-je réellement une poule mouillée ?

— Cassé comme ça, ça va ?

La voix de Walter m'arracha à mes sombres réflexions ; j'avais presque oublié les œufs. J'examinai ceux de Miss Bertha. Un jaune s'était répandu et avait séché, et le blanc était dur et filandreux. Exactement l'œuf que ma mère n'aurait jamais permis qu'on serve dans le restaurant, même si on l'avait torturée.

— Désolée, dis-je à Miss Bertha en lui apportant son petit déjeuner. C'était notre dernier œuf.

Néanmoins, je ne ressentis pas la joie habituelle et je ne trouvai pas la plaisanterie amusante.

43

L'album de photos

Mes pensées morbides avaient disparu lorsque je finis de préparer le Bombay Breakfast pour Aurora. C'était la bouteille de gin que j'avais trouvée dans le coffre de la réserve qui m'avait inspiré ce nouveau cocktail ; elle s'appelait Bombay Gin. Le cocktail surpassait l'Appledew, à mon avis. Outre le rhum, le Jack Daniel's et le curaçao (qui avait, découvris-je, un goût d'orange), je versai du jus d'orange, du jus d'ananas et une demi-banane écrasée, que je mélangeai avec un des jaunes crevés que Walter avait conservés. (C'était aussi par mesure d'économie.) Le cocktail me fit l'impression d'être une boisson très saine. L'œuf, surtout, lui donnait un air tout à fait honorable de petit déjeuner.

— C'est pas un Appledew, protesta aussitôt Aurora.

Elle considéra néanmoins le verre avec une mimique pleine d'espoir : l'avais-je jamais déçue ? J'avais aussi découvert, parmi les souvenirs de Mrs Davidow, un bâtonnet surmonté d'un chameau miniature. Je trouvai que cela donnait au cocktail une agréable touche indienne.

Aurora goûta une gorgée et fit claquer ses lèvres.

— C'est un bon cocktail, ça, Mam'zelle.

Elle but une autre gorgée, plus longue, et répéta son compliment.

— Contente que ça te plaise, dis-je, mais ne crois pas que tu en auras tous les matins. C'est trop long à préparer.

Elle pointa un doigt vers moi. Ce jour-là, ses mitaines en crochet étaient vert olive, avec de minuscules feuilles en satin d'un vert plus foncé. Est-ce qu'elle les tricotait elle-même ? Je ne l'imaginais pas ayant la patience suffisante.

— T'es bien trop flemmarde, ma fille !

— C'est pas vrai. Ecoute, je ne peux pas te faire des cocktails à chaque fois que l'envie t'en prend. Mrs Davidow reviendra bientôt, et je ne peux pas tout le temps lui chiper ses bouteilles dans son coffre.

— Bon, je te donnerai de l'argent, tu en achèteras chez le caviste.

J'écarquillai les yeux en entendant cette proposition démente.

— J'ai douze ans, tu l'as oublié ?

— Eh bien, envoie le garçon.

— Tu m'avais promis que tu me montrerais l'album de photos.

Il était posé sur la table basse, à côté de son coude.

Elle lui jeta un coup d'œil, puis me regarda par en dessous.

— Si on jouait au tour du petit pois, avant ?

— Non ! C'est même pas un tour, tu caches la coquille de noix avant de commencer !

Elle soupira.

— Bon, tant pis, puisque tu sembles décidée à me contrarier.

Elle posa son verre et prit l'album. Il était recouvert de soie verte, de la même couleur que ses mitaines. Il était taché et un peu râpé. Elle tourna rapidement quelques pages, comme si elle savait exactement quelle photo elle voulait me montrer.

— Voilà ! s'exclama-t-elle en tapotant un des clichés.

Une jeune femme blonde était assise sur le barreau supérieur d'une clôture en bois ; un jeune homme brun s'y adossait. Ils souriaient tous les deux d'un air heureux.

J'en eus le souffle coupé. Rose Devereau et Ben Queen.

— Ils ne devaient pas avoir plus de vingt ans quand la photo a été prise.

Des questions se bousculèrent dans ma tête. J'en choisis une :

— Où est-ce ?
— A Spirit Lake, je crois bien.
— On ne voit pas le lac.
Aurora regarda de nouveau le cliché.
— C'est peut-être Paradise Valley ou Cold Flat Junction. (Elle haussa les épaules.) Ça pourrait être n'importe où, j'imagine.

Beaucoup d'endroits sont si difficiles à identifier qu'ils pourraient être en effet « n'importe où ». Mais il était important de fixer les deux amoureux dans un lieu précis. Pendant que j'examinais la photo à la recherche d'indices, Aurora m'arracha l'album des mains.

— C'est pas tout !

Elle alla à une autre page et tourna l'album vers moi afin que je voie le cliché. C'était la photo d'un autre couple, et elle était plus ancienne que celle de Ben et Rose. L'homme et la femme posaient, elle mal à l'aise, lui avec la désinvolture d'un habitué des photographies. Il était très séduisant et portait un blazer foncé et un pantalon clair. Elle était vêtue d'une robe blanche brodée. Il arborait un sourire éclatant. C'était le jeune homme de la vieille photo que Dwayne m'avait montrée. Mon cœur fit un bond.

— C'est Isabel Devereau !

Ce fut plus fort que moi, j'arrachai l'album des mains d'Aurora. Isabel Devereau ! Plus jeune que sur la photo que ma mère avait des sœurs, et presque jolie — en tout cas pas aussi austère. Son expression était plus douce.

— Qui est-ce ? interrogeai-je.

— Je crois qu'il s'appelait Jamie Makepiece. Je savais bien qu'elle avait un joli cœur. C'est lui, là-dessus. Je me souviens quand j'ai retrouvé cet album. Je croyais qu'il était perdu, mais il était là où Jen Graham range ses affaires. Quelqu'un me l'avait subtilisé.

— Me regarde pas comme ça, c'est pas moi.

Elle avait l'air suprêmement satisfaite d'elle, mais je ne voulais pas qu'on s'écarte du sujet.

— Quand j'ai vu la photo, ça m'est revenu. Isabel Devereau et Jamie Makepiece. Tu te rends compte, ça fait cinquante ans ! J'en avais dix-huit...

Elle me coula un regard en coin pour voir si je gobais son mensonge ; je n'étais pas dupe, bien sûr, mais, là encore, je ne voulais pas argumenter.

— Il y avait du mariage dans l'air, mais ça ne s'est pas fait. Il était de New York, on voit bien, à sa manière de s'habiller, que c'était un gars de la ville. Un don Juan, le tombeur de ces dames. Elle a été prise, expliqua Aurora en tapotant la photo, quand il est venu, un été, rendre visite à des parents à Spirit Lake, je ne sais pas qui c'était. En fait... (elle arrangea ses cheveux d'une main osseuse), il avait le béguin pour moi, ça se voyait.

Je me retins de souligner que Jamie avait bien vingt ans de moins qu'elle, comme Ben Queen, qui, prétendait-elle, en pinçait lui aussi pour elle.

— Mais c'est pas pour ça qu'il est parti avant que le mariage puisse se faire, non, Mam'zelle !

J'attendis, en vain. Elle se taisait pour me narguer.

— Alors, c'est pourquoi ?

Je changeai mon plateau de main. Je dois avouer que j'étais sur les charbons ardents parce que j'étais sûre qu'il y avait d'autres choses à apprendre. Mais ses lèvres minces s'étaient refermées comme une boîte à lettres. J'aurais dû m'en douter.

Elle saisit son verre et le promena devant mes yeux.

— Il me faut un autre Bombay Brunch, pour pouvoir continuer mon histoire.

— Breakfast, rectifiai-je. Il est trop tôt, même pour le brunch. Comment peux-tu réclamer un autre verre quand il n'est même pas neuf heures du matin ?

— Dépêchons, répondit-elle en levant son verre.

C'était vraiment dément ! Je piquai un début de crise de rage, je tapai du pied et pleurnichai ; je savais que ça ne servait à rien, mais je ne pouvais m'en empêcher. Il faut savoir que lorsque j'étais petite, j'avais sérieusement tendance à piquer des crises, mais ça ne m'arrivait plus, bien sûr. C'était comme si j'avais un besoin physique d'exprimer mon mécontentement, tout en sachant que je n'obtiendrais pas ce qui l'avait provoqué. Cette fois, ce fut pareil, j'étais tellement furieuse que l'histoire de Jamie et d'Isabel se soit interrompue que je ne pus contenir une réaction physique. Mes pieds n'obéissaient plus qu'à eux-mêmes, comme ceux de Frankenstein. Ils martelèrent le sol à plusieurs reprises. Aurora me regardait, l'album serré contre sa poitrine, les lèvres scellées. Je me repris :

— Bon, très bien !

J'attrapai le verre vide et sortis, mon plateau sous le bras. Je descendis lentement les marches et, dès que je fus hors de portée d'oreille, je fonçai à la cuisine.

Comme Walter était allé au Britten's, je restai seule dans la cuisine à regarder mon mélange — de l'alcool, une banane et un œuf frais — tournoyer dans le mixer. J'avais décidé de tout mettre dans le mixer et de le laisser faire à sa guise.

Jamie Makepiece. Un autre personnage à ajouter à l'histoire ; une histoire qui devenait par là même autrement plus vieille. Un autre joueur à ajouter au jeu du Cluedo. Jamie Makepiece et Isabel Devereau. J'avais du mal à m'imaginer une des sœurs Devereau ayant une liaison amoureuse, surtout avec un bel homme à femmes de New York. Si la mémoire d'Aurora ne lui jouait pas des tours, bien sûr. A l'époque, elle devait avoir une trentaine d'années, et Rose Devereau pas plus de dix ans. Plus jeune que moi aujourd'hui. Même chose pour Ben Queen. Quant à ma mère, ce n'était qu'une enfant. C'était difficile d'imaginer tous ces gens si jeunes. A vrai dire, c'était tout aussi difficile d'imaginer une des revêches sœurs Devereau en robe du soir.

J'étais en train de verser le liquide mousseux dans le verre d'Aurora quand je faillis lâcher le pichet. Je revis Isabel dans sa robe blanche brodée de petites fleurs, sombres sur la photo mais bleues dans la réalité, j'aurais parié plusieurs années de pourboires là-dessus.

Le même tissu que celui de la robe de Mary-Evelyn, les mêmes fleurs de soie bleue, mais d'un motif différent. Je me souvins que Miss Flagler, qui tient la boutique de cadeaux, avait qualifié une des sœurs Devereau de couturière accomplie, ajoutant qu'une robe Devereau devait faire l'objet de toutes les convoitises, encore plus que celles de chez Heather

Gay Struther de nos jours. Miss Flagler avait déclaré que chaque fois qu'elle avait vu Mary-Evelyn, la fillette portait des vêtements magnifiques. Et moi, j'avais vu les robes, car elles étaient encore accrochées dans la penderie de la chambre de Mary-Evelyn. En parfaite condition, quelque quarante ans plus tard. Je le savais, je les avais essayées.

Flottant parmi les nénuphars et les algues, Mary-Evelyn portait une robe blanche chiffonnée, du même tissu qu'Isabel avait dû garder pendant dix ans. Mais ce n'était pas ça qui avait attiré mon attention — les deux robes confectionnées dans le même tissu. Non, ce qui m'avait poussée à me triturer la cervelle en tous sens, ce dont j'avais essayé de me souvenir à mon réveil, c'était la poupée que Maud avait examinée dans la chambre de la maison délabrée, sur White's Bridge Road, une poupée vêtue d'organdi blanc, cousu de petites fleurs bleues. Que faisait cette poupée aux Décombres ?

Le portrait, la photographie. Etait-ce là que j'avais vu Jamie Makepiece ?

C'est dans un état d'hébétude que je portai le Bombay Breakfast au quatrième. J'aurais pu marcher jusqu'à Bombay sans m'en apercevoir. Je ne cessais de me demander ce que la poupée et la photographie faisaient dans la maison des Calhoun. Car je ne doutais pas que la poupée soit celle de Mary-Evelyn. Les Calhoun appartenaient à un autre monde. Les Devereau ne les auraient jamais fréquentés. J'étais consternée à l'idée de devoir remonter encore le temps afin de démêler des choses qui s'étaient passées cinquante ans plus tôt, mais en repensant à l'histoire d'Agamemnon, je m'aperçus qu'une vengeance vieille de cinquante ans était à peine plus qu'un clin d'œil pour les Grecs.

— T'es dans le coma ?

J'étais arrivée chez Aurora, je lui avais remis son cocktail (forcément, puisqu'elle était en train de le boire) et je ne devais pas avoir mon air de tout savoir habituel. Je me demandai ce que l'album avait réveillé chez Aurora. De toute façon, elle en savait certainement davantage sur Jamie Makepiece.

— Tu devais me dire pourquoi Jamie était parti, dis-je, hésitante, pour lui faire savoir que j'étais sortie de mon coma.

Elle sirota lentement son verre, le posa et fit quelques petits gestes, comme se croiser les mains sur les genoux pour me faire croire qu'elle s'apprêtait à entamer un long récit. Elle avait l'air réellement contente d'elle, comme chaque fois qu'elle détenait des informations que je désirais connaître.

— Il y a eu des rumeurs.
— Sur Jamie et Isabel ?
— Sur Jamie et Iris.

Elle articula ce nom en faisant siffler le « s » comme s'il était dangereux.

Je sursautai.

— Iris ! La sœur d'Isabel ? Mais tu avais dit Isabel. C'était Isabel que Jamie devait épouser...
— Han-han.

C'était presque aussi pénible que de parler à Ree-Jane ; elle retenait les informations dont j'avais désespérément besoin, mais n'hésitait pas à m'en livrer qui ne m'intéressaient pas, au risque de m'embrouiller l'esprit.

— Es-tu en train de me dire qu'il sortait avec les deux sœurs ?
— C'était le bruit qui courait ; on prétendait qu'Iris l'avait pris à Isabel. Maintenant, je ne peux pas dire s'il avait rompu avec Isabel avant de séduire Iris ou s'il avait commencé à voir Iris en douce, dans le dos d'Isabel. En tout cas, il a filé prestement, c'est tout ce qu'on a su. A ce qu'on dit, toutes les filles lui couraient après. Comme tu peux le constater, il était très bel homme. Je n'avais pas de temps à lui consacrer, j'avais d'autres fers au feu.

— Combien de temps est-il resté ici ?
— Tout l'été, si ma mémoire est bonne.

Sa mémoire n'était pas si bonne que ça si elle ne s'était pas rappelé cette histoire la première fois que je l'avais questionnée sur les Devereau, plusieurs semaines auparavant.

— C'était un bien bel été. Nous allions nager presque tous les jours à Lake Noir (bizarrement, Aurora était l'une des rares personnes du coin à prononcer ça correctement).

On faisait des feux de camp quasiment tous les soirs au bord du lac. L'eau était froide comme de la glace et claire comme du cristal. On allait aussi canoter sur Spirit Lake. Le soir, quand la lune était pleine, on se laissait dériver sur l'eau.

Ça ressemblait davantage à un film de collégiens qu'à des faits réels. Pourquoi aurait-elle allumé des feux de camp à son âge ? C'était toujours la même chose, avec ses histoires ; on ne savait jamais quand la croire. Mais quelque chose me disait que les aventures de Jamie Makepiece avec Iris et Isabel étaient vraies.

— Alors, Elizabeth, la plus âgée des sœurs Devereau, est intervenue ; elle a pris les choses en main, comme toujours.

Cela me surprit.

— Qu'a-t-elle fait ?

— Ce qu'elle a fait ? Elle l'a viré, à ce qu'on dit. Elizabeth était la plus vieille, c'était elle qui commandait. Je crois que Jamie est retourné à New York et à sa vie de citadin. Elizabeth a envoyé Iris chez des parents, pour la punir.

Je fixais Aurora d'un œil grand ouvert, comme si mon regard était une sorte de seringue hypodermique capable d'aspirer l'histoire de Jamie et d'Iris hors de sa mémoire.

— Est-ce qu'on l'a jamais revu ?

Je ne sais pourquoi, mais le sort de Jamie m'intéressait. Isabel, naturellement, avait maudit Iris et pardonné à Jamie, car elle préférait croire que c'était elle, Isabel, qu'il aimait réellement, et qu'il avait juste connu un moment d'égarement. En tout cas, c'est comme ça que j'aurais réagi à sa place.

Aurora brandit une main gantée, comme pour repousser mes questions.

— C'est tout ce dont je me souviens.

J'étais frustrée de ne pas avoir plus de détails.

— Pourquoi ne m'as-tu pas dit ça quand je t'ai questionnée sur les Devereau la première fois ?

Satisfaite d'elle, elle battait son jeu de cartes tout déchiré.

— En vieillissant, on se rappelle des choses qui se sont passées il y a très, très longtemps.

— Tu n'as que trois semaines de plus que le jour où je te l'ai demandé.

Elle ne répondit pas ; elle étala ses cartes. Je ne pouvais rester indéfiniment à attendre des détails supplémentaires, et je n'avais aucune envie de la regarder tricher ; je la quittai donc.

Je passai en revue tous les gens qui étaient assez âgés pour avoir entendu les « rumeurs ». Ils n'étaient pas nombreux. Miss Flyte et Miss Flagler, respectivement sexagénaire et septuagénaire, étaient jeunes à l'époque. Miss Flagler tenait une boutique de cadeaux à La Porte, et Miss Flyte vendait des bougies dans le magasin d'à côté. Les deux demoiselles m'invitaient parfois pendant leur pause café du matin. Je savais que Miss Flagler se rappelait les sœurs Devereau, particulièrement celle qui faisait de la couture, parce qu'elle m'avait donné une description d'une robe en organdi verte qu'elle avait confectionnée. Elle se rappelait assez clairement cette époque.

Miss Flyte, d'un autre côté, était celle qui avait le plus d'imagination, et même si elle était adolescente à l'époque, les choses s'étaient sans doute davantage gravées dans sa mémoire. Je n'ai que douze ans et les choses se gravent dans ma mémoire, même si je suis plus terre-à-terre et retiens surtout les preuves et les faits (un peu comme le shérif). Miss Flyte est du genre à pouvoir faire un voyage sur Tamiami Trail et au Rony Plaza sans avoir à épingler une photographie ni confectionner un palmier, ni apporter un ventilateur ni passer des disques sur un phonographe. Son imagination lui suffit, elle n'a pas besoin d'accessoires.

Qui d'autre entre soixante-dix et quatre-vingt-dix ans connaissais-je ? Il y avait le docteur McComb, bien sûr, mais il me l'aurait dit, s'il avait su pour Isabel, Iris et Jamie. L'affaire avait dû faire scandale, j'imagine. Il devait y avoir encore une douzaine de personnes qui avaient entendu parler de Jamie, mais elles étaient toutes probablement à la maison de retraite. Ne voyant que Miss Flagler, je téléphonai aux Taxis Axel et demandai qu'une voiture passe me prendre un peu avant dix heures.

Le magasin de cadeaux Oak Tree se trouve juste à côté de Candlewick, la boutique de bougies, dont il est séparé par une étroite ruelle. A l'intérieur, le magasin n'a pas bougé en cent ans, même si je sais que Miss Flagler change sa vitrine toutes les semaines. J'examinai l'étalage. Ce qui fait que la vitrine semble toujours la même, c'est que ce que Miss Flagler ajoute ressemble à ce qu'elle enlève. Le petit renard en argent à côté du bol en porcelaine ressemble au cochon en argent qui s'y trouvait la dernière fois. Le bol orné de fleurs bleues a pris la place du bol en porcelaine aux volutes roses ; un bracelet en or a pris celle du bracelet en argent de la semaine passée ; des boucles d'oreille en améthyste ont remplacé les émeraudes ; une simple rangée de perles a pris la place d'une double. J'adore regarder cette vitrine, elle m'apaise. Ou plutôt, elle me réconforte. C'est réconfortant de remarquer de petits changements dans un ensemble immuable, toujours identique à lui-même. J'appliquai mes mains et mon front contre la vitrine et ordonnai au renard de remplacer le cochon, à l'améthyste de remplacer les boucles d'oreilles en émeraude — n'importe quoi, pourvu que la vitrine ne soit pas vide, nettoyée, dénudée.

J'aperçus Miss Flagler sortant de l'alcôve fermée par un rideau, derrière le comptoir, et je devinai qu'elle allait retourner la pancarte qui indiquait pour l'heure *Ouvert* et dont l'envers disait *Je reviens dans 15 minutes*. Ce qui était faux, la plupart du temps, car sa pause café ou thé durait entre une demi-heure et trois quarts d'heure. Elle m'avait expliqué qu'elle ne voulait pas décourager le commerce, et que les clients de passage en profitaient pour faire d'autres courses avant de revenir, une heure plus tard.

Surprise de me voir, Miss Flagler me fit un petit signe auquel je répondis. Elle ouvrit la porte et me dit que Miss Flyte était dans la cuisine, et elle m'invita à me joindre à elles. Comme de juste, elle retourna la pancarte.

Miss Flagler est grande et mince, et Miss Flyte est petite et mince, mais à part ça, l'âge semble avoir fait d'elles des sœurs. J'ai remarqué cette particularité de l'âge les quelques fois où je suis allée à la maison de retraite livrer des gâteaux et des tartes que ma mère leur donne. Les vieux se ressemblent tous étrangement, comme si l'âge était un pays peuplé de parents, où tous ceux qui ne sont pas de la famille (comme moi) se détachent comme le nez au milieu de la figure.

Miss Flagler et Miss Flyte ont toutes les deux des cheveux gris, qu'elles coiffent en chignon, et des yeux bleus embués, comme le ciel des jours de pluie, lorsque les nuages délavent le bleu. Toutefois, elles s'habillent différemment. Miss Flyte aime les pulls en laine et les jupes, et Miss Flagler porte toujours des robes grises et des cardigans en cachemire. (Ses vêtements suggèrent une fortune familiale, ou de l'argent qui ne provient pas de sa boutique, dont les profits ne lui permettent probablement pas de s'offrir de la soie ou du cachemire.)

Je saluai tout le monde, sans oublier Albertine, la chatte blanche de Miss Flagler qui se joint à nous pendant les pauses café. Albertine aime s'asseoir sur une étagère, juste au-dessus de ma chaise, et elle mâchouille parfois mes cheveux. Miss Flagler s'occupait au grand fourneau en fonte, après m'avoir proposé, comme toujours, du thé ou du chocolat. (Le docteur McComb est le seul à voir en moi une buveuse de café.) Je choisis le chocolat, comme d'habitude. Miss Flyte avait dû démarrer le percolateur, car on entendait le café passer.

— Emma a quelque chose à nous demander, déclara Miss Flagler. Des problèmes.

Elles semblaient contentes que je vienne pour des problèmes, et non seulement pour boire du chocolat. Même Albertine était assise, l'oreille aux aguets, au lieu d'être couchée sur l'étagère.

— Vraiment ? fit Miss Flyte avec enthousiasme.

A sa réaction, on devinait que mes problèmes étaient importants (ce qui montre à quel point il se passe peu de choses en ville, à part la mort mystérieuse de Fern Queen.) Elle croisa les mains sur la table lorsque Miss Flagler lui servit son café. Le chocolat était déjà prêt, il avait suffi de le réchauffer. J'eus aussi droit à deux marshmallows et je fus soulagée que Mr Butternut ne soit pas là pour exiger sa part. Je remuai vivement mon chocolat pour éviter que la peau ne se forme.

Une fois que nous fûmes toutes les trois installées, je commençai :

— C'est les sœurs Devereau. Vous vous en souvenez, on parlait d'elles. Il y avait Elizabeth, Isabel et Iris...

— Iris ! s'exclama Miss Flagler. C'est le nom que je cherchais. C'est Iris qui cousait si bien. Vous vous rappelez d'elle ? demanda-t-elle à Miss Flyte.

— Vaguement, fit Miss Flyte avec une moue. Faudrait que j'y réfléchisse.

— Iris Devereau m'avait fait une robe. Je te l'ai dit, je crois.

J'acquiesçai.

— Vous disiez qu'elle était en soie verte ou en organdi. Il y avait une garden-party et Mary-Evelyn Devereau était là, elle faisait passer les petits fours et les canapés.

— C'est juste. Quelle enfant sérieuse ! Et comme elle était bien habillée ! Sa tante Iris avait dû lui coudre ses vêtements. Elle était célèbre pour ses talents de couturière. Tout le monde voulait une robe Devereau. Et elle ne travaillait pas pour n'importe qui non plus. Je me souviens que Helene Baum — bien sûr, c'était pas une Baum à l'époque, c'était encore Helene Smith —, bref, Helene, qui était encore adolescente, avait failli avoir une attaque quand Iris Devereau avait refusé de lui confectionner une robe du soir pour porter à un bal quelconque. J'avais été moi-même très flattée qu'elle accepte de m'en faire une.

— Elle était comment, à part que c'était une grande couturière ?

— Moi, je me souviens surtout que je trouvais dommage qu'elle vive avec les deux autres, intervint Miss Flyte. Elizabeth et...

— Et Isabel.

— C'est ça. Iris était la plus jeune et la plus jolie, alors que les deux autres étaient laides — rébarbatives — et je me doutais qu'elles détestaient Iris. Trois femmes qui vivent ensemble comme ça, avec leur petite nièce dont il fallait s'occuper, ça devait baigner dans la rancœur...

Je trouvai étrange que Rose soit de nouveau omise.

— Elles étaient quatre, dis-je.

Elles me dévisagèrent d'un air perplexe. Puis, Miss Flyte enchaîna :

— Tu veux parler de Rose ? Oui, c'est vrai. Mais Rose était une Souder, ce n'était qu'une demi-sœur, et elle ne ressemblait pas aux trois autres. Elle était blonde et plutôt jolie. Vous vous souvenez d'elle, Eustacia ?

C'était le prénom de Miss Flagler. Je trouvais qu'il lui allait bien.

— Est-ce qu'elle ne s'est pas enfuie pour se marier ?

Comme elles semblaient avoir oublié, je le leur rappelai.

— Queen ? fit Miss Flagler. Mais c'est le nom de la femme qui a été assassinée près de White's Bridge, n'est-ce pas ?

Je ne voulais pas qu'on dévie sur ce sujet car ça nous aurait scotchées ici toute la journée.

— Oui, c'est ça, mais je m'interrogeais, pour Iris. En revenant en arrière, vous ne vous souvenez pas d'un homme de New York ? Il s'appelait Jamie Makepiece et il était peut-être fiancé à une des sœurs.

Je ne voulais pas en dire trop, de peur de leur mâcher le travail.

— Figurez-vous, répondit Miss Flagler, je me suis toujours demandé pourquoi ces filles ne s'étaient jamais mariées. Aucune d'entre elles. Surtout Iris. Mais maintenant que tu nous parles de ce Makepiece... oui, ça me dit quelque chose. Il y a eu une dispute, je crois... Où était-ce, déjà ? Je crois bien que c'était à l'hôtel Paradise. Oui, c'est ça. Il y a cinquante ans... Vous voyez où ça nous ramène.

Elle avait dit cela avec tristesse, soit à cause de ce qu'il y avait eu cinquante ans plus tôt, soit à cause de ce qu'il n'y avait plus, désormais.

— Ta mère n'était qu'une enfant, alors. C'est dur à croire, hein ?

— Jamie Makepiece, fit Miss Flyte. A l'époque, je devais avoir... oh, treize ans. Mais je me souviens de lui. Il avait un physique agréable, c'est sûr, et je crois que toutes les filles étaient un peu toquées de lui. Elles étaient grisées, étourdies. Même moi, à mon âge.

Je revis la vieille photographie accrochée sur le mur du salon des Devereau. On avait du mal à imaginer ces femmes dans leur robe à col montant, leurs cheveux tirés en arrière, austères, le visage plein de reproche, être grisées ou étourdies. Sauf, peut-être, pour la quatrième, Rose.

Miss Flagler s'était arrêtée, là-bas, cinquante ans plus tôt. J'avais envie qu'elle continue.

— Et cette dispute ? questionnai-je. C'était lui... Jamie... qui se battait avec quelqu'un ?

Elle avait commencé à lever sa tasse, mais, s'apercevant sans doute que le café était froid, l'avait reposée.

— Oui, avec une des Devereau.

— Vous les avez entendus ?

Mon chocolat oublié (j'avais laissé fondre les marshmallows), je me penchai en avant sur ma chaise.

— Euh... non... je, franchement, je ne me souviens pas. Seigneur, vous vous rendez compte, ça fait cinquante ans !

— Ma grand-tante Aurora prétend qu'en vieillissant on se souvient surtout de ce qui remonte loin dans le passé. Naturellement, m'empressai-je d'ajouter, elle est bien plus vieille que vous.

— Elizabeth, fit Miss Flagler, le regard vide, comme si elle voyait grâce à son troisième œil.

Nous la dévisageâmes.

— Elizabeth ? répétai-je.

— C'était elle qui se disputait avec Jamie Makepiece.

J'attendis, mais elle semblait avoir déjà tout dit. Je réfléchis un instant.

— Qu'est-ce qui leur est arrivé... aux Devereau ?

— Elles sont parties, répondit Miss Flyte. N'est-ce pas, Eustacia ?

Miss Flagler acquiesça.

— Oui, après la noyade de la pauvre Mary-Evelyn. Ah mais, attendez ! L'une d'elles est morte, rappelez-vous. Je crois que c'est Iris. Oui, c'était la plus jeune. Je m'en souviens parce que les gens disaient que c'était dommage que ça soit la plus jeune qui parte la première. Remarquez, les deux autres n'étaient pas beaucoup plus vieilles, cinq ou dix ans peut-être. Mais elles se comportaient comme des vieilles, austères et sévères. Même Iris s'était aigrie avec l'âge, comme du lait qui aurait tourné. Vous imaginez la vie que la pauvre petite aurait menée dans cette maison ? Avec ces vieilles demoiselles revêches ?

Miss Flagler remplit de nouveau les tasses avec la cafetière qui était restée sur la table, oubliée.

— Les gens doivent dire la même chose de nous.

Miss Flyte s'esclaffa.

— Pas revêches ni austères, j'espère !

— Personne ne dit quoi que ce soit sur vous qui ne soit un compliment, déclarai-je.

C'était vrai, sauf pour Lola Davidow, qui avait été furieuse parce que les McIntyre avaient voulu que Miss Flyte organise l'éclairage de leur réception de mariage.

— Les Devereau ont tout laissé derrière elles. Même les robes de Mary-Evelyn.

— Comment le sais-tu, Emma ?

— Je suis allée chez elles.

— Non ? C'est triste, mais peut-être ne voulaient-elles pas emporter de souvenirs.

Je fus soudain submergée par une vague de solitude. Il y avait dans la maison des photographies des trois sœurs, et même du mouton noir, Rose, mais aucune de Mary-Evelyn. Cela ne m'avait pas frappée auparavant. Pour se rappeler d'elle, il ne restait que le cliché sous la porte cochère, ça et les souvenirs. Et les sœurs voulaient aussi effacer les souvenirs.

44

Lumière d'août

Ma vie était à présent envahie de gens dont je connaissais à peine l'existence un mois plus tôt. Je calculai ; ils étaient vingt et un. Et encore, je ne comptais pas Rose, car ma liste ne comprenait que des gens à qui j'avais adressé la parole. Pour cette raison, je n'avais pas compté la Fille non plus, même si c'était la plus importante de tous.

Vingt et une personnes ! C'était stupéfiant, car ce n'était pas seulement des gens que j'avais vaguement croisés ; c'étaient des gens avec qui j'avais des relations, comme Dwayne, Louise Landis et les clients du Windy Run. Oui, j'étais stupéfaite. La prochaine fois que Ree-Jane me reprochera mon manque de vie sociale, je lui dirai ça.

Après avoir quitté la boutique de cadeaux Oak Tree, comme j'avais besoin de réfléchir avant de parler à Dwayne, je marchai jusqu'à Second Street, où se trouve le McCrory, un magasin particulièrement relaxant, surtout le stand du maquillage. J'aime regarder les rouges à lèvres, les poudres, les eye-liners, imaginant ce que je mettrais si je me maquillais. Ree-Jane prétend que le maquillage ne sert à rien si on n'a pas l'ossature pour commencer.

Mais comme ce n'était pas cela qui allait me dire comment convaincre Dwayne de m'accompagner aux Décombres, je m'en allai. En sortant du magasin, une idée me vint ; je fonçai aussitôt à la bibliothèque d'Abigail Butte, qui se trouvait un peu plus haut.

Je me rendis directement au rayon littérature et cherchai William Faulkner. Je fus sidérée de découvrir qu'il avait écrit autant de livres. Où avait-il trouvé le temps ? Naturellement, il n'avait pas de clients à servir. J'avais décidé de ne consulter qu'un seul livre, au lieu de les empiler sur ma table de lecture et de m'embrouiller la tête. Par ailleurs, on approchait de midi et je devais regagner l'hôtel bientôt. Ça m'énervait d'avoir à rentrer servir le déjeuner de Miss Bertha, mais je ne pouvais pas indéfiniment compter sur Walter pour me remplacer. Après le service, j'irais au garage de Slaw.

Je laissai traîner mon doigt sur le dos des œuvres de William Faulkner. *Tandis que j'agonise* (non merci, sauf si c'était raconté par Ree-Jane) ; *Python*, un nom que j'ignorais ; *Le Bruit et la Fureur*, dont je lus le premier paragraphe et que je remis aussitôt en place ; *Sanctuaire*, un titre qui me plut car il évoquait la tranquillité. Je le feuilletai, découvris qu'un des personnages s'appelait Flem Snopes et le reposai aussi. *Lumière d'août*. Le titre m'enchanta, et puis n'était-ce pas le livre que Dwayne avait dans sa poche ? Je l'emportai à ma table de lecture préférée, près d'une fenêtre ensoleillée. J'aimais la façon dont le soleil dessinait un treillis de lumière en traversant les petits carreaux. Ce devait être le destin car qu'est-ce que je lisais ? *Lumière d'août*.

Dès la première page, une femme appelée Lena se souvient de ses *douze ans* ! J'en crus à peine mes yeux. Quand on parle du destin ! Là, j'en avais une double dose ! Elle pense à son père et à sa mère qui sont morts quand elle avait mon âge. William Faulkner décrit sa maison et les chambres, éclairées par une lampe au kérosène entourée d'un tourbillon d'insectes.

Un tourbillon d'insectes. Quelle belle image ! Je levai la tête et vis presque au-dessus de moi l'épaisse blancheur de la lampe de notre véranda et de minuscules papillons de nuit voletant autour comme si la lumière était une piste d'atterrissage pour papillons. Je poursuivis ma lecture. « Un chicot grêlé. » Encore une belle image. Comme il décrivait des arbres qu'on avait coupés, je suppose que ça voulait dire une souche gâtée. Il y avait ensuite « l'asticot décroché ». Je ne voulus pas m'appesantir sur la condition de Lena. Elle devait sans doute attendre un bébé. Les écrivains abordent les questions sexuelles tôt ou tard, j'imagine, sauf que Faulkner s'y précipite dès la deuxième page.

Il était midi, il fallait que je rentre. Le livre à la main, j'allai demander à Miss Babbit de me prêter une feuille de papier et un crayon ou un stylo. Elle s'empressa de me rendre ce service. Puis, voyant le livre que je serrais contre ma poitrine, elle s'exclama :

— Tiens, tiens, Mr Faulkner ! Ah, l'univers de Faulkner n'est pas un endroit facile à vivre !

— L'univers de Graham non plus, marmonnai-je, étonnée de ma propre repartie.

Je remerciai Miss Babbit et retournai à ma table où je feuilletai le livre, m'arrêtant au hasard sur telle ou telle page et copiant une phrase ou deux qui me semblaient intéressantes. Je retournai à l'asticot décroché et copiai aussi cela. Mon regard tomba alors sur le paragraphe suivant : *Il y avait une voie ferrée et une gare, et une fois par jour un train passait en gémissant.*

C'était l'univers d'Emma. Waouh !

Au garage, les mécaniciens s'essuyaient tous les mains sur leurs chiffons graisseux ; ils avaient dû voir quelqu'un approcher.

Ils ne furent pas impressionnés en voyant que le quelqu'un en question, c'était moi. Surtout Dwayne, qui s'installa avec une lenteur calculée sur sa planche à roulettes et se glissa sous une voiture grise. Je saluai Abel Slaw et les autres, et me dirigeai vers la voiture grise.

— Dwayne ?

— Ouais ?

Sa voix semblait provenir de plusieurs kilomètres plus bas. J'entendis des métaux s'entrechoquer, des bruits prouvant qu'il était très occupé.

— Allez, sortez de là, voulez-vous ?

Je m'assis sur le marchepied d'un vieux pick-up Ford qui ressemblait à la camionnette d'Enegébé, mais n'était pas la sienne car la plaque d'immatriculation n'indiquait pas

NGB. Toi-mon-gars fouillait en sifflotant sous le capot d'une décapotable de collection.

— Pourquoi ? répondit Dwayne. J'ai du travail.

— Je vois bien. Sortez quand même. C'est important.

— Tu sembles croire que tout ce que tu désires est important...

— Ça, c'est stupide, Dwayne. Ce que vous dites est valable pour tout le monde.

Il ne répondit pas. Je sortis la feuille de papier avec mes trois citations, pour voir laquelle correspondait le mieux à la situation. Aucune, en réalité, mais j'en lus tout de même une :

— « C'étaient des mots qui ne signifiaient rien, qui n'étaient même pas les nôtres, et pendant ce temps-là, nous allions notre chemin sans jamais souffrir d'un manque de mots. »

Je savais que Dwayne aimait les mots. Moi aussi.

Lorsqu'il surgit de dessous la voiture, je fourrai vivement la feuille de papier dans ma poche. Je voulais qu'il croie que je savais le paragraphe par cœur et l'avais récité de mémoire. Je calai mon menton sur mes genoux repliés et pris un air innocent.

— Qu'est-ce que tu viens de dire ?

Couché sur son chariot, il renversa sa tête en arrière, comme s'il pensait que Billy Faulkner était sous la voiture avec lui. Je ne me souvenais plus de ce que j'avais lu.

— Vous avez très bien entendu, répondis-je.

Dwayne se hissa sur ses pieds avec une telle agilité qu'on l'aurait cru en caoutchouc. Le chiffon graisseux parut comme par miracle entre ses mains, qu'il se mit à essuyer avec ardeur.

— Vous n'avez pas reconnu ?

Il grogna, mais le sourire n'était pas loin. Ses yeux riaient déjà.

— J'ai reconnu le style. Je ne connais pas par cœur tout ce que Billy Faulkner a écrit.

— Je me suis dit que vous aimeriez, vu que ça parle des mots. Vous vous souvenez de ce que vous aviez dit sur les mots, comme quoi c'était juste une forme pour combler un manque ?

— Alors, tu as compris ce que ça voulait dire ? Ce que tu viens de réciter ?

Je ne me rappelais même plus ce que j'avais lu, encore moins ce que ça signifiait.

— Non, mais ça sonne bien. C'est tiré de *Lumière d'août*.

Dwayne cessa de s'essuyer les mains et fourra son torchon dans sa poche arrière. Le tissu pendit mollement ; il était d'un rose terne.

— Je crois que j'aime vraiment Billy Faulkner. Euh, William.

Je n'en avais pas lu assez pour l'appeler par son diminutif.

— Je suis sûr que ça lui aurait fait plaisir.

— Quand quittez-vous votre travail ?

— Vers sept heures. J'ai une camionnette à terminer. Pourquoi ?

— Faut qu'on aille aux Décombres.

— Allons bon ! Et pourquoi ça, s'il te plaît ?

— Il faut que je retourne dans la chambre pour voir certaines choses. Vous rentrez chez vous, de toute façon. Ça vous fait à peine un détour.

— Et où est passé tout ton tas de copains ? L'autre soir, on aurait dit le rendez-vous de la fraternité des Hiboux.

— Ils sont trop nombreux. Ils nous gêneraient.

— Et ton grand ami Butternut ?

Je soupirai.

— Dwayne ! Vous savez très bien que Mr Butternut ne saurait pas quoi faire en cas d'urgence.

— Et quel genre d'urgence risque-t-il d'arriver ?

— Je ne sais pas. N'oubliez pas que la police est venue, l'autre fois.

— Si j'ai bien compris, elle cherchait une fillette qui avait disparu...

J'ignorai le sarcasme.

— Qu'est-ce qu'il y a donc de si important dans cette maison ? poursuivit-il.

— Dwayne ! cria Abel Slaw depuis le seuil de son bureau minuscule. Tu ferais mieux de terminer le pick-up de Teets ! Je lui ai promis qu'il pourrait passer le prendre avant la fermeture.

— Bon, fis-je, je reviendrai à sept heures. Entendu ?
— Emma ! lança Abel Slaw. Tu ne devrais pas traîner autour des véhicules !
— Entendu, acquiesça Dwayne.
— Je m'en vais, Mr Slaw !
— Ouais... c'est pas que je ne veux pas que tu viennes, mais c'est dangereux, avec ces machines et tout le tremblement.
Quelle idée il avait du danger !

Miss Bertha trouva une autre raison de se plaindre : être obligée de descendre dîner à six heures au lieu de six heures et demie. C'était comme si son emploi du temps était complètement chamboulé à cause de ces trente minutes d'écart. Lorsqu'elle s'installa à sa table habituelle avec Mrs Fulbright, elle exigea de connaître les raisons de ce changement d'horaire.
Je savais que si je lui disais que c'était parce que j'avais des projets pour la soirée, elle ferait tout ce qui était en son pouvoir pour me retarder ; je ne gagnerais rien au décalage. Il fallait que je trouve une raison qu'elle approuve. En lui présentant le menu, je lui expliquai que notre fournisseur de confiserie (dont les produits étaient exposés dans une vitrine, près de la caisse) avait appelé pour nous prévenir que les York Peppermint Patties — les sucreries préférées de Miss Bertha —, dont on avait manqué pendant si longtemps, étaient de nouveau disponibles, et que je pouvais passer les prendre avant sept heures. C'était un déplacement exceptionnel, mais, sachant combien elle aimait les York Peppermint Patties, je me devais de faire cet effort.
De fait, j'adore accompagner Mrs Davidow chez le grossiste en confiserie quand elle va chercher les cartons de Hersheys, de Butterfingers, de Snickers et des Trois Mousquetaires, mes préférés. On les appelle ainsi à cause des trois parties, chocolat, vanille et fraise. Les cartons sont empilés dans l'entrepôt sur trois mètres de haut, rangée après rangée. Je me demande souvent comment ils font pour vendre autant de sucreries. Ils arrosent les supermarchés et les drugstores de tout le pays, j'imagine.

Miss Bertha ne sut que me répondre. Elle était prise dans un dilemme, comme on dit, car elle ne voulait pas que je rate la livraison de ses York Peppermint Patties, mais cela signifiait qu'elle devait se résoudre au changement d'horaire. Les Patties l'emportèrent, car elle m'ordonna de leur apporter leur entrée et plus vite que ça !

— Ça marche ! acquiesçai-je gaiement.

Et je filai à la cuisine. Miss Bertha allait s'étouffer de rage au petit déjeuner quand elle verrait la vitrine sans ses friandises préférées, mais j'aurais tout le temps de m'en inquiéter le moment venu. Comme aime à le dire Scarlett O'Hara, demain est un autre jour.

45

L'as de la mécanique *(bis)*

Il y a des fois où cette vie de mensonges me pèse, mais la plupart du temps je n'y pense pas. Je réfléchissais à ça pendant que le pick-up de Dwayne cahotait. Il était encore plus bruyant que les camionnettes d'Enegébé et Enepébé. On aurait dit que tous les tuyaux, toutes les vis s'étaient détachés et brinquebalaient en liberté.

— Comment ça se fait que vous soyez un as de la mécanique et que votre véhicule parte en morceaux ?

Dwayne changea de vitesse ; la boîte craqua comme si les vitesses tambourinaient contre les parois.

— J'ai pas le temps.

— Je ne veux pas être impolie, Dwayne, mais un pick-up pareil, c'est une mauvaise publicité pour un as de la mécanique comme vous...

Nous avions quitté la ville et nous roulions à travers champs.

— Evidemment, je n'ai pas souvent le plaisir inégalable d'avoir quelqu'un avec moi pour écouter le bruit du moteur...

Quel sarcasme puéril !

— D'ailleurs, qu'est-ce que c'est, un as de la mécanique ?

Je regardai par la vitre ; je crus que c'étaient exactement les mêmes vaches qui nous observaient, de l'autre côté de la clôture. Je me demandai à quoi elles pensaient. Mais pensaient-elles ? Je fermai les yeux et me mis en mode vache, moi derrière la clôture tandis que le pick-up passait devant. Rien ne me vint à l'esprit et Dwayne me parlait :

— Ça veut dire que je suis bon, voilà tout.

— Ouais, eh bien Toi-mon-gars est bon, lui aussi. Et Abel Slaw aussi, j'en suis sûre. (Comme il ne daignait pas répondre, je poursuivis :) Je parie que vous pourriez facilement faire quelque chose à une voiture pour qu'elle ne marche pas.

Naturellement, je pensais à celle de qui-vous-savez. Je m'aperçus alors qu'on approchait de la boutique de doughnuts de Dewey.

— Supposons qu'on nous poursuive et qu'on s'arrête tous pour acheter des doughnuts. Je parie que vous pourriez faire un saut jusqu'à la voiture qui nous file et la mettre hors service. (Je vis le néon bleu de Dewey.) Alors, vous pourriez ?

Dwayne se rangea le long de la boutique.

— Je m'arrête toujours ici, de toute façon. Pas la peine de faire des allusions transparentes.

Nous descendîmes et entrâmes dans la boutique. Je mourais de faim. J'avais sacrifié mon propre dîner dans l'espoir d'acheter des doughnuts.

Lorsque nous reprîmes la route — j'avais insisté pour payer les doughnuts et les cafés et avais été soulagée qu'il s'abstienne de faire des commentaires sur le fait que je buvais du café —, je m'attaquai à mon doughnut à la vanille. Je décidai que Dwayne était mystérieux. Je ne savais pas grand-chose de lui ; il ne parlait pas de lui, ce qui était incroyablement inhabituel chez quelqu'un. J'examinai mon doughnut saupoudré de sucre ; j'ai toujours aimé la façon dont ma mère dessine des motifs en plaçant un tamis au-dessus d'un gâteau avant de le saupoudrer de sucre. J'aime regarder le sucre glace tomber du tamis comme de la neige.

Nous étions près du tournant. Je m'interrogeai : est-ce que Dwayne était un gangster en fuite ? Etait-ce la raison de son attitude secrète ? Cependant, il n'avait pas eu l'air ennuyé quand il avait rencontré le shérif, l'autre soir.

Il négocia le tournant, et je vis l'enseigne du Silver Pear projeter sa lueur lunaire sur les branchages qui prenaient des teintes irréelles. Le parking du restaurant était complet, comme d'habitude.

— Tu me paieras un dîner ici un de ces soirs pour me remercier de t'avoir rendu service.

— Oh, volontiers ! Vaudrait peut-être mieux ne pas se garer près de l'étang.

— Pourquoi ?

Nous franchissions White's Bridge.

— Parce que Mr Butternut verra le pick-up et qu'il viendra aux nouvelles. Avec lui, on ne pourra jamais faire ce qu'on a à faire.

— Et qu'est-ce qu'on a à faire, au juste ?

— C'est une longue histoire.

Mirror Pond apparut, Dwayne s'arrêta et se gara au même endroit que la première fois. C'était bien la peine de l'avoir prévenu !

— J'aime les longues histoires. Vas-y, raconte.

Il ouvrit sa portière, j'ouvris la mienne et nous descendîmes en même temps.

Il fit le tour de son pick-up et prit son fusil. Il avait l'air absolument dangereux. D'ailleurs, il l'était, n'est-ce pas ? Demandez donc à un lapin. Il cassa l'arme sur son bras et me fit un signe de tête d'un air de dire : « Allez, viens ! » Nous traversâmes et escaladâmes un petit talus. Nous coupâmes par les bois au lieu de longer la route.

C'était le crépuscule, comme la première fois. Dwayne portait sa torche carrée par la poignée ; il l'alluma. J'adore les bois, mais pas de l'intérieur. Avec Dwayne, je me sentais bien plus à l'aise, même plus qu'avec Mr Root et les Wood. Chaque raclement de caillou, chaque craquement de brindille, chaque bruissement de feuille m'envoyait un frisson dans la colonne vertébrale.

Nous marchions sur un chemin labouré. Je me demandai comment un chemin pouvait être labouré alors qu'il y avait si peu de monde alentour et qu'il n'y avait pas de maison, hormis celle de Mr Butternut.

— Pourquoi avoir pris votre fusil, Dwayne ? Vous ne chassez pas le lapin, tout de même ?

Franchement, j'aurais préféré qu'il me dise qu'il le chassait, parce que je n'avais pas envie de savoir qu'il avait pris son fusil par mesure de précaution.

— Je le prends toujours quand je viens ici.

Comme je n'avais aucune envie d'en savoir plus, je ne dis rien. Des paquets de feuilles mortes, pourries et humides, faisaient d'affreux bruits de succion à chaque pas. Des filets d'eau coulaient le long de l'écorce d'un chêne comme si la pluie continuait de tomber des arbres après le départ des nuages. De temps en temps, je recevais une douche de fines gouttelettes sur le crâne. Dwayne balayait chaque côté du sentier de sa torche.

— Qu'est-ce que vous faites ?

— Je regarde, c'est tout.

— Vous regardez quoi ?

— J'avais vu quelqu'un l'autre soir, si tu te souviens.

Comme si je ne m'en souvenais pas ! Je me rapprochai de lui. Le sentier était trop étroit pour qu'on marche de front, mais je n'étais pas disposée à traîner loin derrière lui.

— Vous n'êtes pas le seul à venir chasser par ici, probablement. C'est peut-être un autre braconnier que vous avez vu... ou entendu.

— Non, ce n'était pas un autre braconnier.

J'entendis de l'eau couler. Nous devions approcher d'un cours d'eau. J'interrogeai Dwayne.

— C'est le ruisseau, me répondit-il, celui qui coule sous White's Bridge. Il se jette dans le lac. Comme ça, si tu te perds, tu n'auras qu'à suivre ce ruisseau, il t'amènera à bon port.

Me perdre ? Je n'avais certainement pas l'intention de me perdre.

Il quitta le sentier, je le suivis, sur ses talons. Encore une vingtaine de mètres et on arriverait au ruisseau.

— Il fera nuit noire dans un quart d'heure, déclara Dwayne en observant le ciel.

Il posa son fusil contre un arbre et sa torche sur une souche.

— Chicot grêlé, remarquai-je.

— Où tu as appris ça ?

— *Lumière d'août.*
— Tu aimes les détails, hein ?

Sous l'arbre se dressait une grande pierre plate, aussi lisse que de l'étain. Dwayne piocha une cigarette dans un paquet qu'il rangeait dans la poche de sa chemise, s'assit sur la pierre et me fit signe de m'y asseoir aussi.

— Je m'arrête toujours ici pour fumer une cigarette et réfléchir.

Je m'assis. La pierre était parfaitement polie et assez large pour deux.

— Cigarette ? proposa Dwayne en mettant la main à sa poche.

Je lui jetai un regard entendu. Ha, ha, ha.

— T'as arrêté de fumer ? Ah, si je pouvais ! Tiens.

Il me tendit un bonbon. C'était un caramel mou, que j'aime autant que Miss Bertha ses York Peppermint Patties. Je me sentis un peu moins anxieuse quand je mordis dedans.

— Merci.

— Pas de quoi. Bon, qu'est-ce qu'il peut bien y avoir dans cette maison qui t'intéresse tant ?

— Vous vous souvenez de la lettre que vous avez lue et de la photo d'un homme ?

— Je me souviens de la lettre, oui. Et alors ?

— Il se peut qu'elle ait été écrite par l'homme sur la photo. C'est juste une possibilité, insistai-je pour que Dwayne ne fonde pas trop d'espoir sur le sujet.

Il tira sur sa cigarette d'un air songeur.

— Tu veux dire que tu crois le connaître ?

— Je sais qui c'est. Enfin, peut-être.

Je fus surprise que Dwayne ne me demande pas qui c'était. Il devait penser qu'il ne le connaissait pas, alors le nom... Il se pencha en avant, le bras gauche en travers des genoux, le menton appuyé sur la main droite. Je copiai sa manière de s'asseoir, les jambes repliées, les genoux hauts, tirant ma jupe sur mes mollets. Il me vint à l'esprit que si quelqu'un me voyait (ma mère, par exemple) avec un inconnu, elle serait scandalisée. (Mais qu'est-ce qu'elle pourrait y faire ?) Je n'allais tout de même pas avoir peur de Dwayne étant donné que c'était moi qui l'avais entraîné.

Peut-être que si sa mère savait qu'il était avec moi dans les bois, elle serait scandalisée, elle aussi. Je sentis que je devais dire quelque chose.

— C'est juste une intuition.
— C'est souvent le cas.

Je ne savais pas du tout ce qu'il voulait dire. Dwayne disait souvent des choses étranges qui n'avaient, semblait-il, aucun lien avec ce qui se passait. J'aimerais bien bavarder avec lui un jour où nous n'aurons pas tant de choses à faire.

— La pause cigarette est terminée ?
— La pause caramel aussi ?

Il écrasa son mégot sur la pierre, puis épousseta les cendres.

Je ne pouvais dire si les bois étaient plus sombres que tout à l'heure, car le peu de lumière qui avait traversé les feuillages s'était arrêtée avant de frapper le sol. Vers le haut, tout semblait noir. Hormis les bruits de succion que nous faisions en marchant, les autres sons étaient amortis, de sorte qu'un ululement de chat-huant ou le craquement des branches semblait irréel et négligeable. Dwayne fouillait toujours les buissons avec sa torche.

— C'est encore loin ?

J'avais parlé à voix basse sans raison. Je tenais l'ourlet de la chemise en laine de Dwayne. Lorsqu'il s'arrêta pour s'agenouiller, je m'agenouillai aussi. Il détacha quelque chose d'un épais buisson de laurier nain. C'était un morceau de tissu. Avec la faible lumière on distinguait mal la couleur, bleu ou rouge foncé, ou peut-être une sorte de prune. C'était un tissu lourd, probablement de la laine. Il avait été déchiré par les petites branches pointues ; le fil se défaisait à une extrémité.

— Alors, fit Dwayne, qu'est-ce que tu en penses ?

J'étais fière qu'il me demande mon avis — et sérieusement, en plus, car il n'avait pas son air moqueur habituel.

— C'est un morceau de vêtement, dis-je. D'une chemise ou d'une robe, peut-être.

— Ouais, mais de quand ? Un mois, un an ?

— Quand il s'est pris dans le laurier ? (Il acquiesça.) Vous pouvez le dire ?

— Bien sûr. Regarde la déchirure. Les fils ne se sont pas raidis à cause du froid ni rien. Ça se voit à l'œil nu, pas besoin de loupe.

— Alors, ça s'est déchiré récemment ?

— Pas plus de deux jours, p't-être bien.

Je lui rendis le morceau de tissu.

— C'est peut-être aller vite en besogne, Dwayne.

— C'est parfois nécessaire, rétorqua-t-il.

Je compris alors que Dwayne prenait l'affaire très au sérieux, il ne voyait pas cela comme la lubie d'une gamine de douze ans un peu folle. Il fourra le morceau de tissu dans sa poche et reprit sa marche, moi de nouveau accrochée à son pan de chemise. Je reconnus bientôt les racines du gros chêne où je m'étais cachée la première fois. Cela me semblait remonter à des mois, même à des années.

— Faut être réaliste, Dwayne. (C'était moi qui parlais comme ça !) Ça ne veut probablement rien dire.

— Le bruit et la fureur, c'est tout. C'est ce que Billy Faulkner dit de la vie. Shakespeare, plutôt ; oui, je crois que c'était une citation de lui à l'origine.

J'avais déjà assez de mal avec Faulkner, je ne voulais pas que Shakespeare s'en mêle.

Dwayne s'arrêta, je m'arrêtai aussi. Il tendit l'oreille ; nous étions à deux pas de la porte de derrière. Il éclaira lentement à droite et à gauche. Rien ne bougea, aucun bruit. J'aurais aimé voir ou entendre des signes de vie, même un lapin s'enfuir (même si je devinais quel serait son destin). La porte protesta lorsque Dwayne la poussa. Nous entrâmes.

Je remarquai aussitôt l'odeur d'eau de toilette qui s'était échappée du flacon lorsque Dwayne l'avait ouvert.

— Vous sentez, Dwayne ?

— Oui, c'est probablement un reste de l'autre soir.

Il s'arrêta et écouta.

— Il n'y a personne, assura-t-il.

— Comment le savez-vous ?

— J'étais monte-en-l'air, avant. Viens.

Je le regardai s'éloigner, bouche bée. Il plaisantait, sûrement !

Il y avait deux chambres que nous n'avions pas remarquées avant. Dwayne promena sa torche sur le lit, la coiffeuse et le secrétaire. Il n'y avait rien, ni brosse, ni peigne, ni glace, ni animaux en peluche, ni poupée. Il n'y avait pas de drap, juste une couverture pliée au pied du lit. La deuxième chambre était aussi vide, sauf qu'il y avait des rideaux à la fenêtre et un cagibi à côté de la coiffeuse. Je restai sur le seuil pendant que Dwayne allait au cagibi.

— Il y a des affaires ? demandai-je, inquiète.

— Non, rien, sinon deux vieilles valises.

Il les sortit ; c'étaient des valises en carton, comme on en faisait il y a cent ans.

— Venez dans l'autre chambre, proposai-je.

La troisième chambre était telle que nous l'avions laissée. Le flacon d'eau de toilette était au même endroit, soigneusement bouché. Les poupées et les animaux en peluche étaient dans le même coin de la pièce. Pendant que Dwayne allumait deux bougies, j'allai prendre la poupée que Maud avait examinée ; c'était vrai : elle était habillée d'organdi blanc, un peu jauni et raidi par le temps, le même tissu que les robes d'Iris et de Mary-Evelyn. Les petites fleurs en satin délavées étaient les mêmes que sur la robe qui avait servi de linceul à Mary-Evelyn. L'existence de cette poupée était troublante, angoissante même. Je détournai les yeux de la fenêtre ; dehors, la nuit semblait pleine de malheurs. Je sentis la tristesse monter et m'envahir. C'était la même impression que j'avais eue dans la cuisine, la veille. C'était comme si la fin de quelque chose était arrivée.

— Ah, la voilà, fit Dwayne.

Il tenait à la main la lettre qu'il m'avait lue, la même que le shérif avait déchiffrée.

— Tu veux la lire ?

— Non, allez-y.

Il lut :

— « Ma chère I, aie confiance, nous serons de nouveau ensemble très bientôt. C'est devenu trop dur pour moi, et, je n'en doute pas, pour toi aussi. Il vaut mieux que je parte, en attendant que les choses se calment. Il y a cent ans, je suppose qu'on aurait clamé ma perfidie dans tous les journaux ! » C'est signé « Ton J ».

Il me tendit la lettre et la photographie.

— Voilà un type qui s'intéresse davantage à ses abattis qu'à sa belle.

J'examinai l'homme sur la photo. Il y avait quelques différences avec le cliché qu'Aurora m'avait montré — la couleur des cheveux, la forme des yeux. Le cliché avait été pris en pleine lumière, les cheveux étaient plus clairs, les yeux plissés pour se protéger du soleil. Sur la photo d'Aurora, il avait la main en visière. Mais j'étais sûr que c'était Jamie Makepiece. Je crois que j'avais découvert plus de choses que prévu, plus que je n'avais envie d'en savoir.

— Qui est I ? demanda Dwayne en relisant la lettre.

— Iris ou Isabel. Je crois plutôt que c'est Iris parce que je ne pense pas qu'il aimait Isabel.

— Qui sont Iris et Isabel ?

— C'étaient deux sœurs. Elles étaient toutes deux amoureuses du même homme... lui.

Je lui montrai la photo. Il la prit et s'assit dans le fauteuil rose. Son fusil était incliné contre la commode.

— De laquelle des deux était-il amoureux ?

— Des deux.

— Ah, c'est comme ça que les ennuis commencent.

— Il a d'abord été fiancé avec Isabel, puis Iris est arrivée.

Dwayne esquissa un sourire et prit une autre cigarette.

— Rien de nouveau sous le soleil : le véritable amour arrive trop tard. Il y a une chanson comme ça. Bon, il rompt avec Isabel et se fiance avec Iris.

— Vaudrait mieux me laisser raconter, fis-je, énervée. C'est mon histoire.

Je fus de nouveau envahie par un noir pressentiment. Le malheur, le chagrin faisaient partie de la peur. Ce qui approchait de la fin, c'était mon histoire.

— On dirait du Faulkner, remarqua Dwayne.

Je pensai à *Lumière d'août*.

— Peut-être, sauf qu'elles n'étaient pas... euh, dans le même état que Lena.

— Quoi ?

— L'état de Lena.
— Oh, tu veux dire qu'elle allait avoir un bébé ! Des fois, je me dis que toutes les femmes dont parle Faulkner sont dans cet état. (Il craqua une allumette, et aspira une bouffée.) Comment le sais-tu ?
— Quoi ?
— Comment sais-tu qu'elles n'étaient pas — l'une ou l'autre ou les deux — dans cet état ? Jamie devait être un sacré bonhomme si elles l'étaient toutes les deux. (Il se leva.) Je vais jeter un coup d'œil dehors. (Il ramassa son fusil.) Je suis pas loin, ne t'inquiète pas.
Il sortit. Je le suivis tout en réfléchissant.
N'était-ce que cela ? Etait-ce seulement une histoire ?
Car qu'est-ce que j'avais — comme aurait dit le shérif — comme preuve qu'elles avaient tué Mary-Evelyn ? Elle s'était noyée dans des circonstances étranges. Certaines choses restaient inexpliquées, comme la robe du soir et le fait qu'elle ne portait pas de chaussures. Mais toutes les robes de Mary-Evelyn étaient belles ; n'importe laquelle aurait fait une jolie robe du soir. Quant aux chaussures, elle avait très bien pu les enlever, ça semblait normal si elle devait faire du canot sur le lac.
C'était peut-être comme Elizabeth l'avait dit à la police : elles s'étaient aperçues trop tard que Mary-Evelyn n'était pas couchée et elles étaient parties à sa recherche. Cela avait pu se passer ainsi. D'ailleurs, la détestaient-elles tant que ça ? Enepébé et Imogene avaient-ils pu se méprendre sur ce qu'ils avaient observé ?
Il y avait aussi Rose. Si elle était aussi belle qu'on le prétendait, Ben Queen avait dû avoir plus d'une occasion d'être jaloux. Mais ça n'avait aucun sens si Ben Queen ne l'avait pas tuée. Or il ne l'avait pas tuée, j'en étais sûre et certaine. C'était Fern qui avait un mobile. Là, tout s'expliquait : Rose avait menacé de l'envoyer dans une institution et Fern, dans une crise de colère, l'avait poignardée. De multiples fois, à en croire le rapport du médecin légiste. C'était horrible, mais ça s'expliquait. Je devrais retourner voir Louise Landis, qui m'avait paru la personne la plus sensée de Cold Flat Junction. Mais c'était usant d'inventer des

raisons d'interroger les gens. Bien sûr, je pourrais dire la vérité. Mais imaginez comment on réagirait. « Salut, j'enquête sur le meurtre d'une petite fille qui remonte à quarante ans. Et sur deux autres meurtres, pendant que j'y suis. » Oui, j'imagine la tête des habitués du Windy Run si je leur disais ça.

Revenons au meurtre de Fern. Avait-elle pu aller au Silver Pear ? Elle s'était mise sur son trente et un. Peut-être devait-elle rencontrer quelqu'un au restaurant. Mais il n'y avait rien pour appuyer cette thèse ; le shérif avait interrogé tout le monde autour de White's Bridge (ça n'avait pas dû prendre beaucoup de temps) et personne ne l'avait vue. La seule explication, c'était qu'elle allait rencontrer sa fille et qu'elle voulait se montrer à son avantage. Après vingt ans, sa fille aurait été difficile à impressionner. Si elle l'avait abandonnée, confiée à un orphelinat, ou pire. Je refusai de m'appesantir sur le pire. Bien sûr, il y a beaucoup d'enfants abandonnés et ils ne finissent pas tous par assassiner leur génitrice, à supposer qu'ils la retrouvent, naturellement. Il y a pas mal de trous dans ma théorie, mais je sais que Ben Queen est innocent, et si ce n'est pas lui qui l'a tuée, qui est-ce ? Si c'était une tragédie grecque, ça serait l'hypothèse la plus solide.

Quant au début de l'histoire, la mort de Mary-Evelyn Devereau : il y avait la poupée, la lettre et la photographie — tout ça dans une maison où ils n'avaient aucune raison d'être. A moins que Mary-Evelyn n'ait donné la poupée à Imogene. Ça m'étonnait, mais je pouvais toujours aller demander à Imogene. Et ça n'expliquait pas la lettre et la photo de Jamie Makepiece.

Que faisaient-elles aux Décombres ?

Dwayne reparut.

— J'ai rien vu. Tu as trouvé quelque chose ? Tu es bonne pour dénicher des trucs, faut reconnaître.

— Non.

— Il est temps que je te raccompagne chez toi.

— Ah ! (Bizarrement, je ne m'étais pas attendue à ce qu'il me le propose.) Vous n'êtes pas obligé, Dwayne. Je peux demander à un taxi de venir me prendre au Silver Pear.

— Non, non, je t'emmène. Tu as déjà assez traîné dehors pour ce soir.

— Je vais prendre ça, dis-je en ramassant la poupée, la lettre et la photo. Je les donnerai au shérif. Ce sont des indices.

Dwayne réfléchit ; il enfourna une plaquette de chewing-gum dans sa bouche et m'en offrit une.

— Intéressante, l'histoire que tu as concoctée, c'est sûr.

J'eus une bouffée de fierté, puis je me repris. Je l'avais racontée, je ne l'avais pas concoctée. C'était mon histoire. Je relus la lettre.

— Vous n'auriez pas fait ça, je parie... sauver votre peau plutôt que d'être fidèle à une fille ?

— J'espère bien que non. Evidemment, ça dépend beaucoup de la fille, tu ne crois pas ?

— C'est ridicule, Dwayne ! (Comment pouvait-il être aussi irritant ?) Vous êtes censé être amoureux d'elle !

— Bon sang, t'es drôlement pointilleuse. Parfois, t'es pire que Billy Faulkner.

Je pris cela pour un compliment, même si je ne voyais pas bien ce qu'il voulait dire.

Le retour à travers bois me parut moins éprouvant, mais bien sûr on préfère avoir le danger derrière soi que de foncer dessus. Dans le pick-up, je demandai :

— Et si c'était vrai ?

— Si quoi était vrai ?

— Si Jamie et Iris attendaient un bébé.

— Tu crois que la petite fille qui s'est noyée était leur enfant ?

— Peut-être.

— Pour commencer, ça serait la chose la plus épouvantable que j'aie jamais entendue, à part chez Faulkner.

— Est-ce que ses histoires sont vraies ?

— Tout dépend de ce que tu entends par « vraies ».

De nouveau irritée, je m'enfonçai dans mon siège. Pourquoi les adultes compliquent-ils les questions les plus simples ?

— Vous savez très bien ce que je veux dire. Est-ce que c'est vraiment arrivé à Lena ?

Il parut réfléchir, puis demanda :
— Tu lis beaucoup ?
— Ben, forcément ! Je lis *Lumière d'août,* non ?
En fait, je n'avais lu que les dix ou douze premières pages.
— Tu n'es jamais tombée sur des personnages dans un livre qui sont si vrais qu'ils sortent de la page et se baladent en ville, pour ainsi dire ?
J'avais conservé mon chewing-gum. Je défis l'emballage. Je dus admettre que Lena paraissait être sortie de la page pour marcher sur une route poussiéreuse qui ressemblait beaucoup à celle de Spirit Lake. J'aurais pu l'accompagner un bout de chemin, en espérant qu'elle n'avait pas ce bébé.
— Oui, ça m'est arrivé, admis-je.
Je repensai à ce que m'avait dit le père Freeman, comme quoi les voyages en imagination étaient meilleurs que les voyages en vrai. Il devait parler de la même chose. Mais je n'étais pas sûre de vouloir les suivre sur ce terrain.
Je posai mes yeux sur la poupée et imaginai Mary-Evelyn la tenant dans ses bras pendant qu'elle regardait par la fenêtre le lac grêlé par la pluie, l'embarcadère sur l'autre rive, rêvant de s'échapper. Je me demandai si Maud, assise au bout du ponton, regardant les bateaux, rêvait de s'échapper, elle aussi.
Je pouvais toujours demander à Maud. Pour Mary-Evelyn, c'était trop tard.

46

La balançoire

Mon humeur s'assombrit lorsque je découvris le mot que Will et Mill avaient glissé sous ma porte, m'enjoignant de venir au garage sitôt après le petit déjeuner. Ils étaient comme ça — en tout cas Will —, ils donnaient souvent des ordres quand une de leurs productions était en route (« en répétition », aimait dire Will). Même si je n'aime pas qu'on me donne des ordres et si je craignais que mon excursion en ville n'en soit retardée, je dois avouer que j'étais curieuse de savoir ce qu'ils manigançaient dans le garage.

La note ressemblait à du chantage. Du genre : VIENS AU GARAGE AVEC 10 000 DOLLARS EN PETITES COUPURES OU TU NE REVERRAS PLUS JAMAIS REE-JANE VIVANTE.

Ah, si seulement ils avaient écrit ça ! Penser qu'en ne remettant pas les dix mille dollars j'obtiendrais ce que j'avais toujours désiré ! Je décidai donc d'obtempérer, et vite, afin d'aller ensuite apporter mes indices — la photo, la lettre et la poupée — au shérif. Oh, je ne m'attendais pas à ce qu'il fasse quelque chose ; je voulais surtout avoir l'avis d'une personne compétente. Je voulais savoir si quelqu'un pensait comme moi ou si j'étais définitivement cinglée.

Walter était devant le fourneau, en tablier, à sept heures trente, lorsque j'entrai dans la cuisine en bâillant. Il se faisait cuire des œufs sur le plat et me proposa d'en casser un ou deux pour moi.

— Mais je parie que tu préfères les galettes de blé noir.
— Y a pas de galettes de blé noir, Walter, pas en cette saison. On n'a pas de farine de sarrasin avant l'automne.
— Faut pas me dire ça à moi, j'y suis pour rien. Mais y en a.

Il pointa sa spatule vers un des récipients de ma mère. Il était recouvert d'un linge humide, ce qui signifiait que la pâte levait ou avait déjà levé.

J'ôtai le linge et mon regard s'illumina, mais c'est surtout mon ventre qui s'embrasa.

— Avant de partir, Miss Jen m'a montré comment faire. C'est facile.

Walter transféra les œufs dans une assiette, prit trois tranches de pain et s'assit au comptoir pour les beurrer.

— J'ai graissé la crêpière. Elle est chaude.

Il fit un geste par-dessus son épaule. La poêle en fonte était posée sur deux brûleurs tellement elle était grande.

Je regardai la pâte comme si c'était le Christ en personne (je me promis aussitôt de ne pas faire ce genre de comparaison en présence du père Freeman). Quand je fais la liste de mes plats préférés, voilà ce que ça donne :

> Galettes de sarrasin
> Roulés de jambon à la sauce au fromage
> Tarte de l'Ange
> Gâteau au chocolat

Vous voyez le genre.

Ayant complètement oublié Miss Bertha et Mrs Fulbright (même si j'entendais la canne marteler avec obstination le plancher de la salle à manger), je laissai tomber des gouttelettes d'eau dans la poêle et les regardai danser comme si elles se réjouissaient, elles aussi, des galettes de blé noir ; je versai ensuite une bonne louchée de pâte au centre de la poêle et la regardai se répandre lentement. Même là, il y avait quelque chose de magique. Peu après, les bords de la crêpe rétrécirent et croustillèrent, et de petites cloques se formèrent. J'attendis que d'autres cloques apparaissent et, quand toute la surface en fut recouverte, je retournai la crêpe. Le côté cuit avait de fines craquelures qu'on n'obtient qu'avec les galettes de sarrasin, d'une nuance brun miel qui me rappelle toujours le vernis des poteries.

Pendant que je faisais glisser la crêpe sur une assiette, Walter me dit :

— J'ai fait réchauffer le sirop d'érable.

Il avait posé la petite casserole sur la plaque, au-dessus du fourneau, pour que le liquide reste tiède. Je le remerciai et versai le sirop en fin ruban sur la crêpe. C'était du vrai sirop d'érable, récupéré dans un seau attaché à un tronc d'arbre (je ne sais pas comment on le récoltait), tout comme c'était du vrai sarrasin. A chaque fois, pour ma première bouchée de crêpe au sarrasin — cet incroyable mélange aigre et sucré —, c'était comme si j'entendais les paroissiens du Tabernacle crier de l'autre côté de la grand-rue : « Alléluia ! Alléluia ! » Je comprenais même pourquoi Mrs Davidow devait boire un pichet de martini tous les soirs. Il y a des choses dont on n'a jamais assez, comme si vos papilles gustatives se réveillaient soudain en hurlant : « Encore ! »

A ce moment-là, les hurlements de Miss Bertha, pas exactement des alléluias, résonnaient depuis la salle à manger, mais je n'en continuai pas moins à manger ma crêpe. Rien ne pouvait s'interposer entre moi et une galette de sarrasin.

Walter se leva de son tabouret et déclara :

— Je vais apporter son jus d'orange à la vieille bique.

Il prit la carafe, deux verres, et alla servir Miss Bertha et Mrs Fulbright.

Bien qu'on m'eût ordonné de me rendre au garage, je dus frapper trois fois avant que la porte daigne s'entrouvrir de cinq centimètres, comme d'habitude, juste assez pour que Will coule un œil par l'entrebâillement.

— C'est moi, dis-je.

— Quoi ?

Le ton de Will était, comme toujours, soupçonneux.

— Comment ça, quoi ? C'est toi qui m'as demandé de venir. (C'était vraiment énervant.) Tu m'as écrit un mot, non ?

Il hésita encore avant de refermer la porte afin d'ôter la chaîne, puis il la rouvrit pour me laisser passer. L'espace qu'il m'autorisa était quand même pingre. De qui avaient-ils peur ? Qui se souciait de voir ce qu'ils préparaient ?

Le garage était comme une énorme grotte nantie d'un éclairage artificiel. Ils adoraient jouer avec la lumière et ils avaient réussi à mettre la main sur des éclairages du théâtre de Lake Noir. C'était un théâtre d'été qui donnait de mauvaises pièces jouées par de mauvais comédiens. Ils avaient recouvert les lampes de papier crépon de différentes couleurs, aujourd'hui du bleu et du vert. L'effet était sinistre et transformait presque certains chevrons en stalactites. Au bout de cette vaste grotte se dressait une estrade, en partie cachée par des bâches. Il y avait un piano, près de l'estrade. Mill sortit de derrière une bâche en traînant une grosse corde. Je ne distinguais pas ce que c'était ni à quoi ça pouvait servir, ce qui n'était pas inhabituel. Il la déroulait tout en marchant.

— Qu'est-ce qu'il y a derrière ? demandai-je.

— Tu n'as pas besoin de le savoir, répondit Will. Tout ce que tu as à faire, c'est de répéter ton rôle.

Ce fut mon tour d'être soupçonneuse.

— Quel rôle ?

— Tu sais très bien. Nous en avons déjà discuté.

J'allais répondre quand une voix aiguë descendit du plafond :

— Hé, m'dame !

C'était Paul. (Il appelle toutes les femmes « m'dame », sauf sa propre mère.)

Paul était à califourchon sur les chevrons, six mètres au-dessus de nous. On avait du mal à voir ce qu'il faisait exactement, mais ça ne changeait pas grand-chose car je ne pouvais l'imaginer là-haut, pour commencer.

— Qu'est-ce que Paul fiche là-haut ?

— Il va manœuvrer les nuages.

— Les quoi ? Bon Dieu, vous êtes cinglés ! Il risque de tomber et de se briser la nuque ! Regarde comme il est haut !

Will — qui n'avait jamais montré un intérêt particulier pour le bien-être de Paul — se contenta de hausser les épaules.
— On l'a attaché, déclara-t-il.
— Vous l'avez attaché là-haut ?
— On était obligés. Sinon, il serait tombé... probablement.

Pourquoi perdre mon temps à discuter ? Je mis ma main en visière — comme si ça améliorait ma vue ! — et vis la peau pâle des jambes de Paul ; elles se balançaient comme s'il était sur un cheval à bascule. Mais le reste de son corps baignait dans une étrange lumière verdâtre et sa tête disparaissait dans l'ombre. Je distinguai aussi des formes blanches. Ce devaient être les fameux « nuages ». L'espace d'un instant, Paul ressembla aux images de mon vieux livre de marine. C'était le gabier dans son nid-de-pie.

Mill ricana, sauta de l'estrade et s'assit au piano. Il plaqua un accord qui ressemblait à un accompagnement vers l'enfer, ce qui convenait à l'ambiance.

— Voilà ce qu'il fait, expliqua Will. Il détache la corde qui retient les nuages afin qu'ils descendent en même temps que toi ; comme ça, quand tu feras ton entrée, on croira que tu sors des nuages. Impeccable.

Ce n'était pas une question. Will ne me demandait pas d'attester de la nature « impeccable » de son idée démente. Si Will disait que c'était impeccable, c'était impeccable. Alors, comme mes yeux s'habituaient peu à peu à la pénombre verdâtre-bleuâtre, je répétai :
— Mon entrée ? Quelle entrée ?
— Tu vois, là-haut ? Près de Paul ?

Je distinguai une balançoire — une simple planche en bois assemblée par des cordes, le genre de balançoire à l'ancienne qu'on attachait à une haute branche. Elle pendait près de l'endroit où se trouvait Paul.
— Qu'est-ce que c'est que ça ?

Comme si j'avais besoin de le demander !
— C'est la machine, tu sais, celle sur laquelle Dieu descend. Dieu ou Zeus, comme tu voudras.

Mill, qui avait cessé de jouer sa marche funèbre, était venu nous rejoindre.

— Le *deus ex machina*, dit-il.

Naturellement, il le prononça mal — deux-sexes-machine —, comme nous le faisions tous auparavant.

— Tu veux dire *déous ex makina*.

Je dois avouer que je bichai quand ils me regardèrent tous les deux ; je répétai la phrase, très lentement, comme on fait avec des enfants attardés :

— Dé-ous ex mak-ina.

Ils mâchaient tous deux du chewing-gum, Will lentement, Mill avec ardeur. Ils s'arrêtèrent ensemble.

— Nan ! fit Will.

— Va vérifier dans un dictionnaire grec si tu me crois pas, rétorquai-je. (Pourquoi la prononciation correcte était-elle soudain plus importante pour moi que ce que le *deus* faisait ?) Si vous croyez que je vais monter sur cette balançoire, vous vous fourrez le doigt dans l'œil !

— Tu reviens sur notre marché ? fit Will, scandalisé. Tu avais juré que tu tiendrais un rôle dans cette production ; on a pris la voiture de Jane et on t'a conduite à White's Bridge. Tu avais promis. Tu avais donné ta parole !

Will aimait faire croire que la valeur d'un être humain dans la vie résidait tout entière dans son honneur, dans sa parole, alors qu'elle se mesurait en réalité en fonction de son utilité pour lui, Will. Si Will faisait une promesse (mais je ne me souviens pas qu'il en ait jamais fait une), il la romprait aussi vite que le pasteur rompt le pain avant le repas, si ça servait ses intérêts.

— J'ai dit que je jouerais un rôle ; j'ai pas dit que je monterais sur une balançoire pourrie.

— Hé, m'dame ! lança de nouveau Paul.

— Ça va, ça va, on va te montrer que tu ne risques rien. Fais descendre la balançoire, Mill.

Là-dessus, Mill alla tirer sur une corde qui passait par une sorte de poulie et s'enroulait autour d'une vieille roue de voiture, et la balançoire descendit aussitôt. Elle atterrit sur la scène avec un bruit mat.

— Tu vois comme c'est simple ?

— Tant que je ne suis pas dessus.

— Doux Jésus ! soupira Will.

Il s'approcha de Mill et de la balançoire. Je les entendis parlementer à voix basse, puis Will monta sur la balançoire. Mill s'éloigna en tirant la corde par-dessus son épaule et Mill et la balançoire s'élevèrent.

— Je t'aurais jamais cru aussi froussarde ! me cria Will.

L'insulte était bien sûr destinée à en appeler à ma fierté. Raté.

— Eh bien, maintenant, tu le croiras.

J'aurais pu les planter là et retourner à la cuisine, mais c'eût été une mauvaise idée parce que je ne savais pas si j'aurais besoin de leur aide à l'avenir, et si je ne tenais pas ma promesse ils ne feraient plus jamais rien pour moi.

Will avait dû dire à Paul de commencer à manœuvrer les nuages, parce que dès que la balançoire redescendit, deux nuages la suivirent. La descente des nuages fut autrement plus mouvementée que celle de la balançoire. Celle-ci ne semblait pas aussi dangereuse qu'au premier abord, tentai-je de me convaincre. Mais l'idée que Paul — sans doute la personne la plus douée pour les homicides que j'avais jamais rencontrée et qui deviendrait un formidable serial killer si on le laissait tuer les gens en série à sa manière, c'est-à-dire par accident — soit là-haut (attaché ou pas) en train de manœuvrer les nuages, ou quoi que ce soit ayant un rapport avec ma descente, me rendait nerveuse.

La balançoire bascula en heurtant la scène et Will en descendit.

— Tu vois ! Est-ce que je l'aurais fait si c'était pas sans risque ?

— Tu ferais n'importe quoi. Vous êtes tous les deux comme des savants fous. Paul est votre cobaye.

Will poussa un énorme soupir théâtral et, les mains sur les hanches, se mit à arpenter la scène en hochant la tête. Will avait le don de tout dramatiser.

— Je vais à mi-chemin pour voir, dis-je.

— Super ! applaudit Will. Elle monte ! lança-t-il à Mill.

— Super ! fit Mill.

Ils se faisaient toujours l'écho l'un de l'autre.

Je m'assis avec prudence sur la balançoire, puis dis à Mill de me hisser juste au-dessus de l'estrade, ce qu'il fit. Je sau-

tai sur la planche pour éprouver sa solidité, celle de la corde et des nœuds qui maintenaient l'ensemble ; l'expérience me satisfit. D'ailleurs, si la planche se détachait, je pourrais encore m'accrocher aux cordes.
— Ça va, lançai-je. Lentement !
La balançoire entama sa montée et je rappelai à Mill de m'arrêter au milieu pour voir comment je me sentais. Il me hissa, me hissa, ne s'arrêta pas au milieu (comment avais-je pu croire que mes ordres auraient un quelconque poids ?), bien que je lui hurlasse de s'arrêter. Peine perdue ! Je montai finalement jusqu'en haut, jusqu'à Paul et jusqu'aux nuages, dont il me sembla qu'il découpait les contours au rasoir. Manquait plus que ça ! Paul armé d'un rasoir !
— Je veux redescendre ! Descends-moi ! Descends-moi tout de suite !
— Ça vient, ça vient ! cria Will. Paul, commence à descendre les nuages !
Je scrutai la corde pour voir si elle était assez serrée autour de sa taille pour l'empêcher de basculer sur moi.
— Paul, ne fais pas ça !
Il s'attaquait au chevron avec son rasoir, à moins que ce ne soit un canif. Il faisait trop sombre pour être sûre. Entre ses jambes, il serrait un sac en papier kraft.
— Qu'est-ce qu'il fait ? cria Will.
Ce ne fut pas sans une pointe de joie que je répondis :
— Il découpe juste les nuages avec son rasoir !
— Esquinte les nuages, et tu ne sors pas d'ici vivant ! menaça Mill.
Paul s'arrêta et éclata de rire.
— Je descends la balançoire, Paul. Tu comprends ? Tu comprends ?
J'entendis un bruit de papier. Ce devait être le sac marron. Puis je sentis quelque chose de léger glisser sur ma tête. Je me secouai. Ça tombait tout autour de moi, de plus en plus fort, de plus en plus épais. De fait, j'avais l'impression de passer à travers un nuage.
De la farine ! Je levai la tête vers Paul qui continuait de me verser le contenu de son sac en papier sur la tête, et j'en reçus plein la figure. J'étais furieuse.

— Bon Dieu ! hurlai-je aux deux d'en bas, vous ne m'aviez rien dit pour la farine !

— Si ! me répondit Will sur le même ton. On voulait faire un essai pour savoir si ça ajoutait quelque chose, avec les nuages et tout.

— La prochaine fois, vous ferez vos essais vous-mêmes ! protestai-je au moment où la balançoire heurtait la scène.

— J'ai pas envie de recevoir de la farine sur la figure, répondit Will. Oh, t'as vraiment une drôle d'allure !

— De quoi parle votre stupide production pour que vous ayez besoin d'aller à ces extrémités ?

Je m'essuyai du mieux que je pus. J'étais couverte de farine.

En principe, ils ne répondaient jamais à ce genre de question, mais, peut-être parce qu'ils m'avaient utilisée comme cobaye, ils eurent l'impression d'avoir une dette à mon égard.

— C'est une histoire grecque, expliqua Will. C'est sur Médée. Comme elle est jalouse de Jason, elle tue leurs enfants pour se venger. C'est très grec, ajouta-t-il en reniflant.

— Si elle les tue, à quoi sert la deux-sexes... euh, le *deus ex machina* ?

— On trouvera quelque chose.

J'étais réellement hors de moi.

— Vous trouverez quelque chose ! Vous me faites faire un truc qui ne sert à rien ? C'est juste parce que ça vous amuse !

Mill ajusta du bout des doigts ses lunettes sur son nez.

— Les Grecs avait toujours une deux-sexes-machine.

(Je remarquai qu'il ne faisait aucun effort de prononciation.)

— Sinon, ça ne serait pas une vraie tragédie grecque, poursuivit-il. Ce qu'on voulait faire, c'est l'histoire du père d'Agamemnon et du père de son ennemi. Tu vois, le père d'Agamemnon avait fait un truc, je ne me rappelle plus quoi exactement, alors évidemment l'ami du père avait dû se venger. Il avait tué ses fils et les lui avait servis en pâté.

— C'est une histoire géniale, dit Will. Les Grecs passaient leur temps à tuer des enfants à droite et à gauche.

— Et d'autres membres de la famille, ajouta Mill. Ils étaient vachement sanguinaires.

Ils avaient tous les deux l'air ravis. Je n'en croyais pas mes oreilles.

— Qui joue Médée ? demandai-je.
— June.

Ma mâchoire tomba.

— June Sikes ? Tu sais qu'on n'a pas le droit d'être vus avec elle ! Elle est pire que Toya Tidewater.
— Personne ne la reconnaîtra, pas avec ces fringues bizarres, les longs cheveux et le maquillage. June manie super bien le couteau.
— Elle leur tranche la gorge... aux gosses.
— Qui joue les enfants ? Ils sont combien ?
— Deux. Paul en joue un. Mais faut qu'on lui apprenne à rester tranquille. On lui a botté les fesses plusieurs fois.
— Qui d'autre ?

Ils me regardèrent en mastiquant leur chewing-gum. Mes yeux s'écarquillèrent, je reculai d'un pas.

— Oh, non, certainement pas ! Si vous croyez que je vais monter sur scène avec June qui tient un couteau et Paul un rasoir... Ne comptez surtout pas sur moi !

Comme si je n'avais rien dit, Will expliqua :

— Faut qu'on double certains rôles, les acteurs devront en jouer plus d'un. Moi, je suis Jason et aussi un messager grec.
— Eh bien, t'as qu'à jouer aussi l'autre gosse, dis-je.

Sur ce, je les laissai en plan. Mais c'est dur de paraître indignée quand on est couverte de farine.

— Toi, t'es allée au garage, me dit Walter quand je rentrai, furieuse, dans la cuisine.
— Comment t'as deviné ? Ce torchon est propre ? demandai-je en montrant celui qui était en haut de la pile que Walter entassait près du lave-vaisselle.
— Ouais. Je le sais parce qu'ils m'ont demandé de le faire... de descendre sur la balançoire.

Je le dévisageai d'un air mauvais. Je n'étais même pas la première ! J'essuyai mon visage maculé de farine.

— Paul est attaché là-haut, au plafond, poursuivit Walter. Ça fait trois jours que sa maman le cherche. Je lui ai pas dit où il était, bien sûr.

— Tu crois qu'il est attaché là-haut depuis trois jours ?

Walter prit un grand plat sur l'égouttoir et se mit à l'essuyer.

— Ils le laissent peut-être descendre le soir. J'ai vu un lit de camp dans un coin et je crois que Paul dort dessus. Peut-être bien qu'ils l'enferment pour la nuit.

— Non, ils ne feraient jamais ça. Oh, pas par gentillesse, plutôt parce qu'ils ne voudraient pas le laisser tout seul avec les décors et tout le bazar. Il saccagerait tout. Tu connais Paul. Il est comme Vil Coyote, la cervelle en moins.

Walter posa le plat avec la vaisselle sèche et me dit que j'avais peut-être raison. Je lui demandai si j'avais réussi à enlever toute la farine ; il me rassura. J'allai aussitôt appeler un taxi.

47

L'adjoint du shérif

Les preuves dans mon sac de gym, sur le siège, je m'adossai et fermai les yeux, espérant que Delbert ne parlerait pas pendant tout le trajet.
— Tu comptes voir Sam ?
Je lui avais dit de me déposer au palais de justice.
— Oui.
— Je crois qu'il n'est pas à son bureau.
Je ne répondis pas.
— Il est un peu pris, en ce moment, avec tout ce qui se passe. Cette histoire de meurtre, tu sais.
— Je sais. S'il n'est pas là, je l'attendrai.
— Evidemment, il est peut-être allé au Rainbow, de l'autre côté de la rue, avec Donny. Donny adore les doughnuts de Shirl.
Je gardai le silence, priant pour qu'il se taise.
— D'un autre côté, Donny doit savoir où se trouve Sam.
Je m'enfonçai sur mon siège et me bouchai les oreilles. Y avait-il des chauffeurs de taxi dans les tragédies grecques ? Sans doute pas, mais il y avait certainement des équivalents. Si ça se passait en Chine, il y aurait les conducteurs de rickshaw. J'entendais Delbert même en me bouchant les oreilles.
— Tiens, c'est le Teet's, on arrive bientôt.
Il fit un signe de la tête vers une grande bâtisse jaune qui était maintenant derrière nous. Pourquoi faisait-il comme si j'étais une touriste ? Finalement, il s'arrêta devant notre

grand palais de justice ; je lui réglai sa course, descendis et filai vite fait. Il continuait de parler.

Donny était installé au bureau du shérif, affalé dans le fauteuil pivotant en cuir. Il s'asseyait toujours à la place du shérif quand Sam n'était pas là, comme si lui, Donny, représentait la loi à La Porte.

— Sam n'est pas là. Il est à Lake Noir.

Il prononçait *Nor*, comme la plupart des gens. Ayant maîtrisé le *deus ex machina*, je pouvais aisément dire *Nou-ar*.

— J'attendrai.

— Bon Dieu, ma fille, il sera peut-être absent des heures.

— Eh bien, j'attendrai des heures.

Je comptais mettre un point d'honneur à ne pas bouger de ma chaise. Ça allait être vraiment dur de ne pas traverser la rue pour aller manger un chili au Rainbow. Le déjeuner était passé depuis longtemps, et je ne savais pas combien de temps je pourrais tenir. Je n'avais jamais fait une telle expérience ; impossible, avec les petits plats de ma mère toujours disponibles. Ça me fit penser : étaient-elles déjà sur le chemin du retour ? Quel jour étions-nous ? J'espérais pouvoir passer à l'Eléphant Rose à temps pour dire adieu à mon cavalier et au personnel du Rony Plaza. Ces pensées m'occupèrent un instant — je rêvais de palmiers — et je ne fis aucun commentaire lorsque Donny grogna :

— A ton aise.

J'ai découvert qu'il vaut mieux garder le silence avec quelqu'un qu'on n'aime pas parce qu'il finit toujours par laisser tomber. Mais j'eus du mal à suivre mon propre conseil.

— Vous n'avez donc rien à faire ?

Je n'avais pas pu résister.

Donny pivota d'un coup.

— Oh, plein de choses, mais Sam veut que quelqu'un reste là, au bureau, au cas où il aurait besoin de renfort.

Il ajusta son holster sur sa ceinture, ajusta son revolver, ajusta sa taille. Il réussit à se grandir d'un centimètre en se penchant légèrement en arrière.

— Du renfort pour quoi ? Il est parti traquer l'assassin ?

— Ça se pourrait.

Donny étrécit ses yeux d'un air menaçant, ou du moins d'un air qu'il croyait menaçant.

— Non, c'est pas possible. D'abord, il ne sait pas qui l'a tuée... Fern Queen, précisai-je, au cas où il aurait oublié.

Ses yeux se plissèrent davantage.

— Comment sais-tu ça ?

— Je le sais, c'est tout.

Donny posa une fesse sur le bureau du shérif et fit semblant de rire.

— Tu veux que je te dise, Emma ? T'as toujours voulu péter plus haut que ton cul. Tu t'imagines que tu sais tout. Tonnerre du diable, tu n'as que douze ans, nom de Dieu !

Je dirais peut-être au shérif que Donny avait prononcé le nom du diable et du bon Dieu dans la même phrase devant une petite fille de douze ans. Je calai ma langue contre ma joue.

— Tu ne sais rien de rien !

Ça ressemblait tellement à Ree-Jane, c'était exactement le genre de choses qu'elle disait. Qu'un représentant de la loi ne parvienne pas à trouver une meilleure repartie, c'était pathétique.

— En tout cas, j'en sais plus que vous.

Il se leva et arpenta la pièce d'un air arrogant, comme si ça pouvait donner du poids à sa réponse. Mais il ne trouva rien à dire. Il se rassit, déplaça quelques objets sur le bureau et se mit à parler de la traque de Ben Queen.

— On l'attrape, on le boucle, et ça fera un mort en marche.

Il me dévisagea, content de lui, apparemment fier d'avoir trouvé quelque chose pour me faire peur.

Je restai impassible et ne répondis pas.

— Tu sais ce que ça veut dire, bien sûr... un mort en marche ?

Visiblement, ça l'irritait que je ne pose pas la question.

— Ça veut dire que l'assassin va tout droit à la chaise électrique. C'est quand il marche son dernier kilomètre, pour ainsi dire. Les gardes lancent : « Un mort en marche ! » Ouais, le Ben Queen, c'est ce qui lui pend au nez !

Donny sourit, dévoilant une rangée inférieure de dents mal plantées.

Il avait flairé quelque chose — le mot juste est « subodoré », je crois — concernant mes sentiments pour Ben Queen. C'est à ce moment que je me suis aperçue que Donny et Ree-Jane sortaient du même moule : il avait le chic pour dénicher les croyances qui animaient les êtres — comme Ree-Jane qui, ayant deviné que je ne voulais pas prendre connaissance de l'article de journal qui relatait la mort de Fern Queen, s'était empressée de me le lire. C'était cette troublante intuition des choses qui me tenaient à cœur qui lui permettait de trouver des moyens de m'atteindre ; cela n'avait rien à voir avec l'intelligence. C'était comme s'ils avaient tous les deux reçu le même don du diable.

Si ç'avait été Ree-Jane, j'aurais trouvé la réplique qui l'aurait réellement mise en rogne. Mais Donny ne valait pas que je me donne de la peine. Il ne représentait pas pour moi une épine permanente dans le pied ; c'était, au pire, à peine plus qu'une piqûre de moustique. Mais il avait touché juste. Il était capital que je ne montre rien, ni sur mon visage ni dans ma voix, mais je sentis que je devais au moins défendre Ben Queen.

— Comment savez-vous qu'il l'a tuée ?

Donny s'était de nouveau levé pour aller au bureau de Maureen, sans raison, et il retourna d'un air fanfaron vers le fauteuil pivotant du shérif pour s'y asseoir à nouveau.

— Comment je le sais ? Ça se voit comme le nez au milieu de la figure. A peine il sort de prison qu'un autre membre de la famille se fait assassiner, ce qui est exactement le même crime qui lui a valu ses vingt ans derrière les barreaux. L'autre fois, c'est sa femme qu'il avait tuée. Tu ne trouves pas que ça fait une drôle de coïncidence ?

— Non. C'est une coïncidence, en effet, mais pas si drôle que ça. Vous croyez que Ben Queen a la manie de tuer les gens de sa famille ?

Cet argument eut le don d'énerver Donny au plus haut point.

— Qu'est-ce que tu racontes ? Tu ne sais pas de quoi tu parles.

— Si !

Mon visage ne bougea pas d'un poil et ma voix était égale. L'expression et la voix, c'est ce qui vous trahit quand on cherche à vous ébranler. J'avais un sacré entraînement pour ce genre de sport ; il le faut bien, pour survivre.

Donny ne sut pas comment venir à bout de ma certitude. Il me regarda d'un air bête, puis pointa un doigt vers moi.

— J'ai hâte de dire à Sam qu'il fait fausse route depuis le début.

— C'est-à-dire ?

Donny sauta sur ma question, qui trahissait mon ignorance, trouvant là matière à sarcasme :

— Dire que vous êtes les meilleurs amis du monde ! Et tu ne sais pas ce que Sam pense de cette affaire ?

C'était exactement le genre de sarcasme dont Ree-Jane était capable. Soudain, je compris — c'était une étrange sensation — que Donny était jaloux de l'amitié que me témoignait le shérif. Je le lui dis :

— Vous êtes jaloux !

Je crus qu'il allait se changer en cire (sa couleur naturelle, mais d'habitude, il n'est pas figé dans une immobilité de statue). Il ne trouva pas de réponse assez acerbe pour contrebalancer ce que j'avais dit. Finalement, après plusieurs moues dédaigneuses, il lâcha :

— De toi ? Je suis jaloux de toi ?

Il émit des bruits, avança une lippe boudeuse, hocha la tête.

— Bon, finit-il par dire, surveille le bureau pendant que je vais me chercher une tasse de café et un doughnut. Si quelqu'un débarque en pissant le sang, tu t'en occupes. Si le maire téléphone pour le budget, tu le renseignes.

Il attrapa sa casquette à visière noire et la vissa sur son crâne.

— Pas de problème, acquiesçai-je. Si le shérif revient, je lui dis que vous m'avez confié les clefs le temps d'aller boire votre café.

L'espace d'une seconde, il s'affola, ses yeux larmoyants se congelèrent. Puis il fit un geste de la main, comme s'il en avait assez de parler avec une idiote, et il sortit.

J'allai à la fenêtre qui ouvrait sur la rue et sur le Rainbow Café. Donny était au milieu de la chaussée, arrêtant une voiture qui approchait. Il tendait la main, paume ouverte, comme un héros de bande dessinée, comme Superman. Et il traversa. Il n'y avait qu'une seule automobile, et il n'avait même pas pu attendre qu'elle passe. Pourquoi le shérif le gardait-il ? Peut-être parce que personne d'autre ne voulait le poste d'adjoint. A quoi servait-il ? Etait-il doué pour la paperasserie ?

Je détournai les yeux de la fenêtre et m'intéressai aux classeurs.

Donny se rendait-il compte qu'il m'avait laissée seule avec les archives ?

Les dossiers étaient rangés d'abord par délit ; ensuite par ordre alphabétique. Les deux rangées du bas étaient réservées aux anciennes affaires. Certaines remontaient aux années vingt. Ces dossiers étaient en mauvais état et fourrés n'importe comment dans les classeurs. Sur l'étiquette était inscrit, j'imaginais, le mot clé de chaque affaire, ou le nom clé. Je les parcourus vivement. Un des dossiers était intitulé *DEVEREAU*. Je le sortis.

Je ne m'étais pas préparée à voir les photos ; je n'avais pas imaginé qu'il y en aurait, mais, bien sûr, c'était logique qu'il y en ait. Deux du visage de Mary-Evelyn, deux du visage et du torse, une de son corps imbibé d'eau.

Je m'aperçus alors que je ne l'avais jamais vue, sauf sur le cliché pris par les sœurs à l'ombre de la porte cochère. Je me l'étais représentée à partir de ce que j'avais distingué sur la photo. D'une certaine manière, l'image était fidèle, d'une autre, j'étais passée complètement à côté. Mais naturellement, sur ces cinq photos, elle était morte.

Je sortis la poupée de mon sac de gym, lissai la robe et la maintins près de la photo qui montrait le plus distinctement la robe de Mary-Evelyn. Bien que l'humidité l'eût assombri par endroits, c'était manifestement le même tissu. Les mêmes petites fleurs étaient brodées sur le devant.

Ce que je voulais lire, c'étaient les dépositions des sœurs Devereau. Elizabeth, la plus âgée, avait déclaré au shérif (un dénommé Win Whittle) : « Nous avons dîné à l'heure habituelle, sept heures, à la suite de quoi Mary-Evelyn est montée dans sa chambre et, en tout cas nous le crûmes, s'est couchée. »

Le « nous le crûmes » me fit tiquer. Mary-Evelyn avait-elle la possibilité de disparaître sans que personne sache où elle était ni ce qu'elle faisait ? D'ailleurs, comment avait-elle pu aller au lit de si bonne heure ? Car elles n'étaient certainement pas restées à table plus d'une demi-heure, trois quarts d'heure tout au plus. (Avec moi, dix minutes suffisaient.)

Je mis de côté la déposition d'Elizabeth et passai à celle d'Isabel. Elle concordait avec celle de sa sœur aînée et y ajoutait un ou deux détails. Isabel ne savait pas non plus comment Mary-Evelyn s'était glissée dehors dans la soirée. « Après dîner, Elizabeth a joué du piano et j'ai chanté ; nous faisons souvent cela le soir. Iris était en train de coudre dans sa chambre. Nous ne nous doutions pas un instant que la petite irait de l'autre côté du lac prendre une barque. Pourquoi diable aurait-elle fait une chose pareille ? Elle n'aimait pas nager et dédaignait les sports nautiques. Pourtant, elle a fait ce qu'elle a fait, et ça s'est mal terminé. Iris nous a réveillées bien plus tard, vers minuit, je crois. Elle nous a dit que Mary-Evelyn n'était pas dans son lit. »

Je lus ensuite la déposition d'Iris : « Je dors mal. Ce soir-là, j'ai cousu tard dans la soirée. Je suis couturière. Comme j'avais besoin du tissu que j'avais montré à Mary-Evelyn pour une robe que j'étais en train de lui faire et que je l'avais laissé dans sa chambre, je suis allée chez elle, de l'autre côté du couloir. »

« De l'autre côté du couloir », ça voulait dire que la chambre de Mary-Evelyn était juste en face de celle d'Iris. Je me souvins des chambres, je revis la disposition du second étage.

« Je me suis alors aperçue qu'elle n'était pas là, disait la déposition. Son lit n'était pas défait et son pyjama était sous l'oreiller. Elle était partie. »

Elizabeth : « Nous nous sommes habillées et nous sommes sorties la chercher. Nous avons fouillé autour de la maison, et comme nous ne la trouvions pas, nous avons fouillé les bois. Il faisait nuit noire et nous n'avions que des lampes tempêtes et une torche. »

Isabel : « Quand nous sommes montées nous coucher, vers neuf heures, Mary-Evelyn était dans sa chambre, allongée sur son lit, elle lisait. La porte était ouverte : nous exigions qu'elle laisse sa porte ouverte. »

(Imaginez. *Imaginez !* N'avoir jamais aucune intimité, être toujours sous le regard des autres ! Ça aurait pu la tuer, si le lac ne s'en était pas chargé. Moi, ça m'aurait tuée, en tout cas.)

Mais si la chambre de Mary-Evelyn était de l'autre côté du couloir et que sa porte était ouverte, comment s'était-elle faufilée dehors sans qu'Iris la voie ? Je fermai les yeux et imaginai le mobilier. Hormis le lit et la coiffeuse, n'y avait-il pas un fauteuil près de la porte ? Et une machine à coudre ? Lorsque j'étais allée chez les Devereau, je m'étais concentrée sur la chambre de Mary-Evelyn, je n'avais pas prêté attention aux autres sinon pour y jeter un coup d'œil. Le fauteuil, me semblait-il, était visible depuis la porte ouverte, ce qui signifiait qu'Iris pouvait observer la chambre de Mary-Evelyn en travaillant. Il faudrait que j'y retourne pour m'en assurer. Car, si c'était exact, Iris ne pouvait pas ne pas avoir vu Mary-Evelyn quitter sa chambre.

J'étais en colère après le shérif Whittle. On ne pouvait croire une seconde au récit des trois sœurs. Le shérif — le mien — aurait démoli le témoignage des sœurs Devereau. Je m'étonnai en outre qu'elles n'aient pas cherché à être plus crédibles. Pourquoi, par exemple, ne pas paraître davantage étonnées que Mary-Evelyn soit montée dans la barque si elle avait peur de l'eau ? Finalement, elle n'était plus là pour les contredire.

C'était sans doute parce qu'elles savaient qu'on ne douterait pas de leur version des événements, aussi infidèle fût-elle, et elles avaient raison. J'eus envie de pleurer.

Je regardai de nouveau les photos, espérant voir les yeux de Mary-Evelyn, qui étaient cachés dans l'ombre sur le cliché de la porte cochère. Mais elle avait les yeux fermés. Son visage était vaguement en forme de cœur. Elle avait des taches de rousseur sur le nez, mais qui ne lui mangeaient pas toute la figure, comme si elles avaient été maintenues à l'intérieur de frontières strictes. Je roulai la photographie et allai prendre un élastique sur le bureau de Maureen pour l'en entourer, puis la rangeai dans mon sac de gym. Je savais pertinemment que c'était mal de dérober des documents à la police, mais je m'en moquais. Je faillis prendre le dossier tout entier, mais je me ravisai et préférai utiliser la photocopieuse. Je copiai les dépositions des trois sœurs et le rapport du docteur McComb. Il n'y avait rien dans son rapport qui jetterait une lumière nouvelle sur l'affaire, et il m'avait déjà dit ce qu'il avait écrit, mais je comptais le lui montrer en espérant que cela raviverait ses souvenirs. J'attendis impatiemment que la photocopieuse imprime les pages ; elle était d'une lenteur ! Lorsque ce fut terminé, je rangeai les originaux dans le dossier, le dossier dans le classeur, et le classeur dans le meuble.

Où était passé Donny ? Ça faisait plus de quarante-cinq minutes qu'il était parti. Oh, ce n'était pas que je voulais le voir ! Je me demandais simplement si le shérif savait qu'il s'absentait du bureau pendant si longtemps, en laissant tout loisir au premier venu de consulter les archives.

Je me rassis pour attendre le shérif. Le bureau semblait étrange ainsi, sans personne dedans. Sur le mur qui me faisait face étaient épinglées des photos des forces de police des villes voisines. Il y avait deux policiers à Hebrides, huit à Cloverly (où les Davidow achetaient leurs vêtements). C'étaient certainement des photos du début du siècle car les policiers posaient, sérieux comme des papes, vêtus d'uniformes désuets, et plusieurs d'entre eux avaient des moustaches en guidon de vélo. (Un engouement heureusement passé de mode.) Les ceinturons étaient bien plus larges que ceux d'aujourd'hui.

Il y avait quatre bureaux dans la pièce, le quatrième restant toujours inoccupé. Il était sans doute réservé à l'adjoint que le shérif réclamait mais que le maire ne lui avait pas accordé par manque de crédits.

J'avais l'impression que ma tête pesait des tonnes. J'avais dû m'assoupir. Etait-ce déjà le crépuscule ? Par la fenêtre, le jour semblait aussi sombre que du granit. Je dus m'endormir de nouveau, mais pas plus d'une minute. Ce furent des voix qui approchaient qui me réveillèrent. Quelle heure était-il ? Je posai un regard éberlué autour de moi. Etait-ce déjà l'heure du dîner ?

48

Preuve inadmissible

La porte du bureau s'ouvrit et le shérif entra, suivi de Donny qui était en train de se vanter de la façon dont il avait « serré » les fils Snavely, ce matin-là.
— Emma ? s'étonna le shérif, interdit.
C'était difficile de le prendre par surprise, mais ma présence lui fit indubitablement de l'effet.
— T'es encore là, c'est pas vrai ! s'exclama Donny. (Un regard du shérif le réfréna.) Elle est restée là tout l'après-midi. Je lui ai dit que vous étiez à White's Bridge.
— J'attendais. J'avais quelque chose d'important à vous dire, m'empressai-je d'expliquer en montrant mon sac de gym.
Le shérif s'adressa à Donny :
— Tu l'as laissée seule ? Ecoute, Donny : ne pars pas de ce bureau quand il y a des gens, et, nom d'un chien, ne laisse jamais Emma seule ici !
Je réfléchis. Il y avait deux façons de prendre ce que le shérif venait de dire : soit il s'inquiétait pour ma sécurité (il pouvait y avoir une évasion, la prison étant de l'autre côté du bâtiment, et les fuyards risquaient de me trouver et de me prendre en otage), soit le shérif ne voulait pas qu'on me laisse seule avec les dossiers parce qu'il ne me faisait pas confiance. Je penchai pour la seconde interprétation, qui me sembla plus juste car il avait raison.

Il avait à présent ôté sa casquette et sa veste d'uniforme et s'était assis. Il me désigna la chaise en face de son bureau.

— Ça doit être vraiment important pour que tu aies attendu tout ce temps.

J'essayai de voir ce que faisait Donny. Il s'était installé à son bureau, beaucoup plus petit que celui du shérif, et faisait semblant de s'occuper en ouvrant des tiroirs, en prenant des dossiers. En réalité, il écoutait. Je lui tournai le dos et parlai à voix basse :

— Là-dedans... (j'ouvris la fermeture Eclair de mon sac de gym), j'ai des preuves.

Je sortis la lettre, la photo et la poupée.

Le front soucieux, le shérif les prit un par un.

— J'ai déjà vu ça, je crois. C'était pas dans le cottage des Calhoun ?

— Les Décombres, acquiesçai-je.

Donny ne put résister à l'envie de mettre son grain de sel :

— Tu veux dire cette vieille bicoque qui tombe en ruine, près de chez Butternut ? (Il s'était levé et s'approchait du shérif.) Y a plus personne qui y habite depuis des années, depuis que le vieux Calhoun a déménagé. Vous vous souvenez de lui, Sam... ?

— Donny ! Tu ne devais pas aller vérifier, pour cette bagarre au Red Barn ? Et la plainte d'Asa Ledbetter sur son bétail qui a disparu ? Tu l'as fait ?

— Non, j'allais justement m'en occuper quand...

Le shérif lui jeta les clés du véhicule de police.

— Bon, alors fais-le.

— Il est presque six heures...

— On se moque des heures de bureau, Donny. Si tu veux un boulot de neuf heures à dix-sept heures, adresse-toi à la banque.

C'était tellement un point pour moi que je ne daignai même pas jubiler.

— Juste une chose, dit Donny. Si elle vous raconte ce qui a transpiré avant que je parte, vous feriez bien de ne pas y attacher d'importance...

Quel imbécile ! Avec ce commentaire, il laissait entendre au shérif que quelque chose avait « transpiré » qui mettrait Donny en mauvaise posture.

— A plus tard, Donny !

L'adjoint sortit, tête basse.

— Bon. Maintenant, si tu me racontais ce que tu es allée faire chez les Calhoun ? Tu n'y es pas allée seule, j'espère ?

— Non, naturellement. J'étais avec... Mr Butternut.

Quelque chose m'avait retenue de dire Dwayne Hayden.

— C'est pareil. Alors, ces preuves ?

— La poupée porte une robe comme celle qu'avait Mary-Evelyn le soir où elle s'est prétendument noyée...

— Prétendument ?

— C'est ça. Prétendument.

Le shérif parut surpris.

— Tu veux dire qu'elle ne s'est pas noyée ? Un médecin a pourtant signé le certificat de décès, et la noyade est facile à établir. Surtout quand on repêche le corps dans un lac...

Je n'étais pas d'humeur à apprécier le sourire du shérif (pour une fois).

— Ça prouve qu'elle est morte noyée, ça ne dit pas où.

— Tu prétends qu'elle s'est noyée ailleurs ? demanda le shérif, carrément médusé pour le coup.

Il se pencha vers moi, comme si en se rapprochant il comprendrait mieux.

— Si on vous maintient la tête sous l'eau, ça pourrait ressembler à une noyade, non ? fis-je.

Il s'adossa de nouveau dans son fauteuil, hocha la tête, puis écarquilla les yeux.

— Quand elles l'ont mise dans la barque, elle était déjà morte, poursuivis-je.

Je n'avais jamais vu le shérif aussi abasourdi. Il bondit presque dans son fauteuil.

— Quoi ? Tu crois que les sœurs Devereau ont tué cette fillette ?

Comme c'était ce que je venais de dire, je n'ajoutai rien.

— Pourquoi ? Pourquoi auraient-elles fait une chose pareille ?

— Je n'en sais encore rien. Je sais juste qu'elles la détestaient. Je le sais parce que Enepébé me l'a dit. Il faisait des petits boulots pour elles.

Je vis bien que le shérif doutait des qualités intellectuelles d'Enepébé, comme tous les gens du coin d'ailleurs.

— Enepébé m'a dit qu'il avait regardé par la fenêtre un soir pendant qu'il ratissait des feuilles mortes, et qu'il avait vu Mary-Evelyn jouer du piano en pleurant. Les sœurs dînaient. Mary-Evelyn n'avait pas le droit de manger avec elles, ce soir-là. Elle était punie. S'il n'y avait que ça, je trouve que jouer du piano est une drôle de punition, vous ne croyez pas ?

Je devinai que le shérif n'ajoutait pas foi à ce qu'Enepébé pouvait dire, et ça me rendit furieuse. Je m'efforçai néanmoins de ne pas le montrer. Les émotions ne sont pas convaincantes, mieux vaut ne pas les laisser filtrer.

— Vous pensez sans doute qu'on ne peut pas croire ce que disent Enepébé ou Enegébé, mais je les connais mieux que vous. Ils sont tout à fait sensés et sains d'esprit. Et il y a Imogene Calhoun.

Le shérif se tassa. Je devais sauter trop vite du coq à l'âne.

— Tu parles des Calhoun qui vivaient dans ce cottage ?

— Imogene habite maintenant à Cold Flat Junction. Quand elle avait dix ou onze ans, elle allait avec sa sœur Rebecca chez les Devereau. Elle m'a raconté comment elles maltraitaient Mary-Evelyn. Elles lui interdisaient de nourrir son chat, par exemple.

Au lieu d'être choqué, le shérif argumenta :

— Si Imogene était juste une enfant, tu ne crois pas qu'elle aurait pu mal interpréter ?

Je bondis de ma chaise.

— Vous ne savez rien et vous critiquez déjà ! Pourquoi ? Sûrement pas parce que vous avez trop pensé à Mary-Evelyn Devereau, vous ne vous y êtes jamais vraiment intéressé. (Je montrai les classeurs.) Il y a des vieilles affaires, là-dedans. Je parie... je parie que l'une d'entre elles concerne Mary-Evelyn. Vous ne connaissez même pas leur histoire. Pour vous, les Devereau sont venues et reparties, point à la ligne. Mais vous avez tort. Elles seront toujours là. Et vous avez tort, pour Ben Queen. Il n'a jamais tué sa fille Fern.

Comme s'il avait attendu que le sujet arrive sur le tapis, le shérif demanda :

— Qu'est-ce que tu sais sur Ben Queen ? Qu'est-ce que tu sais que tu ne m'as pas dit ?

J'étais restée debout.

— Vous n'avez pas écouté ce que je vous ai dit. Tout ce que vous voulez, c'est des preuves qui renforcent vos idées préconçues. Eh bien, mes preuves, je les remporte.

Je ramassai la lettre, la photo et la poupée, les fourrai dans mon sac de gym et marchai jusqu'à la porte. Avant de sortir, je me retournai et lançai :

— Vous avez tort, pour Ben Queen ; il n'avait pas tué Rose. Et vous vous trompez complètement si vous croyez qu'il a tué Fern Queen. Je sais qui l'a tuée.

J'ouvris la porte à la volée.

Le shérif s'était levé.

— Qui l'a tuée, alors ?

— Sa fille. Si vous aviez lu des pièces grecques, vous comprendriez. Salut !

49

Acharnée

Sa fille.
L'avoir dit à haute voix me fit frissonner dans la lumière glaciale qui ressemblait plus à celle de la lune qu'à celle du soleil. Qui cela pouvait-il être, sinon l'enfant de Fern Queen ? La Fille ressemblait exactement à Rose Devereau, à en croire la description que m'en avait faite Jude Stemple. Fern, la mère, était laide ; dans ces cas-là, on dit que la beauté a sauté une génération. Fern était passée au travers, c'était sûr.

Et Ben Queen protégeait la Fille juste comme il avait protégé Fern en lui évitant de purger sa peine de prison, qu'il avait faite à sa place. Je me rappelai ce qu'il m'avait répondu lorsque je lui avais dit que j'avais peut-être aperçu la Fille : « Cette fille que tu as vue, ou que tu as cru voir, c'était peut-être un produit de ton imagination. »

Il prétendait ne pas croire que la Fille était sa propre petite-fille ; je faisais semblant de croire qu'il avait raison, mais nous savions tous les deux qui elle était, ou du moins nous savions qu'elle existait. Il savait qu'elle avait tué Fern Queen, ou qu'on risquait de l'accuser du meurtre. Mais pourquoi la Fille avait-elle tué Fern ? C'était forcément pour se venger d'avoir été abandonnée.

Je pensais à cela tout en me rendant au Rainbow Café, car je voulais parler à quelqu'un de compréhensif. Ma rage contre le shérif n'avait pas diminué d'un iota, mais ce qui la rendait plus pénible, ce qui marchait main dans la main avec la colère, c'était la douleur d'avoir été abandonnée. Le shérif m'avait réellement laissée tomber. Avec Ben Queen, ça avait été exactement le contraire, quand il avait dit : « Si ça devient trop dur pour toi, dénonce-moi. »

Le shérif, me dis-je en poussant la porte du Rainbow, m'avait bel et bien abandonnée, il avait dit à l'ennemi où je me trouvais, il avait brisé ma confiance, il m'avait laissée tomber. Il m'avait dénoncée.

Je m'assis dans le box du fond. Quelques instants plus tard, Maud vint m'apporter un Coca à la cerise. Elle s'assit et posa son paquet de cigarettes sur la table comme d'habitude. Je restai là, la tête dans les mains, sans un mot. Elle prit une cigarette, l'alluma et me laissa le temps de me recomposer.

Quand je sentis le torrent de larmes prêt à jaillir, j'enfonçai la paume de mes mains sur mes yeux pour empêcher le flot de déborder, mais naturellement cela ne servit à rien. Les larmes ont une vie propre, elles se moquent que vous ayez envie de pleurer ou de rire, que cela vous embarrasse ou pas.

Maud s'éloigna ; quand elle revint, elle posa quelque chose devant moi. Je regardai à travers mes doigts pour voir si c'était un bol de chili, mais ce n'était qu'un verre d'eau. Je pressai de nouveau mes mains sur mes yeux. Finalement, je relevai la tête et la secouai tant et plus, si bien que les larmes ne tombèrent pas, elles volèrent.

Maud me tendit un mouchoir qui avait l'air si neuf que je ne voulus pas le salir. Je me contentai de m'en tamponner les yeux. Pour me moucher, je pris une serviette en papier sur le porte-serviettes en métal.

Maud m'enlaça et m'annonça — comme si ça allait me réconforter :

— Sam vient d'entrer.

Quoi ? Je le vis saluer des amis au comptoir en passant. J'attrapai le verre d'eau, le mouchoir, trempai le second dans le premier et m'en tamponnai le visage. Puis j'empoignai le menu et me mis en devoir de l'étudier. Le shérif arriva devant le box et nous salua nous aussi.

Je ne lui rendis pas son salut ; comme j'allais bientôt ne plus lui parler, autant commencer tout de suite. Je m'attaquai au menu.

Il s'assit en face de moi.

— Emma.

Il dit cela avec une douceur qui me surprit.

Les yeux toujours sur le menu, consciente que mon T-shirt était trempé, qu'il était près de six heures trente et que Miss Bertha allait commencer à marteler le sol de la salle à manger avec sa canne d'une minute à l'autre, je déclarai :

— Je crois que je vais prendre un bol de chili.

— Bien sûr, fit Maud, qui se leva avant que j'aie pu l'arrêter.

Le chili était une mauvaise idée, car ça signifiait que j'allais rester seule avec le shérif. J'admirai le ventilateur qui tournait lentement au plafond.

— Je suis navré, Emma. Je m'excuse de t'avoir fait de la peine.

De la peine ! Je regardai le shérif, bouche bée. Ce que j'avais dit ne comptait donc pas ! Ce n'était pas ce que je lui avais dit qui l'inquiétait, c'était ce que je ressentais. Il ne s'intéressait pas à ce que je savais (il pensait sans doute que je ne savais rien), mais seulement à mon chagrin. Peu habituée à ce qu'on s'émeuve de mes sentiments, j'aurais dû lui en être reconnaissante. Ce ne fut pas le cas.

— Il ne s'agit pas de mon chagrin, dis-je finalement. J'ai de la peine uniquement parce que vous n'avez pas écouté ce que je vous ai dit. (Je pris mon sac de gym sur le banc et le posai sur la table.) Vous n'avez pas réfléchi une seconde à ça.

— Ecoute, Emma...

Il allait encore rejeter mon histoire.

— Ecoute, cette affaire Devereau vieille d'un demi-siècle que tu t'acharnes à résoudre, je ne sais pourquoi, n'a tout de même pas quelque chose à voir avec le meurtre de Fern Queen !

C'en était trop.

— Qu'est-ce que vous en savez ? Vous n'avez pas parlé aux gens comme moi je l'ai fait.

— C'est important, Emma. Ce n'est pas un jeu. Où as-tu vu Ben Queen ?

Je le dévisageai, déçue. Il recommençait. En plus, il m'accusait de penser que c'était un jeu. *Un jeu !* Si Ben Queen avait été une ombre sur le mur, derrière lui, je ne lui aurais pas dit où il était.

Maud revint avec mon chili.

— Ma parole, vous en faites une tête, tous les deux ! Qu'est-ce qui se passe ?

Je n'allais certainement pas être assez puérile pour « donner » le shérif. Je ne voulais pas non plus sortir la poupée que Maud avait déjà longuement examinée, parce que ça ne servirait à rien si je ne montrais pas en même temps la photo de la police pour prouver que c'était la même robe. Et d'ailleurs, quelles conclusions en aurait-elle tirées, avec le peu qu'elle savait sur les Devereau et sur Mary-Evelyn ? Non, c'était mon histoire, c'était à moi de la régler.

— Est-ce qu'il est déjà six heures et demie ? demandai-je.

— Presque. Tu as des clients à dîner ?

— Oui. Je suis désolée, mais je n'ai pas le temps de manger mon chili.

— C'est pas grave. Vas-y, file. Qu'est-ce que tu as dans ton sac de gym ?

Je ne répondis pas ; je jetai un regard au shérif.

— Cette petite s'acharne à se fourrer dans le pétrin, dit-il. On pourrait même lui reprocher d'entraver le cours de la justice...

Je glissai sur le banc, emportant mon sac avec moi.

— Entraver peut-être, mais certainement pas la justice.

Impec. J'étais super fière de ma repartie de sortie. La tête haute, je quittai le Rainbow, arrogante et acharnée.

50

Médée

Je présentai mes excuses à Walter qui s'apprêtait à apporter à Miss Bertha son jus de tomate (dans lequel je verse d'habitude quelques gouttes de Tabasco parce que j'aime la façon dont elle grimace après la première gorgée). Ce soir, le plat du jour était encore du pain de viande et je ne voyais pas ce que je pourrais rajouter dans la portion de Miss Bertha. J'avais trop réfléchi pour la journée, mon cerveau était en compote. Je considérai le pain de viande inoffensif et la casserole de sauce d'un œil morose et demandai à Walter s'il avait une idée.
Il réfléchit longuement. La plupart des gens n'ont pas la patience avec Walter ; moi, si, et je pense qu'il fait un excellent complice. En plus, il partage les torts, accepte même de tout prendre sur lui. Il ne moucharde jamais.
— Euh, finit-il par dire, il y a bien les champignons. Tu pourrais les mettre dans la sauce, Miss Bertha déteste les champignons.
— Oui, mais je lui ai déjà fait le coup, tu te rappelles ?
— Et si je lui faisais une omelette ? Tu pourrais utiliser la sauce espagnole (de la sauce tomate avec des légumes en cubes) et y ajouter des piments bien épicés...
Walter avait quitté l'évier pour aller fouiller dans le réfrigérateur. Il en sortit une petite boîte.

— Ceux-là sont piquants comme de l'ortie. Je le sais parce que Will en a fait manger à Paul. Paul courait en rond comme s'il avait le feu au gosier.
— Ça tombe toujours sur Paul... Excellente idée, Walter. Je couperai un piment en cubes pendant que tu feras cuire l'omelette. En attendant, je vais lui servir son jus de tomate.
Walter cassa trois œufs dans un bol et j'allai dans la salle à manger avec le jus de tomate. J'annonçai à Miss Bertha que le plat du jour était un pain de viande et ajoutai que, comme elle n'aimait pas ça, on lui faisait une omelette. Mrs Fulbright fut ravie mais Miss Bertha se contenta de grogner une sorte d'assentiment. Naturellement, Mrs Fulbright préférait le pain de viande ; c'était son plat préféré.
— Je veux une omelette espagnole, décréta Miss Bertha.
Dément ! Je lui assurai qu'on lui préparerait son omelette à l'espagnole.
De retour dans la cuisine, je mis Walter au courant. Il rit de son rire d'asthmatique et promena soigneusement sa spatule dans les œufs, exactement comme ma mère le faisait. Pendant que l'omelette cuisait, je hachai un piment rouge et jetai les cubes dans la sauce que Walter avait fait chauffer. Ensuite, je préparai l'assiette de Mrs Fulbright, ajoutant un gros morceau de persil sur le pain de viande. Walter fit glisser l'omelette dans une assiette. Je versai la sauce espagnole améliorée dessus.
— Tu fais drôlement bien les omelettes, Walter !
— J'ai tellement regardé Miss Jen faire que je peux l'imiter les yeux fermés. Tu devrais dire à Miss Bertha de ne pas boire d'eau pour calmer la brûlure, ça l'empire, au contraire. Je l'ai lu quelque part.
Le dîner se passa ensuite sans anicroche. En tout cas, de notre point de vue, à Walter et à moi. Pour sa part, Miss Bertha faillit tomber de sa chaise quand elle goûta sa première cuillerée de sauce et je pris un malin plaisir à lui donner de grandes tapes dans le dos en disant que je ne savais pas que les Espagnols mangeaient aussi épicé. Elle hurlait qu'elle avait la bouche en feu. Je lui approchai son verre d'eau.

Comme je ne pouvais rien faire de plus, je laissai Mrs Fulbright s'occuper de son amie. Quand je retournai à la cuisine, elle agitait vainement son mouchoir en dentelle devant la bouche de Miss Bertha.

Parce que j'étais en colère contre le shérif, je n'avais pas beaucoup d'appétit ; je mangeai un peu de tout, sauf, bien sûr, la sauce espagnole. Le dessert était une tarte meringuée aux pêches, une des spécialités de ma mère dont la couleur rappelait le coucher de soleil sur la plage du Rony Plaza, cet éclat rose doré qui n'apparaît qu'un bref instant. Avec des morceaux de pêche et de noix de pécan éparpillés sur la meringue.

Walter, qui avait collé son oreille à la porte de la salle à manger, me rejoignit à la table de la cuisine pour partager la tarte.

— Hum ! fit-il en avalant une bouchée.
— Incroyable ! m'exclamai-je en mordant dans ma part.

Il y avait un autre mot sous ma porte :

REPETITION APRES DINER

Pas encore ! grognai-je. D'ailleurs, pourquoi avais-je besoin d'une répétition ? Je n'avais aucun texte à dire. Tout ce que je devais faire, après être descendue sur la scène, c'était sauter de la balançoire et toucher Médée avec ma baguette en argent. Ça ressemblait plus à la marraine de Cendrillon qu'à un *deus ex machina*. Je le dis à Will en arrivant. Il répondit qu'ils prenaient certaines « libertés » avec l'original. Je n'en doutai pas. Je ne m'enquis même pas de savoir s'il l'avait lu.

J'avais accepté de jouer un rôle. Parce qu'ils m'avaient conduite à White's Bridge, je leur devais ça. Vu ce que j'avais appris lors de cette première visite, être recouverte de farine n'était pas trop cher payé. Je nouai un foulard autour de ma tête, le tirai sur mes yeux pour protéger le maximum de surface.

Là, dans la grotte-garage, au lieu du bleu et du vert, des cônes dorés et roses balayaient la pénombre comme pour les premières à Hollywood. Quelqu'un devait manœuvrer les projecteurs.

— Qui est là-haut ? demandai-je.
— Chuck.

Chuck était un garçon d'un an plus vieux que moi qui avait un petit pois à la place du cerveau. Il était bon pour suivre des instructions, ce qui le rendait très utile à Will et Mill, plus utile qu'il ne l'était à sa propre famille. Will et Mill n'adoraient rien tant que de donner des instructions.

— Salut, m'dame ! cria Paul.
— Essaye le bleu et le vert ! lança Will à Chuck. Branche-les tous, qu'on voie ce que ça donne. Toi, me dit-il, monte sur l'estrade.
— Pourquoi ?
— T'es obligée de toujours demander pourquoi ?
— Oui, si c'est un ordre que tu me donnes. Et où est Médée ? Si c'est une répétition, pourquoi n'est-elle pas là ?
— Elle va venir. Allez, vas-y.

Il me poussa. Je grimpai sur scène et vis des étendues de rose, de doré, de bleu et de turquoise qui s'entrecroisaient et se combinaient pour former d'autres couleurs. C'était sans doute joli vu de loin, mais avec ces couleurs qui se croisaient et se recroisaient sur mon visage, j'avais presque le mal de mer. Will ordonna à Chuck d'éteindre le bleu et le vert pendant quelque temps. Je me demandai à quoi je ressemblais dans cette inquiétante lumière.

June Sikes était ce qu'on appelle une beauté sauvage ; elle avait le genre de beauté qu'on trouve chez une femme qui a eu une vie un peu trop remplie. Elle mettait tellement de maquillage qu'il était difficile de dire ce qui était à elle et ce qui était ajouté. Elle venait d'arriver, en tout cas, et elle était maintenant à côté de Will.

— Où est mon costume ?

Changer de vêtements (m'avait confié un jour Marge Byrd) était pratiquement tout ce que June Sikes savait faire.

Will alla chercher le « costume » de June Sikes. Cette robe de Médée m'était étrangement familière, mais je n'arrivai pas à me rappeler où je l'avais vue. Elle était vraiment jolie

— un flot de tulle bleu nuit constellé d'argent avec un corsage en satin.

Soudain, je la reconnus. Elle avait appartenu à une des serveuses et avait été, quand elles travaillaient toutes à l'hôtel Paradise, ma robe préférée. Elles avaient dû la laisser dans la réserve, au-dessus de la cuisine, et je ne comprenais pas comment j'avais pu ne pas la voir. Et dire que June Sikes la portait ! J'aurais voulu me ruer sur elle et lui arracher les yeux, même si elle n'y était pour rien.

Dire que les serveuses avaient laissé cette robe, des années auparavant, et que je ne l'avais pas vue ! Dire que je ne savais pas qu'elle était dans la réserve, où je vais pourtant bien plus souvent que Will et Mill ! Dire que cette robe de bal était maintenant sur le dos de June Sikes ! C'était trop pour une seule journée, surtout après la déception de l'après-midi. Non ! June ne porterait pas ce souvenir si cher ! Il allait toutefois falloir que je prétende ne pas y attacher d'importance. Je réfléchis un instant, puis regardai Will d'un air de reproche et déclarai :

— Médée ne porterait jamais ça.

Will, qui n'est pas aussi sûr de lui qu'il veut le faire croire, hésita :

— Pourquoi ?

— C'est trop foncé. Les Grecs ne portaient quasiment que du blanc. Tu devrais le savoir, si tu mets en scène une pièce grecque.

Mon esprit bouillonnait ; j'improvisais au fur et à mesure :

— Je sais ce qu'il faut. Donne-moi cette robe et je vais le chercher.

Je tendis la main.

— Non, dit Will. Va le chercher avant.

Quel naïf !

— Comme tu veux.

Je sortis du garage et courus à l'Eléphant Rose ; je pris la robe blanche de Ree-Jane sur le cintre et retournai au garage en quatrième vitesse. Je ralentis juste avant d'entrer parce que je ne voulais pas paraître pressée.

Will examina la robe blanche et haussa les épaules.

— A mon avis, ça ira. Mais où l'as-tu dégotée ?

— Nulle part, répondis-je en échangeant la robe blanche contre la robe bleu nuit.

June alla dans un coin sombre pour se changer. Elle revint. La robe de Ree-Jane, qui était trop longue pour elle et trop ajustée à la poitrine, lui donnait l'air d'une momie. Mais elle était si contente de porter une robe élégante qu'elle ne s'en plaignit pas.

— Où est-ce qu'il y a une glace ? Ça me va ?

Elle déambulait en retroussant sa robe afin de ne pas marcher dessus. Je ne soulignai pas qu'elle ne pourrait marcher ainsi le soir du spectacle, car elle aurait peut-être insisté pour reprendre la robe bleue. Soucieuse de mettre celle-ci à l'abri, je fonçai à l'Eléphant Rose, rangeai la robe bleue sur un cintre et accrochai le cintre au mur. Je me reculai et l'admirai. Un jour, les serveuses m'avaient revêtue de cette robe et m'avaient fait danser à travers la pièce. Les serveuses. Leur souvenir scintillait dans ma mémoire comme les rayons du soleil frappant l'océan turquoise le long de la plage du Rony Plaza, car ce dont je me souvenais surtout, c'étaient les couleurs : les habits éclatants, les rouges laqués, les cheveux blonds, les cheveux bruns. Je fermai les yeux.

Un jour, j'avais demandé à ma mère si c'étaient de bonnes serveuses.

« Oh, oui, je crois qu'elles étaient capables, mais elles étaient plutôt idiotes. »

Idiotes. Je me souviens qu'elles riaient beaucoup. Elles mettaient des disques et me faisaient danser. Ma mère ne savait pas que je passais tant de temps avec elles, sinon elle y aurait mis le holà. Elle n'aimait pas que nous fréquentions « le petit personnel ».

Si mes jours sont désormais le plus souvent en noir et blanc, l'époque des serveuses était en Technicolor. Avant leur départ, tout était différent : mon père était encore en vie, ma mère n'était pas obligée de travailler autant, les Davidow n'existaient pas. Imaginez ! Imaginez une existence sans Ree-Jane ! C'est presque impossible, car Ree-Jane est le genre de personne dont on a besoin pour se tester. Des fois, je m'interroge : sans elle, quel défi aurais-je relevé ?

June était sur scène et Will criait à Paul de descendre mais en faisant attention. Je le vis, en haut, passer du chevron à la balançoire, la corde autour de la taille pour l'empêcher de tomber. Heureusement qu'il était attaché ! Son pied glissa alors qu'il était encore sur le chevron, mais il réussit à s'installer sur la balançoire et Mill lui demanda de détacher la corde pour qu'on puisse faire descendre la balançoire sur la scène.

— Va près de June, lui ordonna Will.

— Salut, m'dame, dit Paul à June, qui ne répondit pas.

— Qu'est-ce qu'il va faire ? demandai-je.

— Rien. C'est un rôle muet.

— Il joue qui, alors ?

— Un des enfants de Médée.

Je regardai autour de moi.

— Où sont les autres ? Parce qu'il n'est pas question que je...

Will plissa le front d'exaspération.

— Oh, détends-toi ! Comme tu faisais la mijaurée, on a réécrit la scène. Dans la nouvelle version, les autres enfants sont déjà morts, elle les a zigouillés. Paul est le seul qui reste, on peut faire ce qu'on veut.

Penché sur son « script », Will mâchonnait son chewing-gum.

Debout au piano, Mill commença à aboyer des ordres :

— Bon, Médée, chante après moi : « C'est moi, Médééée... » Allez, vas-y !

Tenant toujours sa robe en tulle, June chanta :

— C'est moi, Médééée...

Dément ! Complètement dément, même pour Mill et Will.

— Qu'est-ce que c'est que ce truc ?

— Silence ! grogna Will.

Mill pointa un doigt vers Paul.

— Bon, quand June chante ce vers, tu dois lui répondre en écho...

— En écho ? Je suis sûre que c'est clair comme de l'eau de roche, pour Paul. En écho !...

— Oh, tu vas te taire ? lança Will.

Mill poursuivit :

— Tu reprends en écho : « C'est elle, Médééée... » (Il abattit son bras, découpant l'air d'un geste.) Vas-y !

— Salut, m'dame, fit Paul.

L'air était juste, mais ce n'étaient pas les bonnes paroles.

— Non !

Mill criait rarement, il laissait ça à Will.

— Tu dois chanter, bon Dieu ! Comme ça : « C'est elle, Médééée... » Will, va t'occuper de lui. Sinon, on est là pour la nuit.

Will traversa la scène, se plaça derrière Paul et lui prit les épaules à deux mains. Il le secoua.

— Vas-y, chante convenablement.

Mill revint au piano et chanta :

— C'est elle, Médééée...

Paul tourna presque sa tête à l'envers, pour voir le visage de Will, et reçut une copieuse bourrade. Il se mit alors à chanter — à hurler, plutôt :

— C'est elle, Médééée...

— Bon, on recommence depuis le début, dit Mill. D'abord June, puis Paul. Paul, tu chantes ce que June chante.

On aurait pu croire qu'il commandait à une chorale.

Mill joua un accord et pointa un doigt sur June, qui chanta (avec entrain) :

— C'est moi, Médééée...

Paul chanta (quand le pouce de mon frère s'enfonça dans ses côtes) :

— C'est elle, Médée-euh-euh...

— Génial ! s'exclama Mill. Super !

Mill était bien plus positif que Will. Il croyait qu'on pouvait obtenir ce qu'on voulait des gens en les encourageant. Will, lui, était pour la manière forte. Il abandonna Paul à son chant et vint près de moi.

— Maintenant, reprit Mill en plaquant un autre accord, voilà le second vers : « Mamma mia ! »

— Mamma mia ! chanta June.

— C'est elle, Médééée, répondit Paul.

Mill lui ordonna d'arrêter.

— Non, Paul. Pour le second vers, tu chantes : « Mamma mia ! »

— C'est dément ! m'étranglai-je. C'est de l'italien.

Will battait la mesure avec son pied ; il ne daigna pas me répondre. Je l'attrapai par le bras.

— Les Grecs ne peuvent pas chanter ça. Mamma mia, c'est de l'italien !

Will mâcha son chewing-gum et réfléchit.

— C'est... international, conclut-il.

Mill jouait toujours du piano et battait l'air comme un chef d'orchestre pendant que June et Paul chantaient.

— Si tu crois que Dieu va descendre sur je ne sais quelle machine pour sauver cette mascarade, dis-je à Will, tu te fourres le doigt dans l'œil.

Sur ce, je fis demi-tour et marchai vers la porte.

— Les voies de Dieu sont impénétrables ! me lança Will.

— Pas à ce point ! rétorquai-je avant de claquer la porte derrière moi.

51

La fille en or

De retour dans l'Eléphant Rose, je déballai le contenu de mon sac de gym et le disposai sur la table. Je pris dans ma boîte aux trésors le tube représentant Madame Pervenche que Dwayne avait trouvé et le cliché des sœurs et de Mary-Evelyn. J'inclinai la photo de Jamie Makepiece contre une grosse bouteille qui me servait de chandelier et dont le goulot dégoulinait de cire durcie. Les mains croisées sur la table, le menton appuyé dessus, je contemplai ma petite collection. Je fixai Jamie Makepiece. Où était-il, aujourd'hui ? Il devait avoir dans les soixante-dix ans s'il était encore en vie. Ah, comme j'aurais aimé lui parler ! Non seulement pour les choses qu'il me dirait sur Iris et Isabel, mais parce qu'il avait vécu à une époque dont j'étais exclue.

Je relis les dépositions des sœurs Devereau pour voir si je ne trouvais pas d'autre indice. J'examinai la photo de Mary-Evelyn, ses yeux fermés, ses cheveux décoiffés et assombris par l'eau. Assombris. Je sursautai. Qu'est-ce qu'Imogene avait dit de Mary-Evelyn ? « On aurait pu dire qu'elle avait de la chance, avec ses cheveux blond pâle, ses yeux d'un bleu si pur, et toutes ces robes... »

Des cheveux blond pâle. Seule Rose avait des cheveux blond pâle. Les autres sœurs Devereau avaient les cheveux bruns. Je pensai à la photographie accrochée sur le mur du salon. Les trois sœurs groupées autour de la blonde Rose qui n'était alors qu'une enfant. Elles avaient des cheveux presque noirs.

J'essayai de me rappeler quelque chose que Dwayne avait dit quand nous parlions de *Lumière d'août,* de Lena et de son « état ». Dwayne avait plaisanté en disant que presque toutes les femmes chez Faulkner étaient dans cet « état ». Je regardai de nouveau la photo de Jamie Makepiece ; il était beau avec ses cheveux dorés. Et je pensai à Lena sur la route poussiéreuse du Tennessee, espérant trouver le père de son bébé.

J'approfondis ce qui m'était venu à l'esprit. Mary-Evelyn ne pouvait pas être la fille de Rose, car Rose n'était qu'une enfant quand Mary-Evelyn était morte. Mais elle aurait pu être la fille d'Iris. Iris et la fille aux cheveux dorés de Jamie Makepiece. Ça expliquait toute l'attention qu'Iris portait aux vêtements de Mary-Evelyn, puisqu'elle n'osait pas prodiguer son amour à Mary-Evelyn elle-même — même si elle l'avait voulu —, pas alors qu'elle était sous la surveillance permanente d'Isabel et d'Elizabeth.

Mary-Evelyn était leur bouc émissaire. C'est pour ça qu'elles la détestaient, surtout Isabel. Imaginez avoir devant les yeux chaque jour le fruit des amours de votre fiancé et de votre sœur !

C'était pour ça qu'elles souhaitaient sa mort, en tout cas Isabel.

Je pris la lettre de Jamie et la relus.

Ma chère I, aie confiance, nous serons de nouveau ensemble très bientôt. C'est devenu trop dur pour moi, et, je n'en doute pas, pour toi aussi. Il vaut mieux que je parte, en attendant que les choses se calment. Il y a cent ans, je suppose qu'on aurait clamé ma perfidie dans tous les journaux !
Ton J.

A-t-il jamais su, pour Mary-Evelyn ? J'en doutais. Mais qu'était-il devenu ? Il n'avait jamais reparu.

Ce soir-là, étendue sur mon lit, fatiguée de réfléchir, je n'en continuai pas moins à penser. Où était Ben Queen ? Il était encore dans le coin, je le sentais. Si la Fille était toujours là — je l'avais vue monter dans le train deux jours plus tôt —, si elle était toujours là, lui aussi. Ben Queen n'était pas le genre d'homme à fuir devant les ennuis. Il n'était pas comme Jamie Makepiece. Ben Queen n'abandonnerait jamais personne.

Je pense qu'il croyait sincèrement que Mary-Evelyn était morte accidentellement. Il le croyait parce que Rose le croyait. Même si elle n'avait pas vécu dans cette maison depuis des années, Rose croyait que c'était un accident, parce qu'elle n'aurait pas supporté de ne pas le croire. Ce sont des choses qui arrivent souvent : on claque la porte devant la vérité parce qu'on ne veut pas qu'elle entre et saccage tout, renverse les tables, casse les étagères, déchire les livres.

C'était ce que le shérif faisait, à mon avis — il fermait la porte à la vérité. Il ne voyait mon sac de gym que comme un sac à malices. Ou bien il était fâché contre moi parce qu'il pensait que je savais quelque chose que je ne voulais pas lui dire. C'était vrai, d'ailleurs. Je l'avais laissé tomber. D'une certaine manière, dans cette histoire, chacun considérait que l'autre l'avait laissé tomber.

Je me sentis soudain très vieille ; je tendis la main, attrapai mon ours en peluche qui était toujours sur le lit. Il fallait que je vérifie si son rembourrage était intact.

52

On s'en souvient très bien

— Ça alors ! s'exclama Louise lorsque je pris ma place au comptoir du Windy Run. Ma parole, mon chou, on croirait que tu viens d'emménager à Cold Flat Junction ! Tu veux du rosbif ? Il est fameux, aujourd'hui.
— Il est toujours fameux. Oui, je veux bien.

J'étais devenue une habituée ; j'avais mon propre tabouret et ma propre histoire. Je leur raconterais peut-être un nouveau chapitre sur l'amie de ma mère, Henrietta Simple, à condition de me rappeler ce que je leur en avais déjà dit.

Billy demanda si j'avais trouvé « la fille Calhoun », je lui dis que je l'avais trouvée et le remerciai de m'avoir si bien indiqué le chemin.

Don Joe me gratifia d'un large sourire qui dévoila pas mal de dents cassées et tachées de nicotine.

— Alors, tu recherches qui, c'te fois ? On dirait que tu passes la moitié de ton temps à rechercher des pékins !

Tout le monde s'esclaffa. Je souris à mon tour, étalant mes dents parfaitement blanches.

— Ouais, ça se peut. Ben, aujourd'hui, je ne cherche personne.

— Qu'est-ce qui se passe à La Porte à propos de Fern Queen ? lança Mervin depuis son box. (Il était encore sans sa femme ; je suis sûr que ça le rendait heureux.) Y vont se décider à découvrir qui a fait le coup ?

Comme je m'étais creusé la tête pour savoir comment amener le sujet sur le tapis, je fus reconnaissante à Mervin de l'avoir fait à ma place.

— Je ne crois pas, en tout cas je ne suis pas au courant. Mais je sais que le shérif recherche Ben Queen. Il croit que c'est lui le coupable.

— Il aurait tué sa propre fille ? s'indigna Louise Snell. (Elle avait passé ma commande au cuisinier et l'attendait, adossée à la vitrine en Plexiglas des pâtisseries.) Ton shérif a certainement pas d'enfant pour croire qu'un père tuerait sa propre fille !

— Les Grecs faisaient ça tout le temps, les informai-je. Ils tuaient leur parentèle (un mot que j'adore), enfants, père, mère, tout. C'était quasiment un mode de vie. Ça ne leur posait aucun problème.

La petite fenêtre s'ouvrit et mon plat apparut. Louise le posa devant moi et je plongeai aussitôt mon nez dans la purée fumante. Ma mère n'en faisait jamais, elle considérait que c'était trop « commun ».

— Les Grecs ? Tu veux dire comme le type à la sortie de La Porte qu'a un restaurant... ?

— Arturo quelque chose, précisa Don Joe.

— Ouais, Arturo, celui-là.

— Il est italien, dis-je, plus pressée de manger que de réfléchir.

Don Joe, qui voulait faire valoir ses connaissances supérieures, expliqua :

— Mais oui, Billy ! C'est un rital. Arturo, c'est pas un nom grec.

Billy parut contrarié.

— Il a pourtant l'air grec.

Pourquoi avais-je ouvert ma grande bouche ? Nous étions à des kilomètres de Ben Queen.

— Comment ça, il a l'air grec ? rétorqua Don Joe.

— Brun, la peau basanée, comme on dit, et des yeux qui ressemblent à des olives noires. Ah, ça oui, il est grec jusqu'au bout des ongles. C'est pas parce que son nom sonne italien qu'il l'est !

J'avais l'impression d'être dans le garage, avec Will et Mill.

— Pourquoi qu'il aurait un nom rital s'il l'est pas ?
J'intervins :
— Vous avez raison tous les deux. Il est à moitié grec et à moitié italien. Sa mère était grecque. Je crois que son deuxième prénom se termine en « opoulos », comme beaucoup de noms grecs.
J'enfournai une bouchée de purée, assez fière de ma connaissance des différentes nationalités.
— Ah ! fit Billy.
— Ouais, fit Don Joe.
Franchement, je pense qu'ils étaient soulagés que j'aie mis un terme à leur discussion. Maintenant, je devais trouver un moyen de revenir à Ben Queen. Je repris simplement la conversation où je l'avais laissée :
— Si je parlais des Grecs, c'était pour souligner qu'il y a souvent dans leurs pièces des personnages qui assassinent leur parentèle. (J'avais réussi à le replacer !) La parentèle étant parfois les enfants, bien sûr.
— C'est affreux, mon chou ! s'exclama Louise Snell. Tu ne devrais pas aller voir des horreurs pareilles ! Où est-ce que ça se joue ? Je sais qu'il y a un théâtre d'été à La Porte.
Quand elle regarda ailleurs, je levai les yeux au plafond.
— Non, ils ne jouent pas de tragédies grecques au théâtre d'été. (Je devrais peut-être les inviter au garage.) Je voulais juste dire que c'est tout à fait possible qu'une mère ou un père tue son propre enfant. Remarquez, je ne dis pas que Ben Queen est coupable. (J'osai poser la question à mille dollars :) Y en a parmi vous qui étaient là quand ça s'est passé ?
Mervin réagit le premier :
— Je peux vous dire que tous ceux qu'étaient là, c'est comme s'ils avaient été frappés par la foudre, ça oui !
Don Joe approuva et voulut enchaîner, mais Mervin ne lui en laissa pas le temps :
— Le premier à qui y z'ont pensé — je veux parler des gars du shérif — c'est le mari, Ben, parce qu'on sait bien que c'est souvent le mari ou la femme.
Là, Mervin quitta son box et vint s'asseoir au comptoir à côté de Billy, sur le tabouret occupé d'habitude par la grosse

femme aux lunettes noires. Billy sembla apprécier modérément.

— Quand Ben Queen est arrivé, il n'avait pas une tache de sang sur lui, poursuivit Mervin. Pourtant, la scène du crime en était couverte ; y avait comme qui dirait un lac de sang, y en avait partout. J'ai tout de suite compris que ça pouvait pas être lui.

Juste pour le contredire, probablement, Billy lança :

— Et alors ? Il aurait pu se changer. Attention, j'ai pas dit que Ben l'avait tuée, parce que je crois pas une seconde que ça soit lui.

— Comment qu'y se serait changé sans que les Queen le voient ? Fallait bien qu'il arrive par la grange et qu'y passe devant Sheba et son frère George. Ben et Rose habitaient chez eux, à l'époque. Quand y faisaient construire leur maison.

— Ça n'a aucun rapport, coupa Louise Snell. Ce qui compte, c'est que Ben Queen n'aurait jamais levé la main sur Rose. Jamais.

— Sauf qu'y se disputaient, lui et Rose, dit Evren. Y avait eu une grande engueulade, la veille au soir.

— Tais-toi, Evren, fit Billy avec un geste de la main. T'étais même pas là, alors tu sais rien.

— Je répète juste ce que Toots, du garage Esso, a dit, c'est tout. Toots était là, pas vrai ?

— Où était Ben Queen quand Rose a été tuée ? demandai-je, sentant qu'un fait important était passé sous silence.

Ils me regardèrent tous comme si la question était nouvelle pour eux.

Mervin, qui avait repris sa place dans son box, me répondit :

— A Hebrides. Voilà où il était.

— Alors, quelqu'un a dû le voir, là-bas.

Billy brandit sa tasse pour avoir du rab de café.

— Personne n'est venu témoigner.

Je fronçai les sourcils. Si le shérif attendait que les témoins se dérangent, il n'arrêterait jamais personne.

— La police n'a pas enquêté ?

Mervin se releva et revint s'asseoir au comptoir, cette fois sur le tabouret à côté de moi.

— Justement, me dit-il. C'est ça qu'est pas catholique. Y z'ont à peine posé des questions, et après qu'y z'ont arrêté Ben Queen, y en a plus eu du tout. Alors, tu vois quel genre d'enquête ça a été !

Sur ce, il abattit violemment sa main sur le comptoir en Formica.

— C'est parce que Ben a pas opposé de résistance, dit Louise en remplissant les tasses. D'après Boyd Spiker, il a presque pas dit un mot.

— Merde, fit Don Joe, Boyd Spiker est qu'un étranger.

Je me dis que j'aurais dû prêter plus attention aux détails de l'enquête de la police sur le meurtre de Rose. Je savais, comme Louise Snell et les autres, que Ben Queen ne l'avait pas tuée, mais la justice avait un autre point de vue.

— Qui est Boyd Spiker ?

— Un gendarme, répondit Mervin. Les gendarmes sont arrivés les premiers. Quand Ben est rentré, ils l'ont arrêté. C'est la première chose qu'ils ont faite.

— Mais, s'il n'était pas à Cold Flat Junction, comment aurait-il pu la tuer ?

— C'est ce que je disais, renchérit Louise.

— Les flics se sont imaginé que Ben se cherchait un alibi, expliqua Don Joe.

Pour moi, c'était comme Aurora avec son soi-disant tour du petit pois. Elle disait que je me trompais, quelle que soit la coquille de noix que je désignais. Et elle ne soulevait même pas la coquille pour vérifier. Là, c'était pareil. La police aurait dû tirer la conclusion, évidente, que Ben Queen ne pouvait pas être le coupable. Un, il était à Hebrides, deux, sa camionnette était en réparation, alors comment serait-il rentré à Cold Flat Junction ? Et, trois, il adorait sa femme. C'était dément ; je le leur dis.

— Je suis bien d'accord avec toi, mon chou, approuva Louise en me donnant un Coca glacé.

— Le shérif de La Porte n'a donc pas enquêté ?

— Pas vraiment. Il est passé, a posé quelques questions, mais comme je disais, Ben ne s'est pas défendu.

— Qui aurait gardé assez de bon sens, après avoir trouvé sa femme adorée poignardée à mort ? demanda Louise.

Cela n'avait rien de logique, mais c'était une position.

— Il a avoué ?

— D'après Boyd, répondit Billy, il a juste dit : « Finissons-en. »

Mervin était toujours déterminé à faire valoir son point de vue :

— Des témoins ont dit que lui et Rose s'étaient disputés comme du poisson pourri.

— A propos de quoi ? demandai-je.

— De leur fille, Fern. Tu sais, celle qui a été tuée près de chez toi. Rose et Ben n'arrêtaient pas de se chamailler à cause d'elle. Elle avait un petit vélo dans la tête...

Billy fit des ronds avec son index autour de sa tempe.

Louise n'apprécia pas :

— Te moque pas, Billy, elle était juste retardée, et d'ailleurs, faut jamais dire du mal des morts.

— Toujours est-il qu'ils se disputaient souvent à cause d'elle. Rose voulait l'envoyer dans une institution mais Ben refusait. La petite était un sacré poids à porter.

Louise essuya le comptoir d'un air absent.

— Quelle pitié ! fit-elle. Ils n'avaient qu'une enfant et il a fallu qu'elle soit comme ça. Elle ne tenait ni de Rose ni de Ben, pas pour le physique, en tout cas.

— T'avais le béguin pour lui, dit Don Joe.

— Sois pas ridicule ! J'avais pas plus de huit ou neuf ans, à l'époque.

— Quand même, toutes les femmes avaient le béguin pour Ben.

— Et tous les hommes avaient le béguin pour Rose, dit Billy en faisant tomber la cendre de sa cigarette avec le petit doigt.

Billy devait être plus âgé qu'il n'en avait l'air, car il dit cela comme s'il se souvenait. Comme s'il s'en souvenait très bien.

53

Un alibi

Je quittai le Windy Run quelques minutes plus tard. Maintenant, j'avais quelque chose à découvrir : qu'est-ce que Ben Queen était allé faire à Hebrides, à part faire réparer sa camionnette ? Ceux qui pouvaient me renseigner étaient son frère et sa belle-sœur, qui habitaient dans la grande maison jaune que j'avais déjà visitée. Cette fois-là, j'étais venue avec Mr Root comme prétexte, parce que Bathsheba Queen avait autrefois été sa « promise », comme il disait.

Aujourd'hui, je m'approchais de chez eux en essayant d'improviser une raison à ma visite. J'avais l'esprit aussi vide et lisse qu'une coquille d'œuf. Cinq minutes plus tard, quand George, le frère aîné de Ben, sortit avec un journal à la main pour s'asseoir sur la véranda et le lire à l'aise, je n'avais toujours pas trouvé de prétexte. Le journal m'en fournirait peut-être un.

— Bonjour, Mr Queen ! lançai-je, comme si je passais par hasard.

Je ne voulais pas qu'il me voie rôder devant chez lui. Je lui fis un signe quand il se leva de son fauteuil et promena son regard entre l'allée et le portail.

— C'est moi, Mr Queen, Emma Graham. Vous ne devez pas vous souvenir de moi...

Je m'étais aperçue que les vieux n'aiment pas qu'on doute de leur mémoire, et j'espérais que mon commentaire lui donnerait un coup de fouet.

— Oh, si, je me souviens très bien. Viens donc sur la véranda. Je parie que Sheba va se débrouiller pour nous faire de la limonade et des petits sablés. Installe-toi, je reviens tout de suite.

Je priai pour que Sheba ait acheté des petits sablés, car les siens étaient immangeables. Je m'assis dans un vieux rocking-chair en bois et attendis que George revienne. Je vis qu'il lisait le journal de Cloverly, un quotidien. Notre *Conservative* était un hebdomadaire qui paraissait tous les jeudis. Je ne savais pas ce qu'il disait sur le meurtre de White's Bridge, mais je n'avais pas besoin de lire le journal pour comprendre de quoi il retournait car j'en savais plus que n'importe qui sur la question. Je jetai un œil sur les deux premières pages, mais ne vis rien sur le meurtre ni sur Ben Queen. Je repliai soigneusement le journal et le remis où je l'avais pris.

Mr Queen reparut avec un pichet de limonade et trois verres sur un petit plateau, ce qui signifiait que sa femme allait nous rejoindre.

— Sheba arrive. Elle sort les sablés du four.

Je grimaçai. Il tira une table ronde et posa le plateau dessus.

— Des petits sablés encore chauds, y a rien de tel, je suis sûr que tu seras d'accord.

Tout dépend qui les fait, faillis-je répondre.

— Absolument, Mr Queen.

Il remplit les trois verres, me tendit le mien et s'assit avec le sien.

— Hum, fis-je, c'est délicieux !

Et ça l'était. Puis, je ne sais pourquoi, je me mis à penser à la fille et au stand de Kool-Aid. Elle n'était que deux rues plus haut. Je l'imaginai avec sa boisson dont personne ne voulait, dans une rue où personne ne passait. Ah, si elle avait eu cette limonade-là à vendre ! Coulant un œil sur le journal, je demandai, comme par politesse, s'il y avait des nouvelles intéressantes.

— Pas grand-chose, me répondit Mr Queen. Je cherchais si on parlait de Fern... tu sais. Mais le journal de la grande ville semble considérer que c'est de l'histoire ancienne.

Cloverly était tout sauf une « grande » ville.

— Je suis désolée pour elle, Mr Queen. Et je suis aussi désolée pour votre frère.

Au même moment, Sheba sortit sur la véranda en portant une assiette de petits sablés, les mêmes que la dernière fois.

— Tiens, Emily, bonjour ! Comment ça va ? Comment va ta mère ? Tu arrives au bon moment. Je viens de faire des petits sablés, ils sont tout chauds.

— Merci, m'dame.

Je pris un sablé, le plus petit possible, en me demandant pourquoi Mrs Queen était bien plus aimable que la fois précédente. J'imagine que les gens ont des jours avec Emily et des jours sans Emily. Je cherchai à me débarrasser discrètement du petit sablé.

Sheba Queen s'assit dans le troisième rocking-chair et grignota son sablé. Je mordis dans le mien et la gratifiai d'un large sourire.

— Nous causions du manque de nouvelles, dit George en feuilletant le journal.

Sheba prit son air maussade et redressa les épaules.

— La police se tourne les pouces, grommela-t-elle. Votre shérif traîne les pieds.

— Oh, je crois qu'il cherche vraiment, Mrs Queen.

Même si j'étais en froid avec le shérif, je tenais à le défendre. Je pris note de ce que nous disions pour lui montrer plus tard à quel point j'étais objective.

— Mouais... fit George Queen. Ça dépend s'il cherche vraiment un coupable à part Ben.

C'était une remarque judicieuse. J'en parlerais au shérif.

— Oui, vous avez raison, concédai-je.

Je le pensais sincèrement. J'aurais même pu l'embrasser pour avoir amené Ben sur le tapis, mais je préférai croquer un autre morceau de sablé pour exprimer ma gratitude. Il y eut un silence dont je profitai pour glisser le nom de Rose.

Sheba se raidit, car elle avait toujours détesté Rose Devereau ; je l'avais appris clairement lors de ma visite avec Mr Root.

George hocha la tête d'un air abattu.

— La pauvre fille. Ben n'a jamais fait ça, je le jurerai encore sur mon lit de mort.

— Bien sûr que c'était pas lui, approuva Sheba, qui détourna les yeux.

Pendant qu'elle regardait dans le jardin, j'émiettai à la hâte mon sablé.

— Au Windy Run, j'ai entendu des gens en parler...

Il fallut que Sheba intervienne pour dire ce qu'elle pensait des clients du restaurant :

— Billy, Mervin, Don Joe et la bande... ils passent leur temps à dire des bêtises.

Je fis la moue.

— Bref, ils disaient que votre Ben était à Hebrides ce jour-là.

— Il y était, c'est bien vrai, confirma George. Il y allait toujours le jeudi.

J'attendis. Pour y faire quoi ? faillis-je demander. Mais j'avais peur d'être trop directe et de les amener à réfléchir aux raisons de ma visite.

— Au restaurant, ils disaient qu'il était allé faire réparer sa camionnette.

George posa son verre de limonade et je laissai tomber des morceaux de sablé dans les fentes du rocking-chair.

— Pas exactement. Sa camionnette est tombée en panne pendant qu'il était à Hebrides. Il l'a conduite au garage.

— Mais s'il était à Hebrides, comment aurait-il pu être à Cold Flat Junction pour tuer Rose ?

— Au procès, on a dit qu'il avait eu le temps, après avoir récupéré sa camionnette, de rentrer à la maison, de tuer Rose et de revenir à Hebrides. On a prétendu qu'il s'était servi de la panne comme alibi, mais que l'alibi n'avait pas fonctionné. Les médecins légistes peuvent définir assez précisément l'heure de la mort. Remarque, ils n'avaient pas à chercher loin parce que Sheba a vu Rose aller au poulailler nourrir les poules et une heure plus tard, comme elle ne revenait pas, je suis allé la chercher. (Comme il imaginait sans doute la scène, il ferma les yeux pour ne pas la voir.) Du sang partout. C'était affreux. (Il baissa la tête.) Pauvre Ben. Il paraît que dans quatre-vingt-dix pour cent des cas où une personne mariée est assassinée, c'est le conjoint le coupable. C'est ça qui les a mis sur la piste de Ben.

Je comprenais que ça les ait mis sur la piste, mais pas pourquoi ils l'avaient suivie jusqu'au bout. Le shérif m'avait dit un jour que quand on tombe sur un homicide, on commence par l'explication la plus plausible, car presque tous les meurtres s'expliquent comme ça. On ne fait pas comme les auteurs de romans policiers : on ne cherche pas la cause la moins évidente, ou une tellement tordue que seul un imbécile s'y arrêterait. Et donc la police s'était acharnée sur ce qui m'apparaissait comme l'explication la moins plausible. Ben était à Hebrides, mais d'autres personnes étaient à Cold Flat Junction. Pourquoi pas Sheba Queen, qui était connue pour avoir pris Rose en grippe ? Pourquoi pas Fern Queen, qui était furieuse qu'on l'envoie dans une institution pour débiles et qui était déjà folle, de toute façon ? Pour ma part, Fern était la coupable idéale. Elle avait un mobile ; Ben Queen n'en avait pas.

Finalement, on ne pouvait pas blâmer les enquêteurs, puisque Ben Queen n'avait pas protesté de son innocence. On aurait pu penser que son propre avocat aurait deviné qu'il protégeait quelqu'un. Bien sûr, l'avocat avait peut-être deviné, et Ben Queen lui avait ordonné de se taire. Il n'y a qu'une personne pour qui on ferait un tel sacrifice, quelqu'un dont on se sent responsable. Ça ne dit rien, naturellement, du bon sens de Ben Queen, qui lui dicte de laisser un assassin en liberté.

Mais je n'avais pas le temps de m'attarder sur le bon sens de Ben Queen. Pour l'instant, j'avais envie de savoir ce qu'il était allé faire à Hebrides.

— Vous disiez que votre frère allait à Hebrides tous les jeudis. Il était vraiment obligé d'y aller aussi régulièrement ?

— C'est qu'il allait toujours chercher la pâtée le jeudi. Il l'achetait chez Smitty, en dehors de la ville.

— Il l'avait rapportée ce jour-là ? Avec la camionnette en panne et tout ça, il a eu le temps ?

George essaya de se souvenir.

— Oui, je crois bien qu'il l'a rapportée.

Il fallut de nouveau que Sheba mette son grain de sel :

— Oh, ce jour, ce maudit jour restera à jamais comme une infamie !

Elle pouvait bien vivre avec cette infamie, si cela ne tenait qu'à moi. Pourquoi n'avaient-ils rien fait ? S'ils croyaient tant que ça à l'innocence de Ben, pourquoi ne pas avoir protesté de l'impossibilité matérielle dans laquelle il se trouvait de commettre le meurtre ? C'était peut-être de traîner avec le shérif et de l'entendre parler d'enquêtes passées qui me rendait suspicieuse. « Il faut être sûr d'avoir toutes les preuves matérielles disponibles avant de tirer ses propres conclusions. » (Ah, s'il pouvait se rappeler cette maxime dans mon cas !)

— Combien de temps après le drame est-il rentré ? demandai-je.

— Une heure ou deux, je crois bien. Naturellement, la police a dit qu'il était rentré avant. Tu te rappelles, Sheba ?

— A quinze heures. Je me le rappelle parce que je l'ai noté quand le shérif est venu.

— Donc, Rose a été tuée vers midi ?

— La police a dit entre onze heures et quinze heures. Mais, bien sûr, on savait plus précisément. Je l'ai vue à midi quand elle est allée au poulailler. Mon George y est allé vers une heure trente.

— Oui, c'était bien l'heure, acquiesça George. Jamais vu un bazar pareil de ma vie. C'était affreux, affreux. J'ai essayé de t'empêcher d'y aller, Sheba, mais tu insistais.

— Pour sûr, dit Sheba en se balançant de plus en plus vite.

— Et la camionnette a été réparée ?

— Ouais. Carl est un des meilleurs mécaniciens du coin. Carl ?

— Ma mère en cherche un, justement. Oh, il ne doit plus travailler par ici, j'imagine. Ça fait si longtemps...

— Si, si ! Carl tient son garage depuis cinquante ans, et son père le tenait avant lui. Mais vous avez Slaw, à Spirit Lake. Le Wayne... comment qu'y s'appelle, déjà ?

— Dwayne Hayden ?

— C'est lui. Y a pas meilleur. Ni à Hebrides, ni à Cloverly, ni à cent kilomètres à la ronde.

— Je le dirai à ma mère. Nous cherchons aussi un bon marchand de pâtée. Nous avons pas mal de poules.

Quatre, en réalité.

— Qu'est-ce que vous leur donnez ?

— Euh, du maïs. Des graines. En fait, je ne les nourris pas moi-même.

— Tu devrais, conseilla Sheba. C'est bien que les jeunes apprennent ce qu'est la vie.

Parce qu'elle croyait que c'était ça, la vie ?

54

Le réconfort

Devant la véranda de Louise Landis, je réfléchis à une raison pour expliquer ma venue. Je regrettais de ne pas avoir choisi le projet de dissertation dont j'avais parlé à Imogene. Mais pourquoi n'aurait-il pas démarré après ma première visite ? Non. Je devais m'en tenir à ce que j'avais.

— Bonjour, Miss Landis ! dis-je, lorsqu'elle ouvrit la porte. Elle parut réellement enchantée de me voir.

— Emma ! Entre donc.

— Merci. Je voulais juste vous parler du spectacle pour le repas des orphelins, annonçai-je en la suivant dans le couloir sombre, puis dans le salon.

Il était exactement comme je l'avais laissé, jusqu'au plus petit détail, notamment la pelote de fil orange avec laquelle j'avais fabriqué un jeu des figures. Mais quoi ? M'imaginais-je qu'elle avait déplacé les meubles et changé de papier peint après mon départ ? (Question posée par mon moi sarcastique.) Non, bien sûr que non (réponse de mon moi plus patient). C'était juste que le temps semblait s'être arrêté et que les secondes recommençaient à s'égrener, comme le tic-tac de la pendule sur le manteau de la cheminée.

Je m'affalai dans le fauteuil rembourré, faillis m'y lover et m'y endormir tellement il était confortable. Mais, au lieu de cela, je déclarai :

— Mon frère Will et son ami Brownmiller — c'est un vrai musicien — seront ravis de jouer pour les orphelins.

Etais-je devenue folle ? Pourquoi ne pas leur avoir demandé avant ? Non, une seconde ! Il y avait une autre manière d'aborder la question.

— Ils ne sont pas sûrs de pouvoir venir au repas, mais ils aimeraient que vous assistiez à leur spectacle. Ils vous invitent, bien sûr. (Ils ne font payer personne, sauf les gens qu'ils n'aiment pas.) Ils montent une pièce tous les étés.

— Comme c'est aimable de leur part ! Quel jour a lieu le spectacle ?

— La date n'est pas encore fixée, mais ça sera dans les quinze jours. D'habitude, ils donnent deux ou trois représentations. Je tiens un rôle ; je joue le *deus ex machina*.

Elle parut réellement surprise. Pas étonnant. Qui a entendu parler d'un *deus ex machina* ? Et qui sait même comment ça se prononce ?

— C'est un projet très ambitieux, remarqua-t-elle. De qui est la pièce ? Sophocle ? Euripide ? Ça ne serait pas *Œdipe*, par hasard ?

J'avais oublié de chercher qui l'avait écrite, même si ce que Will et Mill en avaient fait n'avait sûrement pas grand-chose à voir avec l'original.

— *Médée*. Euh, je veux dire que c'est à propos de Médée.

— Une tragédie grecque. Ma parole, ton frère et son ami doivent être drôlement cultivés.

Il y aurait eu beaucoup à dire, vu toutes les BD qui se trouvaient sous le lit de Will.

— C'est très différent de la plupart des pièces grecques parce que c'est une comédie musicale. Brownmiller est un spécialiste de ça. Il écrit les paroles et c'est un excellent musicien. Il joue de presque tous les instruments imaginables.

L'expression de Louise Landis ne trahit pas ce qu'elle pensait, sans doute parce qu'elle avait enseigné longtemps et qu'elle savait maintenir un visage neutre en toutes circonstances.

— Brownmiller écrit les paroles, continuai-je, et emprunte la musique ici ou là. (Je me penchai en avant pour que ma position soit claire.) Je trouve que c'est mal de faire ça... Ça ne me semble pas juste, d'un point de vue moral (quelle bonne idée de glisser ce mot !), de faire chanter à cette femme qui vient de tuer ou qui va tuer ses enfants des paroles comme « C'est moi, Médée, Mamma mia »...

Je me rassis normalement. Louise Landis toussota.

— Pourquoi... ? Veux-tu du thé, Emma ?

— Oui, je veux bien.

Elle se leva lentement, comme pour se maîtriser, et marcha tout aussi lentement vers la cuisine. J'espérai ne pas l'avoir froissée, même si je ne comprenais pas comment Médée aurait pu la contrarier. J'allai examiner les livres de la bibliothèque. Je ne vis pas *Lumière d'août*, mais il y avait deux autres romans de William Faulkner que je ne connaissais pas. Avait-il passé toute sa vie à écrire et comment avait-il eu le temps, avec tout ce qu'il y avait à faire dans la vie ? Je cherchai des pièces grecques, mais il n'y en avait pas. J'aurais tellement voulu voir un *deus ex machina* en action. (Je ne pouvais compter sur celui de la pièce de Will pour m'en faire une idée exacte.)

Miss Landis revint avec le thé. Pendant qu'elle le servait, je fis quelques commentaires sur ses livres. Puis nous nous assîmes toutes les deux et je rajoutai trois cuillerées de sucre dans mon thé.

— Il y a beaucoup de meurtres de parents dans les pièces grecques. On dirait qu'ils passaient leur temps à se venger.

— Euh, les Grecs étaient prisonniers de leur conception du châtiment.

Je soufflai sur mon thé (une habitude que ma mère réprouve), puis demandai :

— Si vous écriviez une pièce et que vous ayez besoin d'un *deus ex machina* pour rédiger la fin, croyez-vous que ça serait une bonne pièce ? Je veux dire, vous devriez pouvoir vous sortir de l'embarras par vos propres moyens, non ?

— Dans certaines circonstances, peut-être qu'on ne peut pas faire autrement.

— Comment ça ?

— C'est comme la fièvre. Soit elle tombe, soit elle vous tue. On ne peut rien y faire. Sinon attendre.

— Mais...

J'essayai de mettre des mots sur mes pensées. Parfois, les mots vous fuient et vous laissent en plan. Je revins au meurtre :

— Et le meurtre qui a eu lieu ici il y a vingt ans ?

— Rose Queen ?

J'acquiesçai.

— Après, c'est sa fille, Fern, qui est assassinée...

— Oui ?

— Euh... vous croyez que c'est lui ?

Nous savions toutes deux de qui je parlais.

— Non, jamais de la vie.

Il y eut un silence. J'essayai de fabriquer un jeu des figures.

— Au restaurant où j'ai déjeuné, j'ai entendu des clients parler du meurtre de Fern Queen. Le shérif de La Porte croit que c'est son père qui l'a tuée, mais il ne trouve pas de mobile. Pourquoi son père aurait-il voulu la tuer ?

— Ben Queen est incapable d'une chose pareille. Comme dit ton shérif, il n'y a pas de mobile.

— Il n'aime pas les coïncidences.

Louise Landis dressa un sourcil.

— Les coïncidences ?

Je tirai sur la ficelle, mais j'avais raté mon coup.

— Ben Queen qui sort de prison juste deux jours avant le meurtre de Fern.

Elle posa son regard par-dessus ma tête, vers la rangée de livres, derrière moi, et resta ainsi tellement longtemps que je me retournai pour voir ce qu'elle observait.

— Désolée, fit-elle. Je pensais que ce n'était peut-être pas une coïncidence. En même temps, ça ne veut pas dire que c'est Ben Queen.

Je réfléchis à la question en considérant d'un œil mauvais le fil orange comme s'il y était pour quelque chose.

— Vous avez vécu ici toute votre vie ?

— Oui.

— Et votre mère ? Et votre père ?

J'oublie parfois le père car je n'en ai pas. Est-ce que ça fait de moi quelqu'un de tordu ?

— Eux aussi. C'est mon arrière-grand-père qui a construit cette maison.

— Personne d'autre n'y a habité ? Personne n'est venu s'immiscer ?
— « S'immiscer »... ?
— Emménager, prendre votre place.
— Oh non ! Je n'imagine même pas que ça puisse arriver.
— Moi si.
Je regardai mes mains. Je cherchais quelque chose à faire avec elles, le jeu des figures, par exemple, ça aide à ne pas regarder son interlocuteur.
— Des importuns ?
C'était un joli mot, assez joli pour être répété :
— Des importuns...
Je souris.
— Tu dois penser à cette Davidow.
— Vous la connaissez ?
— Oui. Je la rencontre souvent à La Porte. J'y vais acheter des légumes et des produits frais.
— Je pensais davantage à sa fille.
Je tirai sur les fils comme si les deux bouts étaient les bras de Ree-Jane.
— Les importuns sont durs à supporter.
Ça ne m'apprenait rien de neuf.
— On devrait pouvoir se débarrasser d'eux, dis-je.
— Il devrait y avoir un *deus ex machina*, c'est ce que tu veux dire ?
Je la dévisageai. Elle n'avait pas l'air sarcastique. Et soudain je compris, un *deus ex machina* était exactement ce qu'il me fallait.
— Oui, c'est ça, acquiesçai-je.
— Mais rappelle-toi ce que tu as dit.
Quoi ? Qu'avais-je dit ? Je dis tellement de choses que ça ne vaut pas la peine de s'en souvenir. Et c'est pratiquement impossible.
Voyant mon air stupide (ou peut-être renfrogné), elle expliqua :
— Tu disais qu'un auteur n'est pas très bon s'il ne trouve pas une issue pour que ses personnages se tirent d'affaire sans avoir recours à un *deus ex machina*...

Ah, pourquoi avais-je dit ça ? Maintenant, j'étais coincée. Quand même, c'était agréable que quelqu'un se rappelle vos paroles.

— Oui, mais on est dans la vie, pas au théâtre.

— Raison de plus pour ne pas dépendre des autres. Tu ne préfères pas ça, à la longue ?

Je m'enfonçai dans mon fauteuil, une manie que j'ai quand on se met à parler de moi. Je ne voulais pas aborder la question de ma propre indépendance. D'abord, je me sens trop seule dans ces cas-là. Je changeai de sujet :

— Vous avez lu tous ces livres ?

— Non. Beaucoup, mais pas tous.

— Vous aimez William Faulkner ? En ce moment, je suis en train de lire *Lumière d'août*.

En réalité, je ne l'avais pas rouvert depuis que j'en avais eu besoin pour que Dwayne m'accompagne à White's Bridge.

— C'est magnifique ! Tu dois aimer les mots.

Je savais ce qu'elle voulait dire. Oui, j'aimais les mots. J'adorais m'asseoir dans la bibliothèque d'Abigail Butte avec un livre, ou plusieurs ; j'avais l'impression qu'ils me tenaient compagnie, qu'ils me consolaient.

— Oui, je les aime.

— Les mots sont, je crois, comme une patrie. Ouvrir un livre, c'est comme ouvrir une porte. Je suis peut-être un peu sentimentale, mais c'est ce que je pense. Les livres, les mots, les histoires, c'est une sorte de réconfort.

J'essayai de digérer tout ça. C'était une idée nouvelle, une idée à creuser... quand j'aurais le temps, quand je n'aurais pas ce mystère à résoudre.

Les mots, les histoires. Le réconfort.

55

Smitty

Au lieu d'aller jusqu'à Spirit Lake, je descendis du seize heures trente-deux à La Porte. Delbert devait attendre le client devant la gare.

Il l'attendait, en effet, mais aurait préféré que ce ne soit pas moi.

— Tu vas à l'hôtel ? demanda-t-il d'un ton plein d'espoir qui suggérait qu'il n'avait pas envie de faire une autre course abrutissante avec moi.

— Non. (Je montai et claquai la portière.) J'ai besoin d'aller à Hebrides.

Il n'était pas encore dix-sept heures, les magasins étaient donc toujours ouverts, et celui de la nourriture pour animaux ne fermerait pas avant dix-huit heures. Je commencerais par le marchand de pâtée, ensuite j'irais au garage, même si Carl ne serait d'aucun secours pour fournir un alibi, puisque la police savait déjà que la camionnette était tombée en panne.

— Hebrides ?

Pourquoi fallait-il qu'il fasse comme si une destination en dehors de La Porte et de Spirit Lake signifiait un trajet épuisant à travers les dunes et les montagnes ?

— Vous savez où c'est, j'espère ?

Il se tourna à demi sur son siège pour me présenter un visage affolé, afin de me faire comprendre à quel point il n'aimait pas cette course.

— C'est à vingt minutes, peut-être même une demi-heure.

Je soupirai.

— Delbert ! Pourquoi faut-il que vous discutiez toujours de la destination de vos passagers ? C'est un taxi, non ? Axel s'engage à transporter les gens là où ils veulent aller. Pas là où vous voudriez qu'ils aillent. (Je me calai sur la banquette.) Alors, en route !

Il poussa un énorme soupir, puis grogna et démarra enfin.

— Où exactement, à Hebrides ?

— Au magasin d'alimentation pour animaux. Chez Smitty, je crois.

Ça lui sembla tellement étrange qu'il se retourna vers moi et faillit se faire rentrer dedans par la Cadillac jaune de Helene Baum. Ça m'amusa beaucoup, car elle était folle de rage et le menaça de son poing. Après avoir déboîté et pris la première rue à gauche, Delbert déclara :

— Il y a un Smith. J.L. Smith quelque chose. C'est lui ? Dans les faubourgs ?

— Oui, ça doit être ça. Il ne doit pas y en avoir des tonnes, à Hebrides.

— Non, en effet. Les gens appellent souvent J.L. Smith Smitty.

Encore combien de questions avant qu'il comprenne qu'on parlait bien du même endroit ?

— C'est loin de Cold Flat Junction ?

— Pourquoi ?

Je fis le geste de l'étrangler, mais me contentai de répondre :

— Pour savoir, c'est tout.

— T'as aussi l'intention d'aller à Cold Flat Junction ? (Il avait l'air effaré.) J'ai pas le temps pour ça.

— Non, je ne veux pas y aller. C'était juste une question, Delbert.

— Ah ! C'est à peu près à égale distance. On est au sud de Hebrides et Cold Flat Junction est à l'ouest.

— Une demi-heure pour Hebrides ou Cold Flat ?

— Dans ces eaux-là.

Je réfléchis. Si vous étiez policier, vous calculeriez le temps du trajet avec précision pour voir si un alibi tenait la route. Cependant, dans l'enquête sur le meurtre de Rose Queen, l'exactitude ne semblait pas avoir été au rendez-vous.

Par la vitre, les fermes défilèrent comme des longueurs de soie verte qu'on déroule. Granges, fermes, clôtures. Des chevaux dont les queues s'agitaient pour chasser les mouches vinrent à la clôture peinte en blanc pour nous observer. Pourquoi le taxi les intéressait-il tant ? La ferme se dressait au loin, à environ huit cents mètres de la route, au bout d'un chemin de terre droit comme la justice, bordé de chaque côté par une clôture en bois blanc. D'autres chevaux paissaient dans les prés ; c'était sans doute un haras. A présent, il était derrière nous, et je ne pouvais le voir qu'en imagination (comme la plupart des choses que je vois).

Je décidai que Henrietta Simple et sa famille vivaient sur une ferme semblable. Je regrettai d'avoir dit aux clients du Windy Run que Henrietta avait un frère retardé, car je sentais à présent qu'il risquait de perturber la tranquillité de tableaux que je trouvais paisibles. Mais il était trop tard pour se débarrasser du frère, à moins de le tuer. Supposons, par exemple, qu'il se soit perché dans un arbre, qu'il se balance au bout d'une branche et qu'il tombe dans le ruisseau.

Est-ce que William Faulkner avait des problèmes similaires avec ses personnages ? Lorsqu'il en avait créé un, s'il ne lui plaisait plus, pouvait-il revenir en arrière et l'effacer ? La plupart des gens trouveraient normal qu'il le fasse, mais je m'interrogeais. Etait-ce aussi simple que ça ? William Faulkner (un écrivain d'un talent incroyable — regardez l'effet qu'il avait sur Dwayne et sur moi : je pensais encore à Lena après n'avoir lu qu'une dizaine de pages), une fois qu'il vous avait conçu, c'était pour toujours. Il devait pourtant y avoir des personnages que William Faulkner regrettait d'avoir créés. Prenez « Flem », par exemple, un individu dégoûtant. Mais j'imagine aussi que le seuil du dégoût chez William Faulkner était autrement plus élevé que chez moi. C'était néanmoins une idée à creuser quand j'aurais davantage de temps : un individu pouvait sortir de la page et errer (provoquant des ennuis, bien souvent) jusqu'à ce que William Faulkner lui trouve une autre place. Même le nom d'un personnage ne peut pas changer une fois qu'on s'y est habitué. Les noms sont comme les berniques, si bien cramponnées à vous qu'il faut une hache ou une scie pour s'en défaire.

— Pourquoi tu vas chez Smitty ? Y avait pas d'animaux à l'hôtel Paradise, la dernière fois que je suis passé devant.

Delbert avait dû réfléchir à ça depuis qu'on avait quitté La Porte. Ça m'énerva vraiment, parce que le temps passait agréablement avant son intervention.

— Je veux lui parler, c'est tout.
— A Smith ?
— Oui.
— Tu fais tout ce trajet juste pour lui parler ? Bon sang, ma fille, pourquoi ne pas lui téléphoner tout simplement ?
— Parce que je veux lui parler en tête à tête. C'est pas la même chose.
— Ça me dépasse ! grogna Delbert. Les mots sont des mots, qu'est-ce que ça change ?

L'envie me prit à nouveau de lui serrer le cou de toutes mes forces. *Les mots sont des mots.* William Faulkner devait se retourner dans sa tombe. Je le sentais d'ici.

— On est à Hebrides ! annonça Delbert comme si on venait de se poser sur la Lune.

Des maisons défilèrent, des arbres bordaient de vastes rues, et partout des voitures, des bicyclettes, des panneaux de basket — tout indiquait que Hebrides était une ville florissante ; tout le contraire de Cold Flat Junction, question prospérité. Nous attendîmes à un feu rouge du centre-ville où se trouvait mon magasin préféré, l'Emporium. J'adorais la façon dont ses mannequins sans tête posaient, hanches saillantes. Après avoir tourné à droite, nous passâmes devant le Nickelodeon, qui donnait les nouveaux films une semaine avant que notre Orion les joue (quand il les jouait). De l'autre côté de la rue se trouvait la Plage de Barbara, même s'il n'y avait pas de plage dans les environs ; la plus proche était peut-être en Floride. C'était là que Ree-Jane était venue dans sa décapotable blanche pour s'acheter ses maillots de bain. (Dommage qu'elle les ait perdus à Miami Beach et qu'elle ait dû porter cet affreux vieux maillot marron !) Les vitrines de la Plage de Barbara étaient décorées de sable et de coquillages et d'autres accessoires. Je parie que Barbara avait un faux palmier quelque part que j'aurais pu lui emprunter.

J'aimais beaucoup Barbara ; elle semblait vivre dans un pays imaginaire fait de sable, de mer et de soleil, ce qui m'allait comme un gant. Aujourd'hui, dans la vitrine, il y avait un gigantesque parasol à rayures bleues et blanches d'où quatre pieds dépassaient, dont une paire portant des palmes. Barbara vendait aussi du matériel pour les sports nautiques. En fait, hormis les bateaux eux-mêmes, elle avait truffé sa boutique (et son esprit, j'en étais sûre) de tout ce qui avait un rapport avec les plages et les croisières.

Nous étions sortis des limites de Hebrides et Delbert me demanda si je retournerais ensuite à La Porte avec lui.

— Bien sûr, qu'est-ce que vous croyez ?

— Faudra payer le temps d'attente, tu le sais ?

— Vous me l'avez dit au moins vingt fois quand vous m'avez attendue devant la bibliothèque, l'autre jour... C'est là ! m'exclamai-je en montrant le bâtiment sur notre gauche.

Delbert s'engagea sur le vaste parking du J.L. Smith Feed.

Je descendis et marchai jusqu'à la grande porte, qui ressemblait à celle d'un garage, en me disant que j'aurais dû réfléchir pendant le trajet à ce que j'allais dire au lieu de penser à William Faulkner. « Mr Smith, essayez de vous souvenir... Mr Smith, il y a vingt ans... Bonjour, Mr Smith. Vous ne vous souvenez pas de moi ? Je suis une parente de Ben Queen... »

J'entrai. Je me plantai, immobile, devant des sacs d'engrais et des rangées de cisailles.

— Bonjour, ma p'tite demoiselle !

Je ne supportais pas qu'on m'appelle comme ça. Je fermai fort les yeux pour reprendre le contrôle de mes nerfs.

— Que puis-je vous faire ? demanda-t-il, toutes dents dehors.

Ses dents blanches juraient avec son tablier rouge. Ah, comme je détestais ces plaisanteries éculées, censées être hilarantes ! « Que puis-je vous faire ? » Ha, ha, ha ! Je plaquai néanmoins un sourire sur mon visage et demandai si Mr Smith était là.

— Lequel ? fit le plaisantin, avant d'éclater de rire comme s'il était l'homme le plus drôle sur la terre. Je suis l'un d'eux. Mais y a aussi mon père et mon grand-père. On est tous les trois dans le métier, comme des petits pois dans une cosse.

J'étirai mes lèvres en un sourire parfaitement imité.

— Sûrement pas vous, mais peut-être votre père, s'il était là il y a vingt ans.

Ça lui coupa le sifflet, de ne pas avoir de réponse toute prête. Il était pire que Delbert.

— Pourquoi vouloir voir quelqu'un qu'était là y a si longtemps ?

Il s'était escrimé sur la question comme s'il venait juste d'apprendre à lire.

— C'est comme ça, Buddy, c'est tout.

C'était le nom[1] brodé en bleu sur la bavette de son tablier rouge.

Buddy se gratta le cou comme s'il avait une poussée d'urticaire et déclara finalement :

— Ouais, ils étaient là, tous les deux. La famille tient ce magasin depuis soixante-quinze ans. Ouais, mon père et mon grand-père étaient là à l'époque. Le paternel est là-bas.

J'eus l'impression que Buddy se sentait pris en faute parce qu'il n'était pas là il y a vingt ans et qu'il n'intéressait même pas une gamine de douze ans. J'aurais peut-être dû avoir pitié de lui, un tel manque d'assurance à son âge ! Mais je n'y arrivai pas, même en me forçant. Il me faisait perdre mon temps. Il s'éloigna alors, et j'allai jusqu'à son père, qui discutait avec un fermier chapeauté de paille. Ce Mr Smith-là ne portait pas de tablier (probablement parce qu'il jugeait que sa dignité en aurait souffert, ce que je comprenais aisément), mais son nom à lui aussi était brodé sur la poche de

---

1. Buddy, c'est aussi un « pote », en anglais. La phrase s'entend donc ainsi : « C'est comme ça, mon pote, c'est tout. » *(N.d.T.)*

sa chemise : *Smitty*. C'était bien l'homme que je cherchais. Et il était manifestement assez vieux pour avoir été là vingt ans auparavant, ou même trente.

C'est difficile de regarder sans acheter, dans ce genre de magasin. J'allai vers le fond de la salle, où étaient exposés des outils de jardinage. De temps en temps, Lola Davidow enfilait ses gants de jardinier et allait dans notre grand jardin, sur lequel donne l'Eléphant Rose. C'est souvent après avoir bu plusieurs bloody mary, et elle en rapporte un chou ou des haricots verts. Un jour, elle a même forcé Ree-Jane à l'accompagner, et je les ai suivies pour voir ce qui allait se passer. Ce qui s'est passé, c'est que Mrs Davidow déterrait quelques patates et les tendait à Ree-Jane qui les prenait d'un air ennuyé en regardant ailleurs.

Je ne sais pas combien de temps je suis restée plantée à revoir la scène dans ma tête, mais au bout d'un moment une voix me tira de mes rêveries :

— Bonjour !

Mr Smith — Smitty — me plut tout de suite.

— Puis-je vous aider ? demanda-t-il de la même voix que s'il s'adressait à une grande personne, au lieu du ton emprunté que de nombreux adultes utilisent pour les attardés mentaux ou les enfants.

— Oui, monsieur. Les Queen, de Cold Flat Junction, m'ont demandé de rapporter vingt kilos d'engrais. Mais je ne sais plus lequel et j'ai vu que vous en aviez de plusieurs sortes. Ils voulaient aussi autre chose, mais j'ai oublié... ça va me revenir.

Je le regardai en plissant les yeux, comme s'ils lui avaient dit ce qu'ils voulaient, à lui aussi.

— L'engrais, c'est facile. Vous vous rappellerez peut-être l'autre article pendant qu'on s'en occupera.

C'était un homme intelligent et placide. Il eut le don de me calmer aussitôt. Trouver des idées pour obtenir des informations, c'est parfois une sacrée prise de tête.

Mr Smith sembla chercher une marque particulière parmi les différents engrais.

— Ah, voilà ! fit-il. Vingt kilos, ça fait quatre sacs de cinq kilos.

Il commença à tirer les sacs dans l'allée. Tout allait trop vite, j'avais intérêt à réfléchir rapidement.

— Y a peut-être d'autres choses qu'ils voulaient, vous ne seriez pas au courant, par hasard ?

J'étais en train de penser à un moyen d'introduire Ben Queen dans l'achat des engrais quand il me répondit :

— Quand George passe, il prend d'habitude de la pâtée pour ses poules. Ça ne serait pas ça qu'ils veulent ?

Je souris, soulagée.

— Ah oui, c'est ça ! Merci. J'imagine que vous connaissez bien les Queen ?

— Ma foi, oui. Je connais Ben et George depuis des années et des années. Ben avait l'habitude de venir un jeudi sur deux, c'était réglé comme du papier à musique. Ah, voilà la pâtée. C'est de la bonne qualité.

« Réglé comme du papier à musique. » Exactement ce que je voulais savoir.

— Je ne l'ai pas connu. Bien sûr, maintenant qu'il est sorti de prison, j'aurai l'occasion de le rencontrer. C'est une triste histoire, hein ?

Smitty hocha la tête et ses yeux s'emplirent de tristesse.

— Ben Queen. J'ai eu du mal à y croire. Il était ici ce fameux jour et rien dans son comportement n'indiquait qu'il était en colère ou de mauvaise humeur. Il était comme d'habitude. On a discuté comme on fait toujours, ça aurait pu durer tout l'après-midi. (Smitty s'esclaffa.) Je suis du genre bavard.

— C'était sans doute le jour où sa camionnette est tombée en panne, dis-je en retenant mon souffle, espérant qu'il avait oublié que je n'avais que douze ans.

— Oui, c'est bien ça. Il m'avait dit qu'il l'avait déposée au garage de Carl le matin même. Le carburateur, je crois. Je m'en souviens à cause de ce qui s'est passé après.

Comme il s'occupait de la pâtée, il ne remarqua pas que je dansais presque la gigue. Il était là, il était là ! Je savais qu'il était là !

— Ça m'a drôlement surpris quand Ben a avoué. Je l'aurais jamais cru, sinon.

C'était pour ça que Mr Smith n'avait rien dit à la police : les prétendus « aveux » — qui n'en étaient pas puisqu'il avait gardé le silence. J'observai Mr Smith, un brave homme : comment réagirait-il s'il apprenait qu'il aurait pu fournir un alibi à Ben Queen ?

Mr Smith appela son fils pour l'aider à charger l'engrais dans le taxi. Je pris le sac de pâtée. Buddy pouvait aussi bien que moi supporter les centaines de questions de Delbert sur ce qu'on chargeait dans son taxi et pourquoi. Mr Smith m'avait dit qu'il mettrait le tout sur le compte des Queen, mais je lui répondis que je préférais régler tout de suite. Je le remerciai de ses conseils et de ses renseignements et lui assurai que j'avais été heureuse de le rencontrer, ce qui parut lui faire plaisir.

Sur la route de La Porte, Delbert râla tant et plus à cause des quatre sacs d'engrais. Ses plaintes résonnaient comme une sorte de bourdonnement à mes oreilles pendant que je regardais le paysage défiler par la vitre — je m'étais glissée de l'autre côté pour regarder les mêmes choses qu'à l'aller à l'envers. J'étais folle de joie d'avoir eu la confirmation de mes hypothèses, il ne me restait plus qu'à convaincre le shérif. Ce qui n'était pas gagné, loin de là.

C'était vraiment bizarre : Mr Smith était au courant de ce que Ben Queen avait fait cet après-midi-là, mais personne ne l'avait su. Cependant, Ben Queen le savait, lui, il savait qu'il avait un alibi et il s'en serait servi s'il n'avait pas pensé que ça aurait désigné le vrai coupable, qu'il voulait à tout prix protéger. Donc, pour lui, où il était et ce qu'il avait fait n'avaient aucune importance. Il était décidé à endosser la responsabilité du meurtre.

C'était presque drôle, Mr Smith, Smitty, le *deus ex machina* sorti de nulle part, allait finalement tout arranger. Et il ne le savait même pas. Tandis que nous repassions devant le haras, je me demandai si on pouvait être Dieu sans le savoir. Si Dieu ignorait qu'il était Dieu.

C'était une question pour le père Freeman.

L'engrais avait épuisé tout l'argent que je gardais pour le taxi. Delbert allait être content.

56

Cold Turkey

Delbert était réellement indigné que j'aie dépensé tout mon argent dans l'engrais. Il dut attendre que je fonce chercher le prix de la course dans la caisse de l'office. Comme il devait patienter, de toute façon, je lui demandai de décharger l'engrais. Il protesta que ce n'était pas comme pour les valises, que les valises faisaient partie du trajet d'un client, mais pas l'engrais. Je le persuadai en lui promettant un gros pourboire (que je n'avais nullement l'intention de lui donner). Au final, il repartit en marmonnant des jurons que je me promis de rapporter à Axel si j'arrivais un jour à le coincer en tête à tête.

Il était l'heure du dîner. Je laissai l'engrais sur la véranda et courus jusqu'à la cuisine en prenant le raccourci par la porte de service.

Toujours aussi fiable, Walter sortait juste le steak Salisbury du four, version élaborée et digne du hamburger, car ma mère y ajoutait son excellente sauce au jus de viande.

— Je leur ai servi l'entrée, annonça Walter. Des billes de melon. Comme j'avais pas grand-chose à faire, j'en ai préparé un peu.

Dans un plat en verre, il y avait des ronds parfaits de pastèque, de melon d'hiver et de cantaloup. Je félicitai Walter pour son esprit d'initiative.

— Miss Jen a téléphoné. Elles sont sur le chemin du retour. Miss Jen a dit que le soleil était accablant.

— Tu lui as rappelé qu'elle était en Floride ?

Walter émit un rire qui résonna comme un raclement de gorge.

Naturellement, Miss Bertha ronchonna à cause du steak Salisbury, tournicotant sa fourchette dans l'assiette, piquant la viande et les pommes de terre comme si ça allait les changer en je ne sais quel plat savoureux qu'elle avait en tête.

— Ce n'est pas un banal hamburger, lui fis-je remarquer, c'est du bœuf premier choix. Haché menu, je crois que c'est comme ça que dit ma mère.

Après avoir goûté une bouchée, Mrs Fulbright avait déclaré que c'était délicieux. Elle faisait ça à chaque fois, comme une mère aimante s'efforçant d'inciter son enfant perché sur sa chaise de bébé à imiter ses gestes. Mais Miss Bertha réclama, comme d'habitude, autre chose à manger que « cette cochonnerie ».

Qualifier la cuisine de ma mère de « cochonnerie » équivaut à traiter les copeaux d'or ou d'argent de « sciure », mais la journée avait été une telle réussite (pour moi, en tout cas) que je pus m'élever au-dessus de mon moi ordinaire et proposer un autre plat à Miss Bertha. Ma mère avait laissé, pour mon usage exclusif, des roulés de jambon. C'est de la pâte à tarte avec du jambon haché, le tout cuit au four et recouvert d'une sauce au fromage onctueuse. Ce mets succulent, que j'adore, est aussi le plat préféré de Miss Bertha, si tant est qu'une telle chose existe.

J'offris donc à Miss Bertha un roulé de jambon à la place de son steak Salisbury. J'obtins un tel succès que je renonçai à ajouter de la moutarde forte à la sauce au fromage, comme j'avais été tentée de le faire. Je pris aussi garde de partager la sauce en trois parts (car je comptais aussi donner un roulé de jambon à Walter), ce qui ne signifiait pas trois parts égales, bien sûr, car je me réservais la plus grosse. (Je dois accorder cela à Aurora Paradise, elle mange quasiment de tout. C'est-à-dire, quand elle ne vous jette pas la nourriture à la figure, comme les ailes de poulet et les tomates farcies.)

Le repas des deux vieilles dames se déroula dans un calme relatif après que Miss Bertha eut son roulé de jambon.

Notre dîner, à Walter et moi, fut tout aussi paisible. J'eus le plus gros roulé de jambon, la moitié d'un steak Salisbury avec la sauce au jus de viande de ma mère, du gratin de pommes de terre, des petits pois verts comme les prairies irlandaises. Je fis en sorte que Walter ait le même menu, sauf qu'il n'eut pas autant de sauce au fromage que moi.

Après le dîner, j'allai dans l'Eléphant Rose dire au revoir à tous mes amis du Rony Plaza, qui me supplièrent de revenir l'année suivante, affirmant que j'étais la cliente la plus amusante qu'ils aient jamais eue. Le directeur promit de me réserver « ma chambre » et envisageait même de poser une plaque de bronze gravée à mon nom sur la porte. Je crois qu'il serait allé jusqu'à m'offrir un coucher de soleil en avant-première.

Quelle journée, mes amis, quelle journée !

J'enroulai le fil électrique autour du ventilateur, posai le palmier contre le mur et remis le sable dans le seau. Will et Mill trépignaient pour récupérer leur ventilateur ; ils en avaient besoin (disaient-ils) pour « créer de l'agitation ».

Je traînai le ventilateur jusqu'au garage et frappai à la porte. A l'intérieur, le bruit cessa brusquement, comme si quelqu'un venait de mourir d'un coup de feu. Quand Will ouvrit enfin la porte, il refusa de l'entrouvrir de plus de cinq centimètres, comme d'habitude.

— Voilà votre ventilateur.
— Bien. Dépose-le là.
— Pourquoi tu n'ouvres pas pour le prendre ?
— T'as qu'à le laisser là.
— C'est vraiment stupide ! J'ai déjà vu ce que vous faisiez, non ?
— Dépose-le là. Salut !

J'entendis des rires. Ceux d'une fille, probablement June, et le rire dément de Paul. En m'éloignant, je me dis que ce n'était pas parce qu'ils avaient des choses à cacher, mais parce que Will et Mill avaient la passion des cachotteries. Peu importait que j'aie déjà vu leur « production ». M'interdire d'entrer contribuait à restaurer l'atmosphère de mystère.

Lorsque je regagnai la cuisine, Walter m'apprit qu'Aurora Paradise, alors qu'il se trouvait à l'office, avait hurlé par le monte-plats : « L'heure du cocktail est largement dépassée et j'attends toujours mon Cold Comfort ! »

Je soupirai, puis j'allai à l'office pour fouiller dans les bouteilles. Il n'y avait plus la moindre goutte de Southern Comfort, seulement de la vodka, du gin et du Wild Turkey. Bon, le Wild Turkey ferait l'affaire ; je pris la bouteille et des flacons de crème de menthe et de cognac. De retour dans la cuisine, je mis des glaçons et plusieurs jus de fruit dans le shaker, puis y versai l'alcool. Je remuai le tout, versai le liquide glacé dans un grand verre givré, y plongeai un bâtonnet sur lequel j'avais piqué des billes de melon et montrai le résultat à Walter pour avoir son avis.

— Un Cold Turkey[1], annonçai-je.

Nous éclatâmes de rire.

---

1. Expression argotique (passée dans le langage courant), qui désigne un sevrage brutal sans recours aux calmants habituels. *(N.d.T.)*

57

Un fantôme

Sitôt après le petit déjeuner, je commandai un taxi pour La Porte. A cause de la veille, Delbert était de mauvaise humeur, ce qui ne m'aurait pas dérangée s'il avait pu s'abstenir de parler.

— Le palais de justice n'ouvre pas avant neuf heures trente et il n'est même pas neuf heures !
— Le shérif sera là. Il arrive toujours en avance.
— Ça se peut. Mais ça ne veut pas dire que son bureau sera ouvert. Je sais de source sûre que Maureen n'est pas encore là, parce que je viens juste de recevoir un appel pour passer la prendre à Spikersville.

Sa mauvaise humeur cédait la place à son besoin de me contredire. Je m'abstins de tomber dans son jeu. Je refusai de dire un mot de plus de tout le trajet. C'était à mon tour d'être de mauvaise humeur, mais tout s'arrangea dès que je descendis du taxi. Le shérif était là, comme je l'avais deviné ; il avait l'air de ne pas s'être rasé depuis deux jours et de n'avoir pas dormi depuis une semaine. J'eus pitié de lui.

Donny était là, lui aussi.

— Holà ! s'exclama-t-il. Les ennuis arrivent.

Je pris cela pour un compliment, mais il ne s'en aperçut pas. Je l'ignorai et m'adressai au shérif :

— Puis-je vous parler une minute ? S'il vous plaît ?

Ce fut Donny qui répondit :

— Sam a assez à faire sans que tu l'entraînes encore dans...

Le shérif le fit taire d'un regard, ce qui me réjouit. Puis il décrocha sa veste du dossier de son fauteuil et me dit :

— Allez, viens.

— Où ?

Je pensai au dossier que j'avais photocopié et me demandai si j'étais en état d'arrestation pour vol d'informations ultra-secrètes.

— Au Rainbow. Donny peut surveiller l'usine. (Arrivé à la porte, il se retourna.) Donny, quoi qu'il arrive, tu me préviens.

— Naturellement, Sam, acquiesça Donny, d'un air de dire : « C'est ce que je fais toujours, non ? »

— Ce que j'ai à vous dire est très confidentiel, déclarai-je tandis que nous descendions les marches du palais de justice.

— Dans ce cas, le meilleur endroit c'est parmi la foule. Les gens sont trop occupés à s'écouter parler pour s'intéresser à ce que disent les autres. Bien sûr, il y a Maud...

Il voulait dire qu'elle risquait de s'asseoir avec nous et se demandait si cela me gênerait.

— Maud, c'est pas pareil.

Nous allions traverser, mais nous dûmes attendre le passage d'une voiture qui venait de sortir du virage. Le shérif n'aurait jamais signalé à un véhicule de s'arrêter juste pour pouvoir traverser la rue.

Les habitués étaient déjà installés au comptoir devant leur café du matin, qui se prolongeait parfois jusqu'au déjeuner ; quand des gens comme Dodge Haines trouvaient-ils le temps de travailler ? Pendant que nous nous dirigions vers les box du fond, ils saluèrent le shérif qui leur rendit leur salut. Maud prenait la commande d'un client de passage. Elle me fit un clin d'œil. Patsy Cline chantait « I Fall to Pieces », une de mes chansons préférées.

Nous nous assîmes dans un box et je posai mon sac sur la table. Je n'avais pas encore montré au shérif ce qu'il contenait, mais je comptais le faire au fur et à mesure de mon récit.

— Je vous propose un marché, si vous acceptez de m'écouter avant de vous mettre en rogne, parce que je sais que ça va venir... en tout cas à l'intérieur.

— Je m'efforcerai de maîtriser mes nerfs, promit le shérif en souriant.

— Parce que ça concerne en partie Ben Queen. Il n'a pas tué sa femme, Rose. C'est pas des idées que je me fais, j'en ai la preuve.

— C'est une vieille affaire qui ne me regarde pas, et je ne vois pas en quoi c'est important...

Je l'arrêtai d'une main.

— C'est important parce que vous croyez que Ben Queen a tué Fern, et vous le croyez parce que vous pensez qu'il avait déjà tué Rose avant.

— Une minute, c'est pas tout à fait vrai...

— Qu'est-ce qui n'est pas vrai ?

Maud venait d'arriver avec son calepin et un Coca qu'elle déposa devant moi.

— En tout cas, vous le recherchez. Alors pourquoi, sinon ?

— Pour qu'il aide la police dans l'enquête, fit Maud. C'est comme ça que vous dites, hein, Sam ? (Elle agita son calepin.) Petit déjeuner ?

— Non. Et assieds-toi, à condition de ne pas nous interrompre.

— Emma ?

Je ne savais pas si elle me demandait la permission ou si elle voulait connaître ma commande. Elle s'assit néanmoins à côté du shérif.

— Quelle est cette preuve que tu prétends avoir, Emma ?

— Ben Queen n'était pas là quand Rose a été tuée.

Maud dressa un sourcil mais se tut.

— Où était-il ? demanda le shérif.

— A Hebrides. Il était allé au magasin d'alimentation pour animaux de Mr Smith, c'est sur la 219, de l'autre côté par rapport à nous. J'aimerais que vous alliez interroger Mr Smith, parce que c'est lui qui peut procurer un alibi à Ben Queen. Je parle du père, pas du fils, qui est un peu débile. Si Ben Queen n'a pas assassiné Rose, vous ne croyez

pas que son honneur devrait être lavé ? Vingt ans de prison pour rien ! Il devrait au moins retrouver sa bonne réputation.
— Absolument. Mais quelle est ta part du marché ?
— Je vous dis tout ce que je sais sur Ben Queen.
Maud avait appuyé son menton sur ses mains croisées. Elle tourna la tête vers le shérif, qui ne cachait pas sa surprise.
— C'est un marché honnête, reconnut-il. Bon, dis-moi ce que tu sais.
— Pas avant que vous ayez interrogé ce Mr Smith.
— Tu n'as pas confiance ?
— Bien sûr que non ! s'exclama Maud. Pourquoi te ferait-elle confiance ? Jusqu'à présent, tu n'as pas cru un mot de ce qu'elle t'a dit !

Le shérif dévisagea Maud d'un air déconfit, c'est le mieux que je puisse dire, comme s'il n'arrivait pas à croire qu'elle ne le jugeait pas digne de confiance.

En fait, ce n'était pas que je doutais qu'il respecte sa part du marché, c'était parce que je savais que si je lui disais que j'avais vu Ben Queen chez les Devereau, il foncerait là-bas comme un boulet de canon. Je ne pouvais le laisser faire ça.

— C'est une partie du marché. L'autre est de découvrir ce qui est réellement arrivé à Mary-Evelyn Devereau. Ce n'était pas un accident. Le shérif de l'époque était un idiot, ou un paresseux, ou il était intimidé par les Devereau. Même le docteur McComb trouve que l'affaire était singulière et qu'on a peut-être cherché à l'étouffer. La façon dont elle est morte le laisse perplexe.

— Je n'ai pas le dossier de cette affaire sur moi, dit le shérif en s'efforçant de masquer son impatience, alors comment pourrais-je... ?

J'ouvris mon sac et en sortis le double du rapport de police.

— Où as-tu eu ça ? s'étonna-t-il, abasourdi.
— Dans vos archives. J'ai juste photocopié le dossier.
— Tu l'as trouvé dans les archives ?
— Sam...
— Quand Donny a pris une de ses pauses café de sept heures.

— Sam... répéta Maud en posant sa main sur celle du shérif.

— Je suis désolée, assurai-je. Mais vous ne vouliez pas m'écouter.

— Sans blague ? Et qui est allé te chercher quand tu as disparu ? Qui a pris...

Ainsi, il savait que j'étais la fille qui s'était égarée ! Oh, je n'avais pas de temps à perdre avec ça.

— Sam ! Ne sois pas ridicule !

Le shérif se tourna vers Maud et, je ne sais comment, sa colère s'estompa aussitôt.

— Ecoutez, dis-je, pressée de reprendre le fil de mon histoire. Pour la mort de Mary-Evelyn, comment ne trouverait-on pas étrange qu'une petite fille parte faire une promenade en canot en pleine nuit ? Si vous aviez été le shérif, vous n'auriez pas enquêté ?

— Bien sûr que si, répondit Maud à sa place.

Le shérif avait la tête baissée ; il leva ses mains comme pour réclamer le silence.

— C'est une affaire vieille de quarante ans, Emma.

— Quelle différence ça fait ? Elles ne devraient pas s'en tirer comme ça. La réputation de Mary-Evelyn est... est...

— Ternie, fit Maud, indignée.

— Exactement. Elles se détestaient tellement, les trois sœurs, qu'elles avaient reporté leur haine sur Mary-Evelyn. Vous devriez interroger Imogene Calhoun, qui habite à Cold Flat Junction, elle aussi. Elle allait chez les Devereau quand elle était jeune, vous savez. Elle vous le dira. Elles se haïssaient. Isabel et Iris se détestaient à cause de lui.

Je fis claquer la photo de Jamie Makepiece sur la table.

Le shérif la prit.

— Qui est-ce ?

— Il s'appelle Jamie Makepiece, et cette lettre... (je sortis la lettre que le shérif avait déjà vue)... est une lettre d'adieu qu'il avait adressée à Iris Devereau.

Le « I » aurait pu signifier Isabel, mais pour quelle raison lui aurait-il écrit ? Il ne l'aimait plus. Je n'approfondis pas, car cela aurait compliqué les choses.

— C'est pour ça qu'Iris et Isabel ne pouvaient pas se sentir. Et elles détestaient Elizabeth parce qu'elle avait déclenché la rupture. Maintenant, écoutez ça : je vous parie que Mary-Evelyn n'était pas leur nièce. C'était sans doute la fille d'Iris. Maintenant, vous comprenez pourquoi elles la détestaient à ce point ?

Les yeux écarquillés, Maud serrait sa serviette en papier dans ses mains crispées. Le shérif fronçait les sourcils, comme si une douleur aiguë lui vrillait la tête. Ah, les amis, je les tenais vraiment en haleine !

— Regardez-la, dis-je en sortant la photo des Devereau sous la porte cochère. Regardez-la et regardez-le. Elle tient tout de lui, notamment les cheveux. On ne le voit pas sur le cliché de la police parce que les cheveux sont trempés et qu'ils ont l'air foncés. Mais ça se voit bien sur la mienne.

Je tapotai ma photo d'un doigt.

Nous restâmes silencieux un bon moment, puis Maud demanda :

— Et la maison, Emma, les Décombres ? Ces choses-là y étaient. Comment expliques-tu leur présence là-bas ?

Tout ce que j'avais dit, tout ce qu'elle avait retenu, ça se voyait à son expression, à sa voix, s'était engouffré en elle comme si, à la façon de Mary-Evelyn avant elle, elle était en train de se noyer.

Je repensai à la lumière qui m'avait éblouie.

— Il y a quelqu'un là-bas.

— Ben Queen, dit le shérif, toujours prêt à blâmer le pauvre homme pour la façon dont la Terre tournait. C'est Ben Queen, n'est-ce pas ? C'est là que tu l'as vu.

— Non ! Mais il y a quelqu'un. Vous y êtes venus, vous devez le savoir.

— L'autre, là, Dwayne quelque chose, il disait qu'il y avait quelqu'un, mais...

— Tu crois que Dwayne inventait ? fit Maud, irritée. Tu déformes tout pour que ça colle à ta propre théorie !

— Non, Maud, je n'ai pas dit qu'il inventait. Je suppose seulement qu'il a pu se tromper. (Il tambourina sur la table tout en me dévisageant.) Qui avait un mobile pour assassiner Fern Queen ? Je dois reconnaître que ça m'étonnerait que ce soit le père. A moins que Fern n'ait tué sa propre mère.

— Pour se venger ? fit Maud. Ça n'a aucun sens, quand on pense qu'il est allé en prison pour protéger Fern.

— Fern a dû tuer sa mère, pourtant. C'est la seule explication plausible, dis-je.

Ben Queen n'avait aucun mobile, mais la Fille en avait un : sa mère l'avait trahie et abandonnée.

— Il y a une fille...

Maud se pencha en avant comme pour ne pas perdre une miette de l'histoire, et je me dis que c'était elle, davantage que le shérif, que je devais convaincre.

— Quelle fille ? demanda le shérif.

Je commençai à lui rappeler l'après-midi, quelques semaines auparavant, où je l'avais aperçue par la vitrine du drugstore et où j'avais couru à sa poursuite. J'étais rentrée dans le shérif et je lui avais demandé s'il l'avait vue. Mais je m'arrêtai en route. De peur qu'elle disparaisse à jamais si je parlais d'elle ? J'examinai mes mains croisées sur la table, puis mon verre de Coca, auquel je n'avais pas touché. J'avais l'esprit vide, pas un mot ne me venait. Les mots peuvent vous abandonner aussi bien que les gens. Il fallait à tout prix que mon esprit se remette à fonctionner.

— Elle ressemble à Rose Devereau, expliquai-je. Elle lui ressemble comme deux gouttes d'eau.

J'ouvris la bouche pour continuer, mais je me tus.

— Où l'as-tu vue ? me demanda le shérif.

— A Cold Flat Junction. A la gare. Et ici.

Mais je ne voulais pas préciser où exactement. J'en avais dit plus au docteur McComb qu'à n'importe qui et c'était pas grand-chose. Je lui avais dit que je l'avais vue de l'autre côté de Spirit Lake, en face de chez les Devereau. Je l'avais vue de nouveau quand j'étais dans la maison des Devereau ; elle était dehors, près des pins. L'espace d'un moment, j'avais pensé qu'elle savait quel effet cela faisait d'être perdue, qu'elle connaissait le secret de la perte. Ça semblait dingue, même pour moi toute l'histoire semblait dingue... bizarre, étrange, cauchemardesque quand on vous la racontait d'une traite. J'ignore où mes pensées avaient divagué, mais la voix de Maud me transperça comme une flèche :

— Ma parole, on dirait que tu as vu un fantôme !

58

Un mort qui marche

Deux heures suffisaient largement pour aller chez les Devereau et dire à Ben Queen, s'il y était, ce qui s'était passé afin de le mettre en garde. Mais il ne me semblait pas être le genre d'homme à avoir besoin d'être mis en garde, le genre d'homme à s'enfuir au moindre danger. Le shérif continuerait de rechercher Ben Queen, même si cette fois ce serait juste pour lui poser quelques questions. Car il y avait toujours le meurtre de Fern et, après tout, elle était toujours la fille de Ben Queen.

Je dus m'allonger quelques instants ; j'étais plus fatiguée d'avoir raconté mon histoire au shérif et à Maud que d'avoir remué ciel et terre pour mon enquête. C'était peut-être le dénouement proche qui me pesait. Ou bien ma fatigue provenait-elle du fait que je savais que les Davidow allaient rentrer pour tout affadir. Ou peut-être avais-je peur que mon histoire ne soit qu'une histoire, pleine de bruit et de fureur, comme disait William Faulkner. (Ou comme Dwayne disait que William Faulkner disait.)

Etendue sur mon lit, je réfléchissais à tout cela en serrant mon ours en peluche qui, je l'avais découvert, avait bien un petit accroc dans le ventre par où la paille pouvait s'échapper si je ne pinçais pas le trou comme je le faisais en ce moment. Je trouvai une petite épingle à nourrice à l'aide de laquelle je fermai l'accroc.

Pour compenser une telle indolence, je dévalai l'escalier, prenant soin d'emprunter le parcours qui évitait la salle à manger. Mrs Fulbright et Miss Bertha devaient être en route pour leur dîner, si elles n'étaient pas déjà installées à leur table.

Je pris la promenade en bois qui menait à la cuisine et annonçai à Walter que j'avais des choses de la plus haute importance à faire, et est-ce que ça l'ennuyait de leur servir le dîner ? Je lui dis également où j'allais, juste par acquit de conscience, même si la conscience, en l'occurrence, était ce qui me faisait le plus défaut.

Je ne voulais pas dramatiser, je laissais cela à Will, qui était assez théâtral pour toute la famille. Je voulais ressembler davantage à Lena, la personne la plus insouciante que j'aie rencontrée (à part Walter, peut-être), quand on songe aux embûches dont sa vie était parsemée, enceinte, sur le point d'accoucher, à la recherche du père (même une fille avec aussi peu d'expérience que moi voyait les désillusions arriver à un kilomètre). Vous imaginez, marcher de l'Alabama au Mississippi, le tout en un mois ! Imaginez, avoir une telle foi dans vos pieds !

Mes propres pieds me conduisirent sur le chemin de terre qui menait, huit cents mètres plus loin, à Spirit Lake, puis à Cristal Spring. Je m'arrêtai pour jeter un coup d'œil à l'abri à bateaux et me rappeler le temps où mon père nous y emmenait, et la nuit où Mary-Evelyn s'était noyée. A la source, je m'arrêtai pour boire un peu d'eau. Le gobelet en métal était toujours à sa place, poussé contre la roche par mes soins afin que personne ne le trouve, sauf les habitués. Après avoir bu, je plongeai mon regard dans les bois. Je calculai que j'étais déjà passée là huit fois, à l'aller ou au retour, il n'y avait donc aucune raison que je ne passe pas une neuvième et une dixième fois. Il faisait encore jour, mais comme la lumière ne pénétrait pas les feuillages, c'était comme s'il était minuit. Il avait commencé à pleuvoir, oh, pas beaucoup, mais suffisamment pour voiler le peu de lumière.

Dans les bois, la pluie ne pénétrait pas davantage que la lumière. Heureusement qu'il y avait le vieux sentier défoncé, même s'il était en grande partie mangé par la végétation et qu'il ne restait que l'espace entre les ornières creusées par les pneus. Les sœurs Devereau étaient passées par là le soir où elles avaient transporté Mary-Evelyn. J'étais désormais sûre qu'elles ne l'avaient pas recherchée. Elles l'avaient portée jusqu'au lac.

Je pataugeais dans les feuilles mortes trempées en faisant le plus de bruit possible pour me tenir compagnie. J'avais ramassé une grosse branche, avec laquelle je fouettais les pins et les hêtres au passage, toujours pour faire du bruit afin d'effrayer de potentiels agresseurs. J'allais aussi vite et aussi bruyamment que je pouvais à travers les lauriers et les plantes grimpantes, les pins, les chênes dont les glands parsemaient le sol, à travers les frênes dont l'écorce ressemblait à du marbre gris, franchissant des tapis de fleurs sauvages qui m'étaient inconnues mais que ma mère aurait identifiées.

Je m'arrêtai le temps de penser à ma mère autrement que comme à un cordon bleu, ou à quelqu'un qui traverse la Caroline avec des compagnes de voyage presque aussi frappadingues qu'Aurora Paradise. Je m'émerveillai qu'elle ait été assez téméraire ou qu'elle ait les reins assez solides pour supporter ces folles perdues sans avoir recours à l'aide de Will ou à la mienne.

J'arrachais l'écorce de ma badine tout en marchant, dénudant entièrement le bois. Un ruisseau de lumière traversait de fins branchages qui laissaient apparaître un coin de ciel. Puis les arbres s'ouvrirent et je parvins à l'orée du bois qui jouxtait le jardin des Devereau.

Je le traversai pour contourner la maison et entrer par la porte de la cuisine. Quelqu'un y avait de nouveau séjourné, ce qui me fit croire que Ben Queen était encore dans les parages. Il y avait des assiettes, un bol et deux tasses dans l'évier. Du jaune d'œuf colorait le fond des assiettes. Ah, si Walter avait été là ! Il m'aurait non seulement dit quand on s'était servi des assiettes mais aussi quel genre de personne avait mangé dedans ! La plaque de haricots blancs séchés ? « Ça ne peut pas être Miss Bertha, elle est trop radine pour laisser des haricots. » Les asperges coupées nettement en deux ? « Quelqu'un qui défoule sa colère ; Aurora Paradise, y a des chances. » Walter lisait dans les restes d'un repas comme une chiromancienne dans les lignes de la main. (Je devrais recommander au shérif d'inclure Walter dans sa liste des spécialistes des scènes de crime.)

Il y avait une poêle sur le fourneau, dans laquelle on avait fait cuire les œufs, une brique de lait et du pain dans le réfrigérateur. Il restait des miettes sur le comptoir en émail et un couteau à pain, comme celui que ma mère utilise, avec une lame en dents de scie. Ma mère est très pointilleuse sur les couteaux. Une fois, Vera s'est servie d'un couteau à viande pour couper les citrons. C'est la seule fois où j'ai vu ma mère l'enguirlander (elle mériterait pourtant d'être traitée plus souvent de la sorte, à mon humble avis). La cuisine montrait donc les restes d'un petit déjeuner. Celui de Ben Queen, forcément !

Je traversai la salle à manger sans m'arrêter car je doutais que l'intrus s'y soit installé. Avec une table mise, j'aurais été aussi bonne que Walter pour deviner quel genre de personne y avait mangé. Les couverts jetés n'importe comment ? Miss Bertha, assurément. Le couteau et la fourchette soigneusement alignés dans l'assiette ? Le Pauvre Diable, à dix contre un.

Le salon provoqua en moi le même mélange de tristesse et de nostalgie que la première fois ; mais là c'était encore plus pesant, comme si la pièce elle-même était inconsolable. Je regardai le portrait des sœurs accroché au mur près d'un buffet. Les trois à cheveux bruns, dénoués ou tressés, et Rose elle-même, à peine plus qu'une enfant et bien plus jeune que la Fille aujourd'hui, mais avec des cheveux clairs, certainement incandescents au soleil et luisants sous la lune. Les sœurs devaient être proches de la vingtaine ; c'était difficile de les imaginer en adolescentes, avec leur air solennel, leurs cheveux bruns et leurs vêtements sombres.

Des bougies collées par leur propre cire dans des assiettes à dessert égayaient le piano et une table basse, comme s'il y avait eu une coupure d'électricité. Je posai mon regard sur le canapé où Ben Queen avait laissé tomber son revolver comme s'il s'agissait d'un jouet. Je revis à nouveau la scène.

Il avait eu l'air presque effrayé de se retrouver nez à nez avec une fillette qui ne présentait pourtant guère plus de danger pour lui que les lapins de Dwayne.

Je scrutai le jardin par la porte qui ouvrait sur la véranda, cherchant un signe de la Fille ou de Ben Queen. La pluie tombait mollement, à moins que ma fatigue ne me fît voir les choses au ralenti.

Je grimpai l'escalier. Je voulais absolument vérifier la disposition des deux chambres, celle que je croyais être la chambre d'Iris car il y avait une machine à coudre, et celle de Mary-Evelyn. Les portes se faisaient face, comme je l'avais imaginé. Et dans la chambre d'Iris le rocking-chair était orienté vers la porte. Je m'y assis et dirigeai mon regard vers la chambre de Mary-Evelyn et vers son lit. Si elle avait été couchée, je l'aurais clairement vue ; si elle avait été assise près de son coffre à jouets, je l'aurais vue tout aussi bien. Elle n'avait pas pu sortir de sa chambre sans qu'Iris s'en aperçoive. Certes, elle aurait pu dire qu'elle descendait boire un verre de lait ou quelque chose comme ça, mais cela ne figurait dans la déclaration d'aucune des sœurs. Il y avait d'autres possibilités, par exemple elle aurait pu se faufiler dehors pendant que les sœurs dormaient, mais les portes du premier étant ouvertes et celles du rez-de-chaussée fermées à clé, c'était peu plausible. Après tout, la maison était équipée comme une prison.

Je quittai la chambre d'Iris pour entrer dans celle de Mary-Evelyn. C'était comme si elle vivait encore là car le lit en fer était fait, avec son dessus-de-lit en chenille jaune et blanc, et ses superbes robes étaient toujours accrochées dans la penderie en acajou.

J'admirais réellement ces robes, ainsi que le travail délicat de la couturière. Mais n'avait-on pas limité sa liberté de mouvements en l'obligeant de fait à une attention de tous les instants dont elle n'aurait pas ressenti la nécessité si elle avait porté les mêmes habits que moi ? Taffetas bleu glacier, coton jaune pâle, plis minuscules, boutons recouverts de satin, laine rose aussi douce que du cachemire.

J'allai ensuite ouvrir son coffre à jouets, fouillai parmi les puzzles, les animaux en peluche, les poupées en coton, jusqu'à ce que je trouve le Cluedo. Je sortis le carton, les armes miniatures, et alignai les tubes surmontés des têtes en plastique, émerveillée par le soin qui avait présidé à la fabrication de ce jeu, un soin qui rappelait celui de la couturière pour les jolies robes. J'alignai les personnages : le Docteur Olive, le Professeur Violet, Mademoiselle Rose, Madame Leblanc. Les tubes permettaient aux joueurs de cacher l'arme qu'il fallait avoir pour tuer quelqu'un. C'était le meilleur jeu que je connaissais.

Naturellement, Madame Pervenche manquait. Dwayne l'avait trouvée sur le sentier. Cela soulevait la même question que pour la poupée de Mary-Evelyn et la photographie de Jamie : comment étaient-ils arrivés aux Décombres ? J'avais découvert le Colonel Moutarde dans la niche de Crystal Spring où on rangeait le gobelet. Il n'y avait pas de message parce que — je ne l'avais pas compris à l'époque — on avait craint qu'il ne tombe dans de mauvaises mains. Mais, à part Madame Pervenche, tous les personnages étaient présents. Mary-Evelyn avait découpé les visages de ses tantes dans une vieille photographie et les avait collés sur les cartes. J'avais découvert cela la première fois que j'avais fouillé le coffre à jouets. J'avais alors pensé que c'était un acte absolument terrifiant de la part de Mary-Evelyn.

J'essayai de trouver une logique à tout ça, bousculant peut-être un peu trop les faits, comme d'habitude. Je ne faisais pas face à la porte, j'étais assise par terre, de côté par rapport à elle. Je sentis comme une ombre planer dans la pièce et crus entendre un léger bruit : il y avait quelqu'un dans le couloir ! Si je tournais la tête de quelques centimètres, je verrais l'intrus. Je ne bougeai pas d'un pouce, comme si mon immobilité pouvait effacer la silhouette qui se profilait, je le savais, dans l'encadrement de la porte. Celui ou celle qui avait été dans la maison tout ce temps était resté parfaitement silencieux, et c'était cela qui m'effrayait le plus.

Ma tête allait éclater, sous l'emprise de la peur, si je ne parais pas au plus pressé en faisant le vide. Toutes mes pensées se dévidèrent devant mon œil intérieur, comme un téléscripteur qui se déroule.

— Que fais-tu ici ?
C'était une voix de femme. Impossible de faire comme si j'étais sourde. Je tremblais, je ne pouvais pas m'en empêcher, mais je pouvais essayer de le masquer en jouant les idiotes. Je tournai la tête vers l'inconnue d'un air ahuri.
— Quoi ?
— Lève-toi !
Elle était grande, décharnée et laide, aussi laide que sa robe. C'était une vilaine robe en laine, d'une affreuse couleur prune. Elle avait cinquante ans de plus que sur la photo où elle était avec Jamie Makepiece, mais on ne pouvait se méprendre : c'était bien Isabel Devereau.
J'avais assez examiné les photos des sœurs et de Jamie pour savoir sans l'ombre d'une hésitation qui était qui. Cependant, sa question était bizarre. N'aurait-elle pas dû dire « Qui es-tu ? » au lieu de « Que fais-tu ici ? » ?
Je laissai tomber le revolver et le couteau miniature dans le tube de Mademoiselle Rose, comme si je continuais à jouer ; ils cliquetèrent, mais il était impossible de savoir que c'était à cause de mes tremblements. Ce fut alors que je vis l'arme. Elle avait récupéré le revolver que Ben Queen avait abandonné sur le canapé.
Elle semblait regarder par-dessus ma tête, vers quelqu'un qui lui donnait des directives. Je résistai à l'envie de suivre son regard. Ce qui menaçait de me faire tomber de la corde raide sur laquelle je me balançais, c'était l'impression terrifiante qu'Isabel Devereau me prenait pour Mary-Evelyn. J'avais son âge, sa taille. Je n'avais pas son visage, mais cela ne devait pas compter pour Isabel. Après tout, j'étais dans la chambre de Mary-Evelyn, je jouais avec ses jouets.
Elle était folle. Mais ce n'était pas la folie des Davidow ni même celle d'Aurora Paradise. Elle était vraiment folle. Folle à enfermer. Un peu comme les vieux du Weeks's Nursing Home, la maison de retraite, ceux qui parlent et gesticulent dans le vide. Lola et Aurora ne faisaient pas le poids à côté d'Isabel Devereau ; elles étaient largement battues.
Isabel paraissait écouter quelque chose. Je savais qu'il n'y avait personne, mais je dus néanmoins me maîtriser pour

ne pas me retourner afin de voir qui approchait derrière moi. Ses yeux s'agrandirent puis se rétrécirent.

Debout au-dessus de moi, elle se pencha pour me prendre par le bras.

— Lève-toi ! Nous devons partir.

Elle me hissa sur mes pieds et me secoua, le revolver dans les reins, comme si j'étais une des poupées de chiffon de Mary-Evelyn.

Je n'aurais pas pu opposer la moindre résistance même si je n'avais pas été pétrifiée par la peur que je m'efforçais de combattre et qui risquait de me submerger si je la laissais pénétrer plus avant dans ma tête. Isabel poussa mon moi amorphe vers l'escalier. Pendant tout ce temps, ma main resta scotchée au cylindre de Mademoiselle Rose.

Je rassemblai assez d'énergie pour faire comme s'il s'agissait d'une scène banale où un adulte en colère est en train de mater une jeune entêtée.

— Qu'est-ce que vous faites ? demandai-je.

Mes pieds faisaient des claquettes. Elle ne répondit pas. Je m'y étais attendue, je voulais juste entendre le son de ma propre voix.

Parvenue sur la dernière marche, je m'arrachai à son étreinte d'une secousse brusque et je fonçai vers la porte. Elle fut plus rapide que moi ; elle me rattrapa par le bras, m'attira à elle et sa main décharnée m'enserra le cou.

— Isabel ! hurlai-je.

Elle me lâcha le cou. Je ne savais pas quoi ajouter. Je me retournai pour la dévisager. Je regrettai aussitôt de l'avoir fait. Elle braquait le revolver sur moi.

— Avance ! ordonna-t-elle en me poussant avec le canon de l'arme.

Nous retournâmes dans le salon. Que j'aie réussi à la faire réagir en criant simplement son nom me remplit momentanément d'allégresse. Puisque ça avait marché une fois, pourquoi pas deux ? Pour l'heure, je m'imaginais en train de m'enfuir à toutes jambes. Non, me sermonnai-je, c'est l'instinct qui pousse à fuir, or l'instinct est dangereux. Je m'aperçus alors que ça allait me servir, de m'être entraînée toutes ces années à contrôler mes émotions. Après tout, en criant son nom, j'avais réussi à contrôler Isabel l'espace d'une seconde. Si j'étais patiente, je pourrais recommencer.

Mais la patience, quand on a un revolver dans le dos, c'est difficile. Je fis ce que le revolver voulait, or il voulait que je traverse le jardin et que j'entre dans les bois. Nous pénétrâmes donc dans l'obscurité touffue. Ce n'était pas le moment de penser à Donny Mooma et à ce qu'il avait dit sur la dernière ligne droite.

Car qui étais-je ? Une morte qui marche.

59

Le hangar à bateaux

Combien de temps s'était écoulé ? Difficile à dire, la moitié de ma vie, peut-être. En passant devant quelques endroits que je reconnaissais, je me dis que les bois n'avaient jamais été aussi amicaux et accueillants ; je regrettai même d'avoir à les quitter. Une menace mortelle fait souvent cet effet, paraît-il, elle met un éclairage nouveau sur les choses. Je jetai un coup d'œil vers l'étroite bande de ciel bleu et fus soulagée de voir qu'il faisait encore un peu jour.

En sortant du bois, nous parvînmes à la source. Nous dûmes passer devant la niche et, sans savoir pourquoi, je laissai subrepticement tomber Mademoiselle Rose près du gobelet.

Pourquoi ? Croyais-je que quelqu'un la trouverait, tel un message dans une bouteille, et accourrait pour assommer Isabel ? Pourquoi avoir pris ce risque alors qu'un geste déplacé risquait de me valoir une balle dans le dos ? C'était sans doute à cause du conte de fées que je me récitais quand j'étais petite : certains endroits sont inaccessibles aux méchants. La niche au gobelet était un lieu enchanté. C'était pour cela que le Colonel Moutarde y avait atterri. C'était la raison pour laquelle le gobelet en fer-blanc s'y trouvait. Je m'étais dit, la première fois que je l'avais vu, que boire au gobelet me protégerait du mal.

Isabel n'avait pas vu mon geste. Elle était trop pressée de me conduire où elle voulait. Nous nous dirigions vers le hangar à bateaux, j'en étais sûre. Derrière moi, Isabel ne disait mot. J'entendais juste son souffle haletant, comme si elle avait couru un cent mètres. Elle respirait à petits coups. Je pensais avoir deviné ce qu'elle voulait faire, et c'était certainement préférable au revolver.

Nous arrivâmes en vue du hangar.

Comme dans les vieilles histoires de pirates et de mutineries, on me faisait « marcher sur la planche »... la promenade en bois qui menait au hangar à bateaux. Quelques barques étaient encore là, même si je n'avais jamais vu personne les utiliser. Celle qui avait emporté Mary-Evelyn, telle une vieille femme esquimau qu'on envoie au large pour y mourir, était-elle là ? Je dénombrai quatre barques, vieilles comme Hérode, aucune n'ayant l'air capable de supporter mon poids ; j'espérai quand même qu'elles le pourraient, même s'il n'y avait pas de rames. Mon cœur tambourinait, mon estomac se révulsait tandis que nous quittions la promenade en bois qui s'avançait sur Spirit Lake, que je regardais désormais, comme les bois, d'un œil neuf. Je tentai de saisir l'histoire dans son ensemble, avec la même volonté que lorsque je serrais le cylindre de Mademoiselle Rose dans mon poing.

Malgré le martèlement dans ma poitrine, malgré la peur panique, je fus surprise d'être encore capable de parler, de faire des phrases. Ce n'était pas de la conversation, juste l'écho de conversations passées, un souvenir tout au plus :

— Elle était morte avant que vous ne la mettiez dans la barque, hein ?

— Elizabeth l'a noyée. Pas moi. J'ai horreur de voir la mort de près.

— Pourquoi avoir tué Fern Queen ?

C'était sorti d'un coup, comme si une guêpe m'avait piquée dans la gorge, me forçant à cracher.

— Elle avait tué notre Rose.

— « Notre Rose ? » « Notre Rose ? » Vous détestiez Rose Queen !

Un atroce sourire étira les lèvres d'Isabel, un croissant de boue et de lave. Elle avait dû être une belle femme, froide mais digne. Désormais, sa folie ravageait son visage.

— Rose était sous son charme. Ce n'était pas de sa faute.

Quel mensonge éhonté ! Mais, bien sûr, la vie des sœurs Devereau reposait sur de tels mensonges. Il y avait des choses auxquelles Isabel avait besoin de croire, notamment à l'amour de Jamie pour elle.

Le revolver s'enfonça dans ma poitrine. Isabel me parlait d'une voix amicale, elle m'expliquait que j'étais une bâtarde, qu'elles étaient forcées de se débarrasser de moi, même Iris était d'accord. (J'avais presque oublié qu'elle me prenait pour Mary-Evelyn et que j'étais donc parfaitement détestable. J'étais la preuve vivante de la trahison de Jamie et d'Iris.) Son sourire était impénétrable, comme si le fait que je sois une bâtarde était sans conséquence. Elle déclara qu'Iris avait aveuglé Jamie par sa beauté et qu'elle le lui avait volé. Je m'aperçus alors qu'elle voulait croire en Jamie, qu'il y a des choses que chacun de nous souhaite croire, envers et contre tout. Sinon, pourquoi se donnerait-elle tout ce mal pour me convaincre ? C'était un bavardage nerveux, le genre de discours qui permet de ne pas aborder le fond des choses. Il ne devrait pas être bien difficile, pensai-je, de la convaincre de quelque chose dont elle aurait tant voulu être convaincue.

— Jamie. Et cette lettre qu'il vous a écrite ?

Elle me regarda, indécise.

— Quelle lettre ?

Je l'avais lue ou entendu lire tant de fois que je pouvais presque la réciter par cœur. Ce que je fis, en insistant sur le « I » de « Ma chère I ».

— Le « I » veut dire Iris.

— Comment le savez-vous, puisqu'il est écrit seulement « I » ?

— Iris m'a dit...

— Elle vous a dit que la lettre lui était adressée, bien sûr.

Mes dents avaient enfin cessé de claquer. Je commençais presque à me croire moi-même. Même avec le revolver pointé sur moi, j'avais une véritable sensation de pouvoir ; pour une fois, les rôles étaient inversés. Je compris pourquoi les gens aimaient le pouvoir. Ça permet de se sentir fort.

— Vous l'avez crue, mais vous n'auriez pas dû. Il est revenu. Il avait dû aller à la maison des Calhoun où vous avez vécu. Où vous avez apporté la photographie et la poupée.

— Jamie est parti. Elizabeth l'a mis à la porte. Elle nous contrôlait tous, sauf Rose. Rose a toujours eu de la chance... elle s'est enfuie. Même si c'était avec ce bon à rien de Queen. Dommage qu'il ait payé pour ce qu'avait fait son horrible fille. Ça ne fait rien, je lui ai réglé son compte.

J'eus l'impression qu'elle regardait les événements défiler dans sa tête. Mais elle se reprit et me dévisagea. Elle changea son revolver de main. La lune était cachée derrière une couche de nuages et on ne distinguait plus les étoiles. Il y en avait tant, d'habitude, que je n'arrivai pas à croire qu'elles m'aient abandonnée, elles aussi. Je pensai à une main fermant les yeux d'un mort. J'avais l'impression que nous parlions sous l'eau, que les mots parvenaient à peine à la surface. Je me noyais peut-être dans le sillage d'un canot. Je pouvais difficilement maintenir ma tête au-dessus de toute cette eau imaginaire.

C'est comme si ces quarante ans ne s'étaient jamais écoulés. Isabel avait-elle dit cela ? Ou l'avais-je pensé ? J'avais l'impression de m'éloigner de plus en plus, de dériver sur le lac. C'était plus fort que la peur ; la peur n'avait rien à voir là-dedans. C'était la solitude, pure et simple.

Je pensais à cela tout en parlant ; je disais des choses qui m'échappaient, que je devinais, mais je continuai à parler car cela maintenait son esprit sur cet été lointain, quand elle avait le pouvoir que lui prêtait le bonheur : avec Jamie, elle aurait pu faire n'importe quoi.

— Ma propre sœur...

Elle ne cessait de répéter cela d'une voix atone. « Ma propre sœur... »

J'essayai de rompre ce cercle vicieux, mais je pataugeais de plus en plus. Oh mais, une minute ! Elle savait que j'étais... ou que Mary-Evelyn était... la fille d'Iris, mais elle n'était pas sûre que je sois celle de Jamie.

— Je ne suis pas la fille de Jamie. Iris a menti.

Là-dessus, la main qui tenait le revolver retomba, mais sa prise était encore trop ferme pour que j'ose en profiter. Elle était folle, mais elle n'était pas ramollie.

— Mensonge !
— Non. Iris était une cavaleuse. Il y avait d'autres hommes dans sa vie.

Un éclair de lucidité me traversa : tu as douze ans, et tu essayes de prendre ta vie en charge, peut-être même ta mort. J'aurais aussi bien pu être à l'Orion avec un sac de popcorn, les yeux rivés sur l'écran, comme si j'étais moi aussi dans cet univers de rêve, avec des hommes et des femmes qui devenaient fous d'amour, ou que le manque d'amour rendait fous.

C'était plus logique que cette réalité démente. J'aurais dû être la spectatrice de ce monde que je ne comprends pas, au lieu de m'y retrouver coincée en tant qu'actrice, en tant que participante. Ce n'est pas juste. Je ressentis de nouveau le poids de la réalité... tout en m'efforçant de m'y dérober.

Isabel proféra une litanie d'insultes, dirigées contre la pauvre Iris, apparemment convaincue que j'avais dit la vérité. Elle pointa de nouveau le revolver vers moi.

— Recule, maintenant !

J'obéis.

— Monte dans ce canot.

Elle me désigna le bateau le plus proche ; il tanguait mollement, bien que Spirit Lake semblât assoupi.

Il n'y avait pas de rames et je nageais comme un pied, mais tout valait mieux que de rester avec elle.

De chaque côté du ponton, une courte échelle en bois menait aux canots. Je descendis par l'une d'elles, atterris dans un canot et pataugeai dans au moins quinze centimètres d'eau. Il avait l'air vieux, et il devait l'être. Je ne me souvenais pas d'avoir vu quelqu'un utiliser cet embarcadère au cours des dernières années. Naturellement, je pouvais rejoindre les berges à la nage, car elles n'étaient qu'à une vingtaine de mètres. Sauf qu'Isabel y arriverait avant moi et me ramènerait là où j'étais. Je la regardai donc dénouer la corde qui retenait le canot, la jeter dans l'embarcation, ramasser une rame qui traînait sur le ponton et me la lancer. Je flottais sur une eau dormante, en direction du milieu du lac. Isabel m'observait depuis le ponton et je n'avais aucune idée, absolument aucune, de ce qu'elle comptait faire. J'étais surtout soulagée d'être débarrassée d'elle. Certes, il y avait de l'eau dans le fond du canot, mais je crois que c'était de l'eau de pluie ou de quelque vague qui serait passée par-dessus le rebord. En tout cas, ça n'empira pas, et bien que je n'eusse pas de récipient pour écoper, j'en rejetai le plus que je pus à mains nues et le canot ne se remplit pas davantage. Je ne vis aucun signe de fuite et je continuai d'écoper. Le canot s'éloignait de plus en plus ; maintenant, je n'aurais jamais pu rejoindre les berges à la nage.

Courbée en deux, j'étais en train d'écoper quand j'entendis des coups de feu ; je relevai la tête et crus voir des pierres tomber autour du canot, comme si quelqu'un faisait des ricochets. Je regardai vers le ponton. Elle me tirait dessus ! Je plongeai aussitôt dans le fond du canot et m'affalai, la tête dans l'eau. Ainsi, c'était ça qu'elle avait en tête. Je me bouchai les oreilles, en pure perte car j'entendis quand même un autre coup de feu. Je l'entendis même plus distinctement, car elle avait mieux visé. Le plus terrifiant, c'est qu'elle n'avait même pas besoin de m'atteindre, il suffisait qu'une balle transperce le canot pour qu'il coule. Que je le veuille ou non, j'allais être obligée de nager jusqu'au rivage. Et combien de balles y avait-il dans un revolver ?

Je faisais une cible facile. J'étais furieuse ! Dire que je croyais être débarrassée d'elle ! Ah, elle ne supportait pas de voir la mort de près ! C'était Elizabeth qui avait dû maintenir la tête de Mary-Evelyn sous l'eau. J'imaginai bien Isabel, la perverse, s'éloignant de la scène et se cachant le visage dans les mains.

Il y eut un autre coup de feu, qui ne produisit pas d'éclaboussements à la surface du lac. Il fut suivi d'un cri. Je pointai mon museau hors du canot. Ce que je vis me sidéra : Isabel tombait dans l'eau en agitant désespérément les bras. Une silhouette sortit des buissons qui bordaient la route et s'avança sur la promenade menant au ponton.

C'était Ben Queen. Même de loin, même dans le noir, je le reconnus. Il avait une démarche particulière. Il cria quelque chose que je n'entendis pas. J'étais venue sauver Ben Queen, et c'était lui qui me sauvait !

J'essayai de pagayer avec les mains, mais je n'avançais guère.

Je vis Isabel flotter près du ponton, son affreuse robe prune noircie par l'eau. Ben Queen s'empara d'une des vieilles bouées de sauvetage entreposées sur le ponton, se jeta à l'eau et nagea vers moi. On aurait dit une aiguille remontant une couture, il fendait l'eau sans faire de vague, traînant la bouée derrière lui. Lorsqu'il fut assez près, il me la lança.

— J'arrive à temps !
— Ça, on peut le dire.
— Tu pourras nager un peu ?
— Un peu.
— Donne-moi ta main, nage avec l'autre, et tirons-nous d'ici !

Lorsque je vis la voiture de police arriver à fond de train, au lieu de m'inquiéter pour Ben Queen, je pensai surtout que je devais avoir l'air d'un rat trempé. On pourrait croire que d'avoir échappé à la mort de justesse rejetterait l'orgueil au second plan. Chez d'autres peut-être, mais pas chez moi.

— Emma, du moment que tu es saine et sauve, je crois que je ferais mieux de décamper.

Je lui assurai que j'allais bien, le remerciai encore et encore.

— C'est moi qui te dois une fière chandelle, Emma. Et ça n'est pas fini, on dirait.

Il observait la voiture qui approchait, gyrophare clignotant. Il ramassa son fusil et décampa.

Le shérif et Donny surgirent de la voiture en même temps. Le shérif courut sur la promenade en criant mon nom. J'avais oublié : Walter savait où j'étais et le shérif avait dû venir me chercher dès qu'il était rentré de Hebrides.

Il avait l'air vraiment inquiet — attends un peu de savoir ce qui a failli m'arriver ! Dommage que le corps d'Isabel ait choisi ce moment pour remonter à la surface et venir frapper le ponton. Je ravalai un cri.

— Salut ! lançai-je avec désinvolture. Elle est en bas.

Le shérif m'enlaça, murmurant des choses comme « Oh, mon Dieu, Seigneur Jésus, bonté divine ! » et d'autres blasphèmes que je devrais sans doute répéter au père Freeman. Donny nous rejoignit, les pouces accrochés à son ceinturon, mâchant du chewing-gum et essayant de donner l'impression qu'il savait depuis le début que personne ne courait de danger particulier. Le shérif lui ordonna de retourner à la voiture, et plus vite que ça, pour appeler une ambulance et le coroner. De se bouger le cul. Donny s'éloigna à contrecœur.

Je shérif me demanda d'une voix douce si tout allait bien. Je répondis avec panache qu'il n'y avait pas le moindre problème, tout en maudissant mes cheveux trempés, ma figure maculée de boue. Mais j'étais flattée qu'il m'ait demandé de mes nouvelles avant de me questionner sur le corps qui flottait sur l'eau et qu'il n'avait pas encore reconnu.

— Vous avez vraiment une mauvaise mémoire, quand on pense à toutes les photos que je vous ai montrées. (Bien sûr, il ne les avait pas examinées attentivement.) C'est Isabel Devereau.

Je frissonnais, même si je m'efforçais d'avoir l'air blasée et modeste : je ne réussis qu'à dégouliner davantage. Le shérif s'en aperçut et ôta aussitôt sa veste pour me la jeter sur les épaules.

Ah, ça valait la peine de se faire mouiller ! Est-ce que ça valait la peine d'être tuée ?

Non, sans doute pas.

60

Ree-Jane pique une crise

J'étais devenue une vedette ! On portait tant de toasts à ma santé qu'on aurait pu me prendre pour Mandarine. Des journalistes affluaient de partout, y compris de notre grande ville la plus proche, à cent cinquante kilomètres, et on affirma même que les journaux de New York allaient s'y mettre.

J'étais célèbre non seulement à Spirit Lake et à La Porte, mais aussi à Cloverly, à Hebrides, et je ne sais où encore. Ma réputation s'étendait.

De retour, les trois voyageuses me trouvèrent sur la véranda en compagnie de reporters de plusieurs journaux, installés dans les rocking-chairs en train de boire des Cold Comfort et de s'amuser comme des fous à m'interviewer. Leur joie et leurs rires auraient pu être assombris par la pensée du danger auquel j'avais été confrontée, mais j'avais eu la main lourde sur le Jack Daniel's et le Wild Turkey, ce qui expliquait pour une large part la gaieté ambiante. (J'avais pillé la réserve d'alcool de Mrs Davidow.)

Maintenant : imaginez la tête de Jane !

Imaginez-la (brûlée par le soleil) descendre de voiture et contempler la scène. J'étais au centre de son propre rêve de gloire. Il était devenu réalité, non pour elle, mais pour moi, aventurière célèbre, héroïne illustre, actrice renommée (Hollywood était certainement à ma recherche). La Célébrité avec un grand C.

Célèbre, illustre, glorieuse, renommée !
Moi.
Tout cela m'arrivait à moi, Emma Graham, et non à elle, Ree-Jane Davidow.

Même Walter était là, adossé à la rambarde de la véranda, souriant à tout va, car on l'avait interviewé et photographié, lui aussi. Après tout, c'était Walter qui avait envoyé la police à Spirit Lake.

Walter ! Walter, que tout le monde considérait comme un demeuré. Walter, qui n'était qu'une musique en toile de fond. Walter était sorti de l'ombre pour partager ma gloire.

« Dis-leur bien que tu étais le seul à savoir où j'étais, avais-je recommandé à Walter tout en préparant les Cold Comfort pour les journalistes, et que tu serais venu à mon secours si le shérif n'était pas arrivé.

— Ben, c'est vrai. C'est ce que j'aurais fait. »

Ree-Jane resta comme paralysée pendant deux jours. Lola, qui prenait la gloire (avec quelques martinis, il est vrai) comme elle se présentait, même si c'était une gloire par ricochet, me fit répéter mon histoire des dizaines de fois. Elle riait aux mauvais moments, mais soyons indulgents. Le plus drôle était de voir Lola et Ree-Jane se battre pour un bout d'article. Poussant Ree-Jane hors de son chemin, Lola déclara aux journalistes qu'elle avait toujours dit que j'étais plus débrouillarde que n'importe qui et qu'elle avait tout fait pour que je m'affirme dans la vie. A un autre journaliste, avec qui elle partageait un pichet de martini, elle parla de moi comme de sa seconde fille... elle m'avait pratiquement adoptée !

Les seuls à ne pas prendre le train en marche furent Will et Mill, qui auraient pu obtenir de la publicité gratuite pour leur production mais semblaient s'en moquer éperdument. Lorsque je lui en touchai deux mots, Will me mit la main sur l'épaule et me jura qu'il ne voulait pas profiter de mon succès. Quel mensonge éhonté ! Il n'aurait pas hésité un seul instant à en profiter s'il avait pu obtenir ce qu'il voulait ; en fait, il se fichait pas mal de la publicité. Normal, puisque tout ce qu'il faisait devait rester secret.

J'étais présente quand une journaliste alla les chercher dans le garage — ce qui ne manquait pas de toupet, ni de courage. A chacune de ses questions, ils opposèrent un laconique « Sans commentaire ».

Sans commentaire ! Vous vous rendez compte !

— N'êtes-vous pas ravi des exploits de votre petite sœur ?

Will la gratifia d'un sourire en coin.

— Comme un *deus ex machina*, vous voulez dire ?

Il réussit même à le prononcer correctement.

La journaliste en resta baba.

— Un quoi ?

— Vous devriez revoir vos tragédies grecques, intervint Mill.

Sur ce, ils lui tournèrent le dos et regagnèrent le garage où les attendaient Paul et le seau de farine.

Ree-Jane errait dans sa nouvelle robe bleue comme un pied-d'alouette fané. Néanmoins, je savais que je ne perdais rien pour attendre. Je ne me trompais pas.

Au bout d'un moment, elle se mit à rire en me voyant ; elle me montrait du doigt et s'écroulait de rire, comme si elle connaissait de mon histoire passionnante une version que les autres ignoraient. C'était son rire jaune qu'elle maîtrisait si bien.

Mais il ne dura pas.

Un matin, peu après le retour des trois touristes, Mr Gumbrel me téléphona pour savoir si j'acceptais de me rendre à son bureau, au *Conservative*. Je lui répondis que j'en serais enchantée, mais oubliai de lui demander de quoi il s'agissait. J'avais toutefois le pressentiment qu'un autre chapitre allait s'ajouter à la liste de mes exploits.

J'allais devenir célèbre dans le journalisme.

Pauvre Ree-Jane.

61

L'as du journalisme

— Ce que j'aimerais, Emma, c'est que tu nous l'écrives. (Mr Gumbrel leva la main comme si je m'apprêtais à protester.) Ne me dis pas que ça a déjà été fait, parce que ce n'est pas le cas. Ne me dis pas que tu n'as pas des tas de choses à ajouter, et ne me dis pas que mes journalistes n'ont pas commis d'erreurs ni fait paraître des citations tronquées... même Suzie Whitelaw l'a fait !

Elle passait devant le bureau vitré et il avait parlé assez fort pour qu'elle l'entende. Ça ne loupa pas. Elle devint rouge cerise. Je suis sûre qu'elle traînait dans le coin pour découvrir pourquoi Mr Gumbrel m'avait convoquée.

— C'est vrai, il y en a eu, des erreurs.

Je ne citai pas comme exemple l'article où Ree-Jane était écrit *Rejane* (sur mes indications, bien sûr, et une dizaine d'autres journaux s'étaient empressés de reproduire cette orthographe).

— Mais je les corrigerai, promis-je.

Sauf pour l'orthographe de Ree-Jane, mais je me gardai bien de le lui dire.

— Parfait ! Splendide ! Ce à quoi je pensais, c'était à ta version complète de l'affaire. Tu pourrais commencer par ta visite chez nous, il y a un peu plus d'un mois, pour lire notre vieil article sur la mort de la petite Devereau. J'aimerais que ça s'étende sur... (il mesura une certaine distance avec ses mains)... au moins trois, peut-être quatre ou cinq parutions.

J'étais vraiment électrisée, mais je gardai mon sang-froid :
— Oui, une histoire pareille prendra beaucoup de place.
— Tu m'étonnes ! Ça sera notre plus gros tirage depuis plus de deux ans !
— Je me demande, fis-je d'une voix suave, si ça passera à l'antenne.

Mr Gumbrel m'assura que toutes les radios seraient sur le coup.
— Tu sais, commença-t-il, ton amie, Rejane... (Est-ce que tout le monde allait désormais l'appeler comme ça ? Est-ce que c'est le nom qu'on graverait sur sa pierre tombale ? Génial !), elle sera sûrement vexée que j'aie refusé son papier...
— Vous voulez dire... elle a demandé à écrire l'histoire ?
— Diable, oui. Elle a débarqué dans mon bureau, telle Cléopâtre, en me disant qu'elle en savait dix fois plus que Suzie Whitelaw et qu'elle écrirait un bien meilleur papier...

Il vissa son cigare entre ses lèvres, puis le retira pour ajouter :
— J'ai dû lui rappeler que le petit article qu'elle avait écrit voilà deux ans ne constituait pas une expérience suffisante. Parce qu'elle prétendait avoir de l'expérience ! Cette fille serait capable de changer de l'or en plomb.
— Je peux vous citer ?
Il pouffa.

Je quittai le *Conservative* et descendis Valley Road en faisant des sauts de cabri. Si on m'avait vue, on aurait pensé que la célébrité m'était montée à la tête.

Mais personne ne me vit, car Valley Road et Red Bird Road étaient désertes ; il n'y avait pas une habitation. Sur Red Bird Road, le mobile home était toujours là, avec son jardin en demi-lune où une famille d'oies en plastique picorait parmi les zinnias et les pétunias. On avait ajouté un flamant rose et j'admirai la façon dont les propriétaires s'efforçaient de tirer parti du moindre éclat de couleur.

La maison du docteur McComb semblait, comme toujours, à moitié endormie au milieu de ses hectares d'herbe haute, de glaïeuls et de carottes sauvages. Le manque de véranda et de cave lui donnait un air submergé et assoupi. La porte d'entrée était ouverte, ce qui m'évita de frapper et de faire apparaître l'étrange bonne femme, que pour ma part je croyais folle comme un bourdon. (Mais j'étais restée trop longtemps au contact des sœurs Devereau pour avoir une vision objective de la folie.)

J'entrai dans la cuisine pour voir si des gâteaux n'étaient pas en préparation. Justement, une odeur de citron s'échappait du four. Je sortis par la porte de derrière.

— Docteur McComb ! appelai-je.

Sa tête parut ; il me fit un signe de la main.

— Par ici !

Je me frayai un chemin parmi les herbes de bison et d'étranges fleurs ailées pour arriver jusqu'à lui. Il portait son habituel chapeau de paille couleur d'herbe brûlée, qu'il ôta pour me faire une révérence polie au milieu des buissons à papillons.

— Bravo ! Bravo ! Tu t'es drôlement bien débrouillée !

— Merci. C'est pour ça que je suis venue... pour vous remercier, pour vos informations sur l'autopsie.

— L'autopsie ? (Il jeta un rapide regard autour de lui comme s'il était en train d'examiner un cadavre.) J'ai découvert quelque chose ?

Je poussai un soupir grandiloquent.

— Vous savez bien. La noyade.

— Tout ce dont je me souviens, dit-il en enfonçant son chapeau sur sa tête, c'est d'avoir confirmé ce que tu avais déjà deviné. La fillette avait pu être noyée ailleurs et transportée jusqu'au lac. (Il me mit une main sur l'épaule.) Ça vaut bien deux brownies, viens.

Il ramassa son filet à papillons et nous regagnâmes la maison.

— Je n'ai pas senti de brownies, j'ai senti une odeur de citron. C'est des cookies ?

— Grands dieux ! Ton instinct de détective ne prend jamais de vacances ? Ce qui est en train de cuire, c'est une tarte au citron. J'avais déjà fait les brownies. En prévision de ta visite.

Tandis que nous avancions péniblement à travers les mauvaises herbes, je confiai :
— Il y a une autre chose pour laquelle j'aimerais vous remercier.
— Ah ? Laquelle ?
— Ne pas vous être moqué de moi.

62

Ouï-dire

En remontant la rue pour aller au Rainbow Café, qui vis-je ? Ree-Jane qui sortait du palais de justice. Diable ! En m'apercevant, elle s'arrêta net. Elle ne traversa pas la rue pour me dire quelque chose, elle resta en plan, me montrant du doigt en pouffant. Elle avait beau être de l'autre côté de la rue, je vis bien que c'était son rire jaune, silencieux, mais elle donnait réellement l'impression d'être sur le point de se plier en deux. Elle avait déjà fait ce numéro, naturellement, mais jamais en sortant du palais de justice. Que se passait-il ? Avec qui avait-elle discuté ?

Shirl me lança un regard vipérin quand j'entrai au Rainbow (encore une que ma gloire affligeait !). Je me dirigeai vers le box du fond, plus lentement qu'à l'accoutumée car les clients attablés au comptoir m'arrêtaient tous pour me dire un mot. Le maire Sims s'amusa à me dire que je devrais prendre la place du shérif (ha, ha, ha !), sur quoi, Enepébé, qui était assis à côté de lui, le rabroua durement, si tant est qu'Enepébé ait la faculté oratoire de délivrer un sermon bien senti. Nous étions tellement contents de nous retrouver que nous faillîmes renverser Enegébé de son tabouret en nous congratulant à coups de tapes dans le dos. Patsy Cline chantait « Crazy ».

Maud m'apporta un Coca. C'était agréable de se faire servir. Ça me donna envie d'être une orpheline abandonnée ou une petite vendeuse d'allumettes, car dans leur situation j'aurais vraiment apprécié.

Je n'avais pas vu Maud depuis plusieurs jours parce que les journalistes (et la police) m'avaient accaparée pour me poser des kilomètres de questions, et parce que l'hôtel avait connu un regain d'activité. Aujourd'hui, on m'avait dispensée de servir le déjeuner car, comme je l'avais dit à ma mère, des affaires de la plus haute importance m'attendaient. Les avantages de la célébrité sont tels que ma mère n'avait pas jugé bon de m'interroger sur ces affaires ni sur les raisons de leur si haute importance.

Will n'avait pas eu cette retenue ; en effet, cela signifiait que je manquerais une autre répétition.

« Tu ne seras jamais une grande actrice si tu ne fais pas ton métier plus sérieusement.

— Pourquoi faut-il que je me répète encore, nom d'un chien ? Mon rôle consiste uniquement à descendre de cette maudite balançoire !

— C'est une question de synchronisation, bordel ! »

Ça, il fallait reconnaître qu'il s'y entendait, en gros mots, au point de me faire douter qu'il s'agissait bien d'un gros mot !

« Quelle synchronisation ? Mill fait descendre la balançoire avec moi dessus, point à la ligne. »

Will s'était pris la tête à deux mains en gémissant, comme s'il en avait assez de travailler avec des amateurs.

« Vous autres, les producteurs, vous êtes tous les mêmes. Caractériels, égoïstes et grossiers. Trop grossiers, bordel ! »

J'avais pivoté sur les talons et réussi une sortie magnifique, le goût du gros mot sur la langue.

— Tu as l'air de tenir drôlement bien le coup, remarqua Maud en posant mon Coca et ses cigarettes sur la table.

— Je viens de tomber sur Rejane...

— Tout le monde l'appelle comme ça, maintenant ! C'est de la folie.

— Justement, elle était en train de piquer sa crise. Elle me montrait du doigt en riant. A croire qu'elle sait quelque chose de nouveau. Elle sortait du palais de justice.

— Tu m'as dit qu'elle faisait ça tout le temps. Elle se moque de toi comme si elle savait quelque chose que tu ignores ; c'est pour te narguer, elle ne sait rien du tout.

— Quand même, j'aimerais bien voir le shérif.
— Tes prières sont exaucées, mon chou, le voilà !

Elle porta son regard vers le comptoir où le shérif s'était arrêté pour discuter avec le maire.

Il m'adressa un sourire si lumineux que ce fut comme si mes vacances en Floride recommençaient, mais j'avais trop peur de ce que Ree-Jane était allée faire au palais de justice pour l'apprécier pleinement.

— Qu'est-ce que Ree-Jane faisait au palais de justice ? Elle vous a parlé ?

— Non. Je l'ai croisée en sortant, il y a juste une minute. Je crois qu'elle parlait toute seule. Elle riait toute seule. Elle fait ça souvent ?

J'aurais pu en dire des tonnes sur le comportement de Ree-Jane, mais je ne m'intéressais qu'à ses dernières gesticulations.

— Si ce n'est pas à vous qu'elle venait parler, c'était peut-être à Donny ?

— Donny n'est pas assez bête pour parler des affaires de la police.

Le shérif parut néanmoins inquiet.

Quel rapport pouvait-il y avoir entre « les affaires de la police » et le comportement de Ree-Jane ? Il y avait anguille sous roche.

Maud partageait mes craintes :

— De quelles affaires de police Donny sait qu'il ne doit pas parler, ce qu'il ferait de toute façon si ça devait lui permettre de fanfaronner ?

Afin de ne rien perdre de la réponse du shérif, je me penchai par-dessus la table au point qu'elle me rentra dans le ventre.

— Rien. Il n'y a pas de nouvelles preuves. Rien.

— Des preuves ? m'exclamai-je. Des preuves de quoi ? Vous savez tout, ou presque, et je peux vous répéter une fois de plus tout ce qu'Isabel a dit, mot pour mot. Elle a avoué avoir tué Fern Queen. Elle a avoué que les trois sœurs avaient noyé Mary-Evelyn. Vous avez dit vous-même que ses empreintes étaient sur le revolver..

J'avais rarement vu le shérif mal à l'aise. C'était pourtant l'impression qu'il donnait en ce moment.

— C'est vrai. Bien sûr, il y a aussi les empreintes de Ben Queen. Nous ne l'avons pas encore retrouvé, d'ailleurs...

Les yeux écarquillés, je m'affalai sur la banquette.

— Les empreintes de Ben Queen ? En quoi ses empreintes vous intéressent-elles ?

Le shérif baissa la tête, comme s'il s'était attendu à trouver une tasse de café sur la table devant lui.

— Sam ? fit Maud.

Elle savait. Moi aussi.

— C'est fini ! explosai-je. Le problème est réglé ! Je vous l'ai dit...

Je compris soudain. Je voulus me lever d'un bond, mais restai coincée entre la table et la banquette.

— Vous ne me croyez pas ! Je vous ai tout dit et vous ne me croyez pas !

— Ecoute, Emma... commença le shérif.

— Laisse-moi sortir, suppliai-je Maud.

Elle se leva aussitôt et je sortis précipitamment du box. Le shérif avait l'air malheureux.

— Emma ! Ce n'est pas que je ne te crois pas. C'est que dans le travail de police, il y a cette chose qu'on appelle une déposition fondée sur des ouï-dire...

Maud hocha la tête d'un air navré.

— Oh, Sam, je t'en prie !

Je le fusillai du regard.

— C'est vous qui me parlez du travail de la police ?

Je tournai les talons et m'éloignai.

J'entendis alors Maud dire au shérif une chose que je n'aurais jamais cru qu'elle lui dirait un jour. Elle le dit calmement, sans emphase, comme Will pour « bordel ».

— Pauvre con !

J'avais une pièce dans la main ; en passant devant le juke-box, je l'introduisis dans la fente et enfonçai la touche Patsy Cline.

A lui de se décomposer, pour changer.

63

Fureur de Ree-Jane

Plutôt que d'aller à l'hôtel, je demandai à Delbert de me déposer au garage de Slaw. Naturellement, il voulut savoir quel genre d'affaire m'attendait au garage, mais j'ignorai sa question. Je ne lui donnai pas non plus de pourboire. Je n'étais pas de bonne humeur quand j'entrai au garage, où Dwayne travaillait tout seul sur une grosse voiture. Le capot était levé et Dwayne était penché sur le moteur. Il ne me vit pas approcher.

— Salut ! lançai-je.

— Ça alors ! s'exclama Dwayne, qui se releva et s'essuya les mains sur un chiffon noir de cambouis. Regardez qui est là ! Quelle histoire, ma puce ! C'était dans le journal, j'ai tout lu de A à Z.

Je me hissai sur une pile de pneus neufs, comme s'il n'y avait pas de sièges.

— Ne croyez pas tout ce que vous lisez, dis-je d'un air dégagé.

— D'accord, fit-il en fourrant le torchon dans sa poche.

Je soupirai. Ça lui ressemblait bien de dire ça ; des fois, il m'irritait à mort.

— Je ne veux pas dire que tout est faux dans l'article. Y avait pas mal de vrai. Mais, vous savez, les journalistes exagèrent toujours. Je ne dirais pas que je suis « courageuse », ni même « intrépide ».

(Bien sûr que si !)

— D'accord, moi non plus alors.

Il était penché au-dessus du moteur. Il ajusta sa lampe grillagée pour l'examiner à fond.

— Eh bien, c'est pourtant comme ça que ça s'est passé. Isabel Devereau m'a obligée à traverser les bois, elle me menaçait d'un revolver. C'était comme une marche vers la mort.

— C'était pas aussi terrible que ça, j'espère ?

Il examinait une des bougies.

— Si. Si, et même pire, si vous voulez savoir. Et il n'y avait personne pour m'aider.

Il brandit la bougie à la lumière et parut l'admirer comme si c'était une pierre précieuse.

— Je t'aurais aidée si j'avais su. Tu veux venir chasser les lapins, ce soir ?

Ça me prit complètement au dépourvu.

— Avec vous ?

Sa tête était maintenant cachée par le capot, à moitié dans l'ombre.

— Non, je pensais que tu pourrais venir avec un ou deux renards et ta joyeuse bande.

— Ha, ha, ha, ha !

J'avais horreur d'être à court de repartie et de devoir recourir à ces « Ha, ha, ha » parfaitement puérils. Je haussai les épaules comme si j'en avais envie mais sans plus, puis me ravisai :

— Oui, c'est d'accord.

En outre, j'avais besoin de lui parler de ce qu'avait dit le shérif. En y repensant, la colère m'anéantit.

— Qu'est-ce qu'il y a ?

Il me dévisageait à travers le triangle de lumière formé par le capot relevé de la voiture.

— Rien. On ira à quelle heure ?

— J'en ai encore pour une heure ou deux. Il faut que je termine ça. Je passerai te prendre à l'hôtel.

Il désigna du menton une petite voiture de sport.

— Avec ça ? m'étonnai-je. C'est la vôtre ?

— Non, mais Abel me la prête parce que ma camionnette est hors service. C'est la sienne.

— Ça ? Mais c'est... une marque étrangère, non ?
— C'est une Lotus Elan. Un vrai bijou à conduire.

J'imaginai la réaction quand il arriverait avec sa voiture de sport. Evidemment, Ree-Jane serait furieuse, car elle avait flirté avec Dwayne — ou essayé — et il ne lui avait prêté aucune attention. Dwayne est vraiment bel homme, il n'a pas besoin d'être comte pour que Ree-Jane s'intéresse à lui.

— Entendu, je serai prête.

On m'avait dispensée de servir à table ce soir, toujours parce que j'étais célèbre.

En remontant paresseusement le chemin de terre qui menait à l'hôtel, je m'amusai à imaginer la réaction de Ree-Jane lorsqu'elle me verrait monter dans la voiture de sport et filer comme le vent. Ça me plaisait tellement que j'en oubliai l'insulte du shérif à propos de dépositions fondées sur des ouï-dire. Comment savoir s'il ne comptait pas m'accuser de meurtre ? Comme si j'avais poussé Isabel Devereau dans le lac ! Ah, c'était vraiment exaspérant !

En quittant le chemin de terre pour m'engager sur l'allée circulaire de l'hôtel, je vis une jolie petite voiture, vaguement familière, garée sous la porte cochère ; en approchant de la véranda, j'aperçus quelqu'un en train de parler avec Lola Davidow qui se balançait dans un rocking-chair et riait aux éclats, un verre à la main. Surprise : son interlocutrice était Louise Landis !

Je pilai net. Les orphelins ! Le repas des orphelins ! Pour quel jour l'avais-je organisé ? Ah, mais c'était une affaire qui était restée entre nous deux. Je n'en avais pas parlé à ma mère ni à Mrs Davidow, et Louise Landis devait s'imaginer qu'elles étaient au courant. Dieu merci, c'était l'heure de l'apéritif et Lola avait une carafe de martini à portée de main.

Réfléchissons : Lola allait croire que ma mère avait fait les arrangements et avait oublié de lui en parler. Et si Mrs Davidow en était à son quatrième martini (à voir le contenu de la carafe, c'était le cas), elle s'en ficherait comme d'une guigne.

Je gravis les marches quatre à quatre, lançai un salut jovial à Louise Landis, qui eut l'air ravie de me voir. D'ailleurs, elle fit quelque chose d'inhabituel pour elle : elle me serra dans ses bras. Ce n'est pas que personne ne me serrait dans ses bras, Maud l'avait fait il n'y avait pas si longtemps, mais ça ne m'arrivait pas tous les jours, c'est le moins que je puisse dire.

— Emma ! s'exclama-t-elle en me serrant une dernière fois, tu es absolument merveilleuse. Tu as sauvé la réputation de Ben Queen, tu sais, sans parler de sa vie !

Dommage que Ree-Jane ait choisi ce moment pour se glisser sur la véranda d'un pas léger et lâcher sa petite bombe :

— Vous parlez de ce Queen que la police recherche ? (Elle s'assit dans un fauteuil en osier vert et arrangea négligemment sa magnifique robe bleu pâle.) Il est toujours recherché, bien sûr !

Elle émit un de ses petits rires sans joie.

Louise Landis voulut savoir ce qu'elle sous-entendait. J'aurais tellement aimé faire sauter les dents de Ree-Jane d'un coup de pied avant qu'elle ne réponde ce que je savais qu'elle répondrait :

— La police a besoin d'autre chose que les racontars d'une gamine de douze ans !

Ree-Jane loucha vers moi, hilare, comme si la simple idée que mon histoire puisse être utile était la chose la plus drôle au monde.

— Elle a peut-être tout imaginé. En tout cas, selon la loi, ce qu'elle prétend que Devereau a dit n'a aucune valeur, ce ne sont que des ouï-dire.

Encore ces ouï-dire ! Je grinçai des dents pour ne pas lui crier après, mais mes poings se crispèrent à mon insu.

Il faut noter que Miss Landis resta absolument impassible, un léger sourire aux lèvres. Je fus ravie de voir à quel point elle savait se tenir.

— Comment le sais-tu ? demanda-t-elle simplement.

— Pour la police ? s'étonna Ree-Jane, peu habituée à ce qu'on mette sa parole en doute. C'est l'adjoint du shérif qui me l'a dit. Donny Mooma.

Le sourire de Louise Landis s'élargit.

— Mais ça aussi, ce n'est qu'un ouï-dire, remarqua-t-elle. Je préfère de loin continuer à croire qu'Emma est bien l'héroïne de l'histoire...

Ma mâchoire tomba. Etre prise dans les bras et traitée d'héroïne dans la foulée, c'était trop ! Non seulement ça, mais quelqu'un prenait ouvertement ma défense, et ça aussi c'était nouveau.

A ce moment-là, deux choses se produisirent : ma mère parut sur la véranda et une voiture de sport anglaise s'arrêta sous la porte cochère en faisant crisser le gravier. Surprise de voir Louise Landis, ma mère la salua amicalement. Elles paraissaient toutes deux enchantées de se revoir. Quant à moi, j'étais encore plus contente de voir Dwayne descendre de la voiture.

Ree-Jane tordit son joli cou de sorte que son menton se cala sur le dossier de son siège en lui donnant un air de sainte nitouche.

— Dwayne ! s'exclama-t-elle. Salut, Dwayne !

Pendant ce temps, ma mère entendait parler pour la première fois de l'affaire des orphelins, croyant apparemment que Lola Davidow et Louise Landis s'étaient mises d'accord sur la question, tandis que Mrs Davidow (comme je m'en étais douté) pensait de son côté que ma mère était au courant depuis le début ; d'ailleurs, elle s'en moquait, occupée qu'elle était à se servir un autre martini.

Naturellement, Ree-Jane s'imagina que Dwayne était venu pour ses beaux yeux, et, lorsqu'il gravit les marches, elle le gratifia d'un sourire qu'elle voulait charmeur. Il lui répondit d'un signe de tête (distant, remarquai-je avec plaisir), puis serra chaleureusement la main de ma mère, celle de Lola et celle de Louise Landis. Que Dwayne connaisse si bien les bonnes manières, c'était encore une nouveauté pour moi. Je vis dans les yeux de ma mère qu'il avait grimpé d'un ou deux échelons dans son échelle des valeurs. Bien sûr, ça ne lui vaudrait pas un siège dans les salons parisiens, fantasme éternel de ma mère, mais il était quand même un cran au-dessus des vulgaires habitants de Spirit Lake.

Ree-Jane tordait le cou dans tous les sens, fascinée par la décapotable anglaise.

— J'avais jamais vu ta voiture, Dwayne. Elle est vraiment trop !

Il sourit.

— Elle n'est pas à moi, on me l'a prêtée. Moi, je roule en camionnette, mais elle est en panne.

Je compris alors que Dwayne n'avait pas besoin de poudre aux yeux. Beaucoup d'autres à sa place auraient laissé croire que la voiture était à eux. Dwayne n'était pas comme ça. Il n'avait pas besoin de nous impressionner, il ne quêtait pas notre approbation. C'était à mes yeux une qualité rare. C'était en tout cas une qualité que je n'avais pas ; personne sur cette véranda ne l'avait, d'ailleurs, sauf peut-être Louise Landis.

Dwayne refusait — très poliment — le verre qu'on lui offrait, lorsque Ree-Jane lui demanda ce qui l'amenait à l'hôtel, sûre que c'était sa propre petite personne.

— Je viens chercher Emma, répondit-il en m'adressant un sourire.

Ah, si j'avais pu prendre une photo de la tête de Ree-Jane ! Incapable de supporter stoïquement une autre minute de gloire, je fermai la bouche de toutes mes forces, afin de refouler les cris de joie qui frappaient à la porte, et m'efforçai de prendre un air nonchalant.

Ma mère dressa un sourcil, ce qui se comprend. Mrs Davidow l'aurait imitée, sauf qu'elle était trop occupée avec son martini.

— Emma ? Pour quoi faire ? Où allez-vous ? cracha Ree-Jane.

Comme si Dieu en personne lui dictait ses réponses, Dwayne répondit de son ton le plus naturel ·

— Voir le lieu du crime. Emma a besoin de vérifier quelques petites choses.

Ree-Jane chercha une repartie foudroyante, mais, ne trouvant rien, se mit à tortiller une boucle de cheveux avec tant d'ardeur que je crus qu'elle allait l'arracher.

Entre Louise Landis et Dwayne, ma journée s'améliorait d'heure en heure. Le lendemain, si j'annonçais : « Dwayne est passé me prendre dans sa Lotus rouge pour me conduire sur le lieu du crime », ce ne serait pas des ouï-dire.

Ma mère discutait avec Louise Landis du repas qu'elle préparerait pour le déjeuner des orphelins. Ni elle ni Lola Davidow n'avaient compris d'où venait l'idée. Naturellement, Miss Landis devait déjà avoir saisi que personne ne m'avait envoyée à Flyback Hollow pour discuter des détails, mais elle n'en souffla mot.

Avant qu'on ne me pose des questions embarrassantes, je dis à Dwayne qu'il était temps de partir. Ree-Jane aurait sûrement préféré ne pas voir la voiture disparaître au bout de l'allée, ni moi en train de lui faire un signe depuis mon siège, à côté de Dwayne, mais elle ne put s'empêcher de regarder et j'eus presque pitié d'elle.

Mais entre « presque » et « tout à fait », il y a un long chemin, aussi long qu'entre l'hôtel Paradise et le Rony Plaza.

64

La lune du chasseur

— C'est vraiment une sacrée histoire, Emma.
Nous étions assis sur le large rocher plat, près de White's Bridge Road, où Dwayne s'arrêtait toujours pour fumer une cigarette. Il faisait doux et la lune s'était levée pendant notre pause.
Le menton calé sur mes genoux, j'arrachais des brins d'herbe.
— D'accord, mais est-ce que vous la croyez ? Le shérif, lui, refuse de la croire. (Je lui racontai notre conversation au Rainbow.) Il dit que c'est des ouï-dire. Je suis une ouï-diseuse.
— C'est sans doute plus compliqué que ça, Emma. Tu sais comment est la loi...
— Non, justement.
Dwayne sortit la sacoche isotherme qu'il avait apportée. Elle était prévue pour contenir six canettes de bière.
— Tu en veux une ?
Il m'énervait, j'étais trop impatiente de parler de mon histoire.
— Non. D'ailleurs, si j'en voulais, vous ne me la donneriez pas.
— Tu veux un Coca ?
— Oui, je veux bien.
J'étais surprise que Dwayne ait pensé à moi quand je n'étais même pas là. D'ordinaire, des tas de gens me préféraient quand je n'étais pas là.

Il ouvrit les bouteilles avec un décapsuleur qu'il avait sorti de sa poche revolver et me tendit mon Coca.

— T'aurais peut-être dû écouter ce que DeGheyn avait à dire, au lieu de partir en boudant.

— Je ne boudais pas.

— Tu parles !

Dwayne porta la bouteille de Rolling Rock à ses lèvres et la vida presque d'un trait.

— *Je ne boudais pas !*

— Bien sûr que si. Question bouderies, j'en connais un rayon. Je boude souvent, moi-même.

— Vous ? On dirait pourtant que rien ne vous touche.

— Eh bien, on se trompe.

Dwayne souffla un énorme rond de fumée suivi de plusieurs plus petits.

La fumée fait parfois des merveilles. Je regardai les petits ronds traverser le plus grand et se dissoudre.

— Vous n'avez pas répondu à ma question. Vous me croyez, oui ou non ? Vous pensez que j'ai tout inventé ?

— J'ai dit ça ? Le shérif pense probablement que le seul témoin de cette affaire, c'est Ben Queen, or il reste introuvable.

— Le seul témoin ? Et moi ? C'est bien ce que je pensais, vous croyez que j'invente !

— Tu n'es pas un témoin, tu es une victime.

Une victime ! J'aimais le son de ce mot. C'était bien mieux qu'être un simple témoin. J'appuyai ma tête contre la souche d'arbre grêlée et méditai sur le mot.

— Comment être sûre qu'il ne croit pas que je l'ai tuée ? (L'idée m'excitait, même si je ne pensais pas un mot de ce que je disais.) Que je l'ai tuée et que j'ai jeté le revolver dans le lac ?

Dwayne se gratta la nuque d'un air pensif.

— Je ne m'inquiéterais pas, si j'étais toi. Tu es encore mineure, tu ne prendras pas plus de dix ou quinze ans.

— Dwayne ! Ne plaisantez pas avec ça !

— Ce Queen... il s'est sans doute enfui.

— Non ! protestai-je malgré moi. Il recherche quelqu'un, lui aussi.

— Ah oui ? Qui ?
— Je crois que c'est sa petite-fille.
Je parlai de la Fille, je lui dis que je l'avais déjà vue cinq fois. Je ne sais pas pourquoi, mais j'avais l'impression que c'était à lui que je devais le dire.
— Diable ! fit-il en hochant la tête.
J'étais contente que ça l'impressionne.
— C'est comme dans une tragédie grecque, dis-je en déposant mon Coca près de la souche.
— Cette fille, y en a d'autres qui savent qu'elle existe ? Quelqu'un l'a vue ?
Il me coula un regard que je qualifierais d'« éloquent ». Plein d'éloquence, même, ce qui m'ennuya.
— Ne me regardez pas comme ça. Elle existe ! Je l'ai vue cinq fois.
— Oh, je n'ai jamais dit le contraire.
— Alors quoi ? Vous croyez que c'est mon imagination ?
— Tu m'as dit que c'était ce que Ben Queen avait dit.
— Oui, mais il ne le pensait pas. Il faisait semblant. (J'étais vraiment énervée.) William Faulkner m'aurait crue, lui. Elle est... c'est peut-être une forme destinée à combler un manque.
Dwayne leva les yeux au ciel.
— Comme un mot ? Oui, mais Faulkner voulait peut-être dire autre chose. Qu'un mot lui-même ne signifie pas grand-chose. Par exemple, le mot « amour » ne remplace pas le sentiment qu'on éprouve. Le mot est une enveloppe, une coquille vide.
J'étais absolument abasourdie qu'il pense ça.
— Bien sûr qu'il croyait aux mots ! C'était un écrivain, tout de même. Comment n'y aurait-il pas cru ? (Je me rappelai ce qu'avait dit Louise Landis.) Les mots sont notre foyer.
Dwayne allait poser sa bière par terre quand il changea d'avis et sortit une autre cigarette du paquet.
— C'est vachement profond. Où as-tu entendu ça ?
— Oh, je viens juste d'y penser, mentis-je.
Avant d'allumer sa cigarette, il déclara :
— J'ai rarement entendu un truc aussi profond.

— En fait, c'est pas de moi. (Qu'est-ce qui me prenait de dire la vérité ?) C'est la femme que vous avez vue sur la véranda. Louise Landis.

— Elle doit être intéressante. En plus, elle est encore pas mal pour son âge.

— Elle est trop vieille pour vous, m'empressai-je de dire. Bien trop vieille.

— Ah oui ? Eh bien, toi, tu es trop jeune pour moi, et pourtant, regarde : on est là tous les deux.

Je reposai mon menton sur mes genoux car je rougissais, et lui, comme c'était un braconnier, il devait être capable de voir dans le noir et jusqu'à l'intérieur de moi-même.

— Ne dites pas de bêtises.

Il m'offrit une cigarette.

— J'ai horreur de fumer seul.

Ma mâchoire tomba lorsque je pris la cigarette. Je le regardai allumer la sienne, puis jeter l'allumette d'une pichenette. J'agitai ma cigarette devant son nez.

— Et moi ?

— Fais semblant, ça suffira. Tu pourrais fumer une cartouche entière en faisant semblant.

Je pense que c'était un compliment, mais, connaissant Dwayne, valait mieux ne pas le lui demander.

Nous restâmes quelque temps à admirer la lune en silence.

— La lune du chasseur, dit-il. On l'appelle comme ça parce qu'elle brille beaucoup.

— La lune du braconnier, alors.

Dwayne s'esclaffa.

— Bien dit ! Elle est argentée, elle a la couleur du canon d'un fusil, ce soir.

Nous replongeâmes dans le silence. Le goût de tabac mouillé dans ma bouche me déplaisait.

— J'ai déjà fumé, vous savez. On n'atteint pas mon âge sans avoir essayé au moins une fois.

— Oh, je veux bien le croire.

De nouveau le silence. Je pensai à mon histoire. Mr Gumbrel y croyait. Tous les journalistes y avaient cru. Même Ree-Jane y croyait, bon sang ! Donc, inutile de m'inquiéter.

Je repassai en revue tout ce qui était arrivé, cherchant ce que j'écrirais et ce que je n'écrirais pas dans l'article. Où était le commencement ? Dans l'Eléphant Rose, lorsque j'avais fourragé dans ma boîte aux trésors ? Quand j'avais vu Cold Flat Junction pour la première fois, et la ligne bleu foncé des arbres à l'horizon ? Ou bien plus tôt ? Etait-ce avant l'incendie de notre théâtre ? Ou quand mon chien s'était fait renverser par une voiture ? Etait-ce à l'époque des serveuses ?

— Ah, comme j'aimerais que le passé ne soit pas mort ! J'aimerais que les choses ne soient pas terminées.

— « Le passé n'est pas mort, assura Dwayne avec un sourire. Il n'est même pas passé... » Billy Faulkner.

Je méditai là-dessus un moment, puis souris à mon tour.

— « C'est mon histoire, et elle ne sera pas terminée avant que je le décide... » Emma Graham.

Nous rîmes tous deux de bon cœur.

Je regardai Dwayne faire de vrais ronds de fumée, et les miens (imaginaires) serpenter vers la lune, aussi argentée que le canon du fusil d'un braconnier.

Impression réalisée sur CAMERON par

BUSSIÈRE CAMEDAN IMPRIMERIES
GROUPE CPI
à Saint-Amand-Montrond (Cher)
en décembre 2002

N° d'édition : 7038. — N° d'impression : 025777/1.
Dépôt légal : décembre 2002.
Imprimé en France